河南大学人文社科高等研究院资助

易道诗学

司空图《诗品》正义

李贤臣 著

中国社会科学出版社

图书在版编目(CIP)数据

易道诗学:司空图《诗品》正义/李贤臣著. —北京:中国社会科学出版社,2021.10
ISBN 978 - 7 - 5203 - 8937 - 2

Ⅰ.①易… Ⅱ.①李… Ⅲ.①古典诗歌—诗歌理论—中国 ②《诗品》—研究 Ⅳ.①I207.22

中国版本图书馆 CIP 数据核字(2021)第 163330 号

出 版 人	赵剑英
责任编辑	陈肖静
责任校对	刘 娟
责任印制	戴 宽

出　　版	中国社会科学出版社
社　　址	北京鼓楼西大街甲 158 号
邮　　编	100720
网　　址	http://www.csspw.cn
发 行 部	010 - 84083685
门 市 部	010 - 84029450
经　　销	新华书店及其他书店

印　　刷	北京明恒达印务有限公司
装　　订	廊坊市广阳区广增装订厂
版　　次	2021 年 10 月第 1 版
印　　次	2021 年 10 月第 1 次印刷

开　　本	710×1000　1/16
印　　张	23.75
插　　页	2
字　　数	377 千字
定　　价	138.00 元

凡购买中国社会科学出版社图书,如有质量问题请与本社营销中心联系调换
电话:010 - 84083683
版权所有　侵权必究

目 录

卷首　司空图《诗品》之秘三论

初论　千古之秘 ……………………………………………（3）
概述 ……………………………………………………………（3）
一　千古之秘:古今中外关于《诗品二十四则》之研究 ………（4）
二　《诗品二十四则》——司空图之麒麟阁 …………………（6）
三　盛唐气象礼赞——《诗品·豪放》 …………………………（7）
四　晚唐衰乱写照——《诗品·悲慨》 …………………………（11）
五　唐代思想文化典型——《飘逸》《超诣》 …………………（12）
六　《诗品》具有唐代社会历史的认识价值 …………………（16）
七　以论解品:《诗品》思想主旨及作者初探 ………………（18）
八　结论:《诗品》是唐代社会及其思想文化的必然产物 ……（24）

再论　惊世奇文 ……………………………………………（26）
概述 ……………………………………………………………（26）
一　《诗品序》——《流动》 ……………………………………（27）
二　"载要其端"其一:《诗品·雄浑》与《易》之"辟户" ………（29）
三　"载要其端"其二:《诗品·冲淡》与《易》之"阖户" ………（34）
四　"载闻其符"例一:《诗品·豪放》与《易·泰》 ……………（42）
五　"载闻其符"例二:《诗品·悲慨》与《易·临》 ……………（44）
六　"载闻其符"例三:《诗品·飘逸》与《易·贲》 ……………（45）
七　"载闻其符"例四:《诗品·超诣》与《易·噬嗑》 …………（48）

· 1 ·

八 "载闻其符"例五:《诗品·实境》与《易·蛊》……………… (50)
九 结语:《流动》——开启《诗品》麒麟阁千古
　　秘门的钥匙 ……………………………………………… (53)

三论　麒麟阁构建始末 ………………………………………… (55)
　概述 ………………………………………………………………… (55)
　　一　诗易会通 …………………………………………………… (55)
　　二　诗易会通与麒麟阁 ………………………………………… (58)
　　三　建立麒麟阁中的人生思想转折 …………………………… (65)
　　四　建立麒麟阁的思想理念 …………………………………… (71)
　　五　《诗品二十四则》:辉映千春的麒麟阁 …………………… (77)
　　六　尾声:负气肆愤于《绝麟》 ………………………………… (82)

凡例 ………………………………………………………………… (86)
诗品·易道诗学通说、速览 ……………………………………… (90)

易道诗学·司空图《诗品》正义

上编　诗品·易道诗学观 ……………………………………… (129)
　卷一　诗品·易道诗学纲领 …………………………………… (130)
　　一　《雄浑》《冲淡》——纲领(上):原道、征圣 …………… (130)
　　二　《纤秾》《沉著》——纲领(下):宗经 …………………… (145)
　　三　易道诗学纲领 ……………………………………………… (164)
　　四　综论 ………………………………………………………… (173)
　卷二　诗品·易道诗学诗道论 ………………………………… (184)
　　一　《高古》《典雅》——诗道论(上) ………………………… (184)
　　二　《洗炼》《劲健》——诗道论(下) ………………………… (196)
　卷三　诗品·易道诗学诗德论 ………………………………… (203)
　　一　《绮丽》《自然》——诗德论(上) ………………………… (203)
　　二　《含蓄》《豪放》——诗德论(下) ………………………… (217)
　　三　诗品·易道诗学之诗道、诗德综论 ……………………… (224)

目 录

下编　诗品·易道诗学创作观 ……………………………………(238)
　卷四　诗品·易道诗学创作观 …………………………………(239)
　　一　《精神》《缜密》——创作观(上) ………………………(239)
　　二　《疏野》《清奇》——创作观(下) ………………………(249)
　　三　《诗品》易道诗学创作观综论 …………………………(259)
　卷五　诗品·易道诗学表现论 …………………………………(264)
　　一　《委曲》《实境》——表现论(上) ………………………(264)
　　二　《悲慨》《形容》——表现论(下) ………………………(273)
　　三　综论 ………………………………………………………(279)
　卷六　诗品·易道诗学境界论 …………………………………(280)
　　一　《超诣》《飘逸》——境界论(上) ………………………(281)
　　二　《旷达》《流动》——境界论(下) ………………………(291)
　　三　综论 ………………………………………………………(305)

诗品·易道诗学后述 ……………………………………………(307)
　诗品·易道诗学概述 ……………………………………………(307)
　诗品·易道诗学记述 ……………………………………………(330)

附录 ………………………………………………………………(368)
　一　表圣诗文 ……………………………………………………(368)
　二　《新唐书·司空图传》 ………………………………………(370)
　三　《四库全书总目提要》 ………………………………………(371)
　四　苏轼题跋 ……………………………………………………(371)

卷　首

司空图《诗品》之秘三论

初论　千古之秘

概　述

　　司空图《诗品》是一部有着重要国际影响的美学巨著。苏轼"恨当时不识其妙",纪昀《四库全书总目提要》稽古鉴定,"深解诗理","真出图手"。然而,因其精深闳博,以儒为宗,融贯释道,国内外学界至今对其研述尚有太多的未解之秘、未涉之域,甚而至于对作者、著作时代亦有异议。本书通过《诗品》对唐代社会历史、思想文化全面、概括的反映与具有历史特征资料的保存,并以包括司空图诗论在内的思想理论对《诗品》的比照、解读,论证了《诗品二十四则》正是作者所宣称建立的"第一功名只赏诗"的麒麟阁;以期从一个新的视角对中华民族国学作新的探索。

　　在中华民族悠久的发展史中,先民们创造了灿烂的古代文化,令后人自豪,催后人奋进。古代文化的博大精深,也表现为它的另一面,即其中蕴含有难为世人所知的千古之秘,或埋于地下,或毁于兵燹,甚或虽常在眼前,却苦于相识。司空图的《诗品》就属于后一类。它有着太多的故事,太多的鲜为人知的奥秘。苏轼曾经发出"恨当时不识其妙,予三復其言而悲之"[1]的浩叹,可惜的是,苏轼又何尝真"解其中味"呢?

---

[1] （宋）苏轼:《书黄子思诗集后》,《苏轼文集》（第五册）,孔凡礼点校,中华书局1986年版,第2124页。

一 千古之秘：古今中外关于《诗品二十四则》之研究

然而，应当肯定的是，苏子的浩叹，全然出自真诚。这真诚突出地表现在，他虽对司空图"有得于文字之表者二十四韵"，即《诗品二十四则》叹赏有加，但对司空图《与李生论诗书》中，所举出的二十余例己作，却未加厚赏，显示了古代文学家严肃的文学批评态度：

> 司空图表圣自论其诗，以为得味于味外。"绿树连村暗，黄花入麦稀"，此句最善。又云"棋声花院静，幡影石坛高"，吾尝游五老峰，入白鹤院，松阴满庭，不见一人，惟闻棋声，然后知此句之工也。但恨其寒俭有僧态。若杜子美云："暗飞萤自照，水宿鸟相呼。四更山吐月，残夜水照楼。"则才力富健，去表圣之流远矣！
>
> 《苏轼文集》卷六十七《书司空图诗》

苏轼对司空图所举二十余例己作，仅拈出两例品评。于"绿树连村暗，黄花入麦稀"，只淡淡地说"此句最善"，究系何善？未再多言。言外之意，其余诸例，尚皆不及此句。于"棋声花院静，幡影石坛高"，虽以游五老峰作铺垫，也只是说"然后知此句之工也"。接着盛赞杜甫"才力富健"，而恨"棋声"二句"寒俭有僧态"。不难看出，苏轼对司空图"自论其诗"的评论，与对《诗品二十四则》那种"恨当时不识其妙，予三复其言而悲之"，形成了鲜明的对照。其实，司空图对所举己作，也认为"虽庶几不滨于浅涸，亦未废作者之讥诃也"。他的话不幸在东坡的评论中得到了印证，可谓人心毋欺，无论人、己。

不过，从另一面看，苏东坡这位大文学家、大学问家、大鉴赏家，虽凭其渊博的学识，天才的艺术直觉，感悟到《诗品》之妙，还以"发纤秾于简古，寄至味于澹泊"这一《诗品》所体现的审美思想去评论韦应物、柳宗元的诗作，赞许司空表圣于"崎岖兵乱之间，而诗文高雅，犹有承平之遗风"，但是，他对《诗品》的妙悟，也仅限于"梅止于酸，盐止于咸，饮食不可无盐梅，而其美常在咸酸之外"；他认为《诗品二十四则》体现了司空图《与李生论诗书》中所提出的这一审美主张:"盖自列其诗之有得于文字之表者二十四韵""文字之表者",或"味外之旨""韵外之致",这一"美常在咸酸之外",深深契合了苏轼的审美理想;于书法,他推崇钟繇、王羲之的"萧散简远,妙在笔画之外",是出于同一审美情趣。在他的其他诗文中,也间或见到这一情趣以及与此相关情趣的表达。例如,《送参寥师》云:"咸酸杂众好,中有至味永。"又如《评韩柳诗》曰:

> 柳子厚诗在陶渊明下,韦苏州上。退之豪放奇险则过之,而温丽靖深不及也。所贵乎枯澹者,谓其外枯而中膏,似澹而实美,渊明、子厚之流是也。若中边皆枯澹,亦何足道。佛云:"如人食蜜,中边皆甜。"人食五味,知其甘苦者皆是,能分别其中边者,百无一二也。
>
> 《苏轼文集》卷六十七《评韩柳诗》

从这则诗评中,不仅可以见到它与司空图《与李生论诗书》的联系:"愚以为辨於味而后可以言诗也";而且也可以见到它与《诗品·绮丽》的联系:"浓尽必枯,淡者屡深。"

苏轼关于《诗品》的深长感叹,在宋代未曾引起什么反响。一个典型的例子,黄庭坚这位苏门学士,看了《书黄子思诗集后》,只提到其中"论陶谢诗,钟王书,极有理",而对司空图"得于文字之表者二十四韵",竟未置一词。苏轼本人对司空图《诗品》,此后也未再提起。他对《诗品》的心所深契者,只在"文字之表"的"发纤秾于简古,寄至味于澹泊",如此而已。

直到明代末年,苏轼之论方才得到天启进士郑鄤和藏书家毛晋的响应,乃有题跋。清代有王士禛、袁枚、纪昀三大家对司空图《诗品》表现了关注和兴趣。王士禛但取"采采流水,蓬蓬远春","不著一字,尽得风流",作为诗家极则。袁枚特地撰写《续诗品》32则,以补《诗品》"只标妙境,未写苦心"之缺憾与不足。与袁枚同时而稍晚的纪昀,在《四库全书总目提要》中论述《诗品》曰:"唐人诗格传于世者……率皆依托……唯此一编,真出图手。"又曰"其持论非晚唐所及,故是书亦深解诗理","所列诸体皆备,不主一格",云云。嘉庆、道光、咸丰年间，兴起了一股诵习《诗品》的热潮，直接起因是扬州科举先后以"隔溪渔舟""晓策六鳌"作为诗题，杨廷芝《二十四诗品浅解》、孙联奎《诗品臆说》，即先后成于此时。他们基于塾师教学八股文的方式，对《诗品》作了一些诠释、解读。杨振纲在其《诗品续解自序》中说："表圣《诗品》发明作诗之旨详矣，然其间往往有不可解处，非后人之不能解，实其文之不可解也。"因而提出"读者但当领略大意"。

20世纪初，《诗品》陆续传到日本、英国，40年代又流传到苏联，之后又传到韩国、美国，《诗品》的研究在国外展开。日本人岩溪裳川有《二十四诗品举例》，另一日本人森槐南有《廿四诗品解》的手稿本问世。

二十世纪六十年代初，郭绍虞先生《诗品集解》出版，为《诗品》研究开创了新局面。八十年代，诗品研究成为热门，取得了前所未有的成绩，特别是不少译注，如祖保全先生的《司空图诗品解说》，罗仲鼎、吴宗海、蔡乃中先生的《诗品今析》等，用功甚勤，为《诗品》的深入研究作出了贡献。

从赵宋、明、清，以至今日，对《诗品》的研究虽日渐深入，但是，毋庸讳言，《诗品》研考尚有超乎意想的未涉之域，尚有超乎意想的未解之秘。苏轼"恨当时不识其妙"，茫茫千古，真识其妙者，竟在何方？

二 《诗品二十四则》——司空图之麒麟阁

司空图对《诗品二十四则》有过自评，他说：

> 浮世荣枯总不知，且忧花阵被风欺。
> 侬家自有麒麟阁，第一功名只赏诗。[1]

麒麟阁为汉武帝获麒麟时所造，用以表彰开国功臣。司空图以汉喻唐，以汉代麒麟阁，喻指唐代的凌烟阁。唐人刘肃《大唐新语》卷十

---

[1] （唐）司空图：《力疾山下吴村看杏花十九首》（其六），《全唐诗》（卷634，第19册），中华书局1960年版，第7276页。

一《褒锡》第二十四载："贞观十七年，太宗图画太原倡义及秦府功臣赵公长孙无忌……等二十四人于凌烟阁。太宗亲为之赞，褚遂良题阁，阎立本画。"同唐代诸多诗人一样，司空图有着极强的报国建功立业的雄心壮志，在他的作品中多次言及"麒麟阁""凌烟阁"。唐僖宗光启三年他五十岁时，曾在其三诏堂、九龠室的墙壁上"模玉川于其间，备列国朝至行、清节、文学英特之士"[①]，以激励自己。但是，唐末的社会现实，最终使司空图选择了"第一功名只赏诗"的独善之路，《诗品二十四则》也就成为他所构建的"麒麟阁"了[②]。以图画礼赞开国元勋、备极崇高的丰碑——麒麟阁比拟二十四诗品。《诗品》耗尽了司空图的心血，寄托了他终生的理想、抱负与生命的全部价值。《诗品二十四则》所构建的麒麟阁，飞阁翔丹，风光无限。然而，阁墙数仞，阁门森严；阁内廊腰缦回，机关重重。我们姑且先瞻仰其外观的气象，再徐图进入阁内吧。

三 盛唐气象礼赞——《诗品·豪放》

《诗品二十四则》给我们最为强烈的直观印象是，它生动地反映了唐代的兴盛气象，时代精神，以及唐末衰乱，并预感其行将消亡的历史。确如苏子所云"唐末司空图崎岖兵乱之间，而诗文高雅，犹有承平之遗风"。

盛唐气象，昂扬的时代精神，在《诗品》中得到了充分的展现，诸如：

> 具备万物，横绝太空，荒荒油云，寥寥长风。（《雄浑》）
> 采采流水，蓬蓬远春……碧桃满树，风日水滨。（《纤秾》）
> 行神如空，行气如虹……天地与立，神化攸同。（《劲健》）
> 神存富贵，始轻黄金……取之自足，良殚美襟。（《绮丽》）
> 明漪绝底，奇花初胎……青春鹦鹉，杨柳楼台。（《精神》）

[①] （唐）司空图：《山居记》，《全唐文》（卷807，第4册），上海古籍出版社1990年版，第3763页。

[②] 本书卷首《麒麟阁构建始末》。

落落欲往，矫矫不群，缑山之鹤，华顶之云。(《飘逸》)

以上诸例，无论诗品名称，还是所咏景物，都将盛唐那种大气磅礴、蓬勃生机，无比自信、豪迈的精神情感，酣畅淋漓地表现了出来。这里，我们尤其应当品味那首突出表现唐代社会特征的诗品《豪放》，兹将原作抄录如下：

观花匪禁，吞吐大荒；由道返气，处得以狂。天风浪浪，海山苍苍；真力弥满，万象在旁。前招三辰，后引凤凰；晓策六鳌，濯足扶桑。

《豪放》借杏园宴游来表述，说明诗品豪放。杏园宴，是唐代帝王赏赐新科进士的宴会。杏园，故地在今陕西西安市郊。杏园宴的主要内容是探花，亦称"探花宴"。探花活动极为隆重，达官贵人，市井百姓，无不前往，整个长安城音乐飘荡，车水马龙，人声鼎沸。探花使骑马遍游长安各园。张籍《喜王起侍郎放牒》云："东风节气近清明，车马争来满禁城。二十八人初上牒，百千万里尽传名。谁家不借花园看，在处多将酒器行。共贺春司能鉴识，今年定合有公卿。"李远《陪新及第赴同年会》云："曾攀芳桂英，处处共君行。今日杏园宴，当时天乐声……满座皆仙侣，同年别有情。"刘沧《及第后宴曲江》云："及第新春选胜游，杏园初宴曲江头。紫毫粉壁题仙籍，柳色箫声拂御楼……归时不省花间醉，绮陌香车似水流。"了解到杏园宴的这些情况后，《豪放》就很容易理解了。

《豪放》，全诗共12句，前四句借杏园宴说明豪放诗品的意义。在京城皇家禁地观花，而能"观花匪禁"，尽情观赏，无所禁忌，而且，观花豪情冲天，"吞吐大荒"，唐代，只有皇帝恩准的新科进士的杏园宴游方能如此。因此，"观花匪禁，吞吐大荒"，不仅状其豪放，也意在点明杏园宴游。观花者所以有"吞吐大荒"的狂放，是其正处于极为得意之时。孟郊《登科后》是抒发唐代新科进士杏园宴游观花豪情的经典之作："昔日龌龊不足夸，今朝放荡乐无涯；春风得意马蹄疾，一日看尽长安花。"《豪放》以"吞吐大荒"，准确地表述了"今朝放荡乐无涯";而"处得以狂"之语,也显系从"今朝放荡乐无涯"与"春风得意马蹄疾"提炼而来。至于"由道返气",那是以孟子的"配义与道"的"浩然之气"①来形容、规范"处得以狂"的豪放。

《豪放》的后八句,以杏园一日宴游,具体展示豪放诗品的审美特征。唐代新科进士被视为"白衣公卿",进士间相互以"仙侣"为称,杏园宴游成为当世最为风光的仙游了。"天风浪浪,海山苍苍;真力弥满,万象在旁",写仙侣们仙游所见、所感:他们"春风得意马蹄疾",乘马疾驰,如御天风,浑身弥满阳刚真气;一路所见,万千气象,京城楼台,如蓬莱海山,茫茫苍苍。末四句"前招三辰,后引凤凰;晓策六鳌,濯足扶桑",写仙游的阵容、声势及全部过程。日月星三辰在前传呼引路,凤凰跟随于后,极写宴游的盛大隆重,进士们所受的无比恩宠。翁承赞《擢进士》云:"霓旌引上大罗天,别领新衔意自怜。蝴蝶流莺莫先去,满城春色属群仙。"皮日休《登第后寒食杏园有宴因寄录事宋垂文同年》云:"雨洗清明万象鲜,满城车马簇红筵。恩荣虽得陪高会,科禁惟忧犯列仙。"司空图曰"观花匪禁",皮日休曰"科禁惟忧犯列仙",在杏园宴时,新科进士,这些"列仙"们是唯一不可冒犯的,话虽有些夸张,但皇家对新科进士的恩宠却从中可见。《豪放》云,宴游进行了一整天,"晓策六鳌"而出游,"濯足扶桑"而归宿。濯足,即俗语洗脚,喻言夕宿。扶桑,神话传说中的树木,生在日出的地方。"濯足扶桑"是说太阳循迴运行,由晨出扶桑,又夕归扶桑,列仙们"一日看尽长安花",便夕归洗脚休息了。总之,《豪放》写仙游,瑰丽神奇,是现实中杏园宴游"处得以狂"的幻化表现。现实中的杏园宴游,"春风得意马蹄疾,一日看尽长安花","归时不省花间醉,绮陌香车似水流",司空图则以游仙诗的形式再现了出来,不仅淋漓尽致地表现出新科进士喜登龙门,宴游观花真实的豪迈、狂放情怀,而且也鲜明地表述了豪放诗品"由道返气,处得以狂","真力弥满,万象在旁"的典型的审美特征。

杏园宴在唐代,特别是在唐代士人中的影响是巨大的、深远的,集

---

① (清)阮元校刻:《孟子·公孙丑上》,《十三经注疏》(下册),中华书局1980年版,第2685页。

中地反映了唐代社会风尚与精神面貌。我们知道刘禹锡曾因《元和十年自朗州至京，戏赠看花诸君子》一诗而遭贬谪，但他对于杏园宴却始终不能忘怀，以至于"年年曲江望，花发即经过。未饮心先醉，临风思倍多"①。《曲江春望》云："凤城烟雨歇，万象含佳气。酒后人倒狂，花时天似醉。三春车马客，一代繁华地。何事独伤怀，少年曾得意。"刘禹锡有《同乐天和微之深春二十首》，其十四云："何处深春好，春深唱第家。名传一纸榜，兴管九衢花。荐听诸侯乐，来随计吏车。杏园抛曲处，挥袖向风斜。"在他被贬逐二十余年后，于《杏园花下酬乐天见赠》中犹云："二十余年作逐臣，归来还见曲江春。游人莫笑白头醉，老醉花间有几人。"以上资料足以看出，杏园宴在唐代士人心目中有着何等特殊、何等重要的地位。诚如姚合《寄陕府内兄郭冏端公》诗云："蹇钝无大计，酷嗜进士名……春榜四散飞，数日徧八纮。眼始见花发，耳得闻鸟鸣……同游山水穷，狂饮飞大觥。起坐不相离，有若亲弟兄……永昼吟不休，喉咙干无声。羁贫重金玉，今日金玉轻。"一般认为，宋代文人在中国古代历史上的社会地位相当优越，确如其言。宋代的琼林宴也相当隆重，但与唐代的杏园宴显然不同。杏园宴的社会参与之广，影响之巨，是鲜有可比的。宋人崇尚的是老成、持重、重规矩；缺乏唐人的豪迈、狂放、自信、意气风发。司空图选取杏园宴喻言豪放，并且采取游仙诗的艺术形式表述，既突出了豪放诗品的审美特征，又反映出包括他本人在内的唐代士人对杏园宴非同寻常的钟情与特殊情结。科举取士，喜登龙门，杏园宴几乎承载了唐代士人们终生的全部理想、希望与寄托。当司空图"归卧乡园只老夫"，而"莫算明年人在否"②之时，在力疾山下吴村观赏杏花，虽非皇家禁城长安，却同样燃起了满腔豪情，情不自禁地宣称："侬家自有麒麟阁，第一功名只赏诗。"由暮年山村观赏杏花而唤起、重现昔日京城杏园宴的情景，激发起图画"麒麟阁"的情怀与夙愿，杏园宴迸发，喷涌出的豪迈、狂放、得意，反映了庶族士人，这一唐代最具生气活力的社会阶层

---

① （唐）刘禹锡：《酬令狐相公杏园花下饮有怀见寄》，《全唐诗》（卷358，第11册），中华书局1960年版，第4034页。
② （唐）司空图：《力疾山下吴村看杏花十九首》（其六），《全唐诗》（卷634，第19册），中华书局1960年版，第7276页。

的精神风貌，成为大唐气象的典型特征。

然而，司空图将"第一功名只赏诗"，作为自家的"麒麟阁"，其实也出于无奈，那是由于"嬴形不画凌烟阁"，而"只为微才激壮图"①的结果，是时代造成的悲剧。这就是我们下面要讨论的《悲慨》。

四　晚唐衰乱写照——《诗品·悲慨》

《诗品·悲慨》表述了唐代社会政治的另外一面：

> 大风卷水，林木为摧；适苦欲死，招憩不来。百岁如流，富贵冷灰；大道日丧，若为雄才。壮士拂剑，浩然弥哀；萧萧落叶，漏雨苍苔。

《悲慨》的开首两句便说，一场暴风将水卷起，摧毁了林中的树木。这是一场什么风暴呢？"适苦欲死，招憩不来"两句说明了风暴的性质。"招憩"，化用《诗经·召南·甘棠》："蔽芾甘棠，勿剪勿败，召伯所憩！"诗的意思是：棠梨茂密的枝叶，不要剪掉不要摧毁它，召伯曾在树下休息！孔颖达《毛诗正义》疏云："武王之时，召公为西伯行政于南土，决讼于小棠之下，其教著明于南国，爱结于民心，故作是诗以美之也。"因而，《悲慨》的首四句化用召公姬奭在南国棠梨树下决讼行政，政教著明，深得民心，民众因敬爱召伯其人，而移爱其树，故《诗》云"勿剪勿伐"，"勿剪勿败"，表达对贤德清正官吏，对贤人政治的拥戴。所以，"大风卷水，林木为摧"，这场暴风就不是自然界的暴风，而是社会政治的风暴了。这场社会政治风暴摧毁了贤人政治的社会基础，百姓处于水深火热之中。《悲慨》的中间四句，写"大道日丧"的乱世之悲。前两句"百岁如流，富贵冷灰"，写乱世中，个人荣华富贵成空，人生前途无望；后两句"大道日丧，若为雄才"，写世运愈下，国事日衰，纵使英雄豪杰也无能为力。《悲慨》的末四句写亡国之哀。前两句"壮士拂剑，浩然弥哀"，写国破，壮士拂剑长啸，天地间弥漫无穷悲哀；后两句"萧萧落叶，漏雨苍苔"，写亡国的冷落凄凉。

---

① （唐）司空图：《力疾山下吴村看杏花十九首》（其六），《全唐诗》（卷634，第19册），中华书局1960年版，第7276页。

《悲慨》全诗十二句，从社会政治风暴起始，至乱世黑暗，"大道日丧"，终至国亡，揭示了德政——任用贤德之人的政治，是维系国家兴盛命脉的基石，摧毁了德政及其社会基础，最终必然导致国家衰亡。

司空图继承了儒家传统的政治教化的诗歌观。《悲慨》生地体现与阐释了《毛诗序》"国史明乎得失之迹……吟咏情性，以风其上，达于事变而怀其旧俗者也"的观念。所谓"事变"，在《悲慨》中，即"大风卷水，林木为摧"，以此导致"礼义废，政教失"。所谓"怀其旧俗"，即对召伯问政树下，自"大风卷水，林木为摧"，便至今"召憩不来"。中间四句，言"乱世之音，怨以怒，其政乖"；末四句，言"亡国之音，哀以思，其民困"。全诗"明乎得失之迹"，贤人政治是维系国家命运的基础。

《诗品·悲慨》是唐王朝中晚期社会政治的写照。安史之乱，藩镇割据，极大地加深了皇家对朝官，特别是对功臣的猜忌与防范，也逐渐强化、坐大了宦官的权势，形成了一朝天子一朝臣，宦官专政的政治局面。虽然唐顺宗时也有过"永贞革新"，但仅一百几十天，革新就失败了，进步朝士遭到贬谪甚至杀戮；虽然唐宪宗时也出现过"元和中兴"，但元和也仅支撑了十五年，宦官便杀掉了宪宗。南衙（朝官）与北司（宦官）斗争日趋激烈，朝臣内部的朋党之争，也依附于南衙北司的斗争，而此起彼伏。唐文宗太和九年甘露之变，宦官完全拥有了对皇帝的生杀废立大权。各种矛盾斗争的错综交织，经济、政治的日趋衰败，终于爆发了王仙芝、黄巢农民起义，唐王朝在农民大起义的沉重打击下覆灭了。虽然，司空图撰写《诗品·悲慨》，不在唐朝覆灭之时，而只是他在唐末时一种不祥的预感，是在"明乎得失之迹"，对唐王朝的警诫，即《毛诗序》所谓的"吟咏情性，以风其上"。

五　唐代思想文化典型——《飘逸》《超诣》

《诗品二十四则》颇为全面、集中、概括地反映了唐代的思想文化特征，那就是以儒家思想为主导的儒释道三家并存。儒家思想在《诗品二十四则》中的主导地位，贯串始终，在上文与下文，并在本系列论文中会不断论述。这里拟将讨论释、道两家在《诗品》中的反映。《诗品》不仅多次引述释、道两家的思想资料，而且还专门为释、道两家设立了诗品，那就是《超诣》与《飘逸》。先看《飘逸》：

> 落落欲往，矫矫不群；缑山之鹤，华顶之云。高人惠中，令色氤氲；御风蓬叶，泛彼无垠。如不可执，如将有闻；识者期之，欲得愈分。

司空图以"云"与"鹤"来形象地说明诗品飘逸的美学特征。"云"又非一般的云，而是"落落欲往"的华山顶峰的云；"鹤"也非一般的鹤，而是"矫矫不群"的缑氏山上的鹤，两者都暗用李白诗歌。李白《古风》五十九首其十九云："西上莲花山，迢迢见明星；素手把芙蓉，虚步蹑太清。霓裳曳广带，飘拂升天行；邀我登云台，高揖卫叔卿。"因而，华山之云，之所以"落落欲往"，孤高寡和，乃是仙云。李白《凤笙篇》云："仙人十五爱吹笙，学得昆丘彩凤鸣……绿云紫气向函关，访道应寻缑氏山；莫学吹笙王子晋，一遇浮丘断不还。"刘向《列仙传》曰："周·王子乔好吹笙，作凤鸣，后告其家曰：七月七日待我于缑氏山头，及期，果乘白鹤，谢时人而去。"王子乔，周灵王太子，名晋，王子乔即王子晋。因而，缑山之鹤，之所以"矫矫不群"，超凡脱俗，乃是仙鹤。《诗品·飘逸》所云的仙云、仙鹤，皆出自道家，李白诗中讲得很明白："绿云紫气向函关，访道应寻缑氏山。"《飘逸》中间四句，描绘一位"高人"，资质聪慧，容颜美好，御风而行，遨游在无边无际的太空，正是一位修炼仙道的长者。诗品飘逸，也正是仙风道骨在诗歌创作中的美学表现。李白生前以具"仙风道骨"著称。在长安，太子宾客贺知章一见而惊叹曰："此天上谪仙人也！"诗仙李白的诗作，无疑是飘逸诗品的典范。所以，杜甫《春日忆李白》云："白也诗无敌，飘然思不群。"司空图表述《飘逸》之品，之所以描绘一位"高人"的形象，与他所写的另一篇短文《李翰林写真赞》不无关系，《赞》云："水浑而冰，其中莫莹；气澄而幽，万象一镜。耀然烱然，傲睨浮云；仰公之格，称公之文。"[①] 所谓文如其人，诗如其人。

---

① （唐）司空图：《李翰林写真赞》，《全唐文》（卷808，第四册），上海古籍出版社1990年版，第3766页。

《诗品·超诣》展现的是诗佛的美学品格：

> 匪神之灵，匪机之微；如将白云，清风与归。远引若至，临之已非；少有道气，终与俗违。乱山乔木，碧苔芳晖；诵之思之，其声愈希。

《超诣》的首四句说，超诣诗品那种如同清风、白云的审美情趣，不是凭借《易传》所谓的"阴阳不测之谓神"的神灵，也不是凭借《老子》所谓的"古之善为士者，微妙玄通"的玄机。或问，如同清风、白云审美情趣的超诣诗品凭借的是什么呢？答案即在自身，凭借的是与归白云清风的清净自性。中间四句又说，诗歌作品呈现"远引若至，临之已非"，如同海市蜃楼般的美学特征，是因为作者少年就有佛道气质，晚年最终超脱世俗，潜心归佛，创作所以臻于超诣之境，乃得佛禅之助。同时，这也点化了清净自性的途径、因缘：奉佛修心。显然，这位"少有道气，终与俗违"者，指的就是诗佛王维。

王维，字摩诘，从王维的名字，就可见其家教的一斑。维摩诘，为佛教中菩萨名，维摩罗诘，毗摩罗诘，略称维摩或维摩诘。维摩诘所说的佛经名曰《维摩诘经》，略称《维摩经》。维摩的意义是"净名"，"净"者，清净无垢的意思。"名"者，声名远播的意思。王维父亲去世较早，母亲博陵崔氏，笃奉佛教。王维至孝，早年随母参禅，即《超诣》所云"少有道气"。《维摩经·方便品》曰："是身如电，念念不住"，意谓人生如电光一闪，刹那间即已逝去。在这种家教、这种信仰的支配下，加上遭逢安史之乱的种种经历、磨难，王维"晚年长斋，不衣文采……在京师，日饭十数名僧，以玄谭为乐。斋中无所有，唯茶铛、药臼、经案、绳床而已。退朝之后，焚香独坐，以禅诵为事。妻亡不再娶，三十年孤居一室，屏绝尘累。乾元二年七月卒。临终之际……作别书数幅，多敦厉朋友奉佛修心之旨，捨笔而绝。"[1] 此即《超诣》所云："终与俗违。"

以上，《超诣》八句，前四句否定成就超诣诗品为《易传》所云的

---

[1] （后唐）刘昫等撰：《旧唐书·王维传》，《二十五史》（第二册），上海古籍出版社1986年版，第1275页。

"神灵"与《老子》所云的"机微",后四句肯定成就超诣诗品实为作者潜心佛禅,这种对照鲜明的表述方式,在于层层递进中,突出、强化了禅思在诗歌创作修养的作用。前四句中,作者以"清风""白云"来表述超诣诗品的美学特征,亦即《与王驾评诗书》中所谓"右丞苏州,趣味澄复,若清风之出岫"之意。后四句中,作者又云超诣之境"远引若至,临之已非",如同海市蜃楼,揭示佛禅诗境的空灵与幻化,亦即《与极浦谈诗书》所谓"戴容州云:'诗家之景,如蓝田日暖,良玉生烟,可望而不可置于眉睫之前也。'象外之象,景外之景,岂容易可谈哉!"之意。

《超诣》的最后四句举王维《鹿柴》作为经典范例:"空山不见人,但闻人语响;返景入深林,复照青苔上。"《鹿柴》意境空幽、静谧。作品以"不见人",写其林深;以"但闻人语响",写林空而静。一缕阳光折射入林,最终照在青苔上,不但写出深林之幽,更写出阳光无幽不照之普照。辉煌的光焰沐浴众生,给青苔带来无限的光明,真实的生命与希望;也给孤身处于深林中的人带来真实的信念、希望,乃至人生终极的安慰,充满禅意,是王维皈依佛教心灵的真实写照。司空图让读者"诵之思之",深味诗意,不久便会"其声愈希",自然而然进入超诣的意境。诗的教化作用是情感的体验,不是理论的说教。因此,《诗赋赞》云:"知道非诗,诗未为奇。"人类通过健康的审美情感的体验,也可以达到自我完善。司空图深信佛禅智慧可以净化人的心灵。

倡导佛教智慧能够促成诗人创作达到"超诣"境界的,大概是中唐诗论家释·皎然,其《诗式·文章宗旨》首倡其端:

> 康乐公早岁能文,性颖神彻。及通内典,心地更精,故所作诗,发皆造极,得非空王之道助邪?

文中所说的"内典",即佛典。谢灵运通晓佛教典籍并非虚言,他著有《辨宗论》,汤用彤先生以为"虽本文不及二百字……则在中国中古思想史上显示一极重要之事实。"[①]

[①] 汤用彤:《谢灵运〈辨宗论〉书后》,《汤用彤全集》(第四卷),河北人民出版社2000年版,第96页。

六 《诗品》具有唐代社会历史的认识价值

如果说,《豪放》所言杏园宴游,《飘逸》所言诗仙,《超诣》所言诗佛,是司空图的《诗品》有意、特意、直接对唐代社会反映的话,那么,下述《诗品》的资料,则是间接地、不经意地对唐代社会的反映;而这种间接地、不经意地反映,或许更具有认识了解唐代社会历史的价值。请看《诗品·实境》:

> 取语甚直,计思匪深;忽逢幽人,如见道心。清涧之曲,碧松之阴;一客荷樵,一客听琴。情性所至,妙不自寻;遇之自天,泠然希音。

首先来看品题,"实境"是什么意思?"实境"不是客观现象之境或现实之境,而是真实之境,是如同佛教所说的真实无妄之境。在真实无妄之境中,"荷樵"者,"听琴"者,都称为"客",实境中的匆匆过客。《实境》中所谓的"幽人"与"道心",又是何人、何道呢?所指之人自然是"清涧之曲","碧松之阴"的"一客荷樵"与"一客听琴"者了。在"碧松之阴"的"听琴"之人,其出处人皆熟悉,那就是《列子·汤问》所载传说中的隐逸高人钟子期与俞伯牙的故事,"伯牙善鼓琴,钟子期善听",只是《实境》具体所指不是"高山""流水"的传说,而是指伯牙游于"泰山之阴",二人的故事:

> 伯牙游于泰山之阴,卒逢暴雨,止于岩下,心悲,乃援琴而鼓之……曲每奏,钟子期辄穷其趣。伯牙乃舍琴而叹曰:"善哉,善哉,子之听夫!志想象犹吾心也,吾于何逃声哉?"

那么,"清涧之曲"的"荷樵"之客又是何人呢?唐无名氏《曹溪大师别传》曰:

> 惠能大师……与村人刘志略结义为兄弟……略有姑,出家配山涧寺,名无尽藏,常诵《涅槃经》。大师昼与略役力,夜即听

经至明。

又，唐·惠能《坛经》曰：

> 惠能幼小，父又早亡，老母孤遗，移来南海，艰辛贫乏，于市卖柴。忽有一客买柴，遂令惠能送至官店，客将柴去。惠能得钱，却向门前，忽见一客读《金刚经》，惠能一闻，心明便悟。

显然，司空图将《曹溪大师别传》中，惠能白天在"山涧寺""役力"，与《坛经》中惠能自云"于市卖柴"，糅合在一起，构思出"清涧之曲"，"一客荷樵"，旨在说明惠能闻经而明心见性，"如见道心"；又据《列子·汤问》："伯牙游于泰山之阴……援琴而鼓之……曲每奏，钟子期辄穷其趣"，而构思出"碧松之阴"，"一客听琴"，旨在说明钟子期听琴而穷其志趣，知悉鼓琴者乃是志在徜徉山水的"幽人"。人世间的两位过客，无论是闻经见性，还是听琴穷趣，都在妙悟。因此，所谓"实境"，就是"情性所至"的妙悟之境，就是客观现实事物与诗人主观情性的契合之境。这不是通常所谓的诗歌意境，而是诗歌意境中那种真实无妄之境，那种反映某种本质特征，引人入胜的意境，所以特别名之为"实境"，如谢灵运的"池塘生春草"，"明月照积雪"；如陶渊明的"采菊东篱下，悠然见南山"。

禅宗六祖惠能在"山涧寺""役力"，到市中卖柴听经悟道，发生在唐高宗时期，是唐代佛学界一件极重大的事。《诗品·实境》举惠能而说明妙悟，在唐代绝非偏僻典故；但对明清以后的一些不涉佛学的文人而言，则对"清涧之曲"的"荷樵"之客，及其"如见道心"，不太容易产生联想。由于司空图构思的巧妙，倒是使读者产生这是作者随手举出的现实中常见的"实境"事例的认识。并且，由于误以为"清涧之曲""一客荷樵"既为日常事例，连类而及，又误以为"碧松之阴""一客听琴"，这一本为人们熟悉的典故，也为日常事例，从而影响到对"取语甚直，计思匪深"的正确理解，最终影响到对"实境"的正确理解。

时代的隔膜，对《诗品》的理解带来困难，《自然》的"过雨采蘋",是一则具有代表性的案例。清人孙联奎《诗品臆说》曰:"何时不可采蘋,而必过雨采之?非过雨,则采亦少趣。时闲而物荣,采之不容已矣。不容已,即自然也。此即'采采芣苢'之意。"孙教授"以《诗品》授徒"[1],于《诗品》颇多胜解,但以为"过雨采蘋",乃采者兴之所至,却似是而非。另一位清代学者杨廷芝《二十四诗品浅解》曰:"过雨采蘋,蘋生于雨,固自有之,适值过雨,偶尔采蘋,行所无事无成心也。"孙、杨两位先辈虽解释各异,但共同认为"过雨采蘋",乃采之自然。其实,《诗品·自然》"过雨采蘋",是说采必自然。采之自然,是就采蘋者而言,采蘋是出自一种下意识的动作,顺手采之,非有意而为。采必自然,是就蘋而言,非过谷雨节气则无蘋可采。《周礼》曰:"谷雨一日,萍始生。"萍作为候物,唐代文人罕有误会"过雨采萍"之语。因为,不仅《艺文类聚》,而且,白居易《白氏六帖》三十卷亦都载曰:"谷雨之日,萍始生。"《初学记》引《吴氏本草》曰:"水萍……五月华白,三月采。"这些都是当时诗人习见之书,唐代以诗赋取士,为打通仕途,文人应试,都不会对这些有助于应试之书置之不顾的。宋人编纂的《太平御览》仍载有:"《周书》曰:'谷雨一日,萍始生。'"将《艺文类聚》的《周礼》,改为《周书》。不过,试检现存的《周礼》《周书》,均不见所载之文。《礼记·月令》仅云:"季春之月……萍始生。"唐代以后,科举已不再以诗赋选拔进士,清代则以八股文取士,司空图《诗品》之所以在清代一度热了起来,也是科举考试接连以"隔溪渔舟""晓策六鳌"作为试题的缘故。清代文人对"过雨采萍"屡有误解,足以看出,不同的时代风尚,不仅标志着人类文明的历程,同时也不可避免地造成某些历史的隔膜,以及对某些事物的淡忘。

七 以论解品:《诗品》思想主旨及作者初探

本书对司空图《诗品》的讨论或阐述,本着或遵循着以论解品的原则,即以司空图的包括文论在内的思想理论来阐释他的《诗品》,或

---

[1] (清)孙联奎:《诗品臆说·自序》,司空图:《诗品》解说二种,齐鲁书社1980年版,第7页。

者说，以司空图的文论与思想理论来印证对《诗品》的理解。上述讨论中，《超诣》涉及《与王驾评诗书》《与极浦谈诗书》，《飘逸》涉及《李翰林写真赞》，《悲慨》涉及《与李生论诗书》"诗贯六义，则讽谕、抑扬……皆在其中"，等等，已经可以初步说明，司空图的文论或思想理论与他的《诗品》是相通的。当然，司空图的文论或思想理论与《诗品》相通，远远不止于此。事实上，他的文论，他的政治思想理论，在《诗品》中都得到了直接、间接地反映。品与论的相通，反映了司空图思想理论的成熟，横说竖说，不离其宗。

无论是宋代的苏轼，还是明清的学者，都依据司空图《与李生论诗书》而概括其诗论曰："诗贯六义，讽谕、抑扬、渟蓄、渊雅，皆在其中，惟近而不浮，远而不尽，然后可言意外之致"，"梅止于酸，盐止于咸，而味在酸咸之外"①。其实，"味外之旨""韵外之致"，以及"象外之象，景外之景"，只是司空图诗论的中的一部分，虽是颇具特色、相当重要的部分，但远不是他诗论的全部，也说不上是他诗论的主体或纲领。随着讨论的逐步深入，将会发现，他的诗论内容之丰富，规模之宏大，深度与广度，赡博精致之国学价值，都大大超过历史上对他的所有评论。人们过分地低估了他！包括苏东坡与纪晓岚这些令人尊敬的先辈在内。本着以论解品的原则，在正面讨论《诗品》之前，姑且先就《诗赋赞》来对司空图的诗歌观念或诗歌理论，作一大概的了解吧，兹将全文抄录如下：

> 知道非诗，诗未为奇；研昏炼爽，戛魄凄肌。神而不知，知而难状；挥之八垠，捲之万象。河浑沈清，放恣纵横；涛怒霆蹴，掀鳌倒鲸。鑱空擢壁，琤冰掷戟；鼓煦呵春，霞溶露滴。邻女有嬉，补袖而舞；色丝屡空，续以麻絢。鼠革丁丁，燃之则穴；蚁聚汲汲，积而成垤。上有日星，下有风雅；历诋自是，非吾心也。

---

① （清）永瑢、纪昀等撰：《四库全书总目提要》（下册），中华书局1965年版，第1780、1781页。

《诗赋赞》未能引起学术界的足够重视，也未见论及此《赞》与《诗品》有何关系。郭绍虞先生《诗品集解》于附录中收有许印芳的跋文。跋文对《赞》文解说甚略，只在"文为载道之器"上大加发挥，这也是跋文体制所致。《诗赋赞》实为研究司空图诗歌理论，解读《诗品》的重要文献，有必要对全文作较为详细的研讨。

《赞》文开首两句，"知道非诗，诗未为奇"，提出了诗与道的关系，是全文的主题。两句的意思是说，懂得了道，不一定能作诗；即使写出了诗，也未必神奇。语中包含两层意义。一层意义为，诗歌创作须正确认识诗与道的关系；另一层意义为，正确认识诗与道的关系，重要在于运用之妙；在妙用中才真正体现出对诗、道关系的正确认识与把握。《诗赋赞》全文二十八句，前十六句为第一部分，正面论述诗、道关系，以树立其诗歌观；后十二句为第二部分，是对诗坛不良风气与不良倾向的批评，从侧面树立其诗歌观。

第一部分前八句，说明对诗、道关系的掌握、运用之妙，须研炼入神。研炼是长期的、艰苦的，要经历"戛魄凄肌"，触及肌肤与灵魂的过程。所以刘勰说："相如含笔而腐毫，扬雄辍翰而惊梦，桓谭疾感于苦思，王充气竭于思虑，张衡研京以十年，左思练都以一纪。"[1] 通过长期、艰苦的研炼，达到心境明彻，思想洞达，如唐人于邵所说"心气爽练，尤于妙理"[2]，最终进入出神入化之境，"神而不知，知而难状"，亦即《与李生论诗书》所谓的"千变万状，不知神而自神"。研炼至如此境界，便真正具备"挥之八垠，捲之万象"的大才力。后八句，《赞》文紧扣"挥之八垠，捲之万象"研炼入神的大才力展开表述。"河浑沇清，放恣纵横；涛怒霆蹴，掀鳌倒鲸"四句，说明大才力，必然诗体大备，杰出、遒举、宏肆。即可为黄河之水天上来，奔腾咆哮，浩茫雄浑，又可为济水清滢，静如锦练；既可为"翡翠兰苕"，

---

[1] （梁）刘勰：《文心雕龙·神思》，范文澜：《文心雕龙注》（下册），人民文学出版社1958年版，第494页。

[2] （唐）于邵：《送库狄纵入蜀序》，（宋）李昉等编撰：《文苑英华》（卷725，第5册），中华书局1966年版，第3758页。

清丽可喜，又可为"鲸鱼碧海"①，翻海倒江，纵横恣肆。犹如元稹所云"尽得古今之体势，而兼人人之所独专"。②"鑱空擢壁，琤冰掷戟；鼓煦呵春，霞溶露滴"四句，表述大才力，必然"金声而玉振"，"鼓天下之动"③，从而充分显示，发挥诗的功能。"鑱空擢壁"，如韩愈所云"想当施手时，巨刃磨天扬，垠崖划崩豁，乾坤摆雷硠"④。而"琤冰掷戟"，则有金玉之音，如刘勰所云"至夫子继圣，独秀前哲，熔钧六经，必金声而玉振"⑤。《孟子·万章上》曰："孔子之谓集大成。集大成也者，金声而玉振也。"正是这种集大成的才力，诗歌创作"鼓煦呵春，霞溶露滴"，鼓动和煦春意，描绘或创作出绚丽、鲜活、充满无限生机的诗的世界。作者在《诗赋赞》的前十六句，即第一部分中，对研炼入神，具大才力，极尽夸张渲染之能事，用意何在呢？作者的意图很明确，那就是如同《文心雕龙·原道》所云："《易》曰'鼓天下之动者存乎辞'，辞之所以能鼓天下者，乃道之文也。"所以，对研炼入神的大才力的渲染，对诗的"鼓天下之动"功能的淋漓尽致的表述，就与《赞》文开首的"知道非诗，诗未为奇"，紧紧地扣合在一起了，诗与道的关系，也就顺理成章地确立为：诗者，道之文也。

《诗赋赞》的后十二句为第二部分，从诗与道的关系及其修养、研炼着眼，对诗坛的不良风气与不良倾向展开批评。"邻女有嬉，补袖而舞；色丝屡空，续以麻绚"四句，批评将诗歌创作当作邻居女孩子的游戏，衣袖短了，补袖而舞，补袖的丝绸用完了，就以粗麻绳续补。这与"盖文章，经国之大业，不朽之盛事"⑥格格不入，背离了诗歌作为

---

① （唐）杜甫戏为六绝句，郭绍虞：《中国历代文论选》（第二册），上海古籍出版社1979年版，第60页。
② （唐）元稹：《唐故工部员外郎杜君墓系铭并序》，郭绍虞：《中国历代文论选》（第二册），上海古籍出版社1979年版，第66页。
③ （梁）刘勰：《文心雕龙·原道》，范文澜：《文心雕龙注》（上册），人民文学出版社1958年版，第2—3页。
④ （唐）韩愈：《调张籍》，郭绍虞：《中国历代文论选》（第二册），上海古籍出版社1979年版，第131页。
⑤ （梁）刘勰：《文心雕龙·原道》，范文澜：《文心雕龙注》（上册），人民文学出版社1958年版，第2页。
⑥ （魏）曹丕：《典论·论文》，郭绍虞：《中国历代文论选》（第二册），上海古籍出版社1979年版，第159页。

"鼓天下之动者"道之文的准则。司空图的批评是很严肃、严厉的。中晚唐的一些唱和诗，和韻、次韻、长篇联句，搜奇字，押险韵，铺张排比，叠字连篇，争奇斗险，互矜才力，其中艰涩怪异之甚者，成为文字游戏。令人惊奇者，连韩愈、白居易也参与其间！又，"贾阆仙诚有警句，然视其全篇，意思殊馁，大抵附于塞涩，方可致才，亦为体之不备也。"① 这就近于"色丝屡空，续以麻絇"。"色丝"用刘义庆世《世说新语·捷悟》中的"绝妙好辞"的典故。"鼠革丁丁，燉之则穴；蚁聚汲汲，积而成垤"四句，以鼠、蚁对照，批评忽视对诗、道的修养、研炼。鼠皮，天生壮健，但是锐而不固，一遇火便烧灼成洞。有些文人凭借着某些天分及其优势，不注重刻苦勤奋的修养、研炼，以致"力勍而气屡，乃都市豪估耳！"② 反倒是小小的蚂蚁，它们勤勉不懈，能够挖土成堆。"蚁聚"两句化用《礼记·学记》："《记》曰：'蛾子时术之'。其此之谓乎。"孔颖达《礼记正义》疏曰："'蛾子时术之'，蚁子小虫，蚍蜉之子，时时术学衔土之事，而成大垤，犹如学者时时学问，而成大道矣。"这一典故的引用，很好地照应了《诗赋赞》开首四句中的"研昏炼爽，戛魄凄肌"。《赞》文末四句，总结以上八句，也总结全篇。"上有日星，下有风雅"，是正面说明，日星为天文，风雅为人文，诗与日星同为道之文。正如《文心雕龙·原道》所曰："日月叠璧，以垂丽天之象；山川焕绮，以铺理地之形。此盖道之文也。"因而，"上有日星，下有风雅"，既是对"邻女有嬉"等不正确观念的否定，又是对"知道非诗，诗未为奇"所提出的诗与道关系的回应。《赞》的结语曰："历诋自是，非吾心也。"一曰，写此《赞》文并非为了标榜自己，实在是事关重大，不得已也；二曰，诗乃"道之文"，而"言之文也，天地之心哉！"③《赞》文所言，乃是"天地之心"，乃是"道心"，公心，又何敢让焉！

---

① （唐）司空图：《与李生论诗书》，郭绍虞：《诗品集解》，人民文学出版社1981年版，第47页。
② （唐）司空图：《与王驾评诗书》，（清）董诰等辑纂：《全唐文》（卷807），上海古籍出版社1990年版，第3761页。
③ （梁）刘勰：《文心雕龙·原道》，范文澜：《文心雕龙注》（上册），人民文学出版社1958年版，第2页。

《诗赋赞》与《诗品》关系至为密切。首先，《诗品》关于诗与道的论述同样贯串于始终，而且直接提及"道"者，比比皆是，诸如《自然》"俱道适往、著手成春"，《豪放》"由道返气，处得以狂"，《委曲》"道不自器，与之圆方"，《实境》"忽逢幽人，如见道心"，《悲慨》"大道日丧，若为雄才"，《形容》"俱以大道，妙契同尘"，《超诣》"少有道气，终与俗违"，等等。其次，关于诗、道的修养、研炼，也贯串于诗品二十四则之中，而且还特地设置《洗炼》一品，强调"超心炼冶"，达到"空潭泻春，古镜照神"，心境明彻，思想洞达，如《诗赋赞》所云："研昏炼爽，戛魂凄肌"，最终至于"体素储洁，乘月返真"，脱胎换骨，修炼成真。修养、研炼至此，也就"神而不知，知而难状"，或曰"不知神而自神"了。所以，《诗品·劲健》云："天地与立，神化攸同。""神化攸同"者，"阴阳不测之谓神"[①]之义。最后，《诗赋赞》极尽崇尚大才力，以发挥诗作为道之文的"鼓天下之动"的功能。在《诗品》中，诗作为"道之文"的功能，得到了充分的展开与淋漓尽致的表述，诸如《雄浑》云"具备万物，横绝太空"，《劲健》云"行神如空，行气如虹"，"天地与立，神化攸同"，《豪放》云"真力弥满，万象在旁。前招三辰，后引凤凰；晓策六鳌，濯足扶桑"；《委曲》云"水理漩洑，鹏风翱翔"；《飘逸》云"落落欲往，矫矫不群"，等等。至于《诗赋赞》曰"鼓煦呵春，霞溶露滴"，《诗品》则有《纤秾》之"采采流水，蓬蓬远春"，《精神》之"生气远出，不著死灰；妙造自然，伊谁与裁"，《缜密》之"意象欲出，造化已奇。水流花开，清露未晞"，《绮丽》之"雾余水畔，红杏在林"，等等，充满生机、活力的写照。《诗赋赞》还论及诗体大备，并在批评部分涉及艺术储备。前者，纪昀《四库全书总目提要》已有定论："（《诗品》）所列诸体毕备，不主一格。"后者，《诗品·含蓄》云"悠悠空尘，忽忽海沤；浅深聚散，万取一收"，《绮丽》云"取之自足，良殚美襟"，《委曲》云"杳霭流玉，悠悠花香"，都是讲积蓄深厚，作品富有"蟠郁之气"，而非

---

① （唐）孔颖达：《周易正义·系辞上》，（清）阮元校刻：《十三经注疏》（上册），中华书局1980年版，第78页。

寒俭、"偏浅",① 如《赞》所谓"邻女有嬉,补袖而舞"。所以说,《诗赋赞》几乎涵盖了《诗品》的基本精神,庶几为《诗品》的具体而微;《诗品》则充分展示了,并且大大丰富、深化或升华了《诗赋赞》的思想内涵。

诚然,以上只是简单的比照。简单的比照,代替不了深入的分析。正确的结论是对事物内在逻辑的中肯,恰如其分,严密分析而形成的。然而,言有序,物有则,更深入地分析有待于本系列论文的下文。初始的讨论、简单的比照也会对事物有一个粗略的说明与认识,为下文进一步的分析作一些必要的铺垫。

不过,有一个问题还是应该在此提出的,那就是《诗赋赞》开首所云"知道非诗",此语有何出处?曰:出自孔、孟两位夫子。《孟子·公孙丑上》论及《诗经·豳风·鸱鸮》曰:"《诗》云:'迨天之未阴雨,彻彼桑土,绸缪牖户。今此下民,或敢侮予?'孔子曰:'为此诗者,其知道乎!能治其国家,谁敢侮之!'今国家闲暇,及是时,般乐怠敖,是自求祸也。祸福无不自己求之者。"又,《孟子·告子上》论及《诗经·大雅·烝民》曰:"《诗》曰:'天生烝民,有物有则。民之秉彝,好是懿德。'孔子曰:'为此诗者,其知道乎!故有物必有则;民之秉彝也,故好是懿德。'"由此可见,"知道"就是识理,亦即皎然《诗式·诗有七德》中列于其首的"识理"。那么,作为"道之文"的诗,亦即"识理"之文了,诗与道究系什么关系?是"载道""明道",还是别的什么关系?而且,对诗与道的修养、研炼,司空图为什么特别强调入神呢?这些只有深入《诗品》中才能找到真实的答案。

八　结论:《诗品》是唐代社会及其思想文化的必然产物

至此,我们从数仞墙门之外,粗略地观赏了司空图所构建的麒麟阁,虽或偶遇红杏出墙,但是阁内风光未获悉见。不过,已经足可说明《四库全书总目提要》所谓"是书亦深解诗理","真出图手"的论断,言之不妄。《诗品二十四则》出自唐代决非偶然。其必然性在于,唐

---

① （唐）司空图:《与王驾评诗书》,（清）董诰等辑纂:《全唐文》(卷807),上海古籍出版社1990年版,第3761页。

代，在古代社会中，也只有唐代，为《诗品》提供了优越的深厚的社会基础，催生、唤醒、激发了理论的自觉。这不仅是因为唐诗的高度繁荣，成为《诗经》之后，又一个诗歌发展的顶峰，而且，更重要的是，诗歌自"诗三百"之后，拥有空前绝后的社会地位。在唐代，诗歌的社会地位之崇高，是其他任何文体都无可比拟的。由于进士科以诗赋取士，又由于进士的地位远远高于明经，诗歌的社会功能被前所未有地放大了，上升为最富于"鼓天下之动"的道之文的经典文体。所以，《诗赋赞》曰："上有日星，下有风雅。"诗歌在传统的"观天文以极变，察人文以成化"[①]，"诗可以兴，可以观，可以群，可以怨，迩之事父，远之事君"[②]功能的基础上，进而深入影响到或直接关乎人生的价值、前途与命运。以诗赋而登进士第，为"白衣公卿"，在京城慈恩寺塔"紫毫粉壁题仙籍"，"春榜四散飞，数日遍八纮"，"百千万里尽传名"，这就不难理解《诗品·豪放》为何将新科进士杏园宴游作为"吞吐大荒""处得以狂"的典型了。存在决定意识。春秋之后，在古代中国，没有哪个封建王朝比唐代更具有激发以诗作为"鼓天下之动"道之文的社会基础，没有哪个王朝比唐代更具有萌生以《诗品二十四则》构建麒麟阁的自觉；也没有哪个王朝的诗论家有如此的气魄。随着对《诗品二十四则》探讨的深入，将会发现，司空图的《诗品》较之刘勰的《文心雕龙》虽各有长短，但其胆识与思想理论的深度、广度，都有过之而无不及。

然而，平心而论，以上所述，毕竟是墙外之见。我们虽在逐步接近司空图的麒麟阁，但距阁门，尚差一间。那么，真的有什么麒麟阁吗？真的有什么阁门吗？这不是比喻，不是杜撰，不是十足的妄言和笑谈吗？请看《司空图〈诗品〉之秘再论》：《惊世奇文》。

[①]（梁）刘勰：《文心雕龙·原道》，范文澜：《文心雕龙注》（上册），人民文学出版社1958年版，第3页。

[②]（魏）何晏注，（宋）邢昺疏：《论语·阳货》，（清）阮元校刻：《十三经注疏》（下册），中华书局1980年版，第2525页。

再论　惊世奇文

概　述

在司空图《诗品》二十四则中,《流动》既是一则诗品,又具有《诗品序》的功能,是开启《诗品》这座麒麟阁的钥匙。"载要其端,载闻其符"的《雄浑》《冲淡》,各依《周易》《乾》《坤》卦旨以立义,如同"乾、坤,其《易》之门邪",成为《诗品》开合的门户。其他"载闻其符"的诸品,也都各依《易》卦之旨,从而"风律外彰,体德内蕴"。自司空图《诗品》问世以来,此秘未睹。千古之秘,遂使《诗品二十四则》成为空前的惊世奇文。

当我们以司空图的诗论等思想理论解读《诗品》,寻求《诗品》这座麒麟阁阁门之时,蓦然回首,却见打开《诗品》千古秘门的钥匙,正在《诗品二十四则》之中。历史屡曾相似,人类著述也屡屡不谋而合。太史公司马迁《史记》一百三十篇,其中列传七十,以合七十子之数,而第七十篇为《史太公自序》。刘勰《文心雕龙》"彰乎大易之数",撰文五十,而第五十篇为《序志》。与他们颇为相似的是,司空图《诗品二十四则》,其二十四《流动》,实具双重身份,既为诗品之一则,又为一篇《诗品序》。然而,《诗品·流动》从未引起学术界与此相应的关注,不曾发现其中暗藏机秘,成为《诗品》研究的盲区或未涉之域。《流动》真的如此神秘,具有双重身份吗?《诗品》真的有什么千古秘门,而《流动》真的是千古秘门的钥匙吗?且让我们先将《流动》作为《诗品序》解读如下。

一 《诗品序》——《流动》

若纳水輨，如转丸珠；夫岂可道，假体如愚。荒荒坤轴，悠悠天枢；载要其端，载闻其符。超超神明，返返冥无；来往千载，是之谓乎。

《流动》

诗的首四句说，流动或转动，是宇宙之道，即《老子》所曰"常道"，"道可道，非常道"①，常道岂是可以用语言来表达的？只可假借事物作比喻，这种表达方式如同愚妄之言，像是在说胡话。首四句的重点在"夫岂可道，假体如愚"。不只是《流动》之品，难以言说，《诗品》中所有诸品都难以言说。司空图多次表达了这种观点。《与李生论诗书》曰："文之难而诗尤难，古今之喻多矣，愚以为辨于味而后可以言诗也。"借辨味而言诗，也属"假体如愚"。《与极浦谈诗书》曰："象外之象，景外之景，岂容易可谈哉？"正是讲"诗家之景"难以言说，而"戴容州云：'诗家之景，如蓝田日暖，良玉生烟，可望而不可置于眉睫之前也。'"是假借蓝田良玉而言诗。《诗赋赞》曰："神而不知，知而难状"，《赞》文以大量"假体"之喻而言诗。在《注〈愍征赋〉述》中，司空图更是驰骋才力，以"假体"之喻，极尽赞誉会昌年间进士卢献卿之作，其"才情之旖旎"，"雅调之清越"，"逋逸之壮丽"，"寓词之哀怨"，"变态之无穷"②。所以，"假体如愚"，决非仅言《流动》一品的表达方式，而是借以通论《诗品二十四则》的表达方式。这一方式，对儒家而言，是"书不尽言，言不尽意"，"圣人立象

---

① （魏）王弼：《老子注》，国学整理社辑纂，《诸子集成》（第三册），中华书局1954年版，第1页。

② 例如，言"变态之无穷"曰："则若月吊边秋，旅恨悠悠；湘南地古，清辉处处；花映秦人，玉洞扃春；澄流练直。森然自极。"《全唐文》（卷809）上海古籍出版社1990年版，第3769页（下）。

以尽意"，"系辞焉以尽其言"①；对道家而言，是"寓言"，"寓言十九，藉外论之"②；对释家而言，是"假言而为谕，以妄钓真"③。"假体如愚"，即"假言而为谕，以妄钓真"的概括更具哲理的说法。

《流动》的中间四句，是全诗的核心，也是该诗作为《诗品序》的主题，语意双关，体兼两用。"荒荒坤轴，悠悠天枢。"地轴，地的轴心；天枢，天的中心。坤轴、天枢，即天地之心。关于这两句的意义为"天地之心"，《司空图〈诗品〉之秘四论》有详细论述，兹不赘言。"荒荒"两句，若只就一则诗品而言，是说"若纳水輨，如转丸珠"的流动诗品，体现了天地循环不息的运动；茫茫无际地的轴心，悠悠不尽天的中心，这一天地之心，是流动诗品的根源。若就《流动》作为《诗品》的序文而言，是在论述《诗品二十四则》的体例，旨在遵循《周易》效法天地，即《周易·系辞》所云"《易》与天地准"④。天地运行，在《周易》中得到最完美、最权威的表述，即"天尊地卑，乾坤定矣"⑤。"乾坤，其《易》之蕴邪？乾坤成列，而《易》立乎其中矣。"⑥在这一思想主导下，《流动》云："载要其端，载闻其符。"意思是说，如同乾、坤两卦体现了《周易》的精蕴，是《易》道的根源，因而首先将乾、坤两卦分列上下一样，《诗品二十四则》也将内充乾卦之德的《雄浑》，与内充坤卦之德的《冲淡》，载于《诗品》的开端。"载要其端"，即将最为重要的诗品，《雄浑》《冲淡》载于《诗品二十四品》之首。"载闻其符"，符，即"德充符"之符，《庄子·德充符》，晋人郭象注曰："德充于内，物应于外，外内玄合，信若符命而

---

① （唐）孔颖达：《周易正义·系辞上》（卷七），（清）阮元校刻：《十三经注疏》（上册），中华书局1980年版，第82页。
② （楚）庄周：《庄子·寓言》，（清）郭庆藩：《庄子集释》（第四册），王孝鱼整理：《新编诸子集成》（第一辑），中华书局1961年版，第950页。
③ （唐）司空图：《香岩长老赞》，（清）董诰等辑纂：《全唐文》（卷808），上海古籍出版社1990年版，第3766页。
④ （唐）孔颖达：《周易正义·系辞上》（卷七），（清）阮元校刻：《十三经注疏》（上册），中华书局1980年版，第77页。
⑤ （唐）孔颖达：《周易正义·系辞上》（卷七），（清）阮元校刻：《十三经注疏》（上册），中华书局1980年版，第75页。
⑥ （唐）孔颖达：《周易正义·系辞上》（卷七），（清）阮元校刻：《十三经注疏》（上册），中华书局1980年版，第82页。

遗形骸也。"所以，符为与内在之德相"玄合"，即契合的表象，亦即为内在之德的外在符验。司空图用《庄子》"德充符"之义，是在说明诗品内充天地之德。例如，《雄浑》以《乾》为体德，而《乾》德的外在表象为雄浑；《冲淡》以《坤》为体德，《坤》德的外在表象为冲淡。"载闻其符"，即是将所闻知的天地之德载于诗品之中，二十四诗品是天地之德的种种美学表象，或即皎然《诗式·辩体有一十九字》所云："风律外彰，体德内蕴"之"文章德体风味"。①

总之，《流动》作为《诗品序》，开首四句，阐明《诗品二十四则》的表达方式，中间四句，阐明《诗品二十四则》的体制结构。至于最后四句论述《诗品》的宗旨、意义，因为涉及《诗品》更深层次的整体结构理念，拟在《司空图〈诗品〉正义》卷六《流动》中详细讨论。其实，《流动》前八句，特别是中间四句，已经具备破解《诗品二十四则》密码的功能了。

《易传》曰："乾、坤，其《易》之门耶！"② 又曰："阖户谓之坤，辟户谓之乾。"③ 让我们即刻来对"载要其端"的《雄浑》与《冲淡》作以验证吧。

二 "载要其端"其一：《诗品·雄浑》与《易》之"辟户"

大用外腓，真体内充；返虚入浑，积健为雄。具备万物，横绝太空；荒荒油云，寥寥长风。超以象外，得其环中；持之非强，来之无穷。

《雄浑》首四句论述雄浑的意义，分为两层。开头两句以体用范畴

---

① （唐）皎然：《诗式·辩体有一十九字》，郭绍虞：《中国历代文论选》（第二册），上海古籍出版社1979年版，第77页。
② （唐）孔颖达：《周易正义·系辞上》（卷七），（清）阮元校刻：《十三经注疏》（上册），中华书局1980年版，第89页。
③ （唐）孔颖达：《周易正义·系辞上》（卷七），（清）阮元校刻：《十三经注疏》（上册），中华书局1980年版，第82页。

来规定、说明雄浑的意义：蕴藏着至大的功用，尚未显现于外，内在充满着原始质体（乾阳元气）。"大用外腓"之"大用"，哲学范畴，意为"至大的功用"。"用"有两义，一指表象，一指功用，这里指功用，即化育万物的功能，详见下文。"腓"，隐蔽，隐藏。许慎《说文解字》："腓，胫腨也。"俗称小腿肚。段玉裁《说文解字注》："腓肠，谓胫骨后之肉也。"小腿肚覆于胫骨之后，隐而不露。唐人韩愈《送区弘南归》诗云："蜃沈海底气升霏，彩雉伏野朝扇翚。处子窈窕王所妃，苟有令德隐不腓。况今天子铺德威，蔽能者诛荐受禨。"① 其中"苟有令德隐不腓"之"腓"，与"大用外腓"用法相同，都为隐蔽之义。至大的功用之所以没有显现于外，亦详见下文。"真体内充"之"真体"，哲学范畴，指万物的本体，即乾阳元气，俱见下文。"返虚入浑，积健为雄"两句，辨名析理，进一步以阐释诗品名称来规定雄浑的意义，完全是玄学家或易学家的口气。意思说：返归虚无，即归入原始混沌，积蓄刚健就称为"雄"。其中"入浑"之"浑"，具体出处应是孔颖达《周易正义·卷首·第一论易之三名》："太初者，气之始也；太始者，形之始也；太素者，质之始也。气形质具而未相离，谓之浑沌。浑沌者，言万物相浑沌而未相离也。""积健"之"健"，即《易·说卦传》："乾，健也。"《周易正义》卷一云："乾卦本以象天，天乃积诸阳气而成。"又云："《说卦》云，'乾，健也'，言天之体以健为用。"

　　以上四句论述雄浑的意义，有几点须加以说明。其一，《诗品·雄浑》开宗明义，堂堂正正。言"体"，则为"真体"；言"用"，则为"大用"，足以显示《雄浑》在《诗品》中具有本体范畴的意义，是《诗品》的纲领。其二，首两句以体用论品，先言用，后言体，突出了体用之用，与本系列论文第一论所述《诗赋赞》，将诗作为"鼓天下之动"的道之文的诗歌观念相互契合。其三，三、四两句，通过辨名析理诠释"雄浑"，先言"浑"，后言"雄"，表述有序。《易·系辞上》第十一章云："《易》有太极，是生两仪。"孔颖达《周易正义》解释说："太极谓天地未分之前，元气混而为一，即是太初、太一也。故

---

① （唐）韩愈：《送区弘南归》，《全唐诗》（卷339，第10册），中华书局1960年版，第3798页。

《老子》云'道生一',即此太极是也,又谓'混元'。既分,即有天地,故曰'太极生两仪',即《老子》云'一生二'也。"所以,"返虚入浑",即言"元气混而为一"之"混元",或曰"言万物相浑沌而未相离也"的状态。"积健为雄",言"天乃积诸阳气而成"。在《周易》中,天为体,乾为用,健为乾之义,故有"天行健"[①],又有"终日乾乾"[②]之语。因此,"雄浑"实即乾元氤氲,或曰氤氲之乾阳元气。《雄浑》这一论述与司空图《成均讽》"元胎凝象,标器府以飞芒"[③],都有着探本求源,原道的共同思路,可以见出司空图学有根柢,功力深厚,文字极具章法。

《雄浑》首四句论述雄浑的意义,无论是从体用,还是辨名析理,都只是理论上的论证;理论论证必须建立在充足的事实依据的基础上。论定雄浑实为元气氤氲,或者更准确的说为乾元阳气氤氲,还有待于坚实有力的依据。《雄浑》的中间四句展示了凿确的论据:

具备万物,横绝太空;荒荒油云,寥寥长风。

这是在描述雄浑诗品的审美形象,似乎看不出什么元气氤氲或乾元阳气氤氲。让我们将《周易》的《乾》卦《彖传》也抄录如下,对照来看:

《彖》曰:大哉乾元!万物资始,乃统天。云行雨施,品物流形。

《雄浑》的"具备万物",即《乾·彖》的"万物资始"。"具备万物",是说万物"气形质具而未相离",因此才称为"浑沌";"浑沌者,言物相浑沌而未相离也"。所以,"具备万物"与"万物资始",都是

[①] (唐)孔颖达:《周易正义·乾·象》,(清)阮元校刻:《十三经注疏》(上册),中华书局1980年版,第14页。

[②] (唐)孔颖达:《周易正义·乾》(九三,君子终日乾乾),(清)阮元校刻:《十三经注疏》(上册),中华书局1980年版,第13页。

[③] (唐)司空图:《成均讽》,(清)董诰等辑纂:《全唐文》(卷808),上海古籍出版社1990年版,第3767页。

说万物凭借乾元阳气将要生成，还未生成。故而《雄浑》"具备万物"之语为化用《乾·彖》的"万物资始"而来。《雄浑》的"横绝太空"也显然是对《乾·彖》"乃统天"的形象描述。至于"荒荒油云，寥寥长风"，却是借用《孟子·梁惠王上》"天油然作云，沛然下雨，则苗浡然兴之矣"，而与《乾·彖》的"云行雨施，品物流行"两句语意相与契合。"荒荒油云"，即"天油然作云"，举"油云"而及"沛然下雨"，以扣合《彖传》的"云行雨施"。浩茫云行，太空中形成"寥寥长风"；"寥寥长风"实即"气形质具而未相离"的万类品物流布形成的景象与过程，亦即《彖传》所云的"品物流行"。

《周易》之《乾》卦卦辞曰："乾：元，亨，利，贞。"孔颖达《周易正义》解释乾卦四德曰："《子夏传》云：'元，始也；亨，通也；利，和也；贞，正也。'言此卦之德，有纯阳之性，自然能以阳气始生万物，而得元始，亨通，能使物性和谐，各有其利，又能使物坚固贞正得终。"上文引述《彖传》对《乾》卦的论述，《彖传》之彖，为断的意思，在《周易》中"彖"有二义，一指卦辞，二指《易传》《十翼》[①]中的《彖传》。王弼《周易略例·明彖》曰："统论一卦之体。"《周易正义》亦曰："统论一卦之义。"司空图《诗品·雄浑》中间四句，以"具备万物，横绝太空"扣合《彖传》"万物资始，乃统天"，表述《乾》卦的"元"德；以"荒荒油云，寥寥长风"扣合《彖传》"云行雨施，品物流行"，表述《乾》卦的"亨"德；举《乾》卦的"元""亨"二德，以概括其"元，亨，利，贞"四德，雄浑作为体现乾元之德的诗品，已确然无疑了。

同时，回头再来审视《雄浑》开宗明义的"大用外腓，真体内充"两句，不难发现，它们即是对《乾·彖》"大哉乾元！万物资始"意义全面的、准确的表述。万物处于"资始"之时，正如《乾·文言》所解释的："'潜'之为言也，隐而未见，行而未成。"在万物尚为"气形

[①] 高亨：《周易大传今注》，齐鲁书社1979年版，第1—2页。曰："《周易》之卦辞（包括卦形、卦名）、爻辞（包括爻题）为经，《彖》《象》《文言》《系辞》《说卦》《序卦》《杂卦》为传……《周易大传》如上所举共有七种。一曰《彖》分上下两篇；二曰《象》分上下两篇；三曰《文言》一篇；四曰《系辞》分上下两篇；五曰《说卦》，一篇；六曰《序卦》，一篇；七曰《杂卦》，一篇；共为十篇。汉人称为《十翼》。"

质具而未相离"的浑沌之时，乾元生育万物的伟大功能处于"隐而未见，行而未成"的状态，因而，《雄浑》云："大用外腓。"然而，《彖传》紧接着"大哉乾元"又曰"万物资始"，万物赖以始生者乃乾元，因而《雄浑》也跟着说"真体内充"。"真体"即乾元阳气。《雄浑》于开宗明义之时，即确立了雄浑之作为乾元之德的诗品。所以说，《诗品·雄浑》依《乾》或依《乾·彖》以立义。

《雄浑》的末四句，说明雄浑诗品的要旨。要旨之一，是"超以象外，得其环中"。提示如何正确理解"具备万物"等中间四句所描绘的雄浑景象，以及如何正确认识理解诗品雄浑的意义。它与《诗品·流动》"夫岂可道，假体如愚"，首尾相互呼应。正确理解"具备万物"等四句假象为喻，就须不死于象下，而要超乎象外，领悟其中的旨义，把握其精神实质。如上所述，四句的精义、要旨，即乾元之德。因而，诗品雄浑乃以乾元之德为其"体德内蕴"，以乾元阳气氤氲为其"风律外彰"①。要旨之二，是"持之非强，来之无穷"。雄浑不是外在的雄壮强劲，而是"返虚入浑，积健为雄"。它具有生育万物的伟大功用，却"大用外腓"，隐而未见。雄浑，外在虚浑，元气氤氲，之所以称之曰"雄浑"，在于"积健"。"乾，健也。"② 而且，"夫乾，天下之至健也。"③ 那么，健，为何义？孔颖达《周易正义》卷一依据《说卦传》解释说："天以健为用者，运行不息，应化无穷，此自然之理，故圣人当法此自然之象，而施人事，亦当应物成务。"健，即"运行不息，应化无穷"之义。雄浑必"以健为用"，只有"以健为用"，才能"运行不息，应化无穷"。这就是"持之非强。来之无穷"的真实意义。"以健为用"必须"积健"，如《孟子》所云"我善养吾浩然之气"，"其为气也，配义与道"④。正是出自雄浑的"持之非强，来之无穷"的精

---

① （唐）皎然：《诗式·辩体有一十九字》，郭绍虞：《中国历代文论选》（第二册），上海古籍出版社1979年版，第77页。

② （唐）孔颖达：《周易正义·说卦传》（第七章），（清）阮元校刻：《十三经注疏》（上册），中华书局1980年版，第94页。

③ （唐）孔颖达：《周易正义·系辞下》，（清）阮元校刻：《十三经注疏》（上册），中华书局1980年版，第90页。

④ （清）阮元校刻：《孟子·公孙丑上·十三经注疏》（下册），中华书局1980年版，第2685页。

义要旨，司空图在《与王驾评诗书》中批评元、白道："力勍而气孱，乃都市豪估耳！"即是说元、白诗作，不能"以健为用"。

三 "载要其端"其二：《诗品·冲淡》与《易》之"阖户"

《易传》曰："阖户谓之坤，辟户谓之乾。""阖户"，即闭门，"辟户"即开门，乾、坤为《易》的一开一合的门户。以上论述了《流动》所谓的"悠悠天枢"，所指为与《乾》相契合的《诗品·雄浑》；那么，"荒荒坤轴"又指的是哪一诗品呢？据《流动》所云"载要其端"，则内蕴坤元之德的应该是《诗品·冲淡》，试论《冲淡》如下：

  素处以默，妙机其微。饮之太和，独鹤与飞。犹之惠风，荏苒在衣。阅音修篁，美曰载归。遇之匪深，即之愈希。脱有形似，握手已违。

吟玩《冲淡》诗意，大抵依据《坤·文言》以立义。《坤·文言》曰：

  坤至柔而动也刚，至静而德方。后得主而有常，含万物而化光。坤道其顺乎！承天而时行。

《文言》《易传》十翼之一。关于《文言》的意义，说法不一。在唐代，官方以《五经正义》为定本、定解。孔颖达《周易正义》卷一云："文言者，是夫子第七翼也。以乾、坤，其《易》之门户邪，其余诸卦及爻，皆从乾、坤而出，义理深奥，故特作文言以开释之。庄氏云：文，谓文饰，以乾、坤德大，故特文饰以为文言。今谓，夫子但赞明易道，申说义理，非是文饰华彩。当谓，释二卦之经文，故称文言。"孔颖达的意思很明确，文言，非"文饰"之义，而是"释二卦之经文"之义。因乾、坤二卦为《易》之门户，"义理深奥"，所以"特作文言以开释之"。据此可见，以上所引《坤·文言》，通过"赞明易道，申说义理"，揭示了坤道义理的基本精神或思想内涵。具体说来，首先，以乾、坤对立统一，乾刚坤柔，乾动坤静，说明坤道"至柔""至静"的基本德性；其次，以坤道"至柔""至静"，而又柔中有刚，静中有动，展示其内在对立统一的德性；最后，说明统一体的对立双方，有主有从，不是平列的，在乾与坤的对立统一中，乾为主导，而"坤道其顺乎！承天而时行"，确立坤道至顺的德性。对立统一的辩证观念，贯串于上述《坤·文言》的始终。

《诗品·冲淡》依《坤·文言》以立义。具体而言，首四句"素处以默，妙机其微。饮之太和，独鹤与飞"，依据《坤·文言》"至静而德方"，以确立冲淡为圣人中和情性，中庸之德的写照。

诚然，乍看起来，《冲淡》的首二句言"至静"，三、四两句言"德方"，似乎与圣人中和之性，中庸之德没有什么关系。其实，它们之间有着至为密切的、深刻的联系，这需要作一番考辨的功夫。

《冲淡》首四句直接出自或者说化用了汉魏·刘邵的《人物志》，其卷上《九征》曰：

> 盖人物之本，出乎情性。
>
> 凡人之质量，中和最贵矣……中和之质必平淡无味，惟淡也故五味得和焉。若苦则不能甘矣，若酸也则不能咸矣……是故观人察质，必先察其平淡，而后求其聪明……阴阳清和，则中睿外明。圣人淳耀，能兼二美。知微知章，耳目监察，通幽达微……自非圣人，莫能两遂。

《人物志》云，圣人具备"中和之质"，兼有平淡、聪明两种美德。平淡，"五味得和"；聪明，"知微知章"，"通幽达微"，而"阴阳清和，则中睿外明"。这也正是《冲淡》首四句所表述的意义。司空图以此确立或规定，冲淡诗品即是圣人中和情性的表现与写照。

刘邵《人物志》所论，又可在《礼记·中庸》找到思想依据：

> 喜怒哀乐之未发谓之中，发而皆中节谓之和。中也者，天下之大本也；和也者，天下之达道也。致中和，天地位焉，万物育焉。
>
> 子曰：中庸其至矣乎！民鲜能久矣……人莫不饮食也，鲜能知味也。
>
> 君子依乎中庸，遁世不见知而不悔，惟圣者能之。

卷首 司空图《诗品》之秘三论

> 唯天下至圣，为能聪明睿知足以有临也，宽裕温柔足以有容也，发强刚毅足以有执也，齐庄中正足以有敬也，文理密察足以有别也。

对照《人物志》与《中庸》，不难发现它们之间的联系。《中庸》既言圣人"遁世不见知而不悔"之淡泊，又言圣人"聪明睿知"，故而《人物志》曰"圣人淳耀，能兼二美"。刘邵《人物志》"集当世识鉴之术"，是论才情的专著。"刘邵叙列人物首为圣人，有中庸至德"，"以为平治天下必须圣人，圣人明智之极，故知人善任。知人善任则垂拱而治。"①《礼记·中庸》是系统论述中庸之道的经典著作，《人物志》依据《中庸》以立义，是理之必然。《中庸》将中和、中庸定义为"天下之大本"，"天下之达道"，"致中和，天地位焉，万物育焉"，上升为哲学义理。言中庸之德，既言圣人"宽裕温柔足以有容"之"至柔"，又言"发强刚毅足以有执"之"至刚"，这就与《周易》的乾、坤之道相通了。《诗品·冲淡》体蕴"茫茫坤轴"之德；然而，诗歌本以"吟咏情性"，司空图参照、化用才性论的专著《人物志》，亦是理之所宜。结合上述《中庸》与《人物志》的思想资料，《冲淡》的首四句就比较容易理解了。需要说明的是，《乾·文言》曰："夫大人者，与天地合其德。"《诗品·冲淡》"素处以默，妙机其微"，又与《乾·文言》"初九曰'潜龙勿用'，何谓也？子曰：'龙德而隐者也。不易乎世，不成乎名，遯世无闷，不见是而无闷'"，二者相通。为什么一定说《冲淡》依《坤·文言》，而不是依《乾·文言》以立义呢？《易传》曰："子曰：'君子之道，或出或处，或默或语'"②《冲淡》则云"素处以默"，而非"或处以默"，司空图以"素处"将《乾》"初九，潜龙勿用"的"或处""或默"区别开来，而与《文言》的"至静而德方"的"至静"，紧密扣合，显示出作者思维与表述的准确、缜密。《冲淡》三、四两句"饮之太和，独鹤与飞"，言"至静而德方"的"德方"。所谓"德方"，意谓德行方正有则，实为中庸之德。吸饮太和元气，清

---

① 汤用彤：读《人物志》，《汤用彤全集》（第四卷），河北人民出版社2000年版，第1、15、18页。

② （唐）孔颖达：《周易正义·系辞上》（第八章），（清）阮元校刻：《十三经注疏》（上册），中华书局1980年版，第79页。

静、淡泊、和谐、祥和，又具鹤性贞正、高洁，以此中和情性，处世行事，故能心怀至诚，不偏不倚，遵循中庸之道，所以说"至静而德方"。《乾·彖》曰："保合太和，乃利贞。"乾、坤，都具利、贞之德，然有"保合"与"饮之"之别。"保合"，本自固有；"饮之"，自外饮入，作者遣词用字精微，以"饮之太和"，寓意冲淡内蕴坤元之德，"乃顺承天"，亦即"柔顺利贞"①之义。

《冲淡》中间四句"犹之惠风，荏苒在衣。阅音修篁，美曰载归"，依据《坤·文言》"坤至柔而动也刚"以立义，确立冲淡诗品内蕴坤元之德。"犹之惠风，荏苒在衣"，以自然景物立言，是对《坤》卦卦辞"利牝马之贞"的形象表述。孔颖达《周易正义》云："'利牝马之贞'者，此与《乾》异。《乾》之所贞，利于万物为贞，此唯利牝马之贞。《坤》是阴道，当以柔顺为贞正，借柔顺之象，以明柔顺之德也。牝对牡为柔，马对龙为顺，还借此柔顺以明柔道，故云：'利牝马之贞'。牝马外物，自然之象，此亦圣人因坤元、亨、利牝马之贞，自然之德，以垂教也。"《冲淡》以"惠风"表述《坤》卦"利牝马之贞"，即坤道"以柔顺为贞正"，"以明柔顺之德"，这很容易理解，但是"坤至柔而动也刚"，"动也刚"是什么意义？孔颖达《周易正义》云："不云牛而云马者，牛虽柔顺，不能行地无疆，无以见坤广生之德。马虽比龙为劣，所而（行）"②亦能广远，象地之广育。"孔颖达的解释，依据《象传》："牝马地类，行地无疆。"故为《文言》"坤至柔而动也刚"的本义。"行地无疆"，亦即"行健"，"乾，健也"，故曰"动也刚"，犹言"运行不息，应化无穷"。司空图《冲淡》改"牝马"而为"惠风"，"惠风"有"广育"之德的含吗？东汉·边让《章华台赋》云："惠风春施，神武电断。华夏肃清，五服攸乱"③张衡《东京赋》云：

---

① （唐）孔颖达：《周易正义·坤·彖》，（清）阮元校刻：《十三经注疏》（上册），中华书局1980年版，第18页。

② （清）阮元校刻：《十三经注疏》（上册），中华书局1980年版，第17页。原文为"所而亦能广远"，于"所而"下加有"▲"，今疑"所而"为"所行"，特于"行"字加（），以示所疑。

③ （清）严可均：《全上古三代秦汉三国六朝·全后汉文》（卷八十四），中华书局1958年版，第93页。

"惠风广被，泽泊幽荒"① 以上的"惠风"，都是喻言"广育"之德。

"阅音修篁，美曰载归"，以人文、人事立言，发明《坤·文言》"坤至柔而动也刚"的意义。"坤至柔而动也刚"的广育之德，表现为"宽裕温柔足以有容"，"厚德载物"②"阅音修篁"，化用王维《竹里馆》："独坐幽篁里，弹琴复长啸。"意谓冲淡之音，如同那竹林里飘来的古淡的琴声。"美曰载归"，出自《论语·先进》曾点言志的典故："莫春者，春服既成，冠者五六人，童子六七人，浴乎沂，风乎舞雩，咏而归。"于是，"夫子喟然叹曰：'吾与点也！'"或问："美曰载归"出自《论语》曾点言志，或许说得过去，"阅音修篁"与"厚德载物"的广育之德有何干系？我们必须说，《冲淡》充分体现了司空图所倡导的"味外之旨""韵外之致"的诗歌美学主张，并不得不服膺苏东坡对《诗品》"寄至味于淡泊"的体悟。《冲淡》兴寄深微，需要沉下心来，仔细认真地品味其丰腴的意蕴。其实，最初将阅琴与舞雩咏叹联系在一起的是韩愈的《上巳日燕太学听琴诗序》，兹将序文摘录如下：

与众乐之之谓乐，乐而不失其正，又乐之尤也。四方无斗争金革之声，京师之人既庶且丰，天子念致理之艰难，乐居安之闲暇，肇置三令节，诏公卿群有司，至于其日，率厥官属饮酒以乐。所以同其休，宣其和，感其心，成其文者也。三月初吉……总太学儒官三十有六人，列燕于祭酒之堂……歌风雅之古辞，斥夷狄之新声……有一儒生，魁然其形，抱琴而来，历阼而升，坐于樽俎之南，鼓有虞氏之南风，赓之以文王、宣父之操，优游夷愉，广厚高明，追三代之遗音，想舞雩之咏叹，及暮而还，皆充然若有所得也。

《文苑英华》卷七一七

---

① （梁）萧统：《昭明文选》（卷三，上册），中华书局1977年版，第64页。
② （唐）孔颖达：《周易正义·坤·象》，（清）阮元校刻：《十三经注疏》（上册），中华书局1980年版，第18页。

韩愈由太学宴中"优游夷愉，广厚高明"的琴声，而追思三代遗音，并且联想到"舞雩之咏叹"。古琴，相传为虞舜制作，"昔者舜作五弦之琴，以歌《南风》"①。古琴所奏三代遗音，宣扬了虞舜、文王、孔子的圣德。曾点的"浴乎沂，风乎舞雩，咏而归"之志，深为孔子叹许，自然亦为圣德风范。韩愈听琴而"想舞雩之咏叹"，是对"优游夷愉，广厚高明"，"与众乐之"，"乐而不失正"，"乐之尤也"的圣德的追慕、向往。"优游夷愉，广厚高明"，直接出自《礼记·中庸》："唯天下之至圣……宽裕温柔足以有容也"，"博厚配地，高明配天，悠久无疆"。而《中庸》与《易传》相通："夫乾……是以大生焉；夫坤……是以广生焉。广大配天地。"② 司空图由"修篁"中的琴声，而兴起"美曰载归"之叹，与韩愈《听琴诗序》中所表达的听琴而"想舞雩之咏叹"，同样都宣扬了"厚德载物""宽裕温柔足以有容"的广育之德。

这里，或许应该说明一下有关琴、乐，以及其在唐代的背景。乐与政通，这是中华民族古老的传统观念。《礼记·乐记》作了系统地、权威地论述。如云："是故治世之音安以乐，其政和；乱世之音怨以怒，其政乖；亡国之音哀以思，其民困；声音之道与政通矣。"以"舜作五弦之琴，以歌《南风》"为代表的古乐、雅乐，与后起之乐，例如殷纣时的新乐的斗争，在春秋时依然激烈。一方面，"郑卫之音""桑间濮上之音"，分别被斥为"乱世之音""亡国之音"；但是，另一方面，魏文侯"端冕而听古乐，则唯恐卧。听郑卫之音，则不知倦"。音乐的斗争持续到唐代。唐杜佑谓："武德初，未暇改作，每燕享因隋旧制，奏九部乐。"③ 贞观二年，太常少卿祖孝孙奉旨，依据"杂用吴楚之音"的陈梁旧乐，与"多涉胡戎之伎"的周齐旧乐，"斟酌南北，考以古音，作为大唐雅乐。"④ "至贞观十六年十一月宴百僚，奏十部……其后

---

① 礼记·乐记，（清）阮元校刻：《十三经注疏》（下册），中华书局1980年版，第1534页。
② （唐）孔颖达：《周易正义·系辞上》，（清）阮元校刻：《十三经注疏》（上册），中华书局1980年版，第78、79页。
③ （唐）杜佑：《通典》（卷一百四十六），浙江古籍出版社2000年版，第762页。
④ （后唐）刘昫等撰：《旧唐书·音乐志》（卷28），《二十五史》（第五册），上海古籍出版社1986年版，第3601页。

分为立坐二部。"① "开元初，则中书令张说奉制所作，然杂用贞观旧词，自后，郊庙歌工乐师传授多缺……又自开元以来，歌者杂用胡夷里巷之曲。"② 宫廷宴享，燕乐日盛，雅乐愈衰。安史乱后，对宫中宴享之乐的批评渐多，终于酝酿发展为新乐府运动。运动的内容，既有对乐府文词的革新，这是主体；还有对雅乐的倡导与对新声的抨击，这也是乐府运动的应有之义。白居易《新乐府》五十首，以《七德舞》《法曲歌》始，以《采诗官》终，倡导雅乐，讽谕，抑扬之义鲜明。其中吟咏音乐，连同其他讽谕诗吟咏音乐者，计有十余首。白居易《新乐府》以题下注与诗中夹注的形式，保存了不少珍贵的音乐史资料，为宋代音乐家如沈约所珍视，所采用。例如，《法曲歌》诗中夹注曰："永徽之思，有贞观之遗风，故高宗制《一戎大定》乐曲也。"又曰："法曲虽似失雅音，盖诸夏之声也，故历朝行焉。玄宗虽雅好度曲，然未尝使蕃汉杂奏。天宝十三载，始诏道调法曲与胡部新声合作，识者深异之。明年冬，而安禄山反也。"又如《立部伎》题下注曰："太常选坐部伎无性识者，退入立部伎。又选立部伎绝无性识者，退入雅乐部。则雅声可知矣！"又《华原磬》诗云："梨园弟子调律吕，知有新声不如古"，"始知乐与时政通，岂听铿锵而已矣？"另有讽谕诗《废琴》，可以与韩愈《听琴诗序》与《诗品·冲淡》合读：

  丝桐合为琴，中有太古声。古声淡无味，不称今人情。玉徽光彩灭，朱弦尘土生。废弃来已久，遗音尚泠泠。不辞为君弹，纵弹人不听。何物使之然，羌笛与秦筝。

以上所反映的史实告诉我们，韩愈《听琴诗序》"歌风雅之古辞，斥夷狄之新声"，以及司空图《诗品·冲淡》"阅音修篁，美曰载归"，在选取以琴音而追思三代遗音，颂扬圣德广育，并非随意的选择，其中有着许多的故事，有着深刻的历史文化背景，寄托着他们以复古为革新，挽

---

  ① （唐）杜佑：《通典》（卷一百四十六），浙江古籍出版社2000年版，第762页。
  ② （后唐）刘昫等撰：《旧唐书·音乐志》（卷30），《二十五史》（第五册），上海古籍出版社1986年版，第3615页。

救时局的主张与意愿。由此，我们也能理解司空图在《成均讽》中，对唐天宝之后礼乐的批评："大朴久凋，迷风益扇，浮音薄思，雅曲沉英。"并且表达"实愿希风正始，拟制旋宫"，"访徽猷于显庆，酌茂实于开元"的期望。

《冲淡》的末四句论述冲淡诗品的审美特征及创作要旨，依然依据《坤·文言》以立义。"遇之匪深，即之愈希"，意谓冲淡之境，悠然而遇，自然而发，不可执意深究，正如《坤》（六三）《象》曰："'含章可贞'，以时发也。"亦即"含万物而化光"，含蕴广博、深厚，故能自然流露，随机而发。"脱有形似，握手已违"，进一步申述"遇之匪深"两句，执意而求，即或有所形似，刚一触手便已面目全非。因而，冲淡之美是美在天然，天然之美是碰不得的，这显然是《与极浦谈诗书》所谓的："'诗家之景，如蓝田日暖，良玉生烟，可望而不可置于眉睫之前也'。象外之象，景外之景，岂容易可谈哉？"《坤·文言》曰："君子黄中通理，正位居体，美在其中，而畅于四支，发于事业，美之至也。"意谓君子具中和之质，行中庸之道，不妄做为，顺应时势，发挥于事业，是至德之美。"脱有形似，握手已违"，正面的意思为，不妄意而做，当应因而为。闻一多先生对这种冲淡的天然之美，有过极形象、深刻的论述。他在《英译李太白集》中说：

> 怎么中文的"浑金璞玉"，移到英文里来，就变成这样的浅薄，这样的庸琐？（按，指李白"人烟寒桔柚，秋色老梧桐"等诗句的英文翻译）……就像这一类浑然天成的名句，它的好处太玄妙了，太精微了，是禁不起翻译的，你定要翻译它，只有把它毁了完事！譬如一朵五色的灵芝，长在龙爪似的老松根上，你一眼瞥见了，很小心地把它采了下来，供在你的瓶子里，这一下可糟了！从前的瑞彩，从前的仙气，于今都变成了又干又瘪的黑菌。你摇着头，只着急你供养的方法不对，其实不然，压根儿你就不该采它下来，采它就是毁它，"美"是碰不得的，一粘手它就毁了。太白的五律是这样的，太白的绝句也是这样的。
>
> 《闻一多全集·唐诗编上》。

总之，司空图《诗品·冲淡》，依《坤·文言》以立义，诚如刘勰《文心雕龙·征圣》所言："虽精义曲隐，无伤其正言，微辞婉晦，不害其体要。体要与微辞偕通，正言共精义并用。"

然而，司空图《诗品·雄浑》据《象传》立义，为何《诗品·冲淡》不据《象传》而据《文言》立义呢？这是否有体例不一之嫌？应该说，司空图此举非随意而为。《象传》"统论一卦之体"或"统论一卦之义"，诸卦皆有《象传》。《文言》"赞明易道，申说义理"，专论乾、坤二卦。乾、坤二卦于《象》"象统论一卦之体""统论一卦之义"而外，又独制《文言》者，"以乾、坤，其《易》之门户邪，其余诸卦及爻，皆从乾、坤而出，义理深奥，故特作文言以开释之。"① 因而，《雄浑》《冲淡》分别以《象传》《文言》立义，乃是传统的错举见义，既言《雄浑》《冲淡》体蕴《乾》《坤》卦旨，又言《雄浑》《冲淡》如同《乾》《坤》为《易》之门户，而为《诗品》之门户。这一深长的用心，整体的设计与安排，也表现在对《雄浑》《冲淡》的元、亨、利、贞的四德的表述上。《雄浑》举元、亨二德以体现四德，《冲淡》举利、贞二德亦体现四德，也都是错举见义。

四　"载闻其符"例一：《诗品·豪放》与《易·泰》

如上所述，《诗品二十四则》"载要其端"的《雄浑》《冲淡》，确实为《流动》所谓的"荒荒坤轴，悠悠天枢"，那么，"载闻其符"真的是说二十四诗品都内蕴《易》德吗？这实在不可思议！我们先随机作以验证吧。为论述便利起见，就权以《司空图〈诗品〉之秘初论》②（以下简称《初论》）讨论过的《豪放》《悲慨》《飘逸》《超诣》《实境》五品为例。

《初论》曾说，《豪放》借新科进士杏园宴游来说明豪放；现在还应指出，《豪放》内蕴《泰》卦之德。

☰☷泰：小往大来，吉，亨。

---

① （唐）孔颖达：《周易正义》（卷一），（清）阮元校刻：《十三经注疏》（上册），中华书局1980年版，第15页。
② 李贤臣：《司空图〈诗品〉之秘初论》，《河南大学学报》2016年第1期。

泰卦由下卦（或曰内卦）乾（☰）、上卦（或曰外卦）坤（☷）构成，象征亨通、太平。䷊为卦形，卦形象征的事物为卦象。"泰"为卦名，"小往大来，吉，亨"，为卦辞。

《彖》曰："'泰，小往大来，吉，亨'，则是天地交而万物通也。上下交而其志同也。内阳而外阴，内健而外顺，内君子而外小人；君子道长，小人道消也。"

《彖传》对泰卦的解释，紧扣卦辞"小往大来"，即坤卦为小，处上卦为外往；乾卦为大，处下卦为入内而来，从上下卦的各种象征来阐释泰卦的意义，结论是：君子之道昌盛，小人之道衰败。泰卦的象征意义，亨通、太平，以及《彖传》阐释的"君子道长、小人道消"，构成了《诗品·豪放》"由道返气，处得以狂"的思想理论基础。

又，《象》曰："天地交，泰；后以财成天地之道，辅相天地之宜，以左右民。"这又可为科举取士张目。

象，为《易传》，即《十翼》解说《易经》的文体。分为大象、小象。《周易正义》卷一云："总象一卦，故谓之大象。"又云："释六爻之象，谓之小象。"大象传，阐释卦象的象征意义，小象阐释爻象的象征意义。上举《泰》卦《象传》，为开释《泰》卦卦象的大象。《大象传》的意思是说，泰卦卦体下乾上坤，乾在下而阳气上升，坤在上而阴气下沉，天地阴阳之气相互交通，象征大通、亨通、太平。君主应当效法天地亨通、太平之象，把握、运用上下交通的规律、法则，以辅佐天地化育万物，护佑人民生活安泰。因而，司空图选取唐代新科进士杏园宴游，表述豪放诗品，不仅取其"处得以狂"，与"泰者，物大通之时也"[①] 相与吻合；而且，科举取士，选拔人材，以辅佐君主，强国富民，与《泰·象》"后以财成天地之道，辅相天地之宜，以左右民"也十分吻合。

《诗品·豪放》内蕴《泰》卦之德，不但突出地表现为思想意义上的契合，而且还表现为《豪放》在诗句、意境的构思上，对《泰》卦的化用与契合。例如，"吞吐大荒"，化用《泰》"（九二）《象》曰：

---

① （唐）孔颖达：《周易正义·泰》，（清）阮元校刻：《十三经注疏》（上册），中华书局1980年版，第28页。

'包荒'，'得尚于中行'，以光大也。"意思说，有包容大荒的胸怀，能够辅佐中正的君主，发扬正大光明的德行。这也切合对杏园宴游的新科进士的祝颂。又如"真力弥满，万象在旁"，化用《泰》卦内乾外坤之义，乾元刚健，故云"真力弥满"，坤元"含万物而化光"①，故云："万象在旁。"又如"前招三辰，后引凤凰"，化用《泰》"六五，帝乙归妹，以祉元吉"之义，商代帝王出嫁其妹，所以有"招三辰""引凤凰"的非凡排场，隆重而吉庆。

《流动》云："载闻其符"，在《诗品·豪放》的立义与表述中，得到了充分地印证。

五 "载闻其符"例二：《诗品·悲慨》与《易·临》

《诗品·悲慨》反映了李唐王朝的衰落，寄托了作者对王朝的讽谕、警诫。作者赋予诗品悲慨以内蕴《周易》《临》卦之德。

䷒临：元亨，利贞；至于八月有凶。

临卦，下（内）兑（☱）上（外）坤（☷），象征监察、迫临。

《彖》曰："'临'，刚浸而长，说而顺，刚中而应。大亨以正，天之道也；'至于八月有凶'，消不久也。"

《彖传》对临卦卦名、卦辞，逐一作了解释。意思为，临卦名称的意义是以上临下的监察，或发展变化的迫临。卦辞"元亨，利贞"的意义，是说阳刚正气日渐增长，君临者和悦温顺，刚健中正，上下应和默契，大获亨通，是完全合乎天道的。但是，盛极将衰，到了阳气日衰的八月，会有凶险，（如不在意）就接近消亡了。《诗品·悲慨》体蕴《临》卦由盛转衰而临近消亡的卦旨卦义。

《象》曰："泽上有地，临；君子以教思无穷，容保民无疆。"《大象传》从上下卦象来解释阐发临卦的意义。临卦下卦为兑，兑为泽；上卦为坤，坤为地，故曰："泽上有地。""泽上有地"，故能容纳无限，润泽深广。君子应当效法"泽上有地"所象征的精神，对民众教诲，诲而不厌，以无限宽广的胸怀容纳，养育，保护民众。司空图由临卦的

---

① （唐）孔颖达：《周易正义·坤·文言》，（清）阮元校刻：《十三经注疏》（上册），中华书局1980年版，第18页。

"君子以教思无穷，容保民无疆"，而联想到《诗经·召南·甘棠》。孔颖达《毛诗正义》云："（周）武王之时，召公为西伯行政于南土，决讼于小棠之下，其教著明于南国，爱结于民心，故作是诗以美之。经三章，皆言国人爱召伯而敬其树，是为美之也。"《甘棠》有云："蔽芾甘棠，勿剪勿败，召伯所憩！"于是，司空图巧妙地利用临卦内兑（☱）外坤（☷）的卦象，以"兑为泽……为毁折"①，而构思出"大风卷水，林木为摧"的诗境——风既然能将林木"毁折"，自然也能将"泽"中的水卷起。而"毁折"源自临卦的内卦兑，猛烈的风暴是由内部酿成发生的，这场发生于内部的社会风暴，成为唐王朝盛极而衰的转折点，它摧毁了召伯施行教化的林木，摧毁了贤人政治的社会基础。

《临》卦为《周易》十二辟卦之一，代表十二月，即岁终，故《悲慨》有"百岁如流"的悲慨。又，临卦卦辞曰："至于八月有凶"，八月，仲秋之月，《悲慨》因以秋风秋雨"萧萧落叶，漏雨苍苔"，形象而深刻地表达"亡国之音哀以思，其民困"的衰败凄凉的情与景。然而，作者创作《诗品二十四则》应在唐亡之前。《力疾山下吴村看杏花十九首》，其六中已云："侬家自有麒麟阁，第一功名只赏诗。"《悲慨》所表达的亡国之音，正如《周易正义》论《临》卦的旨义所云："君子道消，故八月有凶也。以盛不可终保，圣人作《易》以戒之也。"临卦的卦名即为迫近、临近。因而，《悲慨》所表达的亡国之音，既是唐末司空图的预感，更是对唐王朝濒于衰亡的警诫。

六 "载闻其符"例三：《诗品·飘逸》与《易·贲》

《诗品·飘逸》内蕴《贲》卦体德。

☶ 贲：亨，小利有攸往。

贲（音必 bi）卦，下离（☲）上艮（☶），象征文饰。

《彖》曰："'贲，亨'，柔来而文刚，故'亨'；分刚上而文柔，故'小利有攸往'。（刚柔交错），天文也。文明以止，人文也。观乎天文，以察时变；观乎人文，以化成天下。"

---

① （唐）孔颖达：《周易正义·说卦》（第十一章），（清）阮元校刻：《十三经注疏》（上册），中华书局1980年版，第95页。

《易》学家对《彖传》意义的解说不一。王弼、孔颖达的解说，很有意思，也是唐人的共识。王弼将贲卦看作由泰卦䷊变化而来。"柔来而文刚"，即泰卦上坤（☷）的上爻下至泰卦下乾（☰），居中位，以文饰乾刚，变为离（☲），阴爻居住得中位，所以亨通。"分刚上而文柔"，是指泰卦下乾（☰）的中爻上至泰卦上坤（☷），居上位，以文饰坤柔，变为艮（☶），阳爻居上位而失去中位，只能说：小有所利。王弼这样的解说，贲卦系天地阴阳刚柔相交而成，所以象征天文，亦即道之文，"一阴一阳之谓道"①。就贲卦的下卦离，离为火，为光明，上卦艮，艮为山，为止而言，贲卦象征"文明以止"，即象征人文。"物相杂，故曰文；文不当，故吉凶生焉。"② 文虽主错杂相交，但须有节、有序，而非杂乱无章。所以，观察天文阴阳刚柔相交，就可察知四季时序，寒暑代谢的变化规律；观察人文伦常秩序，施行教化，就可以成就、实现君君臣臣，父父子子，各得其所，礼义文明的天下。

《诗品·飘逸》紧紧围绕着《贲》卦的《彖传》及爻辞，紧扣天文、人文、道之文而展开表述。"落落欲往，矫矫不群。缑山之鹤，华顶之云"，言天文。"华顶之云"，所以"落落欲往"，"缑山之鹤"所以"不群"而散，因为《贲》卦卦象"山下有火"。华山顶峰之云为仙人所乘，乃是仙云，缑山之鹤为仙人王子晋所乘，乃是仙鹤。"山下有火"，于是仙云、仙鹤"落落欲往"，四散"不群"，构成美妙的天文，道之文。"高人惠中，令色絪缊，御风蓬叶，泛彼无垠"，言人文。《贲》"九三，贲如，濡如，永贞吉。"《象》曰："'永贞之吉'，终莫之陵也。"九三爻辞及《小象传》的意思是说，容颜俊美，光泽柔润，永远坚守正固，这样的人始终不会受人欺凌——这就是"高人惠中，令色絪缊"的出处，用来描绘此品的典型诗人李白十分贴切。"御风蓬叶，泛彼无垠"，既极言其飘逸，又言其得道成仙，这种人文，乃道之文。

《飘逸》末四句"如不可执，如将有闻；识者期之，欲得愈分"，论述飘逸诗品的审美特征与创作要旨。"如不可执"，言诗品飘逸得似

---

① （唐）孔颖达：《周易正义·系辞上》（第五章），（清）阮元校刻：《十三经注疏》（上册），中华书局1980年版，第78页。

② （唐）孔颖达：《周易正义·系辞下》（第十章），（清）阮元校刻：《十三经注疏》（上册），中华书局1980年版，第90页。

乎难以把握、掌控。"如将有闻",言诗品飘逸,似乎有所会悟闻知,却难以言传。两句均冠以"如"字,不仅是言其仿佛,状其飘忽不定,而且也为末两句"识者期之,欲得愈分"埋下伏笔。对于"识者",真正透彻理解飘逸诗品的人来说,飘逸诗品,并非了不可执,了无所闻,须是"期之",而不是执意强求。怎么"期之"?期待什么?《飘逸》没有正面直接告诉我们,只是寓言飘逸内蕴《贲》卦之德。《贲》卦又告诉我们什么呢?

《序卦传》曰:"贲者,饰也。"《杂卦传》却曰:"贲,无色也。"《序卦传》是从64卦的序位,即从事物发展变化的动态来界定《贲》为文饰:"……嗑者合也。物不可以苟合而已,故受之以《贲》;贲者饰也。致饰然后亨则尽矣,故受之以《剥》。"意思说,事物相合,"不可以苟合",草率的为合而合,而应相互文饰,相补相衬相互增益。但文饰不可过分,过分的文饰亨通之路就会穷尽,必然趋向剥落。《杂卦传》"《贲》无色也",是以静态,从《贲》的极致而言。所以《贲》"上九,白贲,无咎"。《象》曰:"'白贲无咎',上得志也。"《贲》卦的上九爻辞及《小象传》的意思说,"素白无华的文饰,必无咎害",上九之爻达到文饰的极致,返璞归真,是《贲》卦的最高准则与终极的目标。所以,《诗品·飘逸》以《贲》卦旨义为内蕴体德,规定了飘逸的美学本质或美学价值,为清真、自然。清真、自然是贯串诗品二十四则的美学思想之一,即使在《绮丽》中亦云:"神存富贵,始轻黄金。浓尽必枯,淡者屡深。"司空图《成均讽》更加明确地提出:"变唯尚质,贵在扬清。"在司空图看来,达到《贲》卦文饰极致的清真、自然,就进入了自由的境界:飘逸。这种境界不可强求,只可"期之"。"期之"以修炼成真,"期之"以返朴归真,"期之"以清真、自然。作为飘逸诗品的代表人物是李白。飘逸是李白人品的写照:"水浑而冰,其中莫莹;气澄而幽,万象一镜。耀然烱然,傲睨浮云;仰公之格,称公之文";飘逸是李白真率、自然情性的写照;飘逸是李白仙风道骨的写照;飘逸也是李白"圣代复元古,垂衣贵清真"[①]理想的写照。

[①] (清)王琦注:《李太白全集·古风五十九首其一》(上册),中华书局1977年版,第87页。

七　"载闻其符"例四：《诗品·超诣》与《易·噬嗑》

《初论》论证了《飘逸》《超诣》是反映道家、释家思想的美学品格。本书又云，《诗品·飘逸》内蕴《贲》卦体德。司空图将诗品飘逸与道家清真、仙风道骨、《周易》《贲》卦卦义糅合在一起，绝无勉强，并且深化了飘逸的美学思想、丰富了飘逸诗品的思想内涵，令人难以思议。更不可思议者，司空图又将《超诣》诗品与佛禅、《周易》的《噬嗑》也捏合在一起，难道《周易》也能与佛禅相通吗？且看下文。

䷔噬嗑：亨，利用狱。

噬嗑（音是合 shì hé）卦，下震（☳）上离（☲），象征啮合。

《彖》曰："颐中有物，曰噬嗑。噬嗑而亨。刚柔分动而明，雷电合而章。柔得中而上行，虽不当位，利用狱也。"

《彖传》说，口腔有食物，咬碎口即相合；口合拢，梗阻也就畅通了。噬嗑卦的这种卦旨卦义，有利于施用刑法。就本卦卦体卦象而言，下震为刚、为动，上离为柔、为明，所以，分而言之，为"刚柔分动而明"，即明察秋毫之义。下震又为雷，上离又为电，所以，合为一体言之，为"雷电合而章"，即雷电交加，昭明彰著，威力无限。因而，噬嗑卦具有既明且威的意义，这是有利于断案治狱的一层意义。噬嗑卦六五爻为卦主，以阴爻居上卦中位为至尊之位。上卦中位乃阳爻之位，阴爻居中位，故云"不当位"。虽不当位，但六五爻处于中道而志在上进，"似若王者，虽见在尊位，犹意在欲进，仰慕三皇五帝"。[①] 因而能刚体用柔，刚柔兼济，风清气正，有仁厚之德；不至于过度的既明且威，走向极端，而陷入刚愎自用，政刑暴滥。这是有利于断案治狱的另一层意义。

《噬嗑》卦"利用狱"，与佛禅公案相与印合。"公案者，公府之案牍也，所以剖断是非。而诸祖问答机缘，亦只为剖断生死，故以名之。"[②]"祖教书谓之公案者，唱于唐而盛于宋，其来尚矣。二字乃世间

[①] （唐）孔颖达：《周易正义》（卷三·噬嗑），（清）阮元校刻：《十三经注疏》（上册），中华书局1980年版，第37页。

[②] 《云栖正讹集》，转引自丁福保《佛学大辞典》，文物出版社1984年版，第363页。

法中吏牍语。"① 范文澜先生对佛禅公案作了详细的说明："公案都是含意隐晦，无人能确实懂得的事情或话头，如果弟子思索得一个公案的答案，说给师听，得师同意（称为印可），那就表示得道了。一个著名禅师门下常有弟子五百乃至一千人以上，这些人从禅师口里取得成佛的印可。因此禅门弟子间互斗心机（机锋）异常尖锐，弟子提出谜语式的问题，师不能理解，便输给弟子，所佩'最上乘离文字之心印'不得不让出。禅师当然不肯轻易印可，故意做出怪动作或怪话头，使弟子不能理解甘认失败，这些动作和话头成为新的公案，流传在丛林（禅寺）间，愈积愈多，禅学转化为公案学。"② 司空图以《噬嗑》"利用狱"而喻言佛禅公案信而有据。佛籍《寄归传》曰："珂但尼，即啮嚼受名。""珂但尼"，译为"嚼食"。佛典中也以雷电喻法力，《涅槃经》曰："譬如虚空震雷起云，一切象牙上皆生花，若无雷震，花则不生，亦无名字，众生佛性亦复如此。"佛教有"五大力菩萨"，其四曰"雷电吼菩萨"，为未来世护持佛法者。

那么，《诗品·超诣》如何同《周易·噬嗑》卦建立起联系的？《超诣》以《噬嗑》卦义为其内蕴体德有何意义？

《诗品·超诣》并未说明此则诗品何以谓之"超诣"。《噬嗑》规定了"超诣"的思想意义，丰富、充实、深化了《超诣》的思想内涵。以诗佛王维为代表的超诣诗品，"刚柔分动而明，雷电合而章"，具有深刻的洞察力，透彻的思辨力。"颐中有物，曰噬嗑。噬嗑而亨。"超诣诗品，思路通达，语言流畅、意境圆融无隔。"柔得中而上行"，《噬嗑》虽有雷电之威，体察秋毫之明，卦主居中道尊位，却风清气正，有仁厚之德，超诣诗品是此思想境界，道德情操的写照。具体到《超诣》诗作而言，"如将白云，清风与归"，出自"柔得中而上行"。王弼与孔颖达的解释："'凡言上行，皆所之在贵'者，辅嗣此注，恐畏之适五位则是上行，故于此明之……既在五位，而又称上行，则似若王者，虽见在尊位，犹意在欲进，仰慕三皇五帝可贵之道，故称上行者也。"③

---

① 《碧岩集》，转引自丁福保《佛学大辞典》，文物出版社1984年版，第363页。
② 范文澜：《中国通史简编》（第三编第二册），人民出版社1965年版，第628页。
③ （唐）孔颖达：《周易正义》（卷三·噬嗑），（清）阮元校刻：《十三经注疏》（上册），中华书局1980年版，第37页。

噬嗑的六五爻，为一卦主爻，"故六爻相错，可举一以明也"，"统论一卦之体，明其所由之主者也。"① 噬嗑的主爻有"仰慕三皇五帝"之义，故《超诣》有归从于白云、清风之语。《礼记·檀弓下》："赵文子与叔誉观乎九原。文子曰：'死者如何作也，吾谁与归？'""吾谁与归"，即我归从谁呢。司空图以"如将白云，清风与归"，表达噬嗑卦之"仰慕三皇五帝"，以"与归"传"仰慕"，十分贴切、准确！《初论》已经指出，"如将白云"两句，同《与王驾评诗书》"右丞苏州，趣味澄夐，若清风之出岫"相呼应。《超诣》"远引若至，临之已非"，出自"雷电合而章"，雷鸣电闪，倏尔而逝。《维摩经·方便品》"是身如电，念念不住"，亦云人生如电闪，刹那而逝。"乱山乔木，碧苔芳晖"，更综合了"刚柔分动而明，雷电合而章，柔得中而上行"之义，将《周易》的圣德广育与佛禅的大慈大悲，普度众生印合在一起，描绘与表达了仁慈之德广被，阳光之辉无幽不照的境界。

八　"载闻其符"例五：《诗品·实境》与《易·蛊》

《诗品·实境》内蕴《蛊》之德。

☶☴ 蛊：元亨，利涉大川；先甲三日，后甲三日。

蛊（音古 gǔ），下巽（☴），上艮（☶），象征拨乱反正。

《彖》曰："蛊，刚上而柔下，巽而止，蛊。蛊，元亨而天下治也。'利涉大川'，往有事也。'先甲三日，后甲三日'，终则有始，天行也。"

《彖传》说，蛊卦上艮为阳卦刚健，为止，下巽为阴卦柔顺。所以，在上主事者可以创制新令，而下边能够顺从执行，没有干扰、阻挠，是有所作为的时机。卦辞"元亨"，是说天下将要趋向大治。"利涉大川"，是说《蛊》的意义，是天下有事，而期待堪当其任之人的时候，此时应有大动作，大作为。"先甲三日，后甲三日"，是说旧法令的终结，新法令的创新、颁行，天下得以治理，体现了天道终而复始的运行规律。

关于"先甲三日，后甲三日"，先儒说法不一。今依王弼"甲者，

---

① （魏）王弼：《周易略例·明彖》，楼宇烈：《王弼集校释》（下册），中华书局1980年版，第591页。

创制之令也"。① 又,《易·巽》"(九五)先庚三日,后庚三日"。王弼注曰:"申命令谓之庚。"又曰:"甲、庚,皆申命之谓也。"② 据此,"先甲三日。后甲三日",是说创制、颁行新令的前三日,以至后三日,人们对新令还未曾明了、熟悉,因而此时对触犯新令者可以不予追究,这是宣传新令,试行新令的期间。故,"先甲""后甲"云云,意在说明,拨乱反正者,须是勤慎行政、至诚行政。

《诗品·实境》与《蛊》卦所以产生内在联系,重要原因之一是,"情性所至,妙不自寻。遇之自天,泠然希音"的实境诗品创作要旨,与"蛊者,有事而待能之时也"的卦旨的紧密契合。上述《象传》云云,讲到人与事,主体与客体两方面的状况与关系。就客体而言,《蛊》处于"有事"之时,而"事"又处于"可以有为"③之时。就主体而言,《蛊》处于"待能"之时,其人选是堪任其事之人。因而,人与事,主体与客体将一拍即合,达到完美的统一,最终可确保实境"元亨而天下治也"。在《初论》中我们曾说,《诗品·实境》所谓的实境,就是"情性所至"的妙悟之境,就是客观现实事物与主观情性的契合之境。在主客观完美契合统一而事就功成上,《诗品·实境》与《蛊》实现了百虑而一致,殊途而同归。然而,蛊者,事也,弊乱、败坏之事也。卦辞何以谓之"元亨"? 又何以谓此卦正处有为之时,天下将会大治而非大乱? 卦辞告诉我们,是由于"先甲三日,后甲三日",《象传》解释说,此所谓"终则有始,天行也",实则亦即《复·象》所云"反复其道,七日来复,天行也。"《周易》经传的意思是说,《蛊》所以"元亨",所以处于有为之时,天下所以会走向大治,是由天道自然,整体运行规律的大势所决定的,是由于月往月来,新旧交替的时势,事物背后以及内在所处的发展变化的形势所决定的。对于《诗品·实境》而言,这种天道自然运行大势的决定作用,就表现为

---

① (魏)王弼:《周易注·蛊》,(清)阮元校刻:《十三经注疏》(上册),中华书局1980年版,第35页。
② (魏)王弼:《周易注·蛊》,(清)阮元校刻:《十三经注疏》(上册),中华书局1980年版,第69页。
③ (魏)王弼:《周易注·蛊》,(清)阮元校刻:《十三经注疏》(上册),中华书局1980年版,第35页。

"遇之自天","妙不自寻"。实境诗品这种合乎天道自然的契合、妙悟，形成了或成就其"泠然希音"，那种"声成文谓之音"的言外之旨，韻外之致，无声之妙音。

《诗品·实境》与《蛊》卦产生内在联系的另一重要原因是，《实境》的"情性所至"者，与《蛊》卦所待之"能"者的紧密契合，契合的核心或根源是至诚。《象》曰："山下有风，蛊；君子以振民育德。"《蛊》所"待能"之人，即"振民育德"者，有志于振济百姓，进德修业之人。卦中六爻具体展示了所待能者拨乱反正，拯弊济乱的过程与其进德修业的素养。从"初六，干父之蛊，有子，考无咎，厉终吉"——匡正父辈弊乱，拯救了祖业，获得吉祥的最初任事起始，及"九二，干母之蛊，不可贞"，《象》曰"干母之蛊，得中道也"——匡正母辈弊乱，秉承中庸之道；经过"九三""六四"，匡正父辈弊乱策略上的宽严、缓急的反复调整，终至"六五，干父之蛊，用誉"——拨乱反正取得赞誉，"上九，不事王侯，高尚其事"——最终功成身退。《蛊》卦树立了一位临危受任，敬忠职守，秉持中庸，至诚无私的高尚形象。诚于事，诚于人，是其进德修业素养的核心品德。《礼记·中庸》对至诚有经典的论述：

> 唯天下至诚为能尽其性。能尽其性，则能尽人之性；能尽人之性，则能尽物之性；能尽物之性，则可以赞天地之化育。

《中庸》说，只有天下至诚的人，才能充分发挥自我的本性，以致他人的本性与万物的本性，可以赞助天地化育万物。这一中华民族先民们所信奉的权威思想理论，在《诗品·实境》中得到了印证。

《实境》所云："情性所至，妙不自寻"，即是讲，至诚而尽其性，情性所至，无出其诚。听琴之客钟子期，所以能听琴而穷其趣，由于"能尽其性，则能尽人之性"。对自己的充分了解，推己及人，自然也能理解别人的志趣。荷樵之客惠能，所以能听《金刚经》而明心见性，是出自对皈依佛教的至诚，"唯天下至诚能尽其性"，"尽其性"者，其性尽现。《实境》开首便言"取语甚直，计思匪深"。甚直之语，即真率之语，至诚之语；未加深思，直白言辞，传达的是真实的第一感受，是真情性的自然流露。所以,《文言》曰:"子曰:君子进德修业。忠信,所以进德也;修辞立其诚,所以居业也。""取语甚直,计思匪深",其真实的意义,正是"修辞立其诚"。修辞不可不思,其思必不可有妨其诚,而当刊尽豪华,以现清真之至诚。孔夫子又说:"知之者不如好之者,好之者不如乐之者。"①《实境》所谓:"情性所至"者,为好之者而又乐之者。好之者较知之者用心笃厚,乐之者又较好之者体味深切,而臻于"妙不自寻"。好之,乐之,情性之至诚,坊间俗语谓之,打心里喜欢。

还应指出,《蛊》的下上卦象也与《实境》有着象征意义的联系。例如,下巽为"绳直",象征意义可为"取语甚直",如同准绳之"甚直";下巽"其究为躁卦",象征意义可为"计思匪深",性情急躁,故其所思"匪深"。又如,上艮"为山,为径路",象征意义可为"清涧之曲",上艮"其于木也为坚多节",坚硬多节之木可为松,故有"碧松之阴"之语,等等。《实境》与《蛊》内在思想意义的契合,是根本,是契合的意义与思想价值之所在,它丰富与深化了诗品的思想内涵,为诗品构建起深厚的思想理论基础。外在的象征性意义的联系,可与思想意义的契合相印证,并为读者提供诗品与易卦关系的可寻之迹,尽管是蛛丝马迹。

九 结语:《流动》——开启《诗品》麒麟阁千古秘门的钥匙

以上的讨论,在确立《流动》"载要其端"意义的基础上,又明确了《流动》"载闻其符"的意义,即诗品二十四则内蕴《周易》体德,二十四诗品为《周易》体德的风律外彰。因此,《流动》之为《诗品序》的名分最终得以确立。当然,这种讨论还可以逐品进行下去,事实上,笔者已完成了这种《诗品注疏》的手稿。不过,随机抽取的包括《雄浑》《冲淡》在内七品之多诗品的顺利、圆满验证,已经足够确定《流动》作为开启《诗品》这一麒麟阁千古秘门的钥匙了。

当确立与明确了《流动》的"载要其端"与"载闻其符"的意义后,我们已可破门而入,进到麒麟阁门之内。"洞天石扉,訇然中开。"

---

① 《论语·雍也》,杨伯峻:《论语注释》,中华书局1962年版,第65页。

门内是如同李白梦游所见"青冥浩荡不见底，日月照耀金银台"呢，①还是一堆散乱的奇石异木？哦哦，那是一座系统完整的辉煌建筑，是由明暗两种材料所建造的内外、明暗双重系统结构。麒麟阁巍巍然耸立于苍穹，云绕雾罩，日往月来，诉说着千年的沧桑与创建者不朽的建筑理念，犹如天际泠然希音。请看下文，《司空图〈诗品〉之秘三论》《麒麟阁构建始末》，一座真实的思想文化麒麟阁将横空出世，现身于世人面前。

---

① （清）王琦注：《李太白全集》（中册），中华书局1977年版，第707页。

三论　麒麟阁构建始末

概　述

　　司空图而立之年即明确表达了建功封侯的宏愿。然而，"古来贤俊共悲辛，长是豪家拒要津"，他终于领悟到"迹不趋时分不侯""浮世荣枯总不知"；同时，面对文坛，他不禁"且忧花阵被风欺"。在"战乱年年厌别离"的社会现实与报国救时强烈志向的驱使下，他编辑《擢英集》"人不陋今，才唯振滞""庶能耸听有唐""思格前规，用伸来者"；效仿唐太宗"图画于凌烟阁者二十有四人，盖象乎二十四气之佐天生物"，而撰著《诗品二十四则》，构建"第一功名只赏诗"之麒麟阁。《诗品》麒麟阁旨在"为儒证道"，以"修中兴之教"，为大唐中兴立碑，从而实现了作者由图画麒麟阁到自建麒麟阁的华丽大转身。

　　在本系列论文的《初论》中，笔者提出"诗品二十四则"，即为司空图诗中所云："第一功名只赏诗"的"侬家自有麒麟阁"。《再论》中，笔者论证了《雄浑》《冲淡》两品内蕴《周易》的《乾》《坤》二卦之德，如同《乾》《坤》为《周易》之"辟户""阖户"，而为《诗品》一开一合的门户。本书将继续讨论《诗品二十四则》，作为一座真正的思想文化麒麟阁的酝酿构建过程，建阁的宗旨，以及受何启发采取诗易会通，以树立《诗品》美学理论体系。

　　一　诗易会通
　　诗易会通是伴随《诗品》麒麟阁的构建而同时形成的。

会通，是《周易大传》提出的一个重要概念。《系辞传》曰：

圣人有以见天下之动，而观其会通，以行其典礼[1]。

唐人孔颖达解释"会通"为"会合变通"[2]。依据孔氏的解释，上述引文的意思为：圣人观察发现天下万物运动的特征，并且观察它们运动特征会合变通的共同规律，而制定行事处世的制度、规范。"典礼"，即法典礼仪、制度、常规。因而简要地说，会通的基本意义，是对具体事物运动规律的归纳与概括，或将事物运动规律的更加一般化、常态化的过程与方法。

司空图的诗易会通，是在尊崇刘勰《文心雕龙》为代表的传统文学观的基础上，创新发展而实现的。《文心雕龙·通变》曰："是以规略文统，宜宏大体。先博览以精阅，总纲纪而摄契；然后拓衢路，置关键……凭情以会通，负气以适变。"又，《文心雕龙·物色》曰："古代辞人，异代接武，莫不参伍以相变，因革以为功，物色尽而情有余者，晓会通也。"刘勰大概是最早将《易传》的"会通"概念引入文论的。在《文心雕龙》中，大量地引入了《周易》的观念、义理，思想资料乃至语言资料，并且融入文学理论、概念的构建与论述中。诸如《文心雕龙·原道》提出的"人文之元，肇自太极，幽赞神明，《易》象惟先"；且云："《易》曰：'鼓天下之动者存乎辞。'辞之所以能鼓天下者，乃道之文也。"以及"仰观吐曜，俯察含章"，"观天文以极变，察人文以成化"，莫不拾掇《易传》。它如《征圣》"则圣人之情，见乎文辞矣"；《宗经》"夫《易》惟谈天，入神致用；故《系》称旨远辞文，言中事隐"；《诠赋》"拟诸形容，则言务纤密；象其物宜，则理贵侧附"；《风骨》"刚健既实，辉光乃新"，"文明以健"；《通变》"莫不相循，参伍因革，通变之数也"；《比兴》

---

[1] （唐）孔颖达：《周易正义·系辞上》（卷七，第八章），（清）阮元校刻：《十三经注疏》（上册），中华书局1980年版，第79页。按：《周易》经传之章节，以朱熹《周易本义》为准，以下不再注明。

[2] （唐）孔颖达：《周易正义》，（清）阮元校刻：《十三经注疏》（卷七，上册），中华书局1980年版，第79页。

"观夫兴之托喻，婉而成章，称名也小，取类也大"；《事类》"昔文王繇《易》，剖判爻位……《大畜》之象，'君子以多识前言往行'，亦有包于文矣"；《隐秀》"夫隐之为体，义主文外……譬爻象之变互体……故互体变爻，而化成四象"；终至《序志》所谓"位理定名，彰乎大易之数，其为文用，四十九篇而已"，等等。引述《周易》经传，不胜枚举。司空图对刘勰《文心雕龙》的尊崇，不仅在他对《诗品》理论体系的构建中充分地显示了出来，而且他继承了《文心雕龙》对《周易》的遵循，又大大提升了对《周易》的遵循，将对《周易》的遵循进而发展为诗品与易卦的会通。一个典型的例证：透彻地领会《诗品》的首两品《雄浑》与《冲淡》，不只要同《周易》《乾》《坤》合读，而且还应当结合《文心雕龙》的《原道》《征圣》来读，才能切实理解《雄浑》《冲淡》对传统文学观的继承，特别是创新发展，切实理解《雄浑》《冲淡》乃至整部《诗品》的文化思想价值。

诗易会通，不是诗学与《易》学简单的交叉，不是一般意义上所谓的交叉学科，而是以易卦为体，或以易卦之德为体，以诗的形式，以诗的审美风韵为用的会合变通，即诗的美学品格与易卦卦旨会通为体用的关系。皎然《诗式·辩体有一十九字》曰：

> 体有所长，故各功归一字……不妨一字之下，风律外彰，体德内蕴，如车之有毂，众美归焉。其一十九字，括文章德体风味尽矣，如易之有象辞焉……其比兴等六义，本乎情思，亦蕴乎十九字中，无复别出矣。[1]

皎然的这段话，有助于对诗易会通的理解，司空图的诗易会通，除《文心雕龙》外，也应是对《诗式》"德体风味"说的继承与发展。对此，将在《司空图〈诗品〉之秘六论》中，作详细讨论。

诗品与易卦的会合变通，赋予诗品以深厚的哲学思想理论基础，极大地丰富、深化了诗品的思想内涵，在中华民族的文学史、美学史乃至

---

[1] 郭绍虞：《中国历代文论选》（第二册），上海古籍出版社1979年版，第77页。

思想文化史上都具有重大的意义与价值。

二 诗易会通与麒麟阁

诗品与易卦的会合变通，使《诗品二十四则》成为千古奇文。诗易会通作为《诗品》的核心机秘，早在司空图决意构建"第一功名只赏诗"的麒麟阁时，即已确定了的。《力疾山下吴村看杏花十九首》其六，提供了非同寻常的信息：

> 浮世荣枯总不知，且忧花阵被风欺。侬家自有麒麟阁，第一功名只赏诗。

诚然，寻常以为，这不过一首诗而已，兴之所至之言，一时性情之语，既不可全然漠视而不顾，也不必太过当真。但是，它不是一般的即兴之作，而是研究司空图《诗品》极有价值，不可忽视的重要文献。首先，它作出了一个重要的论断：《诗品二十四则》即司空图自家的麒麟阁。对于研究者而言，这即是一个重要的课题：《诗品二十四则》为何就是司空图的麒麟阁？其次，它指出、说明了创作《诗品》这一麒麟阁的基本缘由：一者，"浮世荣枯总不知"，仕途难料，建功立业，图画麒麟阁的希望渺茫；二者，"且忧花阵被风欺"，社会的不良世风，文坛的不良诗风，摧残"繁花作阵"[①]的群芳园，因而，创作《诗品》以振兴世风、文风，势在必行；三者，鉴于仕途莫卜，建功无望，则转而以"赏诗"、论诗为"第一功名"，因以《诗品二十四则》为"侬家"之"麒麟阁"。对于研究者而言，这实际上是指示了重要的探讨途径。其一，研究探讨《诗品》何以为司空图自家的麒麟阁，须对其生平思想作一考察，作到知人论世；其二，司空图为何担忧花阵被风欺？这与"第一功名只赏诗"的麒麟阁有何干系？其三，"赏诗"何以能成就其"功名"，何以能成为麒麟阁？我们拟先从后两者，即"且忧花阵被风欺"，"第一功名只赏诗"入手，且将前者，即"浮世荣枯总不

[①] （唐）司空图：《力疾山下吴村看杏花十九首》（其六），《全唐诗》（卷634，第19册），中华书局1960年版，第7276页。其一："春来渐觉一川明，马上繁花作陈迎。"

知"，放在下边专节讨论。

"且忧花阵被风欺。""花阵"即上文所云"繁花作阵"，百花竞放，群芳斗艳。"被风欺"者，当时有何不良之风呢？《成均讽》曰："大朴久雕，迷风益扇，浮音薄思，雅曲沈英。"① 所言虽为朝廷礼乐，实关世风、文风。司空图将此"迷风"斥为"褊浅"。他认为"褊浅"，成为唐诗发展变化的一种不良趋势：

> 国初，主上好文雅，风流特盛。沈宋始兴之后，杰出于江宁，宏肆于李杜，极矣！右丞、苏州趣味澄夐，若清风之出岫。大历十数公，抑又其次。元白力勍而气孱，乃都市豪估耳。刘公梦得、杨公巨源，亦各有胜会。阆仙、东野、刘得仁辈，时得佳致，亦足涤烦。厥后所闻，逾褊浅矣。②

在司空图看来，唐诗"宏肆于李杜"，而登峰造极。大历时诗风转衰。贞元、长庆，诗家"各有胜会"，"时得佳致"。过此以往"逾褊浅矣"。所谓"褊浅"，就作者、作品而言，既有作者的心胸、气量、思想的因素，又有作者的才力，以及作品的诗境、诗风的因素。作为当局者，司空图对唐诗的总体发展情况的看法，是很有见地的。而且，他认为这种"褊浅"之风，严重地反映到诗歌的观念上，那就是《诗赋赞》所批评的：

> 邻女有嬉，补袖而舞；色丝屡空，续以麻絇。鼠革丁丁，燉之则穴。

这是"褊浅"之风的典型表现，将诗歌创作当作邻居女孩的游戏，思想内容极为肤浅、匮乏；或者凭借某种天分而不刻苦勤勉研炼，提高创作修养。"褊浅"之风也表现在诗论的主张上，即"直致所得，以格

---

① （唐）司空图：《成均讽》，（清）董诰等辑纂：《全唐文》（卷808），上海古籍出版社1990年版，第3767页。

② （唐）司空图：《与王驾评诗书》，（清）董诰等辑纂：《全唐文》（卷807），上海古籍出版社1990年版，第3761页。

自奇"①。如姚合《赠张籍太祝》："飞动应由格，功夫过却奇，麟台添集卷，乐府换歌词。"②贾岛《送贺兰上人》："无师禅自解，有格句堪夸。"③"直致"之论，原本出自钟嵘《诗品序》："观古今胜语，多非补假，皆由直寻。"钟嵘意在批评当时"文章殆同书钞"，"拘挛补衲，蠹文已甚"，而倡导"自然英旨"④，是有道理的，但是认为"古今胜语……皆由直寻"，却未必如此。因此，司空图说："前辈诸集，亦不专工于此，矧其下者耶！"他举出王维、韦应物诗，并不"专工"直寻之格，而"贾阆仙诚有警句，然视其全篇，意思殊馁，大抵附于蹇涩，方可致才"。细心的读者可能也已看出，在《诗品·实境》中，司空图云："取语甚直，计思匪深。"他所举的"一客荷樵，一客听琴"，语甚直，思匪深，却是用典，而不乏"自然英旨"⑤。所以司空图在《与李生论诗书》中指出"专工"的弊病："亦为体之不备也。"他主张具备众体，"不拘于一概"。晚唐，"褊浅"之风，已漫延、泛滥为学风、世风，对此，司空图深恶痛绝，他说：

噫！世之学者褊浅，片词只句，不能自辨，已侧目相訾謷矣。痛哉！因题柳集之末，庶俾后之诠评者，罔惑偏说，以盖其全工。⑥

这里的"褊浅"，指诗歌评论中，心胸狭隘，识见浅薄，意气用事，恶意诋毁。评论者"褊浅"以至如此，那么被评论者呢？《与王驾评论书》云：

---

① （唐）司空图：《与李生论诗书》，郭绍虞：《诗品集解》，人民文学出版社1981年版，第97页。
② （清）曹寅、彭定求等编校：《全唐诗》（第十五册），中华书局1960年版，第5651页。
③ （清）曹寅、彭定求等编校：《全唐诗》（第十七册），中华书局1960年版，第6650页。
④ 郭绍虞：《中国历代文论选》（第一册），上海古籍出版社1979年版，第310页。
⑤ 《诗品·实境》用惠能闻经见性，钟子期听琴穷趣的典故。参见李贤臣《司空图〈诗品〉之秘初论》，《河南大学学报》2016年第1期。
⑥ （唐）司空图：《题柳柳州集后序》，郭绍虞：《诗品集解》，人民文学出版社1981年版，第53页。

三论 麒麟阁构建始末

> 末伎之士，虽蒙誉于贤哲，未若自信；必俟推于其类，而后神跃而色扬，今之贽艺者反是：若即医而靳其病也，唯恐彼之善察，药之我攻耳。以是率人以谩，莫能自振。痛哉！且工之尤者，莫若工于文章。其能不死于诗者，比他伎尤寡。岂可容易较量哉！①

被评论者的"褊浅"，表现为讳疾忌医，神态轻慢，故作高深，以博取评论者言不由衷的溢美之词。

总之，从宫廷到诗坛，以至于民间，朝野上下弥漫着"褊浅"之风，这就是为什么司空图"且忧花阵被风欺"。因而，他决意构建一座麒麟阁。那么，什么样的麒麟阁，才能有效地防止"花阵被风欺"呢？而且，为什么一定要是一座麒麟阁呢？

司空图认为，在文学领域要真正从根本上解决"褊浅"之风，必须切实地树立起儒家的文学观。所以，他在《诗赋赞》中开宗明义曰："知道非诗，诗未为奇；研昏炼爽，戛魄凄肌。"立论起点甚高。文章不是从诗与道的一般的关系谈起，不是从作诗为什么要修道、懂得道而立论——那是作为基本的共识；而是进一步深入地指出，懂得了道，不一定能作诗；即使写出了诗，也未必神奇。从而提出，怎样才算真正懂得、理解诗与道的关系，怎样才能真正把握、运用诗与道的关系而进行创作？诗与道关系的正确认识与把握，儒家文学观的切实树立，必须经历长期艰苦的"研炼"，研炼入神，达到"神而不知，知而难状；挥之八垠，卷之万象"。这样，所创作的诗歌才能成为"鼓天下之动者存乎辞"的道之文。这样，才能如《毛诗序》所云："故正得失，动天地，感鬼神，莫近于诗。先王以是经夫妇，成孝敬，厚人伦，美教化，移风俗"从而纠正"褊浅"的世风。在《司空图〈诗品〉之秘初论》中已经讨论，这种"鼓天下之动者存乎辞"的道之文的文学观，要求作家"金声而玉振"，集大成，具大才力，众体皆备，不主一格。司空图反

---

① （唐）司空图：《与王驾评诗书》，（清）董诰等辑纂：《全唐文》（卷807），上海古籍出版社1990年版，第3761页。

复强调:"以全美为上"①,要"全工"②而不只是"专工"③,要"醇美",而不要"止于酸""止于咸",既能如李杜之宏肆,又能如右丞苏州之澄澹精致。如同韩愈《答李翊书》所云:"其皆醇也,然后肆焉。"司空图的主张,显然受有刘勰《文心雕龙·神思》"张衡研京以十年,左思练都以一纪"的影响,更有李白④、杜甫⑤、皎然⑥、元稹⑦、韩愈⑧等文学理论的影响。司空图标举集大成之大才力,标举醇而后肆,纤秾、缜密,在《题柳柳州集后序》对韩愈、皇甫湜、柳宗元三人的评论中亦可见一斑:

> 愚观文人之为诗,诗人之为文,始皆系其所尚,既专则搜研愈至,故能炫其功于不朽。亦犹力巨而斗者,所持之器各异,而皆能济胜以为勍敌也。尝观韩吏部歌诗累百首,其驱驾气势,若掀雷揭电,奔腾于天地之间,物状奇变,不得不鼓舞而徇其呼吸也。其次,《皇甫祠部文集》所作,亦为遒逸,非无意于深密,盖或未遑耳。今于华下方得柳诗,味其搜研之致,亦深远矣。俾其穷而克寿,抗精极思,则固非琐琐者轻可拟议其优劣。

"力巨"方可"炫其功于不朽"。"力巨",则必"驱驾气势","搜

---

① (唐)司空图:《与李生论诗书》,《全唐文》(卷807),上海古籍出版社1990年版,第3761页。
② (唐)司空图:《与李生论诗书》,《全唐文》(卷807),上海古籍出版社1990年版,第3762页。
③ (唐)司空图:《与李生论诗书》,《全唐文》(卷807),上海古籍出版社1990年版,第3761页。
④ (唐)李白:《古风五十九首》(其一、其三十五等),郭绍虞:《中国历代文论选》(第二册),上海古籍出版社1979年版,第58—59页。
⑤ (唐)杜甫:《戏为六绝句》,郭绍虞:《中国历代文论选》(第二册),上海古籍出版社1979年版,第60页。
⑥ (唐)皎然:《诗式》,郭绍虞:《中国历代文论选》(第二册),上海古籍出版社1979年版,第73—78页。
⑦ (唐)元稹:《唐故工部员外郎杜君墓系铭并序》,郭绍虞:《中国历代文论选》(第二册),上海古籍出版社1979年版,第65—66页。
⑧ (唐)韩愈:《调张籍·答李翊书》,郭绍虞:《中国历代文论选》(第二册),上海古籍出版社1979年版,第131、115—116页。

研""深远",且须"抗精极思",运思缜密。司空图的这些观念都贯串于《诗品二十四则》之中。

树立起"鼓天下之动者存乎辞"的道之文的儒家诗学观,从根本上革除"褊浅"之风,以消除"花阵被风欺"之忧,从而确保诗歌最大限度地发挥"化成天下"的功能,"炫其功于不朽",这也就与"第一功名只赏诗"有效地紧密联系在一起了。

诗歌作为"鼓天下之动"的道之文,它之"成孝敬,厚人伦,美教化,移风俗"的功能是如何实现的?又如何以"赏诗"而成就其功名?司空图《与李生论诗书》曰:

> 《诗》贯六义,则讽喻、抑扬、渟滀、渊雅,皆在其中矣。

诗歌的功能,讽谕、抑扬等社会作用,渟滀、渊雅等审美作用,都包含于诗的六义之中,包含于风、雅、颂、赋、比、兴之中。所谓"上以风化下,下以风刺上,主文而谲谏"①,或谓"摛风裁兴,藻辞谲喻,温柔在诵,故最附深衷"②,"谲谏""谲喻",都是讲诗歌是以微言相感,委婉的讽喻、规谏,其特征是深刻的领悟,情感的体验,是潜移默化,故云:"最附深衷。"因此,只有通过正确地、深切细致地赏诗,才能发挥诗歌的社会功能,审美功能;只有正确、深切地赏诗,才能引导人们正确、深入地领悟,体验诗的意境,培养人们积极、健康的审美情趣。同时,也需要通过正确的赏诗,论诗,以指导、培育创作主体更好地创作出"鼓天下之动"的道之文。道之文,也就成为赏诗、论诗之本。赏诗、论诗,既是道之文诗学观指导下的社会审美实践,同时,它又反过来促进道之文诗学观的建立、完善与发展。

春秋之后,大雅不作,宪章沦丧。李白自云:"我志在删述,垂辉映千春。希圣如有立,绝笔于获麟"③,以复兴大雅或雅颂为己任,从

---

① 郭绍虞:《毛诗序》,《中国历代文论选》(第二册),上海古籍出版社1979年版,第63页。
② (梁)刘勰:《文心雕龙·宗经》,上海古籍出版社2015年版,第13页。
③ (唐)李白:《古风五十九首》(其一),郭绍虞:《中国历代文论选》(第二册),上海古籍出版社1979年版,第58页。

而实现"奋其智能,愿为辅弼,使寰区大定,海县清一"①的政治理想。司空图继李白复兴雅颂之后,决意弘扬儒家文论的"宪章","思格前规,用伸来者"②,以诗品构建其诗歌美学理论体系,即"第一功名只赏诗"的麒麟阁,借以光大孔孟倡导的"为诗知道"说③、传统的文道合一说。然而,传统的文道合一,这一儒家的文学观,在古代诗歌具体创作过程中,基本上只停留在思想观念上。因而,司空图所要建造的《诗品》麒麟阁,有无真实的意义与价值,是一座徒有虚名的空中楼阁,还是闪耀着睿知之光的实实在在的诗学理论体系,决定于思想理论的透彻与否,决定于对传统思想理论的创新与发展。正是在理论的创新与发展上,在思想理论的透彻上,司空图显示了过人的胆识与超凡卓绝的才华。他的《诗品二十四则》通过诗易会通,不仅将传统的文道合一的文学观,从思想观念的层面,具体地落实到诗品中,而且,他凭借诗易会通,打通了诗与《周易》"系辞",即卦辞与爻辞的关系,确立了《文心雕龙·原道》所谓的"《易》曰:'鼓天下之动者存乎辞',辞之所以能鼓天下者,乃道之文也"的诗学观。诗"乃道之文"的确立,赋予诗以《周易》"系辞",即卦辞、爻辞的功能,是对诗学观的革新,具有极为重大的意义。汤用彤先生认为:

> 自陆机之"课虚无以责有,叩寂寞以求音",至刘勰之"文外曲致""情在词外",此实为魏晋南北朝文学理论所讨论之核心问题也,而刘彦和《隐秀》为此问题作一总结。④

应该说,司空图在刘勰《文心雕龙·神思》"思表纤旨,文外曲致,言所不追,笔固知止;至精而后阐其妙,至变而后通其数"的

---

① (唐)李白:《代寿山答孟少府移文书》,(唐)李白:《李太白全集》(下册,二十六),中华书局1977年版,第1225页。
② (唐)司空图:《擢英集述》,(清)董诰等辑纂:《全唐文》(卷809),上海古籍出版社1990年版,第3769页。
③ 参见李贤臣《司空图〈诗品〉之秘初论》,《河南大学学报》2016年第1期。所引《孟子·公孙丑上》,《孟子·告子上》:"孔子曰:'为此诗者,其知道乎?'"
④ 汤用彤:《汤用彤全集》(第四卷),河北人民出版社2000年版,第392页。

"至精""至变"① 论证的基础上,以及《文心雕龙·隐秀》"隐也者,文外之重旨者也;秀也者,篇中之独拔者也。隐以复意为工,秀以卓绝为巧……夫隐之为体,义主文外,秘响傍通,伏采潜发","情在词外曰隐,状溢目前曰秀"论证的基础上,将刘勰发挥《易传》思想的文论,进一步提高到诗易会通,诗与卦辞爻辞相通,即提高到《周易》的"圣人立象以尽意,设卦以尽情伪,系辞焉以尽其言"的哲学层面,从而奠定了文论的哲学理论基础,创立了新的诗学观:"鼓天下之动者存乎辞"的诗学观。就一般意义而言,这已经完全可以作为诗歌理论的麒麟阁了,一座诗歌理论创新的里程碑。然而,司空图是一位有着强烈执着的政治理想的思想家,在他的《诗品二十四则》中寄寓于对其政治理想的热切期望,对世界观、人生观的精辟之见。基于他的生平与思想历程,他所宣称的"第一功名只赏诗"的麒麟阁,与唐代的凌烟阁有着相通的思想内涵。那么,他所谓的"浮世荣枯总不知",究竟蕴含着怎样的人生、思想经历,怎样的政治思想观念?这就是下边所一一要讨论的问题。

三 建立麒麟阁中的人生思想转折

"浮世荣枯总不知",是司空图积其大半生身世而发出的深沉感慨。然而,终其一生,司空图与麒麟阁都有着不解之缘。围绕着麒麟阁这一终生理想与心愿,他的一生经历了一个人生、思想大的转折:由青壮年的图画于麒麟阁,逐渐转向构建自家之麒麟阁。如何构建自家麒麟阁又有两次思想转换,一是由"以为文墨之伎不足曝其名",转为"第一功名只赏诗";二是由"为诗为文""务得诸己",转向"为儒证道"。人生、思想的大转折,发生于知天命之年;构建麒麟阁的两次思想转换,大约完成于耳顺之年。我们先讨论司空图人生思想的转折。以下三首诗大致粗略地反映了这一转折的思想历程。

---

① (唐)孔颖达:《周易正义》(卷七),(清)阮元校刻:《十三经注疏》(上册),中华书局1980年版,第81页。《易·系辞上》第十章"问焉而以言……无有远近幽深,遂知来物,非天下之至精,其孰能与于此?""通其变,遂成天地之文;极其数,遂定天下象。非天下之至变,其孰能与于此。"

卷首　司空图《诗品》之秘三论

　　三十功名志未伸，初将文字竞通津。春风漫折一枝桂，烟阁英雄笑杀人。《榜下》①

　　国事皆须救未然，汉家高阁漫凌烟。功臣尽遣词人赞，不省沧洲画鲁连。《有感》②

　　迹不趋时分不侯，功名身外最悠悠。听君总画麒麟阁，还我闲眠舴艋舟。《携仙箓九首》其四③

其一，《榜下》言其早年立志，以科举取士而建功立业，不料，而立之年却金榜无名。"烟阁英雄笑杀人"，以蒙受愧憾，传达出对图画于麒麟阁的强烈向往。其二，《有感》言作者热切报国，却无从问津，表达不为世用，"苟惭白首而待聘，不若沧州而寄傲"④，无由图画于麒麟阁的惆怅。其三，《携仙箓九首》（其四），是"功名尽遣词人赞，不省沧州画鲁连"，壮志难酬的进一步发展：由"国事皆须救未然"，发展而为"功名身外最悠悠"；由"不省沧州画鲁连"，发展而为"听君总画麒麟阁，还我闲眠舴艋舟"，认定此生与麒麟阁没有缘分，对功名无望的心灰意冷。这种认定，这种心灰意冷，是一种对理想的可望而不可即的复杂沉郁之情。尽管如此，作者依然不能决然弃世。在《携仙箓九首》的第七首，他终于说："却赖风波阻三岛，老臣犹得恋明时。"⑤"却赖风波阻三岛"，因风浪太大，不能去蓬莱等仙岛是托词；"老臣犹得恋明时"，是真实心情的表白。现实的失望与理想的希望交织在一起，此起彼伏，使作者沉入对社会历史，特别是对社会现实的深刻认识与切身体验中。另一首《有感二首》（其二），对这一认识、体验表述得更为激切："古来贤俊共悲辛，长是豪家拒要津。从此当歌唯痛饮，

---

① （清）曹寅、彭定求等编校：《全唐诗》（第十九册），中华书局1960年版，第7260页。
② （清）曹寅、彭定求等编校：《全唐诗》（第十九册），中华书局1960年版，第7259页。
③ 《携仙箓九首》（其四），（清）曹寅、彭定求等编校：《全唐诗》（第十九册），中华书局1960年版，第7268页。
④ （唐）司空图：《连珠》，（清）董诰等辑纂：《全唐文》（卷809），上海古籍出版社1990年版，第3770页。
⑤ 《携仙箓九首》（其七），（清）曹寅、彭定求等编校：《全唐诗》（第十九册），中华书局1960年版，第7269页。

不须经世为闲人。"① 因此，在落款为"光启三年"（公元887）的《中条王官谷序》中，司空图写道：

> 知非子，雅嗜奇，以为文墨之伎，不足曝其名也；盖欲揣机穷变，角功利於古豪。及遭乱窜伏，又顾无有忧天下而访于我者，曷以自见平生之志哉？因捃拾诗笔，残缺无几，乃以中条别业"一鸣"，以目其前集，庶警子孙耳。②

一般认为，司空图生于公元837年，写作此序其周岁已是知天命之年了。"遭乱窜伏"，深悟功名之途难通，不得不拾起"不足曝其名"的诗笔、"文墨之伎"，勉强"以自见平生之志"，"庶警子孙"。这基本上就是编辑《一鸣集》的真实思想。而且，在《山居记》中还立下了从此隐居王官谷的誓愿：

> 愚虽不佞，犹幸处于乡里，不侵不侮；处于山林，物无夭伐，亦足少庇子孙，且讵知他日复睹睟容访陈迹者，非今兹誓愿之证哉？久于斯石，庶几不昧，有唐光启三年丁未岁记。③

这一次似乎是真的决意归隐，不问世事了。然而，造化弄人，历史往往是一部天才的戏剧。就在司空图刚刚收拾的"王官废垒"，立下隐居山林的誓愿时，造化即迫使他自动反悔，违背其宏大誓愿。这就是《光启丁未别山》之作。

> 草堂琴画已判烧，犹托邻僧护燕巢。此去不缘名利去，若逢逋客莫相嘲。④

是什么事情，让司空图于一年之内，由誓愿"处于山林"，又匆匆

---

① （清）曹寅、彭定求等编校：《全唐诗》（第十九册），中华书局1960年版，第7262页。
② （清）董诰等辑纂：《全唐文》（卷807），上海古籍出版社1990年版，第3762—3763页。
③ （清）董诰等辑纂：《全唐文》（卷807），上海古籍出版社1990年版，第3762—3763页。
④ （清）曹寅、彭定求等编校：《全唐诗》（第十九册），中华书局1960年版，第7267页。

"别山"？而且此别，非小别，是判定要将琴画烧弃之大别、久别。当然"琴画已判烧"，并非真的就将琴画烧掉，而是说不再抚琴玩画，隐逸于草堂了。这就难免不被"逋客"、隐者所嘲笑，笑其言行不一，守志不坚。司空图说，请莫嘲笑，我是身不由己。到底发生了什么事情呢？终于《旅中重阳》作了说明：

> 乘时争路只危身，经乱登高有几人。今岁节唯南至在，旧交坟向北邙新。当歌共惜初筵乐，且健无辞后会频。莫道中冬犹有闰，蟾声才尽即青春。①

诗的前四句，写了僖宗光启三年六月发生的两起事，《旧唐书·僖宗本纪》与《资治通鉴》都有记载。六月，车驾仍在凤翔。初六日，天盛军都头杨守立与凤翔节度使李昌符"争道，麾下相殴"，"上命中使谕之，不止"。初七日李昌符领兵烧行宫，初八日又攻打大安门。杨守立击败昌符，李昌符退到凤翔西边一百五十里的陇州，八月李昌符被斩。在李昌符作乱时，"杜让能闻难，挺身步入侍；韦昭度质其家于军中，誓诛反贼，故军士力战而胜之。"② 此事传至王官谷，司空图自然不会无动于衷，乃举家而赴国难，故有"草堂琴画已判烧"之举。所以，后来"哀帝弑，图闻，不食而卒"③，司空图能以殉唐而终，绝非偶然。《旅中重阳》"乘时争路只危身"，即言李昌符"争道"而作乱之事。同年同月12日，王重荣为其部将杀害。"旧交坟向北邙新"者，用后汉城阳王葬北邙山，北邙为王侯公卿葬地的典故。王重荣既与司空图为"旧交"，关系甚好，又官至中书门下平章事，封琅琊郡王，累加检校太傅，乃王侯公卿，不足三月前刚遇害，故诗云"坟向北邙新"。《旅中重阳》后四句，写与故友的节日"初筵乐"。诗云，作者自王官谷南往至于行在，与故友筵中相会，彼此健康。自己决意留居华阴，以后将不断会面，很高兴！不要说今年闰十一月，冬季长，其实蟾声一落即是春天。就诗

---

① （清）曹寅、彭定求等编校：《全唐诗》（第二十五册），中华书局1960年版，第10001页。
② （宋）司马光等撰：《资治通鉴》（卷257），中华书局1956年版，第8358页。
③ （宋）欧阳修、宋祁撰：《新唐书》（卷194，第十八册），中华书局1975年版，第5573—5574页。

三论 麒麟阁构建始末

意及所表达的情绪来看,"初筵乐"的故友,极有可能是新、旧《五代史》所载的姚顗之父姚荆。《新五代史·姚顗传》曰:"姚顗,字百真,京兆长安人也……中条山处士司空图一见以为奇,以其女妻之。"《旧五代史·姚顗传》曰:"姚顗,字伯真,京兆万年人……父荆,国子祭酒,顗少蠢……流辈未之重,惟兵部侍郎司空图深器之,以女妻焉。"新、旧《五代史》均谓司空图赏识姚顗,以女妻之。《新五代史》的记载更重记实,当时司空图的身份是"中条山处士",这与《旅中重阳》的司空图的身份相契合。"兵部侍郎"非"初筵乐"时司空图的职位。《旅中重阳》末两句"莫道中冬犹有闰,蟾声才尽即青春",语意双关,既言自然气候,又言政治气候;既表达家庭、故交之"初筵乐",又有对国事及个人前程之期望。事实上,"光启丁未(公元887)别山","草堂琴画已判烧"之举,"今岁节唯南至在",南赴凤翔行在侍从之行,是司空图人生的重大转折的关键,它奠定了此后,自昭宗龙纪元年(公元889)至昭宗光化元年(公元898),不足十年之间,昭宗朝先后以中书舍人、谏议大夫、户部侍郎、兵部侍郎等职,再三再四,屡屡征召。虽然,司空图或短暂任职,以疾面辞,或不赴拜,致章而谢,但已大非《中条王官谷序》所云:"无有忧天下而访于我者"了。

这种人生遭际的重大转折,没有诱惑、推动司空图重新走向"揣机穷变,角功利于古豪"之途,以实现其建功封侯,图画麒麟阁的夙愿。积数十年社会历史及人生阅历,对理想的屡屡燃起,又在现实中一一熄灭的沉痛体验,即在遭逢人生利好转折中,也难以消除他那"浮世荣枯总不知"的警惕与忧患。对仕途黑暗的深刻认识,与对济世救国理想的强烈执着,司空图经历着"贫富常交战,道胜无戚颜"[①]的人生。司空图与陶潜虽然都对官场黑暗有深刻认识,虽然都信守自然之道,但两人不同的是,陶潜立足于"清节映西关"的归隐,而司空图的终生第一志愿则是济世救国,"国事皆须救未然"。在"君子救时虽切,亦必相时度力,以致其用"[②]的思想作用下,司空图最终选择了

[①] (晋)陶渊明:《泳贫士诗七首》(其五),逯钦立辑校:《先秦汉魏晋南北朝诗》(中册),中华书局1983年版,第1009页。

[②] (唐)司空图:《题东汉传后》,(清)董诰等辑纂:《全唐文》(卷809),上海古籍出版社1990年版,第3768页。

"第一功名只赏诗"的自创麒麟阁之路。这一由图画麒麟阁到创建麒麟阁的人生思想转折,堪称一个华丽大转身。其一,它既摆脱了黑暗腐败官场的角逐,又成就了济世救国的理想与心愿。所谓"侬家自有麒麟阁,第一功名只赏诗",并非自我解嘲,自欺欺人;《诗品二十四则》以"赏诗"为"第一功名"的麒麟阁,也非一般象征性意义的麒麟阁,而是具有特定实质性意义,即具有唐太宗凌烟阁政治思想内涵的麒麟阁。其二,这一人生思想的转折之所以为华丽大转身,还因为,它不是翼想天开,随意为之,而是有其世界观的支持,这就是天道自然观,即"君子救时虽切,亦必相时度力",是"相时度力"的抉择。所谓"相时度力",亦即"天用",此层意义将在《司空图〈诗品〉之秘四论》中详述。

文坛上一般象征性意义的麒麟阁,早在司空图的一二百年前即已荣冠其名了,那就是唐高宗李治敕令撰著的《麟阁词类》六十卷,《旧唐书·经籍志》《新唐书·艺文志》均著录。《宋史》失录,或已亡佚。麒麟阁与文坛拉上关系,大概与扬雄有关。《汉书·扬雄传·赞》曰:"(雄)实好古而乐道,其意欲求文章成名于后世,以为经莫大于《易》,故作《太玄》,传莫大于《论语》,作《法言》……用心于内,不求于外,时人皆忽之;唯刘歆及范逡敬焉,而桓谭以为绝伦。"又曰:"时,雄校书天禄阁上。"① 南北朝时,梁人范云《答何秀才诗》曰:"麟阁伫雠校,虎观迟才通。"② 另一梁人吴均《入兰台赠王治书僧孺诗》曰:"故人扬子云,校书麟阁下。寂寞少交游,纷纶富文雅。"③ 陈人徐陵于梁时所作《玉台新咏序》曰:"当今巧制,分诸麟阁,散在鸿都,不籍篇章,无由披览。"④ 麟阁,即麒麟阁。⑤ 天禄阁,汉高祖时

---

① (汉)班固编撰:《前汉书》(卷88),《二十五史》(第一册),上海古籍出版社1986年版,第332页。
② 逯钦立辑校:《先秦汉魏晋南北朝诗》(中册),中华书局1983年版,第1545页。
③ 逯钦立辑校:《先秦汉魏晋南北朝诗》(中册),中华书局1983年版,第1740页。
④ (梁)徐陵:《玉台新泳》,成都古籍书店1980年版,第2页。
⑤ 关于麒麟阁的建造,一云,汉高祖时。《太平御览》卷184:"《汉宫殿疏》曰:天禄阁,骐阁,萧何造,以藏秘书,画贤臣。"一云,汉武帝时。《汉书·苏武传》:"甘露三年,单于始入朝,上思股肱之美,乃图画其人于麒麟阁。"唐人颜师古注引张晏曰:"武帝获麒麟时作此阁,图画其象于阁,遂以为名。"

所创建的藏书阁，位于未央宫内，刘向，刘歆，扬雄曾先后在此校书。梁代范云等将扬雄校书天禄阁而称作麒麟阁，麒麟阁于是演变为文府，文苑秘阁。唐大历诗人钱启《送崔校书从军》亦云："雁门太守能爱贤，麟阁书生亦投笔。宁唯玉剑报知己，更有龙韬佐师律。"① 麒麟阁既已演变为文籍府库或文苑秘阁，又有唐高宗敕令编著的《麟阁词类》，这对司空图不能没有启示与影响。更何况唐太宗尚有《凌烟阁功臣赞》一卷问世，更将文学创作与凌烟阁建立了姻缘。并且，唐代进士科以诗赋取士，吟诗成为博取禄利、功名的正途，在以上种种社会政治与文化氛围之下，司空图以《诗品二十四则》构建起成就其功名的麒麟阁，虽为惊世创举，却非无稽之谈，而且，上文已经提到，《诗品二十四》不是一般象征性意义的麒麟阁，而是具有凌烟阁政治思想宗旨、具有其精神实质的麒麟阁。那么，《诗品二十四则》真的有此玄妙吗？司空图真的有此理论的自觉吗？我们接着往下讨论。

四 建立麒麟阁的思想理念

司空图的华丽大转身，既不是无缘无故，更不是轻而易举的。他是经历了两个思想转折而实现的。以下两首诗大致反映了由"文墨之伎不足曝其名"，转向"第一功名只赏诗"的思想脉络。

> 维摩居士陶居士，尽说高情未足夸。檐外莲峰阶下菊，碧莲黄菊是吾家。《雨中》②
> 经乱年年厌别离，歌声喜似太平时。词臣更有中兴颂，磨取莲峰便作碑。《漫题》③

以上两首诗，特别是《漫题》一诗，应当是昭宗光化二年（公元899）司空图寓居华阴时的作品。《雨中》云，王维、陶渊明，一隐居终南别业，一采菊东篱，赋物言志，"尽说高情"。司空图乱中避居华阴，"碧

---

① （清）曹寅、彭定求等编校：《全唐诗》（第七册，卷20036），中华书局1960年版，第2603页。
② （清）曹寅、彭定求等编校：《全唐诗》（第十九册），中华书局1960年版，第7262页。
③ （清）曹寅、彭定求等编校：《全唐诗》（第十九册），中华书局1960年版，第7260页。

峰黄花"寓居之地虽与陶、王二位居士相同,但是不会效法他们那样"尽说高情"。所谓"高情",或曰独善之志,或曰超然世外之情,司空图对"尽说"此种"高情",持否定态度:"不足夸"。此时此地,在报国济世思想的主导之下,一种有别于王、陶的诗学观开始萌发。从《雨中》到《漫题》,这种诗学观日渐清晰、终于成熟了起来。那就是,原先以为"不足曝其名"的"文墨之伎",所抒写的不应再是,或不再仅仅是单纯的一己之志、一己之事,而应是通过一己之志、一己之事的抒写,反映天下之志,天下之事,从而发挥"鼓天下之动"的道之文的作用,或曰发挥诗歌化成天下的社会功能。构建系统的、完整的这种"鼓天下之动"的道之文的诗学理论体系,成为诗人的"第一功名"与毕生事业。

《漫题》是《诗品》创作的高潮、接近完成或完成时的作品。作品对国朝中兴表现出少有的乐观。这不仅与作者人生遭际向好有关,更重要的是与昭宗朝及其时事关系密切。昭宗于龙纪元年(公元889)即位,曾振作有为,此时国人都更厌乱思治。《新唐书·昭宗本纪·赞》云:"昭宗为人明隽,初亦有志于兴复。而外患已成,内无贤佐,颇亦慨然思得非常之材。"《资治通鉴》亦曰:"昭宗即位,体貌明粹,有英气,喜文学。以僖宗威令不振,朝廷日卑,有恢复前烈之志,尊礼大臣,梦想贤豪。践阼之始,中外忻忻焉。"[①]《漫题》"经乱年年厌别离,歌声喜似太平时",正反映出久乱思治,"中外欣欣焉"的景象。昭宗乾宁五年(公元898),"八月,庚戌(十三日),改华州为兴德府","己未(二十二日),车驾发华州;壬戌(二十五日),至长安;甲子(二十七日),赦天下,改元。"[②]改元年号为光化。昭宗自华州返京城长安,先"改华州为兴德府",显然是要在返京前即营造一个中兴的气象。因此,司空图在其《疑经后述》一文的落款,特意写作:"时光化中兴二年。"称"光化二年"为"光化中兴二年",司空对昭宗避乱华州而返回京城,寄托了莫大的期望,以为这是唐朝久乱而治,由衰而盛的重要的时代节点,这就是为什么"经乱年年厌别离",反而"歌声喜

[①] (宋)司马光等编撰:《资治通鉴》(卷257,第十八册),中华书局1956年版,第8376页。
[②] (宋)司马光等编撰:《资治通鉴》(卷257,第十八册),中华书局1956年版,第8517页。

三论　麒麟阁构建始末

似太平时"。郑玄《诗谱序》："及成王，周公致大平，制礼作乐，而有颂声兴焉，盛之至也。""歌声喜似太平时"，所以为"喜"，在复兴雅颂，中兴之可期待。故《漫题》的最后两句以满腔的喜悦与豪情道出了诗的主题："词臣更有中兴颂，磨取莲峰便作碑。"在一派"歌声喜似太平时"，作者寓居于西岳华山主峰莲华峰下，撰著大唐"中兴颂"碑。"中兴颂"，与《疑经后述》一文的落款"光化中兴二年"相照应，所以《漫题》应作于与《疑经后述》大体同一时期的光化元年、二年之间，而光化元年（公元898）司空图也已61周岁了。"词臣更有中兴颂"，是说"中兴颂"是一派"歌声喜似太平时"的非同寻常的力作，系为"磨取莲峰便作碑"的碑铭。这一宣称为莲峰"中兴颂"碑，不是司空图另有别的鸿文巨制，其实指的就是《诗品二十四则》。

《诗品二十四则》，既被称为"麒麟阁"，又被称作"中兴颂""莲峰碑"。《诗品》而另有三称，有何意义？麒麟阁是就理想抱负而言，《诗品》寄托了作者安身立命的理想抱负。中兴颂、莲峰碑，是就《诗品》的思想内容、创作宗旨而言，旨在为大唐的中兴而树碑立传。"中兴颂"碑，亦即对《诗品》，这一"第一功名只赏诗"的"侬家自有麒麟阁"的思想意义的规定与阐释。前边说过，司空图所谓的"第一功名只赏诗"的麒麟阁，并非一般象征性意义的麒麟阁，而是具有特定实质性意义，即具有凌烟阁政治思想宗旨的麒麟阁。《漫题》一诗揭示了这一特定实质性意义，揭示了麒麟阁的政治思想宗旨。《诗品二十四则》，之所以被司空图视为"第一功名只赏诗"的"侬家自有麒麟阁"，它的政治思想意图是如同孔子作《春秋》，或效仿孔子作《春秋》，以"修中兴之教"。[①] 诚然，《尧典》"诗言志"，对诗的命题或界定，经儒家阐释，教化作用是"诗言志"的应有之义。刘勰《文心雕龙·原道》提出"《易》曰：'鼓天下之动者存乎辞。'辞之所以能鼓天下者，乃道之文也。"明确地突出了"因文而明道"的社会功能。司空图倡导诗易会通的道之文的诗学观，以《诗品二十四则》之"赏诗"为自家"第一功名"的麒麟阁，将儒家的诗的教化功能作了进一步的强化，具有

[①] 春秋左传正义·哀公十四年（"春，西狩获麟"，杜预注："因《鲁春秋》而修中兴之教"），（清）阮元校刻：《十三经注疏》（下册），中华书局1980年版，第2172页。

更强烈的政治指向性,这就是"中兴之教"。

自唐昭宗李晔即位,司空图对"中兴"屡有表述。昭宗景福元年(公元892)五月,他奉命撰著《太尉琅琊王公河中生祠碑》云:"臣伏念天人之庆,静则统和于天化,动则保定于中兴。"① 昭宗乾宁元年(公元894),司空图又奉诏撰《华帅许国公德政碑》云:"皇帝中兴,昌运丕显,耿光洞德,泽于六幽。"② 当然,人所共知,大凡碑文都惯用套话,多谀美之辞。司空图奉诏所撰的这两方碑文也不免有套话、谀辞。然而,其中也确实不乏真情实意。如许国公碑曰:"臣尝跪读《贞观政要》,伏睹太宗文皇帝即位之初,每以为将致治平,必先仁义在德,贤而作义,乃锡祚而永延,古治足证,格言可鉴。"③ 这就是作者力复中兴的真实情感,又如王公生祠碑曰:"皇帝明融睿作,刚体乾行,深研不侧之机,广被无私之照"④ 云云,对昭宗的谀赞之中,也与上边所举史学家对昭宗的评论庶几相同。即使碑曰:"皇帝中兴",亦与《新唐书》"昭宗为人明隽,初亦有志于兴复",《资治通鉴》"昭宗即位……有恢复前烈之志……践阼之始,中外忻忻焉",大体相合。另外,"刚体乾行,深研不测之机,广被无私之照",也使人们朕想到《诗品》的《雄浑》《冲淡》两品,与《周易》的《乾》《坤》两卦,联想到"夫大人者,与天地合其德"(《乾文言》)。碑文的"内著弥纶,外宣风绩"⑤,更使人联想起诗易会通。"风律外彰,体德内蕴。"总之,司空图两方碑文中不乏真实情怀,碑文所表达的中兴观与诗歌《漫题》的"中兴颂",相互印证。特别是《疑经后述》的落款,于光化二年,特意题作"光化中兴二年",对中兴表达了过分的乐观,确实近乎飘飘然了,这正说明作者对中兴是何等的向往,又是何等的自信与执着!

在唐王朝"中外忻忻焉"的社会氛围中,"经乱年年厌别离,歌声喜似太平时。"司空图不仅撰著了"中兴颂"碑、"第一功名只赏诗"

---

① (清)董诰等辑纂:《全唐文》(卷810),上海古籍出版社1990年版,第3773页。
② (清)董诰等辑纂:《全唐文》(卷810),上海古籍出版社1990年版,第3776页。
③ (清)董诰等辑纂:《全唐文》(卷810),上海古籍出版社1990年版,第3776页。
④ (清)董诰等辑纂:《全唐文》(卷810),上海古籍出版社1990年版,第3774页。
⑤ (清)董诰等辑纂:《全唐文》(卷810),上海古籍出版社1990年版,第3773页。

三论　麒麟阁构建始末

的麒麟阁——《诗品二十四则》，而且还编辑了《擢英集》，与《诗品》配合，以实现矫正褊浅时风，复兴雅颂的心愿，真正解除"花阵被风欺"之忧。为便于行文，兹将关于《擢英集》的讨论，放在本书之末。

司空图实现华丽大转身，所经历的另一思想转折，也即表述于近乎飘飘然题款的《疑经后述》，兹录全文如下：

> 愚为诗为文一也，所务得诸己而已，未尝摭拾前贤之谬误。然为儒证道，又不可皆无也。尝得柳子厚《封建论》，以为三王树置，盖势使之然。又有苌宏之辨，意甚多於救时。今夏县谷邠自淮南缄所著新文而至愚，雅以孙文不尚辞，待之颇易。及见其《卜年论》，又耸然加敬。锺陵秀士陈用拙出其宗人岳所作《春秋折衷论》数十篇，赡博精致，足以下视两汉迂儒矣。因激刚肠，有诋经之说，亦疑经文误耳。盖亟於时病，言或不得其中，亦欲鼓陈君之锐气，当有以复於我耳。①

此篇述文，通过自己"为诗为文""务得诸己"的转折，而提出"为儒证道"。所谓"为儒证道"，即论证、阐发儒道。一者判明指正经文及前贤之误，二者发明儒道，阐发儒道精义，三者依经立义，发展创新儒道思想理论。述文中举出柳宗元的《封建论》《吊苌弘文》，谷邠的《卜年论》，陈岳的《春秋折衷论》，其中，或悼周灵王的忠臣苌弘遭冤杀，以明周人之误；或发明儒道，依经立义，"赡博精致"而成一家之言。"为儒证道"的目的很明确，不是为证道而证道，而是旨在"救时"。述文对陈用拙所出宗人陈岳的《春秋折衷论》大为赞赏，以为"赡博精致，足以下视两汉迂儒"。所谓"迂儒"，《议华夷》说得明白："前古迂儒聩耳，援据滋惑，不能中今之急病"② 迂儒即指墨守经典章句，抱残守缺，不能解决社会现实问题的儒者。司空图提出"为儒证道"，就是针对"援据滋惑，不能中今之急病"者。他主张经世致

---

① （清）董诰等辑纂：《全唐文》（卷809），上海古籍出版社1990年版，第3769页。
② （唐）司空图：《议华夷》，（清）董诰等辑纂：《全唐文》（卷808），上海古籍出版社1990年版，第37767页。

用，倡导变通。《与惠生书》说："唐虞之风，三代非不弊也，赖圣人先极而变之不滞耳。""故愚以为今欲应时之病，即莫若尚通，不必叛道而攻利也。""苟有在位者有问于愚，必先存质以究实，镇浮而劝用，使天下知有所竟，而不自窘以罪时焉。"① 因此，"为儒证道"，旨在发明儒道，"精义入神以致用"；依经立义，变通应时以合宜。

在"光华中兴二年"司空图提出"为儒证道"，显然是以为在此时，在大唐中兴之势即已形成之时，变通儒道以更好地顺应时势的需要，迫在眉睫，故文章曰"因激刚肠""盖亟于时病"。《诗品》以诗易会通构建麒麟阁，旨在"修中兴之教"，尤其必须"为儒证道"。儒家诗学与《易》道会合变通，本义就是"为儒证道"。在诗易会通中，又融贯释道，并且特意设置诗仙之品《飘逸》与诗佛之品《超诣》②，以巩固、提高儒家在诗学中的正宗地位。司空图标举"为儒证道"，须"赡博精致"，既是针对"两汉迂腐"的空疏偏执，烦琐支离，不切时宜，也是对《诗品》理论的要求。"赡博精致"要求"为儒证道"应达到广大悉备，融通透彻，理论体系精致缜密。这样，才能变通而应合时宜，精义入神以致用。司空图深深地认识到，这种"为儒证道"是一种严峻的挑战。挑战既来自身的思想解放，又来自学派之争，甚至社会政治、舆论的种种压力，所以他强调鼓舞"锐气"。

司空图"为儒证道"的实质，是"变通者，趣时者也"，为当世所用，即针对唐末时弊，为"修中兴之教"，以期古为今用，而对儒家思想的某种变革创新，它体现了对传统思想的审视批判精神，故而有《疑经》之文："《经》曰：'天王使来求金'，又曰'求车'，岂天王之使，私有求于鲁耶？不然，传闻之误耳。若诸侯之使来求金，则谓'求'，可矣。若致天子之命，征于诸侯，其可谓'求'耶……"③ 云云。对传统思想文化的审视、置疑、批判，是变革创新的前提与关键，也是诗易

---

① （唐）司空图：《与惠生书》，（清）董诰等辑纂：《全唐文》（卷808），上海古籍出版社1990年版，第3762页。
② 李贤臣：《司空图〈诗品〉之秘初论》，《河南大学学报》2016年第1期。
③ （唐）司空图：《疑经》，（清）董诰等辑纂：《全唐文》（卷809），上海古籍出版社1990年版，第3768页。按，《疑经》所言"求车""求金"，见于《春秋·桓公十五年》《春秋·文公九年》。

会通，即诗与《易》的会合变通，以构建"麒麟阁"的关键。诗易会通，贯彻于构建"麒麟阁"的始终。

司空图终其一生，由建功封侯、图画于麒麟阁，到"侬家自有麒麟阁，第一功名只赏诗"，清晰地显示出他创作《诗品》的人生经历和完整的思想历程。对《诗品》的创作，由"文墨之伎不足曝其名"，转向"词臣更有中兴颂，磨取莲峰便作碑"；由"为诗为文一也，所务得诸己而已"，到"然为儒证道，又不可皆无也"，清楚地显示了"中兴颂""为儒证道"，作为《诗品》的重要政治思想意图、宗旨与理论价值。

就在诗作《漫题》与短文《疑经后述》问世同一时期的一个春天，借着在力疾山下吴村看杏花而激发满腔豪情之际，司空图郑重宣告了"第一功名只赏诗"的重要信息①，《诗品》麒麟阁终于破空而出了。

五 《诗品二十四则》：辉映千春的麒麟阁

《诗品二十四则》之为麒麟阁，就其外在形态而言，是以二十四诗品以应合凌烟阁二十四功臣之数。或问，凌烟阁图画功臣为何定为二十四位？此问有如清代道光年间举人，掌教海门书院教授林昌彝先生在《海天琴思录》卷七所云：

> 司空图诗，在唐不能名家，其所撰《二十四诗品》，貌是而大旨则非。诗之品何止二十四？况二十四品中，相似者甚多。试以古人之诗定之，每首中前后有数品者，每联中两句有浓淡者。司空《诗品》之作，以视钟嵘之论诗，又瞠乎远矣。②

昌彝先生博学，著作甚丰，是一位值得尊敬的爱国志士。他对司空图及其《诗品》的评论有某些代表性，这大概也是《诗品》成为千古之秘的重要原因。然而，我们不得不说这种看法甚为偏颇。诗作"不能名家"，诗论即无可取？"以视钟嵘之论诗，又瞠乎远矣"，钟嵘诗作

---

① （唐）司空图：《力疾山下吴村看杏花十九首》（其六），《全唐诗》（卷634，第19册），中华书局1960年版，第7276页。

② 林昌彝：《海天琴思录》，上海古籍出版社1988年版，第165页。

在司空图之上乎？昌彝先生指摘《诗品》"貌是而大旨则非"，正说明先生对其大旨没有看懂。所谓"每首中前后有数品者，每联中两句有浓淡者"，苏轼早已作了中肯的阐释、解说。除在《书黄子思诗集后》①称许外，又在《送参寥师》②中云："咸酸杂众好，中有至味永。"这些都可视为对"醇美""味外之旨""韵外之致""以全美为工"③的诠释。我们无意在此责难昌彝先生，这不全是他个人的偏失，是历史的隔膜，时代的隔膜。司空图与他所创作的《诗品》对"中兴"的向往，对盛世的礼赞，难以为鸦片战争时期的文人所理解。从《诗品》"修中兴之教"，对盛世的礼赞的意义而言，司空图及其《诗品》更能为今天，为处在伟大筑梦时代的中国，为我们所理解。

司空图以《诗品》之二十四品，以应合凌烟阁二十四功臣之数。凌烟阁功臣之所以定为二十四位，则是应合二十四节气。唐人吕温《凌烟阁勋臣颂》序文曰：

> 我二后受成命，抚兴运乾，坤轴撼乾枢，鼓元气，而雷域中，腾百川，而雨天下，云收雨霁，如再开辟，荡荡焉，与太极同功。贞观十七年，太宗以功成理定，秉为而不有之道，让德於祖考，推劳於群臣，念匡济於艰难，感风云於畴昔，思所以撼之无穷。乃诏有司，拟其形容，图画於凌烟阁者二十有四人，盖象乎二十四气之佐天生物，昭勋德也。④

《新唐书·吕温传》称，"温操翰精富，一时流辈推尚。"⑤此节"精富"文字，对理解诗易会通，对解读《诗品》这一麒麟阁及其思想内涵，都有着极大的价值。

---

① 李贤臣：《司空图〈诗品〉之秘初论》，《河南大学学报》2016年第1期。
② 郭绍虞：《中国历代文论选》（第二册），上海古籍出版社1979年版，第304页。
③ （唐）司空图：《与李生论诗书》，郭绍虞：《中国历代文论选》，上海古籍出版社1979年版，第196、199页。
④ （唐）吕温：《凌烟阁勋臣颂二十二首并序》，（宋）李昉等编撰：《文苑英华》（卷776），中华书局1966年版，第4090—4091页。
⑤ （宋）欧阳修、宋祁撰：《新唐书》（卷160，第十六册），中华书局1975年版，第4967页。

三论　麒麟阁构建始末

首先，凌烟阁功臣定为二十四位，《凌烟阁勋臣颂》序文明确告诉我们，既非随意而定，亦非严格依据实际开国功臣人数而定，而是法天，效法自然："盖象乎二十四气之佐天生物"。法天，是中华民族的传统观念，这一观念深入人心，具有崇高的权威性。凌烟阁法天，定功臣之数为24，并非特例，实属通例。又如《新唐书》卷二百二载：

> 初，中宗景龙二年，始于修文馆置大学士四员，学士八员，直学士十二员，象四时、八节、十二月。[1]

凌烟阁图画功臣二十四，在法天的同时，应该还会有昭帝德的意思，昭帝德是法天的引申，因为皇帝贵为天子。白居易《七德舞》云："七德舞，七德歌，传自武德至光和……太宗十八举义兵，白旄黄钺定两京。擒充戮窦四海清，二十有四功业成。"该诗题下注云："武德中，天子始作《秦王破阵乐》以歌太宗之功业。贞观初，太宗重制《破阵乐舞图》，诏魏征、虞世南等为之歌词，因名《七德舞》。"[2] 秦府十八学士，凌烟阁二十四功臣，大概与"太宗十八举义兵"，"二十有四功业成"，不无关系。自凌烟阁功臣选为24数之后，似乎唐人更重视24之数了，特别是文学界。殷璠《河岳英灵集叙》曰："璠不揆，窃尝好事，愿删略群才，赞圣朝之美……粤若王维、昌龄、储光羲等二十四人，皆河岳英灵也。此集便以河岳英灵为号。"[3] 元结《箧中集序》曰："箧中所有，总编次之。命曰：'箧中集'……凡七人诗，二十四首。"[4] 元稹《乐府古题序》曰："《诗》讫于周，《离骚》讫于楚。是后诗之流为二十四名……皆诗人六义之余，而作者之旨。"[5] 唐人诗集，选作者为24人，选作品为24首，定诗之变体为"24名"。在这种历史文化

---

[1] （宋）欧阳修、宋祁撰：《新唐书》（第十八册），中华书局1975年版，第5748页。
[2] （唐）白居易：《白居易集》（第一册），中华书局1979年版，第54页。
[3] （唐）殷璠：《河岳英灵集叙》，中华书局上海编辑所辑：《唐人选唐诗》（上册），上海古籍出版社1978年版，第40页。
[4] （唐）元结：《箧中集序》，中华书局上海编辑所辑：《唐人选唐诗》（上册），上海古籍出版社1978年版，第27页。
[5] 郭绍虞：《中国历代文论选》（第二册），上海古籍出版社1979年版，第110—111页。

思想氛围下，司空图选取诗品为24，也就不难理解了。然而，司空图并不是简单地比照凌烟阁24功臣之数，他还有更深的关于《周易》的含义在，这涉及《诗品》体制结构的整体设计意识以及独立自足，理论系统的完备性意识，拟在《司空图〈诗品〉之秘四论》中详论。

由上述"图画于凌烟阁者二十有四人，盖象乎二十四气之佐天生物，昭勋德也。"接下来，再细看《凌烟阁勋臣颂》整篇序文对凌烟阁意义的完整论述。其一曰，"二后受成命，抚兴运乾"，"如再开辟，荡荡焉，与太极同功。"此言高祖、太宗建立大唐，如同开天辟地一样的伟大业绩；其二，"太宗以功成理定，秉为而不有之道，让德于祖考，推劳于群臣"。此言太宗功成不居的圣德；其三，"念匡济于艰难，感风云于畴昔，思所以撼之无穷。"此言太宗建立凌烟阁的宗旨，在于将艰难创业、开天辟地的精神，君臣同心同德的传统，永远发扬传承下去；其四，"图画于凌烟阁者二十有四人，盖象乎二十四气之佐天生物，昭勋德也"。此序文之语，点明凌烟阁的象征意义。总之，《凌烟阁勋臣颂》序文，通过唐太宗让德推功，图画二十四勋臣于凌烟阁，象征"二十四气之佐天生物"，以垂范后世，激励后人，而盛赞唐朝开国帝王巍巍乎如同太极，功高天地，恩高天地，德高天地，凌烟阁旌表的是功臣的勋德，赞美的则是圣朝鸿业，是皇恩浩荡，法天兴事。总之，凌烟阁的宗旨乃在大唐帝业永久。

在这里，特别耐人寻味的是，吕温对大唐二帝"开辟"功德的表述：

> 抚兴运乾，坤轴撼乾枢，鼓元气，而雷域中，腾百川，而雨天下，云收雨霁，如再开辟，荡荡焉，与太极同功。

吕温在《凌烟阁勋臣颂》的序文中，既表达了"《易》有太极，是生两仪"[①]，乾、坤的生成、开辟，又表达了"坤轴""乾枢""鼓元气""雷域中""雨天下"，资始资生万物的伟大功德。如果将《诗品》的《雄浑》"具备万物，横绝太空；荒荒油云，寥寥长风"，以及《雄

---

① （唐）孔颖达：《周易正义·易·系辞上》（卷七，第十一章），（清）阮元校刻：《十三经注疏》（上册），中华书局1980年版，第82页。

三论　麒麟阁构建始末

浑》与《周易》会通的《乾·彖》"大哉乾元！万物资始，乃统天。云行雨施，品物流形"合读，就会发现它们都有着惊人的相似。而《诗品·流动》的"荒荒坤轴，悠悠天枢"也与"抚兴运乾，坤轴撼乾枢"所表述的天地运行，无论在用语上还是在意义上都完全相同。《诗品》作为一部诗歌理论著作，一般来说，论述诗歌理论就是了，为何要同吕温的《凌烟阁勋臣颂》的序文一样，拉扯上天地的开辟与运行？由此说明，司空图所云："俺家自有麒麟阁"，并非子虚乌有，妄言诳语，他的确是以《诗品二十四则》为自家之麒麟阁。《诗品·流动》如同《凌烟阁勋臣颂》之序文，而实则是一篇"俺家自有麒麟阁"的序文，亦即《司空图〈诗品〉之秘再论》中的《诗品序》。我们难以断定，这是受到吕温《凌烟阁勋臣颂》的启发，还是两人不谋而合，他们对凌烟阁的宗旨、意义，有着高度的共识。

《诗品二十四则》首两品《雄浑》《冲淡》，一者满怀豪情颂扬了唐代开国二帝"抚兴运乾……如再开辟，荡荡焉，与太极同功"，一者赞美了太宗圣德中和冲融，"秉为而不有之道"，恩德广被。《诗品二十四则》终于《流动》，以"荒荒坤轴，悠悠天枢"之"来往千载"，以表达太宗"思所以摅之无穷"。热诚祝颂大唐秉承天道，盛世永久。所以，诗品二十有四，"盖象乎二十四气之佐天生物"——凌烟阁上的二十四功臣；二十四诗品之德体，亦即"《易》有太极，是生两仪"，所衍生的二十四卦之德。司空图《诗品二十四则》，就是吕温《凌烟阁勋臣颂》序文所言的凌烟阁，一座在其思想内涵，精神实质上，真正的汉代麒麟阁——唐代的凌烟阁。它是太宗贞观凌烟阁宣扬的圣德鸿业，盛世之风，在唐末昭宗时的余韵、逸响。

综上所述，司空图在"经乱年年厌别离"的时代，唱着"太平时"的歌，鼓动着大唐开国时的"元气"，焕发着"为儒证道"的"锐气"，通过诗易会通，创作出"赡博精致"的《诗品二十四则》，构建起自家的麒麟阁，为国朝树立起"中兴颂"的丰碑。诚然，这里着重讨论的是，《诗品二十四则》之所以称为"麒麟阁""中兴颂""莲峰碑"的思想意义。然而，《诗品二十四则》毕竟是诗学美学著作，它的诗学美学理论、思想体系及其价值，是本系列论文此后讨论的中心论题。

六 尾声：负气肆愤于《绝麟》

司空图几乎耗尽了一生最美好年华的精力，酝酿创作了《诗品二十四则》，以"赏诗"的审美而"修中兴之教"，希望成就其"第一功名"，从而建立起自家的麒麟阁。《诗品二十四则》，作为诗歌美学理论的麒麟阁，以其"赡博精致"，自将"垂辉映千春"；作为"词臣更有中兴颂，磨取莲峰便作碑"的大唐"中兴颂"碑，可曾真的树立？对此，历史早已作出了结论。深切地预感到历史的结论，壬戌春，即昭宗天复二年（公元902），司空图65周岁时编辑其诗，命名《绝麟集》，《绝麟集述》一文的后半部分自述其作云：

> 盖自此集杂言，实病于负气，亦犹小星将坠，则光焰骤作，且有声曳其后而可骇者，撑霆裂月，挟之而共肆其愤，固不能自戢耳。今之云云，况恃白首无复顾藉，然后知贤英能客出肺肝，以示千载，亦当不免斯累，岂遽呫呫耶！知非子述。

或问，"此集杂言，实病于负气"所负何气？又曰肆意发泄其愤而不能自制，所肆何愤？《绝麟集述》的前半部分有简略的交代：

> 驾在石门，年，秋八月，愚自关畿窜浙上，所著歌诗累年，首题于屋壁，且入前集。壬戌春，复自擅山至此，目败痁作，火土二曜叶力攻凌，可知矣。冒没已多，幸无大愧。固非赍恨而有作也。尚虑道魁释苦见之慊然于我者，盖此集杂言，实病于负气……

这节文字告诉我们，乾宁二年（公元895）七月，昭宗因避叛乱而逃到山西石门镇，八月司空图亦避乱于河南淅川，自此，"累年"所作的诗歌，原先题在屋壁上，后即收入《绝麟集》之前的诗集中。《绝麟集》所收的"杂言"，是"前集"之后，壬戌年，即天复二年（公元902），作者再次避乱于淅川的作品。这里，我们需要先讨论一下，《绝麟集述》为何特意提到"前集"，而且还详述"所著歌诗累年，首题于屋壁"？"前集"是何诗集？

三论 麒麟阁构建始末

我们认为,"前集"既然为乾宁二年(公元895)避难淅川自此以后的"累年"之作,应为《漫题》所云"经乱年年厌别离,歌声喜似太平时"时期的作品。"经乱年年",即是"累年";因"经乱",故"所著歌诗"便"首题于屋壁"。"题于屋壁",诗作自然不会太多,"前集",应是唐诗选集,具体说应是上文所提到的《擢英集》。《擢英集》所选诗作"盖止交游之内"。试观《擢英集述》,可以说,与《漫题》"经乱年年厌别离,歌声喜似太平时。词臣更有中兴颂,磨取莲峰便作碑";与《力疾山下吴村看杏花十九首》其六"浮世荣枯总不知,且忧花阵被风欺,侬家自有麒麟阁,第一功名只赏诗";堪称鼎足而三,都是对《诗品二十四则》诗学观的阐释。如果说,《吴村看杏花》侧重于就安身立命而立义,以阐释其诗学观,《漫题》侧重于"修中兴之教",以阐释其诗学观,那么,《擢英集述》则是侧重于建立"宪章",振兴文坛,来阐释其诗学观。李白《古风》其一云:"大雅久不作,吾衰竟谁陈"又云:"废兴虽万变,宪章亦已沦",李白以复兴雅颂为己任,而司空图则以复兴创新雅颂"宪章"为其志。所以《擢英集述》曰:"自昭明妙选,振起斯文……思格前规,用伸来者。"至于如何借鉴《昭明文选》的"事出于沈思,义归于翰藻"的评文标准,以复兴创建雅颂的"宪章",将在《司空图〈诗品〉之秘六论》的《易道诗学》详谈。围绕着创建复兴雅颂"宪章",《擢英集述》论及《诗品二十四则》诗学观的方方面面,乃至于凭借诗作以安身立命:"捐璧握玉,自能辉映。遇则以身行道,穷则见志于言,各擅英灵,宁甘顿挫。""世上之九霄梯级,纵阻争先;机中之五色烟霞,无妨倍价。"诗既然可以安身立命,自非雕虫小技,文字顿挫之游戏,而具不朽的功能,故曰:"耻发誉于雕虫,肯争英于墨客!"又曰:"绵绣毕陈,涵经天纬地之源;胸襟万象,骄晤月吟风之态","固已翘心不朽,抚掌浮云。"尤其是,文中表述出对大唐形势的乐观:"岂伯乐之停车,空收骏骨,乃使盛时才子翻衔泣玉之冤""人不陋今,才唯振滞""题以《擢英》,庶能耸听有唐"与《一鸣集》的"庶警子孙"形成鲜明对照。这都表明《擢英集》明显系《漫题》"词臣更有中兴颂,磨取莲峰便作碑"为同一时期的产物,即《擢英集》所收为,乾宁二年(公元895)至光化二年(公元899)四五年间的作品。

天复二年（公元902），司空图再次避难浙川，患上了眼病、疟疾、寒火相攻，苦不堪言，身体虽遭疾病折磨，并无大碍。《绝麟集》中诗歌也并非抱憾病痛之作。然而仍有让高僧、道长慊然不满的，是集中作品"实病于负气"，就是说未能看破红尘，淡漠世事，而过于执着，放舍不下，以至于"犹小星将坠，则光焰骤作，且有声曳其后而可骇者，撑霆裂月，挟之而共肆其愤，固不能自戢耳。"作者申明，此气、此愤，非是抱憾疾病，即不在作者自身，那么，这种"不能自戢"，又"无复顾藉"，不顾一切，任意发作的气、愤，到底为的什么？答曰：因为"绝麟"！

绝麟，常用之义为绝笔。但绝笔与司空图《绝麟集》的"病于负气""肆其愤"，没有直接的关系。《春秋·哀公十四年》载："春，西狩获麟。"《公羊传》《穀梁传》皆至此而终。《公羊传》曰："西狩获麟，孔子曰：'吾道穷矣！'"[①]《春秋左传正义》引杜预注曰："麟者，仁兽，圣王之嘉瑞也。时无明王，出而遇获。仲尼伤周道之不兴，感嘉瑞之无应，故因《鲁春秋》而修中兴之教。绝笔于获麟之一句，所感而作，固所以为终也。"[②]又，太史公司马迁《史记》"于是述陶唐以来，至于麟止。"[③]李白《古风》云："希圣如有立，绝笔于获麟。"司空图《绝麟集》之义，既非太史公《史记》"至于麟止"之义，也非李白效仿孔子著作传世经典，"垂辉映千春"之义，而是，大唐中兴之梦破灭，如《公羊传》所云："西狩获麟，孔子曰：'吾道穷矣'！"之义。

在司空图刚刚编辑《擢英集》，并兴奋地称光化二年为"光化中兴二年"之后一年，即光化三年（公元900），形势突变。十一月，宦官刘季述因禁昭宗于少阳院，"矫诏令太子嗣位"[④]。光化四年正月，神策军梃毙刘季述，恢复昭宗帝位，四月改元，是为天复元年（公元901），

[①] 《春秋公华传注疏》（卷二十八），（清）阮元校刻：《十三经注疏》（下册），中华书局1980年版，第2353页。

[②] 《春秋左传正义》（卷五十九），（清）阮元校刻：《十三经注疏》（下册），中华书局1980年版，第2172页。

[③] （汉）司马迁：《史记·太史公自序·二十五史》（第一册），上海古籍出版社1986年版，第359页。

[④] （宋）司马光等编撰：《资治通鉴》（第十八册），中华书局1956年版，第8539页。

三论　麒麟阁构建始末

"天复"当为天子恢复帝位之义。然而，此时昭宗实为傀儡。"时朱全忠、李茂贞各有挟天子令诸侯之意，全忠欲上幸东都，茂贞欲上幸凤翔。"① 李茂贞与宦官勾结，朱全忠与相国崔胤串通。十月，朱全忠军至河中，"京城大骇，士民亡窜山谷。是日，百官皆不入朝，阙前寂无人。"② 十一月，宦官韩全诲劫昭宗至周至。"朱全忠至长安，宰相帅百官班迎于长乐坡。"③ 十二月，朱全忠攻周至，"周至降，屠之，全忠令崔胤帅百官及京城居民悉迁于华州。"④ 至此，朱全忠已基本掌握了朝廷及天下形势，唐王朝的灭亡只在旦夕。不久之前，司空图还深信中兴大势已经形成，面对如此突变，形势急转直下，大厦将倾，末日将临，司空图难以置信，难以接受，仍沉缅于"经乱年年厌别离，歌声喜似太平时"，沉缅于"题以《擢英》，庶能耸听有唐"，沉缅于"侬家自有麒麟阁，第一功名只赏诗"。终于，他意识到，大唐中兴之梦已经破灭，"吾道穷矣"，"吾道穷矣"！"气""愤"，骤然爆发，"撑霆裂月"，哪里还能自持、"自戢"，哪里还有何"顾藉"，于是将自己的满腔的悲、满腔的愤，一任其"客出肺肝，以示千载"！

司空图千载遗恨，在历史的浩瀚长空中早已消散，唯有他赖以安身立命的《诗品》麒麟阁，仍熠熠生辉，如月光之清冷，如晨曦之熹微。请看下文：《〈诗品〉——易道诗学》。⑤

---

① （宋）司马光等编撰：《资治通鉴》（第十八册），中华书局1956年版，第8556页。
② （宋）司马光等编撰：《资治通鉴》（第十八册），中华书局1956年版，第8559页。
③ （宋）司马光等编撰：《资治通鉴》（第十八册），中华书局1956年版，第8563页。
④ （宋）司马光等编撰：《资治通鉴》（第十八册），中华书局1956年版，第8565页。
⑤ 《司空图〈诗品〉之秘》初论至六论，皆完成于2015年以前；四论至六论，2017年后并入本书《易道诗学——司空图〈诗品〉正义》，特此说明。

凡　例

——，唐代司空图《诗品二十四则》，顺次依据《周易》首二十四卦立义，诸品内蕴易卦体德，外彰文章风律，建立起集古典诗学、美学之大成的完备、精致的易道诗学理论体系。

——，《诗品》前十二品为上编，表述"鼓天下之动者存乎辞"，"道之文"的文学观；后十二品为下编，表述"顺性命之理""穷理尽性以至于命"的创作观。

——，《诗品》上编十二品，四品为一卷，上、中、下三卷，依次为卷一、卷二、卷三。卷一之四品，为易道诗学纲领。其中，《雄浑》依《乾》卦立义，《冲淡》依《坤》卦立义，两品共同表达了"一阴一阳之谓道"，"夫大人者与天地合其德"，原道、征圣之义。相对而言，《雄浑》重于原道，《冲淡》重在征圣。第三品《纤秾》依《屯》卦立义，第四品《沉著》依《蒙》卦立义，两品共同表达了刘勰《文心雕龙·宗经》的"开学养正""旨远辞文"的宗经之义。《诗品》易道诗学文学观，是对传统原道、征圣、宗经文学观的创新发展。《诗品》之原道，不仅是"明道"，更要"适道"。作为"道之文"，自须文以"适道"，遵道为文，文、道乃确乎为"形而上者""形而下者"之德体，如同《周易》之"《易》与天地准，故能弥纶天地之道"，而为"天地之文"，以体天地之撰，以通天下之志，以成天下之业。《诗品》征圣，非为《文心雕龙·征圣》"征之周孔，则文有师矣"之征圣作文，而是征圣做人，从而"圣人之情见乎辞"（《系辞下》第一章）。《诗品》宗经，也非《文心雕龙·宗经》因"建言修辞，鲜克宗经"，而另标"文能宗经，体有六义"，乃径以"圣人之道"之"尚辞""养正"为准，树立"修辞立其诚"。

——，《诗品》卷二之四品，为易道诗学之诗道论，即诗歌运动与创作的途径与方向。其中，第五品《高古》依《需》卦立义，第六品《典雅》依《讼》卦立义，两品共同将唐代文学复古革新运动的宗旨，以诗品的形式作了总结而固定了下来。第七品《洗炼》依《师》卦立义，第八品《劲健》依《比》卦立义，两品共同表达了诗歌创作及其修养的，醇而后肆的门径。

——，《诗品》卷三之四品，为易道诗学之诗德论，即诗歌文体的基本特征。其中，第九品《绮丽》依《小畜》卦立义，第十品《自然》依《履》卦立义，两品共同表达了"至丽而自然"（皎然《诗式》）的诗体品德。第十一品《含蓄》依《周易》第十二卦《否》卦立义，第十二品《豪放》依第十一卦《泰》卦立义，两品共同表达了"乐行而民乡方，可以观德矣……是故情深而文明，气盛而化神，和顺积中，而英华发外，唯乐不可以为伪"（《礼记·乐记》），《含蓄》《豪放》也体现了"绷中而彪外"（扬雄《扬子法言·君子》），"闳其中而肆于其外"（韩愈《进学解》）的闳中肆外的文体特征。《诗品》将《周易》的泰、否二卦序位互换，由《周易》的泰极而否，变为《诗品》的否极泰来，是《诗品》诗易会通的唯一变换卦序的特例。第十品《自然》言诗体特征，以"俱道适往，著手成春"，阐释了易道诗学观的适道为文，乃自然之文。自然之文，必循性、循时，遵循"悠悠天钧"之天道循环，"终则有始"，"恒久而不已"的发展观。

——，《诗品》下编十二品，依例，四品一卷，上、中、下三卷，依次为卷四、卷五、卷六。卷四之四品，为易道诗学的创作观。其中，第十三品《精神》依《同人》卦立义，第十四品《缜密》依《大有》卦立义，两品共同表达了"顺性命之理""妙造自然"的创作观。"妙造自然"，一者必"著手成春"（《诗品·自然》），而"生气远出"，精神充沛；一者必意象融浑，自然天成，无迹可寻。第十五品《疏野》依《谦》卦立义，第十六品《清奇》依《豫》卦立义，两品共同表达了"穷理尽性以至于命"之"尽性"，是易道诗学创作观对创作主体修养"狂狷厉圣"的内在要求。

——，《诗品》卷五之四品，为创作观之表现论。其中，第十七品《委曲》依《随》卦立义，第十八品《实境》依《蛊》卦立义，两品共同表达了"其言曲而中，其事肆而隐"（《系辞下》第六章）易道诗学的表现方式；第十九品《悲慨》依《临》卦立义，第二十品《形容》依《观》卦立义，两品共同表达了"感于哀乐，缘事而发"（《汉书·艺文志》）"赋象缘情"（司空图《擢英集述》）的表现论。该卷四品依据"圣人立象以尽意，设卦以尽情伪，系辞焉以尽其言"（《系辞上》第十二章），从理论上说明了书以尽言，言以尽意，确立了"道之文"的文学观与"顺性命之理"的创作观。

——，《诗品》卷六之四品，为创作观之境界论。其中，第二十一品《超诣》依《噬嗑》卦立义，第二十二品《飘逸》依《贲》卦立义，两品共同表达了唐代以儒为宗，融贯道、释的文化政策与崇尚清真宏肆、澄复精致的艺术境界；第二十三品《旷达》依《剥》卦立义，第二十四品《流动》依《复》卦立义，两品从人生观、宇宙观，表达了乐天知命、天道永恒的易道诗学境界。倡导"君子通达物理，贵尚消息盈虚"，以实现人生的终极安慰。

——，司空图《诗品二十四则》与《周易》首二十四卦会通，表达了始于"《易》有太极，是生两仪"，天地开辟；终于剥、复，"复，其见天地之心乎"（《复·象》），天道运行的完整的大周期，象征唐人吕温《凌烟阁勋臣颂》序文所云：

> 我二后受成命，抚兴运乾，坤轴憾乾枢，鼓元气而雷域中，腾百川而雨天下，云收雨霁，如再开辟，荡荡焉，与太极同功。贞观十七年，太宗以功成理定……念匡济于艰难，感风云于畴昔，思所以摅之无穷。乃召有司，拟其形容，图画于凌烟阁者二十有四人，盖象乎二十四气之佐天生物，昭勋德也。①

故而，司空图有诗云："浮世荣枯总不知，且忧花阵被风欺。侬家自有麒麟阁，第一功名只赏诗。"（《力疾山下吴村看杏花十九首》其六）而且，司空图特将《周易》前十二卦末两卦"泰极而否"，变为

---

① （唐）吕温：《凌烟阁勋臣颂二十二首并序》，（宋）李昉等编撰：《文苑英华》（卷776），中华书局1966年版，第4090—4091页。

凡 例

"否极泰来",与后十二卦末两卦"剥穷而复"相呼应,以昭示"为儒证道""修中兴之教"的宗旨,寓意至深。故而《漫题》诗云:"经乱年年厌别离,歌声喜似太平时。词臣更有中兴颂,磨取莲峰便作碑。"

——,司空图《诗品二十四则》与《周易》首二十四卦会通,构建起"为儒证道""修中兴之教"的易道诗学理论体系。易道诗学理论体系之所以然,何以然,就存在于中华文明的发展过程之中。其成功之秘,亦在如"夫《易》,圣人之所以极深而研几也"(《系辞上》第十章)。对易学、诗学"极深而研几",故能"精义入神以致用"(《系辞下》第五章),"通其变,遂成天地之文"(《系辞上》第十章)。"《易》道深矣,人更三圣,世历三古"(《汉书·艺文志》),中华先民在"八卦成列,象在其中矣",即八经卦对天地万物的理性的抽象的基础上,"因而重之"(《系辞下》第一章),将各种抽象的规定,上升为"原始要终以为质也;六爻相杂,唯其时物也"(《系辞下》第九章),即六十四别卦的理性的具体,完成了对事物整体的本质反映。司空图以诗易会通,又将易卦由抽象上升为理性的具体,进一步上升为诗品的感性具体,即鲜明生动、"生气远出"的艺术形象。诗易会通,将作为哲学范畴的易卦,"化而裁之""推而行之",变通为美学范畴的诗品——"思与境偕",情、景、理交相浑融、独立自足的意境与艺术典型。《诗品》既体现了中华文明"《易》为之原",一脉相承的独特发展道路与辉煌卓荦的品格;而且,诗易会通,融贯道、释,又体现了"天下同归而殊途,一致而百虑"(《系辞下》第五章),中华文明博大精深的境界——这或许有助于爱因斯坦先生,这位伟大的科学家,对1953年给斯威策信中的"惊奇"的理解。爱因斯坦先生说:

> 西方科学的发展是以两个伟大的成就为基础,那就是:希腊哲学家发明形式逻辑体系(在欧几里得几何学中),以及通过系统的实验发现有可能找出因果关系(在文艺复兴时期),在我看来,中国的贤哲没有走上这两步,那是用不着惊奇的,令人惊奇的倒是这些发展(在中国)全都做出来了。(《爱因斯坦文集》第一卷第574页)

本书在《诗品·易道诗学记述》中对爱因斯坦的"惊奇"做了一些尝试性的讨论。

诗品·易道诗学通说、速览

唐代司空图《诗品二十四则》，依次与《周易》首二十四卦逐一会通。《周易》首二十四卦，自《乾》《坤》始，至《剥》《复》终，呈现"《易》有太极，是生两仪"，剥穷而复，"复，其见天地之心"的天地开辟，"终则有始"，天道循环运行的完整的大周期。以此，《诗品二十四则》诸品内蕴易道体德，外彰文章风律，构建起集古典诗学、美学之大成的完备、精致的，文以适道，遵道为文的易道诗学思想理论体系。这一理论体系，既是对古典诗歌创作，特别是对以陈子昂、李白为代表的唐代文学复古革新运动的理论总结；同时，又寄托了唐末司空图"为儒证道""而修中兴之教"的宏愿。因而，自称其为"麒麟阁"，"中兴颂"，"磨取莲峰便作碑"之莲峰碑。司空图《诗品》是中华文化的瑰宝，在中外文化史上独树一帜，罕与伦比，有着广泛而深远的影响。

《诗品》依托《周易》易卦立义，虽在《司空图〈诗品〉之秘》再论《惊世奇文》中，已经得到了验证，但是，作为科学论断，特别是有超出人们常识、常理的论断，还必须从理论上加以说明。毛泽东主席指出："感觉到了的东西，我们不能立刻理解它，只有理解了的东西才更深刻地感觉它。感觉只解决现象问题，理论才解决本质问题。"[①]其实，中华文化史，已为诗易会通做了足够必要的思想理论准备。诗易会通之理，可以上溯到《易传》。《易传》曰：

[①] 毛泽东：《实践论》，中共中央毛泽东选集出版委员会、中共中央文献编辑委员会：《毛泽东选集》（第一卷），人民出版社1991年版，第286页。

乾坤，其《易》之缊邪！乾坤成列，而《易》立乎其中矣；乾坤毁，则无以见《易》；《易》不可见，则乾坤或几乎息矣。是故形而上者谓之道，形而下者谓之器……是故夫象，圣人有以见天下之赜，而拟诸其形容，象其物宜，是故谓之象。圣人有以见天下之动，而观其会通，以行其典礼，系辞焉以断其吉凶，是故谓之爻。极天下之赜者存乎卦，鼓天下之动者存乎辞（乾坤，大概是《周易》的精蕴吧！乾坤上下排列，《周易》的阴阳变化的思想就确立于其中了。若是乾坤缺毁，就无以见到阴阳变化之理；《周易》的变化之理不能见到，乾坤"资始""资生"化育万物的功能，也就近乎止息了。所以处于形体之上的称作"道"，处于形体之下的称作"器"……因此，所谓"象"，是圣人发现天下深奥的道理，把它比拟模仿成具体的形象，象征事物阴阳刚柔相应的特征，所以称作"象"。圣人发现天下万物运动变化，观察万物的会合变通，归纳出一般性的规律，以利于可以施行的原则、规范。并附加说明的文辞，论断其吉凶，所以称作"爻"。穷极天下深奥的至理存于易卦之中——观卦而知至理；鼓舞天下的人奋发行动的卦爻之辞——观辞而知吉凶得失，避害趋利，积极作为。）（《系辞上》第十二章）

依据《易传》，《汉书·艺文志》曰：

六艺之文，《乐》以和神，仁之表也；《诗》以正言，义之用也；《礼》以明体，明者著现，故无训也；《书》以广听，知之术也；《春秋》以断事，信之符也。五者，盖五常之道，相须而备，而《易》为之原。故曰"《易》不可见，则乾坤或几乎息矣"，言与天地为终始也。

南北朝梁代刘勰《文心雕龙·原道》曰：

文之为德也大矣，与天地并生者何哉？夫玄黄色杂，方圆体分；日月叠璧，以垂丽天之象；山川焕绮，以铺理地之形。此盖道之文也。

人文之元，肇自太极，幽赞神明，《易》象惟先。庖牺画其始，仲尼翼其终。而乾坤两位，独制文者，言之文也，天地之心哉。

《易》曰："鼓天下之动者存乎辞。"辞之所以能鼓天下者，乃道之文也。

以上所引《易传》《汉书》《文心雕龙》的材料，代表了文与道关系发展的三个阶段，其间有着承续有序的内在联系。《易传》论《易》道，指出象征天地阴阳的乾坤，为《易》之精蕴，其他易卦均由乾坤化出。《易传》以道器范畴规定、说明卦象与系辞：穷尽天下深奥的道理，蕴含、概括于卦象中，鼓动天下运动化育的精义寓之于系辞。《易传》其论，将《周易》卦象与系辞，共同作为"形而下者谓之器"，其"一阴一阳为之道"，乃为"形而上者"之"道"。此论的旨意，在论证"圣人立象以尽意，设卦以尽情伪，系辞焉以尽其言"，即圣人通过卦象与系辞相结合的方式，来书以尽言，言以尽意，"圣人之情见乎辞"，表达"圣人之意"。由此而开启了文道之论。

及乎《汉书》，阐释《易》道曰："故曰，'《易》不可见，则乾坤或几乎息矣'，言与天地为终始也。"将《易传》"极天下之赜者存乎卦，鼓天下之动者存乎辞"，对《易》道与系辞的文与道的关系，引申拓展到"六艺之文"。谓仁、义、礼、智、信的《乐》《诗》《礼》《书》《春秋》五经"盖五常之道，相须而备，而《易》为之原"。在"六艺之文"中，《易》为本原、"与天地为终始"。"《易》为之原"，是《汉书》对中华文化源头的论断与界定，为文学的原道，提供了依据。

迨至齐梁，刘勰《文心雕龙》继《汉书》将《易经》卦爻之系辞而引申拓展至"六艺之文"之后，又将"人文之元，肇自太极，幽赞神明，《易》象惟先……而乾坤两位，独制文言，言之文也，天地之心哉"，而进一步拓展至词章之学，更加明确地指出《易》作为人文的源头。在前人的基础上，刘勰《文心雕龙》通过文道关系的论述，在客观上，直接、间接地为司空图《诗品》诗易会通之易道诗学提供了思想理论依据，这主要表现在三个方面。

其一，刘勰《文心雕龙》推原考察文德，论天文，"与天地并生"，曰："此盖道之文也。"论人文，"肇自太极，幽赞神明，《易》象惟先"，"《易》曰：'鼓天下之动者存乎辞，'"故而亦曰："辞之所以能鼓天下者，乃道之文也。"无论是天文，还是"人文之元"的卦爻文辞，都是"道之文"。"道之文"，是刘勰对文与道的基本关系的经典论断。这一经典论断，从"《易》曰'鼓天下之动者存乎辞'"提炼而来，意谓文之于道，只有达到"道之文"，才具有"鼓天下之动"的功能。《易传》之所以说"鼓天下之动者存乎辞"，是因为"卦有大小，辞有险易。辞也者，各执其所之"。（《周易》卦体阴柔者为小，阳刚者为大，卦爻系辞有艰险，有平易。所谓卦爻系辞，是分别指示趋向吉利，避除凶险的方向途径）（《系辞上》第三章）"道之文"，启迪了司空图《诗品》诗易会通，并且成为《诗品》易道诗学的思想理论内核，内在的思想逻辑。司空图《诗品》的创作宗旨，在于"为儒证道""修中兴之教"，《周易》"鼓天下之动者存乎辞"，是司空图的必然选择。

其二，在宗经的思想指导下，刘勰在《文心雕龙·宗经》提出了"禀经以制式，酌雅以富言"的创作原则。《宗经》曰：

若禀经以制式，酌雅以富言，是即山而铸铜，煮海而为盐也。（倘若依据经书而制定文章体式。参酌经书的典雅之词而丰富语言，就如同靠着矿山而炼铜，熬煮海水而制盐——取之不尽，用之不竭。）

《文心雕龙·诠赋》还明确地揭示了诗体之属的创作如何"禀经以制式"，遵循《周易》"圣人有以见天下之赜，而拟诸其形容，象其物宜，是故谓之象"的"圣人立象以尽意，设卦以尽情伪"的创作方法。《诠赋》曰：

至于草区禽族，庶品杂类，则触兴致情，因变取分；拟诸其形容，则言务纤密，象其物宜，则理贵侧附，斯又小制之区畛，奇巧之机要也。（就创作小赋的题材而言，描绘的是草木鸟兽细小的众物——《论语·阳货》"子曰：'小子何莫学夫诗……多识于鸟兽草木之名。'"——就创作与表现方法而言，须是触景生情，应感

· 93 ·

兴会。以语言状物，模拟其形象容貌，务求细致缜密，惟妙惟肖，比喻象征须切合事物的特征、意义，所以贵在托物寓旨，义生言外，在对事物的模拟描绘中寄托思想旨意。这是小赋体制创作领域取得神奇巧妙的关键。）

刘勰《文心雕龙·诠赋》，从"《诗》有六义，其二曰赋。'赋'者，铺也；铺采摛文，体物写志也"谈起，说明"赋者也，受命于诗人，而拓宇《楚辞》也……六艺附庸，蔚成大国"。辞赋这一文体既从诗体发展而来，所以，"班固称古诗之流也"。刘勰对小赋的创作"拟诸其形容，则言务纤密，象其物宜，则理贵侧附"的论述，在客观上，为诗歌对《周易》易卦的"立象以尽意，设卦以尽情伪"创作方法的遵循、借鉴指明了途径。刘勰还进一步对创作辞赋的"睹物兴情""体物写志"论述曰：

> 盖睹物兴情，情以物兴，故意必明雅；物以情观，故词必巧丽。丽词雅义，符采相胜；如组织之品朱紫，画绘之著玄黄——文虽新而有质，色虽糅而有本。此立赋之大体也。（因为观看景物而引发情思，思想情感因观物而触发兴起，所以含义一定要鲜明雅正；带着思想情感去观察景物，所以文词务必巧妙华丽。华丽的文辞、雅正的义理，乃文理词采相得益彰：义理雅正，如同锦绣之朱紫相配；文辞华丽，如同绘画之天玄地黄——组织新颖而有品质内容，词采富丽，而以雅正为本，这是创作辞赋的总体要求。）

刘勰对辞赋创作的"丽词雅义，符采相胜"的论述，关乎宗经的"酌雅以富言"，也与诗道完全相通。

其三，刘勰《文心雕龙》遵循"六艺之文""《易》为之原"，其《原道》《征圣》《宗经》所引述、论证的《易》学诗学理论，为司空图《诗品》首四品《雄浑》《冲淡》《纤秾》《沉著》所直接承绪，从而构建起《诗品》易道诗学纲领。这不仅从客观上、理论上说明了司空图《诗品》依托易卦立义，受到了前代，特别是刘勰《文心雕龙》的启迪，而且，更从司空图的主观创作意图与创作实践上，说明了这种启迪确为事实。《文心雕龙·原道》曰："人文之元，肇自太极，幽赞神明，《易》象惟先。"（人文的开端，起始于太极元气，深透赞明其化育万物的神妙光明之理的，《易经》的卦象最早。）《诗品二十四则》以《雄浑》开端，雄浑之象"具备万物，横绝太空。荒荒油云，寥寥长风"，直接从《乾·象》："大哉乾元，万物资始，乃统天。云行雨施，品物流形"化出，《司空图〈诗品〉之秘》再论《惊世奇文》已有详细论述，岂不是"人文之元，肇自太极"么？《文心雕龙·征圣》曰："夫作者曰圣，述者曰明，陶铸性情，功在上哲；夫子文章可得而闻，则圣人之情，见乎文辞矣。"（创作者称为圣人，阐述创作的称为贤明的人，陶冶铸就人的性情，功劳归于圣人的教化。孔子教化的文章可以看到，那么圣人的思想情感也就表现在文辞中了。）刘勰对《易传》"圣人之情见乎辞"（圣人的思想旨意体现在系辞中）（《系辞下》第一章）的引述，使人对《诗品·冲淡》"思过半矣"。《诗品·冲淡》正是依据"圣人之情见乎辞"，而依托《易·坤》之《文言》而论圣人中和之性，以阐明《诗品》易道诗学的征圣之旨。《司空图〈诗品〉之秘》再论《惊世奇文》也有详细论述。《文心雕龙·宗经》曰："《系》称旨远、辞文。""辞约而旨丰，事近而喻远，是以往者虽旧，余味日新。"《诗品·纤秾》因以《屯》卦立义，体现"君子以经纶"的"尚辞"之义，并且以"如将不尽，与古为新"与《宗经》"往者虽旧，余味日新"相应和。至于《纤秾》与《屯》卦内在逻辑联系，拟在本著卷一《纤秾》中详细讨论。《文心雕龙·宗经》又曰："开学养正，昭明有融。"《诗品·沉著》因依《易·蒙》立义。《蒙·象》曰："蒙以养正，圣功也。"《沉著》与《蒙》卦的联系亦在卷一《沉著》中详论。

综上所述，刘勰《文心雕龙》遵循"《易》为之原"，不仅从《周易》的卦象与系辞上，打通了诗与《易》的联系，为诗易会通作出了思想理论的准备，而且，也对司空图《诗品》易道诗学纲领的构建，提供了启迪与范例。

历史进入大唐，此乃中华文化的发皇时期。为社会政治、文化大统的需要，唐太宗诏令颜师古审定五经定本，孔颖达撰述《五经正义》，世人科举，依《五经正义》之义理为准。范文澜先生评论说："清儒对孔氏《正义》多有贬辞，不知有了《正义》，东汉以来纷纭矛盾的师说一扫而空……对儒学的影响，与汉武帝罢黜百家独尊儒学有同样重大的意义。"① 时代为文化的发展提供了依据，提出了需要，文化的发展也促进了文与道观念的变化。就司空图《诗品》而言，孔颖达《周易正义》关于《文言》的新见与李鼎祚《周易集解》，成就其对传统"明道"说的突破。

《周易正義》卷一曰：

> 正义曰：《文言》者，是夫子第七翼也。以乾坤，其《易》之门户邪！其余诸卦爻皆从乾坤而出，义理深奥，故特作《文言》以开释之。庄氏云：文，谓文饰，以乾坤德大，故特文饰以为《文言》。今谓：夫子但赞明《易》道，申说义理，非是文饰华彩。当谓释二卦之经文，故称《文言》②。

孔颖达认为《文言》，"但赞明《易》道，申说义理，非是文饰华彩"，这与庄氏所谓"文，谓文饰"相左。刘勰《文心雕龙·原道》"而乾坤两位，独制文言，言之文也，天地之心哉"，系承庄氏"文，谓文饰"之说。故而《原道》曰："夫以无识之物，郁然有彩，有心之器，其无文欤？"于是，刘勰认定，天文，"夫岂外饰，盖自然耳"，而人文，则为"有心之器"的"文饰华彩""言之文也"。在司空图看来，这种"文饰华彩""言之文"，非为"道之文"。故而认为，天文之"道之文"，是"夫岂外饰"，人文之"道之文"，也非"外饰"，乃如同天文，"盖自然耳"。

正确规定"道之文"意义的应是体用范畴。孔颖达是较早启用体用范畴的唐人，《周易正义》卷一曰："天者，定体之名，乾者，体用之称。故《说卦》云：'乾，健也。'言天之体，以健为用。"③嗣后，唐·李鼎祚《周易集解》引述唐代易学家崔憬阐述《系辞上》"形而上

---

① 范文澜：《中国通史简编》（第三编第二册），人民出版社1965年版，第641页。
② （唐）孔颖达：《周易正义·乾》，（清）阮元校刻：《十三经注疏》（上册），中华书局1980年版，第15页。
③ （唐）孔颖达：《周易正义》（卷一），（清）阮元校刻：《十三经注疏》（上册），中华书局1980年版，第13页。

者谓之道，形而下者谓之器"曰：

> 凡天地万物皆有形质，就形质之中有体有用。体者，即形质也；用者，即形质上之妙用也。言有妙理之用，以扶其体，则是道也。其体比用，若器之於物，则是体为形之下，谓之为器也。假令天地圆盖方轸，以体为器，以万物资始、资生为用、为道；动物以形躯为体、为器，以灵识为用、为道；植物以枝干为器、为体，以生性为道、为用。①

钱锺书先生说："夫体用相待之谛，思辨之所需""唐人用益泛滥"。并说："司空图《诗品·雄浑》第一开宗明义：'大用外腓，真体内充'——盖佛理而外，词章、经济亦均可言'体用'也。"② 司空图《诗品·雄浑》以体用"原道"，推原文德，论述文与道的关系，他所理解的"道之文"，是道与器的关系，是体用一如，而非刘勰《文心雕龙·原道》所谓"乾坤两位，独制文言，言之文也"的"文，谓文饰"。唐人所理解的体用，柳宗元说得明白："又有能言体而不及用者，不知二者不可斯须离也。"③ 刘禹锡亦曰："承示政事与治兵之要，明体以及用，通经以知权。"④ 正是因为司空图《诗品》开宗明义，以体用推原文德，文与道的关系即器与道的关系，故而司空图《诗赋赞》曰："知道非诗，诗未为奇。"《诗品·委曲》且云："道不自器，与之圆方。"在文、道关系中，道与文"不可斯须离也"。也正是这种文道的体用说、道器论，规定了"俱道适往，著乎成春"（《诗品·自然》），只有"俱道适往，著乎成春"，才可能实现"妙造自然"（《诗品·精神》）的创作观。

在文学领域中，引用体用说，论道器，引发了对文与道关系与思想理论内涵的新见解、新规定，即文不仅"明道"，而且"适道"，遵道为文。"俱道适往"，才能"着手成春"，创作出"生意远出"（《诗

---

① （唐）李鼎祚：《周易集解》，中华书局2016年版，第442—443页。
② 钱锺书：《管锥篇》（第一册），中华书局1979年版，第8—9页。
③ 钱锺书：《管锥篇》（第一册），中华书局1979年版，第8—9页。
④ 钱锺书：《管锥篇》（第一册），中华书局1979年版，第8—9页。

品·精神》），充满生机如"采采流水，蓬蓬远春"（《诗品·纤秾》）的诗篇。对传统"明道"说的突破、创新发展，同时也对道、文、作者（创作主体）提出了新要求、新规定。这种新要求、新规定，是在刘勰《文心雕龙》的《原道》《征圣》《宗经》的启迪下，在其基础上发展而来的。在刘勰《原道》《征圣》《宗经》的启迪下，司空图《诗品》的创作，回归到了"《易》为之原"。《诗品·雄浑》即是对"人文之元，肇自太极，幽赞神明，易象惟先"的回归。就"原道"而言，"《易》之为书也，广大悉备：有天道焉，有人道焉，有地道焉"（《系辞下》第十章）"圣人有以见天下之赜……极天下之赜者存乎卦"（《系辞上》第十二章）。因此规定了《诗品》"原道"当依托《易》卦而立义，首品《雄浑》则依托《乾》卦而开宗明义。就"征圣"而言，"夫大人者，与天地合其德，与日月合其明"（《乾·文言》）"圣人之情见乎辞"，当学圣人做人，培养中和性情。因而规定了《诗品·冲淡》依托《坤》立义的"征圣"之旨。就"宗经"而言，"《易》有圣人之道四焉，以言者尚其辞"（《系辞上》第十章），"夫《易》彰往而察来，而微显阐幽……其称名也小，其取类也大，其旨远，其辞文，其言曲而中，其事肆而隐"（《系辞下》第六章）。因而《诗品·纤秾》依托《屯》卦立义，阐明"宗经"的"尚辞"之旨，《诗品·沉著》依《蒙》卦立义，以明"蒙以养正，圣功也"（《蒙·象》），"修辞立其诚"之旨，从而实现了"道之文"的"鼓天下之动者存乎辞"。

"《易》为之原"，在《诗品》中得到了全面而切实地体现。随着《诗品二十四则》依《易》卦立义的逐一解读，其易道诗学的思想理论体系将依次层层展开。司空图《诗品》这一似乎古往今来未曾有过的诗学体系，或许有必要先行走马观花，对《诗品》易道诗学做一通览鸟瞰吧。

上编　诗品·易道诗学观

《诗品二十四则》，前十二品为上编，论述易道诗学观。其中，首四品为上卷，论述易道诗学纲领；次四品为中卷，论述诗道，即诗歌复古革新运动方向与创作发展途径；末四品为下卷，论述诗德，即诗歌文体特征。上编三卷，在《诗品》中依次排为卷一、卷二、卷三。

卷一　诗品·易道诗学纲领

司空图《诗品》首四品，雄浑、冲淡、纤秾、沈著，依次与《周易》首四卦，乾、坤、屯、蒙，相会通，继承、发展、创新了刘勰的《文心雕龙》之原道、征圣、宗经，赋予传统原道、征圣、宗经文学观以新的思想内涵。

一　雄浑、冲淡——纲领（上）

《诗品》第一品《雄浑》据《周易》第一卦《乾》立义，第二品《冲淡》据《周易》第二卦《坤》立义。两品共同体现了"原道"："一阴一阳之谓道"；共同体现了"征圣"："大人者与天地合其德"。相对而言，《雄浑》更侧重于"原道"，《冲淡》更侧重于"征圣"。

（一）雄浑第一：原道

乾（qián 前）第一☰，下乾（☰）上乾（☰），象征"天"。

《诗品·雄浑》首章四句"大用外腓，真体内充；返虚入浑，积健为雄"，前两句运用体用范畴，后两句以辨名析理，规定、说明雄浑的意义。前两句论体用，说明雄浑内蕴乾元之德。此时，万物只是"资始"萌孕，还未生成，呈现为元气氤氲。故曰，乾元化育万物的至其伟大的功能未显露于外，只呈现为元气氤氲、混沌。后两句辨名，说明何以称之"浑"，何以称之"雄"。"返虚"，指乾元"资始万物"，此时"万物"非相互独立之实体，正处太极"混元"而"生两仪"之时。"积健"，天积阳气而成，故谓"返虚"之"浑"为"雄浑"。中章四句"具备万物，横绝太空。荒荒油云，寥寥长风"，表述《乾·象》"大哉乾元，万物资始，乃统天。云行雨施，品物流行"[①] 之义。《雄浑》"具备万物"，即为"万物资始"，"万物"正处于"气形质具而未相离"，开始萌孕还未生成之时，"横绝太空"，即"乃统天"。"荒荒油云，寥寥长风"，即"云行雨施，品物流行"，描述万物流布形成的过

[①] 参见本书《卷首》《再论：惊世奇文》《诗品·雄浑》。

程。中章举乾卦元、亨二德，概括乾卦元、亨、利、贞四德。对元、亨二德的表述，也描述出雄浑的审美景象。末章四句"超以象外，得其环中。持之非强，来之无穷"，说明雄浑的要旨。其一，正确理解《诗品》效仿《周易》"立象以尽意"，要透过现象看本质，领悟其象征意义。其二，《雄浑》"积健为雄"之"健"，乃"持之非强，来之无穷"之意，即"天以健为用者，运行不息，应化无穷"之意。

《诗品·雄浑》继承发展创新了《文心雕龙·原道》的思想理论，既是"《乾》卦本以象天，天乃积诸阳气而成"之元气氤氲的天文美学范畴，又是至大至刚之浩然正气的人文美学范畴。因而将《文心雕龙·原道》的"无识之物"的天文，与"有心之器"的人文，统一为"夫岂外饰"的自然之文。

《雄浑》以体用、象外观，阐述了《诗品》依易卦立义，诗易会通的"鼓天下之动者存乎辞"的"道之文"。"道之文"，即《诗品·自然》"俱道适往，著手成春"的适道之文，自然之文，亦即《诗品·委曲》"道不自器，与之圆方"的遵道为文。

（二）冲淡第二：征圣

坤（kūn 昆）第二☷，下坤☷上坤☷象征"地"。

《诗品·冲淡》首章四句"素处以默，妙机其微；饮之太和，独鹤与飞"，论冲淡乃圣人中和情性的品格。作者暗用刘邵《人物志》"中和之质必平淡无味"，圣人兼平淡、睿智"二美"，以表述《坤·文言》"（坤）至静而德方"。"至静"，故"素处以默"，处世平淡、淡泊；睿知，"通幽达微""知微知章"，故"妙机其微"，亦即《文心雕龙·征圣》赞曰"妙机生知，睿哲惟宰"。"饮之太和"，点明"素处以默，妙机其微"，乃"太和"——中和情性。"独鹤与飞"，说明"至静而德方"之"德方"：只有贞洁的仙鹤可与之为伴。中章四句"犹之惠风，荏苒在衣。阅音修篁，美曰载归"，依据《坤·文言》"坤至柔而动也刚"，论述冲淡诗品内蕴坤元"柔顺利贞""厚德载物"的广育之德。其中，前两句化用张衡《东京赋》"惠风广被，泽泊幽荒"，后两句暗用韩愈《上巳日燕太学听弹琴诗序》"有一儒生……抱琴而来，鼓有虞氏之南风……优游夷愉，广厚高明，追三代之遗音，想舞雩之咏叹"及王维《竹里馆》，表达对圣德的追慕、向往。末章四句"遇之匪深，即之愈希；脱有形似，握手已违",论述冲淡诗品"含弘光大""含章可贞,以时发也"的美学特征及创作要旨,即司空图所宣扬的戴叔伦的"诗家之景,如蓝田日暖,良玉生烟,可望而不可置于眉睫之前"的"象外之象,景外之景"。冲淡诗品的创作,不在"形似",而在文如其人。

《诗品·冲淡》继承《文心雕龙·征圣》"夫子文章可得而闻,则圣人之情,见乎文辞矣"。冲淡为圣人中和情性的写照,故而将《文心雕文·征圣》"征之周孔,则文有师矣"的重在征圣为文,发展而为重在征圣做人,以更加切合《易·系辞下》"圣人之情见乎辞",倡导诗品即人品。

《易传》曰"乾、坤,其《易》之缊邪"又曰"乾、坤,其《易》之门邪",《雄浑》《冲淡》分别依《乾》《坤》立义。作为《诗品》之门户、精蕴,亦即易道诗学的纲领。《乾》"万物资始,乃统天",《坤》"万物资生,乃顺承天",从而规定了《诗品》以阳刚为主导的,阴阳中和之美的美学原则。

二 《纤秾》《沉著》——纲领(下)

《诗品》第三品《纤秾》据《周易》第三卦《屯》立义,第四品《沉著》据《周易》第四卦《蒙》立义,两品发明了《文心雕龙·宗经》的"旨远辞文"与"开学养正"之义,创新建立起"修辞立其诚"的"宗经"宪章、法度,上承孔子的"'诗三百',一言以蔽之曰:思无邪"之论,亦即《乾·文言》"闲邪存其诚"之旨。

(一)纤秾第三:宗经(尚辞)

屯(zhūn谆)第三☱,下震☳上坎☵象征"初生"。

《诗品·纤秾》首章四句"采采流水,蓬蓬远春。窈窕深谷,时见美人",与中章四句"碧桃满树,风日水滨。柳阴路曲,流莺比邻",依据"有天地,然后万物生焉。盈天地之间者唯万物,故受之以《屯》。屯者,盈也;屯者,物之始生也"(《序卦传》),描述"物之始生",即春天的景象;以两章八句合写,表达"屯者,盈也""盈天地之间者,唯万物"。应当指出,两章描述万物始生之春光,全都采用《屯》卦的卦象、爻象构思而成。例如,《屯》上卦坎为水,下卦震,《说卦》曰:"万物出乎震,震、东方也。"孔颖达《周易正义》曰:

"以震是东方之卦,斗柄指东为春,春时万物出生也"故而《纤秾》云"采采流水,蓬蓬远春"。末章四句"乘之愈往,识之愈真。如将不尽,与古为新",发明《文心雕龙·宗经》"辞约而旨丰,事近而喻远;是以往者虽旧,余味日新"之义,点明宗经之旨。"如将不尽,与古为新",宗径之旨,即"尚辞"。《系辞上》曰"《易》有圣人之道四焉,以言者尚其辞"。《易》之尚辞,集中表现为"其称名也小,其取类也大,其旨远,其辞文,其言曲而中,其事肆而隐"(《系辞下》第六章)。

《诗品·纤秾》据《屯》卦立义另一重要用意在于,依据《屯》卦"天造草昧,宜建侯而不宁"与"屯,君子以经纶",而建章立制,即建立宗经法度。宗经法度之一,即尚辞。遵循"《易》有圣人之道……以言者尚其辞",最终达到"至精""至变""至神"的境界。这一境界,突破了《文心雕龙·宗经》提出的"文能宗经,体有六义"之"情深""风清""事信""义直""体约""文丽",而与《文心雕龙》的《神思》相应。《神思》曰:"至于思表纤旨,文外曲致,言所不追,笔固知止;至精而后阐其妙,至变而后通其数,伊挚不能言鼎,轮扁不能语斤,其微矣乎!"《神思》语及"至精""至变",而《神思》即为"至神"。司空图《与李生论诗书》倡导"韵外之致""味外之旨",称"王右丞韦苏州,澄澹精致"之"至精",又曰"千变万状,不知所以神而自神",其所谓的"韵外之致""味外之旨",与刘勰的"思表纤旨,文外曲致",也相与应合。司空图、刘勰之论,与汉魏人刘邵《人物志》"中和之质,必平淡无味,唯淡也,故五味得和焉。若苦,则不能甘矣,若酸也,则不能咸矣",先后相承。他们又都与《吕氏春秋·本味》"汤得伊尹……说汤以至味……鼎中之变,精妙微纤,口弗能言,志不能喻"之"至味"相承相蝉。唐人论书法,有"秾,五味皆足曰秾"。故而,"纤秾"之义,应是五味皆足,精妙微纤之"至味",即司空图之"醇美"。《纤秾》首联"采采流水,蓬蓬远春",即是"近而不浮,远而不尽"的"韵外之致"的经典意境。

(二)沈著第四:宗经(养正)

蒙第四䷃,下坎☵上艮(gēn ☶)☶,象征幼稚、蒙昧。

《诗品·沈著》首章四句"绿林野屋,落日气清。脱巾独步,时闻鸟声",以《蒙》卦的卦爻之象,构思出隐逸之士暮林独步的意境,表达"蒙以养正,圣功也",即孔颖达注疏所谓"能以蒙昧隐默,自养正道,乃成至圣之功"的意旨。同时,也点明"沈著"的"沈思"之意。中章四句"鸿雁不来,之子远行。所思不远,若为平生",发挥《蒙》卦六四爻象"困蒙之吝","独远实也"及六三爻象"勿用取女",构思出因对远离男子过度思念成疾(下坎"其于人也为加忧,为心病"),而产生"所思不远,若为平生"幻觉的相思之境,寓意沈著乃至诚之思。末章四句"海风碧云,夜渚月明。如有佳语,大河前横",依蒙卦之卦爻之象,构思"海风碧云,夜渚月明"之境,暗用《文心雕龙·神思》"登山则情满于山,观海则意溢于海,我才之多少,将与风云而并驱矣"与"或义在咫尺,而思隔山河",从而发挥《易·蒙》"退则困险,进则阂山,不知所适,蒙之义也"。所以,《沈著》末章四句乃言思隔山河,求发其蒙。

《诗品·沈著》依《蒙》立义,以"蒙以养正,圣功也"为宗旨而展开,阐发"龙德而中正者也,庸言之信,庸行之谨,闲邪存其诚",与"君子进德修业""修辞立其诚"之旨。《沈著》对陆机《文赋》以来,文坛所关注的"通塞",提出了重要的解决途径:"蒙以养正,圣功也。"

《诗品·沈著》篇章结构令人寻思。首章言处蒙之时,沈著,须以"蒙昧隐默,自养正道",亦即如《冲淡》"素处以默",方可至"妙机其微"之"圣功也"。中章言沈著,须是至诚之思。末章却复言"思隔山河":"如有佳语,大河前横",沈著由中章之至诚之思而释然(思妇以"所思不远,若为平生"而释怀),至末章沈著遭到由"通"而"塞"。晋人韩康伯解释《蒙》卦卦义曰:"'蒙,杂而著',杂而不知所定也。求发其蒙,则终得所定。著,定也。"中章之释怀,已"终得所定",末章反而"如有佳,大河前横",而"不知所定",岂非与《蒙》卦之旨相悖?其实不然。司空图《诗品·沈著》由沈思有定,终又沈思未定,表达了《周易》由六十三卦《既济》至六十四卦《未济》的"物不可穷也,故受之以《未济》终焉"(《序卦》)的思想观念:思不可穷也。思不可穷也,是对人类认识活动,对思维通塞,在不断地否定之否定中,由低级发展到高级的深刻表述。

卷二　诗品·易道诗学诗道论

上编第五品至第八品，高古、典雅、洗炼、劲健，依次与《周易》第五卦至第八卦，需、讼、师、比，相会通，论述诗道，为易道诗学第二卷。其中，高古、典雅，论述诗苑、一代诗坛的运动发展方向，是对唐代文学复古革新运动的总结；洗炼、劲健，论述创作及其修养的途径，是对作家创作经验的总结。诗道论阐发了诗品·易道诗学观的宪章、法度。

一　《高古》《典雅》——诗道论（上）

《诗品》第五品《高古》据《周易》第五卦《需》立义，第六品《典雅》据《周易》第六卦《讼》立义，两品对陈子昂，特别是李白、杜甫为代表的唐代文学复古革新运动作了总结，以宪章雅颂相号召，创作"圣代复元古，垂衣贵清真"的一代清平盛世的文学。

（一）高古第五：复古革新

需第五☷，下乾（☰）上坎（☵），象征"需待"、期待。

《诗品·高古》首章四句"畸人乘真，手把芙蓉。泛彼浩劫，窅然空踪"，发挥《需》卦"险在前也，刚健而不陷，其义不穷困矣"及"需，君子以饮食宴乐"之义，构思出一位上古与天地合德的奇异之人，手把芙蓉赴宴的意境，此事历经久远，早已人去影逝，没有踪迹了——后人的向往，表达了《需》卦的期待意义。"高古"即上古，遥远的古代。高古诗品以《需》卦立义，即期待上古，而复古。中章四句"月出东斗，好风相从；太华夜碧，人闻清钟"，以需卦上坎为月，互卦艮为山，构思出华山碧空明月，清风习习，不时传来清亮的钟声的夜景，是对穆如清风的古代世风的反映，表达了对复古的向往。司空图撰著《诗品》，正寓居华阴莲花峰下。"檐外蓬峰阶下菊，碧莲黄菊是吾家"（《雨中》）"词臣更有中兴颂，磨取莲峰便作碑"（《偶题》）。《高古》中章对"太华夜碧"的描述，应融合了作者的亲身体验。末章四句"虚伫神素，脱然畦封。黄唐在独，落落玄宗"，由《需》卦的期待卦义，论述《高古》旨在复古。"虚伫神素，脱然畦封"，虚心以待纯粹质朴的精神气质，超脱世俗的陈规陋习：高古，既要求思想道德情操的修养，又须对社会陈规戒律的破除，复兴淳朴的世风、文风。《易·系辞下》第二章曰："黄帝、尧、舜氏作，通其变，使民不倦；神而化之，使民宜之。《易》穷则变，变则通，通则久，是以'自天祐之，吉无不利'。"黄帝、尧、舜时代，是中国上古大变革的时代。"黄唐在独，落落玄宗"，对光明远大的黄帝、尧、舜的追慕，点明了《高古》复古革新的宗旨。

（二）典雅第六：宪章雅颂

讼第六䷅，下坎（☵）上乾（☰），象征"争讼""争辩"之义。

《诗品·典雅》首章四句"玉壶春春，赏雨茅屋。坐中佳士，左右修竹"，描述争讼，即清谈的场面、议题以及清谈双方"佳士"。中章四句"白云初晴，幽鸟相逐。眠琴绿阴，上有飞瀑"，表述清谈双方的观点。此次清谈很隆重，主人解玉壶买酒，因双方均为"佳士"。清谈的议题为"赏雨"（赏雨茅屋），即《讼·象》曰："天与水违行，讼。"清谈一方认为，"天与水违行"，象征水在天下，是雨水刚停，在初晴的白云下，幽鸟相互追逐，叽叽喳喳，乃争讼的景象。另一方认为"天与水违行"，即"飞流直下"，犹"高山""流水"，而"眠琴绿阴"，是罢奏、息讼的景象。中章四句将《讼》卦旨义阐述得十分详尽。《讼》卦说明产生争讼的原因是"险而健""有孚窒惕"：阴险而刚强，诚信窒塞，心有警惧而致争讼。《讼》卦主张，争讼适可而止；穷于争讼，必有凶险。须有一位尊贵公正明断者主持，才有利于平息争讼。故而，末章四句"落花无言，人淡如菊。书之岁华，其曰可读"，写清谈辩论的结束，点明典雅的要旨：将上述清谈"佳士"的岁月年华记述下来，而又清通"可读"，即为典雅之作。《文心雕龙·体性》曰："典雅者，熔式经诰，方轨儒门者也。"上述清谈对《周易》的辩论，正是"熔式经诰，方轨儒门"，对儒家经典的研讨，融合与宗尚取法。刘勰是以概念、判断、逻辑推理来界定"典雅"的意义；司空图遵循孔子的"我欲载之空言，不如见之于行事之深切著明也"的做法，托事（物）寓旨，以生动的形象来展现"典雅"的思想内涵。

二 《洗炼》《劲健》——诗道论（下）

《诗品》第七品《洗炼》据《周易》第七卦《师》立义，第八品

《劲健》据《周易》第八卦《比》立义，两品论述创作及其修养由《洗炼》到《劲健》之醇而后肆的途径。

（一）洗炼第七：研炼以醇

师第七☷☵，下坎（☵）上坤（☷），象征"众"、军队。

《诗品·洗炼》首章四句"如矿出金，如铅出银；超心炼冶，绝爱缁磷"，说明洗炼的意义。洗炼即冶炼，研炼，遵循《师》卦"师，贞"的卦义，"贞，正也"，规定洗炼，须"超心炼冶，绝爱缁磷"，除滓务尽。中章四句"空潭泻春，古镜照神。体素储洁，乘月返真"，依据《师·象》"地中有水，师；君子以容民畜众"，描述研炼以醇，重在心性的修养。"地中有水"，自然是水潭，水潭而曰"空潭"，极言地中之水清澈、明净，如柳宗元《水石潭记》所云："下见小潭，水尤清冽……潭中鱼可百许头，皆若空游无所依。"因又化用《庄子·刻意》以"水之性"而论"纯素之道"之"此养神之道也"。"纯素之道，唯神是守。守而勿失，与神为一"，"能体纯素，谓之真人"。由"能体纯素，谓之真人"，引出末章四句"载瞻星气，载歌幽人。流水今日，明月前身"，末两句依据《师》卦下坎为水，为月，"为月，取其月是水之精也"（孔颖达疏），说明洗炼诗品的创作要旨，只有修炼得如同明月般高洁的胸怀，才能流淌出纯净如水的诗篇。

《洗炼》"超心炼冶"表达了司空图《诗赋赞》"知道非诗，诗未为奇。研昏炼爽，戛魄凄肌"的诗论主张。诗与道的关系，诗以适道，遵道为诗，只有经过长期艰苦的研炼，才能真正地把握，运用自如。

（二）劲健第八：凌云健笔

比（bì 必）第八☵☷，下坤（☷）上坎（☵），象征亲近、依附。

《诗品·劲健》首四句："行神如空，行气如虹。巫峡千寻，走云连风"，描写劲健之象，表述劲健之义，纵横恣肆，清雄奔放。比卦上坎为水、为云、为通，由"水之性""纯素之道，唯神是守。守而勿失，与神为一"（《庄子·刻意》）故有"行神如空，行气如虹"之畅通、奔放。《比》互卦艮为山，暗用杜甫《秋兴八首》其一"巫山巫峡气萧森"之"江间波浪兼天涌，塞上风云接地阴"。"连天涌""接地阴"之"走云连风"，契合《比》卦亲附之义。中章四句"饮真茹强，蓄素守中。喻彼行健，是谓存雄"，依据《比》卦九五阳爻《象》曰

"显比之吉，位正中也"，为说明《劲健》内蕴九五阳爻之德，故云"饮真茹强"。而"蓄素守中"，旨在扣合上坎为水，"水之性""纯素之道"。《诗品》中，《劲健》与《雄浑》相同者，在"真""健""雄"，其不同者在"劲"与"浑"。《劲健》"饮真茹强"，故而强劲。《雄浑》"返虚入浑"，故而"持之非强"。末章四句"天地与立，神化攸同。期之以实，御之以终"，说明劲健的要旨，在实而非虚，在健而无穷。"天地与立，神化攸同"，发挥《比》卦亲近、依附，即亲比之义以论述劲健，故云与天地并立、与天地化育万物的神明之德所同："千变万状。不知所以神而自神"。就卦象而言，《比》卦上坎下坤，九五阳爻居上坎中位。九五之位即天子之位，下坤为地，九五卦主自然与天地并立。《比·象》曰："地上有水，比；先王以建万国，亲诸侯。"劲健内蕴比卦之德，具有天地神奇化育的功能。"期之以实，御之以终"，反用《比》卦上六爻之义。上六爻为阴爻，阴虚而阳实。《象》曰："'比之无首'，无所终也。"《劲健》变上六爻阴虚为实，故曰"期之"，以契合卦义；变"无所终也"为"御之以终"。"御之以终"，也上承"期之"，以契合卦义。由此可见，在诗易会通中，贯彻了司空图的"为儒证道"，对儒道的变通以合乎事宜的理念。

《诗品·劲健》讲的是才力，唐人甚重才力。杜甫《戏为六绝句》云"庾信文章老更成，凌云健笔意纵横"，"才力应难跨数云，凡今谁是出群雄。或看翡翠兰苕上，未掣鲸鱼碧海中。"韩愈《答李翊书》提出"吾又惧其杂也，迎而距之，平心而察之，其皆醇也，然后肆焉"。醇而后肆，正是司空图《洗炼》《劲健》所指示的创作及其修养的门径。

卷三　诗品·易道诗学诗德论

上编第九品至第十二品，绮丽、自然、含蓄、豪放，依次与《周易》第九卦至第十二卦小畜、履、否、泰①，相会通，论述诗德，为易道诗学第三卷。上编中卷《卷二》与下卷（卷三），一论诗道，一论诗德，都围绕着易道诗学观的"道之文"之道，一论"道之文"之道，

---

① 《诗品》变《周易》的泰、否卦序为否、泰，是唯一的变例。

一论"道之文"之文,阐述易道诗学的思想基础或理论根基。

一 绮丽、自然——诗德论(上)

《诗品》第九品《绮丽》据《周易》第九卦《小畜》立义,第十品《自然》据《周易》第十卦《履》立义,两品论述了"至丽而自然"的诗德或曰诗歌文体的本质特征,奠定了易道诗学的文以适道,遵道为文的思想理论基础。

(一)绮丽第九:缘情绮靡

小畜第九䷈,下乾(☰)上巽(xùn 逊)(☴),象征"小有畜聚"。该卦"小畜"卦名,又有"畜养""畜止"诸义。

《诗品·绮丽》首章四句"神存富贵,始轻黄金。浓尽必枯,淡者屡深",以《小畜》下乾为金,乾处《小畜》下卦,上尊下卑,故有"始轻黄金"之语。《小畜》上互卦离,象征树干中空,上部枯槁,故有"浓尽必枯"之语。四句发挥《小畜》"小有畜聚"旨义,论述绮丽之义,重精神气质,而不在外在形式,错彩镂金,反而枯槁而无生气。中章四句"雾馀水畔,红杏在林。月明华屋,画桥碧阴",发挥《小畜》的"畜止"之义,说明"淡者屡深"。薄雾中的涟漪,绿林里时而映现的红杏,皎洁月光下的华屋,碧绿树荫披拂着的画桥,经过薄雾、绿林、月光、碧阴的冲融淡化,反而比原先更为美妙动人。末章四句"金樽酒满,伴客弹琴,取之自足,良殚美襟",发挥《小畜》"九五,有孚挛如,富以其邻。《象》曰:'有孚挛如',不独富也",表达诚心同富共乐的情怀,与"君子以懿文德"的旨意。

卷三作为诗德论,旨在扣合《小畜·象》曰:"风行天上,小畜;君子以懿文德。"修养文德,是本卷四品的宗旨。绮丽与"君子以懿文德"的《小畜》会通以立义。绮丽作为诗德或诗体的基本特征,至少在汉魏时代即已确立。杨雄《法言·吾子》曰"诗人之赋丽以则,辞人之赋丽以淫",虽所言为赋,而诗亦包含其中。曹丕《典论·论文》"诗赋欲丽",陆机《文赋》"诗缘情而绮靡",李善注曰"绮靡,精妙之言",绮丽作为诗体的基本特征已成文苑共识。唐代复古运动的倡导者陈子昂《修竹篇序》曰"仆尝暇时观齐梁间诗,彩丽竞繁,而兴寄都绝,每以永叹"。基于诗坛历代创作的发展,人们对文与质、情与采的种种议论、批评，司空图以《小畜》"君子以懿文德"，从哲学理论的高度，对"诗缘情而绮靡"作了正名、正义。提出了"神存富贵，始轻黄金。浓尽必枯，淡者屡深"的诗德论与美学原则，并依据《小畜》卦义指出，"君子以懿文德"，关键还在修美品德，培养道德情操。

（二）自然第十：文以适道

履第十䷉，下兑（☱）上乾（☰），象征践行、履行。

《诗品·自然》首章四句"俯拾即是，不取诸邻。俱道适往，著手成春"，论述自然的意义。前两句暗用郭象《庄子注·齐物论》"物皆自然"，故而"俯拾即是"。郭象注且曰"物各自然""万物万情"，故而"不取诸邻"，取之于邻，便非自然，乃为他然。后两句"俱道适往，著手成春"，即文以适道，遵道为文。因为道法自然，所以俱道同往以适道。适道，即合乎道。《论语·子罕》"子曰：可与共学，未可与适道，可与适道，未可与立；可与立，未可与权"。俱道同往以适道，亦即《系辞上》"《易》与天地准，故能弥纶天地之道"。"著手成春"，是说，遵道为文，即可创作出"生气远出"的作品，或曰"妙造自然"。首章论自然之义，论"俱道适往"，发挥《履》卦，"履礼"、履道的"履践"之义。"履礼"是传统的观点，即遵礼而行。履道，是司空图对传统观念的合理提升。履道，即在道上行走。遵道而行。中章四句"如逢花开，如瞻岁新。真与不夺，强得易贫"，论述"俱道适往"，遵道，必须循性、循时。花各有性，花开有时，到时自然开放；岁月更迭，四时有序。遵道，既不可违背天赋之物性，又不可违背天时而强行。中章依据为《履》卦六三爻"眇能视，跛能履，履虎尾咥人，凶"——眼盲却要强看，脚跛却要强行，踩着老虎尾巴，被虎咬伤，凶险！故有"真与不夺，强得易贫"之语。末章四句"幽人空山，过雨采蘋；薄言情晤，悠悠天钧"，总结全篇，谓自然乃天道，天道自然，循环往复，永恒不已。前两句，由《履》卦九二"履道坦坦，幽人贞吉"，引出"幽人"，化用陶渊明《归园田居》"少无适俗韵，性本爱丘山……久在樊笼里，复得返自然"。"过雨采蘋"，据《艺文类聚》"《周礼》曰：谷雨一日萍始生"，只有谷雨之后才有萍可采。两句说明遵循自然之道，必须循性、循时。末两句"薄言情晤，悠悠天钧"，是以诗家语对《履》卦上九爻辞"视履考祥，其施元吉"的表述，化用与引申：回顾、考察"幽人空山，过雨采萍"等以上所述，于是领悟到，宇宙万物新陈代谢运动发展，之所以循性、循时自然运行，归根结底是由"悠悠天钧"——天道这一如同制作陶器的，而又无与伦比的巨大转轮，终而复始，循环无穷运行所决定的。"天钧"，出自《庄子·寓言》："万物皆种也，以不同形相禅，始卒若环，莫得其伦，是谓天均。天均者，天倪也。""天均"同于"天钧"。因而，自然，即是天道，遵循自然，即是对天道的遵循。

《绮丽》《自然》所表达的"至丽而自然"，是天道自然观的规定，也是"道之文"的本质特征，体现了"君子以懿文德"。

二　含蓄、豪放——诗德论（下）

《诗品》第十一品《含蓄》据《周易》第十二卦《否》立义，第十二品《豪放》据《周易》第十一卦《泰》立义。这是二十四诗品中，唯一的一组调换卦序的诗品。卦序调换，变泰极而否，为否极泰来，显然是唐末的司空图"鼓之舞之"以"修中兴之教"的需要，即"为儒证道"之举。《含蓄》《豪放》两品体现了《礼记·乐记》"乐行而民乡方，可以观德矣"——乐行观德的思想。故曰："诗，言其志也；歌，咏其声也；舞，动其容也。三者本於心……是故情深而文明，气盛而化神，和顺积中而英华发外，唯乐不可以为伪。"《含蓄》《豪放》亦表达了扬雄《法言·君子》所谓的"绷中而彪外"，韩愈《进学解》所谓的"闳其中而肆於其外"的文体特征。

（一）含蓄第十一：辞约旨丰

否（pǐ匹）第十二䷋，下坤（☷）上乾（☰），象征"否闭"、闭塞。

《诗品·含蓄》首章四句"不著一字，尽得风流。语不涉己，若不堪忧"，由《否·象》"天地不交，否；君子以俭德辟难，不可荣以禄"引申而来，论述何为含蓄：不作正面直接地表达，以委婉曲折的方式而尽现其意。"不著一字"，言"辞约"，"尽得风流"，言"旨丰"。"语不涉己，若不堪忧"，那是因为"以俭德辟难"，少说、不说为佳。中章四句"是有真宰，与之沉浮；如渌满酒，花时返秋"，论述含蓄的美学意义与审美特征。《否》卦下坤上乾，乾坤主宰万物消息盈虚，新陈代谢。含蓄诗品体现了宇宙自然的运行规律，天地阴阳，大自然的主宰，有沉有浮、有开有合、有通有塞。含蓄是天地阴阳上下不相交通，处于闭塞、内敛时的状态。"如渌满酒"者，由《否》初六《象》曰："'拔茅，贞吉'，志在君也"，引申、化用《左传·僖公四年》"尔贡包茅不入，王祭不共，无以缩酒"而来。饱含酒汁之醪，含苞欲放之花，形象地表述了含蓄的审美特征。末章四句"悠悠空尘，忽忽海沤；浅深聚散，万取一收"，一者依据《否》卦"大往小来"之"小来"，"小人道长"，故云空中之尘埃，海中之旋生旋灭的泡沫，无穷之多；再者，取"六二，小人吉，大人否，亨。《象》曰：'大人否，亨'，不乱群也"，故而"浅深聚散，万取一收"，两句说明了含蓄之内敛、包容、以一驭万的特征。"万取一收"，指出含蓄的艺术概括力。以一驭万，遵循了《周易》"易简，而天下之理得矣"的原则；明确了含蓄的美学价值。

含蓄，是《诗经》以来，形成的诗体的基本特征。《文心雕龙·情采》指出"盖风雅之兴，志思蓄愤……故为情者要约而写真"。唐人皎然《诗式·重意诗例》曰："但见情性，不睹文字，盖诗道之极也。"

（二）豪放第十二：气盛化神

泰第十一 ䷊，下乾（☰）上坤（☷），象征亨通、太平。

《诗品·豪放》首章四句"观花匪禁，吞吐大荒。由道返气，处得以狂"，发挥《泰》卦亨通、太平之旨，以唐代新科进士杏园游宴的无限豪情，表述豪放之义。《豪放》通篇以新科进士杏园游宴为题材，依据《泰·象》"天地交，泰；后以财成天地之道，辅相天地之宜，以左右民。"科举取士，选拔人才，以辅佐君主，强国富民，与《泰》卦之旨相契合。"吞吐大荒"，化用九二爻《象》"'包荒'，'得尚于中行'，以光大也"，有包容大荒的胸怀，正大光明。"由道返气，处得以狂"，言新科进士，正处于通泰得意之时，"君子道长"，欢喜而狂。这种"由道返气"之豪放，即《孟子》所谓的浩然之气，"配义与道""是集义所生者"，从而阐明了豪放诗品的要旨。《豪放》中章、末章八句，写杏园一日宴游，以游仙诗的形式具体展示豪放诗品的审美特征。中章四句"天风浪浪，海山苍苍。真力弥满，万象在旁"，写新科进士"春风得意马蹄疾，一日看尽长安花"。由于"处得以狂"，乘马疾驰，浑身弥漫阳刚真气，万千气象伴随，京城楼台也幻化，恍如蓬莱仙境。

"真力弥满，万象在旁。"化用《泰》卦内乾外坤之象，内乾，阳气贯注体内，故云"真力弥满"。外坤，外有坤元"含万物而化光"，故云"万象在旁"。末章四句"前招三辰，后引凤凰。晓策六鳌，濯足扶桑"，是对杏园宴游的阵容、声势的整体展现。"前招三辰，后引凤凰"，化用《泰》卦"六五，帝乙归妹，以祉元吉"，商代帝王出嫁其妹，故有"前招三辰，后引凤凰"的场面。"晓策六鳌，濯足扶桑"，言杏园宴游，天晓而出，日落归宿，进行了一整天。

《诗品·豪放》作为诗德、诗体的基本特征，不仅因其表现手法，虚拟、想象、夸张及以神话传说，为诗体的典型特征，孟子有"不以文害辞，不以辞害志，以意逆志，是为得之"之论；豪放，是胸怀博大，主观精神高扬的美学品格，它作诗体的基本特征，还表现在曹丕《典论·论文》的"文以气为主"的文气论。《礼记·乐记》曰："情深而文明，气盛而化神；和顺积中，而英华发外，唯乐不可以为伪。""气盛化神"，应是豪放的本质特征。

下编　诗品·易道诗学创作观

《诗品二十四则》，后十二品为下编，论述易道诗学创作观。创作观，遵循《周易》"穷理尽性以至于命"，"将以顺性命之理"，从对创作具体指导思想的层面，贯彻、落实诗品·易道诗学的原道、征圣、宗经诗学纲领的文学观。

下编十二品，其中，首四品，即下编上卷（卷四），为易道诗学创作观；次四品，即下编中卷（卷五），为创作观之表现论；末四品，即下编下卷（卷六），为创作观之境界论。

卷四　诗品·易道诗学创作观

司空图《诗品》第十三品至第十六品，精神、缜密、疏野、清奇，依次与《周易》第十三卦至第十六卦，同人、大有、谦、豫，相会通，依据《周易》"顺性命之理"，提出并论述诗品·易道诗学的创作观。

一　精神、缜密——创作观（上）

《诗品》第十三品《精神》据《周易》第十三卦《同人》立义，第十四品《缜密》据《周易》第十四卦《大有》立义，两品承绪易道诗学纲领之原道，提出、论述了"顺性命之理""妙造自然"的创作观。

（一）精神第十三：妙造自然

同人第十三☱，下离（☲）上乾（☰），象征"和同于人"。有亲和、和谐相处之义。

《诗品·精神》首章四句"欲返不尽，相期与来。明漪绝底，奇花初胎"，发挥引申《同人》卦下离为日，上卦乾为天的卦象之义：太阳运行于天，日出而落，日落而出，"欲返不尽，相期与来"。而且，乾元乃"万物资始"之本元，万物的新陈代谢，也"欲返不尽，相期与来"。《易传》曰："仰以观于天文，俯以察于地理，是故知幽明之故。原始反终，故知死生之说。精气为物，游魂为变，是故知鬼神之情状。"万物因阴阳精气相聚而生，阴阳精气离散而亡。阴阳精气相聚为神灵，游散为鬼魂。阴阳精气的聚散，亦即性命的运动；性命运动是宇宙物质运动的高级形式。精神，既是生命的本质，又是生命的表征，由阴阳精气相聚而呈现的生机、生气。《诗品》于下编之首，标举精神诗品，表达了易道诗学创作观，遵循诗学纲领"穷理"原道，以"顺性命之理"的指导思想。中章四句"青春鹦鹉，杨柳楼台；碧山人来，清酒深杯"，作者运用《同人·象》"天与火，同人；君子以类族辨物"的方法，论述宇宙万物、社会人事，都共同具有精气神，充满生气、活力的精神，是宇宙万物的普遍特征、本质特征。"碧山人来，清酒深杯"，具体说明《同人》的"同人于野，亨"的卦旨。中章也为末章的论断，作了充分的铺垫。末章四句"生气远出，不著死灰；妙造自然，伊谁与裁"，论述精神的要旨："生气远出"，以树立易道诗学的创作观："妙造自然"。"妙造自然"有两层基本意义，一者，精神，气韵生动，具有无限活力，即"顺性命之理"，遵循天道自然；再者，"伊谁与裁"，天然去雕饰，方为"妙造自然"。

（二）缜密第十四：意象浑成

大有第十四☲，下乾（☰）上离（☲），象征"大富有"、大通之道。

《诗品·缜密》首章四句"是有真迹,如不可知;意象欲出,造化已奇",引申发挥《大有》卦内乾,即内蕴乾元之德,卦辞曰:"元亨",而规定缜密之义:意象浑成。《乾·彖》曰:"大哉乾元,万物资始,乃统天!"万物凭借乾元阳气萌发于内,为天地化育万物的神妙景象将要呈现之际。然而,万物仅仅开始萌发,而尚未生成,故曰"意象欲出"。"欲出",实则未出,正处于"天地絪缊,万物化醇",元气混沌的状态。司空图将此状态称为"意象",想像中的象,意中之象,而非实有之象、真实的物象。天地化育万物,物象形成的"真迹",真实的过程,自然是存在的;但是,化育之神妙,只有天知道,至于人类则是不可知晓的。创作"顺性命之理",就须意象浑成,方为"妙造自然"或曰自然妙造。该品首章承接上品《精神》"妙造自然,伊谁为裁"而来,故曰"是有真迹,如不可知",以呼应"伊谁为裁"。中章四句"水流花开,清露未晞。要路愈远,幽行为迟",发挥《大有·象》"顺天休命"与《大有·彖》"应乎天而时行,是以元亨"——顺应天的规律,依据天时而运行,以涵养美育万物,必然大为亨通。"水流花开"者,水应乎天赋之性而流动,花卉各依照天时而开放:"妙造自然",缜密之品,必谨遵天道。"清露未晞"者,缜密之品,须"顺天休命",以美育滋养万物,如同清滢的露水无声无息润泽着花草,持久未干,鲜活动人。"要路愈远,幽行为迟"者,大路通衢之要道,愈远愈要畅道无阻——"是以元亨"。中章对缜密之象的描写,生动展示了何为"妙造自然"。末章四句"语不欲犯,思不欲痴。犹春于绿,明月雪时",依据《大有》卦义,论缜密诗品的要旨。"语不欲犯,思不欲痴"者,套用王弼注"刚健不滞,文明不犯",论缜密"刚健而文明"之义。缜密,要求"文明不犯",语言清通而无牴牾;要求"刚健不滞",文思泉涌,流畅而不呆滞。如此,则使作品意脉贯通,条贯统序,首尾圆合,表里一体。臻于如同春天的无限生气的碧绿;皎洁月光映照下的白雪:浑然天成。

《精神》《缜密》共同树立的"妙造自然"的创作观,其思想理论基础为"顺性命之理"。还应指出,两品作为创作观,《精神》依《周易》之《同人》立义,寓有倡导诗人"通天下之志",以继承发扬"诗人览一国之意以为己心","诗人总天下之心,四方之俗,以为己意"

风雅传统的意义；《缜密》依《大有》立义，而"富有之谓大业"，寓有"夫文章，经国之大业，不朽之盛事"的意义。

二 疏野、清奇——创作观（下）

《诗品》第十五品《疏野》据《周易》第十五卦《谦》立义，第十六品《清奇》据《周易》第十六卦《豫》立义，两品从"尽性"论述易道诗学观，承绪诗学纲领之征圣，而标"狂狷励圣"。

（一）疏野第十五：率性狂放

谦第十五☷，下艮（☶）上坤（☷），象征"谦虚"。

《诗品·疏野》首章四句"惟性所宅，真取弗羁。控物自富，与率为期"，论疏野之义。疏野，安于天赋之性，率性而为，取之自然，不受任何拘束。《谦·象》"君子以裒多益寡，称物平施"；初六《象》曰："'谦谦君子'，卑以自牧"王弼注"牧，养也"。此即"控物自富"的出处。谦卑自养，即《谦·象》所曰"天道下济而光明，地道卑而上行……人道恶盈而好谦"的谦卦旨义。谦卑自养，归根结底，就是率性处世，自然而"顺性命之理"。中章四句"筑室松下，脱帽看诗。但知旦暮，不辨何时"，写疏野之象，乃隐逸之志的种种表现，扣合《谦》卦上六《象》曰："'鸣谦'，志未得也。"其中，"筑室松下"，喻"疏野"之野，非文野之野，乃朝野之野。"但知旦暮"，明"疏野"之疏，非空疏、粗疏，而是不问世事。中章暗用陶渊明《桃花源记》，以应合《谦·象》"地中有山"。桃花源人"不知有汉，无论魏晋"。表达了相传为唐尧时代的《击壤歌》"日出而作，日入而息。凿井而饮，耕田而食。帝力于我何有哉！"对古代太平社会的向往。末章四句"倘然适意，岂必有为。若其天放，如是得之"，说明疏野要旨。其一为"适意"，此品旨在抒写独善之义的闲适诗；其二为"天放"，自然放任。《庄子·马蹄》以为，"天放"是"织而衣，耕而食"，没有任何社会制度、规矩的约束，所谓上古盛世的世风民情。

《疏野》，表达的是不拘礼教约束，率性而为，放任自然的独善之志，在儒家看来，这是一位狂者。孔子说："古者民有三疾，今也或是之亡也。古之狂也肆，今之狂也荡。"（《论语·阳货》）疏野更接近"今之狂也荡"，狂放无羁。《孟子·尽心下》载孟子答万章弟子问"何

· 115 ·

以谓之狂也?"曰:"其志嘐嘐然,曰,'古之人,古之人。'夷考其行,而不掩焉者也。"杨伯峻先生《孟子译注》,译孟子语曰:"他们志大而言夸,嘴巴总是说,'古人呀,古人呀!'可是一考察他们的行为,却不和言语相吻合。"

(二)清奇第十六:顺性狷介

豫第十六☷,下坤(☷)上震(☳),象征逸豫、安乐。

《诗品·清奇》首章四句"娟娟群松,下有漪流;晴雪满汀,隔溪渔舟",依据《豫·象》"雷出地奋",利用豫卦之象,描绘仲春"雷出"而"地奋",大地春回的壮丽景象。豫卦下坤上震,卦象为"雷出地奋"。豫卦下互卦艮,艮"其于木也为坚多节",即松柏,故有"娟娟群松"之句。上互卦坎,坎为水,故有"漪流"与"满汀"之句。坤为大舆,由舆而及舟,故有"渔舟"之句。首章描绘景象有两个关键点,一是"娟娟群松",暗喻嵇康"肃肃如松下风",二是"晴雪满汀",壮丽中透出清寒,与其他三句共同阐释了早春的"清奇"景象。中章四句"可人如玉,步屟寻幽。载瞻载止,空碧悠悠",写可人踏青赏幽。豫卦互卦坎"为可",故有"可人"之句。"可人",佳人,称心之人。豫卦互卦艮为"止",故有"载止"之句。艮为天,故有"空碧"之语。中章描写孤高拘谨,洁身自好的"可人"形象。四句描写"可人""步屟寻幽",点明了魏晋风度。末章四句"神出古异,淡不可收;如月之曙,如气之秋",刻画"步屟寻幽",可人神情高古脱俗,恬静淡远。豫卦内卦坤,《诗品·冲淡》据《坤》立义为"冲淡",故云"淡不可收"。互卦坎为月,互卦艮"为日",故有"如月之曙"之语。末四句,"神出古异",暗喻嵇康"美词气,有风仪,而土木形骸,不自藻饰,人以为龙章凤姿,天质自然,恬静寡欲,含垢匿瑕,宽简有大量"。(《晋书·阮籍传附嵇康传》)余嘉锡先生《世说新语》于刘伶条下注云"土木形骸者,谓乱头粗服,不加修饰,视其形骸,如土木然"。

《诗品·清奇》据豫卦"刚应而志行,顺以动",同疏野一样,都是讲"尽性",文如其人,诗品即人品。清奇,"顺以动",只是顺性而动,固执于自性,却不能顺应时势,通权达变。《论语·子路》"子曰:'不得中行而与之,必也狂狷乎!狂者进取,狷者有所不为也'。"陆机

《答贾长渊》曰："民之胥好，狂狷厉圣。""狂狷厉圣"，是易道诗学纲领征圣，对创作观的规定。

卷五　诗品·易道诗学表现论

司空图《诗品》第十七品至第二十品，委曲、实境、悲慨、形容四品，依次与《周易》第十七卦至第二十卦，随、蛊、临、观四卦会通，旨在具体阐释征圣、宗经之"尚辞"，"立象以尽意"。其中，委曲、实境，侧重于阐释"尚辞"，悲慨、形容，侧重于阐释"立象以尽意"。

一　委曲、实境——表现论（上）

《诗品》第十七品《委曲》据《周易》第十七卦《随》立义，第十八品《实境》据《周易》第十八卦《蛊》立义，两品共同表达了《文心雕龙·宗经》的"言中事隐"。"言中事隐"系对《易传》"尚辞"的概括。《系辞下》第六章曰："夫《易》彰往而察来，而微显阐幽……其言曲而中，其事肆而隐。"

（一）委曲第十七：言曲而中

随第十七䷐，下震（☳）上兑（☱），象征随从、相随。

《诗品·委曲》首章四句"登彼太行，翠绕羊肠；杳霭流玉，悠悠花香"，化用随卦互卦艮为山，为径路，随卦上兑为羊，下震为"蕃鲜"（草木繁茂），故有"登彼太行"二语。随卦下震为玉，为荂（花的总名），上兑为泽，故有"杳霭流玉"二语。首章并借用曹操《苦寒行》"北上太行山，艰哉何巍巍。羊肠坂诘屈，车轮为之摧"，与陆机《文赋》"石韫玉而山晖，水怀珠而川媚"，构成太行幽美之景，揭示委曲诗品的美学特征，体现了随卦"天下随时""动而说"之义。中章四句"力之于时，声之于羌；似往已回，如幽匪藏"，点明委曲内蕴随卦之旨。"力之于时"者，致力于时，随时而行。春种、夏长、秋收、冬藏，必相随于时。天道四时转换，"似往已回"，终而复始，循环无穷。"声之于羌"者，言委曲又有与物相随之义，循性而动。羌笛之音，婉转悠扬，是羌笛物性使然，而呈现"如幽匪藏"动人之妙。末章四句"水理漩洑，鹏风翱翔。道不自器，与之圆方"，说明委曲要旨："天下

· 117 ·

随时,随时之义大矣哉。""水理漩洑",因《随·象》"泽中有雷"。随卦下震为鹄,由鹄及鹏,上兑为羊,互卦巽为风。故有"鹏风翱翔","抟扶摇羊角而上者九万里"。"水理"与"鹏风","委曲"而又不同,委曲之道,既随时又随物,既循性又循时。故而"道不自器,与之圆方"——道没有固定的具体形态,它是事物存在、运行的方圆、规矩。"道不自器,与之圆方",不仅点明委曲诗品的宗旨,而且也点明了诗品,易道诗学的宗旨,明确了道与文的关系,是文以适道,遵道为文的经典论断。

委曲作为表现论的诗品,是对天道的遵循。天地万物存在与运行,曲折转化,具有周期性、层次性与系统性。《易传》曰"是故法象莫大乎天地,变通莫大乎四时",只有穷极事物运动变化之委曲,才能周全、详尽地表现事物。

(二) 实境第十八:事肆而隐

蛊(gǔ鼓)第十八䷑,下巽(䷑)上艮(䷑),象征"拯弊治乱"。《诗品·实境》首章四句"取语甚直,计思匪深。忽逢幽人,如见道心",化用《蛊》卦下巽"为绳直""其究为躁卦",故有"取语甚直,计思匪深"之语;化用《蛊》卦上艮"为阍寺",借庙寺言道人,故有"忽逢幽人,如见道心"之语。此二语实则暗用谢灵运"池塘生春草"的典故。钟嵘《诗品》卷中"宋法曹参军谢惠连"载:"《谢氏家录》云:'康乐每对惠连,辄得佳语。后在永嘉西堂,思诗竟日不就,寤寐间,忽见惠连,即成'池塘生春草',故尝云:'此语有神助,非我语也'。"又,皎然《诗式·文章宗旨》曰"康乐公,早岁能文,性颖神彻,及通内典,心地更精,故所作诗,发皆造极,得非空王之道助邪?"司空图将《诗品》"忽见惠连,即成'池塘生春草'",与《诗式》"得非空王之道助邪",糅合在一起,故云"忽逢幽人,如见道心"。首章说明实境产生于触发、灵感、妙悟。中章四句"清涧之曲,碧松之阴;一客荷樵,一客听琴",依据《蛊》卦之旨"蛊者,有事而待能之时也"(孔颖达《周易正义》引王弼《周易注》),以惠能卖柴听人读《金刚经》,"惠能一闻,心明便悟"(《坛经》《曹溪大师别传》)与伯牙游于泰山之阴,"乃援琴而鼓……曲每奏,钟子期辄穷其趣"(《列子·汤问》),两个典型事例,说明"实境",真实而非虚妄之境，产生于触发、妙悟——即《蛊》"有事而待能之时"：触发，灵光一闪，豁然而悟朴实、真切之理，而成朴实自然之语。末章四句"情性所至，妙不自寻。遇之自天，泠然希音"，说明实境的要旨，邂逅相逢而触发灵感、妙悟，在于至诚。"情性所至"是关键，是《蛊》卦"有事而待能之时"的能者的关键。能者，并非仅仅指能力、才干，而主要是指"情性"之至诚，对承担此事的至诚，是对《蛊》卦初爻至上爻意义的概括与提炼。

《诗品·实境》，一方面"取语甚直，计思匪深"，如唐人殷璠《河岳英灵集序》所谓"夫文有神来、气来、情来"之"神来"；另一方面，又具令人流连的"文外之旨"，如《文心雕龙·隐秀》所谓"夫隐之为体，义生文外"。

《委曲》与《实境》，一曲言，一直语，表现易道诗学的"书以尽言"之义。

二 悲慨、形容——表现论（下）

《诗品》第十九品《悲慨》据《周易》第十九卦《临》立义，第二十品《形容》据《周易》第二十卦《观》立义。继《委曲》《实境》以曲言、直语，表达《易传》"系辞焉以尽其言"之"尽言"，《悲慨》《形容》则据《易传》"圣人立象以尽意"，而论易道诗学之"尽意"。司空图《擢英集述》曰："夫著言纪事，在演致全篇，赋象缘情，或标工于偶句。"故《周易》"立象以尽意"，在《诗品》中具体表现为"赋象缘情"。然而，情有哀乐。《汉书·艺文志》曰："感于哀乐，缘事而发。"《悲慨》既为"哀"情，"乐"情之着落，当在《形容》一品。孔颖达《毛诗正义》解释《毛诗序》"颂者，美盛德之形容，以其成功告于神明者也"，曰："'颂者，美盛德之形容，明训颂为容，解颂名也。''以其成功告於神明'，解颂体也……作颂者，美盛德之形容，则天子政教有形容也，可美之形容，正谓道教周备也。"司空图既以《诗品·形容》明"拟诸其形容，象其物宜，是故谓之象"，"立象以尽意"，又以《形容》为"颂者，美盛德之形容"，借以与《悲慨》相对，谓之"借对"，寓言二品"赋象缘情"，"感于哀乐，缘事而发"。

(一) 悲慨第十九：赋象缘情

临第十九☷，下兑（☱）上坤（☷），象征"监临"、迫临。

《诗品·悲慨》首章四句"大风卷水，林木为摧；适苦欲死，招憩不来"，发挥《临》卦盛大而衰，"至于八月有凶"的卦义，以《临》卦之卦爻之象，互卦震为雷，下兑"为泽""为毁折"，构思出"大风卷水，林木为摧"的意境。后两句化用《诗经·召南·甘棠》，召公在棠梨树下决讼行政，深受百姓拥戴，由敬爱其人而及其树。诗云"蔽芾甘棠，勿翦勿败，召伯所憩！"风暴摧毁了象征召伯政教的林木，摧毁了贤人政治的社会基础，百姓处于"适苦欲死"的危难之中。中章四句"百岁如流，富贵冷灰；大道日丧，若为雄才"，前两句从个人前途无望，后两句明国家命运堪忧，表达了"乱世之音怨以怒，其政乖"。临卦为《周易》十二辟卦之一，代表十二月，即岁终，故有"百岁如流"之语。"大道日丧"，扣合《临·彖》"大亨以正，天之道也；'至于八月有凶'，消不久也"。末章四句"壮士拂剑，浩然弥哀。萧萧落叶，漏雨苍苔"，写"亡国之音哀以思，其民困"。"壮士拂剑"两句，言大势已去，无奈、绝望。唯有浩天之哀。"萧萧落叶"两句，言国破家亡的凄凉。

《诗品·悲慨》作于唐亡之前。末章所言"亡国之音"，正如孔颖达《周易正义》论《临》卦旨义曰："君子道消，故八月有凶也。以盛不可终保，圣人作《易》以戒之也。"《悲慨》寓有"明乎得失之迹"（《毛诗序》），对唐王朝的警诫之义。又，《临·象》曰："泽上有地，临；君子以教思无穷，容保民无疆。"诗中对《召南·甘棠》的引用，也体现了司空图"修中兴之教"的用心。

(二) 形容第二十：象其物宜

观第二十☴，下坤（☷）上巽（☴），象征"观仰"、瞻仰、观察。

《诗品·形容》首章四句"绝伫灵素，少回清真。如觅水影，如写阳春"，依据观卦互卦艮，"艮以止之"，与上巽"入也"，论述静观、凝神贯注，事物才会逐渐呈现清晰的真象，本然之象，如同水面平静，才映照出自然的景物，如同通过对自然界景物的具体模写才画出明媚的春光。中章四句"风云变态，花草精神；海之波澜，山之嶙峋"，依据《观·象》"'观。盥而不荐，有孚颙若'，下观而化也。"（观赏宗庙祭祀，当观赏到以酒浇地这一盛大隆重的降神仪式后，下边的献飨细节就可以不再观赏了，因为迎降神灵的盛隆礼义，已经使人充满肃穆敬仰之情，瞻仰领悟到祭祀之礼的神圣教化了）这一观盛知化之义，指出观察事物，应当观察最精彩、最有意义、最动人之处，方能把握事物的本质精神，理解它，实现"观天之神道"，体悟自然界万物运行的神妙规律、法则。而"有以见天下之赜，而拟诸其形容，象其物宜"。中章对观盛知化的表述，说明、指出了"形容"的美学特征与原则，也就是《周易》拟象的原则，通过"拟诸其形容"而"象其物宜"；"象其物宜"，旨在表现所发现、认识的"天下之赜"并通过"观其会通"，实现《易传》所谓的"极天下之赜者存乎卦"，"立象以尽意"。因而，观盛（胜）知化，是通向"有以见天下之赜"的途径，也是"拟诸其形容，象其物宜"的基础，起点。"象其物宜"，才能实现创作的"将以顺性命之理"而"妙造自然"。末章四句"俱似大道，妙契同尘；离形得似，庶几斯人"，论述形神契合，形容的要旨。在唐人看来，道与器，形与神，都是体用关系。"拟诸其形容，象其物宜"，所谓"物宜"，即物性之宜，如爻象所象征的阴阳刚柔，物性与物体，契合无垠，浑然一体。文学对事物的反映，与易学对事物的反映，是哲学与艺术反映，二者是有所区别的。文学的反映，最上者，应是形神兼备；易学的反映则"超以象外，得其环中"，因而司空图认为"离形得似，庶几斯人"。这一观点与皎然相同。《诗式·取境》曰："或云：诗不假修饰，任其丑朴，但风韵正，天真全，即名上等。予曰：不然。无盐阙容而有德，曷若文王太姒有容而有德乎？"司空图主张"倘复以全美为工，即知味外之旨矣"《题柳柳州集后序》又云："罔惑偏说，以盖其全工。""离形得似"只可谓"庶几斯人"，即差不多是"象其物宜"之人。

卷六　诗品·易道诗学境界论

　　司空图《诗品》第二十品至第二十四品，超诣、飘逸、旷达、流动四品，依次与《周易》第二十一卦至第二十四卦，噬嗑、贲、剥、复四卦会通，论述创作观的境界。其中，超诣、飘逸，从思想文化的角度论述诗学创作之至境，旷达、流动，从人生观宇宙观论述创作的境界。

一　超诣、飘逸——境界论（上）

《诗品》第二十一品《超诣》据《周易》第二十一卦《噬嗑》立义，第二十二品《飘逸》据《周易》第二十二卦《贲》立义。两品依据唐代以儒家为宗，融贯释、道的文化思想，分别设立《超诣》，论述儒、释融会贯通，设立《飘逸》，论述儒、道融会贯通。

（一）超诣第二十一：澄夐精致

噬嗑（shì 是、hé 禾）第二十一䷔，下震（☳）上离（☲），象征啮合。

《诗品·超诣》首章四句"匪神之灵，匪机之微。如将白云，清风与归"，引申发挥《噬嗑·彖》"柔得中而上行"之义，说明超诣诗品思想根源于归依于佛禅之自性清净，其美学特征为"趣味澄夐，若清风之出岫"。"匪神之灵"，谓非得神灵之助，暗用钟嵘《诗品》载"池塘生春草"典故，谢灵运"故尝云：此语有神助，非我语也。""匪机之微"，谓非为儒家圣人之"妙机其微"（参见《冲淡》）。中章四句"远引若至，临之已非；少有道气，终与俗违"，前两句论《超诣》空灵澄夐之至境，如戴叔伦所谓"诗家之景，如蓝田日暖，良玉生烟，可望而不可置於眉睫之前也"。后两句点明王维即超诣的代表诗人。少小随母修行参禅，而有"道气"，最终因种种磨难，以至于入狱，而潜心于佛禅。"临终之际"，"作别书数幅，多敦厉朋友奉佛修心之旨，舍笔而绝"。（《旧唐书·王维传》）故而《超诣》云"终与俗违"。《超诣》所述王维"少有道气，终与俗违"的生平，也暗与《噬嗑》"利用狱"，喻言刑罚之义相关，特别是该卦六三《象》曰："遇毒，位不当也"相关，寓言其遭胁迫，作安史乱军之伪官而获罪。末章四句"乱山乔木，碧苔芳晖；诵之思之，其声愈希"，举王维《鹿柴》"空山不见人，但闻人语响；返景入深林，复照青苔上"，作为超诣诗品的典范。司空图谓此诗创造了"乱山乔木，碧苔芳晖"的趣味澄夐的意境，意境突出了"芳晖"的无幽不照之普照，充满禅意，是王维皈依佛教心灵的真实写照。

《超诣》，体现了以儒为宗，儒释融合的观念。超诣，指的是《噬嗑》"刚柔分动而明，雷电合而章"那种具有深刻的洞察力，透彻的思辨力，意境如清风白云，圆融无隔的美学品格。

（二）飘逸第二十二：清真宏肆

贲（bì 必）第二十二䷕，下离（☲）上艮（☶），象征文饰。

《诗品·飘逸》首章四句"落落欲往，矫矫不群。缑山之鹤，华顶之云"，依据上艮为山，上互卦震为鹄（由鹄及鹤），下互卦坎为云，而言"缑山之鹤，华顶之云"。又据《贲·象》"山下有火"，而构思出缑山仙鹤，与华山仙云，"落落""矫矫"而"欲往"，四散而"不群"的天空景象，以应合《贲·象》"（刚柔交错）天文也"，揭示飘逸"道之文"的美学特征（《文心雕龙·原道》"日月叠璧，以垂丽天之象；山川焕绮，以铺理地之形——此盖道之文也。"）这里的"道之文"的"道"有两层意义，一为"缑山之鹤""华顶之云"的仙道、道家之道，一为天地之道。中章四句"高人惠中，令色絪缊。御风蓬叶，泛彼无垠"。依据《贲》"九三，贲如、濡如、永贞吉。《象》曰：永贞之吉，终莫之陵也"，描绘一位内在聪慧，容颜元气氤氲的"高人"，御风而行，逍遥游于无际的宇宙之中——这其实点明了是太子宾客贺知章称为"谪仙人"的李白。飘逸正是李白仙风道骨在诗歌中的美学表象。末章四句"如不可执，如将有闻。识者期之，欲得愈分"，说明飘逸诗品的美学特征与创作要旨。前两句说明飘逸达到"将有闻"又"不可执"的超越自我的自由驰骋的境界，是"李白一斗诗百篇""嗜酒见天真"的境界。"张旭三杯草圣传，脱帽露顶王公前，挥毫落纸如云烟"（杜甫《饮中八仙歌》）有似此种境界。后两句"识者期之，欲得愈分"，指出这种自由驰骋的境界，不可强求，"不知所以神而自神"（《与李生论诗书》），只可"期之"，"期之"于"研昏炼爽，戛魄凄肌。神而不知，知而难状"。"期之"于"超心炼冶，绝爱缁磷……体素储洁，乘月返真"。最终达到《贲》"上九，白贲，无咎。《象》曰：白贲无咎，上得志也"的"贲，无色"，返璞归真，这一最高美学境界。

二 《旷达》《流动》——境界论（下）

《诗品》第二十三品《旷达》据《周易》第二十三卦《剥》立义，第二十四品《流动》据《周易》第二十四卦《复》立义，两品分别从人生观（生死观）、宇宙观，论述易道诗学的境界。

（一）旷达第二十三：乐天知命

剥第二十三☷☶，下坤（☷）上艮（☶），象征"剥落"。

《诗品·旷达》首章四句"生者百岁，相去几何。欢乐苦短，忧愁实多"，概述旷达之理：既因人生短暂，又因乐少忧多，须持旷达态度，方可安度人生。此品据剥卦立义。剥卦一阳在上，已到尽头，其他五爻皆为阴爻，阳气剥落殆尽，象征寿命将终。故有"生者百岁，相去几何"之语。与天道终则有始，循环无穷相比，"百岁"何其短暂！有人长寿，有人短命，百岁之间，又能相差"几何"？何况区区百年，欢乐的时光，与忧愁的岁月相比，又"忧愁实多"呢。中章四句"如何尊酒，日往烟萝。花覆茅檐，疏雨相过"说明旷达人生，须放情山水，随遇而安：天天携酒到山中欣赏美景；在花木覆盖的茅屋里，欣赏那疏雨来访，山中日月不亦乐乎！末四句"倒酒既尽，杖藜行歌。孰不有古，南山峨峨"，论述旷达人生，当旷达至终：即使"倒酒既尽"，依然无酒而歌，以乐观的心态走到人生的尽头。此章据《剥·象》"山附于地，剥；上以厚下安宅"立义，故云"孰不有古，南山峨峨"。

旷达所表述的纵情山水，及时行乐，主要是在《剥》卦特定时期的人生态度。《剥·象》曰："君子尚消息盈虚，天行也。"孔颖达解释说："君子通达物理，贵尚消息盈虚。道消之时，行消道也；道息之时，行盈道也；在虚之时，行虚道也……'天行'，谓逐时消息盈虚，乃天道之所行也。春夏始生之时，天气盛大；秋冬严杀之时，天气消灭，故云'天行也'。"因而，旷达之及时行乐，讲的是安度晚年，是一种积极的乐观的人生观、生死观。

旷达，是陶渊明的人生观的写照，也是司空图的人生观的写照。陶渊明有《自祭文》，又自《拟挽歌辞三首》。《新唐书·司空图传》载其"豫为冢棺，遇胜日，引客坐圹中赋诗，酌酒裴回。客或难之，图曰：何不广邪？生死一致，吾宁暂游此中哉？"

旷达诗品与诗品精神前后呼应，表达创作"穷理尽性以至于命"。同时，也是《诗品·易道诗学》表达对人生的终极安慰的应有之义。

(二）流动第二十四：天道永恒

复第十四䷗，下震（☳）上坤（☷），象征反复、归复。

《诗品·流动》首章四句"若纳水輨，如转丸珠。夫岂可道，假体如愚"，依据《易·复》回环往复的卦义，论述流动诗品，内蕴天地循回运行常道，"终则有始""恒久而不已"。《老子》曰"道可道，非常道"。常道不可言传，只能假借具体事物作比喻，如同愚妄之言。卷首《司空图〈诗品〉之秘再论》已经论证《流动》既是一则诗品，又是一篇《诗品》序。作为《诗品》序，"夫岂可道，假体如愚"旨在说明《诗品二十四则》的表达方式，即遵循《周易》的"立象以尽意"。作为《诗品》之一则，首章四句，旨在强调、突出流动的哲学意义，流动体现了天地之道，即《复·象》"反复其道，七日来复，天行也。"中章四句"荒荒坤轴，悠悠天枢。载要其端，载闻其符"，依据《复·象》"复，其见天地之心乎"，说明《流动》作为一则诗品的思想内涵，以及作为《诗品》序对《诗品》体制结构的说明。"坤轴""天枢"，即天地之心。"载要其端，载闻其符"，说明流动诗品内蕴天地之德，是天地之德的外在表象："天枢""坤轴"，正是天地往复运行的中心，枢轴。作为《诗品》序，是说，如同乾、坤两卦体现了《周易》的思想精蕴，是《周易》的一开一合的门户，因而将乾、坤两卦列于易卦首端一样，《诗品》也将内充乾元之德的雄浑与内充坤元之德的冲淡，载于《诗品二十四则》的首端。"载闻其符"，是说二十四诗品是易卦之旨，天地之德的种种美学表象；亦即皎然《诗式·辩体有一十九字》所云"风律外彰，体德内蕴"之"文章德体风味"。末章四句"超超神明，返返冥无。来往千载，是之谓乎"，依据《复》卦"反复其道"，说明《诗品二十四则》及其《流动》的旨义。就《诗品》序而言，"超超神明，返返冥无"，论《诗品》的宗旨、意义。《诗品》效法《周易》"始作八卦，以通神明之德，以类万物之情"（《系辞下》第二章）"以体天地之撰，以通神明之德"（《系辞下》第六章）。就《流动》作为一则诗品而言，"超超"二语旨在说明其内涵。"返返冥无"，"冥无"，即混元、太极。天道运行返而又返，"终则有始"，"恒久而不已"。天地的功能，万物的生存、发展、新陈代谢，在"反复其道"中，在"返返冥无"的返本归根中，不断实现着，这就是流动作为一则诗品所内蕴的易道思想内涵。

《诗品·流动》，是从哲学的角度，世界观的高度，对创作观"循性命之理""妙造自然"的总结。天道永恒，与天地同其德的文章，自当为不朽之盛事。

易道诗学·司空图《诗品》正义

唐代司空图《诗品二十四则》依次与《周易》首二十四卦逐一会通，诗品内蕴易道体德，外彰文章风韵，不但深刻契合了易学思想理论宗旨，而且建立起集古典诗学、美学之大成的完备、精致的诗学美学思想理论体系，令人三复其叹：蔑以加矣，观止矣！我不知何以称其名，强名之曰：易道诗学；强字之曰：诗易学。更不知何以评说，姑妄言之："非天下之至精，其孰能与于此！""非天下之至变，其孰能与于此！""非天下之至神，其孰能与于此！"①

诗品·易道诗学，以儒为宗，融贯释道，其思想理论内核、内在思想逻辑，是天道自然观指导下的"道之文"，即刘勰《文心雕龙·原道》："《易》曰：'鼓天下之动者存乎辞。'辞之所以能鼓天下者，乃道之文也。"故而，围绕着道与文的关系，生发出何为"道之文"，怎样端正"道之文"的方向与途径，怎样创作"道之文"，更好地发挥"鼓天下之动"的社会功能，并有助于世界观、人生观的树立，有利于实现人生的终极安慰等易道诗学内涵。"道之文"这一思想理论内核、内在思想逻辑，将诗学与"为儒证道""修中兴之教"会通为一体、将二十四诗品构成精深闳博的思想理论体系。因而，司空图称其为"麒麟阁"，"中兴颂"，"磨取莲峰便作碑"之莲峰碑。司空图《诗品》是中华文化与世界文化的瑰宝，其思想理论的深度、广度，思想体系的完备、精致，在世界古代诗学史、文化史上都罕与伦比。

---

① （唐）孔颖达：《周易正义·系辞上》（第十章），（清）阮元校刻：《十三经注疏》（上册），中华书局1980年版，第81页。案，本书所标《易传》章节，均以通行的朱熹《周易本义》为准，以下不再说明。

上编　诗品·易道诗学观

　　《周易》首二十四卦,自《乾》《坤》始,至《剥》《复》终。《乾》《坤》"天地定位"①,而《复》"其见天地之心"②。首二十四卦体现了"《易》有太极,是生两仪",天地开辟与运行的完整的大循环,大周期;具体而微地昭示了《周易》"一阴一阳之谓道","终则有始,天行也"③,"恒久而不已也"④ 的天地之道。其中,前十二卦至泰极而否为一层⑤;后十二卦至剥穷而复为另一层。据此,《诗品》前十二品为上编,后十二品为下编。又据易卦"二二相耦,非覆即变"⑥ 的卦序与"两仪生四象",《诗品》两品一联为一单元,两单元四品为一卷。《诗品》上下两编,各有上中下三卷,依次排作卷一至卷六。

　　《诗品二十四则》前十二品,论述易道诗学观。其中,首四品,即上编上卷(卷一),为易道诗学纲领;中四品,即上编中卷(卷二),为诗道论;末四品,即上编下卷(卷三),为诗德论。

---

① (唐)孔颖达:《周易正义·说卦》(卷九,第三章),(清)阮元校刻:《十三经注疏》(上册),中华书局1980年版,第94页。
② (唐)孔颖达:《周易正义·易·复·彖》(卷三),(清)阮元校刻:《十三经注疏》(上册),中华书局1980年版,第39页。
③ (唐)孔颖达:《周易正义·易·复·彖》(卷三),(清)阮元校刻:《十三经注疏》(上册),中华书局1980年版,第35页。
④ (唐)孔颖达:《周易正义·易·复·彖》(卷三),(清)阮元校刻:《十三经注疏》(上册),中华书局1980年版,第47页。
⑤ 《诗品》依次与《周易》首二十四卦会通,唯有《泰》与《否》,在《诗品》中为《否》与《泰》,此为《诗品》"修中兴之教"的需要,详见本书第五部分。
⑥ (唐)孔颖达:《周易正义》(卷九,《周易序卦》题下疏),(清)阮元校刻:《十三经注疏》(上册),中华书局1980年版,第83页。

卷一 诗品·易道诗学纲领

司空图《诗品二十四则》首四品，《雄浑》以乾元为体，《冲淡》以坤元为体，既确立了"一阴一阳之谓道"的原道之义，又确立了"夫大人者与天地合其德，与日月合其明"的征圣之义；《纤秾》依《屯》卦立义，《沉著》依《蒙》卦立义，二品确立了"旨远辞文"的尚辞与"开学养正"①，"修辞立其诚"的宗经之义。《司空图〈诗品〉之秘再论》已论，《雄浑》《冲淡》各依《周易》《乾》《坤》立义。《易传》曰："乾、坤，其《易》之门邪！"又曰："乾、坤，其《易》之缊邪！乾、坤成列，而《易》立乎其中矣。"作为易道诗学的纲领，《雄浑》《冲淡》相当于刘勰《文心雕龙》的《原道》《征圣》；《纤秾》《沉著》则相当于《文心雕龙》的《宗经》。

一 《雄浑》《冲淡》——纲领（上）：原道、征圣

《诗品·流动》云："荒荒坤轴，悠悠天枢；载要其端，载闻其符。"《流动》这一《诗品序》明确道出了"悠悠天枢"之《雄浑》，"荒荒坤轴"之《冲淡》，是作为《诗品》的纲要，而载于《诗品》首端的。既体现了《周易》的"一阴一阳之谓道"，又共同体现了《周易》的"夫'大人'者，与天地合其德，与日月合其明"②。然而，在思想内容的安排与表述上《雄浑》更偏重于"原道"，《冲淡》更偏重于"征圣"，笔者以错举见义的传统表述方式，说明了《诗品》如同《周易》："广大悉备，有天道焉，有人道焉，有地道焉。"③

---

① （梁）刘勰：《文心雕龙·宗经》，上海古籍出版社2015年版，第13页。
② （唐）孔颖达：《周易正义·易·乾·文言》（卷一），（清）阮元校刻：《十三经注疏》（上册），中华书局1980年版，第17页。
③ （唐）孔颖达：《周易正义·系辞下》（卷八，第十章），（清）阮元校刻：《十三经注疏》（上册），中华书局1980年版，第90页。

（一）《雄浑》——原道篇

《诗品·雄浑》依《易·乾》卦旨立义。兹将《雄浑》原文及《乾》卦相关资料，抄录如下。

大用外腓，真体内充；返虚入浑，积健为雄。具备万物，横绝太空。荒荒油云，寥寥长风。超以象外，得其环中。持之非强，来之无穷。

《雄浑》

☰ 乾：元，亨，利，贞。

[注]乾（qián 前）卦，下乾（☰）上乾（☰），象征"天"。

《彖》曰：大哉乾元！万物资始，乃统天。云行雨施，品物流形。大明终始，六位时成，时乘六龙以御天。乾道变化，各正性命，保合太和，乃利贞。首出庶物，万国咸宁。

[释]《彖传》论断乾卦"元，亨，利，贞"四德之道的"元"德说：伟大啊，无边无际的乾阳元气！万物赖以开始萌孕，它统领着天。又论"亨"德说：浩茫氤氲的元气，油然为云，沛然雨下，云行雨施，万类品种的物体在流动中散布成形。又论"元、亨"而引发的"利、贞"之德说：伟大光明的宇宙，终而复始地运行，由始至终，形成了六个时位的运动过程阶段（"初九，潜龙勿用"之潜藏；"九二，见龙在田"之显现；"九三，君子终日乾乾"之上进；"九四，或跃在渊"之审时度势，或跃起或深藏；"九五，飞龙在天"之飞升；"上九，亢龙有悔"之满盈。）如同乘着六龙驾驭着天道的运行。在天道变化中，万物须各自正定其天赋的本性，率性而动，与天道整体运行保持和谐，方有利于各得其所，各得其宜，而保持纯正的自性。乾元资始众物，也使天下万方都太平安宁。

又，《象》曰：天行健，君子以自强不息。

[释]《象传》说：天道运行不息，应化无穷；君子应当遵循天道，奋发进取，自强不息。

又，《文言》曰：元者，善之长也；亨者，嘉之会也；利者，义之和也；贞者，事之干也。君子体仁足以长人，嘉会足以合礼，利物足以和义，贞固足以干事。君子行此四德者，故曰："元，亨，利，贞。"

［释］《文言》阐释乾卦卦辞曰：元始，为众善之首；亨通，则使美好事物聚合；利好，是适宜、和谐；贞固，是事物的骨干、基本。君子以仁为本，体现天无偏私，泛爱众。足以为人君长；使美好的众物相与聚合，足以合符礼仪；利好事物，足以使其各得其宜；坚持固守纯正，足以办好事务。君子履行这四种德行，即是遵循天道，所以说（《乾》卦卦辞为）："元、亨、利、贞。"

依据上述资料，可知，《雄浑》首曰："大用外腓，真体内充"，是以"大用""真体"的体用范畴来论述雄浑内具"乾元"之体德。"大用"者，伟大的功用，即"大哉乾元，万物资始"的功用。"大用"所以"外腓"，隐藏而未显露于外（按，"腓"为隐藏，参见《司空图〈诗品〉之秘再论》），因其乾阳元气"资始"萌发万物，而万物尚未形成，仍呈氤氲之元气。在事物生成变化的六个时位，或曰六个发展阶段中，此时正处于"初九，潜龙勿用"之时；而且，"一阴一阳之谓道""显诸仁，藏诸用"（《易·系辞上》第五章）。又，乾阳元气为万物之本元，故曰："真体内充。"《雄浑》三、四两句，辨名析理：所谓"雄浑"之"浑"，乃为"返虚入浑"。"返虚"即返本归真之义，"真体"即元气，非具独立之实体，而为虚浑之气；所谓"雄浑"之"雄"，乃因"积健为雄"，天积阳气而成，刚健之元气，故谓之为"雄"。《雄浑》首章四句，一者论述雄浑诗品的哲学意义，美学本质为"乾元"之德；二者论述雄浑诗品的美学特征为乾元之阳刚之美。

《雄浑》中章四句："具备万物，横绝太空。荒荒油云，寥寥长风。"描述雄浑诗品的审美景象，紧扣《乾·彖》："大哉乾元！万物资始，乃统天。云行雨施，品物流行。"举乾卦的"元、亨"二德而概括"元、亨、利、贞"四德。《司空图〈诗品〉之秘再论》已详细讨论过，"具备万物"即"万物资始"，"气形质具而未相离"；"横绝太空"即"大哉乾元……乃统天"；"荒荒油云"即"云行雨施"——《孟子·梁惠王上》："天油然作云，沛然下雨"；"寥寥长风"，在流动中万物散布成形。

《雄浑》末章四句，说明雄浑诗品的要旨。其一为"超以象外，得其环中"。即超越中章四句所描述的雄浑具体景象，而领悟雄浑景象所表达的乾元之德——那不是一般的雄浑景象，而是宇宙万物"资始"萌发的元气氤氲之象，是宇宙天道之象。而且，"超以象外，得其环中"，也不仅仅是指《雄浑》之品所写之象，而是指如何领悟《诗品二十四则》所有的诗品之象，是作者借《诗品》的开篇，而提出，建立的方法论。其二为"持之非强，来之无穷"。两句指出雄浑的关键、要旨在"积健为雄"之"健"，而不是"强"。指出雄浑的特征是刚健，而非强劲。因为，"乾，健也。"① "夫乾，天下之至健也。"② 那么，健为何义？孔颖达《周易正义》解释说："天者，定体之名；乾者，体用之称。故《说卦》云：'乾，健也。'言天之体以健为用……天以健为用者，运行不息，应化无穷，此天之自然之理。故圣人当法此自然之象而施人事，亦当应物成务。"③ 健，即"运行不息，应化无穷"之义。这就是"持之非强，来之无穷"的真实意义。因而，雄浑所呈现的美学意象，不是《劲健》"巫峡千寻，走云连风"，而是如"荒荒油云"之漫天云涌，应化无穷，如"寥寥长风"之浩浩茫茫，运行不息，是乾元阳气弥漫于宇宙间的氤氲气象。所以，雄浑之品，"积健"是其根本，诚如《孟子》一书所曰："我善养吾浩然之气"，"其为气也，至大至刚，以直养而无害，则塞于天地之间。其为气也，配义与道；无是，馁也。是集义所生者，非义袭而取之也。"④ 这正可指示对"持之非强，来之无穷"要旨的正确理解。司空图在《与王驾评诗书》中批评元、白道："力勍而气孱，乃都市豪估耳！"即是说元、白诗作，不能"以健为用"。"以健为用"之"浩然之气"，是"配义与道"，"是集义所生者，非义袭而取之也"。

司空图《诗品》以《雄浑》开篇，遵循"《易》有太极，是生两仪"为逻辑起点，从宇宙万物起源的源头确立诗、诗品的意义：乾元

---

① （唐）孔颖达：《周易正义·说卦传》，（清）阮元校刻：《十三经注疏》（上册），中华书局1980年版，第94页。

② （唐）孔颖达：《周易正义·系辞下》，（清）阮元校刻：《十三经注疏》（上册），中华书局1980年版，第90页。

③ （唐）孔颖达：《周易正义·乾》，（清）阮元校刻：《十三经注疏》（上册），中华书局1980年版，第13页。

④ 《孟子·公孙丑上》，（清）阮元校刻：《十三经注疏》（下册），中华书局1980年版，第2685页。

是宇宙自然的真体、根元；诗则是真体的反映，诗品雄浑则是乾元氤氲的美学气象。雄浑既为天文之美学气象，又为人文之诗歌、美学品格，从而继承并创新发展了刘勰《文心雕龙·原道》文学观，赋予传统"原道"文学观以崭新的意义，奠定了《诗品》易道诗学天道自然观的思想理论基础。

首先，《诗品·雄浑》与"乾、坤，其《易》之缊邪！""乾、坤其《易》之门邪！"之《乾》卦融会贯通，依经立义。诗论的本身即是对"宗经"原则的切实履行，因而诗论更为经典，更具权威性。

其次，《诗品·雄浑》对《文心雕龙·原道》的创新发展又表现在，《原道》论"文之为德也大矣，与天地并生"，是从天地万物业已生成的"日月叠璧，以垂丽天之象；山川焕绮，以铺理地之形"，以至"傍及万品，动植皆文"而立论，以阐述"此盖道之文也"；《雄浑》"原道"，则据《乾·象》"大哉乾元，万物资始，乃统天；云行雨施，品物流形。"之宇宙万物起源而立论，显然，《雄浑》"原道"，更为深刻，更为彻底、透辟。

最后，本书拟着重讨论、指出的是，《诗品·雄浑》以"大用""真体"的体用哲学范畴，论述诗学美学观，以此赋予了传统"原道"文学以崭新的意义。《诗品·雄浑》以体用论述诗品，其直接出处应是《周易正义》，即前边所论述的："天者，定体之名。乾者，体用之称。故《说卦》云'乾，健也'，言天之体以健为用。"钱锺书先生以为，"体用"原本出自《周易》："据《系辞》韩康伯注及《正义》此节，以证晋、唐经说早已习用。""《系辞》上'夫易何为者耶'句《正义》再三用二字：'易之功用，其体何为'，'夫子还说易之体用之状'，'易之体用，如此而已。'"然而，因为"诸家瞀忽而不征"，体用作为哲学范畴，与思维模式，"夫体用相待之谛，思辨所需"，反为"释典先拈"。钱锺书先生指出，体用，"唐人用益泛滥"，"司空图《诗品·雄浑》第一开宗明义：'大用外腓，真体内充'——盖佛理而外，词章、经济亦均可言'体用'。"[①]

体用，指本体与功用，或指本质与现象。体用作为中国古代哲学的

---

① 钱锺书：《管锥编》（第一册），中华书局1979年版，第8—9页。

基本范畴与思维模式,既有唯物主义的体用观;又有唯心主义的体用观。如魏晋玄学、隋唐佛学及宋明理学。司空图《诗品·雄浑》以"乾元"即阳元气为"真体",显然是源于《周易》的唯物主义体用观。司空图以"大用外腓,真体内充"论雄浑,雄浑为宇宙万物始生而尚未成形时的乾阳元气混茫气象。诗品,即是作者或创作主体对事物的反映、艺术创作所呈现的气质与品格。故曰"诗言志",或曰"吟咏情性",而司空图谓之"赋象缘情"。① 司空图以体用范畴论诗,对文与道关系的论述,就不是刘勰《文心雕龙·原道》那样简单地论定:"日月叠璧,以垂丽天之象;山川焕绮,以铺理地之形——此盖道之文也。"《诗品》的阐述深刻得多了,辩证得多了。诗歌既然是"言志""吟咏情性",作者对事物的反映,就必然不可避免地包含作者对事物的认识、理解与态度。一方面,"诗言志""吟咏情性",对事物的反映,"赋象缘情",不必直接将道作为正面的反映对象,抒写的内容;另一方面,对事物正确的反映,又必须有正确的世界观,又必须遵循事物运动变化的规律,遵循道。在司空图看来,文备体用,体为"真体"、实体,用为功用、表象,文与道的关系乃为:文必尊道,道蕴体中。这与《文心雕龙·原道》的"素王述训,莫不原道心以敷章,研神理而设教""道沿圣以垂文,圣因文以明道",相似而异,也与中唐韩愈发起的古文运动所主张的文道合一,以道为主不同。"明道"或文道合一,以道为主,终究文是文,道是道。而非文备体用。况且,"道可道,非常道",以文明道,便"书不尽言,言不尽意",以致道不能尽明。文以循道者,"道不自器,与之圆方"——道是文章创作的规矩、法则。故而,司空图《诗赋赞》曰:"知道非诗,诗未为奇。"意思是说,懂得了道,不一定能作诗,道并非诗;即使咏道为诗,也未必神奇。因为,仅仅懂得了道,懂得了道为创作的法则,仍然是不够的,重要的是懂得了道为创作的法则,并且能够妙用道的创作法则。妙用道这一创作法则是要经过长期刻苦的研炼的,即《诗赋赞》所云:"研昏炼爽,戛魄凄肌。"一旦研炼入神,进入"神而不知,知而难状"的境界,创作

---

① (唐)司空图:《擢英集述》,(清)董诰等辑纂:《全唐文》(卷809),上海古籍出版社1990年版,第3769页。

才能够"挥之八垠,捲之万象"。《诗品》易道诗学主张的文以循道,"俱道适往,著手成春",遵循的是《周易》"立象以尽意,设卦以尽情伪,系辞焉以尽其言。变而通之以尽利,鼓之舞之以尽神"。理论依据是"《易》与天地准,故能弥纶天地之道";(《易·系辞上》第十二章)"一阴一阳之谓道……显诸仁,藏诸用"。(《易·系辞上》第五章)天地之道,呈现为广被万物的仁德,生生不息,而潜藏于百姓日常的运用不易察觉之中。道在事物的变化之中,即在文学对事物运动变化的具体描述、抒写中。文以循道,道乃尽明。

纪晓岚评论《文心雕龙·原道》曰:"自汉以来,论文者,罕能及此。彦和以此发端,所见在六朝文士之上。"此话甚是。又曰:"文以载道,明其当然;文原于道,明其本然。识基本乃不逐其末,首揭文体之尊,所以截断众流。"① 此论有可讨论处。今就其"截断众流"说,作如下议论。较之《诗品·雄浑》,《文心雕龙·原道》论"道之文",也还有未透彻处、未圆通处,很难誉为"香象渡河"之"截断众流"。依据"文原于道",《原道》将天文作为无心之文;却将人文作为有心之文:"夫以无识之物,郁然有采;有心之器,其无文欤?"于是,《原道》所谓"夫岂外饰,盖自然耳"的自然之文,就只能指天文,而很难兼指人文了。所以,《原道》论人文曰:"人文之元,肇自太极,幽赞神明,易象唯先……而乾坤两位,独制《文言》,言之文也,天地之心哉!"便遭质疑。纪昀批评说:"此解《文言》,不免附会。"孔颖达《周易正义》卷一曰:"庄氏云,文谓文饰,以乾坤德大,故特文饰以为文言。"以"文饰以为言"解释《易传》之《文言》,是唐代以前的通识,而唐人却不以为然。孔颖达疏云:"今谓,夫子但赞明易道,申说义理,非是文饰华彩。当谓,释二卦之经文,故称《文言》。"②《易传》之《文言》"非是文饰华彩"。刘勰为论证"心生而言立,言立而文明,自然之道也",故特举"文饰以为言"之《文言》,作为"有心之器,其无文欤"的经典论据。然而,"无识之物,郁然有采",文彩

---

① (清)黄叔琳、纪昀评:《文心雕龙·原道第一》,中华书局辑:《四部备要·集部·诗文评》,中华书局1936年版,第1页。
② (唐)孔颖达:《周易正义》(卷一),(清)阮元校刻:《十三经注疏》(上册),中华书局1980年版,第15页。

"夫岂外饰，盖自然耳"；"有心之器"，"文饰以为言"，乃为"自然之道也"：天文与人文，同属自然，一无识，一有心，一非外饰，一为文饰，岂非扞格难通？

诚然，《文心雕龙·原道》曰："言之文也，天地之心哉！"《诗品》以内蕴《乾》《坤》之德的《雄浑》《冲淡》而始，至内蕴《剥》《复》之德的《旷达》《流动》而终，始自天地开辟，终至"复，其见天地之心乎！"（《复·象》）《文心雕龙》与《诗品》论文原道，均言"天地之心"，然而，所言"天地之心"意义不同。《文心雕龙·原道》云："唯人参之，性灵所钟，是谓三才。为五行之秀，实天地之心。"出自《礼记·礼运》："故人者，其天地之德，阴阳之交，鬼神之会，五行之秀气也……故人者，天地之心也。"[①] 意思是说，人聚集天地、五行的性灵之气，所谓天地之心，指性灵之气，指性灵。《复·象》所云"复，其见天地之心"，则是指剥穷而复，"终则有始"，"天地之道，恒久而不已也"的生生不息之德。司空图《诗品》诗易会通，二十四诗品由"《易》有太极，是生两仪"，至"复，其见天地之心"，以体现天道自然观[②]。《雄浑》内蕴乾元之德，既为天文之美学气象，又为人文之诗学品格，天文、人文，同出一原，同为自然之文，同为无心之文。故《诗品·精神》曰："妙造自然，伊谁与裁！"或向，没有人的裁制、制作、创作，会有诗文吗？《诗品·自然》答曰："俱道适往，著手成春。""俱道适往"者，适道为文。适道，既遵道。如何适道为文或遵道为文？《诗品·自然》在天道自然观的指导下，作了极为深刻的阐释，大大深化了适道为文的思想内涵，详见本书《诗品·自然》篇。这里仅概括而言曰："俱道适往，著手成春"之适道为文，即循性、循时为文。宇宙间，物皆自然，故《自然》曰"俯拾即是"；万物中，物各有性，故《自然》曰"不取诸邻"。循性，乃可"真予不夺"；循时，乃免"强得易贫"。循性、循时，即为天道自然，"悠悠天钧"。司空图的

---

① （唐）孔颖达：《礼记正义·礼运》（卷二十二），（清）阮元校刻：《十三经注疏》（下册），中华书局1980年版，第1423、1424页。

② "天道自然"概念，较早出自东汉王充《论衡》卷十八《自然篇》："或曰，太平之应，河出图，洛出书……夫天安得以笔墨而为图书乎？天道自然，故图书自成。"笔者以为，天道自然观，实源自《周易》经传。

天道自然观，不仅体现于文论，而且体现于经世致用。《与惠生书》曰：

> 且一家之治，我是，而未必皆行也；一国之政，我公，而未必皆行也。就其间，量可为而为之，当有以及于物；不可为而不为，亦足以见其心。必曰：俟时而后济其仁，盖无心之论。①

遵道而行，适道为文，循性、循时，不凭主观意愿，强行作为，顺其自然，水到渠成。司空图天道自然观指导的文道论，即所谓思无思，为无为。天文无为，而人文为无为。故《诗品·实境》曰："情性所至，妙不自寻；遇之自天，泠然希音。"这是对"俱道适往，著手成春"，"妙造自然，伊谁与裁"的又一精辟表述。

（二）《冲淡》——征圣篇

《诗品·冲淡》依《易·坤》卦旨立义。兹将《冲淡》原文及《坤》卦相关资料，抄录如下：

> 素处以默，妙机其微；饮之太和，独鹤与飞。犹之惠风，荏苒在衣；阅音修篁，美曰载归。遇之匪深，即之愈希；脱有形似，握手已违。

《冲淡》

☷坤：元，亨，利牝马之贞。君子有攸往，先迷；后得主，利。西南得朋，东北丧朋，安贞吉。

[注] 坤（kūn 昆）卦，下坤☷上坤（☷），象征"地"。

《彖》曰：至哉坤元！万物资生，乃顺承天。坤厚载物，德合无疆；含弘光大，品物咸亨。牝马地类，行地无疆，柔顺利贞。君子攸行，先迷失道，后顺得常。西南得朋，乃与类行；东北丧朋，乃终有庆。安贞之吉，应地无疆。

---

① （唐）司空图：《与惠生书》，（清）董诰等辑纂：《全唐文》（第四册），上海古籍出版社1990年版，第3762页。

[释]《象传》论断坤卦"元，亨，利，贞"四德之"元"德说：至善的坤元之德啊！万物赖它而生成，它顺承天道。又论"亨"德说，地体深厚而普载万物，坤德广大久远无疆；它包容、涵养万物，使其光大，万物因而亨通繁荣。又论"利，贞"之德说，母马与地同属阴柔，而行程无可限量，它的柔顺，祥和，利于固守纯正的德性。君子有所前往，抢先就会迷失正道，居于人后，顺从而行，方得常道。卦辞云："西南得朋"，是说处于西、南方向的（巽、离、坤、兑）都是阴卦，乃与同类而行（《广雅·释诂》"朋，类也。"又《坤·象》"牝马地类"）卦辞云"东北丧朋"，是说东、北方向的（乾、坎、艮、震）均为阳卦，而非同类朋友，但与异类相处，最终结果却是喜庆吉祥。安于柔顺，守持正固的吉祥，应合了大地"柔顺利贞"的德行。

又，《象》曰：地势坤，君子以厚德载物。

[释]《象传》说：大地宽厚和顺，君子应当效法大地，增进宽厚的德行，容载万物。

又，《文言》曰：坤至柔而动也刚，至静而德方。后得主而有常，含万物而化光。坤道其顺乎！承天而时行。

[释]《文言》阐释坤卦说，大地极为柔顺，但运动时却显出刚健；极为安静，但德行方正有则。随从于后，即后天而动，得天为主，行守常规，乃能包容涵养万物，使之发扬光大。地道岂不是非常温顺吗？它顺承天的意志，遵循四时之序不懈运行。

上述资料表明，《冲淡》以《坤》为德体，具体而言，是以《坤·文言》立义。首章四句"素处以默，妙机其微；饮之太和，独鹤与飞"。依据《坤·文言》"至静而德方"，论定冲淡——冲和淡泊，乃圣人中和情性的写照。作者暗用了汉魏人刘邵的《人物志》关于圣人兼备平淡、睿智"二美"之德的论述：

盖人物之本，出乎情性。

凡人之质量，中和最贵矣……中和之质必平淡无味。唯淡也故五味得和焉。若苦则不能甘矣，若酸也则不能咸矣……是故观人察质，必先察其平淡，而后求其聪明……阴阳清和，则中睿外明。圣人淳耀，能兼二美。知微知章，耳目监察，通幽达微……自非圣人，莫能两遂。

《冲淡》"素处以默"，即《坤·文言》之"至静而德方"之"至静"，处世淡泊。"君子之道，或出或处，或默或语"（《易·系辞上》第八章），由"或处"而"素处"，既"处"且"默"，故谓"至静"。"妙机其微"，即"知微知章""通幽达微"，聪明睿智。因而首两句"素处以默，妙机其微"，谓其兼有平淡、聪明之"二美"，"自非圣人，莫能两遂。"《冲淡》三、四两句"饮之太和，独鹤与飞"，即《坤·文言》"至静而德方"之"德方"。"太和"，阴阳至极和谐，《人物志》所云"阴阳清和"，乃圣人情性中和："凡人之质量，中和最贵矣。"圣人高风亮节，只有高洁的仙鹤可与之相伴。

《冲淡》中章四句"犹之惠风，荏苒在衣；阅音修篁，美曰载归"，依据《坤·文言》"坤至柔而动也刚"，论述冲淡诗品内蕴坤元"柔顺利贞""厚德载物"的广育之德。作者化用了张衡《东京赋》"惠风广被，泽泊幽荒"[①]，暗用了韩愈《上巳日燕太学听弹琴诗序》的文意：

> 三月初吉……总太学儒官三十有六人，列燕于祭酒之堂……歌风雅之古辞，斥夷狄之新声……有一儒生……抢琴而来……鼓有虞氏之南风，赓之以文王、宣父之操，优遊夷愉，广厚高明，追三代之遗音，想舞雩之咏叹，及暮而退，皆充然若有得也。[②]

司空图借用韩文，将王维《竹里馆》"独坐幽篁里，弹琴复长啸。深林人不知，明月来相照。"与《论语·先进》所载，为孔子赞许的"吾与点也"的曾点之志："莫春者，春服既成，冠者五六人，童子六七人，浴乎沂，风乎舞雩，咏而归"巧妙地组织在一起，表达圣人冲和平易，"优遊夷愉，广厚高明"，"与众乐之"之乐的道德风范。太学燕中的

[①] （梁）萧统：《昭明文选》（卷三，上册），中华书局1977年版，第64页。
[②] （宋）李昉等编撰：《文苑英华》（第五册），中华书局1966年版，第3706页。

"歌风雅之古辞，斥夷狄之新声"，幽篁中的古琴雅正之音，与"荏苒在衣"的"惠风"，共同体现了作者"追三代之遗音，想舞雩之咏叹"对圣人的向往、追慕，共同体现了《坤·文言》"坤至柔而动也刚"之旨①，共同体现了《坤·象》"柔顺利贞"之德。

《冲淡》末章四句"遇之匪深，即之愈希；脱有形似，握手已违"，依据《坤·文言》"含万物而化光"，论述冲淡诗品"含弘光大"，"含章可贞，以时发也"的美学特征及创作要旨。"遇之匪深，即之愈希"，冲淡之境，倏然而遇，所感受的不是深远而是浅近；愈加接近，愈觉淡泊。这就是司空图宣扬的戴叔伦所说的"诗家之景，如蓝田日暖，良玉生烟，可望而不可置于眉睫之前"的"象外之象，景外之景"。"象外之象，景外之景"，既然为"诗家之景"，自然不是某一诗品所专有，在司空图看来，应是诗景的共同特征。当然，不同的诗品，其"象外之象，景外之景"各不相同。"白云回望合，青霭入看无"②，是终南山莽莽苍苍，气象万千，元气氤氲之雄浑。"天街小雨润如酥，草色遥看近却无"③，则是春回，万物复苏，生意萌发之清新。《诗品·冲淡》"阅音修篁"所举王维的"独坐幽篁里，弹琴复长啸。深林人不知，明月来相照"，浅近、淡泊，既无警语妙言，又于平易、简约无长语中，寓至味；于空旷、孤寂中寓终极之慰藉。《冲淡》依《坤·文言》立义，言圣人中和情性，与《老子》"道冲"相通："道冲……挫其锐，解其纷，和其光。同其尘。湛兮，似或不存。"（《老子》第四章）故冲淡诗品，含蓄，具内敛之美，即《坤》卦"含章可贞，以时发也"，如同蓝田良玉在日光中所生发的空明之烟，或曰"地道光也"（《坤》（六二）《象》）。

末章首两句说明冲淡的美学特征，末两句说明冲淡诗品的创作要旨：不可求其形似，必须求其神似。所谓神似，即必得其精神。冲淡诗品，是中和情性之气度、风韵的写照，是从阴阳清和的心胸中自然流露

---

① "坤至柔而动也刚"。参阅本书卷首《司空图〈诗品〉之秘再论》。
② （唐）王维：《终南山》，（清）董诰等辑纂：《全唐文》（第四册），上海古籍出版社1990年版，第1277页。
③ （唐）韩愈：《早春呈水部张十八员外二首》（其一），（清）曹寅、彭定求等编校：《全唐诗》（第十册），中华书局1960年版，第3864页。

出来的。这即是文道体用说的无心之文，思无思，为无为。非中和之情性，而强为冲淡，必然矫揉造作，貌合神离。

综观《诗品·冲淡》原道、征圣，首章论圣性。一曰"素处以默"言其平淡；二曰"妙机其微"言其睿智，圣人兼此二美；三曰"饮之太和"点明兼有二美，乃中和情性；四曰"独鹤与飞"，赞美圣性贞洁。首章论圣人中和情性，依据《坤·文言》"至静而德方"立义。苏东坡《书黄子思诗集后》曰：

> 李、杜之后，诗人继作，虽间有远韵。而才不逮意。独韦应物、柳宗元发纤秾于简古，寄至味于澹泊，非余子所及也。唐末司空图崎岖兵乱之间，而诗文高雅，犹有承平之遗风。其论诗曰："梅止于酸，盐止于咸，饮食不可无盐梅，而其美常在咸酸之外。"盖自列其诗之有得于文字之表者二十四韵，恨当时不识其妙，予三复其言而悲之。

东坡云云，大概是看出了《冲淡》论圣人中和情性与刘邵《人物志》"中和之质必平淡无味。唯淡也故五味得和焉。若苦则不能甘矣，若酸也则不能咸矣"之间的关系，故有"发纤秾于简古，寄至味于澹泊"之论，而兴"恨当时不识其妙，予三复其言而悲之"之浩叹。

中章论圣德。一曰"犹之惠风，荏苒在衣"，言圣德广被，如沐惠风；又曰"阅音修篁，美曰载归"，乃"追三代之遗音，想舞雩之咏叹"，（参见本书《卷首》《再论：惊世奇文》《诗品·冲淡》）言德音雅正，与众同乐。中章论圣德内涵，依据《坤·文言》"坤至柔而动也刚"。"至柔而动也刚"者，即"柔顺利贞"，故而"德合无疆；含弘光大，品物咸亨"，能以"厚德载物"。

末章论征圣。冲淡具内敛、含蓄美学特征，于平易、浅近、淡泊中，寓圣德、三代遗音之至味，"含章可贞"，如"地道光也"。冲淡是圣人中和情性的写照，是"道冲"之德的写照。美学特征是"冲""道冲"，内蕴"真体"是坤元之德。末章四句，于表述冲淡美学特征及创作要旨的同时，进一步申述了《雄浑》所提出的文道体用论与"超以象外，得其环中"的象外论。

或问，《雄浑》依《乾》卦立义，直接取自《象传》，《冲淡》依《坤》卦立义，却直接取自《文言》，二者所取为何不同？答曰：王弼《周易略例·明象》曰："夫《象》者，何也？统论一卦之体，明其所由之主者也。"孔颖达《周易正义》卷一亦曰"（象）统论一卦之义"。《雄浑》依据《乾》卦立义，而取其《象》，故极得当，适宜。《周易正义卷一又曰："《文言》者，是夫子第七翼也。以乾、坤，其《易》之门户邪。其余诸卦及爻，皆从乾、坤而出，义理深奥，故特作《文言》以开释之。"《冲淡》依《坤》立义，而取《文言》，亦极得当，适宜。《雄浑》《冲淡》所以分别取《象传》《文言》立义者，乃司空图有意为之，以错举见义，彰明《雄浑》《冲淡》皆依《象》《文言》立义，如同"乾、坤，其《易》之门邪"，"乾、坤，其《易》之缊邪"，雄浑、冲淡乃为《诗品》之纲领。"义理深奥"，其他诗品皆以雄浑、冲淡派生旁出。

　　又问，《冲淡》既依《坤》卦立义，为何却论圣性、圣德、征圣，论中和情性？答曰：孔颖达《周易正义》云："盖乾坤合体之物，故乾后次坤。"[①] 而《乾·文言》云："夫'大人'者，与天地合其德，与日月合其明"[②] "龙德而隐者也，不易乎世，不成乎名；遁世无闷，不见是而无闷；乐则行之，忧则违之，确乎其不可拔，潜龙也"[③]。既然"乾坤合体之物"，圣人又"与天地合其德"，所以，《冲淡》依《坤》卦立义而论圣人中和情性，十分得体。

　　以上讨论可知，《诗品·冲淡》言"征圣"与《文心雕龙·征圣》相似而不同。《文心雕龙·征圣》旨在学圣为文，或曰以圣人之文为作文的标准。《冲淡》论"征圣"旨在学圣为人，即以圣人为做人的榜样、标准。《文心雕龙·征圣》虽曰："夫子文章可得而闻，则圣人之情见乎辞矣"——"圣人之情见乎辞"出自《易·系辞下》第一章；

[①] （唐）孔颖达：《周易正义》（卷一），（清）阮元校刻：《十三经注疏》（上册），中华书局1980年版，第17页。

[②] （唐）孔颖达：《周易正义》（卷一），（清）阮元校刻：《十三经注疏》（上册），中华书局1980年版，第17页。

[③] （唐）孔颖达：《周易正义》（卷一），（清）阮元校刻：《十三经注疏》（上册），中华书局1980年版，第15页。

然而,《征圣》并非因此而论"圣人之情",却旨在论圣人"贵文":"此政化贵文之征也","此事绩贵文之征也","此修身贵文之征也"。《征圣》的结论是,"征之周孔,则文有师矣"。所以,纪昀评曰:"此篇却是装点门面,推到究极,仍是宗经。"① 司空图《诗品·冲淡》,依据《坤》卦立义,崇仰圣性、圣德,于雄浑之后而标榜冲淡,以体现"圣人之情见乎辞"的"征圣"宗旨。

《尚书·尧典》曰:"诗言志。"《毛诗序》曰:"诗者,志之所之也,在心为志,发言为诗。"又曰:"国史明乎得失之迹,伤人伦之废,哀刑政之苛,吟咏情性,以风其上,达于事变而怀其旧俗者也。"言志,亦即"吟咏情性",对宇宙自然,社会人事感悟的抒发,是通过"吟咏情性"而实现的。如何通过"吟咏情性"而真实地反映宇宙自然和社会人事呢?《中庸》曰:"天命之谓性,率性之谓道。"才性论者认为,唯有圣人中和情性,乃得性全,故有中庸至德,"变化无方,以达为节,应变适化,期于通物"(刘邵《人物志·体别第二》)社会众庶则性各有偏。故而,"吟咏情性",当以圣人中和情性为准则。《易传》乃谓"圣人之情见乎辞"。《诗品·冲淡》论圣人中和情性,所体现的"圣人之情见乎辞",实则是对《诗经》风、雅、颂经典诗体理论的继承与发扬。《诗经》所建立的风雅颂诗体理论,是中华民族古典诗歌的经典诗体理论体系。《毛诗序》曰:"是以一国之事,系一人之本,谓之风;言天下之事,形四方之风,谓之雅。""颂者,美盛德之形容,以其成功告于神明者也。"② 从传统的政治教化作用而言,风、雅为政教的基本,风、雅反映世风、民情,移风易俗,从而达到"颂声兴焉,盛之至也。"③ 故司空图《诗赋赞》曰:"上有日星,下有风雅。"孔颖达《毛诗正义》解释《毛诗序》曰:"其作诗者,道己一人之心耳,要所言一人心,乃是一国之心。诗人览一国之意以为己心,故一国之事系

---

① (清)黄叔琳、纪昀评:《文心雕龙·征圣第二》,中华书局辑:《四部备要·集部·诗文评》,中华书局1936年版,第4页。
② 《毛诗序》,郭绍虞:《中国历代文论选》(第一册),上海古籍出版社1979年版,第63页。
③ (汉)郑玄:《诗谱序》,郭绍虞:《中国历代文论选》(第一册),上海古籍出版社1979年版,第70页。

此一人使言之也。但所言者，直是诸侯之政，行风化于一国，故谓之风，以其狭故也。言天下之事，亦谓一人言之，诗人总天下之心，四方风俗，以为己意，而咏歌王政，故作诗道说天下之事，发见四方之风，所言者，乃是天子之政、施齐正于天下，故谓之雅，以其广故也。"① 诗人吟咏情性，通过"道己一人之心"而为"一国之意"，成为国风；"总天下之心""以为己意""咏歌王政""道说天下之事"而成为小雅、大雅。因而，作诗者必须能"通天下之志"，只有"通天下之志"，以诗言志，方可"道己一人之心"而为"一国之意"，"总天下之心"而"道说天下之事"。在先民看来，只有圣人方能"以通天下之志，以定天下之业，以断天下之疑。"② 所以，继承发扬《诗经》风、雅、颂传统，以实现诗歌"正得失""经夫妇，成孝敬，厚人伦，美教化，移风俗。"③ 的社会功能，"征圣"，培养圣性、圣德，培养中和情性，是司空图"为儒证道"以修"中兴之教"④ 的易道诗学的必有之义。

二 《纤秾》《沉著》——纲领（下）：宗经

《纤秾》《沉著》之为《诗品》易道诗学纲领，继承创新了刘勰《文心雕龙·宗经》。两品依次分别以《周易》《屯》《蒙》两卦立义，发明《文心雕龙·宗经》"旨远辞文""开学养正"之义，创新建立起"修辞立其诚"的"宗经"准则，或曰易道诗学的宪章、法度，上承孔子的"《诗三百》，一言以蔽之曰：思无邪"之论，亦即《乾·文言》"闲邪存其诚"之旨。

（一）《纤秾》——宗经篇（上）：尚辞

《诗品》第三品《纤秾》依《周易》第三卦《屯》卦之旨立义。

---

① （唐）孔颖达：《毛诗正义》（卷一），（清）阮元校刻：《十三经注疏》（上册），中华书局1980年版，第272页。
② （唐）孔颖达：《周易正义·系辞上》（卷七，第十一章），（清）阮元校刻：《十三经注疏》（上册），中华书局1980年版，第81页。
③ 《毛诗序》，郭绍虞：《中国历代文论选》（第一册），上海古籍出版社1979年版，第63页。
④ 参见本书卷首《司空图〈诗品〉之秘三论》。

兹将《纤秾》原文及《屯》卦相关资料,抄录如下。

  采采流水,蓬蓬远春。窈窕深谷,时见美人。碧桃满树,风日水滨。柳阴路曲,流莺比邻。乘之愈往,识之愈真。如将不尽,与古为新。

《纤秾》

  ☳☵屯:元亨,利贞;勿用有攸往,利建侯。
[注] 屯(zhūn谆)卦,下震(☳)上坎(☵),象征"初生"。
《彖》曰:屯,刚柔始交而难生;动乎险中,大亨贞。雷雨之动满盈,天造草昧,宜建侯而不宁。
[释]《彖传》论断屯卦卦义说:屯的意义是,阴阳开始交合,即生艰难;万物形成运动于危难之中,固守纯正的初衷,将大为亨通。屯的下卦为震,象征"雷";上卦为坎,象征"雨"。屯卦呈现雷雨将作,充盈宇宙之象,这是宇宙草创万物的景象,处于万物始生,冥昧不宁之际,应筹划建立王侯帝业。

  又,《象》曰:云雷,屯;君子以经纶。
[释]《象传》说:屯卦上坎为云,下震为雷,云在雷上,将雨而雨未成,象征初生艰难;君子应在此天地草创万物之时,及时经略天下大事。

  《诗品·纤秾》依《易·屯》立义,有以下几层意义。
  其一,《屯》卦辞曰"利建侯";《彖传》曰:"天造草昧,宜建侯而不宁。"孔颖达《周易正义》解释说:"言天造万物于草创之始,始在冥昧之时也。于此草昧之时,王者当法此《屯》卦,宜建立诸侯,以抚恤万方之物,而不得安居于事。"[1] 又,《象》曰:"云雷,屯;君子以经纶。"《屯》卦辞、《彖》、《象》,皆言初创之际,宜经略天下,建立基业。《纤秾》依此卦义,而建章立制,建立易道诗学美学的宪

---

[1] (唐)孔颖达:《周易正义》(卷一),(清)阮元校刻:《十三经注疏》(上册),中华书局1980年版,第19页。

章、法度①，建立"宗经"的准则。

其二，《序卦》云："有天地然后万物生焉。盈天地之间者唯万物，故受之以《屯》。屯者，盈也；屯者，物之始生也。"《纤秾》前两章，四联八句。生动描绘"物之始生""盈天地之间者唯万物"的无限生机，蓬勃春意，突出地展示了"刚柔始交"、阴阳合和、浓与淡、疏与密、远与近、动与静、明与暗、人与物等种种的对立统一，于冲和中见绚烂，于繁华中见澄澹，于平淡中寓至味，于浅近中寓广远，醇和浓郁，精妙微纤的诗情画意。

其三，《纤秾》前两章描述万物始生，无限生机的景象，全都直接采用或借用《屯》卦的卦象、爻象。《屯》上卦为坎，"坎为水"②，下卦为震，《说卦》云："万物出乎震，震，东方也。"孔颖达《周易正义》曰："以震是东方之卦，斗柄指东为春，春时万物出生也。"③故而《纤秾》云："采采流水，蓬蓬远春。"《屯》卦上坎"为沟渎，为隐伏"，下震"为蕃"，蕃即花的通称，比喻"美人"，故而《纤秾》有"窈窕深谷，时见美人"之语。《屯》下震"为蕃"，上坎"为水"，"碧桃"即千叶桃，作者以此构思出"碧桃满树，风日水滨"的意境。《屯》下震"善鸣""为蕃鲜"。"善鸣"借以喻"流莺"，"蕃鲜"以喻春天草木繁茂；上坎"为矫輮""为通"，"矫輮"借以形容柳条飘拂，"通"，"取其行有孔穴也"，喻言"路曲"。作者借用以上诸象，构思出"柳阴路曲，流莺比邻"的意境。

其四，《纤秾》末章四句紧接前两章描述万物始生，无限生机的景象而云："乘之愈往，识之愈真。如将不尽，与古为新。"此四句正依据《屯》卦"天造草昧，宜建侯"，"屯，君子以经纶"，而点明"宗经"之旨。《文心雕龙·宗经》曰：

---

① （唐）李白《古风五十九道》其一"废兴虽万变，宪章亦已沦"。（清）王琦注："宪章，谓诗之法度。"（清）王琦注：《李太白全集》（卷二），中华书局1977年版，第87页。

② （唐）孔颖达：《周易正义·说卦传》（卷九，第十一章），（清）阮元校刻：《十三经注疏》（上册），中华书局1980年版，第95页。按，本书所举卦、与之象凡出自《说卦传》第十一章者，不再一一注释。《说卦传》资料以唐人李鼎祚《周易集解》较完整，见《周易集解》卷第十七。

③ （唐）孔颖达：《周易正义·说卦传》（卷九，第五章），（清）阮元校刻：《十三经注疏》（上册），中华书局1980年版，第94页。

至于根柢盘固，枝叶峻茂，辞约而旨丰，事近而喻远；是以往者虽旧，余味日新。

显然，《纤秾》前两章对万物始生，无限生机景物的描写，实则为"辞约而旨丰，事近而喻远"的具体展现与阐述；"如将不尽，与古为新"，所谓之"古"，也正是"往者虽旧，余味日新"之儒家经典。宗经，即是《诗品》的宪章、法度；即是《诗品》易道诗学于"天造草昧"之际的"建侯"之举，"君子以经纶"之举。《文心雕龙·宗经》曰："三极彝训，其书曰经。经也者，恒久之至道，不刊之鸿教。"《文心雕龙·征圣》曰："夫作者曰圣，述者曰明。"经典是圣人的创作，以论述"至道""鸿教"。创作经典自须道德、学识"根柢盘固"，自须才华超凡卓著，"枝叶峻茂"，故《易·系辞上》第五章曰"穷神知化，德之盛也"；经典之文，不但"辞约而旨丰，事近而喻远"，而且"往者虽旧，余味日新"，既善且美，尽善尽美。所以，经典是真、善、美的崇高典范。

《纤秾》寓言"宗经"，有两层意义。一层意义，《文心雕龙·宗经》所云之本义："夫《易》唯谈天，入神致用。故《系》称称：旨远、辞文、言中、事隐。"《宗经》所言此义，即《系辞上》第十章所概括的："《易》有圣人之道四焉，以言者尚其辞……"《系辞上》的尚辞之论，在《系辞下》第六章又有具体论述："夫《易》，彰往而察来，而微显阐幽，开而当名，辨物正言，断辞则备矣。其称名也小，其取类也大。其旨远，其辞文，其言曲而中，其事肆而隐。"《周易》尚辞之义，《诗品》中皆有专品论述，拟将依品阐释。另一层意义，是从尚辞本义而引申的"味外之旨""韵外之致"，或曰"文外之旨"。且请皎然代为说明。《诗式·重意诗例》曰："两重意以上，皆文外之旨。若遇高手如康乐公，览而察之，但见性情，不睹文字，盖诣道之极也。向使此道尊之于儒，则冠六经之首；贵之于道，则居众妙之门；崇之于释，则彻空王之奥。"上文曾云，《纤秾》前两章对万物始生，无限生机景物的描写，实为"辞约而旨丰，事近而喻远"的具体展现与阐述。"辞约而旨丰，事近而喻远"，或曰"旨远、辞文"，皆为"两重意以上"，"皆文外之者"，亦即司空图《与李生论诗书》所倡导的"味外之旨""韵外之致"。凡议论司空图诗论者，没有不提到《与李生论诗书》

一文的，然而，却从来无人论及此文的"宗经"之争。事实上，"宗经"之争在此文中相当激切。《与李生论诗书》开宗明义曰："愚以为辨于味而后可以言诗也。"钟情于"咸酸之外"的"醇美"，或曰"近而不浮，远而不尽"的"韵外之致"，"以全美为上"的"味外之旨"。因此，司空图既在《纤秾》中表达了"如将不尽，与古为新"，追慕儒家经典"往者虽旧，余味日新"之"余味"，又在《与李生论诗书》中表达了追慕《诗经》之遗韵："《诗》贯六义，则讽谕、抑扬，渟蓄、渊雅，皆在其中矣。""辨于味"，然后"可以言诗"，情系"咸酸之外"的"醇美"，而标举《诗经》诸种意韵"皆在其中"。"宗经"之义不言而喻。至此，司空图笔锋一转，曰："然直致所得，以格自奇，前辈诸集，亦不专攻于此，矧其下者耶！"语气似乎是直接对当时而言，其实是针对钟嵘《诗品序》中的一段议论：

> 夫属词比事，乃为通谈。若乃经国文符，应资博古；撰德驳奏，宜穷往烈。至乎吟咏情性，亦何贵于用事？"思君如流水"，既是即目；"高台多悲风"，亦惟所见；"清晨登陇首"，羌无故实；"明月照积雪"，讵出经史；观古今胜语，多非补假，皆由直寻。

钟嵘此议，直接指向"颜延、谢庄""大明、泰始中，文章殆同书钞"，风气所扇，"浸以成俗"，"词既失高，则宜加事义，虽谢天才，且表学问，亦一理乎！"——既知文词不高明，就增加些典故、理论，虽然愧无文学天才，姑且显示其学问，这也可以作为吟诗用典的一个理由吧！应该说，钟嵘对南朝不良文风的批评是深刻的。然而，也毋庸讳言，在其批评，乃至诗论中，也确有偏颇之嫌。司空图敏锐地觉察到其中透露出有妨于宗经的倾向。如曰："夫四言，文约意广，取效风、骚，便可多得。每苦文繁而意少，故世罕习焉。五言居文词之要，是众作之有滋味者也。"在他之前，晋人挚虞《文章流派论》中说："古诗率以四言为体……五言者……于俳谐倡乐多用之……夫诗虽以情志为本，而以成声为节。然则雅音之韵，四言为正，其余虽备曲折之体。而非音之正也。"与钟嵘同时代的刘勰《文心雕龙·明诗》亦曰："若夫四言正体，则雅润为本，五言流调，则清丽居宗。"相互对照，钟嵘贬抑四言的倾向相当明确。近代以来，论者多肯定钟嵘此论是一种进步的观点，但在当时，以至唐人，包括李白、司空图却不认同。在司空图看来，这是以四言、五言的比较，而否定《诗经》的正宗地位。特别是，钟嵘在批评南朝文风时，将"经国文符""撰德驳奏"与"吟咏情性"的诗歌相区别，认为那种"经国""撰德"之文，"应资博古""宜穷往列"，而"至乎吟咏情性，亦何贵于用事？"乍一看来，这种区别表面上似乎很有道理，诗歌与"文符""驳奏"确实有别。但在实质上，此论与《毛诗序》所建立的传统诗学观是相悖的。《毛诗序》曰："是以一国之事，系一人之本，谓之风；言天下之事，形四方之风，谓之雅。雅者，正也，言王政之所由废兴也……颂者，美盛德之形容，以其成功告于神明者也。"因而，诗歌，亦属《典论·论文》所谓"经国之大业，不朽之盛事"之文章。而且，《毛诗序》论"吟咏情性"曰："国史明乎得失之迹，伤人伦之废，哀刑政之苛，吟咏情性，以风其上，达于事变而怀其旧俗者也。"又曰："故变风发乎情，止乎礼义。发乎情，民之性也；止乎礼义，先王之泽也。"由此可以明白，钟嵘论诗，只言"一曰兴，二曰比，三曰赋"，而不言风、雅、颂，以避开"经国""撰德"，而坐实"吟咏情性，亦何贵于用事"。诚然，以"诗三百"为经，为正宗，也并非提倡写四言诗，"吟咏情性"，也不必以用事为贵。宗经之争，不仅是为了"雅音之韵，四言为正"，或"四言正体，则雅润为本"，而更重要者，宗经之争的实质是，要不要继承发扬传统的文学观，要不要遵循李白所谓的"废兴虽万变，宪章亦已沦"的《诗经》"宪章"。正是从宗经出发，司空图在《与李生论诗书》中，从四个方面，对"直致"论亦即"直寻"进行了驳正。其一，对钟嵘《诗品序》曰"观古今胜语，多非补假，皆由直寻"的"皆由直寻"，驳正曰："前辈诸集，亦不专工于此，矧其下者耶！"其二，就钟嵘《诗品序》"夫四言……每苦文繁而意少"，驳正曰："《诗》贯六义，则讽喻、抑扬、渟蓄、渊雅，皆在其中矣。"其三，就诗歌创作与道德学问的关系，驳正曰："王右丞、韦苏州，澄澹精致，格在其中，岂妨于道学哉！"其四，就道德学问与作者才华，创作才力的关系，驳正曰："贾阆仙诚有警句，然视其全篇，意思殊馁，大抵附于蹇涩，方可致才，亦为体之不备也。"

钟记室《诗品》作为中国古代诗话的开山之作，纪昀《四库全书总目》称其"妙达文理，可与《文心雕龙》并称"，章学诚《文史通义·诗话》誉为"《诗品》之于论诗，视《文心雕龙》之于论文，皆专门名家，勒为成书之初祖也。《文心》体大而虑周，《诗品》思深而意远"。记室《诗品》真知灼见，络绎间起。司空图虽不苟同于对经学的态度，也并未一概排斥其诗论。例如，司空图倡导的"近而不浮，远而不尽"的"韵外之致"与"以全美为上"，"咸酸之外"的"醇美"的"味外之旨"，与钟记室力倡赋比兴："宏斯三义，酌而用之，干之以风力，润之以丹彩，使味之者无极，闻之者动心"是相通的。且以"韵外之致"为言，"近而不浮"，相对应于记室之赋："直书其事，寓言写物"，与比兴"酌而用之"，书事写物，平易、浅近，真切而不浮泛，避免了"但用赋体""意浮则文散"的"芜漫之累"；"韵外之致"之"远而不尽"，相对应于记室之比兴："文已尽而意有余，兴也；因物喻志，比也。"与赋"酌而用之"，则旨远、辞文，语言流畅，意义明晓，避免了"意深则词踬"，艰涩难懂。然而，司空图的"味外之旨""韵外之致"与钟记室的"滋味"论，虽相通而实不同。司空图基于"诗贯六义"而论"韵外之致""味外之旨"；钟记室则单主兴、比、赋，"宏斯三义，酌而用之"，以建树"直寻"之"滋味"论。司空图倡导"诗贯六义"之"味外之旨""韵外之致"，必征圣、宗经，方能"根柢盘固，枝叶峻茂"，以臻于"余味日新"。所以，司空图极力反对"褊浅"之风，《题柳柳州集后序》曰："世之学者褊浅，片词只句，不能自辨，已侧目相訾謷矣，痛哉！"他批评贾岛："视其全篇，意思殚馁"，弊病所在，"大抵附于蹇涩，方可致才，亦为体之不备也。"对于贾岛，司空图也并不一概否定。《与王驾评诗书》曰："阆仙、东野、刘得仁辈，时得佳致，亦足涤烦。厥后所闻，逾褊浅矣。"清人王士禛《带经堂诗话》曰："夫诗之道，有根柢焉，有兴会焉……根柢原于学问，兴会发于性情，于斯二者兼之，又斡以风骨，润以丹青，谐以金石，故能衔华佩实，大放厥词，自名一家。"[①] 可视为对钟嵘"直寻""滋味"论的一种补充。至于钟嵘《诗品》的讨论，下边还将继续。

在古代文论家中，有苏轼、王士禛对《诗品·纤秾》表现出特别

---

① （清）王士禛：《带经堂诗话》（上册），人民文学出版社1963年版，第76页。

· 151 ·

的关注与赞赏。王士禛曰："'采采流水，蓬蓬远春'，二语形容诗境亦绝妙，正与戴容州'蓝田日暖，良玉生烟'八字同旨。"[①] 其实，"采采流水，蓬蓬远春"是对"韵外之致"意义的典型概括，或者说是以诗家语对"韵外之致"意义的形象界定。"采采流水"，流光闪闪，层层水纹，明丽动人——此即"近而不浮"；"蓬蓬远春"，春色连天，浓郁淡远，无穷生气——此即"远而不尽"。《纤秾》前两章另外六句，则是对这一意境的引申、发挥与深化，或如钱锺书先生所曰："若夫诗中之博依繁喻，乃如四面围攻，八音交响，群轻折轴，累土为山，积渐而高，力久而入。"[②] 苏轼《书黄子思诗集后》曰："李杜之后，诗人继作，虽间有远韵，而才不逮意。独韦应物、柳宗无发纤秾于简古，寄至味于澹泊，非余子所及也。""发纤秾于简古，寄至味于澹泊"，概括了《诗品二十四则》的《冲淡》《纤秾》《高古》，并且说明了它们之间的艺术辩证法则。"至味""远韵""妙在笔画之外"，正是《书黄子思诗集后》所阐述的中心内容、美学思想。

　　司空图《诗品·纤秾》，将纤秾提升到了易道诗学宪章的高度，赋予纤秾以"味外之旨""韵外之致"的思想内涵，作为征圣、宗经的法度、准则。纤秾诗品作为征圣、宗经，易道诗学宪章的理论依据，是上文所说明的"《易》有圣人之道四焉，以言者尚其辞……"《易传》明确提出，"以言者尚其辞"，作为"《易》有圣人之道四焉"之一，具有"至精""至变""至神"的特征："非天下之至精，其孰能与于此？""非天下之至变，其孰能与于此？""非天下之至神，其孰能与于此？"司空图秉持恪守"圣人之道""以言者尚其辞"。在《疑经后述》中说："今夏县谷郶自淮南缄所著新文而至愚，雅以孙文不尚辞，待之颇易。及见其《卜年论》，又耸然加敬。"[③] 尚辞与否，决定了"待之颇易"与"耸然加敬"截然不同的待人态度，足见司空图对文辞的崇尚。当然，尚辞并非仅仅指言辞富有文采，而旨在文辞的"至精""至变""至神"才力、表现力。因而，在《与李生论诗书》中，言"尚辞"之

---

① （清）王士禛：《带经堂诗话》（上册），人民文学出版社1963年版，第72页。
② 钱锺书：《管锥编》（第一册），中华书局1979年版，第14页。
③ （清）董诰等辑纂：《全唐文》（卷809），上海古籍出版社1990年版，第3769页。

"至精"曰"王右丞、韦苏州，澄澹精致"，言"尚辞"之"至变""至神"曰"千变万状，不知所以神而自神"。或问，那么，"纤秾"一辞的本义究系如何？真的有"至精""至变""至神"，有"味外之旨""韵外之致"的意义吗？

"纤秾"出现在宋玉《神女赋》中，只是两个单音词："襛不短，纤不长"，形容衣裳的厚薄。曹植《洛神赋》始将襛、纤联用曰："襛纤得衷，修短合度"，言洛神的体态、衣着、肥瘦、宽窄。此后，梁武帝、唐太宗又以浓纤论书法"浓纤有方，肥瘦相合"；"布纤浓，分疏密"。不过，襛、秾或相通，而浓与襛、秾则不通。只可视为假借、引申。真正与司空图的"纤秾"意义相近的，应是元稹《唐故工部员外郎杜君墓系铭并序》中的"唐兴……文变之体有焉……律切则骨格不存，闲暇则纤秾莫备。""纤秾"与"闲暇"相对，应是秾郁或秾郁而平淡之义，即纤秾得衷，浓淡有方。在唐代，"秾"的意义得到发展，有了新的提法。先于司空图的唐代书论家窦蒙，在其《述书赋·语例字格》中曰："秾，五味皆足曰秾。"① 至于"纤秾"之"纤"，乃至"味外之旨""韵外之致"，实则与刘勰《文心雕龙·神思》"思表纤旨，文外曲致"，同出于《吕氏春秋·本味》：

> 汤得伊尹……说汤以至味……凡味之本，水最为始……调和之事，必以甘酸苦辛咸，先后多少，其齐甚微，皆有自起。鼎中之变，精妙微纤，口弗能言，志不能喻。若射御之微，阴阳之化，四时之数，故久而不弊……甘而不哝，酸而不酷，咸而不减，辛而不烈，澹而不薄……②

早在司空图《诗品》问世之前，南北朝齐、梁时代的刘勰的《文心雕龙·神思》已将伊尹所论"鼎中之变，精妙微纤，口弗能言，志不能喻"的甘酸苦辛咸五味调和之"至味"，提炼为文论的"思表纤旨，文

---

① 北京大学哲学系美学教研室编：《中国美学史资料选编》（上册），中华书局1985年版，第276页。
② 陈奇猷：《吕氏春秋校释》（第二册），学林出版社1984年版，第740页。

外曲致":

> 至于思表纤旨，文外曲致，言所不追，笔固知止；至精而后阐其妙，至变而后通其数，伊挚不能言鼎，轮扁不能语斤，其微矣乎！

对照《神思》的"思表纤旨，文外曲致"与司空图的"味外之旨""韵外之致"，不但意义相通——五味调和之"至味"，而且语言形式相仿，足以见出它们之间的相关相承的联系。由刘勰将伊尹所论"调和之事""其齐甚微"，"鼎中之变，精妙微纤"，提炼为文论的"思表纤旨，文外曲致"，可知，"纤旨"，既言调和五味之功，"精妙微纤""其微矣乎"，又言五味调和之效，而为"精妙微纤"之"至味"。所以，《诗品·纤秾》之"纤"，实为"精妙微纤"之义；"纤秾"，就字面而言，即"五味皆足""精妙微纤"之"至味"。"纤秾"也就是《与李生论诗书》所谓的"咸酸之外"的"醇美"，"以全美为上"的"味外之旨"与"韵外之致"。

在讨论《诗品·冲淡》时曾提到刘邵《人物志》才性论。显然，刘邵才性论借鉴了伊尹的"至味"论。刘邵以味论才性，伊尹以味喻政，都主以五味调和为"至味"，都主"中和"，都归之于圣人、天子。"刘邵以为平治天下必须圣人""圣人之所以能知人善任，则因其有中庸圣德"，而"圣德中庸，平淡无名，不偏不倚，无适无莫，故能与万物相应，明照一切"。[①]伊尹则为谓"天子成则至味具。故审近所以知远也，成己所以成人也。圣人之道要矣"[②]。司空图主张"辨于味而后可以言诗也"，与刘、伊二氏出自相同的思路。《诗品·冲淡》论圣人中和情性，中庸至德，借鉴了刘邵《人物志》"中和之质必平淡无味，唯淡也，故五味得和焉"。正因如此，《纤秾》作为易道诗学"圣人之情见乎辞"的诗学宪章，文章法度，自必为五味皆足，精妙纤微之"至味"，自必具中和之美。

---

① 汤用彤：《汤用彤全集》（第四卷），河北人民出版社2000年版，第392页。
② 陈奇猷：《吕氏春秋校释》（第二册），学林出版社1984年版，第741页。

上编 诗品·易道诗学观

由上所述，可以粗略地体会到，司空图味外说，中和论，汇聚众流，绝非一时兴之所至。而其主体是征圣、宗经。在司空图《诗品》之前，刘勰《文心雕龙·神思》已将伊尹的"至味"论提炼为文论的"思表纤旨，文外曲致"，其理论依据也是《易传》的"《易》有圣人之道……以言者尚其辞"。《神思》阐述"思表纤旨，文外曲致"曰："至精而后阐其妙，至变而后通其数。"《神思》之"至精""至变"论，上文已指出引自《易·系辞上》第十章的"至精""至变""至神"。因而，司空图《诗品·纤秾》的"味外之旨""韵外之致"，与刘勰《文心雕龙·神思》的"思表纤旨，文外曲致"，既同源自《吕氏春秋·本味》伊尹的"至味"，又都依据《易传》的"圣人之道……以言者尚其辞"为其理论基础。但是，"《易》有圣人之道……以言者尚其辞"，是它们的逻辑联结点，也是它们的分界点。刘勰《文心雕龙·神思》以为，"思表纤旨，文外曲致"，"至精""至变""伊挚不能言鼎，轮扁不能语斤，其微矣乎！"非圣人莫能为，"言所不追，笔固知止"。因而《宗经》标举"文能宗经，体有六义：一则情深而不诡，二则风清而不杂，三则事信而不诞，四则义直而不回，五则体约而不芜，六则文丽而不淫。"对宗经，从"情深""风情""事信""义直""体约""文丽"六个方面，提出具体的要求与标准。这是针对文坛"楚艳汉侈，流弊不还"，"建言修辞，鲜克宗经"，着眼于对"流弊"的针砭。"至精""至变"的"思表纤旨，文外曲致"，在刘勰看来，那只是文学家自身的造诣，而不是"宗经"之必须标准。司空图征圣，宗经，信守"圣人之情见乎辞"，就必须解决"子曰：'书不尽言，言不尽意'，然则圣人之意其不可见乎？"[①]这一文坛上久论不决的重大问题。"《易》有圣人之道……以言者尚其辞"，"至精""至变""至神"，"味外之旨""韵外之致"，以致诗易会通，正是秉承"道之文"，而要从理论上解决尽言尽意的问题，这也是《诗品二十四则》在中国古代诗学史、美学史、文化史上具有重大意义之所在者其一。司空图为解决尽言尽意，设置了一系列的诗品，我们将依次讨论。

[①] （唐）孔颖达：《周易正义·系辞上》（卷七，第十二章），（清）阮元校刻：《十三经注疏》（上册），中华书局1980年版，第82页。

(二)《沉著》——宗经篇(下):养正

司空图诗曰:"浮世荣枯总不知,且忧花阵被风欺。侬家自有麒麟阁,第一功名只赏诗。"①《擢英集述》曰:

> 自昭明妙选,振起斯文……思格前规,用伸来者。②

司空图以二十四则诗品构建起"第一功名只赏诗"之"麒麟阁",即易道诗学理论体系。其诗学宪章,"思格前规",也借鉴了《昭明文选》的文论规矩、法度。昭明太子萧统《文选序》曰:"若其赞论之综辑辞采,序述之错比文华,事出于沉思,义归乎翰藻。""事出于沉思,义归乎翰藻",即"昭明妙选"之"前规"。司空图以《纤秾》与《沉著》分别与"昭明妙选"之"翰藻"与"沉思"相对应,建立起《诗品》易道诗学的宗经准则。

《诗品》第四品《沉著》,依《周易》第四卦《蒙》立义,兹将《沉著》原文与《蒙》卦相关经传资料抄录如下。

> 绿林野屋,落日气清;脱巾独步,时闻鸟声。鸿雁不来,之子远行;所思不远,若为平生。海风碧云,夜渚月明;如有佳语,大河前横。
>
> 《沉著》

䷃蒙:亨。匪我求童蒙,童蒙求我;初筮告,再三渎,渎则不告。利贞。

[注] 蒙卦,下坎(☵)上艮(gèn ☶),象征幼稚、蒙昧。
《彖》曰:蒙,山下有险,险而止,蒙。"蒙,亨",以亨行,时中也。"匪我求童蒙,童蒙求我"志应也。"初筮告",以刚中也;"再三

---

① (唐)司空图:《力疾山下吴村看杏花十九首》,(清)董诰等辑纂:《全唐文》(卷634),上海古籍出版社1990年版,第7276页。
② (唐)司空图:《擢英集述》,(清)董诰等辑纂:《全唐文》(卷809),上海古籍出版社1990年版,第3769页。

渎，渎则不告"，渎蒙也。蒙以养正，圣功也。

[释]《象传》论断蒙卦卦义说：蒙卦的卦形卦象，上卦艮，为山，为止；下卦坎，为水，为陷，意谓山下有险，止步不前，象征蒙昧不明。卦辞"蒙，亨"，是说处于幼稚蒙昧之时，唯愿亨通；然而必须遵循亨通之道，方能时时合宜适中。"匪我求童蒙，童蒙求我"，是说，启发童蒙，不是作老师的我去求其受教，必须是童蒙诚心问学，主动向我求教，这样师生才志趣相合。卦辞"初筮告"，即初次发问求教，教师相告，解答所问，因为教师刚正有节（按，指九二爻，此爻为本卦卦主），行为适中。卦辞"再三渎，渎则不告"，是说童蒙对同一问题再三重复发问，失去真诚问学的初心，教师就不再回答了。滥于发问，滥施解答，是对启蒙教学的亵渎。蒙昧，利于培养纯正无邪的本性、天性；培养纯正的天性是成就圣人功德之道。

又，《象》曰：山下出泉，蒙；君子以果行育德。

[释]《象传》说：蒙卦上艮为山，下坎为水，卦象为：山下出泉。君子从这一卦受到启发，果断，不避艰险，一往直前地培养美德。

依据以上资料，《沉著》首章四句，利用《蒙》卦的卦爻之象，构建出暮林独步的沉着意境：蒙卦下坎"为栋"[①] 代指房屋。上艮"其于木也为坚多节"，又下坎"其于木也为坚多心"，故有"绿林野屋"之语。蒙卦下坎"为月"，月出则日落，故有"落日气清"之语。又，下坎"为下首""为薄蹄"，故引而申之为"脱巾独步"。蒙卦下坎"为耳"[②]，上艮"为黔喙之属"，故引以为"时闻鸟声"。以上四句，描写一位隐逸于"绿林野屋"之士，在"落日气清"之时，从容自在，独自漫步于林中。傍晚的山林一片幽静，偶尔一声两声鸟鸣，更衬托山幽人静。这一意境寓有两层意义。第一层，也是最主要的意义是形象地表达了《冲淡》所云的"素处以默"。亦即《蒙·象》所谓的"蒙以养正，圣功也"。第二层意义，从司空图的另一首诗中可以体会到：

---

① （唐）陆德明：《经典释文》（卷九，第一册），上海古籍出版社1985年版，第134页。
② （唐）孔颖达：《周易正义·说卦传》（第九章），（清）阮元校刻：《十三经注疏》（上册），中华书局1980年版，第94页。

独步荒郊暮，沉思远墅幽。平生多少事，弹指一时休。①

对照此诗与《沉著》首章。"绿林"即"荒郊"，"野屋"即"远墅"，"落日"则为"郊暮"，"时闻鸟声"则为"远墅幽"。《偶书》诗云，在荒郊远墅暮中独步，"沉思""平生"，种种荣辱、得失，皆"弹指一时休"，一切都放下了！从而见出"养正"的"圣功"之效。《沉著》首章，"脱巾独步"，从容自在，无所拘忌、牵挂，亦为"平生多少事，弹指一时休"，平生诸事，一概放下了。所以《沉著》首章另一层意义为"沉思"，点出了"沉著"之义。

《沉著》中章借用《蒙》卦六四爻《象》之义："'困蒙之吝'，独远实也"——陷入蒙昧困顿的忧虞，因为六四阴爻独自远离刚健笃实的九二阳爻，作者因而构思出男女远别的意境。又以蒙卦上艮"为黔喙之属"，下坎"其于人也为加忧，为心病"，故而有"鸿雁不来，之子远行"之语，又因过度思念，遂成"心病"，于是产生"之子远行"，却"所思不远，若为平生"的幻觉，在思念中仿佛与远行之人时刻相随相伴。这种幻觉不同于曹植《赠白马王彪》"丈夫志四海，万里犹比邻；恩爱苟不亏，在远分日亲"②的宽慰，而是化用《论语·子罕》"'唐棣之华，偏其反而，岂不尔思，室是远而'，子曰：'未之思也，夫何远之有？'"③ 对"远行""之子"的至诚相思，终于使痴情的思妇幻化出"若为平生"时刻相伴的感觉而聊得释怀。犹如《蒙》卦"杂而未知所定也，求发其蒙，则终得所定。"④ 中章四句，通过远别，又杳无音讯，诚挚相思产生"若为平生"的幻觉，寓意沉著乃至诚之思。

《沉著》末章四句言思隔山河，求发其蒙。作者依据《蒙》六五爻《象》曰："'童蒙之吉'，顺以巽也。"借巽"为风"，又据蒙下坎"为水""为月"，上艮"为小石象"，构思出"海风碧云，夜渚月明"之

---

① （唐）司空图：《偶书五首》（其四），（清）曹寅、彭定求等编校：《全唐诗》（卷632），中华书局1960年版，第7256页。
② （梁）萧统：《昭明文选》（卷二十四，中册），中华书局1977年版，第341页。
③ 杨伯峻：《论语译注》，中华书局1958年版，第103页。
④ （唐）孔颖达：《周易正义·杂卦传》（卷九），（清）阮元校刻：《十三经注疏》（上册），中华书局1980年版，第96页。引韩康伯注。

上编 诗品·易道诗学观

境。依据蒙卦六五爻辞"童蒙,吉","吉"者,吉祥,为"佳语",又,蒙卦下坎"为水",上艮"为山",且"艮,止也。"故有"如有佳语,大河前横"之句。综观《沉著》末章四句,依据《蒙》卦卦爻之象,创造出与刘勰《文心雕龙·神思》相应的境界:

> 夫神思方运……登山则情满于山,观海则意溢于海,我才之多少,将与风云而并驱矣。方其搦翰,气倍辞前;暨乎篇成,半折心始。何则?意翻空而易奇,言征实而难巧也。是以意授于思,言授于意,密则无际,疏则千里。或理在方寸,而求之域表;或义在咫尺,而思隔山河。

显然,"海风碧云,夜渚月明"与《神思》"登山则情满于山,观海则意溢于海,我才之多少,将与风云而并驱矣"相对应,"如有佳语,大河前横"与《神思》"或理在方寸,而求之域表;或义在咫尺,而思隔山河"相对应,可谓"同声相应,同气相求",遂使两位作者相视而笑。然而,《沉著》至此,便戛然而止,其意若何?

其实,《沉著》末章,不仅如上所言,依据蒙卦卦爻之象创造出"我才之多少,将与风云并驱矣"与"或义在咫尺,而思隔山河"的意境,而且,更主要的是体现《蒙·彖》所论断的"山下有险,险而止,蒙"的卦义。王弼注释曰:"退则困险,进则阂山,不知所适,蒙之义也。"[①]"蒙之义也",正是"如有佳语,大河前横"的寓意。所谓"蒙",并非仅指"童蒙",《蒙》卦之"童蒙",只是象征幼稚蒙昧,或曰是幼稚蒙昧的代称。凡进退维谷而无所适从者,皆为蒙昧之蒙。"蒙之义也",正是《沉著》的内蕴体德。因而,末章寓有对《沉著》的点题意义,即回应全篇,提示、点化《沉著》的主旨。《沉著》首章暮林独步,描写一位心志淡泊之士,以"绿林野屋"为其庐,以"时闻鸟声"之静喻其默,展现出"能以蒙昧隐默自养正道,乃至圣之功"[②]的形

[①] (唐)孔颖达:《周易正义》,(清)阮元校刻:《十三经注疏》(上册),中华书局1980年版,第20页。

[②] (唐)孔颖达:《周易正义》(卷一),(清)阮元校刻:《十三经注疏》(上册),中华书局1980年版,第20页。

象。中章怀人,"之子远行",而却云"所思不远,若为平生",极写其痴情相思,以至诚而相通。至诚,是对首章"隐默自养正道"意义的进一步展开与深化。所以,《沉著》前两章正是紧扣"蒙之义也"而着墨。"蒙之义"者,乃"蒙,亨",行亨通之道,时时合宜适中。亨通之道,旨在"养正","蒙以养正,圣功也"。

或曰,蒙昧,应启智,增长、开通心智,"养正"岂非缘木求鱼?王弼释曰:

> 蒙之所利,乃利正也。夫明莫若圣,昧莫若蒙。蒙以养正,乃圣功也。然则养正以明,失其道矣。①

中国古代传统观念,圣人最聪明,"养正","君子以果行育德",是成就圣人功德之道。但是,以变得聪明为目的而学习、修养,而不注重"养正""育德",难免无德之明,误入多智巧诈的歧途。

"蒙之义",即"蒙以养正";"养正",乃立身中正。《乾·文言》曰:"子曰:'龙德而正中者也。庸言之信,庸行之谨,闲邪存其诚……'"圣人的中正之德,表现为日常的一言一行中,言必信,行必谨慎遵道而行,防止、杜绝邪僻的言行而固守诚挚。《乾·文言》又曰:"子曰:'君子进德修业。忠信,所以进德也;修辞立其诚,所以居业也。'"所以"蒙之义"的"蒙以养正,圣功也",涵盖"进德修业""修辞立其诚"。其"进德修业"是出自自身的要求:"匪我求童蒙,童蒙求我。""进德修业",是出自至诚,奋发向上。孔子曰:"不愤不启,不悱不发。举一隅不以三隅反,则不复也。"②故蒙卦卦义曰:"初筮告;再三渎,渎则不告。"

所以,《沉著》以《蒙》立义。内蕴蒙卦之义:"蒙以养正,圣功也","君子以果行育德",旨在"养正","修辞立其诚"。"养正"所以"立诚"者,"诚者,天之道也,诚之者,人之道也。诚者,不勉而

---

① (唐)孔颖达:《周易正义》(卷一),(清)阮元校刻:《十三经注疏》(上册),中华书局1980年版,第20页。
② 杨伯峻:《论语译注》,中华书局1958年版,第73页。

中，不思而得，从容中道，圣人也。"① 诚，是天赋的道理，"养正""立诚"是做人的道理。圣人至诚，所以他的一言一行，不假思索，自然而然合乎道理，"从心所欲，不逾矩"。②"明莫若圣"，"养正"以成就圣人功德，自能启迪蒙昧，开发智慧之光。

《沉著》是关于思维的诗品。司空图"思格前规"，借鉴《昭明文选》"事出于沉思"，建立易道诗学的新规。新规依《蒙》卦"蒙以养正，圣功也"的"养正"，"立其诚"，具有如下意义。

其一，继承了《诗经》的"《诗》三百，一言以蔽之曰'思无邪'。"的传统。所谓"思无邪"，亦即《乾·文言》的"子曰：'龙德而正中者也。庸言之信，庸行之谨，闲邪存其诚'""思无邪"，即无邪僻之思，真诚之思。《诗经》所言，皆真情实意。故《论语·子罕》所提到的"唐棣之花"一诗未收入《诗经》，大概是因其言不由衷吧。

其二，《诗品·沉著》的"养正""立其诚"，是"原道""征圣""宗经"的规定与需要。吟咏情性，而使"圣人之情见乎辞"，则诗如其人，自须"养正"以成就"圣功"，此乃"《易》有圣人之道……以言者尚其辞"的应有之义。所以，"养正"是"尚辞"，"圣人之情见乎辞"的基础。《乾·文言》谓"修辞立其诚"。《文心雕龙·宗经》曰："开学养正，昭明有融。"又曰："根柢盘固，枝叶峻茂"。只有秉承"蒙以养正，圣功也"，方能达到"以言者尚其辞"的"至精""至变""至神"的境界。这就是"穷神知化，德之盛也"，③ 只有道德的深厚修养，方能尽"穷神知化"之妙。

其三，《诗品·沉著》对陆机《文赋》以来，文坛所关注的思维之"通塞"，提出了重要的解决途径："蒙以养正，圣功也。"

思维，或曰想象，其"通塞"，涉及灵感。晋人陆机《文赋》，从文学创作的角度作了颇为详细的论述：

---

① 《礼记·中庸》（卷五十三），（清）阮元校刻：《十三经注疏》（下册），中华书局1980年版，第1632页。
② 杨伯峻：《论语译注》，中华书局1958年版，第13页。
③ （唐）孔颖达：《周易正义·系辞下》（卷八，第五章），（清）阮元校刻：《十三经注疏》（上册），中华书局1980年版，第87—88页。

若夫应感之会，通塞之际，来不可遏，去不可止。藏若景灭，行犹响起。方天机之骏利，夫何纷而不理。思风发于胸臆，言流泉于唇齿……及其六情底滞，志往神留，兀若枯木，豁若涸流……是故或竭情而多悔，或率意而寡尤。虽兹物之在我，非余力之所戮。故时抚空怀而自惋，吾未识夫开塞之所由也。[1]

陆机对思维的通塞、创作的灵感，体会十分深切；然而他明确表示"吾未识夫开塞之所由也"。没有明确提出切实有效的解决途径与办法。刘勰《文心雕龙·神思》继陆机之后，试图以"思理为妙，神与物游；神居胸臆，而志气统其关键；物沿耳目，而辞令管其枢机"，即从"志气""辞令"的"关键""枢机"着眼，解决"或理在方寸，而求之域表；或义在咫尺，而思隔山河"创作灵感、思维的问题，提出了"秉心养术"的方案。"秉心"针对的是"志气"这一"关键"；"秉心"即"养心"："是以陶钧文思，贵在虚静，疏瀹五脏，澡雪精神。"《文心雕龙·养气》曰"且夫思有利钝，时有通塞""是以吐纳文艺，务在节宣。清和其心，调畅其气，烦而即舍，勿使壅滞"。"秉心养术"之"养术"针对的是"辞令"这一枢机；"养术"即"积学以储宝，酌理以富才，研阅以穷照，驯致以绎辞"，通过"积学""酌理""研阅""驯致"，最终达到"博见""贯一"，"博而能一"：知识储备，理论提高，广泛借鉴众家创作经验，不断进行创作练习，最终融会贯通，自成一家。陆机对思维灵感的提出，刘勰的"秉心养术"的解决方案，都融入了自己创作实践的宝贵经验、体会，无疑是对创作思维灵感的研究做出了重要贡献。

司空图《诗品·沉著》依《蒙》卦立义，旨在从哲学的高度，从理论上论述"蒙，亨"的亨通之道。"蒙以养正"，与刘勰的"陶钧文思，贵在虚静""清和其心""调畅其气"的"秉心""养气"不同，在于"以果行育德"，成就"圣功"。"龙德而正中者""闲邪存其诚"。"养正""立其诚"，是成就圣人功德之道，是亨通之道。"存其诚"或

---

[1] （晋）陆机：《文赋》，（梁）萧统：《昭明文选》（卷十七，上册），中华书局1977年版，第243页。

"立其诚",之所以是"亨行而时中",是亨通之道,是因为"诚之者,择善而固执之者也"。立志真诚者,是能够选择正道并坚持不懈的人,做到"博学之,审问之,慎思之,明辨之,笃行之。有弗学,学之弗能,弗措也;有弗问,问之弗知,弗措也;有弗思,思之弗得,弗措也;有弗辨,辨之弗明,弗措也;有弗行,行之弗笃,弗措也",总之,无论是学、问、思、辨、行,不为则已,为则不达目的决不放弃。"人一能之,己百之;人十能之,己千之"——别人一次能做的,自己就做它一百次;别人十次能做的,自己就做它一千次:"果能此道矣,虽愚必明,虽柔必强。"[1] 因此,"诚者非自成己而已也,所以成物也。成己,仁也;成物,知也,性之德也。合外内之道也,故时措之宜也"[2],就是说,至诚,既是"成己",完成自我修养的根本途径,又是"成物",成就事业的根本途径;既是对内修养自身之道,又是对外建功立业之道,因而,无论对内对外都行之有效。那么,用之于艺术创作自然也十分适宜。同时,"'蒙,亨',以亨行时中也",还应有另一层意义,诚如《乾·文言》所云:"知至至之,可与言几也;知终终之,可与存义也。"知道须达到的目标,就能达到,可以与他讲精深幽微的道理,因为只有懂得精深幽微事理的人,才能战胜一切艰难险阻而成就天下的事务;知道该终止时就能及时终止,可以与他一同行事而能处事合宜适中。拿得起,放得下,既有一往直前,坚韧不拔处置事物的能力,又能审时度势,杀伐决断,才能"以亨行时中也"。

其四,《诗品·沉著》寓有思不可穷也之意。其首章言"养正",中章言"至诚":诚挚之思,而使"之子远行",变作"所思不远,若为平生",相思之情得以平复、慰藉,可谓沉思有定;末章忽云"如有佳语,大河前横",则由中章的沉思有定,而至末章的终究未定。这与上文所引韩康伯对《蒙》卦卦义的解释"'蒙,杂而著',杂而未知所定也。求发其蒙,则终得所定。著,定也。"意义相悖。卦义为"终得所定",《沉著》却为终末能定。这应是司空图的有意安排。如同《周

---

[1] 《礼记·中庸》(卷五十三),(清)阮元校刻:《十三经注疏》(下册),中华书局1980年版,第1632页。
[2] 《礼记·中庸》(卷五十三),(清)阮元校刻:《十三经注疏》(下册),中华书局1980年版,第1632页。

易》的第六十三卦《既济》与第六十四卦《未济》。《序卦传》曰："物不可穷也,故受之以《未济》终焉。"① 《周易》以《未济》而终,表达事物的发展是没有穷尽的。司空图对《诗品·沉著》内容的组织安排,由沉思有定,到沉思未定,表达了《周易》的同一观念:思不可穷也。事物的运动是不断发展变化的,永无穷尽。原先对事物的认识、反映乃至创作构思,虽曾思路通畅,沉思有定,但是,新生事物层出不穷,面临新形势、新事物,人们又会重新处于"退则困险,进则阂山,不知所适"的境地,重新处于"求发其蒙"。现时的思路滞塞,是对原先思路通达的否定。之后的思路畅通,又是对现时思路滞塞的否定。新旧事物是在否定之否定中发展的,人们的认识也是在通与塞的否定之否定中,由低级向高级发展。人的思维,艺术的创造力是没有穷尽的,永无止境的。古今相通,一脉相承,而又与时俱进,这是《沉著》诗品对我们的启迪。

然而,以上几层意义,作者并没有直接讲出来,而是通过诗易会通,自然而然地体现出来,其本身也即是"文外曲致"或"味外之旨"吧。

三 易道诗学纲领

唐代司空图《诗品》,这部易道诗学,这部以二十四诗品依次与《周易》首二十四卦逐一会通的诗学,是迄今中华民族唯一的易道诗学,更是唯一的将哲学理念,注入诗学品格,建立起既具完备、精致哲学体系,又具完备、精致诗学美学理论体系的学说。《周易》首二十四卦,自《乾》《坤》始,至《剥》《复》终。《乾》《坤》,"其《易》之门邪!"乃开天辟地,"天地定位";《剥》《复》,则剥穷而复,"复,其见天地之心乎!"即"终则有始"之义。诗易会通,遂使《诗品二十则》思想之深度、广度,理论体系之完备、精致,思辨之透彻、圆融,论述之精辟、微妙,在世界古代文论史上都是独树一帜,罕与伦比。

---

① (唐)孔颖达:《周易正义》(卷九),(清)阮元校刻:《十三经注疏》(上册),中华书局1980年版,第96页。

上编 诗品·易道诗学观

《诗品》首四品，即上编上卷，构建起易道诗学的纲领，概括了易道诗学观。

（一）《诗品》易道诗学与诗易会通

在《司空图〈诗品〉之秘》三论中，已对诗易会通的意义作了论述，但那只是对其意义的一般性论述。在此，拟对诗易会通与易道诗学之建立，作进一步的说明。

《诗品》易道诗学的基本思想内涵是诗易会通。会通，见于《易·系辞上》第八章[①]：

> 圣人有以见天下之动，而观其会通，以行其典礼。

孔颖达《周易正义》解释"会通"曰"会合变通"[②]。所谓"见天下之动，而观其会通，以行其典礼"者，即观察万物运动的普遍规律，将万物运动的普遍的一般的规律，作为人类行为的常规、准则。"典礼"，即法典礼仪、制度、常规。将"天下之动"无数个别事物运动规律的概括，提升为普遍的一般规律，其中含有孔颖达所说的"会合变通"的意义。"观其会通，以行其典礼"，即是对天地之道的遵循与效法，亦即《易·系辞上》第四章所言："《易》与天地准，故能弥纶天地之道。"最早将"会通"引入文论的，大概是刘勰的《文心雕龙》。其《通变》曰："凭情以会通，负气以适变。"《物色》曰："古来辞人，异代接武，莫不参伍以相变，因革以为功，物色尽而情有余者，晓会通也。"刘勰所谓的"会通"，基本意义是沿革、变通，与《周易·系辞》所讲的"圣人有以见天下之动，而观其会通，以行其典礼"的"会合变通"或理论概括的意义有所不同。

《诗品二十四则》的诗易会通，诸品依据相应序位的易卦而立义，皆内蕴易卦之德。这种"会合变通"，以哲学理念注入于诗品之中，

---

① 案，本书所标《易传》章节，均以朱熹《周易本义》为准，以下不再说明。
② （唐）孔颖达：《周易正义》（卷七），（清）阮元校刻：《十三经注疏》（上册），中华书局1980年版，第79页。

从而将诗学品格哲理化，提升为美学范畴，将诗学提升为诗歌美学、艺术哲学。如果说，《周易》首二十四卦为易学思想体系的具体而微的话①，那么，与首二十四卦逐一会通的二十四诗品所建立的诗学理论体系，即为完备、精致的易道诗学思想体系了。因此，《诗品》通过诗易会通，引发了传统文学思想观念的大突破，大发展。并且，实现了思想逻辑的突破：即由具体上升到抽象概括，再由抽象上升为具体，进而又由理性具体上升为感性的具体，达到理性与感性的统一，完成情、景、理融为一体，意境与艺术典型的创造。《诗品》对传统文学观念的突破与发展，集中表现在以下诸方面。

（二）《诗品》易道诗学之"原道"观

司空图《诗品》之"原道"观，即天道自然：《周易》《系辞》所谓的"一阴一阳之谓道"。"一阴一阳之谓道"有如下意义。

其一，阴阳对立统一，相推相摩，相互转化，是天地万物的常道，谓之"典常。"② 易道，具有简易、变易、不易的意义。③

其二，"阴阳莫测之谓神"。阴阳对立统一的典常之道，在不同的事物中，在同一事物发展的不同阶段中，或曰在易卦的六爻中，又"变动不居，周流六虚，上下无常，刚柔相易，不可为典要，唯变所适"④。《系辞下》第八章，始曰"不可为典要"，接着又曰"初率其辞，而揆其方，既有典常"。"典要"与"典常"有别。"典常"者，即常道、大道、基本之道。天地万物遵循常道、大道、基本之道。"典要"者，定法，固定不变之法。天地万物运动变化，虽有常规、常道，但各个具体事物，在不同的条件，具体运动变化又千差万别，不会一成不变。尽管如此，在"不可为典要，唯变所适"中，天地万

---

① 《周易·序卦》两篇，上篇三十卦论天道，下篇三十四卦论人道。上篇首二十四卦为易学思想体系的具体而微，拟在另文讨论。
② （唐）孔颖达：《周易正义·系辞下》（卷八，第八章），（清）阮元校刻：《十三经注疏》（上册），中华书局1980年版，第90页。
③ （唐）孔颖达：《周易正义》（卷首，第一论"易之三名"），（清）阮元校刻：《十三经注疏》（上册），中华书局1980年版，第7页。
④ （唐）孔颖达：《周易正义·系辞下》（卷八，第八章），（清）阮元校刻：《十三经注疏》（上册），中华书局1980年版，第89页。

物运动变化，却不违背"典常"之规。因而，天地万物运动，虽然"不可为典要"之固定不变，而必"唯变所适"，却"既有典常"，仍有常规可循。

其三，天地阴阳刚柔，既有典常之道，又不拘于常道。其运动变化的根据，是内在固有的德性。《乾》阳物，具有元、亨、利、贞四德；《坤》阴物，亦具四德：元、亨、"利牝马之贞"。天地各依其德性，分六个发展阶段：初、二、三、四、五、上，"变动不居，周流六虚"，终而复始，循环不息，永远不会停留在某一个阶段上，不会停留在原处不前。循性、循时①，是司空图天道自然的基本意义。

在天道自然观的指导下，司空图提出"君子救时虽切，亦必相时度力，以致其用"②，"唯用天之用，然后功虽约而济物博"③。

其四，天道自然作为世界观，须论证说明万物的生成发展，新陈代谢。《易传》从不同的角度，反复论述曰：

> 《乾》，阳物也；《坤》，阴物也，阴阳合德而刚柔有体，以体天地之撰，以通神明之德。（《系辞下》第六章）
>
> 天地絪缊，万物化醇；男女构精，万物化生。（《系辞下》第五章）
>
> 精气为物，游魂为变，是故知鬼神之情状。（《系辞下》第四章）
>
> 大哉乾元，万物资始，乃统天。（《乾·彖》）
>
> 至哉坤元，万物资生，乃顺承天。（《坤·彖》）

乾元、坤元，为万物资始、资生的根元。万物由阴阳精气聚合而生，离散而亡，刚柔有体，性各不同；既依据各自的物性运动，又在乾元统领下，与天道运行保持整体的和谐，此所谓"乾道变化，各正性命，保合太和，乃利贞"。何谓性命？"性者，天生之质"，事物的德

---

① 参见本书之《易道诗学·诗德》之《诗品·自然》。
② （唐）司空图：《题东汉传后》，（清）董诰等辑纂：《全唐文》（卷809），上海古籍出版社1990年版，第3768页。
③ （唐）司空图：《天用》，（清）董诰等辑纂：《全唐文》（卷809），上海古籍出版社1990年版，第3768页。

性、属性;"命者,人所禀受"①。即寿命、天年,而命"有其定分"②。物各循性运动,故物皆自然,天赋物性的充分发展,维护了天道运行的整体和谐;天道统领下运动的整体和谐,又保证了万物天赋之性的充分发展,这就是"乾道变化,各正性命,保合太和,乃利贞"的完整意义。

其五,《周易》的天道自然观,是以乾阳为主导的阴阳辩证统一的中和观。一阴一阳,循环往复,道所呈现的最高运动形式是阴阳精气聚散的生命运动,是万物的新陈代谢。《礼记·中庸》曰:"中也者,天下之大本也;和也者,天下之达道也。致中和,天地位焉,万物育焉。"因此,"一阴一阳之谓道""阴阳不测之谓神",道,不是冰冷的概念,不是僵化的教条。天道运行,春夏秋冬,四时转换,年年岁岁,相似而不同,岁岁年年,不同而相似,"既有典常",而"不可为典要,唯变所适"。"寒往则暑来,暑往则寒来,寒暑相推而岁成焉";"日往则月来,月往则日来,日月相推而明生焉"③。道,乃天地运行,万物生生不息运动变化的基本规律与法则,充满了生机、活力:"采采流水,蓬蓬远春""碧桃满树,风日水滨""柳阴路曲,流莺比邻",这就是司空图《诗品》诗易会通的天道自然观。

(三)《诗品》易道诗学之"征圣"观

司空图《诗品》之"征圣"观,实为天道自然观的人格化。圣人,即《乾·文言》所曰:"夫大人者,与天地合其德,与日月合其明,与四时合其序,与鬼神合其吉凶。先天而天弗违,后天而奉天时。"④ 圣人,作为天道自然观的人格化,有以下意义。

其一,圣人天赋中和之质,兼有"平淡""聪明"之"二美",如

---

① (唐) 孔颖达:《周易正义·乾·象》(卷一),(清) 阮元校刻:《十三经注疏》(上册),中华书局1980年版,第14页。

② (唐) 孔颖达:《周易正义·说卦传》,(清) 阮元校刻:《十三经注疏》(上册),中华书局1980年版,第93页。

③ (唐) 孔颖达:《周易正义·系辞下》(卷八,第五章),(清) 阮元校刻:《十三经注疏》(上册),中华书局1980年版,第87页。

④ "与鬼神合其吉凶",即《说卦》"穷理尽性以至于命","顺性命之理"。"鬼神",即《系辞上》第四章"精气为物,遊魂为变,是故知鬼神之情状"。故,鬼神系指阴阳精气聚散之万物生、灭。圣人遵循自然新陈代谢的规律,故"知进退存亡,而不失其正者"。

《冲淡》所云："素处以默，妙机其微。"《礼记·中庸》曰："君子依乎中庸，遁世不见知而不悔，唯圣者能之。"

其二，圣人禀受至诚之性。《礼记·中庸》曰："诚者，天之道也；诚之者，人之道也。诚者，不勉而中，不思而得，从容中道，圣人也。"所谓"诚者，天之道也"，意为真诚乃天道自然，真实无妄。圣人至诚，乃其本性，绝非矫揉造作。"诚之者，人之道"者，培养真诚，是做人的道理。培养真诚，须"择善而固执之者也"——择取善事善理，而坚持不懈地学习、实行。付出高于别人百倍的努力。《礼记·中庸》又曰："《诗》曰：'维天之命，于穆不已'，盖曰天之所以为天也；'于乎不显，文王之德之纯'，盖曰文王之所以为父也，纯亦不已。"——《诗经·周颂·维天之命》云"想那天道的运行，庄严肃穆，永不停歇"，这是说明天之所以为天的道理；诗又云"啊，多么显赫光明，文王的品德真诚纯正"，这是说明周文王之所以为文王的道理，他的真诚纯正，与天合其德，历久弥新。

其三，圣性自然。"与四时合其序"，故而安身立命，奉行天时。"与鬼神合其吉凶"，故能"穷理尽性以至于命"，"以顺性命之理"。《乾·文言》曰："知进而不知退，知存而不知亡，知得而不知丧——其唯圣人乎：知进退存亡，而不失其正者，其唯圣人乎！"因而《诗品·自然》曰："真与不夺，强得易贫。"循性循时，"俱道适往"，遵道而行，方得自然。

其四，圣性自然，而有喜怒哀乐之情。《系辞上》曰："一阴一阳之谓道。继之者善也，成之者性也……显诸仁，藏诸用，鼓万物而不与圣人同忧。"圣人法天，天道自然。天道自然，乃无情之客观，而圣人有情，情系主观，有情之圣人如何能与无情之"天地合其德"？如何能感于物，情动于中，而保持客观不陷入主观之偏私？汤用彤先生撰《王弼圣人有情义释》曰，汉魏名士以圣德法天，故而以圣人无情为通说，独王弼倡圣人有情，王弼以为"圣人茂于人者神明也，同于人者五情也"，"圣人之情，应物而无累于物，无累于物者，乐而不淫，哀而不伤……静以制动，则情虽动也不害性之静。"[①] 王弼以老子贵无主

[①] 汤用彤：《汤用彤全集》（第四卷），河北人民出版社2000年版，第62—71页。

静言情性，主张"性其情"。孔颖达《周易正义》则"专崇王注"①，释《乾·文言》"'利贞'者，性情也"曰："所以能利益于物而得正者，由性制于情。"② 然而，《周易》逻辑起点为太极元气，曰"大哉乾元！万物资始，乃统天""至哉坤元！万物资生，乃顺承天"，显系崇有主动，而非贵无主静；那么，儒家关于圣人有情又是如何解说的呢？那就是"一阴一阳之谓道"的"中和"说。《礼记·中庸》曰："喜怒哀乐之未发谓之中，发而皆中节谓之和。"或问，为何"发而皆中节"呢？这同王弼"性其情"或"由性制于情"有何不同呢？《乾·文言》曰："子曰'龙德而正中者，庸言之信，庸行之谨，闲邪存其诚。'""闲邪存其诚"者，邪无从而生，故而圣德"正中"，至诚至纯，以至于"不勉而中""从容中道"，或如孔子所谓"从心所欲，不逾矩"。所以，至诚至纯之性，里外相符，性诚情真，情性一也，情志一也。王弼"性其情"或"由性制于情"，前提是性正而情邪。情非纯正之情。《诗经·周颂·维天之命》颂扬周文王曰："于乎不显，文王之德之纯。"德之至纯，内外如一。《诗品·实境》云："情性所至，妙不自寻。"妙语出于情性之自然，所谓"发而皆中节"者。

其五，《诗品》易道诗学秉承"蒙以养正，圣功也"的为人原则，圣德人人皆可修养，人人皆须修养。"蒙以养正"，"养正"须从童蒙做起，所谓"开学养正"。"养正"，须从日常的一言一行做起，《乾·文言》曰："龙德而正中者也。庸言之信，庸行之谨，闲邪存其诚。""养正"，"进德修业"，须奋发向上。《乾·文言》曰："九三曰'君子终日乾乾，夕惕若，厉无咎'何谓也？子曰：'君子进德修业。'"《乾·文言》又曰："君子进德修业，欲及时也。"唐人倡导励志为圣。韩愈《原毁》曰："舜，大圣人也，后世无及焉；周公，大圣人也，后世无及焉。是人也，乃曰：'不如舜，不如周公，吾之病也。'"文章最终以"将有作于上者，得吾说而存之，其国家可几而理欤！"而作结，倡导之意甚为昭明，代表了唐代有志之士励精图强的共同心声。

---

① （清）永瑢、纪昀等撰：《四库全书总目》，（清）阮元校刻：《十三经注疏》（下册），中华书局1980年版，第2页。
② （唐）孔颖达：《周易正义》（卷一），（清）阮元校刻：《十三经注疏》（上册），中华书局1980年版，第17页。

（四）《诗品》易道诗学之"宗经"观

司空图《诗品》之《宗经》观，即以圣人为师，学习作文；与《诗品》"征圣"之以圣人为师，学习做人相为表里。故《诗品》之"宗经"有两层意义，一为《文心雕龙·宗经》所曰"开学养正"，一为《文心雕龙·宗经》所曰"旨远辞文，言中事隐"，即《易传》"《易》有圣人之道四焉，以言者尚其辞"。无论"养正"还是"尚辞"，均出自《易传》。兹分述如下：

1. "开学养正"

《诗品》"宗经""开学养正"，由《诗品·沉著》说明此义。《沉著》与《易·蒙》会通以立义："蒙以养正，圣功也。""养正"，乃"闲邪存其诚""进德修业""修辞立其诚"。上述《征圣》已经说明，就"宗经"而言，"开学养正""进德修业""修辞立其诚"，具有以下意义。

一者，《文心雕龙·宗经》所谓"根柢盘固，枝叶峻茂"；二者，"蒙以养正，圣功也"，唯圣人乃能"通天下之志"。如上述《诗品·冲淡》所引孔颖达注疏《毛诗序》曰："其作诗者，道己一人之心耳，要所言一人心，乃是一国之心。""言天下之事，亦谓一人言之，诗人总天下之心，四方风俗，以为己意，而咏歌王政。"三者，养正立诚，是"道之文"的要求。所谓"诚者，天之道也；诚之者，人之道也"。唯至诚者之文，乃为"道之文"，乃能"鼓天下之动者存乎辞"，发挥文的社会功能。故而《毛诗序》曰："正得失，动天地，感鬼神，莫近于诗。先王以是经夫妇，成孝敬，厚人伦，美教化，移风俗。"

2. 尚辞

《诗品》"宗经"尚辞。由《诗品·纤秾》说明此义。《纤秾》与《易·屯》会通以立义："屯者盈也，屯者物之始生也""天造草昧，宜建侯""屯，君子以经纶"。作者于"建侯""经纶"之际，"思格前规，用伸来者"，借鉴《昭明文选》"事出于沈思，义归乎翰藻"——"义归乎翰藻"者，《易传》所谓之"尚辞"也；"事出于沈思"者，即相当于《沉著》。刘勰《文心雕龙·宗经》曰"《系》称旨远辞文，言中事隐"，又曰"辞约而旨丰，事近而喻远；是以往者虽旧，余味日新"，取自《易·系辞下》第六章：

> 夫《易》，彰往而察来，而微显阐幽。开而当名，辨物正言，断辞则备矣。其称名也小，其取类也大，其旨远，其辞文，其言曲而中，其事肆而隐。

此章文字，实为对"《易》有圣人之道四焉，以言者尚其辞"的具体说明。所谓"彰往而察来，而微显阐幽"，即书以尽言，言以尽意——"圣人立象以尽意，设卦以尽情伪，系辞焉以尽其言"，或曰"圣人之情见乎辞"。"其称名也小，其取类也大"，即以小喻大，以近喻远，旨远、辞文。"其言曲而中，其事肆而隐"，即委婉其辞，切中义理；铺叙直言，托事（物）寓旨。《系辞》对"尚辞"的具体说明，实为刘勰《文心雕龙·神思》"思表纤旨，文外曲致"，《文心雕龙·隐秀》"隐也者，文外之重旨者也"，"夫隐之为体，义生文外"所本，亦为皎然《诗式·重意诗例》"两重意已上者，皆文外之旨"所本，更为易道诗学之创立者司空图"韵外之致""味外之旨"所本。

《易经》"彰往而察来，而微显阐幽"，"旨远""辞文"，"言曲而中"，"事肆而急"的"以言者尚其辞"，以及引而伸之，生发的"味外之旨""韵外之致"，透露的是才力，是创作的才力。故《易·系辞上》第十章曰：

> 《易》有圣人之道四焉，以言者尚其辞……非天下之至精，其孰能与於此！……非天下之至变，其孰能与於此！……非天下之至神，其孰能与於此！

刘勰读懂了此章之意。《文心雕龙·神思》曰：

> 至于思表纤旨，文外曲致，言所不追，笔固知止；至精而后阐其妙，至变而后通其数，伊挚不能言鼎，轮扁不能语斤，其微矣乎！

刘勰只提到"至精""至变"，而未言及"至神"。其实《神思》者，即"至神"之思也。未言"至神"，"至神"之义自在其中。

司空图《与李生论诗书》提出"韵外之致""言外之旨"，与刘勰

"思表纤旨，文外曲致"同出《易经》。因而其论诗，一者曰"王右丞韦苏州，澄澹精致，格在其中"，再者曰"千变万状，不知所以神而自神，岂容易哉！""至精""至变""至神"之义亦在其中。《诗赋赞》又曰："知道非诗，诗未为奇，研昏炼爽，戛魄凄肌。神而不知，知而难状。挥之八垠，捲之万象。"司空图痛心晚唐文坛日趋褊浅，故而力倡才力。《题柳柳州集后序》曰："愚观文人之为诗，诗人之为文，始皆系其所尚，既专则搜研愈至，故能炫其工於不朽。亦犹力巨而斗者，所持之器各异。而皆能济胜以为勍敌也。尝观韩吏部歌诗累百首，其驱驾气势，若掀雷抉电，奔腾於天地之间，物状奇变，不得不鼓舞而徇其呼吸也……今於华下方得柳诗，味其搜研之致，亦深远矣。俾其穷而克寿，抗精极思，则固非琐琐者轻可拟议其优劣……噫！世之学者褊浅，片词只句，不能自辨，已侧目相诋訾矣，痛哉！"

司空图的韵味说与才力论，是对"宗经"，特别是对《易经》的宗尚与遵循。《诗品》以诗易会通构建的易道诗学，其"宗经"，除传统的"开学养正"，"旨远辞文，言中事隐"的"以言者尚其辞"外，更有另一层重要的意义，那就是对《易经》的文与道关系的崇尚、遵循。《易·系辞上》第四章曰："《易》与天地准，故能弥纶天地之道。"这是司空图《诗品》关于文与道关系的基本观点：遵道为文。遵道为文，才能"弥纶天地之道"。《易传》曰"一阴一阳之谓道……显诸仁，藏诸用"，"形而上者谓之道，形而下者谓之器"，因而，道存于器用之中，文章对器用的表现，道即在其中。循道方可明道。然而以文明道，则"书不尽意，言不尽意"，道不可尽明。所谓"道之文"，非以文明道之文，而是循道为文。循道为文，就须与《易经》那样"《易》与天地准"。此层意义，《诗品·自然》"俱道适往，著手成春"，作出了具体而明确的说明；《诗品·委曲》"道不自器，与之圆方"，讲得尤其明确。

四　综论

（一）《诗品》首四品之为纲领的意义

司空图《诗品》"原道""征圣""宗经"之思想理论纲领；刘勰《文心雕龙·序志》称之为"文之枢纽"，而将"论文叙笔"二十篇共

· 173 ·

二十五篇合称为"上篇以上，纲领明矣"。《诗品》首四品之所以为易道诗学纲领，是因为此四品括尽二十四诗品的思想内涵，诗品均以此四品为纲领而展开，整部《诗品》具有完备的系统性、内在的逻辑性。上编中单元四品的诗道论，是纲领对易道诗学的发展方向，创作途径的具体规定与要求；末单元四品的诗德论，是确立与实践易道诗学纲领的文体德性的依据，纲领建立在文体德性的基础之上。两单元均是对纲领的阐释。

《诗品》首四品所表述的"原道""征圣""宗经"，其核心思想是天道自然观指导下的"道之文"，或曰自然之文。在司空图《诗品》中，"原道""征圣""宗经"，道、圣、文，三位一体。经者，"三极彝训，其书言经"，是穷极天地人至理的经典之文。在中华先民乃至司空图看来，天地人为宇宙一大系统。《易·系辞下》第五章曰："天地絪缊，万物化醇；男女构精，万物化生。"意谓，阴阳元气氤氲，是对万物提供醇美丰厚的孕育，阴阳精气相交，变化生成了万物。《易·系辞上》第四章曰："原始反终，故知死生之说；精气为物，遊魂为变，是故知鬼神之情状。"意谓，推究事物的初始，复求事物的终结，就知晓生死变化的规律；阴阳精气氤氲聚合而孕育生成万物，阴阳精气分离遊散而万物消亡，这就是所谓的神魂、鬼魅的真实情状。司空图《诗品·精神》云："欲返不尽，相期与来；明漪绝底，奇花初胎。"即是依据"精气为物，遊魂为变"，生生不息的性命之理，而对"精神"的表述。性命，作为宇宙物质（元气）的高级运动，既遵循宇宙运动的一般基本规律，又具有自身的特殊规律。因而，天地人实为宇宙物质运动的一大系统。正是基于先民的这一观念："穷理尽性以至于命""昔者圣人之作《易》也，将以顺性命之理"[1]，司空图将文、诗文，视为天地之文，乃宇宙运动所焕发的精神、风采、情韵与辉光，文具风骨、气韵，文能传神。于是，道、圣、文，在司空图的《诗品》合为一体。所以，《诗品·雄浑》既是言天文——言"大哉乾元，万物资始，乃统天。云行雨施，品物流形"，又是言人文，言诗学阳刚之美学品格；

---

[1] （唐）孔颖达：《周易正义·说卦传》（卷九，第一、二章），（清）阮元校刻：《十三经注疏》（上册），中华书局1980年版，第93页。

《诗品·冲淡》既是言地文——言"至哉坤元，万物资生，乃顺承天"或曰"坤至柔而动也刚，至静而德方。后得主而有常，含万物而化光。坤道其顺乎，承天而时行"，又是言圣德中庸，言人文，言诗学阴柔之美学品格。《雄浑》《冲淡》建立起以阳刚之美为主导的（乾元，乃统天；坤之，乃顺承天）阴阳中和的诗歌美学体系。《易·系辞下》第二章曰："古者包牺之王天下也……始作八卦，以通神明之德，从类万物之情。"《易·系辞下》第六章又曰："子曰：'乾、坤，其《易》之门邪！'乾，阳物也，坤，阴物也。阴阳合德而刚柔有体，以体天地之撰，以通神明之德。"所谓易卦"以通神明之德"者，是说贯通阴阳既对立统一，又变化莫测的光明神妙的德性。所谓易卦"以类万物之情"者，是说，依据"方以类聚，物以群分"（《系辞上》第一章），"以类族辨物"（《易·同人·象》）归类的方式，概括、归纳类比天地万物的情态。所谓易卦"以体天地之撰"，是说易卦体现天地资始、资生万物的"撰述营为"（朱熹《本义》语）。司空图《诗品》之诗易会通，《雄浑》以纯阳《乾》卦为体德，《冲淡》以纯阴《坤》卦为体德，"载要其端"（《流动》）为易道诗学之"原道""征圣"。其他诗品则分别依次以《周易》首二十四卦中相应之卦为体德，"阴阳合德而刚柔有体"。其中，《纤秾》《沉著》，作为易道诗学之"宗经"，与《雄浑》《冲淡》共同体现"《易》有太极，是生两仪，两仪生四象"，树立起易道诗学纲领。

（二）《诗品》的思想理论宗旨

《周易》首二十四卦，由太极生两仪，至剥穷而复，"复，其见天地之心"，昭示了"终则有始"，生生不息天道运动的一完整的大周期、大循环，从而赋予了《诗品二十四则》内在的、完备的思想理论体系。通过《诗品》内在完备的思想理论体系，司空图成功地构建起他所谓的"侬家自有麒麟阁，第一功名只赏诗"之《诗品》麒麟阁。一方面，《诗品二十四则》是诗品，是"第一功名只赏诗"的诗学、诗歌美学；另一方面，这一"第一功名只赏诗"的二十四诗品，所构建的诗学美学体系，又内蕴麒麟阁的思想内涵。这里所谓的麒麟阁，即凌烟阁。《司空图〈诗品〉之秘初论》中已经说明："麒麟阁为汉武帝获麟时所造，用以表彰开国功臣。司空图以汉喻唐，以汉代麒麟阁，喻指唐代的凌烟阁。"唐代为何要建凌烟阁呢？司空图为何不直接称《诗品》为凌烟阁，却以汉喻唐呢？《司空图〈诗品〉之秘三论》也已说明。在此，结合讨论《诗品》纲领的思想内涵，更重申如下。

中唐顺宗永贞革新核心成员之一的吕温，在其《凌烟阁勋臣颂》序文中说：

> 我二后受成命，抚兴运乾，坤轴撼乾枢，鼓元气，而雷域中，腾百川，而雨天下，云收雨霁，如再开辟，荡荡焉，与太极同功。贞观十七年，太宗以功成理定，秉为而不有之道，让德於祖考，推劳於群臣，念匡济於艰难，感风云於畴昔，思所以摅之无穷。乃诏有司，拟其形容，图画於凌烟阁者二十有四人，盖象乎二十四气之佐天生物，昭勋德也。[1]

序文云，唐代修建凌烟阁，其宗旨，一者颂扬高祖、太宗"二后"奉承天命建立大唐，德业至伟，"如有开辟，荡荡焉，与太极同功"。二者"图画於凌烟阁者二十有四人，盖象乎二十四气之佐天生物，昭勋德也"。图画二十四功臣，旨在象征二十四节气赞助天地生育万物，以昭示其辅佐"二后"平定天下的功德。三者"念匡济於艰难，感风云於畴昔，思所以摅之无穷"，太宗建立凌烟阁的用意与目的，在于将艰难创业，开天辟地的精神，君臣同心同德的传统"摅之无穷"，永远发扬光大。一言以蔽之，凌烟阁的宗旨乃在大唐帝业永久。

司空图既称《诗品二十四则》为"麒麟阁"，自然秉承凌烟阁的宗旨，否则，"侬家自有麒麟阁"，便为无的放矢，无稽之言。何况，吕温在《凌烟勋臣颂》的序文中所表述的"二后"建国平天下"鼓元气，而雷域中，腾百川，而雨天下，云收雨霁"，与《诗品·雄浑》"具备万物，横绝太空。荒荒油云，寥寥长风"，同出自《乾·彖》"大哉乾元！万物资始，乃统天。云行雨施，品物流形"，即都从《乾·彖》演

---

[1] （唐）吕温：《凌烟阁勋臣颂二十二首并序》，（宋）李昉等编撰：《文苑英华》（卷776），中华书局1966年版，第4090—4091页。

化而来；而且，"抚兴运乾、坤轴撼乾枢"也与《诗品·流动》的"荒荒坤轴，悠悠天枢"在用语与意义上都极相同。唐太宗"念匡济於艰难，感风云於畴昔，思所以摅之无穷"，于是"诏有司""图画於凌烟阁者二十有四人"。司空图则以诗品二十有四则，"盖象乎"二十四功臣之辅佐"二后"治国平天下，而"修中兴之教"。司空图称《诗品二十四则》为"麒麟阁"，而不直接称之为"凌烟阁"，不仅是唐代诗人惯于以汉喻唐，而且在于寄寓"修中兴之教"之义。《春秋左传正义·哀公十四年》"春，西狩获麟。"杜预注曰："仲尼伤周道之不兴，感嘉瑞之无应，故因鲁春秋而修中兴之教。"①《诗品二十四则》"修中兴之教"的意义，《漫题》一诗表述得非常明确：

经乱年年厌别离，歌声喜似太平时。词臣更有中兴颂，磨取莲峰便作碑。②

"词臣更有中兴颂，唐取莲峰便作碑"，是对《诗品二十四则》作为麒麟阁，"修中兴之教"思想内涵的诠释。

《诗品二十四则》如何"修中兴之教"？《疑经后述》作了说明。《司空图〈诗品〉之秘三论》抄录了全文，这里摘录如下：

愚为诗为文一也，所务得诸己而已，未尝摭拾前贤之谬误。然为儒证道，又不可皆无也。③

"为儒证道"，文中谓"盖亟于时病"，旨在"救时"。《议华夷》一文曰："前古迂儒瞆耳，援据滋惑，不能中今之急病。"④ 司空图所说的

---

① （唐）孔颖达：《春秋左传正义》（卷五十九），（清）阮元校刻：《十三经注疏》（下册），中华书局1980年版，第2172页。
② （清）曹寅、彭定求等编校：《全唐诗》（第十九册），中华书局1960年版，第7260页。
③ （唐）司空图：《疑经后述》，（清）董诰等辑纂：《全唐文》（卷809），上海古籍出版社1990年版，第3769页。
④ （唐）司空图：《议华夷》，（清）董诰等辑纂：《全唐文》（卷809），上海古籍出版社1990年版，第3767页。

"时病""救时",就是革除弊政,复兴大唐,就是"修中兴之教"。因此,司空图特意将提出"为儒证道"的《疑经后述》一文的落款题作"光化中兴二年"。"修中兴之教",就必然大力弘扬修身、齐家、治国、平天下的儒家之道,亦即"为儒证道",对儒教正本清源。修教必然证道,证道即为修教。"为儒证道",即"修中兴之教"。上述诗文表明,司空图创作《诗品》,有着如孔子修《春秋》般的远大政治抱负,有着极明确的宗旨与极清晰的思路:"为儒证道""修中兴之教"。《诗品二十四则》,是他寄居华阴,"檐外莲峰阶下菊,碧莲黄菊是吾家"①,面对华山莲花主峰而创作的易道诗学,一部具备"麒麟阁"思想内涵的诗歌美学,它是"中兴颂",是"莲峰碑"。

(三)"为儒证道"

司空图一部《诗品》,通篇都在"为儒证道",通篇都在以"为儒证道"而"修中兴之教",通过"为儒证道""修中兴之教",而建立起系统完备的、精致的易道诗学理论体系。

司空图立志致力于"为儒证道""修中兴之教",以实现复兴大唐之梦,不仅仅如《疑经后述》所云,是为了"撼拾前贤之谬误",或《议华夷》所云"前古迂儒瞆耳,援据滋惑,不能中今之急病",而且,还有另一层更为重要的考虑。在他三十三岁写的《与惠生书》中曰:

> 故(于)文之外,往探治乱之本,俟知我者,纵其狂愚,以成万一之效……今遇先生,俾仆得以尽论,愿修讨源,然后次第及於济时之机也。
>
> 唐虞之风,三代非不弊也,赖圣人先其极而变之不滞耳。秦汉而下,时风益浇,视之而不知其弊,矫之而不知其变,文质莫辨,法制失中……汉魏之际,其弊盖极……矫之而不和,滞之而不顾……而至家国皆瘵而不瘳也,悲夫!愚以为,今欲应时之病,莫若尚通,不必叛道而攻利也……苟在位者有问于愚,必先存质以究

---

① (唐)司空图:《雨中》,(清)曹寅、彭定求等编校:《全唐诗》(第十九册),中华书局1960年版,第7262页。

实，镇浮而劝用……量可为而为之，当有以及於物，不可为而不为，亦足以见其心。必曰：俟时，而后济其仁，盖无心之论。①

司空图倡导"唐虞之风"，即《易传》所云："神农氏没，黄帝、尧、舜氏作，通其变，使民不倦；神而化之，使民宜之。《易》穷则变，变则通，通则久，是以'自天祐之，吉无不利'。黄帝、尧、舜垂衣裳而天下治。"② 黄帝、尧、舜，是中华民族进入大变革的时代。制度的变革，器用的改进创新，变革促进了社会文明的空前进步，影响极为深远。司空图认为，秦汉而下以至汉魏，世风日趋浇薄，执政者不懂变革之道，矫之失和，社会停滞，以至于家国衰弱不振。借鉴往古，从唐末的社会状况出发，司空图提出"今欲应时之病，即莫若尚通"。"尚通"，即《易传》"黄帝、尧、舜氏作，通其变，使民不倦；神而化之，使民宜之"。司空图主张"尚通"，反对"叛道"之"攻利"弃义。所以，"为儒证道"，不仅是正本清源，而且要在正本清源，坚持儒道基本原则的基础上，为适应时代的发展变化，针对社会现实，"通其变""神而化之"。对儒道进行相应的变通，使之切中时弊，以治理天下。"通其变"之变革，须是相时度力，既须"俟时"，又须"量可为而为之"，这就是所谓的"无心之论""黄帝、尧、舜垂衣裳而天下治"。

《诗品二十四则》，一方面要"为儒证道"，"修中兴之教"；另一方面要建立易道诗学理论体系，即"侬家自有麒麟阁，第一功名只赏诗"，《诗品》如何实现这些要求，并且保证易道诗学思想体系的完备、精致？答曰：关键在诗易会通，在"道之文"。道者，"一阴一阳之谓道……显诸仁，藏诗用，鼓万物而不与圣人同忧"（《易·系辞上》第五章）。"道之文"者，"鼓天下之动者存乎辞"（《易·系辞上》第十二章）。正是"鼓天下之动者存乎辞"的"道之文"，这一易道诗学的内在逻辑，这一思想理论内核，将诗学与"为儒证道"以"修中兴之教"会通于一体。在《诗品二十四则》中，"为儒证道""修中兴之

---

① （唐）司空图：《与惠生书》，（清）董诰等辑纂：《全唐文》（卷807），上海古籍出版社1990年版，第3762页。
② （唐）孔颖达：《周易正义·系辞下》（卷八，第二章），（清）阮元校刻：《十三经注疏》（上册），中华书局1980年版，第86—87页。

教""第一功名只赏诗"的麒麟阁，集中表现为道与文的关系：何为"道之文"，怎样在"道之文"的观念下，端正文学的发展方向，开拓文学发展的途径，怎样创作"道之文"，怎样更好地发挥"道之文""鼓万物""鼓天下之动"的社会功能，并有助于培养、树立正确的人生观，"顺应性命之理"，以利于实现人生的终极安慰。《诗品二十四则》也正是这样以"道之文"为核心，而展开精深闳博思想理论体系的构建的。

在这里，有必要对"道之文"、对"文"进行简要的正名，详细的讨论有待于《诗品》的诗德论。《易传》曰："鼓天下之动者存乎辞。""鼓天下之动者"，即是道，即是"显诸仁，藏诸用，鼓万物而不与圣人同忧"的"一阴一阳之谓道"。"鼓天下之动者存乎辞"，即是说：道存乎辞，道在辞中。《易传》又曰："夫《易》……其旨远，其辞文。"且曰："物相杂，故曰文；文不当，故吉凶生焉。"《易经》之文，乃"圣人之情见乎辞""其辞文"，自然是得当之文。何为得当之文？《左传·襄公25年》载郑子产"献捷于晋"，"晋人问陈之罪"，对郑子产的答辩，赵文子曰："其辞顺，犯顺，不祥。"于是不追究郑国入陈之罪。《左传》载孔子曰："《志》有之'言以足志，文以足言。'不言，谁知其志？言之无文，行而不远。晋为伯，郑入陈，非文辞不为功。慎辞哉！"《孔子家语》卷九《正论解》第三十八，亦载此事曰："晋人曰：其辞顺。孔子闻之，谓子贡曰：《志》有之：言以足志，文以足言。不言，谁知其志？言之无文，行之不远。"故而，"辞顺"，乃"其辞文"。"辞顺"者，言辞顺理成章之意。顺理成章，亦即遵道为文。"道之文"，即得当之文，遵道为文，道存于文辞之中。"言之无文，行而不远"，俗话说：有理走遍天下，无理寸步难行。

"道之文"，作为《诗品》的思想理论内核，生发出易道诗学完备的思想理论体系；"道之文"这一内在逻辑，将二十四诗品构成了缜密的整体。在《诗品》易道诗学纲领中，具有原道意义的《雄浑》，以"大用外腓，真体内充"之体用范畴开宗明义，"真体"与"大用"，体与用，规定了道与文乃道与器的关系。司空图契合了或接受了中唐易学家崔憬的道与器的体用观。兹将崔憬解说《易·系辞上》第十二章之"形而上者谓之道，形而下者谓之器"引述如下：

> 凡天地万物皆有形质，即形质上之中，有体有用。体者，即形质也；用者，即形质之妙用也。言有妙理之用，以扶其体，则是道也。其体比用，若器之於物，则是体为形之下，谓之为器也。假令天地圆盖方轸，为体为器，以万物资始、资生为用、为道；动物以形躯为体、为器，以灵识为用、为道；植物以枝干为器、为体，以生性为道、为用。①

崔憬的道器之体用观，为文与道的关系，乃至循道为文，提供了理论根据，是对《说卦》"昔者圣人之作《易》也……和顺於道德而理於义，穷理尽性以至於命"，"昔者圣人之作《易》也，将以顺性命之理"的理论概括。《雄浑》以体用明义，不仅将天文与人文融为一体，而且为儒家的文道观正本清源。文道的体用论，揭示出中华文化的特殊理论形态，这就是司马迁于《太史公自序》中所引述的孔子作《春秋》之旨："子曰：我欲载之空言，不如见之於行事之深切著明也。"也是《易传》所云"其旨远，其辞文，其言曲而中，其事肆而隐"的托物寓旨，述事明理。遵道述事，述事明理，理寓事中，这一传统文化特征，古今一脉，相传至今。这一传统文化特征，在现代文化形态上产生质的飞跃，形成更为鲜明的民族特征。对此，还将另文继续讨论。

"为儒证道"，《诗品》易道诗学纲领，于《雄浑》还提出"超以象外，得其环中"的"象外"论或"超象"论。司空图以"超象"论将他的"象外之象，景外之景"，乃至"韵外之致""味外之旨"，提升为方法论；更为重要的是，这一方面论将王弼依据《庄子·外物》的"得意而忘言"所树立的"得意在忘象，得象在忘言"的"忘象"论，突破发展至新的理论高度与境界。"超象"论，才真正准确、贴切地阐释了"圣人设卦观象"，"是故君子居则观其象而玩辞"②，才真正准确、贴切地阐释了"圣人立象以尽意，设卦以尽情伪"，"极天下之赜者存

---

① （唐）李鼎祚：《周易集解》，中华书局2016年版，第442—443页。
② （唐）孔颖达：《周易正义·系辞上》（卷七，第二章），（清）阮元校刻：《十三经注疏》（上册），中华书局1980年版，第77页。

乎卦"，"乾坤，其《易》之缊邪！乾坤成列，而《易》立乎其中矣；乾坤毁，则无以见《易》；《易》不可见，则乾坤或几乎息矣。是故形而上者谓之道，形而下者谓之器。"① 得意，悟道，不在"忘象"，而在"超象"，即透过现象看本质。"超象"论将科学的抽象思维，与艺术的具象思维会通于一体，将辩证逻辑的理性具体，上升为感性的具体，为以实现"思与境偕"②的意境与艺术典型的创造达到真善与美的高度统一，而提供了理论依据。这一讨论也将在另文中继续。

《诗品》以诗易会通建立易道诗学，"修中兴之教"的宗旨贯串于其中。可从四个层面来探讨。其一，就直观而言，《司空图〈诗品〉之秘初论》有云：《诗品二十四则》给我们最为强烈的直观印象是，它生动地反映了唐代的兴盛气象、时代精神，以及唐末的衰乱，并预感其行将消亡的历史。《诗品·悲慨》揭示了唐代由盛而衰，在于内部的动乱，是以"盛不可终保"，对唐王朝的警诫。然而，《诗品》的主导方面则为承平之风，确如《漫题》所云"经乱年年厌别离，歌声喜似太平时。词臣更有中兴颂，磨取莲峰便作碑。"即以《诗品》易道诗学的纲领来看，确有"歌声喜似太平时"之感。如《雄浑》之"具备万物，横绝太空。荒荒油云，寥寥长风。"《冲淡》之"犹之惠风，荏苒在衣。阅音修篁，美曰载归。"《纤秾》之"碧桃满树，风日水滨。柳阴路曲，流莺比邻。"《沉著》之"绿林野屋，落日气清。脱巾独步，时闻鸟声。"一派"太平"中兴气象。其二，就《诗品二十四则》遵奉的"天道自然"，"顺性命之理"的世界观而言，司空图撰著此作，于寓居华阴之时。《雨中》云："维摩居士陶居士，尽说高情未足夸。檐外莲峰阶下菊，碧莲黄菊是吾家。"将王维、陶渊明"尽说"隐逸之"高情"，一并否定为"不足夸"。司空图此时是在从事"词臣更有中兴颂，磨取莲峰便作碑"——《诗品》麒麟阁的构建、创作。《司空图〈诗品〉之秘三论》中也已讨论过，昭宗李晔龙纪元年即位。《资治通鉴》载："昭宗即位……以僖宗威令不振，朝廷日卑，有恢复前烈之志……践阼

---

① （唐）孔颖达：《周易正义·系辞上》（卷七，第十二章），（清）阮元校刻：《十三经注疏》（上册），中华书局1980年版，第82—83页。
② （唐）司空图：《与王驾评诗书》，（清）董诰等辑纂：《全唐文》（卷807），上海古籍出版社1990年版，第3761页。

之始,中外忻忻焉。"① 故而,司空图撰著《诗品》,正处《易·蛊·彖》"终则有始,天行也"之时,王弼注曰:"蛊者,有事而待能之时也。可以有为,其在此时矣。"这应是司空图处于唐末"经乱年年厌别离",反而"更有中兴颂",并且以此"中兴颂"为寓居华山莲花主峰下"磨取莲峰便作碑"的壮举之原因与动力所在,其动力正是天道自然观的支配。其三,就《诗品》的思想内容而言,《诗品》易道诗学所倡导的诗歌以复古为革新的途径②,也是"中兴之教"的社会政治变革的途径。《诗品·冲淡》论"征圣",秉承《易传》"圣人之情见乎辞",所云"犹之惠风,荏苒在衣",《司空图〈诗品〉之秘再论》也曾提出,如同东汉·边让《章华台赋》"惠风春施,神武电断。华夏肃清,五服攸乱",张衡《东京赋》"惠风广被,泽洎幽荒",寓有圣人无为而治之义,亦即李白《古风》其一"圣代复元古,垂衣贵清真"。《诗品·豪放》借唐代杏园宴游,论述豪放,反映了庶族士人这一唐代最具生气活力的社会阶层的精神风貌,成为大唐盛世气象的典型特征。《诗品二十四则》颇为全面地、集中概括地反映了唐代思想文化特征,即以儒家思想为主导的儒、释、道三家并存。在诗易会通的《诗品》中,专门为释、道两家设立了诗品,那就是《超诣》与《飘逸》③。这体现了司空图"为儒证道""修中兴之教"的开明主张。其四,就《诗品二十四则》的体制结构而言。上文已经说明《诗品二十四则》与《周易》首二十四卦逐一会通,由"《易》有太极,是生两仪"的《乾》《坤》始,至《剥》《复》终,体现了"终则有始,天行也"的完整大循环、大周期。"终则有始",寄寓大唐国祚永久,前十二卦之泰极而否的卦序,调换成为否极泰来,则寄寓"中兴"之义。《易·系辞下》第十一章曰:

> 《易》之兴也,其当殷之末世,周之盛德邪?当文王与纣之事邪?是故其辞危。危者使平,易者使倾;其道甚大,百物不废。惧以终始,其要无咎,此之谓《易》之道也。

---

① (宋)司马光等编撰:《资治通鉴》(卷257,第十八册),中华书局1956年版,第8376页。
② 参见本书《易道诗学·诗道论》。
③ 李贤臣:《司空图〈诗品〉之秘初论》,《河南大学学报》2016年第1期。

《诗品二十四则》变《周易》"其辞危""惧以终始,其要无咎"的"《易》之道",而以剥穷而复,否极泰来,反映唐代兴盛之象,"太平"景象为主导,体现了司空图"为儒证道"的审时度势。司空图决意复兴大唐,与周文王所面临的"殷之末世,周之盛德"正相反,面对唐末"朝廷日卑",复兴大唐,势必如吕温《凌烟阁勋臣颂》序文所谓的"鼓元气",即司空图《擢英集述》所谓的"庶能耸听有唐",为大唐中兴鼓舞士气。又如《诗品·劲健》据《易·比》立义,比卦上六爻,阴爻为虚,《象》曰:"'比之无首',无所终也。"《劲健》末联却云"期之以实,御之以终",变虚为实,变"无所终"为"御之以终",也是在"为儒证道"。以变更爻辞之义,而为"修中兴之教"张目。这种"证道",符合"《易》穷则变,变则通,通则久",符合《周易》"为道也屡迁,变动不居,周流六虚,上下无常,刚柔相易,不可为典要,唯变所适"的宗旨,符合天道自然观的循性、循时的原则。

卷二　诗品·易道诗学诗道论

　　司空图《诗品二十四则》,上编中卷(卷二)四品,即第五品至第八品之《高古》《典雅》《洗炼》《劲健》,分别与《周易》第五卦至第八卦之《需》卦、《讼》卦、《师》卦、《比》卦依次会通,为诗道论,论述易道诗学所规定的发展方向或途径。其中《高古》《典雅》论述诗歌的发展方向与途径;《洗炼》《劲健》论述诗歌创作及其修养的道路、门径。拟先讨论《高古》《典雅》。

一　《高古》《典雅》——诗道论(上)
　　《高古》《典雅》以诗品的形式,将唐代文学复古运动的宗旨,固定了下来,昭示古代诗歌运动的途径与方向。

(一)《高古》:复古革新
　　《诗品》第五品《高古》,依《周易》第五卦《需》卦之旨立义。兹将《高古》原文及《需》卦相关资料,抄录如下。

畸人乘真，手把芙蓉；泛彼浩劫，窅然空踪。月出东斗，好风相从；太华夜碧，人闻清钟。虚伫神素，脱然畦封；黄唐在独，落落玄宗。

☵☰ 需：有孚，光亨，贞吉，利涉大川。

[注] 需卦，下乾（☰）上坎（☵），象征"需待"、期待。

《彖》曰："需"，须也。险在前也，刚健而不陷，其义不穷困矣。"需，有孚，光亨，贞吉"，位乎天位，以中正也。"利涉大川"，往有功也。

[释]《彖传》论断需卦卦名卦义说："需"是有所期待的意思。上卦坎为险，为陷，坎处上卦，故曰前方有险。下卦乾为刚健，刚健本不应停止前进，由于需卦之义为期待，故而采取等待有利时机来应对，所以不会遭遇穷困。卦辞"需，有孚，光亨，贞吉"，意思为，期待必须心怀诚信，光明通达，坚守纯正，才可获得吉祥。此卦的卦主是九五阳爻，居九五至尊的"天位"，九二阳爻又居下卦中位，所以卦辞说"利涉大川"。既然有利于涉过大河洪流，那么，前往必获成功。

又，《象》曰：云上于天，需；君子以饮食宴乐。

[释]《象传》说，需卦上坎为水，为云；下乾为天，云气上集于天，待时将有降雨，象征"需待"。君子于此需求等待之时，应当以饮食宴乐来应对。

司空图糅合、发挥了《需》卦《彖》"险在前也，刚健而不陷，其义不穷困矣"，《象》"饮食宴乐"之义，构思出《高古》的首四句："畸人乘真，手把芙蓉；泛彼浩劫，窅然空踪。"畸（jī基）人，异人。《庄子·大宗师》："畸人者，畸于人而侔于天。"奇异的人不与世俗相合而与天地自然相应，亦即"与天地合其德"。这一"与天地合其德"的畸人乘着乾阳真气（需卦下卦乾，故曰"乘真"），手持莲花——"需，君子以饮食宴乐"，畸人是去赴宴了。当然，这一意境也很容易让人想起李白的《古风》其十九"西岳莲花山，迢迢见明星。素手把芙蓉，虚步蹑太清。"芙蓉，即莲花。《华山记》云：山顶有池，生千叶莲花，服之羽化，因曰华山。《陕西志》：华山北面有莲花峰，视诸

· 185 ·

峰为更高。《象传》曰"险在前也,刚健而不陷,其义不穷困矣"又曰"利涉大川",故《高古》曰:"泛彼浩劫,窅然空踪。"泛,经历。浩劫,历时长久的劫难。佛典言世界有成、住、坏、空四个时期,历时甚长,故称"浩劫"。此处"浩劫"指远古、上古。《汉书·艺文志》:"故曰《易》道深矣,人更三圣,世历三古。"颜师古注曰:"伏牺为上古,文王为中古,孔子为下古。"《高古》首四句,塑造出一位"畸于人而侔于天"上古之人,手持莲花,乘着乾阳真气,参加宴会的意境,他守持正固而吉祥,历经久远的时代变迁、劫难,早已人去影逝,没有了踪迹,然而,却令后人向往、期待——这就是《高古》会通《易·需》的意义所在。

中章四句,由《需》上卦坎,坎为月,互卦艮为山,构思出"月出东斗,好风相从;太华夜碧,人闻清钟。"的意境。这一意境化用了韦应物《寄皎然上人》中的诗句:

……想兹栖禅夜,见月东峰初。鸣钟惊岩壑,焚香满空虚。
——《全唐诗》卷 188

中章以碧空、明月、好风、清钟,华山的夜景与《需·象》"君子以饮食宴乐"相契合,创造出"穆如清风"的意境,令人期待、向往。这也是《需》"有孚,光亨,贞吉"的美学特征。

末章四句,由《需》卦义:期待,论述《高古》旨在复古。"虚伫神素,脱然畦封"意谓:虚心以待纯粹质朴的精神气质,超脱世俗的陈规陋习。虚伫,即虚心以待,虚己以待。杜甫《北征》"圣心颇虚伫,时议气欲夺。"《杜诗详注》曰:"《世说》:桓温怅然失望,向之虚伫,一时都尽。"神素:纯粹质朴的精神气质。《庄子·刻意》:"纯素之道,唯神是守。守而勿失,与神为一……故素也者,谓其无所与杂也。"纯素与神为一,故曰"神素"。脱然,超脱。畦封,畦圃,此指世俗的清规戒律。"黄唐在独,落落玄宗"意谓:上古的黄帝、唐尧居于独一的地位,那是襟怀光明磊落的远祖玄宗。此两句出自陶渊明《时运诗》四章其四:"黄唐莫逮,慨独在余。"玄宗,玄远的祖宗。

综观《高古》全诗，就高古诗品本身而言，首章四句说明高古诗品的意义，是上古世风民情的反映；中章四句表达高古诗品的审美特征，穆如清风：如华山之清风明月，如山寺夜钟之清亮、肃穆；末章四句论述高古诗品的创作要旨，在追慕远祖，培养淳朴，超脱凡俗的情性。

然而，《高古》作为《诗品》易道诗学美学思想理论体系的重要构筑，旨在对该思想理论体系纲领的诗道，即诗歌的发展方向或基本途径，进一步展开论证。具体来说，《高古》依据《需》卦卦旨立义，按照"需：有孚，光亨，贞吉，利涉大川"的卦义，期待诗歌以复古革新为基本途径，向着诚信、光明通达、坚守纯正的诗风方向发展，这样才能"利涉大川""往有功也"。这是司空图对中国古代诗歌发展历史的总结，特别是对唐代一次次复古革新运动的继承与发展，其中包括陈子昂、李白、韩愈与柳宗元的古文运动，以及元稹、白居易的新乐府运动，学界对唐代复古革新运动已有详细的讨论，兹不赘言。只需要特别指出的是，司空图复古革新的主张，更尊崇于李白。司空图继承和发展唐代的复古革新思想，不仅是对前辈复古革新的肯定，而且也是唐末社会政治、文坛的现实需要，这在《司空图〈诗品〉之秘三论》中也已有了详细的讨论。本书仅就以下两个方面的意义加以说明：其一，《高古》复古的意义很明确，然而，革新的意义在《高古》中似乎不够鲜明；其二，《高古》的复古有何内涵？或曰有何特色。

唐代以复古为革新，是唐人复古的宗旨，也是学术界对唐代复古运动的共识。司空图变革的思想非常强烈，在他的诗文中屡有所见。即使在《诗品·高古》中也有着或曰寄托着明显的以复古为革新的情怀。诗中的"畸人"，即庄子所谓的"畸于人而侔于天"，对这种异于世俗的人的向往，企慕，本身即是对现实的否定。诗中描述畸人"泛彼浩劫，窅然空踪"，"浩劫"既指历时之久，亦含世道日衰之义。故诗云"虚伫神素，脱然畦封"，畸人淳朴精神气质，代之以后世的种种清规戒律而消失，所以复兴黄唐时代的高古之风，就必然要"脱然畦封"，要革去清规戒律。在司空图的理念中，古代本身就是一个不断变革的时代。《与惠生书》曰：

> 唐虞之风,三代非不敝也,赖圣人先其极而变之不滞耳。秦汉而下,时风益浇,视之而不知其弊,矫之而不知其变,文质莫辨,法制失中,侮儒必止,沈儒必削,则士大夫虽有自负雅道者,既不足以振之,而又激时之怨耳。汉魏之际,其弊盖极……
>
> ——《全唐文》卷807

《与惠生书》既见出司空图复古变革之意,又见其"泛彼浩劫",即在指言"秦汉而下,时风益浇"。

"唐虞之风,三代非不敝也,赖圣人先其极而变之不滞耳。"夏商周三代,已有流弊,因圣人"极而变之","唐虞之风"乃得畅行不滞。那么"唐虞之风",更准确地说《高古》所谓的"黄唐"之风,是什么样的世风与文风?兹将刘勰《文心雕龙·通变》一篇的相关论述抄录如下。

> 是以九代咏歌,志合文则。黄歌断竹,质之至也;唐歌在昔,则广于黄世;虞歌卿云,则文于唐时;夏歌雕墙,缛于虞代;商周篇什,丽于夏年。至于序志述时,其揆一也。暨楚之骚文,矩式周人;汉之赋颂,影写楚世;魏之篇制,顾慕汉风;晋之辞章,瞻望魏采。榷而论之,则黄唐淳而质,虞夏质而辨,商周丽而雅,楚汉侈而艳,魏晋浅而绮,宋初讹而新。从质及讹,弥近弥淡。何则?竞今疏古,风末气衰也。

由古以至南北朝,世风日益衰颓,文风"从质及讹,弥近弥淡",这大概也是唐人的共同观点。"黄唐淳而质",也合司空图的诗学美学主张。因而,《高古》曰:"黄唐在独,落落玄宗。"司空图多次在诗文中倡导"淳而质"的世风、文风。《成均讽》批评当代世风、文风说:"大朴久凋,迷风益扇,浮音薄思,雅曲沈英。"又说:"变唯尚质,贵在扬清。"他在《与李生论诗书》中主张"味外之旨",即"以全美为上"的"醇美"。复兴"黄唐淳而质"的世风、文风,是司空图一贯的主张。

这一"黄唐淳而质"的世风文风,正是司空图易道诗学美学思想理论纲领"原道""征圣""宗经"的具体展示,它同李白《古风五十九首》其一的"圣代复元古,垂衣贵清真"是同一意义。《高古》中章所描绘的,穆如清风,是清平盛世之音。《司空图〈诗品〉之秘三论》中,曾详细讨论过司空图在昭宗年间寓居华阴时所作的《雨中》《漫题》两首诗。《雨中》云:

> 维摩居士陶居士,尽说高情未足夸。檐外莲峰阶下菊,碧莲黄菊是吾家。
>
> ——《全唐诗》第 19 册,第 7262 页

《漫题》诗云:

> 经乱年年厌别离,歌声喜似太平时。词臣更有中兴颂,磨取莲峰便作碑。
>
> ——《全唐诗》第 19 册,第 7260 页

《司空图〈诗品〉之秘三论》已经论定,《诗品》即创作于司空图寓居的华阴华山主峰莲花峰下。司空图既将《诗品》作为"侬家自有麒麟阁",又将《诗品》视为"中兴颂""莲峰"碑,《高古》中的"太华夜碧,人闻清钟",不但与韦应物所表述的"栖禅夜"的情景相应合,而且也应是他寓居华阴莲花峰下的切身感受与体验。在"经乱年年厌别离"之时,《高古》所咏歌的"月出东斗,好风相从;太华夜碧,人闻清钟",也正是"歌声喜似太平时",正是"词臣"司空图对大唐的"中兴颂",正是作者在莲花峰下,为大唐打造、修建的"麒麟阁""中兴"之碑。

同时,还应指出,《诗品·高古》之与《周易》《需》卦相会通,依《需》卦立义,所表达的复古革新,也包含了对大唐中兴的高度期待,是对《需》卦象征的"需待"卦旨的化用。与李白《古风》其一"圣代复元古,垂衣贵清真"为同一意义。复古革新的宗旨,即在复兴清平盛世,这是《诗品》易道诗学,"修中兴之教"的宗旨。复古革新,"修中兴之教",《诗品》易道诗学的指导思想是天道自然观。"畸

· 189 ·

人"，"脱然畦封"，"黄唐在独，落落玄宗"，所蕴含的"与天地合其德""黄帝、尧、舜垂衣裳而天下治"，破除清规戒律，"神而化之，使民宜之"①，对易道诗学的天道自然，作了具体而深刻的表述。

(二)《典雅》：宪章雅颂

《诗品》第六品《典雅》依《周易》第六卦《讼》卦之旨立义。兹将《典雅》原文及《讼》卦相关资料，抄录如下。

玉壶买春，赏雨茅屋。坐中佳士，左右修竹。白云初晴，幽鸟相逐。眠琴绿阴，上有飞瀑。落花无言，人淡如菊；书之岁华，其曰可读。

☰☵讼：有孚窒惕，中吉；终凶，利见大人，不利涉大川。

[注] 讼卦，下坎（☵）上乾（☰），象征"争讼""争辩"之义。

《彖》曰：讼，上刚下险，险而健，讼。"讼：有孚窒惕，中吉"，刚来而得中也。"终凶"，讼不可成也。"利见大人"，尚中正也。"不利涉大川"，入于渊也。

[释]《彖传》论断讼卦卦义说：此卦上卦乾，乾为刚；下卦坎，坎为险，阴险而又刚强，必然争讼。卦辞说"讼：有孚窒惕，中吉"，意思为，讼卦象征争讼，是因为诚信窒塞，心有警惧而致，保持中正可获吉祥。这是由于下坎九二阳爻处于中位。卦辞说"终凶"，意思为，穷于争讼，最终必然凶险，诉讼不能成功。卦辞说："利见大人"，意思为，判决诉讼得以平息，得利于中正明断的大人——讼卦中九五阳爻，居于中正尊贵之位，公正明断，正是一位"大人"。卦辞说"不利涉大川"，意思为，（平息争讼，最为有利）执意恃强争讼，必将陷入灾难的深渊。

又，《象》曰：天与水违行，讼；君子以作事谋始。

[释]《象传》说：讼卦上卦乾为天，下卦坎为水，天西转，水东

---

① （唐）孔颖达：《周易正义·系辞下》（卷八，第二章），（清）阮元校刻：《十三经注疏》（上册），中华书局1980年版，第86页。

流，天行于上，水行于下，天与水相背而行，象征（行事相互违背，而）"争讼""争辩"。因此，君子作事，必须事先慎重谋划初始，以防范意见不一而产生争讼、争辩。

司空图巧妙地综合《讼》卦旨义，并以《讼·象》"天与水违行，讼"为题，构思出一场别开生面、令人绝倒的清谈，或曰《讼·象》意义的辩论会，借以论证、阐述《诗品·典雅》的意义。

《诗品·典雅》首章四句"玉壶买春，赏雨茅屋。坐中佳士，左右修竹"，描述清谈的场面、议题，以及清谈双方"佳士"。

"玉壶买春"，解玉壶换酒，以示主持清谈者的尊贵身份。《唐会要》卷三十一："（开元二年七月二十五日）敕：'准式，三品以上饰以玉，四品以上饰以金，五品以上饰以银者，宜于腰带及马镫、酒杯、杓依式。'"[1]（唐）马戴《赠别北客》："饮尽玉壶酒，赠留金错刀。"[2] 玉壶、金错刀，均为佩带之物。唐人有解佩物换酒助兴之举。李白《对酒忆贺监二首并序》云："太子宾客贺公，于长安紫极宫一见余，呼余为'谪仙人'，因解金龟，换酒为乐。"[3] 春，酒的泛称。《唐国史补》："酒则有郢之富水，乌程之若下，荥阳之土窟春，富平之石冻春，剑南之烧春。"[4]

"赏雨茅屋"，在茅屋中观赏《讼》卦卦象，玩味"天与水违行"的《象传》文辞。赏雨，指观赏讼卦卦象（☰☵），上乾（☰）为天，下坎（☵）为水，为雨。茅屋，显示主持清谈者朴素之德，是位隐逸之士。又，《春秋左传·桓公二年》："臧哀伯谏曰：君人者，将昭德塞违……故昭令德以示子孙：是以清庙茅屋，大路越席，大羹不致，粢食不凿，昭其俭也。"[5]

"坐中佳士，左右修竹"，参加清谈者皆"佳士"；"左右修竹"，既

---

[1] （宋）王溥：《唐会要》（卷三十一，上册），上海古籍出版社1991年版，第665页。
[2] （清）曹寅、彭定求等编校：《全唐诗》（第十七册），中华书局1960年版，第6431页。
[3] （清）王琦注：《李太白全集》，中华书局1977年版，第1085页。
[4] （唐）李肇：《唐国史补》，上海古籍出版社1957年版，第60页。
[5] （唐）孔颖达：《春秋左传正义》（卷五十九），（清）阮元校刻：《十三经注疏》（下册），中华书局1980年版，第1741页。

写环境，又赞誉"佳士"，如"竹林"隐逸，分列左右。

中章四句"白云初晴，幽鸟相逐。眠琴绿阴，上有飞瀑"，是对清谈的具体表述，即对《讼·象》"天与水违行，讼；君子以作事谋始"卦象意义的玩赏、辩论。清谈是两派观点的交锋。一派主张《讼·彖》与《讼·象》为争讼，即"白云初晴，幽鸟相逐"。此派的观点是：《讼》卦，下坎（☵）上乾（☰），象征水在天下，是雨水刚停，还未流逝的景象，亦即"白云初晴"。《讼·彖》曰："讼，上刚下险，险而健，讼。"这就是"险而健"的"幽鸟"，在相互追逐，叽叽喳喳的争讼景象。

另一派主张息讼，即"眠琴绿阴，上有飞瀑"。此派的观点是：《讼·象》"天与水违行，讼；君子以作事谋始。"卦象"天与水违行"，犹如李白《望庐山瀑布水》："飞流直下三千尺，疑是银河落九天。""银河落九天"，即《讼》卦下坎（☵）上乾（☰）之象，亦即高山流水。于是，连类而及，俞伯牙鼓琴"高山""流水"之曲，琴声之"峨峨""洋洋"，犹如争讼之场面。而且，讼卦下卦坎，不但象征"水"还象征"隐伏"，《讼》卦的主旨不在恃强争讼，而在止争息讼："君子以作事谋始"，慎始杜争。息讼，即息声息音。所以，☵《讼》卦下坎"为隐伏"，就被认作鼓琴者罢奏息声息音，抱琴而眠于绿阴之下了。

《典雅》中章表述清谈双方的观点，将《讼》卦的意义阐述得十分详尽，作者巧妙的艺术构思令人拍案叫绝。同时，对清谈双方观点的论述，也点出了《典雅》的艺术特征，由"白云初晴"之"阳春"，而及"白雪"；由"上有飞瀑"，而及"高山流水"——典雅之品，即阳春白雪，即高山流水之品。

《典雅》末章四句"落花无言，人淡如菊；书之岁华，其曰可读"，写清谈之辩论会结束，点明典雅之品的要旨，说明何谓典雅。

"落花无言"——茅屋静谧得可以听到花落的声，或曰灿花之论定于一尊，清谈辩论圆满结束了。"人淡如菊"，清谈的"座中佳士"个个心平气和，气定神闲——辩论时的慷慨陈词，侃侃而论，论辩的氛围消散已空。此情此景，是对《讼》"九五"阳爻意义的化用："九五，讼，元吉。《象》曰：'讼，元吉'，以中正也。"爻辞的意义为：明断争讼，至为吉祥。因为九五阳爻居中位，是"大人君主"之象，其德中正。在《诗品·典雅》中，应为"玉壶买春"之人，身份尊贵，又有淳朴之德，这位"玉壶"主人应是《讼》中"利见大人"之"尚中正"者，他的息讼的决断，为"座中佳士"所服膺，故有"落花无言，人淡如菊"的清谈结束的场面。

《典雅》最后两句"书之岁华，其曰可读"，说明何谓典雅诗品，创作典雅诗品的要旨。两句意思为，将上述清谈之士的岁月年华记述下来，就可称之曰"可读"的典雅之作了。"书之岁华"，用《周礼·地官司徒·乡大夫》："以岁时入其书，三年则大比，考其德行道艺而兴贤者能者。"又《周礼·地官司徒·党正》："正岁……而书其德行道艺，以岁时涖校比。"周代的制度，乡、党的行政长官按岁时记录属下的德行道艺上报，三年一次大校比，荐举那些品德好，才能优秀的人。故《典雅》依据周代经典礼制，将清谈之士的"德行道艺"记述下来，既典且雅，此典雅的第一层意义。典雅的第二层意义是"可读"。"其曰可读"，用《诗·鄘风·墙有茨》："墙有茨，不可束也。中冓之言，不可读也。所可读也，言之辱也。"所谓"中冓之言"，即讲述淫荡、丑恶行为的话。"其曰可读"，反其意而用之，为记述高尚雅正的事情。"其曰可读"亦有两层意义，另外一义为，用《史记·五帝本纪》："太史公曰：学者多称五帝尚矣。然《尚书》独载尧以来，而百家言黄帝，其文不雅驯，荐神先生难言之……余并论次，择其言尤雅者，故著为本纪书首。"综合以上材料，"其曰可读"的两层意义，一曰雅正、雅正可读；一曰雅驯，古雅而通顺可读。然而，雅正或高雅，主要指思想内容，与"书之岁华"的意思相重合，故而"其曰可读"应更偏重于"雅驯"，主要是指语言形式方面的要求。早在汉代，王充就已指出"古今言殊"，赋颂典雅难懂，他道："深覆典雅，指意难睹，唯赋颂耳。"[①]刘勰《文心雕龙·宗经》亦云："《书》实记言，而训诂茫昧……《诗》主言志，诂训同《书》。"司空图《典雅》宗经，复兴雅颂，而主张以复古为革新，对韩愈所谓的"周诰殷盘，佶屈聱牙"（唐·韩愈《进学解》），自然作为革新的对象。他所谓的典雅，不但根柢深厚，而

[①] （汉）王充：《论衡·自纪篇》，国学整理社辑纂：《诸子集成》（第七册），中华书局1954年版，第285页。

且还必须清通可读。

　　当然，仅就《典雅》末章四句的字面意义去领会何谓典雅诗品，是不够准确和圆满的。末章四句作为全诗的结论，应结合《典雅》全诗的内容来理解，才更准确与完整。《典雅》完整地记述了"玉壶"主人所主持的《讼》卦卦象卦辞的观赏、玩味的辩论内容、观点，以及辩论的全过程，也就是《易传》所说："圣人设卦观象……是故君子所居而安者，《易》之序也；所乐而玩者，爻之辞也。是故君子居则观其象而玩其辞。"（《易·系辞上》第二章）因而，《典雅》所谓"书之岁华"者，具体而言，是指书写、记载如《典雅》所记述的"坐中佳士，左右修竹"的岁月年华，即观赏、游艺、论学《易经》等儒家经典的德行道艺，这就是"典雅"。也就是刘勰《文心雕龙·体性》所讲的"典雅者，熔式经诰，方轨儒门者也"。司空图与刘勰不同的是，刘勰是以语言来界定典雅的意义，而司空图则是，如司马迁《太史公自序》所祖述并遵循孔子的"我欲载之空言，不如见之于行事之深切著明也"的做法。两种不同的表述，是科学的思维与艺术的思维之不同，是科学的概念、判断、推理的表述方式与艺术的形象、典型、意境的表述方式，或艺术性表述方式的不同。

　　《文心雕龙·颂赞》："原夫颂惟典雅，辞必清铄；敷写似赋，而不入华侈之区；敬慎如铭，而异乎规戒之域。揄扬以发藻，汪洋以树义，唯纤曲巧致，与情而变，其大体所底，如斯而已。"[①]"颂惟典雅，辞必清铄"，可作为司空图《诗品·典雅》"书之岁华，其曰可读"之"雅驯"的佐证，也可作《典雅》之复兴雅颂之佐证。

　　综合《高古》《典雅》两品而论，《高古》言复兴黄唐古道，垂衣而治，倡导清真淳朴盛世之风；《典雅》言涵养儒道，游学经典，倡导雅颂清真盛世之音。《高古》对《诗品》易道诗学美学观的论述，偏重于"征圣"；《典雅》对《诗品》易道诗学美学观的论述，偏重于"宗经"。无论是《高古》的偏重于"征圣"，还是《典雅》的偏重于"宗经"，《诗品》易道诗学美学的"原道"之义皆在其中。针对当代的褊浅世风、文风，《高古》《典雅》共同指出了诗歌的发展方向与基本途

[①] 范文澜：《文心雕龙注》（上册），人民文学出版社1958年版，第158页。

径——复古革新,继承发扬《诗经》传统。"征圣"复古,以上古朴素淳质,矫正当代日益浇薄世风;"宗经"典雅,则"根柢盘固,枝叶峻茂""吐纳自深",借以尽扫褊浅文风。司空图认为,只有复古革新,诗歌创作,才能真正成为"鼓天下之动者存乎辞"的道之文,才能为复兴大唐发挥诗歌应有的作用。

长期以来,人们习惯于或倾向于从文艺界的两条路线斗争来看待复兴雅颂与倡导风雅的区别乃至对立,认定凡是复兴雅颂者,即有为封建统治者歌功颂德,粉饰太平之嫌;而只有倡导风雅,方为抨击现实,揭露封建统治,富有人民性。这不符合历史的辩证法。其实,在古代经典著作对《诗经》风雅颂的论述中,风雅颂是诗体理论的完整体系,这在孔颖达《毛诗正义》中的《毛诗序》、郑玄《诗谱序》中阐释得很明白。"是以一国之事,系一人之本,谓之风;言天下之事,形四方之风,谓之雅。"风者,"吟咏情性,以风其上""上以风化下,下以风刺上"。雅者,"正也,言王政之所由废兴也。政有小大,故有小雅焉,有大雅焉"[①]。通过风、雅而"明乎得失之迹""正得失""移风俗",致太平。颂者,"美盛德之形容,以其成功告于神明者也。"郑玄以为,周文王、周武王之时,"风有《周南》《召南》,雅有《鹿鸣》《文王》之属。及成王,周公致大平,制礼作乐,而有颂声兴焉,盛之至也。本之由此风雅而来,故皆录之,谓之诗之正经"[②]。古代文化经典作者,通过《诗经》风雅颂这一诗体理论,概括了周文王、周武王、周公化成天下的整个过程,论述了周代的文治之功业。风雅颂既是《诗经》系统的诗体理论,也是政治教化的理论系统。司空图复兴雅颂,同李白的"大雅久不作,吾衰竟谁陈""大雅思文王,颂声久崩沦。安得郢中质,一挥成斧斤"一样,都是旨在化成天下。因而,他在《诗赋赞》中说:"上有日星,下有风雅",在《与李生论诗书》中说"诗贯六义"。司空图宗经雅颂,是指诗歌创作的方向,为大唐的中兴发挥作用,而风雅颂则具体指示了实现这一方向的政治

[①] (唐)孔颖达:《毛诗正义》(卷一),(清)阮元校刻:《十三经注疏》(上册),中华书局1980年版,第272页。

[②] (唐)孔颖达:《毛诗正义》(郑玄·诗谱序),(清)阮元校刻:《十三经注疏》(上册),中华书局1980年版,第262—263页。

教化的系统过程。

二 《洗炼》《劲健》——诗道论（下）

《诗品二十四则》中，《洗炼》《劲健》两品，论述作者创作及其修养的道路、门径，由《洗炼》而《劲健》的过程。

（一）《洗炼》：研炼以醇

《诗品》第七品《洗炼》依《周易》第七卦《师》卦之旨立义。兹将《洗炼》原文及《师》卦相关资料，抄录如下。

> 如矿出金，如铅出银；超心炼冶，绝爱缁磷。空潭泻春，古镜照神；体素储洁，乘月返真。载瞻星气，载歌幽人；流水今日，明月前身。

☷☵ 师：贞，丈人吉，无咎。

［注］师卦，下坎（☵）上坤（☷），象征"众"、军队。

《彖》曰：师，众也；贞，正也。能以众正，可以王矣。刚中而应，行险而顺，以此毒天下，而民从之，吉又何咎矣！

［释］《彖传》论断师卦卦辞说："师"，是众多的意思，"贞"是守持正道的意思，能使众人（军队）秉承正道，就可以成就王业了。师卦下坎九二爻，阳爻居中，是师卦的主爻，军队的主帅与上坤六五爻，即君主阴阳相应，故曰"刚中而应"，主帅深得君主的信任。而坎卦为险，坤卦为顺，所以领军征伐本身是危险的，然而，顺合正道而征伐天下，民众响应，必定吉祥，又有什么咎害呢！

又，《象》曰：地中有水，师；君子以容民畜众。

［释］《象传》说：师卦下坎为水，上坤为地，象征地中储藏着水，君子应当广纳民众，畜养民众。

司空图《诗品·洗炼》充分发挥了以上《师》卦的旨义。首章四句"如矿出金，如铅出银；超心炼冶，绝爱缁磷"，说明洗炼的意义，洗炼即冶炼、研炼。诗中强要"超心"地冶炼，旨在"绝爱"杂质，除泽务尽。这是化用李白《古风五十九首》其五十："赵璧无缁磷，燕石非贞真。"这一化用扣合了《师》卦卦辞："师：贞。"而"超心""绝爱"，又引出中章四句："空潭泻春，古镜照神；体素储洁，乘月返真。"

"空潭"依据《师·象》"地中有水，师"。"地中有水"，即为水潭。水潭而曰"空潭"，因地下泉水清澈、明净，如柳宗元《至小丘西小石潭记》所云："下见小潭，水尤清冽……潭中鱼可百许头，皆若空游无所依。日光下澈，影布石上。""古镜照神"，承"空潭泻春"，言"超心炼冶，绝爱缁磷"，达到异乎寻常的明净，而能照见人物神态。

"体素储洁"依据《师·象》"地中有水，师；君子以容民畜众"，此言"超心炼冶"之修身养性，修养纯朴贞正之德性——如万丈深潭，容纳纯净泉水，畜养纯素之德。孔颖达诠释"地中有水"曰："《象》称'地中有水'，欲见地能包水，水又众大，是'容民畜众'之象，若其不然，或当云'地在水上'，或云'上地下水'，或云'水上有地'，今云'地中有水'，盖取容畜之义也。"① 容纳、畜养，由首四的"绝爱缁磷"，主要指艺术的修养，研炼，"毫发无遗憾"，而转向心性的修养。亦即司空图《诗赋赞》所谓的"研昏炼爽，戛魄凄肌"。心性修养，"体素储法"，终于达到"乘月返真"的境界。"乘月"，取《师》卦下坎不但为"水"，而且"为月"。"返真"，返归自然，返归朴素淳正的本性。这里既取象于《师》卦，又化用了《庄子·刻意》以"水之性"而论"纯素之道"，"能体纯素，谓之真人"。兹将有关资料抄录如下：

> 水之性，不杂则清，莫动则平；郁闭而不流，亦不能清，天德之象也。故曰，纯粹而不杂，静一而不变，淡而无为，动而以天行，此养神之道也……
>
> 纯素之道，唯神是守；守而勿失，为神为一。一之精通，合于天伦……顾素也者，谓其无所与杂也；纯也者，谓其不亏其神也。能体纯素，谓之真人。②

---

① （唐）孔颖达：《周易正义》（卷二），（清）阮元校刻：《十三经注疏》（上册），中华书局1980年版，第25页。

② （清）郭庆藩：《庄子集·刻意》（第一册，第十五），国学整理社辑纂：《诸子集成》（第三册），中华书局1954年版，第240—241页。

《洗炼》由"乘月返真"又引出末章四句："载瞻星气，载歌幽人；流水今日，明月前身。"

一边瞻仰那皎洁的明月之光，一边歌咏那"乘月返真"，而深居于广寒宫中的纯洁仙人——令人恍然而悟；今日纯净如水的洗炼诗歌，是从往日超心修炼得如同明月般高浩的胸怀中流淌出来的。

末章四章，说明创作洗炼作品的要旨，只有"体素储洁"，才能创作出洗炼之作。"流水今日，明月前身"，依据《师》卦下坎"为月"，而"为月，取其月是水之精也。"①《晋书·天文志上》："方诸可以取水于月，而无取月于水之道，此则月精之生水了矣。"② 方诸，古代在月下接取露水的镜具。《淮南子·览冥训》："夫阳燧取火于日，方诸取露于月。"

通观《诗品·洗炼》全篇，突出地从三个主要方面会合熔通《师》卦的主旨内涵。其一，依据"师：贞""贞，正也"，规定《洗炼》须"超心炼冶，绝爱缁磷"；其二，依据"地中有水，师；君子以容民畜众"的"容畜之义"，阐释《洗炼》"体素储洁，乘月返真"的修身养性意义；其三，依据"师：贞，丈人吉"《师》象征兵众，守持正道，统帅堪当重任，可获吉祥，而喻言《洗炼》须得其人，即须是"体素储洁，乘月返真"之人，才有"流水今日"之作。以上三个方面的意义，也赅尽《师》卦的旨意。《洗炼》要求无论是艺术的修养还是心性的修养，都必须"超心炼冶，绝爱缁磷"，强调只有经过超常的研炼，即经过"研昏炼爽，戛魄凄肌"的艰苦过程，才能达到艺术的"贞，正也"，即达到"空潭泻春，古镜照神"的境界；也就是司空图所谓的"右丞苏州趣味澄敻，若清风之出岫"的境界。必如此，才能研炼入醇。

(二)《劲健》：凌云健笔

《诗品》第八品《劲健》依《周易》第八卦《比》卦之旨立义。

---

① （唐）孔颖达：《周易正义·说卦传》（卷九），（清）阮元校刻：《十三经注疏》（上册），中华书局1980年版，第95页。
② （唐）房玄龄：《晋书》（卷十一《天文上》），《二十五史》（第二册），上海古籍出版社1986年版，第1275页。

兹将《劲健》原文及《比》卦相关资料，抄录如下。

> 行神如空，行气如虹；巫峡千寻，走云连风。饮真茹强，蓄素守中；喻彼行健，是谓存雄。天地与立，神化攸同；期之以实，御之以终。

䷇比：吉。原筮，元永贞，无咎。不宁方来，后夫凶。

［注］比（bì 必）卦，下坤（☷）上坎（☵），象征亲近、依附。

《彖》曰：比，吉也；比，辅也，下顺从也。"原筮，元永贞，无咎"，以刚中也。"不宁方来"，上下应也；"后夫凶"，其道穷也。

［释］《彖传》论断比卦卦辞说：比卦的意思是亲近、依附，就会吉祥。比，所以吉祥，是亲近、依附，相辅助的结果。比卦下坤，为顺，六爻中只有九五为阳爻，其余五阴爻皆顺从亲近此九五阳爻。卦辞"原筮，元永贞，无咎"的意思为，凡亲近、依附之先，必慎重考虑选择亲近、依附的对象，即所谓"原穷其情，筮决其意"——推原穷究其情，并以卜筮作出决定，从而保证亲近、依附为有德的尊长（《乾·文言》"元者，善之长也。"）而能永久坚守正道，方能没有咎害。而卦辞所指的"元永贞"的尊长，就是居九五之位的阳爻。卦辞"不宁方来"，是说因不得安宁，五阴爻多方而来亲近、依附九五阳爻，阴阳上下相互应合。卦辞"后夫凶"，是说上六爻迟缓而来，无所归附，比辅之道穷尽。

又，《象》曰：地上有水，比；先王以建万国，亲诸侯。

［释］《象传》说，比卦上坎为水，下坤为地，象征地上有水。先代君王效法比卦之象（地承载水，水润泽地，水、地相亲无间）封建万国，亲近诸侯而化成天下。

司空图《诗品·劲健》发挥《比》卦义旨，首章四句"行神如空，行气如虹；巫峡千寻，走云连风"，说明劲健的意义：驰骋神思，如天马行空；气势奔放，如峥嵘长虹——这即是健，是行健；千寻峭壁的巫峡，波浪连天，风急云涌——这即是强劲、劲健。

字面看来，首章四句似乎与比卦没有什么关系，其实不然。作者点明"巫峡千寻，走云连风"，是暗用杜甫《秋兴八首》其一："玉露凋伤枫树林，巫山巫峡气萧森；江间波浪兼天涌，塞上风云接地阴"，其中"江间波浪兼天涌，塞上风云接地阴"正是"巫峡千寻，走云连风"的出处。而"江间波浪兼天涌，塞上风云接地阴"，在司空图看来，正内蕴《易·比》卦象，下坤（☷）上坎（☵），坎为水，"地上有水"，水"接地""连天"；坎又为险，故曰"塞上"，"巫峡千寻"。

《劲健》中章四句"饮真茹强，蓄素守中；喻彼行健，是谓存雄"，作者充分发挥《比》卦旨义，阐述劲健的内涵。"饮真茹强，蓄素守中"者：餐饮阳刚元气，积蓄纯素本质而秉持中正之道——劲健内蕴比卦九五阳爻之德。九五阳爻为比卦卦主，是比卦主旨的核心。九五阳爻居上坎中位，体现比卦"元永贞"之德，为该卦其他五阴爻亲比、依附的尊长。而且，《劲健》据以立义的《比》卦与《洗炼》据以立义的《师》卦，卦象互为倒置，即孔颖达所谓"覆卦"，故《劲健》上承《洗炼》"体素储洁"，而曰"蓄素"，指坎为水，水之性具纯素之道。"喻彼行健，是谓存雄"者：本品首章四句形容劲健运行不息，是在说明它存有阳刚之性——劲健内蕴比卦九五阳爻之德，众阴爻对九五阳爻的依附、亲近，实质也是对《雄浑》内蕴乾元之德的依附、亲近。《雄浑》"真体内充"而《劲健》"饮真茹强"，《雄浑》"积健为雄"而《劲健》"喻彼行健，是谓存雄"。《劲健》与《雄浑》所相同者，在"真""健""雄"；所不同者，在"劲"与"浑"。《劲健》"饮真茹强"故"劲"；《雄浑》"返虚入浑"故"持之非强"。

《劲健》末章四句"天地与立，神化攸同；期之以实，御之以终"，说明劲健的要旨。"天地与立，神化攸同"者：比卦上坎下坤，九五阳爻居上坎中位，九五之位即天子之位，下坤为地，体现比卦"元永贞"之德的九五卦主自然与天地并立，而劲健内蕴比卦之德，亦与天地并立，故能"行神如空，行气如虹"。又，《比·象》曰："地上有水，比；先王以建万国，亲诸侯。"先王效法比卦卦象水地相互亲比，地载水，水润泽地，劲健内蕴比卦之德，自然也具有天地神奇化育变化的相同功能——劲健以至于无穷，"千变万状，不知所以神而自神"。"期之以实，御之以终"者，期望充实阳刚真气，将劲健贯彻至终。这两句有两层意思。其一，比卦卦辞曰"元永贞"，劲健效比卦之德，自然须阳刚充实，"御之以终"；其二，比卦"上元，比之无首，凶。《象》曰：'比之无首'，无所终也。"比卦上爻为阴爻，阴虚阳实。司空图以劲健内蕴比卦之德，而比卦上爻为阴爻为虚，爻象"无所终也"，这是不符合司空图劲健诗品的要旨，故要通融比卦上爻，而曰"期之"，期望变上爻阴虚为阳实，期望变上爻爻象"无所终"为将劲健"御之以终"。因此，末章说明劲健要旨有三，一曰劲健必达到神奇入化的境界；二曰劲健要求内在充实，积蓄深厚，不可外强中干，"力勍而气屦"；三曰劲健应贯彻始终，不可虎头蛇尾、衰惫而终。

通观《诗品·劲健》全篇，既遵循《比》卦"原筮"而慎重择比，择善亲比的卦义，紧扣九五主爻，阐述劲健"饮真茹强，蓄素守中"的内涵，赋予劲健以"元永贞"之德（元，大。"善之长也"，永，永久，贞，正道），同时，又全面化用《比》卦卦象、卦义、卦爻而对劲健的意义作了充实、准确的表述。例如，首章说明劲健的意义，除上述所云依据《比》卦下坤上坎卦体卦象外，"巫峡千寻，走云连风"，还充分体现了卦辞"不宁方来，后夫凶"，即《比》卦的依附贵速之义。又如，《比·象》曰"地上有水，比；先王以建万国，亲诸侯"，由《比》卦下坤上坎的"地上有水"的卦象，先代君王效法这一卦象而"建万国，亲诸侯"，这本身即是"精义入神的致用"，司空图发扬"精义入神以致用"，而曰劲健"天地与立，神化攸同"以应合"地上有水"的相比、润泽之义。并且，"天地与立"，又与九五阳爻居上卦中位，下卦为坤，坤为比的意义相合。更令人拍案叫绝者，乃末两句"期之"，奇语、妙语！既贴切地表述了《比》卦卦爻之义，又强调了劲健"元永贞"的品德。

《诗品·劲健》是论述作家创作才力的美学品格。在上卷的易道诗学纲领中对才力论曾从宏观的角度作了论述，这里就才力作为创作的门径而加论述。唐代诗坛才力论盛行。杜甫《戏为六绝句》论才力云："庾信文章老更成，凌云健笔意纵横"，"才力应难跨数公，凡今谁是出群雄？或看翡翠兰苕上，未掣鲸鱼碧海中。"元稹对杜甫的才力作出极高的评价，他说：

至于子美，盖所谓上薄风骚，下该沈宋，古傍苏李，气夺曹刘，掩颜谢之孤高，杂徐庾之流丽，尽得古今之体势，而兼人人之所独专矣……则诗人以来，未有如子美者！时山东人李白，亦以奇文取称；时人谓之李杜……至若铺陈终始，排比声韵，大或千言，次犹数百，词气豪迈，而风调清深，属对律切，而脱弃凡近，则李尚不能历其藩翰，况堂奥乎？

这显然是扬杜抑李。长元稹十余岁的韩愈则持不同看法，《调张籍》云：

李杜文章在，光焰万丈长，不知群儿愚，那用故谤伤？蚍蜉撼大树，可笑不自量……想当施手时，巨刃磨天扬。垠崖划崩豁，乾坤摆雷硠……

才力，成为唐人评论诗人成就高下的标准。韩愈在《答李翊书》中提出："根之茂者其实遂，膏之沃者其光晔，仁义之人，其言蔼如也。"且自述其创作途径曰："始者非三代两汉之书不敢观，非圣人之志不敢存……如是者亦有年，然后浩乎其沛然矣。吾又惧其杂也，迎而距之，平心而察之，其皆醇也，然后肆焉。"醇，然后肆，正是司空图《洗炼》《劲健》所论述的创作及其修养的门径。不过，司空图显然并不认为醇而后肆是创作修养的最高境界，最高境界是《易传》所谓的"至精""至变""至神"。故《与李生论诗书》曰"醇美"，曰"澄澹精致"，曰"千变万状，不知所以神而自神"；《诗赋赞》曰"神而不知，知而难状，挥之八垠，捲之万象"。《诗品·劲健》且曰："天地与立，神化攸同。"由醇而后肆，发展为"宏肆"，是司空图倡导的"至精""至变""至神"的最高境界。所以，司空图评述唐代诗歌创作发展的过程说：

国初，主上好文雅，风流特盛。沈宋始兴之后，杰出于江宁，宏肆于李杜，极矣！[①]

[①] （唐）司空图：《与王驾评诗书》，（清）董诰等辑纂：《全唐文》（卷807），上海古籍出版社1990年版，第3761页。

以上四品，对《诗品》易道诗学纲领所规定的诗歌复古革新，宪章雅颂，"修中兴之教"的诗歌发展方向、道路及创作修养门径展开论述，是对诗学纲领内涵的阐释。《劲健》以"饮真茹强，蓄素守中；喻彼行健，是谓存雄"与《雄浑》"大用外腓，真体内充；返虚入浑，积健为雄"相对照，首尾呼应。

卷三　诗品·易道诗学诗德论

司空图《诗品》上编末四品，《绮丽》《自然》《含蓄》《豪放》为下卷（卷三）诗德论。四品逐一与《小畜》卦、《履》卦、《否》卦、《泰》卦相会通，论述易道诗学的诗体德性，或曰诗歌文体的基本特征。其中，《绮丽》《自然》言诗体"至丽而自然"的诗德[1]；《含蓄》《豪放》言诗体"情深而文明，气盛而化神；和顺积中，而英华发外"[2]，或如扬雄所谓"绷中而彪外"[3]，韩愈所谓"闳其中而肆於其外"（韩愈《进学解》）闳中而肆外的诗体特征。拟先讨论《绮丽》《自然》。

一　《绮丽》《自然》——诗德论（上）

《绮丽》《自然》之作为诗德，一者扣合了《小畜》"君子以懿文德"的卦旨，二者引申《履》"君子以辩上下，定民志"的卦旨，以天道自然观，规定了"至丽而自然"的诗德观。

（一）《绮丽》：缘情绮靡

《诗品》第九品《绮丽》依《周易》第九卦《小畜》卦之旨而立义，兹将《绮丽》原文及《小畜》卦相关资料，抄录如下。

---

[1] （唐）皎然：《诗式》，郭绍虞：《中国历代文论选》（第一册），上海古籍出版社1979年版，第75页。
[2] （唐）孔颖达：《礼记正义·乐记》，（清）阮元校刻：《十三经注疏》（下册），中华书局1980年版，第1536页。
[3] （汉）杨雄：《杨子法言·君子》，国学整理社辑纂：《诸子集成》（第七册），中华书局1954年版，第37页。

神存富贵，始轻黄金。浓尽必枯，淡者屡深。雾馀水畔，红杏在林。月明华屋，画桥碧阴。金樽酒满，伴客弹琴，取之自足，良殚美襟。

☰☰ 小畜：亨；密云不雨，自我西郊。

[注] 小畜卦，下乾（☰）上巽（xùn 逊）（☴），象征"小有畜聚"。该卦"小畜"卦名，又有"畜养""畜止"诸义。

《彖》曰："小畜"，柔得位而上下应之，曰小畜。健而巽，刚中而志行，乃"亨"。"密云不雨"，尚往也。"自我西郊"，施未行也。

[释]《彖传》论断小畜卦义说：小畜卦主是六四爻，为上卦巽的阴爻，居小畜卦第四位，阴柔顺。偶数位是阴位，故六四阴爻是"柔得位"。六四爻上下五爻都是阳爻，与该卦卦主上下阴阳相应。因卦主六四爻所能畜聚、畜止的只有九三爻，所畜狭小，故名"小畜"，即小有畜聚、畜止。从《小畜》卦的上下卦体卦象来看，该卦下卦为乾，乾象征刚健；上卦为巽，巽象征谦逊、和顺，所以上下卦象象征刚健而和顺。而且，九二、九五两爻又都居上下卦的中位，阳刚居中，志向可得施行，所以卦辞曰"小畜，亨"，亨即亨通。卦辞说"密云不雨"，浓云密布，却不下雨，是因为阳气上升而往。阳气上升而往，不能与阴气相交合，所以只有密云，而无雨降。阳气所以上升而往，由于卦主六四阴爻只能积聚、畜止九三阳爻，而初九、九二不能被畜聚、畜止，故而"密云不雨"。卦辞"自我西郊"，是说所聚积的密云在西方郊外，离我都城甚远，润泽不得施行。

又，《象》曰：风行天上，"小畜"；君子以懿文德。

[释]《象传》说：风行天上——小畜卦下乾为天，上卦巽为风，卦象风行天上，象征"小有畜聚"，即《彖传》所云"尚往也"。君子处此"小畜"之时位，应当修美文德，待时而发。

案，关于《小畜》卦的意义，易学家有不同解说。司空图所依据与遵循的应是《周易正义》。关于《小畜》卦象"风行天上"，而"君子以懿文德"，其中的联系，孔颖达说："凡大象，君子所取之义，或即二卦之象而法之者：若'地中有水，师；君子容民畜众'，取卦象包容之义；若履卦象云'上天下泽，履；君子以辩上下'，取上下尊卑之义。如此之类，皆取二象，君子法以为行也。或直取卦名，因其卦义所有，君子法之，须合卦义行事者：若讼卦云'君子以作事谋始'，防其所讼之源，不取'天与水违行'之象；若小畜'君子以懿文德'，不取'风行天上'之象。余皆仿此。"依孔颖达所云，"君子以懿文德"，不是取小畜"风行天上"的卦象，而是"直取卦名，因其卦义所有，君子法之"，那么，"君子以懿文德"，即是君子修美文德，当为"小有畜止"之义。文德，既指文章道德，又指文体德性，《诗品·绮丽》当为文体德性，而兼有道德修养，所谓诗品即人品。

司空图依照孔颖达所云，《小畜·象》"君子以懿文德"，为"直取卦名，因其卦义所有，君子法之，须合卦义行事"，《诗品·绮丽》以《小畜》卦旨立义，《绮丽》自然为"君子以懿文德"。连类而及，上编末四品之下卷（卷三），故而为诗德论。那么，具体到《绮丽》而言，如何体现"以懿文德"的小畜卦义？或者说，小畜，是小有畜聚、畜养、畜止？

《绮丽》首章四句"神存富贵，始轻黄金。浓尽必枯，淡者屡深"，论述绮丽的意义：一者曰，只有具备富贵的精神气质，才不屑于穿金戴银；再者曰，错彩镂金，浓艳到极点，必然枯槁而毫无生气，冲淡自然却往往绚丽多彩。这是从质与文，情与采，通过正反两个方面来论述绮丽的意义，强调以质、情为本、为主；以文、采为末、为从。首章的前三句，意义显豁，末句"淡者屡深"却是何意？与"以懿文德"的小畜卦义有何联系？于是《绮丽》中章四句展开了具体的阐释。

中章四句"雾余水畔，红杏在林。月明华屋，画桥碧阴"，以优美动人的意境说明绮丽的美学特征——"淡者屡深"。四句分两层，"雾余"两句，从质与文而言，化用刘勰《文心雕龙·情采》"夫水性虚而沦漪结，木体实而花萼振：文附质也"而来。刘勰认为，水性流动（不坚实），而结成波汶；树木体质坚实而开放花朵，文采须依附在质体上。司空图进而修正说，绮丽，还须是薄雾中的"采采流水"，或是绿林中时而映现的红杏。在司空图看来，水流而联结的沦漪固然美，而薄雾中的沦漪更加绮丽；树木盛开的鲜花固然美，而绿林中时隐时现的红杏，更加动人。水之沦漪，木之鲜花，皆出自物性，水或木的本性，是内在物性焕发的文采,这种文与质的关系,即是体与用的关系,而非外在的文饰。而"雾"与"林"(树林,绿色的成片的树木,非全为红杏),则是外在的映衬、润饰。这种外在的映衬、润饰,直接的作用不是在强化内在质地之美,不是使内在之美更鲜明、更强烈、更耀眼,而是更蕴藉、更富有韵味。薄雾中的沦漪,非"采采流水"之鲜明,林中点点红杏,也非"碧桃满树"之鲜艳、强烈,它是另一种美,一种淡化之美——通过合理、适宜的淡化,也能达到"纤秾"的神韵[①]。这就是司空图所提供《小畜》"君子以懿文德"的"小有畜止"之义。"月明华屋,画桥碧阴":华丽的屋宇在皎洁月光的映照之中,美丽的画桥披拂在碧绿的树荫里。唐人宋之问《春日芙蓉园侍宴应制》云:"年光竹里遍,春色杏间遥。烟气笼青阁,流文荡画桥。"[②]宋之问的《春日芙蓉园》与《诗品·绮丽》中章,描绘了相似的意境。宋之问其诗作为"侍宴应制",文辞须身份高贵,正符合《绮丽》"神存富贵,始轻黄金"的"君子以懿文德"之义。《绮丽》"月明"两句与"雾余"两句,不同者,不是从质与文而言"绮丽"。华屋,本已建筑装饰高大华丽,明月笼罩,恍如仙境;画桥,本已雕绘美丽,绿荫掩映,若隐若现,更具画意。"雾余"两句所言,是水、木内在质体所焕发的文采,是本体之美,是自然之美;"月明"两句所言,是装饰,雕绘之美,"月明"与"碧阴"是对装饰的"华屋",雕绘的"画桥"的再映衬、再文饰。它们的共同之处,都是以外在的映衬,文饰,而淡化、弱化原先之美,通过淡化,弱化而增其审美效果。

推求《绮丽》中章胪举的生动美妙意境,都是遵循《小畜》的"小有畜止"之义,即对美的事物、景物的淡化、弱化。对美的事物、景物的淡化、弱化,之所以收到"淡者屡深"的美学效果,其一,淡化实则幻化,对美的事物、景物的淡化,形成幻境,平添了几分神秘,几多情趣,给人以意外的惊喜;其二,淡化的幻境,其朦胧性,呈现浑然之美,没有缺陷,没有不足,无从发现,无可挑剔,哪怕是些微的瑕疵。故而,

---

[①] 因而《诗品·纤秾》以体现艺术辩证法则之"采采流水,蓬蓬远春",表达"韵外之致"的意义。

[②] (唐)宋之问:《春日芙蓉园侍宴应制》,(清)曹寅、彭定求等编校:《全唐诗》(第二册),中华书局1960年版,第643页。

浑然之美，完美无缺；其三，淡化的幻境，富有温馨感，亲切、贴心，易于沉迷、陶醉其中；其四，淡化的幻境，避免了过度的鲜明，强烈的美的刺激，而过度的刺激造成过度的兴奋，会产生审美的疲劳。所以，当人们徜徉在淡化的幻境中，格外惬意、自在，流连忘返。适度的、合宜的，即"小有畜止"的淡化，增强艺术魅力，具有审美的持续性。

《绮丽》末章四句"金樽酒满，伴客弹琴，取之自足，良殚美襟"，依据《小畜》九五爻辞之义，说明绮丽诗品的创作要旨。《小畜》"九五，有孚挛如，富以其邻。《象》曰：'有孚挛如'，不独富也。"九五爻辞的意思为，九五阳爻居九五中正尊位，诚信，德劭。又，阳实而阴虚，故九五阳爻充实富有，又与九二诸爻牵挽相助。正是依据九五既富有，又诚信有德，乐于与邻里相助同富，故而《绮丽》云"金尊酒满，伴客弹琴"——家道富裕，与客人共享美酒琴音之乐。末两句，一则申述"金尊酒满"，乃"取之自足"，有殷实的家道作基础；一则申述"伴容弹琴"，乃"良殚美襟"，因美好高尚的情怀使然："与众乐之之谓乐，乐而不失其正，又乐之尤也。"① 所以，末章四句对《绮丽》全篇的总结，补足了中章"君子以懿文德"的《小畜》意义，对绮丽诗品的创作，不仅是"小有畜止"的淡化而已，而且，还有《小畜》的"畜聚""畜养"之义，包括对诚信、德劭的道德情操的修养，对艺术才力的"畜聚"。也就是说，通过"小有畜止"的淡化，而实现"淡者屡深"，是建立在思想道德的修养与深厚的艺术才力的基础之上的，否则即流于司空图所痛心的"褊浅"之风。"取之自足，良殚美襟"，"有德者必有言"②，"仁义之人，其言蔼如也"。③

《绮丽》综述，有三个问题需要讨论一下：一、为何设立《绮丽》之品；二、《绮丽》之品为何以浓淡为重要内容；三、《绮丽》与《纤秾》有何关系。本卷开首已经说明，以《绮丽》为首的四则诗品，即《诗品》上编末卷（卷三），是作为诗德或诗体的基本特征而设立的，

---

① （唐）韩愈：《上巳日燕太学听琴诗序》，（宋）李昉等编撰：《文苑英华》（卷717），中华书局1966年版，第3706页。
② 《论语·宪问》，杨伯峻：《论语详注》，中华书局1962年版，第153页。
③ （唐）韩愈：《答李翊书》，郭绍虞：《中国历代文论选》（第一册），上海古籍出版社1979年版，第115页。

旨在继上单元论述易道诗学的发展方向与基本途径之后，进一步从诗德或诗体的基本特征来论述易道诗学观。《绮丽》依据《小畜》卦"君子以懿文德"而立义，正显示了司空图的这一用心。事实上，绮丽作为诗德或诗体的基本特征，至少在汉魏时代即已确立。扬雄《法言·吾子》"诗人之赋丽以则，辞人之赋丽以淫"，虽所言为赋，而诗亦包含其中。曹丕《典论·论文》："夫文本同而末异，盖奏议宜雅，书论宜理，铭诔尚实，诗赋欲丽。"曹丕讲得至为明确："诗赋欲丽。"晋·陆机《文赋》曰："诗缘情而绮靡，赋体物而浏亮。"此时诗、赋分而论之，将"绮靡"，专属于诗体。唐人李善注曰："绮靡，精妙之言。"齐梁人刘勰《文心雕龙·原道》曰："雅、颂所被，英华日新"，《宗经》再曰："《诗》主言志……摛风裁兴，藻辞谲喻，温柔在诵，故最附深衷矣。"《明诗·赞》又曰："民生而志，咏歌所含，兴发皇世，风流二南……英华弥缛，万代永耽。"唐人皎然《诗式》有"诗有七德"，其三为"典丽"。绮丽虽为诗德或诗体的基本特征，并且成为共识，但是，诚如《易传》所曰："物相杂，故曰文；文不当，故吉凶生焉。"[①]所以，刘勰《文心雕龙·宗经》曰："扬子比雕玉以作器，谓五经之含文也。夫文以行立，行以文传，'四教'所先，符采相济。励德树声，莫不师圣，而建立修辞，鲜克宗经。是以楚艳汉侈，流弊不还，正末归本，不其懿欤？"为"正末归本""以懿文德"，《文心雕龙》还特意设置《情采》篇。《情采》一方面说："老子疾伪，故称美言不信，而五千精妙，则非弃美矣。"另一方面又说："庄周云辩雕万物，谓藻饰也；韩非云艳采辩说，谓绮丽也。绮丽以艳说，藻饰以辩雕，文辞之变，于斯极矣。"刘勰提出"文采所以饰言，而辩丽本于情性。故情者，文之经；辞者，理之纬，经正而后纬成，理定而后辞畅，此立义之本源也。"并且指出"是以联辞结采，将欲明经，采滥辞诡，则心理愈翳……是以衣锦褧衣，恶文太章；贲象穷白，贵乎反本。"对文采浮艳的批评，南北朝以来屡见不鲜。钟嵘《诗品》"宋光禄大夫颜延之"一条曰："汤惠休曰：'谢诗如芙蓉出水，颜如错彩镂金。'颜终身病之。"（唐）

---

① （唐）孔颖达：《周易正义·系辞传下》，（清）阮元校刻：《十三经注疏》（上册），中华书局1980年版，第90页。

陈子昂《与东方左史虬修竹篇序》曰:"仆尝暇时观齐、梁间诗,彩丽竞繁,而兴寄都绝,每以永叹。"李白《古风五十九首》其一云:"扬马激颓波,开流荡无垠。废兴虽万变。宪章亦已沦。自从建安来。绮丽不足珍。圣代复元古。垂衣贵清真。"当然,李白并非一味否定建安以来的诗歌,李白还说:"蓬莱文章建安骨,中间小谢又清发。"他倡导的是"清水出芙蓉,天然去雕饰。"① 但也并非排斥文采。《古风》其一尚云:"群才属休明,乘运共跃鳞。文质相炳焕,众星罗秋旻。"

基于诗坛历代的发展、流变,在前人对诗德关于文与质、情与采的种种议论、批评、主张的前提下,司空图以《小畜》"君子以懿文德"卦义,即从哲学理论的高度,对"诗缘情以绮靡",正名、正义,赋予诗体绮丽这一基本品德以美学的意义。《诗品·绮丽》依据《小畜》卦义,提出了"自足"之美,即内在质体的独立自足之美,"自足"之美,又以"美襟",美的襟怀,精神道德为基本的美学观,并且还依据《小畜》的"小有畜止"之义,从浓与淡的辩证法则,以具体事例论证了"浓尽必枯,淡者屡深",完善了"自足"的美学观。虽然,《绮丽》所论的内容,前人都有所涉及,基本上都在之前议论的范围之内,但是,立论有高低的不同,有着眼于理论的建树与一般评论的不同。《诗品》设置《绮丽》为《诗品》之一则,如前所述,是将绮丽作为诗德,作为诗体的基本特征来立论的,是在确立绮丽作为诗德的名分,并论述作为诗德名分绮丽的内涵,以及方法、原则。如同《小畜》的卦主为六四阴爻,其余五爻都是阳爻。《周易》中,阳为主,阴为从;阳为大,阴为小。六四阴爻为卦主,"成卦之义在此爻"②,因而《小畜》是一阴"畜"五阳,是以从"畜"主,以小"畜"大,只可"小畜"。就文与质的一般关系而言,质为主,文为从,质为本,文为末。但就绮丽作为诗德,《诗品·绮丽》,则《绮丽》是本品的主体,绮丽作为诗德,作为诗体的基本品德,只可"以懿文德",增益作为诗德之绮丽,而不可贬抑、遏制。立足于"以懿文德",那么,对诗坛上日益泛滥的

---

① (唐)李白:《经乱离后天恩流夜郎忆旧游书怀赠江夏韦太守良宰》,(清)王琦注:《李太白全集》(中册),中华书局1977年版,第579页。

② (唐)孔颖达:《周易正义·小畜》,(清)阮元校刻:《十三经注疏》(上册),中华书局1980年版,第26页。

浮华之风又如何加以纠正、遏制呢？那就要对作为诗德的绮丽进行正名、正义，提出"神存富贵""取之自足""良殚美襟"。试比较《文心雕龙·情采》"是以衣锦褧衣[①]，恶文太章；贲象穷白，贵乎反本"与《诗品·绮丽》"月明华屋，画桥碧阴"，一者言穿着锦绣而外罩麻布衣衫，是嫌锦绣过于华丽，一者说，明月下的华屋，碧阴中的画桥，更加美妙动人。虽然都是言淡化、弱化，都主张不要过于华丽，但是一者为消极地弱化、贬抑、遏制华丽，一者却是说明"浓尽必枯，淡者屡深"，通过艺术辩证的法则，以积极地淡化、弱化，增益其审美的魅力，达到"以懿文德"。

综上所述，《诗品·绮丽》，是依据易学对历代文学批评关于诗体特征及其诗风流变的总结，通过设立《绮丽》诗品，以确立诗德、诗体特征，并为之正名；论浓、淡，以"正末归本"，从而为诗体绮丽正义，纠正浮华与褊浅的文风，而倡导"淡者屡深"。

《绮丽》强调"取之自足"的艺术功力而论浓淡，与《纤秾》相似而不同。它们在《诗品》易道诗学中各司其职。《纤秾》作为易道诗学宗经之宪章、法度，旨在尚辞，是关于言与意的范畴，规定诗学纲领之宗经，须"旨远辞文""辞约而旨丰""余味日新"，以实现"尽言""尽意"。《绮丽》作为《诗品》易道诗学的诗德论、诗体基本特征论，是关于情与采或文与质的范畴。对浓与淡的论述，是基于"诗人之赋丽以则，辞人之赋丽以淫"之诗人之义，即基于诗德、诗体基本特征的论证，亦即对"诗缘情而绮丽"的论证。所以，《绮丽》作为诗德论，是构建《诗品》易道诗学纲领、宪章的基础，《纤秾》作为诗学纲领、宪章，是诗歌创作必须遵守的准则，包括诗品绮丽在内的诗歌创作，例如，纤秾得衷，浓淡有方等艺术辩证法则。

（二）《自然》：诗以适道

《诗品》第十品《自然》依《周易》第十卦《履》卦之旨立义。兹将《自然》原文及《履》卦相关资料，抄录如下。

[①] 《诗经·卫风·硕人》"硕人其颀，衣锦褧衣"。褧（jiǒng 炯）衣，罩衣。

俯拾即是，不取诸邻；俱道适往，著手成春。如逢花开，如瞻岁新；真与不夺，强得易贫。幽人空山，过雨采萍；薄言情晤，悠悠天钧。

☲☰ 履：履虎尾，不咥人，亨。

[注] 履卦，下兑（☱）上乾（☰），象征践行，履行。孔颖达疏曰："履谓履践也。"

《彖》曰："履"，柔履刚也。说而应乎乾，是以"履虎尾，不咥人，亨"。刚中正，履帝位而不疚，光明也。

[释]《彖传》论断履卦卦辞、卦义说：履卦为履践，践行之义。卦主六三阴爻在九二阳爻之上，是阴柔践踏阳刚。六三阴爻是下卦兑卦的上爻，兑卦象征和悦，与上卦乾卦的上九爻相应，即象征和悦与乾刚相应，所以卦辞曰"履虎尾，不咥人，亨"——虽踩着老虎（乾阳）的尾巴（九二阳爻），但态度和悦，因而不被老虎咬伤。履卦旨义：处于险境，谦卑和顺而可亨通。而且，履卦九五阳爻，处于上卦乾卦的中位，阳爻处中，乃得正位，即"刚中正"。九五是至尊之帝位，履践帝位，而无所愧疚，显现出道德光明。

又，《象》曰：上天下泽，"履"，君子以辩上下，定民志。

[释] 履卦卦体上乾下兑。乾为天，兑为泽，上天下泽，君子观此履卦之象，以分辨上下尊卑，安定民众遵循礼制的思想意志。

案，孔颖达《周易正义》疏曰："此履卦名合二义。若以爻言之，则在上履践于下，六三履九二也。若以二卦上下之象言之，则履礼也，在下以礼承事于上。此《象》之所言，取上下二卦卑承尊之义，故云'上天下泽，履。'但《易》合万象，反复取义，不可定为一体故也。"[①] 孔颖达提出《周易》包含万象，可以从爻象、卦体卦象阐发卦义，不必千篇一律，是在说明《履》卦《大象传》的意义与卦辞,《彖传》所解说的卦义为何不同。正是依据"《易》合万象，反复取义，不可定为

---

① （唐）孔颖达：《周易正义》，（清）阮元校刻：《十三经注疏》（上册），中华书局1980年版，第27页。

一体"的精神，司空图"取上下二卦卑承尊之义"，即《履·象》"上天下泽，'履'，君子以辩上下，定民志"，并根据《易传·系辞上》第一章"天尊地卑，乾坤定矣。卑高以陈，贵贱位矣"，将传统对《履》卦"履礼"之义，提升为"履道"，遵循天地之道之义——儒家所谓的礼，社会人伦的规则、秩序，也是对天地之道的效法。于是就有了《诗品·自然》首章四句的适道论。

首章四句"俯拾即是，不取诸邻；俱道适往，著手成春"，论述诗品自然之义。首两句暗用郭象《庄子注·齐物论》"物皆自然"①，故而《自然》谓"俯拾即是"——随手"俯拾"之物，尽皆自然。《庄子注·齐物论》且曰："物各自然"②，"万物万情"③，即物各有性，性各不同，故而《自然》谓"不取诸邻"——不可将彼物之情性，取作此物之情性，取之于邻，即非自然，乃为他然。首两句是对"自然"意义的规定与阐释：万物皆自然；物各有性，万物各自然，天道自然。三、四两句论诗以适道④。"俱道适往"，即"履道"而往，紧扣《履》卦之义，将传统"履礼"，上升为"履道"，即在道上行走，顺道而行，遵道而往。之所以适道而往者，因为"道法自然"（《老子》第二十五章"人法地，地法天，天法道，道法自然。"），天道自然。第四句曰"著手成春"，是说，只要循道创作，在道的指导下创作，便可创作出"生气远出""妙造自然"的作品。《自然》首章从哲学的高度论"自然"，依据《履》卦"履践"之义，将"履礼"上升为"履道"，是司空图"为儒证道"的典范。"证道"的指导思想，在于深化对《诗品》易道诗学的思想理论内核"道之文"的阐述，是对汉魏以来文学自觉与独立的文学观的创新与发展。因而《诗品·自然》，就诗品自然而言，首章论述的是何为"自然"；就《诗品》易道诗学而言，《自然》

---

① （晋）郭象：《庄子注》，（清）郭庆藩：《庄子集释》（第一册），中华书局1961年版，第56页。
② （晋）郭象：《庄子注》，（清）郭庆藩：《庄子集释》（第一册），中华书局1961年版，第55页。
③ （晋）郭象：《庄子注》，（清）郭庆藩：《庄子集释》（第一册），中华书局1961年版，第56页。
④ 《论语·子罕》"子曰：'可与共学，未可与适道；可与适道，未可与立；可与立，未可与权。'"适道，达到，合符道；归从于道。

通篇论述的是"道"的思想内涵。这种论述，主要的基本依据是"履践"之义；同时，也紧扣《履》卦的爻象之义。如首章的第二句"不取诸邻"，即是对《履》卦初九爻"素履，往无咎"，《象》曰："'素履之往'，独行愿也"的引申发挥。

《自然》中章四句。依据《履》卦爻象之义，展开对循道自然思想内涵的具体论述："如逢花开，如瞻岁新；真与不夺，强得易贫。""如逢花开"者，花乃自然而开，花性不同，花开各异。"如瞻岁新"者，岁月更迭，四时有序。"真与不夺"者，"天命之谓性"（《礼记·中庸》），天所赋予之性，不可剥夺。所谓"葵藿倾太阳，物性固莫夺"[①]。自然必然循性而动，而循性，"率性之谓道"（《礼记·中庸》）。"强得易贫"，自然须是循时，遵循天时。此句是对《履》卦六三爻"眇能视，跛能履，履虎尾咥人，凶"的引申发挥——眼盲却要强看，脚跛却强行，踩着老虎尾巴被虎咬伤，凶险！中章四句，是对自然意义的深化，表达司空图天道自然观的基本思想：循性、循时。在"强得易贫"中，还包含"相时度力"[②]之义。"度力"，是对"循性"引申。

《自然》末章综述自然的本质是天道，自然诗品创作的要旨，是对永恒天道的遵循："幽人空山，过雨采萍；薄言情晤，悠悠天钧。""幽人空山"，由《履》卦九二爻"履道坦坦，幽人贞吉"之"幽人"引出，化用陶渊明《归园田居》："少无适俗韵，性本爱丘山。误落尘网中，一去三十年……久在樊笼里，复得返自然。"[③] 陶渊明《答庞参军诗》云："我实幽居士，无复东西缘。"[④] 自称"幽居士"的陶渊明，"性本爱丘山"，归隐田园，故而"复得返自然"。"幽人空山"，即循性

[①] （唐）杜甫：《自京赴奉先县咏怀五百字》，（清）仇兆鳌：《杜诗详注》（第一册），中华书局1979年版，第26页。

[②] （唐）司空图：《题东汉传后》（"君子救时虽切，必相对度力，以致其用。"），（清）董诰等辑纂：《全唐文》（卷808），上海古籍出版社1990年版，第3768页。

[③] （晋）陶渊明：《归园四居诗五道》（其一），逯钦立辑校：《先秦汉魏晋南北朝诗》（中册），中华书局1983年版，第991页。

[④] （晋）陶渊明：《答庞参军诗》，逯钦立辑校：《先秦汉魏晋南北朝诗》（中册），中华书局1983年版，第976—977页。

自然之义。"过雨采萍"者，因"谷雨一日萍始生"①，所以只有过了谷雨节气方有萍可采。此句点明，自然即须循时。"薄言情悟，悠悠天钧"，是对《自然》全篇的总结。总结是将《履》卦上九爻"视履考祥，其旋元吉"两句爻辞，化作诗家语的深刻、精妙的表述。先看孔颖达《周易正义》对《履》卦上九爻辞的解释：

> 正义曰："视履考祥"者，祥，谓征祥。上九处《履》之极，履道已成。故视其所履之行，善恶得失，考其祸福之征祥。"其旋元吉"者，旋，谓旋反也。上九处《履》之极，下应《兑》说，高而不危，是其不坠于履道，而能旋反行之，履道大成，故"元吉"也。②

孔颖达疏文之意谓：回顾《履》卦自初九至上九所述走过的行程，考查其中的善恶得失，上九阳爻虽居至高之位，但高而没有危险，不会从高处掉下来。能够循环而返，道路大为畅通，所以十分吉祥。按，所谓"履道大成"，可以比作盘山大道。盘山而上，虽处山顶，不走回头路，一直前行，盘山而下。司空图依据《履卦》"上九，视履考祥，其旋元吉"爻辞，引申化为"薄言情悟，悠悠天钧"二语。薄言，语助词，含有连词之义，相当"于是"，即由末章前两句"幽人空山，过雨采萍"，乃至《自然》中章四句而体悟。故而"薄言"照应"视履考祥"之"视履"，即回顾以往；"情悟"，体察物情而悟，照应"视履考祥"之"考祥"，即考察体悟。"悠悠天钧"自"其旋元吉"化出。"其旋"，谓"上九"爻，"上九处《履》之极"，即处《履》卦最上之爻，《履》卦上卦为乾，乾为天，故"上九……其旋元吉"，乃天旋，天旋，即"天钧"。《庄子·寓言》曰：

> 万物皆种也，以不同形相禅，始卒若环，莫得其伦，是谓天

---

① （唐）欧阳询等编撰：《艺文类聚》（第三册，卷八十二），上海古籍出版社1965年版，第1407页。《周礼》曰："谷雨一日萍始生。"
② （唐）孔颖达：《周易正义》（卷二），（清）阮元校刻：《十三经注疏》（上册），中华书局1980年版，第28页。

均。天均者，天倪也。①

上引《庄子·寓言》意思为：万物都是物种的外在形态，万物以不同的形态生灭变化，新陈代谢，传递着物种，循环往复，终而复始，没有穷尽，这就叫作"天均"。天均，这个巨大无与伦比的转轮，就是天际，天地的边际——天道运行循环往复，所以天没有尽头。按，唐人对"天钧"有两种解释，一是唐西华法师成玄英依据郭象《庄子注》而疏曰："天钧者，自然均平之理也。"② 二是李善《文选注》卷二十四，张华《答何劭二首》其二："洪钧陶万类，大块禀群生。"注曰："洪钧，大钧，谓天也。大块，谓地也。言天地陶化万类而群化禀受其形也。"钧，均相通。本义为制作陶器的转轮。《墨子·非命上》《淮南子·原道训》均有载述。《庄子·寓言》"天均者，天倪也"，司空图以此化用《履》卦上九爻辞"其旋"为"悠悠天钧"，也是参照了《泰》卦（九三）《象》曰："'无往不复'，天地际也。"

综上所述，《诗品·自然》首章，提出自然诗品旨在"俱道适往，著手成春"的诗论。"俱道适往"，即文以适道，遵道为文。创作须以道为指导：道法自然，道乃自然。"著手成春"，即诗品自然，须是充盈春之生机、活力。中章承接首章"俱道适往"，深入论述适道、遵道为文的思想内涵，提出"真与不夺，强得易贫"。说明适道、遵道，一在循性，遵循物性而为，遵循物之天赋本性，乃得自然；一在循时，遵循物之运动发展规律，顺应天时，不可揠苗助长，强行而为。末章由"幽人空山，过雨采萍"，而领悟到社会人事与自然界万物循性、循时，之所以出于自然，归根结底，是"悠悠天钧"——终而复始，循环往复，永恒而不已的天道自然所决定的。《诗品·自然》明确论述了适道、遵道的循性、循时，是对天道自然观的丰富与发展。司空图依据《乾·象》"乾道变化，各正性命，保合太和，乃利贞"，"大明终始，六位时成"，《随·象》"天下随时，随时之义大矣哉"，以及《系辞

---

① （晋）郭象：《庄子注》，（清）郭庆藩：《庄子集释》（卷九，第四册），中华书局1961年版，第950页。
② （清）郭庆藩：《庄子集释》（第一册），中华书局1961年版，第74页。

下》"变通者，趣时旨也""六爻相杂，唯其时物也"，而明确提出遵道须循性、循时，不仅用于诗论，而且用于行政，《题东汉传后》曰："君子救时虽切，必相时度力，以致其用。"足以表明其思想理论之贯通、圆融。

司空图将"自然"作为《诗品》易道诗学的诗德，诗体的本质特征，是易道诗学及其思想内核"道之文"所决定的。易道即天道自然，"自然"必定为诗体的本质特征；"道之文"必然是自然之文，亦即适道之文。适道之文的"道之文"，自然之文，是对刘勰《文心雕龙·原道》论的继承与发展创新。前文曾经讨论，《文心雕龙·原道》论天文为"无识之物"的无心之文，曰"夫岂外饰，盖自然耳"；论人文曰"有心之器，其无文欤？"且曰"心生而言立，言立而文明，自然之道也"，"言之文也，天地之心哉"！然而，言，则有"文言"与"言之无文"的分别，因而，"言之文"固非自然之文，而有修饰之功。所以，刘勰虽曰天文、人文俱为自然之文，却有无心与有心，修饰与"夫岂外饰"之别。较之刘勰，司空图之论显然更为透彻。司空图《诗品·自然》论述的"俱道适往，著手成春""真与不夺，强得易贫"，循性循时的适道之文或遵道为文，追根索源，是对孔子、孟子"知道"说的发展。《孟子》载，孔子评论《诗经·豳风·鸱鸮》与《诗经·大雅·烝民》曰："为此诗者，其知道乎。"[1] 适道或遵道论源自"知道"说，而丰富创新的古代经典文论，代表了古代文论关于道与文关系的新概念、新成就。或问，适道、遵道，与明道、载道有何不同？答曰，载道、明道论，是以道为创作的主体对象，以道为创作的内容；文只是载道、明道的载体、载具，不具独立的身份、地位与品格。以载道与明道来规定道与文的关系，在实际创作中易于陷入上述的偏颇。适道、遵道论，是以道作为创作的指导与准则，文是创作的主体对象。故《典论·论文》曰："盖文章，经国之大业，不朽之盛事。"道，不是创作的主体对象，而是主体对象——文的功用。《易传》曰："鼓天下之动者存乎辞。"正是讲文辞具有"经国之大业""鼓天下之动"的功能。文辞之所以具有如此的功能，在于文的适道，在于言辞顺理成章。因而，刘勰《文心

---

[1] 李贤臣：《司空图〈诗品〉之秘初论》，《河南大学学报》2016年第1期。

雕龙·原道》所谓的"道之文"与司空图所理解的"道之文"相似而不同：刘勰的"道之文"是明道之文，司空图则为适道之文。适道为文的最终的或曰根本的依据是，"《易》与天地准，故能弥纶天地之道"（《系辞上》第四章）。

二 《含蓄》《豪放》——诗德论（下）

诗歌作为言志缘情的文体、诗体，特别是易道诗学的诗体，带来另一组相反相成的诗德、文体的基本特征，这就是《含蓄》《豪放》。先讨论《含蓄》。

（一）《含蓄》：辞约旨丰

《诗品》第十一品《含蓄》依《周易》第十二卦《否》卦之旨立义，兹将《含蓄》原文及《否》卦相关资料，抄录如下。

> 不著一字，尽得风流；语不涉己，若不堪忧。是有真宰，与之沉浮；如渌满酒，花时返秋。悠悠空尘，忽忽海沤；浅深聚散，万取一收。

䷋否：否之匪人，不利君子贞；大往小来。

[注] 否（pǐ 匹）卦，下坤（☷）上乾（☰），象征"否闭"、闭塞。

《彖》曰："否之匪人，不利君子贞；大往小来"，则是天地不交而万物不通也，上下不交而天下无邦也。内阴而外阳，内柔而外刚，内小人而外君子：小人道长，君子道消也。

[释]《彖传》论断《否》卦卦辞卦义说："否闭之世，非人道交通之时，不利君子坚持正道；阳刚往外，阴柔来内"，那是因为，就上下卦体而言，否卦上乾为天，下坤为地，天的阳气上升，地的阴气下沉，天地阴阳不能相交。处此之时，自然界万物因天地闭塞而生养不畅；人类社会上下隔阂对立，分崩离析，不成邦国。就内外卦体而言，内坤外乾，阴柔居内，阳刚外往，象征小人得势进入内廷，君子失势，排挤于野外。于是小人之道增长，君子之道消衰。

又，《象》曰：天地不交，否；君子以俭德辟难，不可荣以禄。

[释]《象传》说：天地（之气）不相聚交，象征闭塞不通。君子处于闭塞之时，须以节俭为德，避其危难，不可贪恋荣华而谋取利禄。

由《否·象》"君子以俭德辟难，不可荣以禄"，而演绎生发出《含蓄》首章四句"不著一字，尽得风流；语不涉己，若不堪忧"，以论述何为含蓄：不作正面直接地表达，以委婉曲折的方式而尽现其意，含蓄具有文外曲致，味外之旨。"不著一字"言"辞约"，"尽得风流"言"旨丰"。"语不涉己，若不堪忧"：语不涉及自身，好像是有着深重的忧虑，那是因为"以俭德辟难"，少说为佳。

中章四句"是有真宰，与之沉浮；如渌满酒，花时返秋"，是对含蓄美学意义与趣味的阐述。"是有真宰，与之沉浮"者，真宰，特指否卦下坤（☷）上乾（☰），乾坤，乾阳上升，坤阴下沉，并主宰万物兴衰生息，万物随乾坤而升沉变化。"是有"，的确有，《含蓄》依《否》卦立义，《否》卦下坤上乾，所以《含蓄》的确内蕴天地的主宰的旨义。"如渌满酒"——含蓄诗品如同须用包茅过滤的那种饱含美酒的酒醪（俗称醪醋，酒娘子）。此句是对否卦初六《象》曰："'拔茅，贞吉'，志在君也"爻辞之义的生发，化用《左传·僖公四年》，齐桓公讨伐楚国，楚使责问，管仲回答责问说："尔贡包茅不入，王祭不共，无以缩酒，寡人是征。"司空图以包茅缩酒，以供王祭，解释"'拔茅，贞吉'，志在君也"，十分贴切。依据否卦初六爻辞此义，于是就有了"如渌满酒"之语。"花时返秋"——含蓄诗品如同花开时节突然转寒。此句依据《易·否》为十二辟卦，在十二辟卦中，《否》为七月之主卦，故有"花时返秋"之喻。中章四句，前两句是对含蓄美学意义的阐述，含蓄体现了宇宙自然的运行规律。天地阴阳，大自然的主宰，有沉有浮，有开有合。含蓄则是在天地阴阳上下互不相通，处于闭塞、内敛时的状态。后两句，巧妙地依据《否》卦卦爻之义，形象地表述了含蓄的审美特征，如同饱含酒汁之醪，如同含苞欲放之花。

末章四句"悠悠空尘，忽忽海沤；浅深聚散，万取一收"，论述含蓄诗品的要旨。"悠悠空尘，忽忽海沤"者，依据《否》卦"大往小来"，此言"小来"；而且"小人道长"，故空中飘荡的尘埃，海中旋生旋灭的泡沫，众多无穷。"浅深聚散，万取一收"，取《否》卦六二爻

"包承"之义，言不论深聚于内的"小来"，还是浮散于外的"大往"，都以一驭万，尽皆收取。《否》卦六二爻曰："包承，小人吉；大人否，亨。"司空图取孔颖达对爻辞的解释。《正义》曰："'包承'者，居否之世，而得其位，用其志，包顺于上。'小人吉'者，否闭之时，小人路通，故于小人为吉也。'大人否，亨'者，若大人用此包承之德，能否闭小人之吉，其道乃亨。"① 六二阴爻，为下坤中爻，故曰"得其位"。"夫坤，其静也翕（xī 息），其动也辟，是以广生焉。"② 坤阴柔，闭藏翕敛，六二阴爻又上承顺于九五阳爻，故曰"用其志，包顺于上"六二阴爻为小人，九五阳爻为大人。孔颖达说，如果大人践行包容顺承之德，就能堵塞小人吉利之路，正道就能亨通。司空图依据"大人用此包承之德"，而生发出"浅深聚散，万取一收"。"万取"即"浅深聚散"尽皆"包承"；"一收"，言"大人"即"九五"爻，以一驭万。《易传》曰："天下之动，贞夫一者也。"③ 内敛，包容，而以一驭万，论述了含蓄的特征、要旨。内敛，包容，不是杂乱无章，而是"万取一收"，如同六二爻《象》曰："'大人否，亨'，不乱群也。""万取一收"，以一驭万，遵循的是"易简，而天下之理得矣"的原则④。含蓄诗品表现了艺术的高度概括力。

《诗品·含蓄》依《易·否》立义，含蓄即作为天地阴阳运动处于闭塞、内敛的状态景象，"是有真宰，与之沉浮"，深化了含蓄的内涵，赋予含蓄以美学品格。含蓄这一美学品格，作为诗德，诗体的基本特征，集中反映了言与意的关系。言意之辨，几乎贯穿了中国的文化史。在《司空图〈诗品〉之秘五论》等文中，已多次讨论。《易传·系辞上》的回答是："圣人立象以尽意，设卦以尽情伪，系辞焉以尽其言。"《文心雕龙·宗经》论述《周易》等儒经曰："辞约而旨丰，事近而喻

---

① （唐）孔颖达：《周易正义》（卷二），（清）阮元校刻：《十三经注疏》（上册），中华书局1980年版，第28页。
② （唐）孔颖达：《周易正义》（卷七），（清）阮元校刻：《十三经注疏》（上册），中华书局1980年版，第79页。
③ （唐）孔颖达：《周易正义》（卷八），（清）阮元校刻：《十三经注疏》（上册），中华书局1980年版，第86页。
④ （唐）孔颖达：《周易正义》（卷七），（清）阮元校刻：《十三经注疏》（上册），中华书局1980年版，第76页。

远。"司空图熔（róng 容）经取意，发为妙语曰："不着一字，尽得风流。"此语之妙，妙有门径，并非空言。作者指示"不着一字，尽得风流"的要旨曰："浅深聚散，万取一收。""万取一收"，以简御繁，以一统万，以有限表无限，从而实现言以尽意，"圣人之情见乎辞"，以践行《诗品》的原道、征圣、宗经的易道诗学美学观。

含蓄是《诗经》以来，形成的诗体的基本特征。《文心雕龙·情采》曰：

> 盖风雅之兴，志思蓄愤，而吟咏情性，以讽其上，此为情而造文也；诸子之徒，心非郁陶，苟驰夸饰，鬻声钓世，此为文而造情也。故为情者要约而写真，为文者淫丽而烦滥。而后之作者，采滥忽真，远弃风雅，近师辞赋，故体情之制日疏，逐文之篇愈盛。

诗经"要约而写真"，是"志思蓄愤"，心怀"郁陶"的产物。故钟嵘《诗品序》曰"体沉郁之幽思"，并于赋、比、兴"酌而用之""使味之者无极，闻之者动心，是诗之至也。"唐人对含蓄极为看重，围绕含蓄另立宏论。如皎然《诗式·重意诗例》云：

> 评曰：两重意已上，皆文外之旨。若遇高手如康乐公览而察之，但见情性，不睹文字，盖诗道之极也。向使此道尊之于儒，则冠六经之首；贵之于道，则居众妙之门，精之于释，则彻空王之奥。

"但见性情，不睹文字"与"不着一字，尽得风流"，有异曲同工之妙，司空图因有"韵外之致""味外之旨"之论。

从诗经的风雅颂，赋比兴所形成的诗体特征——含蓄，到诗论家对含蓄的宏论，可以看出，司空图将含蓄作为诗德，立论坚实。司空图的"万取一收"论，不仅指示了艺术概括力，表现力的门径，也为破解"道可道，非常道"，所谓"言语道断"的命题，指示了门径，这也正是《诗品》易道诗学的宗旨之一。

（二）《豪放》：气盛化神

《诗品》第十二品《豪放》依《周易》第十一卦《泰》卦之旨立义，兹将《豪放》原文及《泰》卦相关资料，抄录如下。

> 观花匪禁，吞吐大荒。由道返气，处得以狂。天风浪浪，海山苍苍。真力弥满，万象在旁。前招三辰，后引凤凰。晓策六鳌，濯足扶桑。

䷊泰：小往大来，吉，亨。

［注］泰卦，下乾（☰）上坤（☷），象征亨通、太平。

《彖》曰："泰，小往大来，吉，亨"，则是天地交而万物通也，上下交而其志同也。内阳而外阴，内健外顺，内君子外小人：君子道长，小人道消也。

［释］《彖传》论断《泰》卦卦辞卦义说："通泰之世，阴柔者往外，阳刚者来内，吉祥，亨通"，那是因为，就上下卦体而言，泰卦下乾为天，上坤为地，天的阳气上升，地的阴气下降，天地阴阳交合，万物生养畅通。人类社会上下交流沟通，意志统一。就内外卦体而言，内乾外坤，阳刚居内，阴柔处外，象征君子正道昌盛，小人之道衰消。

又，《象》曰：天地交，泰；后以财成天地之道，辅相天地之宜，以左右民。

［释］《象传》说：天地交合，象征通泰。君主当效法此卦，裁节促成天地阴阳交合之道，以辅助襄赞天地化育万物的功德，护佑天下民众。

《豪放》依据《泰》卦"小往大来，吉，亨""君子道长，小人道消"而立义，以首章四句"观花匪禁，吞吐大荒。由道返气，处得以狂"，而表达豪放的意义、要旨。"观花匪禁"者，指言唐代新科进士杏园游宴：在京城，皇家禁地饮酒、赏花，乃皇上对新科进士的恩宠。"匪禁"，不仅言对新进士开禁宴游，也扣合《泰》卦通泰之义。"吞吐大荒"者，极言进士们杏园游宴时豪情无限。此句化用《泰》九二爻

"包荒，用冯河，不遐遗；朋亡，得尚于中行。"《象》曰："'包荒'、'得尚于中行'，以光大也。"意为，有包容大荒的胸襟，可以涉过大河，远方的贤者也不遗弃，而广纳英才，不结党营私，正大光明，能辅佐君王。因而，首两句，点明了"观花"乃新科进士杏园游宴，而非一般的"观花"。"由道返气，处得以狂"者，进一步指明新科进士的身份，新中科举，正是"君子道长"，处于通泰得意之时，大喜而狂。两句暗用《孟子·公孙丑上》"我善养吾浩然之气""其为气也，配义与道……是集义所生者"。"由道返气"，即言"其为气也，配义与道""是集义所生者"，从而阐明豪放的意义与要旨。

　　《豪放》的后八句为末章，依据《泰》卦卦爻之义，将杏园一日宴游虚幻化，以游仙诗的形式具体展示了豪放诗品的审美特征。其中，前四句"天风浪浪，海山苍苍。真力弥满，万象在旁"，写新科进士们"春风得意马蹄疾，一日看尽长安花"的所见、所感时满怀得意的豪情。"天风浪浪，海山苍苍"者，乘马疾驰，一路所见，京城楼台，恍如蓬莱仙境，极写其喜登龙门"处得以狂"。"真力弥满，万象在旁"者，乘马疾驰所感：万千气象伴随、簇拥，浑身弥漫阳刚真气。两句化用《泰》卦内乾外坤之义。内乾，则乾元阳气贯注一身，故云"真力弥满"；外坤，外有坤元"含万物而化光"，故云"万象在旁"。如果说，这四句是对杏园宴游局部、重点的特写的话，那么，后四句"前招三辰，后引凤凰。晓策六鳌，濯足扶桑"，则对杏园宴游的全景、整体展现。"前招三辰，后引凤凰"，写整个宴游队伍、人群、阵容、声势，热烈、盛大、隆重。两句化用《泰》卦"六五，帝乙归妹，以祉元吉"之义，商代帝王出嫁其妹，故云"前招三辰，后引凤凰"。"晓策六鳌，濯足扶桑"，言杏园宴游进行了一整天。"晓策六鳌"，天晓出游；"濯足扶桑"，日落归宿。扶桑，神话传说中的树木，生在日出的地方。太阳循回运行，晨出扶桑，又夕归扶桑，新科进士们"一日看尽长安花"，夜临，该洗脚休息了。

　　豪放，是胸襟博大，主观精神高扬的美学品格。《诗品·豪放》揭示了豪放的根源等内在依据，那就是"由道返气，处得以狂"。"由道返气"，即孟子所宣扬的"配义与道"，"是集义所生"的"浩然之气"，天地正气。正是对浩然天地正气的涵养，一旦处于亨通之时，豪迈正气便以"真力弥满"的状态而喷发、奔涌。创作也极尽宣泄之能事，运用虚拟、想象、夸张、神话传说等手法，挥斥八极，役使万物，形成豪放品格外在审美特征。因而，孟子有"以意逆志"之论：

> 故说《诗》者，不以文害辞，不以辞害志。以意逆志，是为得之。如以辞而已矣，《云汉》之诗曰，"周余黎民，靡有孑遗。"信斯言也，是周无遗民也。①

"不以文害辞，不以辞害志"，指出了诗体的特征，尤以豪放诗品最为突出。

豪放作为诗德，或曰诗体的基本特征，并非仅仅因为其表现手法，虚拟、幻化、想象、夸张、神话传说，为诗体的典型特征，还体现了曹丕《典论·论文》"文以气为主"，韩愈所谓的"气盛"言宜的特征。豪放表现的宏中肆外，厚积勃发，《礼记·乐记》"乐行""观德"论中有经典的论述：

> 乐行而民乡方，可以观德矣。德者，性之端也。乐者，德之华也。金石丝竹，乐之器也。诗，言其志也。歌，咏其声也。舞，动其容也。三者本于心，然后乐器从之。是故情深而文明，气盛而化神，和顺积中，而英华发外，唯乐不可以为伪。②

如果说，含蓄为"和顺积中""情深而文明"，那么，豪放则为"气盛而化神""英华发外"。含蓄、豪放，相反相成，共同体现了传统的诗、乐、舞三者一体的诗乐推行，而人心向道的乐行观德的观念。豪放之"气盛而化神""英华发外"，作为诗德，诗体的基本特征，也就理所当然了。

《诗品·豪放》与《易·泰》会通，融合无迹。首章四句，句句系

---

① 杨伯峻：《孟子译注》（上册），中华书局1960年版，第215页。
② （唐）孔颖达：《礼记正义·乐记》（卷三十八），（清）阮元校刻：《十三经注疏》（下册），中华书局1980年版，第1536页。

从《泰》卦辞卦义而来，又似乎皆为"豪放"本义的表述；即使《豪放》取材新科进士宴游，也与《泰·象》"天地交，泰；后以财成天地之道，辅相天地之宜，以左右民"，有意义上的联系或依据。至于中间四句，如"真力弥满，万象在旁"，直接扣合泰卦下乾上坤的卦体卦象，后四句，如"前招三辰，后引凤凰"，显系化用《泰》"六五，帝乙归妹，以祉元吉"之义。在《豪放》与《泰》会通，尤其引人注意的是，《豪放》处《诗品》第十二位，而《泰》卦处《周易》第十一位，与其相关的是，《含蓄》处《诗品》第十一位，而《否》卦则处《周易》第十二位，即是说，《豪放》与《含蓄》互换序位。这在《诗品二十四则》的诗易会通中，是仅有的变例。其实，在《司空图〈诗品〉之秘四论》中，对此已经作了说明。说明的重点是，作者旨在"为儒证道"，以修"中兴之教"，寄寓了复兴大唐的意义。这里应再略作说明的是，否卦与泰卦互换其序，完全符合《周易》卦义。《否》卦上九爻辞曰："倾否，先否后喜。"王弼注曰："先倾后通，故后喜也，始以倾为否，后得通，乃喜。"上九《象》曰："否终则倾，何可长也。"孔颖达疏曰："否道已终，通道将至，故否之终极则倾损，其否何得长久？故云'何可长也？'"这也就是人们常说的"否极泰来"。此外，司空图颠倒泰否为否泰，不仅寄寓复兴大唐之义，还有着《诗品》诗学美学理论体系的需要。请看下边的讨论。

三　诗品·易道诗学之诗道、诗德综论

《诗品二十四则》上编十二品中，前四品，即上卷（卷一）为《诗品》易道诗学纲领，在继承发展传统文学观的"原道""征圣""宗经"的基础上，以诗易会通，创新建立起文道体用的思想理论体系，将刘勰《文心雕龙·原道》所阐述的文以明道，发展为文以适道，将《原道》的道之文中的"无识"的天文，"有心"的人文，统一为自然之文；将《文心雕龙·征圣》所阐述的"征之周孔，则文有师矣"，学习圣人作文，发展为学习圣人做人，"圣人之情见乎辞"；将《文心雕龙·宗经》所阐述的"文能宗经，体有六义：一则情深而不诡，二则风清而不杂，三则事信而不诞，四则义直而不回，五则体约而不芜，六则文丽而不淫"，（以为五经"并穷高以树表，极远以启疆，所以百家腾跃，终入环内者也","建言修辞，鲜克宗经"。宗经既不可能，只有树立"六义"，聊作宗经。）发展为"辞约而旨丰""余味日新"的"开学养正""修辞立其诚"，达到"至精""至神""至变"的"味外之旨""韵外之致"的至境。《诗品》易道诗学之纲领，业已详细讨论。

司空图《诗品》上编中卷（卷二）四品与下卷（卷三）四品，分别论述易道诗学的诗道、诗德。两卷围绕着"道之文"，一者论述"道之文"之道，一者论述"道之文"之文。中卷《高古》论"道之文"之道，是以"黄唐在独，落落玄宗"，倡导复古，并以复古为革新。这是因为司空图认识到"三代非不弊也，赖圣人先其极而变之不滞耳。秦汉而下，时风益浇，视之而不知其弊，矫之而不知其变，文质莫辨，法制失中。"① 故而《高古》有云"虚伫神素，脱然畦封"，主张破除世俗的陈规陋习、清规戒律，而兴黄唐高古之风。儒家的复古与道家不同，儒家复古是文化的复古，并非如道家要求将社会物质生活在内的所有物质、精神文明都倒退到原始、草昧时代，而是主张黄帝垂衣而治，实行宽简政治、德政、仁政；复兴淳朴世风、民风，总之是对清平盛世的向往。清平盛世，正是儒家倡导的"鼓天下之动者存乎辞"的道之文的旨归，亦即《诗品》易道诗学的宗旨。"为儒证道""而修中兴之教"，是这一宗旨的途径与具体内容。在古代传统观念中，清平盛世，必待圣人之出方能实现。所以，称皇帝为圣上、圣人。圣人法天守朴，有中庸至德，能知人善任，而垂拱以治②。因此，传统文学观的"原道""征圣""宗经"，三者实为一体，统一于《易传》的"盛德大业"。《系辞上》曰：

> 一阴一阳之谓道……显诸仁，藏诸用，鼓万物而不与圣人同忧。盛德大业，至矣哉！③

---

① （唐）司空图：《与惠生书》，（清）董诰等辑纂：《全唐文》（卷807），上海古籍出版社1990年版，第3762页。
② 汤用彤：读《人物志》，汤用彤：《汤用彤全集》（第四卷），河北人民出版社2000年版，第3—21页。
③ （唐）孔颖达：《周易正义》（卷七），（清）阮元校刻：《十三经注疏》（上册），中华书局1980年版，第78页。

《系辞上》又曰：

> 是故形而上者谓之道，形而下者谓之器。化而裁之谓之变，推而行之谓之通，举而措之天下之民谓之事业。①

圣人法天法道，并依据具体时势加以变通，促使天地之道在百姓中贯彻实行，以成就宏伟的功德事业。所以，《诗品·高古》论复古革新，旨在黄唐清平之世的再现，归根结底，是在论"道之文"之道，是从"原道""征圣"，从社会政治，从"修中兴之教"的角度，论"道之文"之道。

与《高古》"二二相耦"的《典雅》，则是从"宗经"的角度，论"道之文"之道。上文已经说明，古代文化经典作者，通过《诗经》风、雅、颂的诗体理论，概括了周代圣人化成天下的整个过程，由反映诸侯的一国之政的风，至反映天子天下之政的雅，再至"周公致太平，制礼作乐，而有颂声兴焉，盛之至也"②，从而建立起诗学理论完整体系。无论是《高古》偏重于"原道""征圣""修中兴之教"，还是《典雅》偏重于"宗经"，《诗品》易道诗学的"原道"之义皆在其中。

上编中卷的后两品《洗炼》《劲健》，论述创作与修养的门径，旨在说明道与诗的创作活动的关系：道如何指导诗的创作，诗的创作怎样适道、体现道。道与诗歌创作的关系，司空图在《诗赋赞》中，就已有很详明的论述，《赞》曰：

> 知道非诗，诗未为奇；研昏炼爽，戛魄凄肌。神而不知，知而难状；挥之八垠，捲之万象……

在《司空图〈诗品〉之秘初论》中，对《诗赋赞》的全文作过详细的解读。司空图认为，懂得了道，不一定会作诗；即使写出了诗，也未必神奇。这就是说，诗歌创作不仅必须识理，正确认识理解诗与道的关

---

① （唐）孔颖达：《周易正义》（卷七），（清）阮元校刻：《十三经注疏》（上册），中华书局1980年版，第783页。
② （唐）孔颖达：《毛诗正义》（郑玄·诗谱序），（清）阮元校刻：《十三经注疏》（上册），中华书局1980年版，第262—263页。

系，而且，更重要的在于运用之妙，在妙用中才真正体现出对于道，对于诗与道关系的正确认识与把握。对于道、对于诗与道关系的掌握、运用之妙，在于研炼入神。研炼是长期的、艰苦的，要经历"戛魄凄肌"，触及肌肤与灵魂的过程，如同刘勰《文心雕龙·神思》所云："相如含笔而腐毫，杨雄辍翰而惊梦，桓谭疾感于苦思，王充气竭于沉虑，张衡研京以十年，左思练都以一纪。"《诗赋赞》的"研昏炼爽，戛魄凄肌"，形象地表述了《洗炼》的"超心炼冶，绝爱缁磷"。经过"戛魄凄肌"的"超心炼冶"，不仅要求在艺术上研炼入醇，臻于"澄澹精致"之境，尤其要求，在心性的修养上达到"体素储洁，乘月返真"的境界——"体素储洁，乘月返真"，由《庄子·刻意》"能体纯素，谓之真人"化出。"纯素"者，"纯粹而不杂，静一而不变，淡而无为，动而天行。此养神之道也"。洗炼诗品，正是从这种清静淡泊，天道自然的心胸中自然流淌而出的。

　　由《洗炼》至《劲健》，创作的修养之论则由醇而闳肆，进入"凌云健笔意纵横"的老成之境，这是包括韩愈、杜甫等前辈论述过的境界。那么，司空图又为创作门径之论提供了什么新的有价值的理论呢？综观司空图的诗论，司空图确实为创作创作门径或曰创作修养，提供了道与诗，理论与实践之间的门径，这就是入神致用。《与李生论诗书》曰："千变万状，不知所以神而自神，岂容易哉？"这就是说，必须经过"戛魄凄肌"的"超心炼冶"，才能入神致用。《诗赋赞》曰："研昏炼爽，戛魄凄肌。神而不知，知而难状。挥之八垠，捲之万象"，这就是说，入神才能"凌云健笔意纵横"，具"千变万状""挥之八垠，捲之万象"的大才力。《劲健》曰："天地与立，神化攸同"，入神，则具天地化育万物的神奇功能而赞助天地之化。这即从哲学的高度，易学的高度论述入神致用。只有对道，对理论真正心领神会，并且在运用中达到从心所欲不逾矩，才能真正发挥道对诗，理论对实践的有效的指导作用。诚然，"精义入神，以致用也；利用安身，以崇德德也；过此以往，未之或知也；穷神知化，德之盛也。"[①]《易传》已讲得明明白白。

---

① （唐）孔颖达：《周易正义》（卷八），（清）阮元校刻：《十三经注疏》（上册），中华书局1980年版，第787—788页。

《文心雕龙·宗经》亦谓"夫《易》唯谈天，入神致用。"为什么说，入神致用，是司空图为诗与道，理论与实践所提供的新的有价值的思想理论呢？原因在于，司空图将易理推广至诗理，实现了诗与道关系的正确、合理的解决。将普遍的原理，推行到具体的领域、具体的事物、具体的实践中，以解决具体的问题，是人类对于理论与实践相互转化运动的常规，理论与实践正是这样得以丰富、发展，以致创新的。它遵循了《周易》"化而裁之""推而行之"的"变通"之理①，也遵循了《周易》"物不可穷也""终则有始"之天道永恒，"悠悠天钧"。天道周而复始的运动，是事物、事理不断发展变化的运动，而非简单的、重复循环的运动。事物正是以终则有始的运动形式，持续不断地发展着，永不停息；事理也伴随着事物的这种发展，而发展着，永不停息。故而《易传》曰："日往则月来，月往则日来，日月相推而明生焉；寒往则暑来，暑往则寒来，寒暑相推而岁成焉。往者屈也，来者信也，屈信相感而利生焉、尺蠖之屈，以求信也；龙蛇之蛰，以存身也。精义入神，以致用也。利用安身，以崇德也。过此以往，未之或知化，穷神知化，德之盛也。"

由"精义入神以致用"，引而伸之，形成《诗品》易道诗学"宗经"的"至精""至变""至神"的境界。《系辞上》第十章曰："《易》有圣人之道四焉，以言者尚其辞。"圣人之道"以言者尚其辞"，其至境为"非天下之至精，其孰能与於此""非天下之至变，其孰能与於此""非天下之至神，其孰能与於此"。将"至精""至变""至神"，都归之于"以言者尚其辞"，刘勰首开其端。《文心雕龙·神思》曰："至于思表纤旨，文外曲致，言所不追，笔固知止。至精而后阐其妙，至变而后通其数，伊挚不能言鼎，轮扁不能语斤，其微矣乎！"至于"至神"则《神思》固有之义："文之思也，其神远矣！"司空图继刘勰之后，将"思表纤旨，文外曲致"，发展而为"韵外之致""味外之旨"，倡言"澄澹精致""千变万状，不知所以神而自神"（《与李生论诗书》）"抗精极思"（《题柳柳州集后序》）"神而不知，知而难状。挥之八垠，捲

---

① （唐）孔颖达：《周易正义·系辞上》（第十二章），（清）阮元校刻：《十三经注疏》（上册），中华书局1980年版，第83页。

之万象"(《诗赋赞》)前文已屡有论述。

至此,还应当指出,《诗品》上编中卷四品之为易道诗学之诗道篇,具有对唐代诗歌复古运动理论总结的意义。一般认为,唐代文学复古运动始于陈子昂,《与东方左史虬修竹篇序》是陈子昂诗歌理论纲领,也是复古运动的宣言。文章批评"文章道弊五百年矣","汉、魏风骨,晋、宋莫传","齐、梁间诗,彩丽竞繁,而兴寄都绝,每以永叹","风雅不作,以耿耿也"。卢藏用《右拾遗陈子昂文集序》评其复古之功曰:"卓立千古,横制颓波,天下翕然,质文一变。非夫岷峨之精,巫庐之灵,则何以生此!"韩愈《荐士》诗亦曰:"国朝盛文章,子昂始高蹈。"并曰:"勃兴得李杜,万类困陵暴。后来相继生,亦各臻阃奥。"韩愈此论,甚有见的。如果说,唐代复古"子昂始高蹈",那么,复古的高潮,应是"勃兴得李杜"。复古初期,陈子昂的"风骨""兴寄"为其基本理论主张。发展到盛唐复古鼎盛时期,诚如司空图所说的"宏肆於李杜,极矣"!其间,"右丞苏州,趣味澄复,若清风之出岫",可与李杜呈儒、释、道三足鼎立之势。然而,在复古革新的思想理论,司空图更倾向于李杜,尤其是李白。试将中卷诗道论四品《高古》《典雅》《洗炼》《劲健》与李白《古风》二首相比较,即昭然以明。《古风五十九首》其一云:

> 大雅久不作,吾衰竟谁陈……废兴虽万变,宪章亦已沦……圣代复元古,垂衣贵清真。群才属休明,乘运共跃鳞。文质相炳焕,众星罗秋旻。我志在删述,垂辉映千春。希圣如有立,绝笔於获麟。

《古风五十九首》其三十五云:

> 大雅思文王,颂声久崩沦。安得郢中质,一挥成斧斤。

李白纵观孔子删定《诗经》以来,"大雅久不作""颂声久崩沦",秦汉而下,诗坛"废兴虽万变,宪章亦已沦"。李唐一统天下,终于迎来了"圣代复元古,垂衣贵清真"的大唐盛世。受时代的激励,李白宣示

"我志在删述",继承孔子,开创"垂辉映千春"的盛唐雅颂。因而,热切期待"安得郢中质,一挥成斧斤"。"一挥成斧斤",表达的正是刘勰《文心雕龙·神思》所谓的"至精而后阐其妙,至变而后通其数,伊挚不能言鼎,轮扁不能语斤,其微矣乎"之至境。显然,司空图《诗品》诗道论,与李白《古风》所表述的复古革新思想,以及倡导"一挥成斧斤"的大才力,都一脉相通。故《李翰林写真赞》云:"仰公之格,称公之文。"

《诗品》上编下卷四品,论述易道诗学之诗德,即"道之文"之文。就绮丽诗品而言,如前所述,它依《易·小畜》立义,从哲学的高度对其作为诗德而正名;作为诗德四品之首,《绮丽》同时也为易道诗学之诗德正名:诗乃"道之文"。也就是说,在《诗品》易道诗学的思想理论体系中,绮丽这一诗品,依"君子以懿文德"立义,又有另一层意义,即绮丽非只是一般的文与质、情与采的文采,而是道之文。绮丽作为道之文这一美学范畴,恰恰是司空图从刘勰的《文心雕龙·原道》中提炼而来的。

> 文之为德也大矣,与天地并生者何哉?夫玄黄色杂,方圆体分。日月叠璧,以垂丽天之象;山川焕绮,以铺理地之形,此盖道之文也。

日月"垂丽天之象","山川焕绮""铺理地之形",这种"绮""丽"的天地形象,"盖道之文也"。显然,刘勰是将天地"绮""丽",作为"与天地并生"的"文德"。当然,刘勰这里所讲的是"无识之物"的天文,而非"有心之器"的人文。司空图将"绮丽"提炼为包括天文、人文在内的道之文的文德、诗德,诗体的基本特征。绮丽对于天文、人文,都"夫岂外饰,盖自然耳"。绮丽,自然而绮丽,绮丽而自然,绮丽与自然,成为道之文的基本特征。

绮丽为天地之道所焕发的文采。天地之道之所以焕发绮丽的文采,在于天地乃万物"资始""资生"之本,"生生不息"之大德,因而焕发出"生气远出",鲜活动人的光辉。"生生不息""生气远出",鲜活动人的光辉,故能"鼓万物""鼓天下之动",以成就盛德大业。孔子说："言之无文，行而不远"。案，世人常用此言，却往往作片面会解。今就绮丽为道之文，略作辨析。

"言之无文，行而不远"，一般认为，此语是讲，言辞须有文采，没有文采之言传播不远。其实，"言之无文"不只仅仅是指言无文采。此言出自《左传·襄公二十五年》。该年六月郑国攻打陈国获胜，十月子产身着戎服，向霸主晋国奉献战品。因为此战没有得到晋国的允许。所以晋人质问：陈国何罪？子产历述郑、陈两国恩怨与现任陈侯的种种罪行，说明陈人知罪而受罚。晋人再问："为何侵犯小国？"子产以"先王之命"而答。晋人又问：前来奉献战品"何故戎服？"子产又以用天子平王、桓王之命及晋文公之命，周卿士"戎服辅王"的礼制相答。晋人士庄伯无言以对，不能质问，便只得向晋国执政的赵文子作了回复。"文子曰：'其辞顺，犯顺，不祥。'"便接收了郑国奉献的战品——不再追究郑国未经允许而攻打陈国的责任。"仲尼曰：'《志》有之，"言以足志，文以足言"，不言，谁知其志？言之无文，行而不远。晋为伯，郑入陈，非文辞不为功。慎辞哉！'"可见，孔子"言之无文，行而不远"是由子产应对晋人质问的"文辞"之功而引发的。子产的"文辞"之功，在于"辞顺"。所谓辞顺，乃合乎情理，顺理成章的意思，并非只是指文采华丽或富于文采。《孔子家语》卷九《正论》也载有孔子对子产应对晋国质问"其辞顺"的评论[1]。汉·许慎《说文解字》曰："顺，理也。"清、段玉裁注曰："理者，治玉也。玉得其治之方谓之理。凡物得其治之方，皆谓之理。理之而后，天理见焉，条理形焉。"又曰："顺者，理也。顺之所以理之，未有不顺民情而理者。"[2]所以，赵文子认为子产的应对，"其辞顺，犯顺，不祥。""犯顺"所以"不祥"，因其违背了天理民情。故而《易·豫·象》曰："天地以顺动，故日月不过，而四时不忒；圣人以顺动，则形罚清而民服。"子产的应对"其辞顺"，顺理成章，而"天理见焉，条理形焉"。所以孔子感而评曰"言之无文，行而不远"。孔子所谓"言之无文"，文的内涵实为文化，文德，而非仅仅为文采：

---

[1] （魏）王肃注：《孔子家语·百子全书》（第一册），浙江人民出版社1984年版。
[2] （清）段玉裁：《说文解字注》，上海古籍出版社1981年版，第418页。

盖均无贫，和无寡，安无倾。夫如是，故远人不服，则修文德以来之。①

子曰："若臧武仲之知，公绰之不欲，卞庄子之勇，冉求之艺，文之以礼乐，亦可以为成人矣。"②

"修文德以来之"，文德，即"文之以礼乐"。杨伯峻先生译作"修仁义礼乐的政教来招致他们"，甚是。"文之以礼乐"，以礼乐成就文采，礼乐即为文之内涵。故而"子曰：'质胜文则野，文胜质则史。文质彬彬，然后君子。'"③ 只有具备仁义之质与礼乐之文，才是君子。

综上所述，儒家所谓的文、文采，不只是指形式的文采，或文采的形式。儒家所谓的文、文采，于深厚的传统文化中包含有丰富的内涵。即有《系辞下》第十章"物相杂，故曰文；文不当，故吉凶生焉"，文须文之得当。得当之文，乃"辞顺"，顺理成章。顺理，则顺应天理民情，礼乐教化。这正是《绮丽》依据《易·小畜》"君子以懿文德"立义的宗旨。

《小畜·象》曰"君子以懿文德"，是对《小畜》卦下乾上巽所象征"风行天上"卦象意义的"引而伸之，触类而长之"。紧随《绮丽》，与《绮丽》"二二相耦"的据《履》卦立义的《自然》，与皎然《诗式·诗有六至》的"至丽而自然"深与应合。司空图《绮丽》与《自然》"二二相耦"品序所寄寓的"至丽而自然"，是一个深刻的诗学与美学的命题与观念。《绮丽》依《小畜》"风行天上""君子以懿文德"立义，"风行天上"，自是天道自然；以"风行天上"为象征意义的绮丽，自是"至丽而自然"。司空图通过《绮丽》《自然》与《小畜》《履》卦的诗易会通，将文与道，道与礼乐，文与礼乐联系在一起，揭示出它们内在的逻辑，为《诗品》易道诗学的文以适道，遵道为文，从诗歌的文体德性、基本特征上，奠定了思想基础或理论根基。

由会通"风行天上"，"小畜"；"君子以懿文德"而立义的《绮丽》，

---

① 《论语·季氏》，杨伯峻：《论语译注》，中华书局1958年版，第179页。
② 杨伯峻：《论语译注·问》，中华书局1958年版，第156页。
③ 杨伯峻：《论语译注·雍也》，中华书局1958年版，第165页。

确立了绮丽诗品天道自然的诗学美学的本质特征；由会通"上天下泽"，"履"；"君子以辩上下，定民志"而立义的《自然》，确立了自然为天道自然的诗学德性，自然既天地之道。《绮丽》与《自然》从"文"与"道"的不同侧面，共同阐释了"道之文"的思想内涵。孔颖达《周易正义》记述《履·象》之义曰："若以二卦上下之象言之，则履礼也。"履礼，即践行礼义、礼乐。《荀子·大略》曰："礼者，人之所履也。失所履，必颠蹶陷溺。所失微，而其为乱大者，礼也。礼之於正国家也，如权衡之於轻重也，如绳墨之於曲直也。故人无礼不生，事无礼不成，国家无礼不宁。"① 孔子删定《诗经》，开创了"履礼"的诗学观，或礼乐文化。《史记·孔子世家》曰：

> 孔子语鲁大师，"乐其可知也……吾自卫反鲁，然后乐正，雅颂各得其所。"古者诗三千余篇，及至孔子，去其重，取可施于礼义，上采契、后稷，中述殷、周之盛，至幽、厉之缺，始於衽席……三百五篇，孔子皆弦歌之，以求合韶、武、雅、颂之音。礼乐自此可得而述，以备王道之六艺。②

《诗经》删取的标准，在于"取可施於礼义"；《诗经》删定成书，"礼乐自此可得而述"，《诗经》"履礼"的旨意十分明确。《诗经》通过"履礼"建立起以风、雅、颂诗体为主导的经典理论体系。这就是："一国之事，系一人之本，谓之风；言天下之事，形四方之风，谓之雅。雅者，正也，言王政之所由废兴也。政有小大，故有小雅焉，有大雅焉。颂者，美盛德之形容，以其成功告于神明者也。是谓四始，诗之至也。"孔颖达《毛诗正义》解释"风"曰："诗人览一国之意，以为己心，故一国之事，系此一人使言之也。但所言者，直是诸侯之政，行风化于一国，故谓之风，以其狭故也。"解释"雅"曰："作诗道说天下之事，发见四方之风，所言者，乃是天子之政，施齐正于天下，故谓之

---

① （清）王先谦：《荀子集解》（卷十九），国学整理社辑纂：《诸子集成》（第二册），中华书局1954年版，第327页。

② （汉）司马迁：《史记·孔子世家》，[日]泷川资言：《史记会注考证附校补》，上海古籍出版社1986年版，第1160—1161页。

雅，以其广故也。"① 郑玄《诗谱序》曰："及成王，周公致大平，制礼作乐，而有颂声兴焉，盛之至也。本之由此风雅而来，故皆录之，谓之诗之正经。"又曰："后王稍更陵迟，懿王始受谮亨齐哀公，夷身失礼之后，邶不遵贤。自是而下，厉也，幽也，政教尤衰，周室大坏……故孔子录懿王、夷王时诗，讫于陈灵公淫乱之事，谓之变风变雅。"② "故变风发乎情，止乎礼义。发乎情，民之性也；止乎礼义，先王之泽也。"③ 于是，言"诸侯之政"的国风，言"天子之政"的小雅、大雅，"成王，周公致大平，制礼作乐，而有颂声兴焉""是谓四始"的"君子以辩上下，定民志""履礼"的诗体理论体系即已完善成立。在这个礼乐系统中，诗，只是其中的一个成分或要素，并无独立的身份与地位。一般认为，自曹丕《典论·论文》"盖文章，经国之大业，不朽之盛事"论断之出，始有文的自觉。齐梁时，刘勰《文心雕龙·原道》据《贲卦》"（刚柔交错），天文也；文明以止，人文也。观乎天文，以察时变；观乎人文，以化成天下"而发挥曰："文之为德也大矣，与天地并生者"，并曰"道沿圣以垂文，圣因文而明道"，树立起"明道"的文学观。唐末，司空图在"明道"论的基础，进而提出"俱道适往，著手成春"的文以适道、遵道为文的天道自然的诗学观。从曹丕《典论·论文》，经刘勰《文心雕龙》，终至司空图的《诗品》，清晰地显示出文的自觉思潮的发展历程，反映了诗学理论由《诗经》的"履礼"，诗乐不分，诗为礼乐的一部分，而走向诗乐分离，诗歌独立成为"经国之大业，不朽之盛事"，并由"明道"而"适道"。文以适道，遵道为文，文不仅仅只是"载道""明道"的载具、载体，或词章之学，而是体用一如的"经国之大业，不朽之盛事"，成为"鼓天下之动者存乎辞"的"道之文"。诗易会通，为文以适道，遵道为文提供了世界观与方法论，提供了创作的指导思想与创作方法的理论基础。至此，文学真正具有独立

---

① （唐）孔颖达：《毛诗正义》（卷一），（清）阮元校刻：《十三经注疏》（上册），中华书局1980年版，第272页。
② （汉）郑玄：《诗谱序》（卷五十三），（清）阮元校刻：《十三经注疏》（上册），中华书局1980年版，第262—263页。
③ （唐）孔颖达：《毛诗正义》（卷一），（清）阮元校刻：《十三经注疏》（上册），中华书局1980年版，第272页。

的身份与地位，并最终建立起古代诗论的易道诗学理论体系。需要指出的是，《诗经》"履礼"的礼乐文化体系与《诗品》易道诗学理论体系，并非势同水火，互不相容。其实二者是继承创新发展的关系。在中华先民看来，礼乐，正是天地之道所焕发的绮丽的文采："乐者，天地之和也；礼者，天地之序也。和，故万物皆化；序，故群物皆别。乐由天作，礼以地制……明于天地，然后能兴礼乐也。"① "故圣人作乐以应天，制礼以配地，礼乐明备，天地官矣。"② 礼乐是"天地之和"与"天地之序"的体现，是对天地之道的效法。由此可见，《诗品》之"适道"，适天地之道，是对《诗经》之"履礼"，提升发展为礼乐所效法的天地之道。这与上述儒家所谓的文，文采包含的丰富内涵，既是"物相杂，故曰文"，又须"辞顺"，顺理成章，一脉相通。顺理成章，亦出自《周易》。《说卦》曰：

> 昔者圣人之作《易》也，将以顺性命之理。是以立天之道曰阴与阳，立地之道曰柔与刚，立人之道曰仁与义。

《易·系辞下》第一章曰：

> 古者包牺氏之王天下也……始作八卦，以通神明之德，以类万物之情。

《易·系辞下》第六章曰：

> 子曰："乾、坤，其《易》之门邪：'乾，阳物也；坤，阴物也。阴阳合德而刚柔有体，以体天地之撰，以通神明之德。'"

《诗品·自然》"俱道适往，著手成春"，"适道"论，即是《说卦》所

---

① （唐）孔颖达：《礼记正义·乐记》（卷三十七），（清）阮元校刻：《十三经注疏》（下册），中华书局1980年版，第1530页。
② （唐）孔颖达：《礼记正义·乐记》（卷三十七），（清）阮元校刻：《十三经注疏》（下册），中华书局1980年版，第1531页。

谓"将以顺性命之理""顺性命之理",亦即顺理成章;"适道",方可"以通神明之德"。所以说,《绮丽》《自然》作为诗歌文体的本质特征,奠定了易道诗学的文以适道,遵道为文的思想基础或理论根基。

上编下卷论诗德的另外两品,《含蓄》与《豪放》,体现或表达了《礼记·乐记》"情深而文明,气盛而化神,和顺积中,而英华发外,唯乐不可以为伪"的德性。此语对诗与乐,或曰诗与歌、舞"三者本于心"的阐述,应合了《含蓄》《豪放》分别据以立义的《否》卦下坤上乾,《泰》卦下乾上坤,卦象的意义,或曰是对《否》《泰》卦象意义的"引而伸之,触类而长之"。由此,既说明含蓄、豪放作为诗德,作为《诗品》易道诗学诗体的基本特征,是与礼乐密切相关的,同时也说明,具备"情深而文明,气盛而化神,和顺积中,而英华发外"的《含蓄》与《豪放》之所以或"不著一字,尽得风流",或"由道返气,处得以狂",却遵循了"唯乐不可以为伪",是因为"不著一字"或"处得以狂",皆"本之于心",出自真诚、至诚。如果说,《绮丽》《自然》作为易道诗学诗德的本质特征,分别从"文"与"道"阐发了"道之文",这一易道诗学的经典内核;那么,《含蓄》《豪放》作为易道诗学诗德的基本特征,则对"道之文"的表现方式与表现力,作了阐发。《诗品》易道诗学也正是依此四德为根基而建立的。自汉魏文的自觉,发展至唐末,在唐代复古革新运动与文学创作实践的基础上,通过诗易会通而创新建立的《诗品》易道诗学,是从礼乐系统中脱胎而出的,却并不排斥诗歌的礼乐教化作用。诚如上文引述的《礼记·乐记》所云:"乐行而民乡方,可以观德矣。德者,性之端也。乐者,德之华也。金石丝竹,乐之器也。诗,言其志也。歌,咏其声也。舞,动其容也。三者本于心。"乐教的推行,旨在引导民众走向正道,可以观察德政的成效。应当指出,礼,礼乐,其本质是阶级性,在阶级社会中,是为统治阶级服务的。同时,也不应忽视,民族性以致人民性也是礼乐重要的、不可或缺的特征,只强调阶级性而忽视民族性及人民性,礼乐是不可能承担起对社会,对民族的维系作用的。在中国长期的封建社会中,礼乐教化一直作为儒家的经典在传承着。司空图视诗歌为儒家之业,这不仅是"诗三百"为儒家经典,而且从事诗歌创作,在他看来也是奉守儒业。《送草书僧归楚越》云:"蛩光僧生于东越，虽幼落于佛，而学无不至。故逸迹遒劲之外，亦恣为歌诗以导江湖沉郁之气，是佛首而儒其业者也。虽孟、荀复生，岂拒之哉！"①《诗品》易道诗学从礼乐系统中脱胎而出，又与礼乐有至为密切的联系，对于秉持儒家思想的司空图而言，是十分自然的。

司空图《诗品》上编十二品，分为三卷论述易道诗学观。上卷，建立"原道""征圣""宗经"的诗学纲领；中卷，论述诗歌发展的方向、途径与创作醇而后肆门径；下卷，论述诗德、诗歌文体的基本特征，突出了诗歌的鲜明特色的表现方式与表现力，如刘禹锡所云："片言可以明百意，坐驰可以役万里，工于诗者能之。""诗者，其文章之蕴耶！"②上编十二品，通过诗学纲领、诗道论、诗德论，建立起《诗品》易道诗学观。诗道论、诗德论均以诗学纲领为核心而展开论述。无论是在思想内容上，还是在组织结构上，都完备、缜密，令人惊叹。《诗品》最显著的，独一无二的特征，是诗易会通，思想精深闳博。在对《诗品》上编讨论行将结束时，顺便指出，《诗品》的外在文字间的联系，呼应，也极精彩，不仅增强了理论体系的完备性，也表达了理论系统的层次性。例如，上卷四品之首《雄浑》曰"真体内充"，曰"积健为雄"；中卷四品之末《劲健》曰"饮真茹强"，曰"喻彼行健，是谓存雄"；下卷四品之末《豪放》曰"真力弥满"，不仅显示出前十二品上中下三卷的层次性，而且，由《雄浑》的"真体内充"，至《劲健》的"饮真茹强"，再至《豪放》的"真力弥满"，见出"真体"由"积健"至"行健"，终至"弥满"的发展过程。当然，这与诗品依易卦之序立义，内蕴易卦之德相关。而且，首品《雄浑》曰"具备万物"，第十二品《豪放》曰"万象在旁"，《诗品》上编十二品首尾呼应。因而，在《诗品》中泰卦与否卦位置互换，变《周易》的泰极而否，为《诗品》的否极泰来，既是司空图修"中兴之教"或曰"中兴颂"的需要，又有《诗品》思想体系组织结构的需要。这一思想理论体系结构，也突出了《诗品》易道诗学以阳刚为主导的中和之美的美学观。

---

① （唐）司空图：《送草书僧归楚越》，（清）董诰等辑纂：《全唐文》（卷807），上海古籍出版社1990年版，第3763页。

② （唐）刘禹锡：《刘禹锡集·董氏武陵集纪》，上海人民出版社1975年版，第172—173页。

下编　诗品·易道诗学创作观

司空图《诗品二十四则》，后十二品为下编，论述易道诗学美学创作观。《诗品》的创作观，遵循《周易》的"穷理尽性以至于命"，即《说卦传》所谓"昔者圣人之作《易》也，将以顺性命之理。是以立天之道曰阴与阳，立地之道曰柔与刚，立人之道曰仁与义。"《诗品》既以"顺性命之理"，即遵循阴阳、刚柔、仁义之道，建立起诗学美学的整体思想理论观念，又在诗学美学整体思想理论观念的指导下，建立起《诗品》的创作观，即在创作活动中，具体贯彻"顺性命之理"的思想理论观念。

《易传》论述《周易》与天地的关系，或曰"《易》与天地准，故能弥纶天地之道"，或曰"是故天生神物，圣人则之；天地变化，圣人效之；天垂象，见吉凶，圣人象之"。所谓的"与天地准""则之""效之""象之"等，皆言"顺性命之理"。"顺理"，亦即"适道"，即遵循天地之道。《乾·彖》曰："乾道变化，各正性命"，举"乾道"而及"坤道"。因为《乾·彖》曰："大哉乾元，万物资始，乃统天"，《坤·彖》曰："至哉坤元，万物资生，乃顺承天。"乾与坤是"统天"与"顺承天"的关系，故而举"乾道"而及"坤道"，"顺性命之理"，即遵循天地之道。

下编十二品，第十三品至第二十四品，四品一卷，共分上中下三卷。其中首四品即下编上卷（卷四），为《诗品》易道诗学创作观；次四品即下编中卷（卷五），为创作观之表现论；末四品即下编下卷（卷六），为创作观之境界论。每卷诗品"二二相耦"，两品一单元，各有上下两个单元。以下按序，对《诗品》创作观，逐卷，逐单元，逐品讨论。

卷四　诗品·易道诗学创作观

司空图《诗品》第十三品至第十六品，《精神》《缜密》《疏野》《清奇》，为易道诗学创作观。四品依次与《周易》第十三卦至第十六卦，《同人》卦、《大有》卦、《谦》卦、《豫》卦相会通，说明《诗品》易道诗学观的创作宗旨在"穷理尽性"。其中，《精神》《缜密》说明诗学创作的指导思想为"穷理""循性命之理"；《疏野》《清奇》说明诗学创作的指导思想为"尽性"。拟先讨论《精神》《缜密》。

一　《精神》《缜密》——创作观（上）

《精神》《缜密》分别与《周易》之《同人》《大有》会通，依据《周易》"将以顺性命之理"，提出并论述了"妙造自然"的易道诗学创作观。

（一）《精神》：妙造自然

《诗品》第十三品《精神》依《周易》第十三卦《同人》立义。兹将《精神》原文及《同人》卦相关资料，抄录如下。

> 欲返不尽，相期与来；明漪绝底，奇花初胎。青春鹦鹉，杨柳楼台。碧山人来，清酒深杯。生气远出，不著死灰；妙造自然，伊谁与裁。

䷌同人：同人于野，亨，利涉大川，利君子贞。

[注] 同人卦，下离（☲）上乾（☰），象征"和同于人"。有亲和、和谐相处之义。

《象》曰："同人"，柔得位得中而应乎乾，曰同人。同人，曰"同人于野，亨，利涉大川"，乾行也。文明以健，中正而应，君子正也。唯君子为能通天下之志。

[释]《彖传》论断同人卦卦义说："是'应乎乾'，所以称此卦为

'同人'——六二爻与九五爻虽阴阳不同，但能相互应和，和而不同。卦辞曰'同人于野，亨，利涉大川'，是说在宽广的原野与人和同，用心无私、宽容，可获亨通，有利于涉过大河险滩。之所以如此，关键在于上卦乾之所行，能下应六二阴爻柔顺。九五爻，六二爻都处于中正之位；九五阳爻刚健、文明，两爻相互应和，是君子正道。只有君子才能以纯正无私的美德会通统一天下民众的意志。"同人卦，系六二以阴爻而处下卦中位，得正位而守中道，上与九五阳爻相应。

又，《象》曰：天与火，同人；君子以类族辨物。

[释]《象传》说：天体在上，火焰向上，象征"和同于人"。君子应效法此卦，以相聚的物类、种族来分辨事物，审异求同。

《诗品·精神》首章四句"欲返不尽，相期与来；明漪绝底，奇花初胎"，依《同人》卦象卦义，论述易道诗学的创作观。"欲返不尽，相期与来"，是对《同人》下卦离为日，上卦乾为天的卦体卦象，与对《象传》"乾行也"的表述：太阳运行于天，日出而落，日落而出，日出日落，相期而来。两句内涵丰富，意蕴深微。第一，说明了天道自然。日出日落，循环往复，乃天体自然运行，即《象》曰"乾行也"。亦即《诗品·自然》之"悠悠天钧"。同时，为本品末章"妙造自然，伊谁与裁"张目。第二，天道自然，规定了万物自然，作为宇宙物质运动最高形式的性命运动，亦"欲返不尽，相期与来"，也就是《乾·象》所谓的"乾道变化，各正性命"。乾道者，天道也。《易传》曰："天地絪缊，万物化醇；男女构精，万物化生。"[①] 此处"男女"系指天地阴阳，意谓万物皆由阴阳精气交媾变化而生。故而《易传》曰："仰以观于天文，俯以察于地理，是故知幽明之故。原始反终，故知死生之说。精气为物，游魂为变，是故知鬼神之情状。"[②] 考察事物的初始与终结，就可以知晓生死变化的规律：阴阳精气相聚而物生，阴阳精气离散而物死。阴阳精气相聚为神灵，精气游散为鬼魂。所以，由阴阳精气

---

① （唐）孔颖达：《周易正义·系辞下》，（清）阮元校刻：《十三经注疏》（上册），中华书局1980年版，第88页。

② （唐）孔颖达：《周易正义·系辞下》，（清）阮元校刻：《十三经注疏》（上册），中华书局1980年版，第77页。

的聚、散，而可了解"鬼神之情状"，形态。阴阳精气的聚散，亦即性命的运动。故《乾·彖》曰："大哉乾元，万物资始，乃统天。"《坤·彖》曰："至哉坤元，万物资生，乃顺承天。"性命运动，故为天道自然。第三，于是，"欲返不尽，相期与来"所表述的"乾行也"之天道自然，也就奠定了《诗品》易道诗学创作观的"顺性命之理"。"顺性命之理"，上承上编《诗品》易道诗学纲领之"原道"，是易道诗学观在创作指导思想的贯彻与落实，又下启下编易道诗学创作观的表现论与境界论，体现了易学"穷理尽性以至于命"（《周易·说卦传》，第一章。）的宗旨。第四，"欲返不尽，相期与来"，"原始反终，故知死生之说""精气为物，游魂为变，是故知鬼神之情状"，寓意"精神"之义：阴阳精气相聚谓之"神"，故而，精神，即阴阳精气相聚之义。精神，象征性命、生气、生机。首章后两句"明漪绝底，奇花初胎"，通过对《同人》卦义、卦象的表述与发挥，进一步阐述精神的意义：精神即性命；又是性命与生机的体征或外在表现。"明漪"，《初学记·总载水》"水波如锦文曰漪"[1]。光亮鲜明的波纹、锦纹，即"文明"。"明漪绝底"，明亮闪光的波文下澈至最底层，扣合了《同人·象传》"文明以健"之语："天以健为用者，运行不息，应化无穷。"[2] "运行不息"，光亮的波纹下澈至底层，故曰"明漪绝底"。"奇花初胎"者，《同人》下卦为离，离卦"为中女"，"其于人也为大腹"，李鼎祚《周易集解》曰："象日常满，如妊身妇，故'为大腹'，乾为大也。"[3] 以女喻花，故有"奇花初胎"之语。"明漪绝底，奇花初胎"，二语俱言"精神"。《庄子·刻意》曰："水之性，不杂而清……天德之象也。故曰，纯精而不杂，静一而不变，淡而无为，动而天行，此养神之道也……精神四达并流，无所不极，上际于天，下蟠于地，化育万物，不可为象，其名为同帝。"所以，"明漪绝底"，亦即"养神之道"，"纯素之道"，"精神四达并流"之"精神"。"奇花初胎"，更是言性命之始、之成，精神充沛之时。就《诗品》下编结构而言，第二十三品《旷达》

---

[1] （唐）徐坚：《初学记》（第一册），中华书局1962年版，第112页。
[2] （唐）孔颖达：《周易正义·乾》（卷一），（清）阮元校刻：《十三经注疏》（上册），中华书局1980年版，第13页。
[3] （唐）李鼎祚：《周易集解》（卷十七），中华书局2016年版，第530页。

以"生者百岁，相去几何"始，"孰不有古，南山峨峨"终，而言性命之终，与《精神》首章"欲返不尽，相期与来。明漪绝底，奇花初胎"，言性命之始，遥相呼应，紧扣下卷论易道诗学创作观之"将以顺性命之理"，"穷理尽性以至于命"。

《精神》中章四句"青春鹦鹉，杨柳楼台；碧山人来，清酒深杯"，论述如何以"同人"，"和同于人"而见"精神"——必须"以类族辨物"。春天与鹦鹉，杨柳与楼台，四者虽都互不相干，但它们都共同有着精气神，都精神。而且，它们相互和同，如《同人·象》所谓"天与火，同人"，有所类同；春天的鹦鹉，杨柳掩映的楼台，充满生气；春天、鹦鹉、杨柳、楼台，相互结合，又共同构成一幅完整的生意盎然的画卷。所以，以类族辨物，而求得和同、和谐，由和同、和谐而成就精神，精神充满活力、生机。中章的后两句"碧山人来，清酒深杯"，一方面，与前两句并列，言"以类族辨物"，和同于人，以见其充满生气的精神，——碧绿的山林别墅，有人来访，深杯清酒，倍长精神。另一方面，也是更重要的，是对前两句的申述，点明前两句所言，"碧山人来，清酒深杯"即《同人》卦辞"同人于野"之义。"同人于野"，必须胸怀宽广无私，"中正而应"。故而对来访之人，以"清酒"，即美酒热情款待；以"深杯"，实实在在，诚心相交。所以。和同于人，不仅需要"以类族辨物"，不仅需要有见识，更重要的还要待人以德、相交以诚，这就是"中正而应""利君子贞"。

《精神》末章四句"生气远出，不著死灰；妙造自然，伊谁与裁"，论述精神诗品的创作要旨。"生气远出，不著死灰"，是由《精神》中章，自然而然得出的结论，或曰是对中章所述的点明。然而，这两句均出自《庄子》。"生气远出"，即由上文所引《庄子·刻意》"精神四达而并流，无所不极"化出。"不著死灰"，出自《庄子·齐物论》"形固可使如槁木，而心固可使如死灰乎？"《齐物论》由"槁木""死灰"之问，引出"天籁"："夫天籁者，吹万不同，而使其自己也，咸其自取，怒者其谁邪！"意谓天籁是风吹万物发出的声音，声音千差万别，是出于万物自然。司空图从此而引出"妙造自然，伊谁与裁"。"妙造自然"是司空图《诗品》易道诗学的创作观，是创作观的基本、核心思想理论，它具体指导创作活动遵循《诗品》易道诗学观，即"穷理尽性以至于命","顺性命之理"的天道自然观。对于"妙造自然"的思想内涵,应当综合《诗品·精神》以及《易·同人》进行讨论。

通观《诗品·精神》,首章依《同人》卦象卦义、《象传》之"乾行""文明以健",论天道自然所含性命之理,寓言精神即性命,生机的象征。中章描述精神之象,说明观察认识事物的精神,须遵循《同人》"类族辨物"的方法论,必须具备"同人于野""文明以健,中正而应"的胸襟品德。末章综括上文,明确提出"妙造自然"的创作观,统领、指导易道诗学的创作思想。

"妙造自然",有两层意义:一是创作神奇美妙的自然,表现大千世界之妙;二是妙于创造自然。大千世界之妙,妙在生生不息。"欲返不尽,相期与来。"大自然充满鲜活的生命、蓬勃的生机,"盈天地之间者唯万物"(《易·序卦》),"精神四达而并流,无所不极"。在中华先民看来,宇宙自然,天地万物,精神是最本质、最神明的德性。它作为性命的体征,蕴含着性命之理。精神,原为形、神方面的范畴,在中国哲学、美学、艺术学等领域都有论述。《淮南子》有《精神训》。魏晋南北朝以来,在品藻人物,绘画时,精神、生气,屡屡出现。如《世说新语·品藻》云:"庾道季云:廉颇、蔺相如,虽千载上死人,懔懔恒有生气;曹蜍、李志,虽现在,厌厌如九泉下人。"南齐画论家谢赫有《古画品录》,序中提出图绘六法,其一曰"气韵生动是也"。钱锺书先生评曰:"谢赫以'生动'诠'气韵',尚未达意尽蕴,仅道'气'而未申'韵'也;司空图《诗品·精神》'生气远出',庶可移释,'气'者'生气','韵'者'远出'。赫草创为之先,图润色为之后,立说由粗而渐精也。"[①] 中唐诗人皎然在《诗式·诗有七德》条下,其五曰"精神"。在前人对"精神"意义种种论述的基础上,司空图依据《易传》"圣人有以见天下之赜,而拟诸其形容,象其物宜,是故谓之象",将原为形、神方面的范畴,提升为易道诗学的创作观,以指导创作实践活动"将以顺性命之理"。遵循"性命之理",即遵天地万物之道,这是"妙造自然"的基本意义。"妙造自然"的另一层意义,为妙于创造自然,即司空图指出的"伊谁与裁"。"自然"者,自然而然。

---

① 钱锺书:《管锥编》(第四册),中华书局1979年版,第1365页。

创造自然，却了无制作之迹，如风行水上，自然成文。自然成文，方称"妙造"。然而，既曰"妙造"，所谓自然成文，依然须经创作，只是要求须是顺理成章，此即《易传》所云"将以顺性命之理"。《周易》的"立象以尽意"，是通过"拟诸其形容，象其物宜"，而体现"天下之赜"的，即通过对事物的高度概括，以"类族辨物"而实现的。艺术创作，"妙造自然"，也必须对事物，对所表现的素材，进行提炼，艺术的概据来完成。"妙造自然"，对创作主体，对作者，也必然要求"以类族辨物"，"中正而应"，或曰"修辞立其诚"。

（二）《缜密》：意象浑成

《诗品》第十四品《缜密》依《周易》第十四卦《大有》立义，兹将《缜密》原文及《大有》卦相关资料，抄录如下。

> 是有真迹，如不可知；意象欲出，造化已奇。水流花开，清露未晞。要路愈远，幽行为迟。语不欲犯，思不欲痴。犹春于绿，明月雪时。

☲☰ 大有：元亨。

[注] 大有卦，下乾（☰）上离（☲），象征"大富有"、大通之道。

《彖》曰："大有"，柔得尊位大中，而上下应之，曰大有。其德刚健而文明，应乎天而时行，是以元亨。

[释]《彖传》论断大有卦之卦义说："大有"，是指六五爻处于上卦中位，阴柔处此尊位，所以为"大"，故曰"柔得尊位大中"。此卦仅六五为阴爻，上下五爻都为阳爻，没有第二个阴爻与阳爻分应，五阳爻都与六五阴爻相应，所以称为"大有""大富有""大能所有"。大有卦下卦为乾，乾德刚健；上卦离，离为火、为日，离德文明。大有之德，顺应于天，依时而行，万物皆得亨通，所以卦辞曰"元亨"。

又，《象》曰：火在天上，"大有"；君子以遏恶扬善，顺天休命。

[释]《象传》说：火在天上——光焰无所不照，象征笼罩一切，"大富有""大获所有"。（司马光曰："火在天上，明之至也。至明则善恶无所遗矣，善则举之，恶则抑之，上之职也。"《温公易说》）君子效

· 244 ·

法此卦象，止恶扬善，以顺应上天之德，休美万物性命。

　　《缜密》首章四句"是有真迹，如不可知；意象欲出，造化已奇"，是对《大有》卦辞"元亨"之乾元之德的阐释，而规定"缜密"之义：意象浑成。"是有真迹，如不可知"者，是言"造化已奇"——"以体天地之撰，以通神明之德"，"以通神明之德，以类万物之情"。"造化已奇"者，即天地自然对万物的撰述营为，昭示其神奇光明的德性。此处的乾元之德，是指大有卦下卦为乾卦。而乾之德，《乾·象》曰："大哉乾元，万物资始，乃统天！"万物凭借乾元阳气而开始萌动，此乃天地化育万物神奇的景象呈现之际，然而，万物萌动化生，却尚未最终生成，孕而未生，故曰"意象欲出"而未出，正处"混沌""浑成"之形态，"混沌""浑成"意中之象（想像中的象，并非已经形成的象），它的形成的"真迹"，像是不可知晓。"真迹"，直接所指为乾阳元气聚合萌孕万物之踪迹，故称"真迹"。"如不可知"，委婉之词，是说凭直观，是见不到万物萌孕的过程，只可凭借想象，推测而知。概括以上所述，首章四句，依据《大有》下卦为乾之乾元之德，以言缜密之义，进而说明何为"妙造自然"。乾元既为万物所"资始"，万物"资始"其物象只是开始孕育形成但还尚未形成，故而谓之"意象"，意象浑成，亦即自然天成。"妙造自然"，正是需要"以体天地之撰，以通神明之德"，效法天地"资始""资生"化育万物的撰述营为，秉承天地化育万物的神奇光明之德，为无为，而自然成文。从逻辑关系来看，首章一者与《诗品·精神》末句"妙造自然，伊谁与裁"之"伊谁与裁"相承接曰："是有真迹，如不可知"；一者与"妙造自然"相承接曰："意象欲出，造化已奇。"司空图论易道诗学的创作观，在《精神》中提出"妙造自然"。然而，何为"妙造自然"？怎样"妙造自然"？并未作深入论述。只是笼统地说"生气远出，不著死灰"，又曰"伊谁与裁"，即为无为，无迹可求。但是，既曰妙造，实则有为；有为就留有"真迹"。对此，我们曾在《精神》中依据《同人》卦义作了一些讨论与阐释。司空图在《缜密》中又据《大有》卦义，以"万物资始"的乾元之德，对"妙造自然"，从哲学思想的高度进行了论述，大大深化了"妙造自然"的思想内涵。

《缜密》中章四句"水流花开,清露未晞。要路愈远,幽行为迟",依据《大有》卦义,描述缜密之象。"水流花开"者,表述缜密诗品"应乎天而时行"之义:水应乎天赋之物性而流动,花卉依照天时而开放——缜密之义,乃以天道为准,严遵天道,"俱道适往",方为自然。"清露未晞"者,表述缜密诗品"顺天休命"之义:顺应天德,化育万物,如同清滢的露水无声无息润泽着花草,持久未干,鲜活动人。甘露对花草的润泽缜密无间,花草沐浴甘露则"生气远出"。"要路愈远,幽行为迟"者,表述缜密诗品"元亨"之亨通之义:大路通衢之要道,道路愈远,务须畅道无阻,(穷则变,变则通,通则久);不能如幽僻的小道那样,漫步其中。(大路通衢,是货运,人行通道,须快速通行)故而,缜密具有清通远大的意义。此层意义,下边还将讨论。本章描述缜密之象,突出了《大有》的"顺天休命"之义,顺奉天道天德,成物之性,休美物命,万物以此皆得亨通,即卦辞所曰"元亨"。对缜密之象的描述,具体而生动地展示了何为"妙造自然"。

《缜密》末章四句"语不欲犯,思不欲痴。犹春于绿,明月雪时",依据《大有》卦义,论述缜密诗品的创作要旨,或曰怎样"妙造自然"。"语不欲犯,思不欲痴"者,论述缜密诗品"刚健而文明"之义:王弼注"其德刚健而文明"曰:"德应于天,则行不失时矣。刚健不滞,文明不犯。应天则大,时行无违,是以元亨。"[①] 司空图特意套用王弼"刚健不滞,文明不犯",而曰"语不欲犯,思不欲痴"。痴者,即背离"刚健不滞"、迟滞之义。司空图通过套用王弼"刚健不滞,文明不犯",旨在说明缜密内蕴《大有》卦的"元亨"之德。缜密,要求语言清通而无抵牾,文思畅通而不呆滞,从而使作品意脉贯通,条贯统序,表里一体,首尾圆合。"犹春之绿,明月雪时",进一步说明缜密"刚健不滞,文明不犯"或曰"语不欲犯,思不欲痴","元亨"之德所达到的缜密的至境:犹如春天之蓬勃春色,犹如皎洁月光映着白雪,浑然天成。末两句,回应了开首"是有真迹,如不可知","真迹"者,乃天道自然。缜密诗品是遵循天道自然创作的产物,体现了"顺天休

---

① (唐)孔颖达:《周易正义》(卷二),(清)阮元校刻:《十三经注疏》(上册),中华书局1980年版,第30页。

命""元亨"之德。

通观《诗品·缜密》，首章依据《大有》"元亨"卦辞与下卦（内卦）为乾，以乾元之德，阐释"意象欲出，造化已奇"，"妙造自然"之义。笔者将《大有》"元亨"卦辞，与"《易》之蕴邪""《易》之门邪"的《乾卦》"元、亨、利、贞"相通，特别是与"大哉乾元，万物资始，乃统天"之乾元，与"云行雨施，品物流行"之乾亨之德相通，以构思出"意象欲出，造化已奇"之诗家语、之意境，表达出天地化育万物之神奇，从而规定了"妙造自然"的意义。因此，易道诗学的创作宗旨，创作指导思想，或曰创作观，当体察领会、效法天地化育万物之理，即"顺性命之理"。《缜密》首章将《精神》首章提出的"顺性命之理"的创作宗旨，作了具体、深入、透彻的论述。《缜密》中章描绘"妙造自然"之缜密之象，突出了"大有""应乎天而时行""顺天休命"的卦义，落脚于"元亨"，说明"元亨"，大通之道，是缜密的关键。元亨，乃能成物之性，广化万物；大通，乃能浑融无迹，在《易经》中，"通"，亨通，不仅是天地万物四德之义，而且是天道永恒的关键，故《易传》曰"穷则变，变则通，通则久"。末章论述缜密诗品的创作，落实到思维与语言。缜密诗品须有思维与语言方面的研炼功夫，才能保障创作自然、浑成。缜密，本来是关于体裁方面的概念或范畴，涉及炼意、炼辞、谋篇布局等方面。刘勰《文心雕龙》颇有精辟的论述。例如，《熔裁》曰：

> 规范本体谓之熔，剪裁浮辞谓之裁……是以草创鸿笔，先标三准：履端于始，则设情以位体；举正于中，则酌事以取类；归余于终，则撮辞以举要……故能首尾圆合，条贯统序。

《章句》曰：

> 宅情曰章，位言曰句……启行之辞，逆萌中篇之意；绝笔之言，追媵前句之旨：故能外文绮交，内义脉注，跗萼相衔，首尾一体。

《附会》曰：

> 何谓附会？谓总文理，统首尾，定与夺，合涯际，弥纶一篇，使杂而不越者也……凡大体文章，类多枝派，整派者依源，理枝者循干。是以附会之义，务总纲领，驱万涂于同归，贞百虑于一致；使众理虽繁，而无倒置之乖，群言虽多，而无棼丝之乱，扶阳而出条，顺阴而藏迹，首尾周密，表里一体，此附会之术也。

《总术·赞曰》：

> 文场笔苑，有术有门。务先大体，鉴必穷源。乘一总万，举要治繁。思无定契，理有恒存。

由上述材料可知，刘勰《文心雕龙》之创作观，论炼意、炼辞、谋篇布局，也引述或化用了一些《周易》的语汇，如"杂而不越""驱万涂于同归，贞百虑为一致"，强调了"首尾圆合，条贯统序"，并且指到了"整派者依源""鉴必穷源"。但是，刘勰所提及的"依源""穷源"，不是司空图创作观的"顺性命之理"，而是指文章立论的某一思想基础，或曰文章主旨，写作纲领，即所谓"附会之义，务总纲领"。"务总纲领"，旨在："乘一总万，举要治繁"，达到"条贯统序"之亨通。司空图依据《大有》"元亨"之旨论缜密，在以乾元之德论述"意象欲出，造化已奇"，"妙造自然"的基础上，突出缜密的亨通之义，将缜密由文学理论概念，提升为"顺性命之理"的哲学，美学范畴，与《诗品·精神》共同构成了《诗品》易道诗学的创作观。

《精神》《缜密》所构成的易道诗学创作观，其基本意义为"顺性命之理""妙造自然"。《精神》重在论述"生气远出，不著死灰"之性命体征，创作须赋象传神，表现大自然的蓬勃生机之精神。《缜密》重在阐述"意象欲出，造化已奇"的"妙造自然"。"意象"，意中之象，《乾·象》所表述的开始孕育而尚未形成的浑成之象。引而申之，乃为《易传》所谓的"立象以尽意"的尽意之象。意与象，缜密无间，浑然一体。自然之妙造，以天地化育万物为准则，效法天地"资始"

"资生"万物神奇之造化。所以,自然妙造,必须如《诗品·自然》论述的循性、循时。"应乎天""顺天休命",即所以循性;"应乎天而时行",即所以循时。既能"应乎天"而循性,循时,创作自能"妙造自然"。《精神》《缜密》既云"妙造自然",又云自然妙造,因而对《诗品》"循性命之理"的创作观,论述阐释得颇为圆满。同时,还应指出,《精神》会通《同人》,倡导诗人"通天下之志",用心甚深,"通天下之志",则可"诗人览一国之意以为己心""诗人总天下之心,四方风俗,以为己意",① 以继承发扬风雅创作传统。《缜密》会通《大有》,"大富有""大获所有",而"富有之谓大业",② 以寓诗歌创作乃"经国之大业,不朽之盛事"(曹丕《典论·论文》)。所以说,司空图以诗易会通,将《缜密》与《精神》构成了易道诗学的创作观。

二 《疏野》《清奇》——创作观(下)

《疏野》《清奇》承绪《精神》《缜密》论创作观"穷理尽性以至于命"之"穷理",而论"尽性"。"穷理",则"顺性命之理",倡导"妙造自然";"尽性",则遵循诗学纲领"征圣",而标举"狂狷励圣"。

(一)《疏野》:率性狂放

《诗品》第十五品《疏野》依《周易》第十五卦《谦》卦立义。兹将《疏野》原文及《谦》卦相关资料,抄录如下。

> 惟性所宅,真取弗羁。控物自富,与率为期。筑室松下,脱帽看诗。但知旦暮,不辨何时。倘然适意,岂必有为。若其天放,如是得之。

䷎谦:亨,君子有终。
[注] 谦卦,下艮(☶)上坤(☷),象征"谦虚"。

---

① (唐)孔颖达:《毛诗正义》(卷一),(清)阮元校刻:《十三经注疏》(上册),中华书局1980年版,第272页。
② (唐)孔颖达:《周易正义》(卷七),(清)阮元校刻:《十三经注疏》(上册),中华书局1980年版,第78页。

《彖》曰：谦，亨。天道下济而光明，地道卑而上行。天道亏盈而益谦，地道变盈而流谦，鬼神害盈而福谦，人道恶盈而好谦。谦尊而光，卑而不可逾：君子之终也。

[释]《彖传》论断谦卦卦义说：谦卦象征谦虚，亨通。天道尊贵而向下济生万物，天体因而愈加光明；地道卑柔而地气上升（与天交通以化育万物）。天的法则是亏损盈满，而增益谦虚；地的法则是变易盈满，而流向谦虚；阴阳聚散变化莫测，其法则是危害盈满，施福于谦虚；人类的法则，憎恶盈满骄傲，而喜好谦虚。谦虚的人高居尊位，德行而更为盛大光明；纵使身处卑微之境，德行也难以超越。只有君子能够始终保持谦虚之德啊。

又，《象》曰：地中有山，谦：君子以裒多益寡，称物平施。

[释]《象传》说：地中有山，象征谦虚，卑退；君子效法此卦象，应当减损多者，增益少者，权衡物的多少，而平均施予。

《诗品·疏野》首章四句"惟性所宅，真取弗羁。控物自富，与率为期"。依据《谦》卦卦义，论述疏野之义。"惟性所宅，真取弗羁"者，意为，安于天赋之性，取之自然，率性而为，不受任何拘束。"性"，《礼记·中庸》"天命之谓性"。"宅"，《说文解字注》："宅……引申之，凡物所安，皆曰宅。""控物自富，与率为期"者，意为，疏野之人，遵循《谦》卦"君子以裒多益寡，称物平施"与"（初六）《象》曰：'谦谦君子'，卑以自牧也"，处世行事，以掌控财物，达到均平富足，自治自养。"裒"（póu 音抔）减损。"称物"，权衡财物多寡。"自牧"，自治，自养。王弼注："牧，养也。""控物自富"与"率性之谓道"的天道"亏盈而益谦"相契合，故曰："控物自富，与率为期。"因而，疏野之义，归根结底，就是"顺性命之理"，或曰率性处世行事，而"顺性命之理"。

中章四句"筑室松下，脱帽看诗。但知旦暮，不辨何时"，表述疏野之象，即疏野之人处世行事的种种表现。"筑室松下，脱帽看诗"，言"疏野"之"野"，依《谦》卦"地中有山"与"（上六）《象》曰'鸣谦'，志未得也"，言隐居之意。于松下筑室而居，自然是隐逸于野，而筑室于"松下"，以明其人格。"看诗"，自然是文人、雅士，而看诗"脱帽",亦明其性格:不拘世俗礼义,而疏放、狂放。杜甫《饮中八仙歌》云:"张旭三杯草圣传,脱帽露顶王公前,挥毫落纸如云烟。"唐人陆德明《经典释文》注曰:"谦,卑退为义,屈已下物也。""筑室松下",应合了《谦》卦的"卑退"之义。"但知旦暮,不辨何时"者,言"疏野"之"疏"。两句的字面意义为,只知道日出日落,日复一日,不管它是何年何月。讲的是日常隐居生活,不关心世事,如世外桃源:"问今是何世,乃不知有汉,无论魏晋。"[1] 在陶渊明的诗集,多首表达了"但知旦暮"之意。如"晨兴理荒秽,戴月荷锄归",[2]"晨出肆微勤,日入负禾还",[3]"相命肆农耕,日入从所憩……草荣识节和,木衰知风厉。虽无纪历志,四时自成岁"。[4] 关于中章表述的疏野之象的意义,拟在下边综述中讨论。

《疏野》末章四句"倘然适意,岂必有为。若其天放,如是得之",说明疏野的要旨。要旨之一为"倘然适意,岂必有为"。疏野之人的处世态度在"适意"——倘若惬合自我的个性,心意,不必一定要有所作为。对于创作而言,诗歌旨在书写怀抱,倘若能抒情释怀,即可,不一定要有讽喻之义,也就是疏野诗品旨在抒写独善之意。要旨之二,"若其天放,如是得之",疏野的基本特征是"天放",是放任自然。与"适意"相比,"天放"是更为典型的特征。"天放"出自《庄子·马蹄》:"吾意善治天下者不然。彼民有常性,织而衣,耕而食,是谓同德;一而不党,命曰天放。"[5] 意思是说,善于治理天下的,不是像伯乐训马,泥工木匠制作器具强行其规矩那样。民众有本性,纺织而衣,耕种而食。是共同的德性、本能,相为一体而无偏私,名曰自然放任。庄周以为,"天放",是"至德之世",即盛世的世风民情。

---

[1] (晋)陶渊明:《桃花源记》,逯钦立辑校:《先秦汉魏晋南北朝诗》(中册),中华书局1983年版,第985页。

[2] (晋)陶渊明:《归园田居五首诗》(其三),逯钦立辑校:《先秦汉魏晋南北朝诗》(中册),中华书局1983年版,第992页。

[3] (晋)陶渊明:《庚戌岁九月中于西田获早稻》,逯钦立辑校:《先秦汉魏晋南北朝诗》(中册),中华书局1983年版,第996页。

[4] (晋)陶渊明:《桃花源诗》,逯钦立辑校:《先秦汉魏晋南北朝诗》(中册),中华书局1983年版,第986页。

[5] (清)郭庆藩:《庄子集释》(第二册),中华书局1961年版,第334页。

通观《诗品·疏野》，首章论疏野之义，疏野内蕴天、地、人三极之道"亏盈而益谦""哀多益寡"之旨，亦即"顺性命之理"，从而说明了疏野的哲学依据。中章言疏野之人处世行事的异常行为，具有自然放任，率性而为的特征。从而说明，"疏野"之"野"，不是文野之野，而是朝野之野，是隐逸于野的隐士；"疏野"之"疏"，也不是空疏，粗疏之疏，而是疏于社会现实，疏于人间交游，不问世事之疏。末章点明疏野诗品具有独善之义："倘然适意，岂必有为"，司空图此语，意义深微：疏野具独善之义，而独善之闲适诗并非尽为疏野；并且，此语不是拒绝"有为"，只是讲与"适意"相比，"有为"乃在其次。故而，以《诗品·疏野》而言，适意有为者，为上；有为而不适意者，为下；如果适意，可以无为——此正所谓"惟性所宅，真取弗羁。控物自富，与率为期"。《疏野》此义与司空图《雨中》"维摩居士陶居士，尽说高情未足夸"之义相通。末章的最后两句，揭示疏野的本质特征："天放"，自然放任。自然放任，不拘礼教约束，在儒家看来是一位狂者。孔子说："古者民有三疾，今也或是之亡也。古之狂也肆，今之狂也荡。"[①] 孔子以为，古代的狂人肆意直言，现在的狂人放荡无羁。具有"天放"基本特征的疏野，更接近"今之狂也荡"。那么，将"天放"，自然放任的疏野作为《诗品》易道诗学的创作观有何意义？围绕此问，拟作如下讨论。

首先，为何将《疏野》与《谦》卦会通？高亨先生《周易大传今注》曰："《谦》之外卦为坤，内卦为艮。坤为地，艮为山。然则《谦》之卦象是'地中有山'。地卑而山高，地中有山是内高而外卑。谦者，才高而不自许，德高而不自矜，功高而不自居，名高而不自誉，位高而不自傲，皆是内高而外卑，是以卦名曰《谦》。"[②] 司空图以《疏野》据《谦》卦而立义，是对"筑室松下，脱帽看诗"隐逸之士身份的确立。含着内高而外卑的赞誉之义。而且，《谦》卦《象》曰："地中有山，谦。"同陶渊明《桃花源记》中与世隔绝的山中桃花源相应合，桃花源人"不知有汉，无论魏晋"又与《疏野》"但知日暮，不辨何时"

---

① 杨伯峻：《论语译注·阳货篇》，中华书局1958年版，第194页。
② 高亨：《周易大传今注》，齐鲁书社1979年版，第179页。

相互应合。这些应合，一方面，表达了相传为唐尧时代的《击壤歌》"日出而作，日入而息。凿井而饮，耕田而食。帝力于我何有哉！"①的那种对古代太平社会的向往；另一方面，在对古代太平盛世的向往中，"不辨何时"，也表达了对实现社会的强烈否定。故而《桃花源诗》云："嬴氏乱天纪，贤者避其世……奇踪隐五百，一朝敞神界。淳薄既异源，旋复还幽蔽。借问游方士，焉测尘嚣外。愿言蹑清风，高举寻吾契。"②其次，《疏野》"惟性所宅，真取弗羁。控物自富，与率为期"，即《礼记·中庸》"天命之谓性，率性之谓道"，是《诗品》易道诗学"穷理尽性"，"将以顺性命之理"，创作观的经典之义，基本思想内涵。而且，在中国古代社会，生产力低下，知识分子只有"学而优则仕"一条出路，被社会公认为正途。然而，由于种种原因，特别是在专制的社会制度下，政治黑暗，历朝历代，有德有才之士不可避免地遭到压制，甚至迫害。因而，儒家的"达则兼善天下，穷则独善其身"，以及道家的"功成身退，天之道"（《老子》第九章），影响深远，隐逸之风盛行，闲适之作也应运而兴。隐逸，成为怀才不遇，以及急流勇退的人生常途与归宿。于是，闲适诗的作者之多，作品之伙，在古代诗坛上庶几首屈一指，其艺术价值，影响之大，也都不容忽视。这也构成了诗言志、缘情，创作观的重要思想内涵。在此应当说明，《诗品·疏野》字里行间，有着陶渊明的浓重身影，钟嵘《诗品》卷中《宋征士陶潜》称其为"古今隐逸诗人之宗也"。③ 对于陶渊明，拟在《诗品·旷达》中讨论。当然，司空图将《疏野》作为《诗品》易道诗学的创作观，真正意图在于，举狂狷以励圣，将在《诗品·清奇》之后讨论。最后，对《疏野》与《高古》作简短的说明。两品都涉及对古代清平社会的向往，都要求朴实自然，但是，两品似而不同，特别是在《诗品》易道诗学的理论体系中所处的地位，职能不同。《高古》旨在论述社会变革，诗风复古革新，是从社会、诗歌的发展方向与变革的途径而立论的。《疏野》是从吟咏情性，即从作者修养情性而立论的，是讲"率

---

① （清）沈德潜编：《古诗源》，中华书局1963年版，第1页。
② （晋）陶渊明：《桃花源诗》，逯钦立辑校：《先秦汉魏晋南北朝诗》（中册），中华书局1983年版，第986页。
③ 陈延杰：《诗品注》，人民文学出版社1980年版，第41页。

"性""自适""天放"之自然放任，是从创作思想着眼的。

(二)《清奇》：顺性狷介

《诗品》第十六品《清奇》依《周易》第十六卦《豫》卦立义。兹将《清奇》原文及《豫》卦相关资料，抄录如下。

> 娟娟群松，下有漪流；晴雪满汀，隔溪渔舟。可人如玉，步屧寻幽。载瞻载止，空碧悠悠。神出古异，淡不可收；如月之曙，如气之秋。

䷏豫：利建侯行师。

[注] 豫卦，下坤（☷）上震（☳），象征逸豫、安乐。

《彖》曰：豫，刚应而志行，顺以动，豫。豫，顺以动，故天地如之，而况建侯行师乎？天地以顺动，故日月不过，而四时不忒；圣人以顺动，则刑罚清而民服。豫之时义大矣哉。

[释]《彖传》论断卦义说：豫卦，九四阳爻与初六等五阴爻，阴阳相应，卦主阳刚之志大为畅行。豫卦下坤为顺，上震为动，故卦义为"顺以动"，象征逸豫、安乐。顺性顺时而动，天地的运行都是如此，何况建立诸侯，出师征伐呢？天地顺应而动，所以，日月的运行没有过失，四时循环往复，没有差错。圣人顺应事理而动，就能刑罚清明，百姓心悦诚服。逸豫、安乐的时义是多么重大啊！

又，《象》曰：雷出地奋，豫；先王以作乐崇德，殷荐之上帝，以配祖考。

[释]《象传》说：雷声殷殷，大地振奋，万物复生、欢乐。先代君主以制作礼乐来颂扬伟大的功德，以丰盛的祭品进献上帝，并且让祖先的神灵配飨。

《诗品·清奇》首章四句"娟娟群松，下有漪流；晴雪满汀，隔溪渔舟"，描绘《豫·象》"雷出地奋，豫"的景象，托物寓旨，说明清奇之义。《礼记·月令》曰：

仲春之月……是月也，日夜分，雷乃发声，始电，蛰虫咸动，启户始出……天子乃鲜羔开冰，先荐寝庙。上丁，命乐正习舞。

季春之月……天子乃荐鞠衣于先帝，命舟牧覆舟，五覆五反。乃告舟备具于天子焉，天子始乘舟。荐鲔于寝庙，乃为麦祈实。是月也，生气方盛，阳气发泄，生者毕出，萌者尽达。是月之末，择吉日大合乐，天子乃率三公、九卿、诸侯、大夫，亲往视之。①

《清奇》首章将仲春"雷出"而"地奋"，仲、季春的大地春回的景物描绘得十分壮丽。所用的景物采自《豫》卦及《礼记·月令》。"娟娟群松，下有漪流"——清秀挺拔的松林下，闪动着涟漪的溪水，流声潺潺。这里采用的是《豫》卦的互卦②艮与坎，艮卦"其于木也为坚多节"，唐·李鼎祚《周易集解》注曰："松柏之属。"坎为水。故有"群松""漪流"之语。"晴雪满汀，隔溪渔舟"——雪后天晴，辉煌的阳光照耀着满汀的白雪，溪水那边停靠着渔船。描绘的是冰开雪融，春光灿烂，渔民经过对渔船的反复检查，已做好了捕鱼的准备。此章四句，表现了大自然的万物与人类都"顺以动"，顺应时节而行动，在春回大地之时，万物复苏，人们也积极准备开工、劳作。此番景象有两个特征，一是如《礼记·月令》所云"生气方盛"；二是"晴雪满汀"的清寒。"生气方盛"与清寒构成了清奇之"奇"，而清寒则是清奇的本色，或曰本质特征。所以柳宗元《至小丘西小石潭记》曰：

坐潭上，四面竹树环合，寂寥无人，凄神寒骨，悄怆幽邃。以其境过清，不可久居，乃记之而去。

清奇，即奇清、清寒。

《清奇》中章四句"可人如玉，步屟寻幽。载瞻载止，空碧悠悠"，

---

① （唐）孔颖达：《礼记正义》，（清）阮元校刻：《十三经注疏》（上册），中华书局1980年版，第1361—1364页。
② 互卦：《周易》六十四卦，每卦六爻，除初、上两爻外，中间四爻相邻三爻互连成卦，谓之"互卦"。其中二、三、四爻合成下卦，称"下互"；三、四、五合成上卦，称"上互"。《豫》下互为（☶）艮卦，上互为（☵）坎卦。

写可人"顺以动",踏春"寻幽",对清奇之境的游赏。古代清明节前后有郊野游览的习俗,谓之踏青。孟浩然《大提行寄万七》云:"大提行乐处,车马相驰突。岁岁春草生,踏青二三月。王孙挟珠弹,游女矜罗袜。携手今莫同,江花为谁发。"①"可人如玉,步屐寻幽"——一位美俊如玉的佳士,脚踏木屐寻赏幽美胜境。可人,《礼记·杂记》"孔子曰'管仲遇盗,取二人焉,上以为公臣,曰:"其所与游,辟,可人也。"'"孔颖达注曰:"可人也者,谓其人性行是堪可之人也,可任用之。"②魏晋以来,言风度仪表俊美为可人者甚多。"载瞻载止,空碧悠悠"——时而仰望,时而止步,只见青天一碧,高远无际。四句写佳士踏青赏幽,采用了《豫》卦的互卦坎"为可",③故有"可人"之语;艮为止,故有"载止"之语;"艮为天"④故有"空碧悠悠"之语。"可人"的"寻幽",孤身独游,"载瞻载止",与孟浩然所写的"踏青二三月"之"车马相驰突"种种情景形成对照,这位"可人如玉"者,显得孤高拘谨,洁身自好。司空图为着力推出这位"可人",所以又在末章四句云:"神出古异,淡不可收;如月之曙,如气之秋。"可人神情高古脱俗,恬静淡远,如同晓月一般清淡,如同秋天一般气象高洁。《豫》卦下坤,《诗品·冲淡》依《坤》卦立义,冲淡,故"淡不可收"。互卦坎为月,"艮为日",⑤故有"如月之曙"之语。清奇中含有冲淡之义。然而,《清奇》之冲淡与《冲淡》实有不同。《冲淡》之象"犹之惠风,荏苒在衣"。有春风化育之德。《清奇》之"淡不可收",则"如月之曙,如气之秋",于淡雅、高洁中,透出清寒本色。

通观《诗品·清奇》,全篇依据《豫》卦"顺以动"之卦义而展开。高亨先生阐释卦义说:"然所谓以顺动者,乃应其时而动也。动应其时则为顺,动不应其时则为逆,所以《豫》之为乐,在乐得其时,

---

① (唐)孟浩然:《大提行寄万七》,(清)曹寅、彭定求等编校:《全唐诗》(卷159),中华书局1960年版,第1619页。
② (唐)孔颖达:《礼记正义》,(清)阮元校刻:《十三经注疏》(下册),中华书局1980年版,第1568页。
③ (唐)陆德明:《周易序卦第九·经典释文》(上册),上海古籍出版社1985年版,第134页。
④ (清)尚秉和:《周易尚氏学》,中华书局1980年版,第94页。
⑤ (清)尚秉和:《周易尚氏学》,中华书局1980年版,第94页。

乐得其时，其意义甚大。"① 然而唐·李鼎祚《周易集解》引郑玄曰："坤，顺也；震，动也。顺其性而动者，莫不得其所，故谓之'豫'。豫者，喜豫，说乐之貌也。"今案：《豫》卦既言"天地以顺动，故日月不过，而四时不忒"，顺时而动；又言"圣人以顺动，则刑罚清而民服"，顺理性而动，因而，"顺以动"或曰"以顺动"，兼有顺时、顺性之义，而"天地以顺动"，顺应天时，应是《豫》卦"顺以动"的主导方面，故《豫》卦《大象传》曰："雷出地奋，豫。"司空图《诗品·清奇》正是将"顺以动"或"以顺动"预设在《豫·象》"雷出地奋，豫"的大的时节背景下。首章泛言万物、人事于"雷出地奋"之时，"生气方盛，阳气始泄"，大地欣欣向荣及百业待兴之"豫"。中章、末章两章专言人事，于"雷出地奋"，清明前后踏青之"豫"，逸乐。万物乃至人们虽都顺时而动，然而，其动，又都于时各顺其性而动。《诗品·清奇》浓墨重彩描绘出了一位"寻幽"的"可人"，自享游乐，于"雷出地奋"，清明前后踏青，体味着天地"以顺动"的春回大地的乐趣。他脚着木屐，"载瞻载止"仪容举止俊美可人，时而凝望碧空出神，神情"古异"，殆非常人，这些描述都集中地表现出其秉性孤高、脱俗、洁身自好。在"晴雪满汀，隔溪渔舟"清寒之境，而"步履寻幽"，突出了"可人"的执着于顺性以动的性格特征，与《豫》卦"六二，介于石"，性情耿介有所相似，然而又颇为不同，没有六二爻"介于石，不终日，贞吉"——耿介于石，不到天黑，（就醒悟到逸豫适中的道理）守持正固可获吉祥。凝神碧空，耽于"寻幽"，顺性而不能循时，即不能通权达变，正如刘邵《人物志·体别》所云："狷介之人，砭甫廉，返清激浊……是故可与守节，难以变通。"显然，《清奇》是狷者情性的写照。

《清奇》所描绘的"可人"，与竹林七贤中的嵇康颇为相似。《世说新语·容止》曰：

> 嵇康身长七尺八寸，风姿特秀，见者叹曰："萧萧肃肃，爽朗清举。"或云"肃肃如松下风，高而徐引。"山公曰："嵇叔夜之为

---

① 高亨：《周易大传今注》，齐鲁书社1979年版，第186页。

人也,岩岩若孤松之独立,其醉也,傀俄若玉山之将崩。"

这可与《清奇》"娟娟群松""可人如玉"相契合。又,《晋书·阮籍传·嵇康传》云:

（康）美词气,有风仪,而土木形骸,不自藻饰,人以为龙章凤姿,天质自然,恬静寡欲,含垢匿瑕,宽简有大量。

余嘉锡先生《世说新语笺》于刘伶条下注云:"嘉锡案:此言土木之质,不宜被以华采也。土木形骸者,谓乱头粗服,不加修饰,视其形骸,如土木然。"《晋书·嵇康传》所谓"土木形骸""天质自然,恬静寡欲"与《清奇》"神出古异,淡不可收"相契合。《豫》卦"顺以动"卦旨,或为嵇康的思想行为准则。《与山巨源绝交书》曰:"故君子百行,殊途而同归,循性而动,各附所安。""循性而动",嵇康堪称"介于石",但于"不终日"而悟,不免缺失,尽管《幽愤诗》亦曾云:"顺时而动,得意忘忧。"嵇康不仅是文学家,又是哲学家、音乐家。作为哲学家,他能理解"顺时而动",而作为狷介情性的文学家,却难免因顺性而妨于顺时。

嵇康之为音乐家,冯友兰先生评嵇康《声无哀乐论》云:"它是中国美学史上讲音乐的第一篇文章。"汤用彤先生《言意之辨》曰:"嵇叔夜深契于音乐,其宇宙观颇具艺术之眼光。"[①] 最耐人寻味者,是向秀《思旧赋序》:

嵇博综技艺,于丝竹特妙,临当就命,顾视日影,索琴而弹之。

此情此景,与《豫·象》"雷出地奋,豫;先王以作乐崇德,殷荐上帝,以配祖考。"诚可谓"惟恍惟惚,惚兮恍兮"(《老子》第二十一章),尽管哀乐迥然不同。

诚然,清奇并非就是指言嵇康,而只是作为清奇原形之一。清奇诗

---

① 汤用彤:《汤用彤全集》(第四卷),河北人民出版社2000年版,第27页。

品是对众多此类原形的美学提炼。

三 《诗品》易道诗学创作观综论

司空图《诗品》将《周易》"穷理尽性以至于命",或曰"将以顺性命之理"作为创作思想理论基础,设立《精神》《缜密》以明"穷理"之义,设立《疏野》《清奇》以明"尽性"之义,构成易道诗学的完备的创作观。对此创作观,作如下综合论述。

(一)创作观与《诗品》易道诗学纲领的关系

《诗品》易道诗学创作观,是易道诗学纲领对创作具体实践的思想理论指导,纲领是创作观的思想理论基础,是指导创作具体实践的思想理论依据;因而,创作观即纲领在创作指导思想上的体现,在指导思想理论上保证了纲领在创作实践中的贯彻、实现。具体而言,《精神》《缜密》举"妙造自然"之"穷理",系从《雄浑》据《乾》卦立义,即"原道"中,引申而来;《疏野》《清奇》举狂狷之"尽性",系从《冲淡》据《坤》卦立义,即"征圣"中,引申而来。就四品据以立义的易卦——四品的内蕴之德,可以得到确实的说明。《精神》依《同人》立义,《同人》卦下离（☲）上乾（☰）。《缜密》依《大有》立义,《大有》卦下乾（☰）上离（☲）。《同人》《大有》上下两卦互为倒置,为"覆卦"或曰"综卦",《同人》《大有》或上卦或下卦都为乾卦。《精神》《缜密》论"妙造自然""意象欲出,造化已奇",正是发挥《乾》卦所表述的天道观,发挥乾元之德,乾亨之德,发挥"文明以健,中正而应","其德刚健而文明,应乎天而时行"而来,"原道"之义昭然分明。《疏野》依《谦》卦立义,《谦》卦下艮（☶）上坤（☷）。《清奇》依《豫》卦立义,《豫》卦下坤（☷）上震（☳）。《谦》《豫》两卦亦为"覆卦"或曰"综卦"。两卦或上卦或下卦都为《坤》卦,从而与据《坤》卦立义的《冲淡》建立起联系。

(二)《疏野》《清奇》"尽性"论的创作观意义

上文对《精神》《缜密》"妙造自然"创作观的意义已作过简短的综述,此处重点讨论《疏野》《清奇》"尽性"论的创作观意义。

首先,"妙造自然"作为《诗品》易道诗学的基本创作观,《精神》《缜密》就文学观的"原道"而言,是对天道自然观的经典表述。《疏野》《清奇》从"诗言志""吟咏情性"的传统诗学观出发,提出了"尽性"论的观点与主张。"穷理"而"妙造自然","尽性"而言志缘情,"吟咏情性",共同遵循了《周易》的"将以顺性命之理"。其次,《疏野》率性狂放,《清奇》顺性狷介,都是讲以"尽性"而循性自然。所以,两品言"尽性",都围绕着,或都指向"妙造自然",是从自然的循性、循时而论"妙造自然",以补充、完善《精神》《缜密》从乾元之德,乾亨之德而论"妙造自然"的意义。最后,更重要者,《疏野》《清奇》既然从《冲淡》据《坤》卦立义,即"征圣"中,引申而来,那么,率性天放之狂,与顺性狷介之狷,即寓有"狂狷厉圣"之义。如果说,上文指出《疏野》《清奇》两品据以立义的易卦之卦体卦象与《坤》卦相通,那么,"狂狷厉圣",则在两品"尽性"的意义上与圣人中和情性建立了关系。

(三)《疏野》《清奇》"狂狷厉圣"之义

　　在古代"征圣"文学观中,"厉圣"是创作观的必然之义。先民对"圣"与"狂"是如何看待的?

　　最早言及狂与圣二者关系的,大概是《尚书·多方》。周成王平定淮夷、奄国叛乱回到镐宗,周公代成王向来朝见的多国诸侯训话。多方,即多国,大多数是殷商旧国。训话中指出夏桀、商纣违背天意,疯狂作恶,残害民众,所以灭亡。周王顺从天命伐纣而有天下曰:"惟圣罔念作狂,惟狂克念作圣。"汉·孔安国传曰:"惟圣人无念于善,则为狂人;惟狂人能念於善,则为圣人。言桀纣非实狂愚,以不念善故亡。"[①]《尚书·多方》论圣、狂,讲的是天下大事,是政治。狂与圣之别在一念之间,心怀善念则为圣,否则,便陷于疯狂。就人的性格,安身处世而言,孔夫子对狂狷有座右铭式之言,为狂狷"厉圣"提供了依据:

---

① (唐)孔颖达:《尚书正义》(卷十七),(清)阮元校刻:《十三经注疏》(上册),中华书局1980年版,第229页。

> 子曰："不得中行而与之，必也狂狷乎！狂者进取，狷者有所不为也。"

杨伯峻先生《论语译注》译文曰："孔子说：'得不到言语行动都合乎中庸的人而和他相交，那一定要交到虽未必能实践志向却很高大的人和狷介的人罢！志向高大的一意向前，狷介的人也不肯做坏事。'"① 孔子此语，其中的"厉圣"之义，可从两个方面理解。其一，孔子慎于交往，且将交往作为修身的一种途径。曾云"无友不如己者"②，又谓"益者三友，损者三友。友直，友谅，友多闻，益矣。友便辟，友善柔，友便佞，损矣。"其弟子曾参曰："君子以文会友，以友辅仁。"③ 孔子"不得中行而与之，必也狂狷乎"，旨在与至圣中庸交游，然而"不可必得，故思其次也"。④ 所思其次之"狂狷"，而谓"必也"，以"狂狷"有益于"厉圣"，乃"以友辅仁"之举。其二，孔颖达《论语注疏》注引东汉包咸曰："狂者进取於善道，狷者守节无为。欲得此二人者，以时多进退取其恒一。"孔颖达疏曰："此章孔子疾时人不纯一也……狂者进取於善道，知进而不知退；狷者守节无为，应进而退也。二者俱不得中，而性恒一。欲得二人者，以时多进退取其恒一也。"⑤ 狂者与狷者，所以为当时的人所赞许、赏识，因为"狂者进取於善道"，诚心而进；狷者"守节无为"，诚心而退，都非三心二意，随意于进退。但是，狂者"知进而不知退"，狷者"应进而退"，又都不合乎圣人中庸之道。《易·文言》曰："知至至之，可与言几也；知终终之，可与存义也。"⑥ ——知道进取的目标而积极地实现它，与这种人可以探讨先见之明；知道该终止而及时终止，与这种人可以共同保持行动的合乎时宜。《易·文言》又曰："'亢'之为言也，知进而不知退，知存而不知

---

① 杨伯峻：《论语译注》，中华书局1958年版，第148页。
② 杨伯峻：《论语译注》，中华书局1958年版，第101页。
③ 杨伯峻：《论语译注》，中华书局1958年版，第139页。
④ 杨伯峻：《孟子译注》（下册），中华书局1960年版，第341页。
⑤ （唐）孔颖达：《论语注疏》，（清）阮元校刻：《十三经注疏》（下册），中华书局1980年版，第2508页。
⑥ （唐）孔颖达：《论语注疏》（卷一），（清）阮元校刻：《十三经注疏》（上册），中华书局1980年版，第15页。

亡，知得而不知丧。其唯圣人乎！知进退存亡，而不失其正者，其唯圣人乎！"① ——乾"上九，亢龙有悔"爻辞所说的"亢"，是说只知道进取而不知道退隐，只知道生存而不知道衰亡，只知道获得而不知道失舍。大概只有圣才完全知晓的吧！深知进与退，存与亡，而不失其中正之道的，大概只有圣人吧！在孟子看来，孔子就是一位"知进退存亡，而不失其正者"的圣人。他说："孔子之去齐，接淅而行；去鲁，曰'迟迟吾行也，去父母国之道也。'可以速而速，可以久而久，可以处而处，可以仕而仕，孔子也。"（孔子离开齐国，不等把米淘完，漉干就走；离开鲁国，却说："我们慢慢走吧，这是离开祖国的态度。"应该马上走就马上走，应该继续干就继续干，应该不做官就不做官，应该做官就做官，这便是孔子。）② 故而，孟子评论孔子说："孔子，圣之时者也。孔子之谓集大成。集大成也者，金声而玉振也。金声也者，始条理也；玉振之也者，终条理也。始条理者，知之事也；终条理者，圣之事也。"③ 孔子认为："中庸之为德也，其至矣乎，民鲜久矣！"④ 社会民众已经很久缺乏中庸这一最高尚的道德，他提出了实现中庸之德的步骤与途径：这就是《论语·子罕篇》的"可与共学，未可与适道；与与适道，未可与立；可与立，未可与权"之"学""适道""立""权"。所谓"权"，即通权达变，《易·文言》所说的"知至至之""知终终之"；"知进退存亡，而不失其正者，其唯圣人乎"。实现中庸之德的具体着手处，即"不得中行而与之，必也狂狷乎！狂者进取，狷者有所不为也"，亦即晋人陆机宣示的"民之胥好，狂狷厉圣"。⑤ 与狂狷相交好，以砥砺圣德，这就是司空图于《诗品》易道诗学创作观，设置《疏野》《清奇》的用心。

细审《诗品》以《疏野》《清奇》两品与《周易》《谦》《豫》两

---

① （唐）孔颖达：《论语注疏》（卷一），（清）阮元校刻：《十三经注疏》（上册），中华书局1980年版，第17页。
② 杨伯峻：《孟子译注》（上册），中华书局1960年版，第232—234页。
③ 杨伯峻：《孟子译注》（上册），中华书局1960年版，第233页。
④ 杨伯峻：《论语译注》，中华书局1958年版，第69页。
⑤ （晋）陆机：《答贾长渊》，（梁）萧统：《昭明文选》（中册），中华书局1977年版，第346—347页。

卦会通，将会发现其中寄托着"厉圣"的深长旨意。这种寄托表现在两品与据以立义的两卦之旨的不尽契合，也与易理不尽契合。《疏野》之率性天放，《清奇》之顺性狷介，确乎"尽性"，但距《周易》"将以顺性命之理"，则未达一间。《疏野》云"倘然适意，岂必有为""但知旦暮，不辨何时"，可谓之"循性"，却失之于"循时"。上文指出《疏野》之"天放"，属于孔子所指出的"今之狂也荡"。孟子对狂者有更详细的说明：

> （万章问）"敢问何如斯可谓狂矣？"（孟子）曰："如琴张、曾皙、牧皮者，孔子之所谓狂矣。""何以谓之狂也？"曰："其志嘐嘐然，曰，'古之人，古之人。'夷考其行，而不掩焉者也。狂者不可得，欲得不屑不絜之士而与之，是狷也，是又其次也。"①

杨伯峻先生《孟子译注》曰："'为什么说他们是狂放的人呢？'答道：'他们志大而言夸，嘴巴总是说，"古人呀，古人呀！"可是一考察他们的行为，却不和言语相吻合。这种狂放之人如果又不可的得到，便想和不屑於做坏事的人来交友，这便是狷介之士，这又是次一等的。'"由孔、孟对狂者，对"今之狂也荡"的狂者的评论可知，《疏野》之"倘然适意，岂必有为""若其天放，如是得之"，确属"狂也荡"，一味地自然放任，偏离了儒家的"知进退存亡，而不失其正者"的中庸之道与"将以顺性命之理"。关于《清奇》，其"顺以动"，如上文所云，只是执着于顺性而动，与《豫》卦"六二，介于石，不终日，贞吉"的意义相背。《易传》引孔子之语曰："几者，动之微，吉之先见者也。君子见几而作，不俟终日。《易》曰：'介于石，不终日，贞吉。'介如石焉，宁用终日？断可识矣！君子知微知彰，知柔知刚，万夫之望。"② ——〔细微的现象，是事物变动的微小的征兆、苗头，是吉凶发展的最先显现。君子发现这种事物发展的微小倾向、苗头，就会迅速采取措施，不

---

① 杨伯峻：《孟子译注》（下册），中华书局1960年版，第341页。
② （唐）孔颖达：《周易正义·系辞下》（卷八，第五章），（清）阮元校刻：《十三经注疏》（上册），中华书局1980年版，第88页。

等到一整天。所以《周易》《豫》卦六二爻辞说："耿介如石，不等到天黑（就醒悟到逸豫适中的道理）守持正固，可获吉祥。"既然有耿介如石的品德，哪里需要等待一整天（才醒悟呢）！当时就断然明白。君子既能知晓隐微的征兆，又能昭然知晓其发展的结局；既知晓处事宽顺，又懂得行事刚毅果断，这才是万人景仰的人物］。因而，《豫》卦六二爻辞之义，庶几可作为嵇康之鉴。

由上可知，《疏野》《清奇》提示了如何正确理解"穷理尽性"之义，以及如何正确理解循性、循时的自然之义。"穷理"与"尽性"是互为一体，而不可分割的，循性与循时也是互为一体，不可分割的。"知进退存亡，而不失其正者"，是"征圣"的要求。是天道自然的要义。《乾·象》曰："乾道变化，各正性命，保合太和，乃利贞。""循性"而"各正性命"；"各正性命"，必须"保合太和"，即"循时"，遵循"乾道变化"的整体时势，方可"利贞"。乾道者，乾阳之道，天道也。只有"乾道变化，各正性命，保合太和"事物的结局"乃利贞"。所以说，《疏野》《清奇》作为创作观之"尽性"，是在创作实践中，对易道诗学纲领"原道""征圣"的贯彻与落实。"尽性"须遵循"原道""穷理"，须以"征圣"为指导而"厉圣"，厉圣，又是"宗经"之"养正"，"修辞立其诚"的要求。

卷五　诗品·易道诗学表现论

《诗品二十四则》下编十二品次四品《委曲》《实境》《悲慨》《形容》为中卷（卷五），是《诗品》创作观的表现论。《委曲》《实境》论述创作表现方法"言曲而中""事肆而隐"；《悲慨》《形容》论述创作表现方法"感于哀乐，缘事而发"，"立象以尽意""赋象缘情"。先依次讨论《委曲》《实境》。

一　《委曲》《实境》——表现论（上）

《委曲》《实境》论易道诗学"宗经"之"尚辞"。表现论以《易传》"圣人立象以尽意，设卦以尽情伪，系辞焉以尽其言"为宗旨。

《委曲》《实境》二品重在论诗学之"尽言"。

(一)《委曲》:言曲而中

《诗品》第十七品《委曲》依《周易》第十七卦《随》卦之旨立义。兹将《委曲》原文及《随》卦相关资料,抄录如下。

<blockquote>
登彼太行,翠绕羊肠;杳霭流玉,悠悠花香。力之于时,声之于羌;似往已回,如幽匪藏。水理漩洑,鹏风翱翔;道不自器,与之圆方。
</blockquote>

《委 曲》

☱☳ 随:元亨,利贞,无咎。

[注] 随卦,下震(☳)上兑(☱),象征随从、相随。

《彖》曰:随,刚来而下柔,动而说。随,大亨,贞无咎,而天下随时。随时之义大矣哉!

[释]《彖传》论断随卦卦义说:随卦,上下两体(上兑下震)之爻均是阳爻处于阴爻之下,两体之阳卦震也处于阴卦兑之下,震为动,兑为悦,所以说"刚来而下柔,动而说"。行动令人欣悦,必然相随。相随,大为亨通,秉持正固而无咎害,于是天下相随于时。相随于适宜的时机,意义是多么重大啊!

又《象》曰:"泽中有雷,随;君子以向晦入宴息。"

[释]《象传》说:下卦震为雷,上卦兑为泽,泽中有雷,(是行动带来喜悦的卦象),自当相随;君子效法"泽中有雷",行动喜悦的卦象,夜晚入室休息,"可以无为,不劳明鉴"。[1]

《诗品·委曲》首章四句"登彼太行,翠绕羊肠;杳霭流玉,悠悠花香",托物寓旨,表述诗品委曲内蕴《随》卦旨义,揭示委曲诗品的美学特征。曹操《苦寒行》云:"北上太行山,艰哉何巍巍。羊肠坂诘

---

[1] (唐)孔颖达:《周易正义》(卷三),(清)阮元校刻:《十三经注疏》(上册),中华书局1980年版,第34页。引王弼注。

屈，车轮为之摧。"《诗品·委曲》所描写的太行山是：羊肠小道在绿树丛中曲折盘旋。幽邃的山谷流动着清澈的溪水，不时飘来阵阵花香。登上太行，就须顺道而行，而太行幽美之景，令人满怀逸豫之情，这就是"动而说"，相随、随从之义。《委曲》所写景物、意境，化用《随》卦卦象而来。《随》卦互卦艮为山，为径路，《随》上兑为羊，下震为蕃鲜（草木繁茂）故有"登彼太行，翠绕羊肠"之语。《随》卦下震为玉，为虈（花之总名），《随》卦上兑为泽，故有"杳霭流玉，悠悠花香"之语。巧妙的构思，又化用陆机《文赋》"石韫玉而山晖，水怀珠而川媚"。刘勰《文心雕龙·隐秀》"夫隐之为体，义主文外，秘响傍通，伏采潜发，譬爻象之变互体，川渎之韫珠玉也。故互体变爻，而化成四象；珠玉潜水，而澜表方圆"。于是，首章四句也就寓意委曲诗品的委婉含蓄，曲尽其意的美学特征。

《委曲》中章四句"力之于时，声之于羌；似往已回，如幽匪藏"，由首章托物寓旨，至进而点明诗品委曲内蕴《随》卦之义。委曲"力之于时"者，言春种夏长秋收冬藏，必相随于时，委曲之作亦必随时；而随时，天道四季轮回，"似往已回"之回环往复，即为委曲。天道运行，于春夏秋冬的循回往复中，完成了一年的运作。故《易传》曰："寒往则暑来，暑往则寒来，寒暑相推而岁成焉。"[①] 委曲随时，也就周全、详尽地体现了天道运行之义，委曲故有曲尽其意的意义。委曲"声之于羌"者，言与物相随。羌笛婉转悠扬，是音随笛性。音乐随羌笛而现婉转悠扬之动——委曲如羌笛之音，那是一种曲径通幽，蕴藉，意味深长之美，而非意在隐藏。

《委曲》末章四句"水理漩洑，鹏风翱翔；道不自器，与之圆方"，说明委曲诗品的要旨，即"天下随时。随时之义大矣哉"。"水理漩洑，鹏风翱翔"——如同波浪激荡回漩，如同大鹏展翅乘着旋风扶摇而上，言水理委曲与鹏风委曲，各有不同。两句一则化用《随·象》"泽中有雷"，故云"水理漩洑"；二则借用《随》卦下震为鹄，上兑为羊，互

[①] （唐）孔颖达：《周易正义·系辞下》（卷八），（清）阮元校刻：《十三经注疏》（上册），中华书局1980年版，第87页。

卦艮"为鹰鹯雕隼"①。互卦巽为风,故云"鹏风翱翔",鹏翔则"抟扶摇羊角而上者九万里"②,旋风如羊角扶摇而上。末两句"道不自器,与之圆方"——"形而上者谓之道,形而下者谓之器",道没有固定的具体形态,它是事物的规矩、方圆。末两句点明诗品委曲的宗旨,是《诗品·自然》"俱道适往,著手成春"的进一层的阐释。《随》卦的"天下随时,随时之义大矣哉"。随时,即是适道,既是《自然》循时适道之义。同时又包含随物、循性之义。故而中章论"委曲",既云"力之于时",又云"声之于羌"。"声之于羌"者,言"委曲"乃随物、循性之义。末章更举"水理"而有"潆洑"之"委曲","鹏风"则为羊角扶摇之"委曲",论述委曲之道,随时随物,循时循性,所遵循者,天道自然。"道不自器"者,"知道非诗";"与之圆方"者,道为诗文创作提供指导与准则。委曲诗品与其他诗品一样必须遵循天道自然,循性循时,即所谓"真与不夺,强得易贫"。

通观《诗品·委曲》,首章描写委曲之境,中章点明委曲相随的意义,末章指导相随是委曲的要旨、准则:"道不自器,与之圆方",即文以适道,遵道为文。《诗品·委曲》是基于诗与道的关系立论,说明委曲相随之义。或问,相随、相从之义宽泛,具体到委曲诗品与《随》卦卦辞、卦旨的意义有何联系?答曰,有两层重要联系。其一,《随·彖》曰:"随,刚来而下柔,动而说。"在《周易》中,阳为大,阴为小。"刚来而下柔",是大处小下,但结果却是"动而说",阴、阳双方对此都很欣悦。孔颖达指出:"此释随卦之义。"③综观《随》卦,正确的相随,必须建立在"元亨,利贞,无咎"的基础上,即必须相随的双方,都大为亨通、秉持正固,没有咎害的基础上。无论是招人相随,还是随从于人,相随双方在保障各自的根本利益与维护共同利益的前提下,都须作出某些妥协、忍让,而委曲求全,这就是相随之道。互不相让,或只对一方有利,不会建立正确的相随关系。这是作为一般意义的委曲与《随》卦卦义的联系。其二,作为诗品的委曲之义,与《随》

---

① (清)尚秉和:《周易尚氏学》,中华书局1980年版,第330页。
② (清)郭庆藩:《庄子集释》(第一册),中华书局1961年版,第14页。
③ (唐)孔颖达:《周易正义·随》,(清)阮元校刻:《十三经注疏》(上册),中华书局1980年版,第34页。

卦的联系，则在表现论或反映论上。中国古代传统观念认为，万物的运动都顺从遵循天道。天道运行最显著的特征与规律是四季："是故法象莫大乎天地，变通莫大乎四时，悬象著明莫大乎日月。"① 四季转换更迭，循环无穷。万物运动发展也相随有节有序。因而，天地万物运动发展，呈现曲折转换变化，形成运动的周期性、系统性、规律性，而贯穿于运动的终而复始的过程。诗文唯有极尽其运动变化之委曲，才能周全、详尽地表现事物，表现事物的变化之理，顺理成章，妙造自然。诗文"言曲而中"。以顺应事物的曲折发展变化，方能"尽言""尽意"。王弼注《易传》"其言曲而中"曰："变化无恒，不可为典要，故'其言曲而中'也。"孔颖达依据王注而发挥曰："'其言曲而中'者，变化无恒，不可为体例，其言随物屈曲，而各中其理也。"② 司空图《诗品·委曲》，应是依据王弼、孔颖达注疏"言曲而中"，将诗品委曲与《随》卦会通："其言随物屈曲。"故《诗品·委曲》"道不自器，与之圆方"，指出委曲诗品，须循性循时，遵道为文。

（二）《实境》：事肆而隐

《诗品》第十八品《实境》依《周易》第十八卦《蛊》卦之旨立义。兹将《实境》原文及《蛊》卦相关资料，抄录如下。

> 取语甚直，计思匪深。忽逢幽人，如见道心。清涧之曲，碧松之阴；一客荷樵，一客听琴。情性所至，妙不自寻；遇之自天，泠然希音。

☶☴蛊：元亨，利涉大川；先甲三日，后甲三日。
[注] 蛊（gǔ 鼓）卦，下巽（☴）上艮（☶），象征"拯弊治乱"。
《彖》曰：蛊，刚上而柔下，巽而止蛊。"蛊，元亨"，而天下治也。"利涉大川"，往有事也。"先甲三日，后甲三日"，终则有始，天

---

① （唐）孔颖达：《周易正义·系辞》（卷七），（清）阮元校刻：《十三经注疏》（上册），中华书局1980年版，第82页。
② （唐）孔颖达：《周易正义》（卷八），（清）阮元校刻：《十三经注疏》（上册），中华书局1980年版，第89页。

行也。

[释]《象传》论断蛊卦卦义说，蛊卦，"刚上而柔下"者，上卦艮为阳卦刚健，为止；下卦巽为阴卦柔顺。上刚，故果断制令；下柔，故能顺从施行所制法令，以制止弊乱，故曰"巽而止蛊"。处"蛊"之时，乃有弊乱之事而又是大有可为之时，上下亨通，天下必将大治。卦辞说"利涉大川"，是说努力前往可以大有作为。卦辞"先甲三日，后甲三日"①，是说，甲者，创制新令以拯弊治乱。但考虑到百姓对新令不熟悉，所以在宣布新法令的前三天，反复宣传；在宣布法令的后三天，又反复叮宁说明。在此期间违犯新令者，不加刑罚。之后，终止旧令，新令正式施行，前者终止，后者开始，终则有始，是天道循环无穷的规律。

又，《象》曰：山下有风，蛊；君子以振民育德。

[释]《象传》说：蛊卦上艮为山，下巽为风，因而卦象为山下有风，君子效法这一卦象，应赈济百姓，培育道德。

《诗品·实境》首章四句"取语甚直，计思匪深。忽逢幽人，如见道心"，运用《蛊》卦之象表述"实境"的产生及其特征而界定"实境"的意义。实境诗品，语言平易、直朴自然；并非深思熟虑，苦苦思索之作。这两层意思，化用《蛊》卦下巽"为绳直""其究为躁卦"：故曰"取语甚直"，如同准绳一样的直；而且，性情急躁，必然"计思匪深"。实境既然不是深思熟虑之品，又是如何产生的？司空图指出，实境产生于"忽逢幽人，如见道心"，即产生于触发、灵感、妙悟。就诗易会通而言，两句化用《蛊》卦上艮"为阍寺"，寺，借用言庙寺、道人。而实则两句又用的是谢灵运"池塘生春草"的典故。钟嵘《诗品》卷中《宋法曹参军谢惠连》载："《谢氏家录》云：'康乐每对惠连，辄得佳语。后在永嘉西堂，思诗竟日不就，寤寐间，忽见惠连，即成"池塘生春草"，故尝云："此语有神助，非我语也。"'"又，皎然

---

① 古代以天干地支计时。天干为：甲、乙、丙、丁、戊、己、庚、辛、壬、癸十个字。十日一旬，每旬第一天为甲日，甲为宣布法令之日。"先甲三日"，即辛日，取改新之义。"后甲三日"为丁日，即叮宁之义。

《诗式·文章宗旨》曰："康乐公，早岁能文，性颖神彻，及通内典，心地更精，故所作诗，发皆造极，得非空王之道助邪？"司空图将钟嵘《诗品》的"忽见惠连，即成'池塘生春草'"与皎然《诗式》"得非空王之道助耶"，糅合在一起，故云"忽逢幽人，如见道心"。"康乐每对惠连，辄得佳语"，谢惠连成为于冥冥中启发谢灵运创作灵感的"幽人"。因而，"池塘生春草"即是实境诗品的典型。

《实境》中章四句"清涧之曲，碧松之阴；一客荷樵，一客听琴"，依据《蛊》卦之旨："蛊者，有事而待能之时也"，以典型事例论证实境产生于触发之灵感、妙悟。此四句举出了两个典型。一是"清涧之曲"的"荷樵"者，即慧能。慧能卖柴听人读《金刚经》，"惠能一闻，心明便悟"。此事载于《坛经》与唐无名氏《曹溪大师别传》。二是"碧松之阴"的"听琴"者，系《列子·汤问》所载传说中的隐逸高人钟子期与俞伯牙的故事："伯牙游于泰山之阴，卒逢暴雨，止于岩下，心悲，乃援琴而鼓之……曲每奏，钟子期辄穷其趣。伯牙乃舍琴而叹曰：'善哉，善哉！子之听夫。志想象犹吾心也，吾于何逃声哉？'"[①]人世间的两位过客，一位闻经而明心见性，一位听琴而穷其志趣。然而，慧能卖柴之时，听到读《金刚经》者，何止慧能一人？唯有他"一闻，心明便悟"，何也？同样，听人鼓琴者，何其多也？而能"曲每奏""辄穷其趣"者，又有几人？所以，两则典型事例，寓言就是："蛊者，有事而待能之时也"之义。诗中的"清涧之曲""碧松之阴"，借用《蛊》卦上艮"为山，为经路""其于木也为坚多节"之松树，以及互卦兑"为泽"，构思而来。

《实境》末章四句"情性所至，妙不自寻；遇之自天，泠然希音"——美妙的"实境"，与至诚的情性相投合，而非靠执意苦寻；她就像飘然而来的轻妙之音，可感而不可闻，与她相遇那是天意，邂逅相逢。四句点明了实境诗品的要旨，即中章的寓言的《蛊》卦"有事而待能之时"之义。"情性所至"，即所待之"能"者。"遇之自天"，即"有事"，且待能之"时"。那么，所待的"能"者，是何样之人？结合《实境》中章所举典型与《蛊》卦之义，能者，为胜任其事之人。就

---

① 杨伯峻：《列子集释》，中华书局1979年版，第178页。

《蛊》卦而言，"拯弊治乱"须是，一者，有杀伐决断、果决善谋之才能。方可临危受命，创立新法，除弊兴利；二者，须有"振民育德"之德性，"先甲三日，后甲三日"，殷勤解说，至诚行政。既有胜任之才，又有胜任之德，方为"有事"所待之"能"者。就《诗品·实境》而言，举"碧松之阴"的"听琴"者钟子期，重在说明"善听"之才能，举"清涧之曲"的"荷樵"者慧能，重在说明诚心向佛之德性。合此两者，能者亦即《蛊》卦所指胜任其事的才、德之人。

通观《诗品·实境》，首章标举谢灵运"池塘生春草"为实境诗品的典型，中章寓言实境在于触发之灵感、妙悟，在于触发而"心明便悟"，"辄穷其趣"。末章点明实境内蕴蛊卦之德——"有事而待能之时"，不仅须得其人，而且须待天时。或问，"池塘生春草"，何以是"情性所至"，"遇之自天"？"情性所至""遇之自天"者，何以谓之"实境"？应当说明，司空图《诗品·实境》作为美学范畴，与一些诗论者所说的"实境"不同，并非仅指现实之境，或一般的意境，而是以现实事物而表达真情性，主客交融，具有文外之旨的境界。"池塘生春草"正是这种境界，它不仅是"取语甚直，计思匪深"，更主要的或关键在于具有"但见性情，不睹文字"之妙，在于抒写真情性。皎然《试式》以为："'池塘生春草'，情在言外。"[①] 此语为谢灵运《登池上楼》中的佳句，名气极大。谢灵运自云"此语有神助，非我语也。"系灵感、妙悟。《登池上楼》作于谢灵运出任永嘉太守任上。"徇禄反穷海"，心情很差。又久病，"衾枕昧节候"。当他自病榻而起，提衣登临"池上楼"时，"初景革绪风，新阳改故阴"，一个蓬勃明媚的春天，一个充满生机的崭新世界，由"池塘生春草"而骤然呈现在久病初愈而"昧节候"的作者面前。初春扫去了冬季的残风，春阳驱除了冬日的阴霾，这种季节的显著转换，强烈地引发、唤起了作者心境的转换，一扫原先"卧疴"时"进德""退耕"两难的困惑、愧怍，就连春景最易使文人兴起的"豳歌""楚吟"怀人、思归的感伤，也在"池塘生春草"所呈现的冬去春来的季节转换，在美好春天的到来而激扬的作者心境的转换中，以"持操岂独古，无闷征在今"，而消散一空了。"池塘生春

---

① 李壮鹰：《诗式校注》，齐鲁书社1986年版，第115页。

草",将作者发自内心的久病初愈的欣慰、喜悦、希望,将其真情性,跃然于纸上。因而,实境,真实之意境,与虚妄相对,是指反映某种本质特征的妙境。

司空图将《实境》与《蛊》卦会通,赋予实境诗品内蕴《蛊》卦之德,还有与上述相关的另一层意义,即创作实境之作,作者须进德修业,修辞立诚。唯其如此,才能胜任实境的创作,在"有事而待能之时",才能触发灵感、妙悟,以现实事物表达诚挚之情,真情性,创作出主客交融,具有文外之旨的境界。这层意义上文已曾涉及,兹不赘言。

《实境》与《委曲》作为《诗品》易道诗学美学的表现论,综合以上讨论,《实境》于表现论又有何特征呢?皎然《诗式·重意诗例》曰:

> 两重意已上,皆文外之旨。若遇高手如康乐公,览而察之,但见情性,不睹文字,盖诗道之极也。向使此道尊之于儒,则冠六经之首;贵之于道,则居众妙之门;崇之于释,则彻空王之奥。①

刘勰《文心雕龙·隐秀》曰:

> 是以文之英蕤,有秀有隐。隐也者,文外之重旨者也……隐以复意为工……夫隐之为体,义主文外,秘响傍通,伏采潜发,譬爻象之变互体,川渎之韫珠玉也。②

《实境》一方面"取语甚直,计思匪深";另一方面又"义主文外",具"文外之旨",为"文之英蕤"中的"隐"体。与《委曲》出自《易传》"言曲而中",《实境》也同样出自《易传》"事肆而隐"。"取语甚直,计思匪深",故"事肆",显豁,铺陈平易。然而,事显而义隐,语浅而情深,非妙悟而不能,非灵感而不得。所以,皎然称"但见情

---

① (唐)皎然:《诗式》,郭绍虞:《中国历代文论选》(第二册),上海古籍出版社1979年版,第77页。
② 范文澜:《文心雕龙注》(上册),人民文学出版社1958年版,第632页。

性，不觌文字，盖诗道之极也"，刘勰誉隐与秀为"文之英蕤"。《诗品》中，《委曲》与《实境》，一曲言，一直语，共同实现了《诗品》易道诗学美学体系的表现论的"书以尽言"；一"言曲而中"，言以中的，曲尽其意，一"事肆而隐"，而"隐"乃"文外之重旨""以复意为工"，因而，《委曲》《实境》两品之旨，皆在《诗品》易道诗学表现论的"以尽其言"及"言以尽意"，而重在"系辞焉以尽其言"。

二　《悲慨》《形容》——表现论（下）

《系辞上》第十二章引孔子之语曰："圣人立象以尽意，设卦以尽情伪，系辞焉以尽其言。"上述《委曲》《实境》一曲言，一直语，取《周易》之"其言曲而中，其事肆而隐"，以应合"系辞焉以尽其言"。《悲慨》《形容》遵循《周易》"立象以尽意"，旨在从理论上达成《诗品》易道诗学创作观之表现论的"尽言""尽意"法度要求。司空图《擢英集述》曰："夫著言纪事，在演致全篇，赋象缘情，或标工于偶句。"[①]《周易》的"立象以尽意"，在《诗品》中，具体表现为"赋象缘情"。然而，情有哀乐。《汉书·艺文志》曰："感於哀乐，缘事而发。"《悲慨》既为"哀"情，"乐"情之着落，自在《形容》一品。孔颖达《毛诗正义》卷一解释《毛诗序》"颂者，美盛德之形容，以其成功告於神明也"曰："'颂者，美盛德之形容'，明训颂为容，解颂名也。'以其成功告於神明也'，解颂体也……作颂者，美盛德之形容，则天子政教有形容也。可美之形容，正谓道教周备也。"[②] 司空图既以"形容"明"拟诸其形容，象其物宜，是故谓之象""立象以尽意"，又以《形容》为"颂者，美盛德之形容"，而"借对"《悲慨》，寓言"赋象缘情""感於哀乐，缘事而发"。表现论之四品，有多种意蕴，并不让人感到杂乱无章，得力于诗易会通，将诸多意蕴贯通于一体。兹依次讨论《悲慨》《形容》如下。

[①] （唐）司空图：《擢英集述》，（清）董诰等辑纂：《全唐文》（卷809），上海古籍出版社1990年版，第3769页。

[②] （唐）孔颖达：《毛诗正义》，（清）阮元校刻：《十三经注疏》（上册），中华书局1980年版，第272页。

(一)《悲慨》：赋象缘情

《诗品》第十九品《悲慨》依《周易》第十九卦《临》卦之旨立义。兹将《悲慨》原文及《临》卦相关资料，抄录如下。

> 大风卷水，林木为摧；适苦欲死，招憩不来。百岁如流，富贵冷灰；大道日丧，若为雄才。壮士拂剑，浩然弥哀；萧萧落叶，漏雨苍苔。

《悲慨》

☷☱ 临：元亨，利贞；至于八月有凶。

[注] 临卦，下兑（☱）上坤（☷），象征"监临"、迫临。

《彖》曰：临，刚浸而长，说而顺，刚中而应。大亨以正，天之道也；"至于八月有凶"，消不久也。

[释]《彖传》论断临卦卦义说：临卦，阳刚日渐增长，下卦兑为悦（说），上卦坤为顺，于阳刚渐长，而上下温顺和悦。九二阳爻处中位，与六五阴爻，上下阴阳相应，大为亨通并且守持正固，具备乾卦元亨、利贞四德，是天道、天的法则。然而，到了八月，阳气日衰，将会有凶险，临近消亡为日不久了。

又，《象》曰：泽上有地，临；君子以教思无穷，容保民无疆。

[释]《象传》说：水泽上有大地，象征居高临下，"监临"；君子效法这一卦象，穷极思虑，关心、教导百姓，以无限宽广的心胸、美德容纳、保护民众。

按，《序卦传》解释《临》卦曰："临者，大也。"一方面，《临》卦阳刚日长，具备《乾》卦"元、亨、利、贞"四德，所以《彖传》曰"天之道也"。然而，另一方面，盛大而衰，于是"至于八月有凶"。因而此卦的卦旨为盛大转衰，且不久即将面临消亡的凶险。关于"八月有凶"，易学家说法不一，各种《周易通俗读本》也都有解说，今不讨论。《诗品·悲慨》依据《临》卦盛大转衰之旨，首章四句"大风卷水，林木为摧；适苦欲死，招憩不来"，即直奔"至于八月有凶"卦辞，言凶险，事变。"招憩"化用召公姬奭（shì 是）在南国棠梨树下决讼行政之事。卷首《千古之秘》已述。孔颖达《毛诗正义》疏云："武王之时，召公为西伯行政于南土，决讼于小棠树下，其教著明于南国，爱结于民心，故作是诗（按，《召南·甘棠》）以美之也。"《甘棠》云"蔽芾甘棠，勿剪勿败，召伯所憩！"诗歌表达了对贤德王公，对贤人政治教化的拥戴。司空图利用临卦互卦震为雷、内卦兑"为泽""为毁折"，构思出"大风卷水，林木为摧"的意境，点明猛烈的风暴发生于内部。风暴摧毁了象征召伯政教的林木，摧毁了贤人政治的基础，百姓"适苦欲死"，处于水深火热之中。因而，这场风暴就不是自然界的风暴，而是社会政治风暴了。这一社会政治风暴背逆了《临·象》"君子以教思无穷，容保民无疆"的旨义，铸成了"八月有凶"的厄运，国家消亡，将不会很久了。《悲慨》的中、末两章，正是围绕着"至于八月有凶，消不久也"而展开的。

中章四句"百岁如流，富贵冷灰；大道日丧，若为雄才"，分别从个人前途无望与国家命运堪忧着笔，以致：纵使英雄豪杰出世，也难以挽救"大道日丧"，而无力回天，从而充分表达了"乱世之音怨以怒，其政乖"（《毛诗序》）《临》卦为《周易》十二辟卦之一，代表十二月，即岁终，故有"百岁如流"之语。"大道日丧"，则从《临·彖》"大亨以正，天之道也"，因"至于八月有凶"，转化而来；同时也表达了《毛诗序》所谓的"达於事变而怀其旧俗者也"之义。

末章四句"壮士拂剑，浩然弥哀；萧萧落叶，漏雨苍苔"，写"亡国之音哀以思，其民困"（《毛诗序》）。"壮士拂剑"而长啸，无奈，绝望，大势已去，唯有浩天之哀。落叶飘零，国家破败，冷雨滴滴敲打在破败家园的苍苔上，凄凉、冷落、衰败。"壮士拂剑，浩然弥哀"句，以《临》上卦为坤，而借《坤》"上六，龙战于野，其血玄黄"，《象》曰："'龙战于野'，其道穷也"，由《悲慨》中章的"大道日丧"，至末"其道穷也"，应合了《临》卦《象传》"至于八月有凶，消不久也"。"萧萧落叶"，与《临》卦辞"八月"相照，言秋风秋雨的凄凉、哀思。《诗品·悲慨》作于唐亡之前，卷首《诗易会通·麒麟阁构建始末》判定为《漫题》"经乱年年厌别离，歌声喜似太平时。词臣更有中兴颂，磨取莲峰便作碑"，寓居华阴之时。《悲慨》末章所言

"亡国之音"，正如孔颖达《周易正义》论《临》卦旨义所云："君子道消，故八月有凶也。以盛不可终保，圣人作《易》以戒之也。"《悲慨》正寓有"明乎得失之迹"（《毛诗序》），对唐王朝的警诫之义。

通观《诗品·悲慨》，首章说明发生于内部的重大事变，摧毁了贤人政治教化的社会基础；中章言"大道日丧"之乱世；末章言"其道穷也"之国亡，具体生动表现了《毛诗序》"乱世之音怨以怒，其政乖；亡国之音哀以思，其民困"；深刻阐释了《毛诗序》"国史明乎得失之迹……吟咏情性，以风其上，达于事变而怀其旧俗者也"。笔者借对《悲慨》诗品意义的论述，一方面寄托了他对唐王朝濒临消亡的深深忧虑；而更重要的另一方面，则是规谏执政者"达于事变""明乎得失之迹"，振兴清明的政治教化，"以教思无穷，容保民无疆"。因此，也体现了司空图"为儒证道""而修中兴之教"之义。

《悲慨》作为《诗品》易道诗学的表现论，表达了"赋象缘情""感于哀乐，缘事而发"的表现方式，具有悲剧的美学特征。《悲慨》中，"达于事变""明乎得失之迹"，倡导清明政治，"容保民无疆"的寓意十分深刻，不是一般地将有价值的东西撕碎给人看，寄托了"修中兴之教"的积极意义，体现了中国古代传统美学"劝诫"的特色。

（二）《形容》：象其物宜

《诗品》第二十品《形容》依《周易》第二十卦《观》卦之旨立义。兹将《形容》原文及《观》卦相关资料，抄录如下。

> 绝伫灵素，少回清真。如觅水影，如写阳春。风云变态，花草精神；海之波澜，山之嶙峋。俱似大道，妙契同尘；离形得似，庶几斯人。
>
> 《形容》

☶ 观：盥而不荐，有孚颙若。

[注] 观卦，下坤（☷）上巽（☴），象征"观仰"、瞻仰、观察。盥（guàn灌），古代祭祀宗庙时降神（迎接神灵下降）之礼：以酒浇灌地面。荐（jiàn建），献。颙（yóng喁），肃敬、仰慕。

《象》曰：大观在上，顺而巽，中正以观天下。"观，盥而不荐，有孚颙若"，下观而化也。观天之神道，而四时不忒；圣人以神道设教，而天下服矣。

[释]《彖传》论断观卦卦义说：(《观》卦之) 盛大可观者，是高居于上的九五阳爻。此卦，下卦坤为地、为天下、为顺；上卦兑为风、为顺从。九五阳爻居上卦中正之尊位，具中正之德，所以为天下之人观仰、瞻仰。卦辞曰"观，盥而不荐，有孚颙若"，意思是说，观赏了倒酒灌地这一祭祀中盛大隆重的降神仪式后，就可以不再观赏后边的献飨的细节了。因为，降神的盛大隆重的礼仪，已经使人满怀肃穆敬仰之情，瞻仰者已经能够领悟到祭祀之礼的神圣教化了。仰观天体运行的神妙，就能理解春夏秋冬四时运行转化毫无差错的规律；圣人效法天道自然的神明之德，设立礼义教化，天下民众所以就接受、服从了。

又，《象》曰：风行地上，观；先王以省方，观民设教。

[释]《象传》说，风行地上（万物受风，犹如号令施行，民众必然感应），象征观察；先代君王因此巡省视察万方，观察世俗民风，社情民意，设置礼义、政治教化。

《诗品·形容》首章四句"绝伫灵素，少迴清真。如觅水影，如写阳春"，论静观之义。一者，观察，心灵须高度虚静，"绝伫灵素，少迴清真"，在虚静、清明的心境中，才会逐渐呈现事物清晰的真象、自然之象、真体之象。二者，观察须高度凝神贯注，此乃"绝伫灵素"又一意义。故而，虚静有"如觅水影"之喻；而无形的春光之喻，旨在说明只有贯注于大自然，才能从自然景物、景色中捕获到明媚的春光。形容，源于自然，产生于静观，静观的"形容"，是"清真"的"少迴"，亦即视觉的形象乃自然事物在视觉中的映像：如同平静水面中的物影是自然景物的映照；如同绘画中的春光是对自然界春景的摹写——通过具体的景物描绘出阳春的辉光。

中章四句"风云变态，花草精神；海之波澜，山之嶙峋"，依观卦"盥而不荐，有孚颙若"观盛知化之义，而言对事物的观察，观胜知化，即观察事物最精彩最紧要、最动人处，方能把握事物的本质特征，实现"观天之神道"，体悟自然运行的神妙规律、法则。《观》卦上巽为风,故云"风云变态",互卦艮为山,故云"山之嶙峋"。又,下卦坤为地,《系辞下》曰:"仰则观象于天,俯则观法于地",故有"花草精神"与"海之波澜"等中章四语。中章对观胜知化论述,说明"形容"的美学特征,这种美学特征,也是《周易》拟象的原则:"圣人有以见天下之赜,而拟诸其形容,象其物宜,是故谓之象。"因而,"象其物宜",要求观察"风云",须观其"变态";观察"花草",须观其"精神",唯其如此,所拟之形容,才能恰当反映所拟之事物。

末章四句"俱似大道,妙契同尘;离形得似,庶几斯人",通过"天之神道"(天地神奇的运行规律)与万物的关系阐述形容诗品的要旨。笔者化用《老子》第四章:"道冲,而用之或不盈。渊兮,似万物之宗。挫其锐,解其纷,和其光,同其尘,湛兮,似或存。""俱似大道,妙契同尘"者,言物性与天地之道一样,与包括尘埃在内的万物契合无垠,浑然一体,无迹可求。例如,中章四句所举,"变态"是"风云"物性的典型形态,"精神"是"花草"物性、生命的象征,"波澜"是大"海"物性、力量气势的生动表现,"嶙峋"是"山"的物性,鬼斧神工的形象与沧桑历史的见证。物性既然与物象浑然一体,契合无垠,那么,"离形得似",就只能是"庶几斯人"了。"庶几",差不多。"斯人"这里指"拟诸其形象,象其物宜"的人。"庶几斯人",即是说,所拟之形容虽然"象其物宜"但是与所形容的事物的形象却不相似,因而,只能说"差不多"。文学对事物的反映,与易学对事物的反映,是艺术与哲学的反映,二者是有所区别的。文学艺术的反映,最上者,就是形神兼备。文学艺术的"象其物宜"应是艺术的典型化。司空图运用体用论来论述道与器,形与神的关系。《诗品·雄浑》开宗明义曰:"大用外腓,真体内充。"柳宗元《送琛上人南游序》:"又有能言体而不及用者,不知二者不可斯须离也。"正是在体与用"二者不可斯须离"的观念下,司空图主张形似、神似兼顾,主张形神兼备,而只有神似,只能是次一等。在形神的问题上,司空图与皎然的观点相通。《诗式·取境》曰:"或云,诗不假修饰,任其丑朴,但风韵正,天真全,即名上等。予曰:不然。无盐阙容而有德,曷若文王太姒有容而有德乎?"司空图《与李生论诗书》主张"味外之旨",他对"味外之旨"的解释是:"倘复以全美为工,即知味外之旨矣。"

在《题柳柳州集后序》他对"褊浅"之风提出严厉的批评，希望"后之诠评者，罔惑偏说，以盖其全工"。"全美""全工"，是司空图一贯的主张。《形容》中章所举"风云变态，花草精神，海之波澜，山之嶙峋"，正是"拟其形容，象其物宜"为以形传神张目，正是要以事物的典型形象真实生动地反映物性，反映事物的本质精神。因此，"超以象外，得其环中"的另一层意义，对文学艺术而言，是对个别的具体的事物的艺术概括，是艺术的典型化。

通观《诗品·形容》，首章言静观得象的"形容"之义，中章言观盛知化"形容"象其物宜的特征，末章言形神契合"形容"的要旨。全篇主旨为"传神写照"。形容的最高境界是形神"妙契同尘"，浑然一体。后人所说的"盛唐诸人唯在兴趣，羚羊挂角，无迹可求。故其妙处，透彻玲珑，不可凑泊，如空中之音，相中之色，水中之月，镜中之象，言有尽而意无穷"[①]，这种唐诗的特征，为司空图《诗品·形容》"如觅水影，如写阳春"，"俱似大道，妙契同尘"的论述，提供了创作实践的基础。同时，应当说，司空图《诗品·形容》也启发了后代诗论家对唐诗的领悟与理解。

三　综论

综合上述，后十二品之中单元四品，是对首单元四品，特别是对四品中的前两品《精神》《缜密》建立的易道诗学美学观之表现论的阐述。《委曲》《实境》分别以"言曲""语直"而喻《诗品》创作观之"尽言"，并依据《易传》"言曲而中""事肆而隐"以喻《诗品》创作观之"尽意"。《悲慨》《形容》依据《易传》"圣人有以见天下之赜，而拟诸其形容，象其物宜"与"圣人立象以尽意，设卦以尽情伪"，阐述《诗品》创作观之"赋象缘情"。《悲慨》言社会，言缘情；《形容》言自然，言赋象。司空图借"形容"为《诗经》之"颂"——《毛诗序》曰："颂者，美盛德之形容，以其成功告于神明者也。"《诗品·形容》依《易·观》立义，《观》卦有仰观盛德，观盛知化的意义，所以

[①] （宋）严羽：《流浪诗话·诗辨》，郭绍虞：《流浪诗话校释》，人民文学出版社1961年版，第26页。

借《形容》与《悲慨》相对，《形容》寓言情乐，《悲慨》畅言情哀，《悲慨》《形容》寓有"感于哀乐，缘事而发""缘情哀乐"之义。

中单元四品作为《诗品》的表现论，对易道诗学美学观及其创作观的阐述，是围绕着《精神》《缜密》建立的"妙造自然"的创作观而展开的，一者，从"道"的方面，充分体现了《周易》天道自然观的顺性、顺时"以顺性命之理"。故而，《委曲》云"力之于时"以顺时，"声之于羌"以顺性；而"道不自器，与之圆方"，则是对《委曲》等四品表现论总体论断。《实境》既云"情性所至，妙不自寻"，又云"遇之自天，泠然希音"，从而与《蛊》卦"蛊者，有事而待能之时也"的卦旨相与会通。《悲慨》依《临》卦"至于八月，有凶"立义，继承儒家诗学传统，以言"乱世之音""亡国之音"，要求笔者"达于事变""明乎得失之迹"，"吟咏情性，以风其上"。《形容》依据《观》立义，遵循《易传》"拟诸其形容，象其物宜"，表现事物的精神特征，与《诗品·精神》相呼应。此品言文学的形与神，主张形神兼备，亦即道与器的体用一如："俱似大道，妙契同尘"，这与司空图《与王驾评诗书》中所言："思与境偕，乃诗家之所尚者"是一致的。再者，《委曲》等四品表现论，不仅从"道"的方面体现了"妙造自然"创作观的顺性、顺时"以顺性命之理"，而且还从"文"的方面论述了《缜密》所阐述的"妙造自然"的自然妙造。前两品，《委曲》以"言曲而中"论述《缜密》的"语不欲犯"，《实境》的妙悟、灵感，论述了《缜密》的"思不欲痴"。后二品《悲慨》《形容》以赋象缘情"俱似大道，妙契同尘"之胜境，而照应《缜密》的"意象欲出，造化已奇"之意象浑成。

卷六 诗品·易道诗学境界论

《诗品二十四则》下编十二品末四品《超诣》《飘逸》《旷达》《流动》为下卷（卷六），是《诗品》创作观的境界论。《超诣》《飘逸》为诗学美学创作之至境；《旷达》《流动》为人生终极归宿、宇宙运行之常道、常境。先依次讨论《超诣》《飘逸》。

下编　诗品·易道诗学创作观

一　《超诣》《飘逸》——境界论（上）

《超诣》《飘逸》两品，既专为释、道而设立，以昭示唐代以儒为宗，儒、释、道三家并存的文化政策与风尚，同时又倡导"澄澹精致"与清真闳肆，"一挥成斧斤"的至精、至变、至神的大才力，大境界。

（一）《超诣》：澄夐精致

《诗品》第二十一品《超诣》依《周易》第二十一卦《噬嗑》卦之旨立义。兹将《超诣》原文及《噬嗑》卦相关资料，抄录如下。

> 匪神之灵，匪机之微；如将白云，清风与归。远引若至，临之已非；少有道气，终与俗违。乱山乔木，碧苔芳晖；诵之思之，其声愈希。

《超诣》

䷔噬嗑：亨，利用狱。

[注] 噬嗑（shì 是、hé 禾）卦，下震（☳）上离（☲），象征啮合。
《彖》曰：颐中有物，曰噬嗑。噬嗑而亨，刚柔分动而明，雷电合而章。柔得中而上行，虽不当位，利用狱也。

[释] 《彖传》论断噬嗑卦卦义说：口腔中有食物，咬碎了，上下颚即可合拢。口合拢，梗阻也就消除而通畅了。这一卦象卦义，有利于断案、刑法的施行。因为，噬嗑卦下震为刚、为动，上离为柔、为明，所以，将上下卦体分开而言，有刚有柔，行动昭明，具有明察秋毫的意义。又，下震为雷，上离为电，上下卦体相合而言，乃为雷电交加，声势显赫，威力无限。这是有利于断案治狱的一层意义。噬嗑卦六五爻为卦主，上卦中位是至尊之位，当为阳爻所居，六五阴爻居此位，因而"不当位"。阴爻虽然不当居此阳爻之位，但六五爻的意思，为"仰慕三皇五帝"[1]，意欲上进。因此，能刚体用柔，刚柔兼济，风清气正，

---

[1] （唐）孔颖达：《周易正义》，（清）阮元校刻：《十三经注疏》（上册），中华书局1980年版，第37页。

有仁厚之德，这是有利于断案治狱的另一层意义：所谓刚而不柔，则伤于严暴；柔而不刚，则失于宽纵，刚柔相济，乃治狱之道。

又，《象》曰：雷电，噬嗑；先王以明罚勑法。

[释]《象传》说：下卦震为雷，上卦离为电，雷电交加（交合并用），象征噬嗑。先王观此卦象（雷具威慑，电利明察），严明刑罚，整饬法令。勑，饬，古时通用。勑（chì斥），这里作整理、修正之义。

《诗品·超诣》首章四句"匪神之灵，匪机之微；如将白云，清风与归"，论述超诣诗品的思想渊源及美学特征。"匪神之灵"者，超诣诗品不是神灵相助的结果。按，此指《实境》中所暗用谢灵运"池塘生春草"，谢灵运自云"此语有神助，非我语也。"（参见表现论《实境》。）"匪机之微"者，超诣诗品也不是征圣之《冲淡》"妙机其微"。机，天机、天赋。《庄子·大宗师》："其嗜欲深者，天机浅。"[1] "如将白云，清风与归"者，形容《超诣》诗品的审美特征：如同乘着白云，归与和穆的清风。这两句一方面点明《超诣》诗品的代表作者为王维、韦应物，《与王驾评诗书》曰："右丞苏州，趣味澄复，若清风之出岫。"另一方面也指出《超诣》诗品的思想根源，乃佛教所谓的自性清净。此两句"言曲而中"，寓意深微，需要结合《噬嗑》作一番解读。首先，两句依据《噬嗑·象》"柔得中而上行"立义而又加以引申发挥。孔颖达疏解此"柔得中而上行"之义曰："（六五爻）既在五位，而又称上行，则似若王者，虽见在尊位，犹意在欲进，仰慕三皇五帝，可贵之道，故称上行者也。"[2] 噬嗑卦主"仰慕三皇五帝"，归心于先圣，效法卦义，《超诣》则有"如将白云，清风与归"之语，寓意皈依于佛。其次，白云，喻言高僧、佛禅。陈子昂《酬晖上人夏日林泉》："闻道白云居，窈窕青莲宇。岩泉万丈流，树石千年古。"[3] 又，《秋园

---

[1] （清）郭庆藩：《庄子集释》（第一册），中华书局1961年版，第228页。
[2] （唐）孔颖达：《周易正义》，（清）阮元校刻：《十三经注疏》（上册），中华书局1980年版，第37页。
[3] （唐）陈子昂：《酬谢晖上人夏日林泉》，（清）曹寅、彭定求等编校：《全唐诗》（第三册），中华书局1960年版，第899页。

卧病呈晖上人》：“缅想赤松游，高寻白云逸。"① 最后，清风，引用《诗经·大雅·烝民》："吉甫作诵，穆如清风。"因此，白云、清风，既喻言超诣诗品"趣味澄夐，若清风之出岫"②，又喻言超诣诗品的根源乃皈依佛禅、自性清净。

《超诣》中章四句"远引若至，临之已非；少有道气，终与俗违"，论述诗佛王维终生修行，笃奉佛教，诗歌创作达到空灵澄夐的至境。"远引若至，临之已非"者，论述超诣诗品如"蓝田日暖，良玉生烟"，如海市蜃楼，"可望而不可置于眉睫之前"。"少有道气，终与俗违"者，陈述王维自幼至终，诚心修行。王维"少有道气"，乃受母亲影响，而"终于俗违"，是与他遭受磨难有关。先是作大乐丞，因伶人舞黄狮子事遭贬；后又为安禄山胁迫作伪官，获罪，入狱。因有《菩提寺禁裴迪来相看说逆贼等凝碧池上作音乐供奉人等举声便一时泪下私成口号诵示裴迪》之诗，诗中有"万户伤心生野烟，百僚何月更朝天"之语③，加之其弟王缙请求削己官爵为其赎罪，方得获免。王维作《叹白发》云："宿昔朱颜成暮齿，须臾白发变垂髫；一生几许伤心事，不向空门何处销？"④诗中表达了《维摩经·方便品》"是身如电，念念不住"，即人生如电光一闪，刹那间就已逝去之叹。王维"临终之际……作别书数幅，多敦厉朋友奉佛修心之旨，舍笔而绝。"⑤ 这就是《超诣》所谓的"终与俗违"。《超诣》所述王维"少有道气，终与俗违"的生平，也暗与《噬嗑》喻言刑罚之义相关，特别与该卦（六三）《象》曰："遇毒，位不当也"等卦爻之义相合，寓言其遭胁迫，作伪官而获罪。

《超诣》末章四句"乱山乔木，碧苔芳晖；诵之思之，其声愈希"，举王维《鹿柴》作为超诣诗品的经典范例，寓言超诣诗品创作要旨。《鹿柴》云："空山不见人，但闻人语响；返景入深林，复照青苔上。"

---

① （唐）陈子昂：《秋园卧病呈晖上人》，（清）曹寅、彭定求等编校：《全唐诗》（第三册），中华书局1960年版，第901页。

② （唐）司空图：《与王驾评诗书》，（清）董诰等辑纂：《全唐文》（卷807），上海古籍出版社1990年版，第3761页。

③ （清）曹寅、彭定求等编校：《全唐诗》（第四册），中华书局1960年版，第1308页。

④ （清）曹寅、彭定求等编校：《全唐诗》（第四册），中华书局1960年版，第1308页。

⑤ （五代·后唐）刘昫等撰：《旧唐书·王维传·二十五史》（第五册），上海古籍出版社1986年版，第607页。

《鹿柴》意境空幽、静谧，而于冥幽中蕴有生机。司空图依《噬嗑》卦上离为日，下震为蕃鲜，互卦艮为山、为松柏，而构思出"乱山乔木，碧苔芳晖"的意境，以概括《鹿柴》诗意。并且，以乱山、乔木、碧苔等构成的幽深之境为铺垫，极言其"返景入深林，复照青苔上"。突出"芳晖"的无幽不照之普照，既喻言佛光普照以沐浴众生，又与《噬嗑·象》"噬嗑而亨，刚柔分动而明，雷电合而章"的明察秋毫之义相通。"诵之思之，其声愈希"，明言对超诣诗境的鉴赏领悟，在于静心体验，在于凝神沉思，暗寓超诣诗品的创作要旨，须沉思，精心酝酿，是对"碧台芳晖"的无幽不照的引申发挥。皎然《诗式·文章宗旨》曰："康乐公早岁能文，性颖神彻，及通内典，心地更精，故所作诗，发皆造极，得非空王之道助邪？"谢灵运天赋甚高："性颖神彻"，然而，"所作诗，发皆造极"，则是在"及通内典，心地更精"，"得空王之道"相助之时。这就是《超诣》一开始便说"匪神之灵，匪机之微"的原因。"所作诗，发皆造极"，仅仅依靠天赋"性颖神彻"是不够的，尚须奉佛修心。由"性颖神彻"之天赋，通过奉佛修心，"通内典"，达到"心地更精"，才能"所作诗，发皆造极"，亦即臻于超诣境界，这是司空图对王维、韦应物一派诗歌创作的理论总结。

通观《诗品·超诣》，首章论超诣诗品的根源及美学特征，中章论王维终生奉佛修心，创作达到空灵澄夐的至境，末章以王维《鹿柴》为经典范例，寓言超诣诗品创作要旨，在沉思，精心酝酿。司空图通过《超诣》与《实境》相互对照的方式，对二者的区分，而完成对《超诣》特征的论述。《超诣》"匪神之灵，匪机之微"与《实境》"忽逢幽人，如见道心"在意义上相对照。钟嵘《诗品》卷中曰："《谢氏家录》云：'康乐每对惠连，辄得佳语。后在永嘉堂，思诗竟日不就，寤寐间，忽见惠连，即成"池塘生春草"，故尝云："此语有神助，非我语也。"'"这便是"匪神之灵"一语的由来。"匪机之微"则与"康乐公早岁能文，性颖神彻"相对照。"如将白云，清风与归。"以诗品即人品，寓言超诣根源于自性清净。然而，自性清净，须是奉佛修心，故《超诣》中章举王维"少有道气，终与俗违"为证。末章点出"诵之思之，其声愈希"之沉思，明言鉴赏，实则寓言超诣的创作要旨。《超诣》虽以王维为典型，虽云佛禅智慧能助创作达到至境，但《超诣》

作为论述创作达到至境的诗,它既要论述何以谓之"超诣",又要论述何以达到"超诣"的途径。因而,以王维为典型,并非是说只有王维才达到了创作之至境;举奉佛修心,也并非说只有皈依佛禅才能进入创作的至境。《超诣》内蕴《周易·噬嗑》之德,以《噬嗑》卦旨而立义,《超诣》体现了以儒为宗,儒释融合的观念。《超诣》须是"刚柔分动而明,雷电合而章",具有深刻的洞察力,透彻的思辨力;须是"颐中有物,曰噬嗑。噬嗑而亨",思路畅达,语言清通,意境圆融无隔。《超诣》虽以王维为典型,然而同时也融入了杜甫等唐代诗人的共同创作之路——通过种种研炼修养,而使"心地更精",融入了唐代诗人精益求精的创作态度。"诵之思之",长此以往,坚持不懈地潜心体验与沉思,昭示了唐人创作达到登峰造极的秘密。杜甫是其中最为突出的一位。《解闷十二首》其七云:

> 陶冶性灵存底物,新诗改罢自长吟。孰知二谢将能事,颇学阴何苦用心。[1]

《敬赠郑议十韵》云:

> 思飘云物外,律中鬼神惊;毫发无遗憾,波澜独老成。[2]

《江上值水如海势聊短述》云:

> 为人性僻耽佳句,语不惊人死不休。[3]

《敝庐遣兴奉寄严公》云:

> 把酒宜深酌,题诗好细论。[4]

---

[1] (清)仇兆鳌:《杜诗详注》(第四册),中华书局1979年版,第1515页。
[2] (清)仇兆鳌:《杜诗详注》(第一册),中华书局1979年版,第110页。
[3] (清)仇兆鳌:《杜诗详注》(第二册),中华书局1979年版,第810页。
[4] (清)仇兆鳌:《杜诗详注》(第三册),中华书局1979年版,第1282页。

《春日忆李白》云：

> 白也诗无敌，飘然思不群……何时一樽酒，重与细论文。①

在《进雕赋表》中，杜甫自云"至于沉郁顿挫，随时敏捷，扬雄、枚皋之徒，庶可企及也。"对"沉郁"一词，仇注云"刘歆《求方言书》：子云淡雅之才，沉郁之思。"②

总之，结合杜甫的诗论，《诗品·超诣》依《周易·噬嗑》立义，指示了通往艺术创作至境的途径，是以儒为宗，融贯释道的思辨能力的终生修养，以造就"心地更精"，具备如"碧苔芳晖"所象征的无幽不照的艺术思维光辉。所谓"超诣"之境界，则是"噬嗑，亨，利用狱"，"先王以明罚勅法"所象征、蕴含的意境亨通、圆融，包括诗歌的意与象、情与理的融通。王维诗派的澄复精致是"超诣"之至境，而《诗品二十四则》的诸品也都是独立自足，都达到各自的至境。如《实境》之"情性所至，妙不自寻；遇之自天，泠然希音。"皎然《诗式·重意诗例》称："两重意已上，皆文外之旨，若遇高手如康乐公……但见性情，不睹文字，盖诣道之极也。"上述《诗式、文章宗旨》又曰："康乐公……及通内典，心地更精，故所作诗，发皆造极。"司空图标举"超诣"，显然受到皎然的影响。

(二)《飘逸》：清真宏肆

《诗品》第二十二品《飘逸》依《周易》第二十二卦《贲》卦之旨立义，兹将《飘逸》原文及《贲》卦相关资料，抄录如下。

> 落落欲往，矫矫不群；缑山之鹤，华顶之云。高人惠中，令色絪缊；御风蓬叶，泛彼无垠。如不可执，如将有闻；识者期之，欲得愈分。
>
> 《飘逸》

---

① （清）仇兆鳌：《杜诗详注》（第一册），中华书局1979年版，第52页。
② （清）仇兆鳌：《杜诗详注》（第五册），中华书局1979年版，第2172页。

☲☶賁：亨，小利有攸往。

［注］賁（bì 必）卦，下离（☲）上艮（☶），象征文饰。

《彖》曰：賁，亨，柔来而文刚，故亨；分刚上而文柔，故小利有攸往。（刚柔交错），天文也；文明以止，人文也。观乎天文，以察时变，观乎人文，以化成天下。

［释］《彖传》论断賁卦卦义说：賁卦即文饰而亨通。［賁卦（☲☶）由泰卦（☰☷）变化而来］"柔来而文刚"者，谓泰卦上坤为阴为柔，其上六阴爻下至泰卦下乾之中位而文饰乾刚，变为賁卦之下离（☲），阴阳、刚柔相交而为文饰，所以阴阳相应而亨通。"分刚上而文柔"者，泰卦下乾为阳为刚，其九二阳爻上至泰卦上坤居上位，文饰坤柔，变为賁卦之上艮（☶），原泰卦九二阳爻虽向上居上位，却失去原先的九二中位，只能是小有所利。賁卦阴阳、刚柔交相文饰，是"一阴一阳之谓道"的天文。賁卦下离为明，上艮为止，文明而止于礼义是人文。观察天文阴阳交相变化，可以察知四季时序、寒暑代谢的变化规律；观察人文伦常礼义教化，就可以治理天下。

又，《象》曰：山下有火，賁；君子以明庶政，无敢折狱。

［释］《象传》说：賁卦上艮为山，下离为火，"山下有火"，为賁卦卦象；君子效法这一卦象，应当文明行政，不敢轻启刑罚。

賁卦（☲☶）上艮（☶）为山，上互卦震（☳）为鹄（借以为鹤），下互卦坎（☵）为云。故而《飘逸》首章四句云："落落欲往，矫矫不群；缑山之鹤，华顶之云。"因鹤为王子晋所乘之仙鹤[1]，云为明星玉女与仙人卫叔卿所乘之仙云[2]，故谓之"落落""矫矫"。"华顶之云"所以"落落欲往"，"缑山之鹤"所以"矫矫不群"，因为《賁·象》曰"山下有火"。"山下有火"，所以卫叔卿、玉女所乘之仙云，王子晋所乘之仙鹤，皆"欲往"而四散"不群"，由此构成了美妙的天文：《賁·彖》"（刚柔交错）天文也。"天文，揭示出《飘逸》的美学特

---

[1] （唐）李白：《凤笙篇》，（清）王琦注：《李太白全集》（上册），中华书局1977年版，第281—283页。

[2] （唐）李白：《胡风五十九首》，（清）王琦注：《李太白全集》（中册），中华书局1977年版，第113—114页。

征:"以垂丽天之象……此盖道之文也",道之文,"夫岂外饰,盖自然耳"。(刘勰《文心雕龙·原道》)

《飘逸》中章四句围绕《贲·象》而表述"人文"——"高人惠中,令色絪缊;御风蓬叶,泛彼无垠"。其中"高人惠中,令色絪缊"者,出自《贲》:"九三,贲如,濡如,永贞吉。"《象》曰:"'永贞之吉',终莫之陵也。"九三爻辞及《小象传》的意思是说,容颜俊美,光泽柔润,永远坚守贞正者,始终不会受人欺凌。"御风蓬叶,泛彼无垠",继言内在聪慧,外表絪缊元气的"高人","逍遥游"于无际的宇宙之中。此典出自《列子·黄帝篇》。兹将与《飘逸》有关资料,一次性抄录如下。

> 列子师老商氏,友伯高子;进二子之道,乘风而归。尹生闻之,从列子居,数月不省舍。因间请薪其术者,十反而十不告,尹生怼而请辞,列子又不命。尹生退。数月,意不已,又往从之。列子曰:"汝何去来之频?"尹生曰:"曩章戴有请于子,子不告我,固有憾于子。今复脱然,是以又来。"列子曰:"曩吾以汝为达。今汝之鄙至此乎?!姬!将告汝所学于夫子者矣。自吾之事夫子友若人也,三年之后,心不敢念是非,口不敢言利害,始得夫子一眄而已。五年之后,心庚念是非,口庚言利害,夫子始一解颜而笑。七年之后,从心之所念,庚无是非;从口之所言,庚无利害,夫子始一引吾并席而坐。九年之后,横心之所念,横口之所言,亦不知我之是非利害欤,亦不知彼之是非利害欤;亦不知夫子之为我师,若人之为我友:内外进矣。而后眼如耳,耳如鼻,鼻如口,无不同也。心凝形释,骨肉都融,不觉形之所依,足之所履,随风东西,犹木叶干壳,竟不知风乘我邪?我乘风乎?"①

这一典故,其一,昭示"令色絪缊"的"高人",是一位得道仙人。飘逸诗品乃是其人品的表现,是其乘风而行,仙风道骨的美学表现。"御风蓬叶"者,乃言乘风,而"随风东西",犹如"木叶干壳"之随风飘

---

① 杨伯峻:《列子集释》,中华书局1979年版,第46—48页。

舞、"竟不知风乘我邪,我乘风乎?"

其二,这一典故又开启了《飘逸》末章四句"如不可执,如将有闻;识者期之,欲得愈分"。末章四句论述飘逸诗品的审美特征与创作要旨。"如不可执,如将有闻"者,既言创作,又言审美,审美与创作融为一体,从而描述了飘逸诗品创作的精神状态与自由驰骋的艺术境界:似乎不可把控,而在似控非控之间;似乎有所会悟闻知,而在有闻非闻的意会之中。这种境界,正是李白"一斗诗百篇",张旭醉酒草书的精神状态,是一种艺术创作自由驰骋的境界——精神高度亢奋,思维极度活跃,"眼如耳,耳如鼻,鼻如口,无不同也",通感被激活而得以高扬,或"神来、气来、情来"[①],"行神如空,行气如虹","情性所至,妙不自寻"。艺术创作随情感、灵感、气势而奔放,全身心处于理智似控非控的状态,飘飘然,进入"唯恍唯惚。惚兮恍兮,其中有象;恍兮惚兮,其中有物,窈兮冥兮,其中有精,其精甚真"(《老子》第二十一章)的道家思想境界;处于理性与感性,理智与情感融合为一,超越自我,达到物我为一,"竟不知风乘我邪?我乘风乎?"的境界。"识者期之,欲得愈兮"者,旨在指示进入飘逸之境的门径:识见者必然坚持修炼而期待着,如同"列子师老商氏,友伯高子"那样;一心急欲进入飘逸之境者,则愈加远离此境,如尹生章戴从列子求学道术那样。列子从师从友,"三年之后"未获师友一言,不敢面对是非利害而回避之,遭到老师"一眄而已"的责难目光。"五年之后",敢于直言是非利害,方获老师"始一解颜而笑"的赞许,赞许其口心如一的真诚。"七年之后""从心之所念""从口之所言"而无是非利害,乃是非利害如一,老师才"一引吾并席而坐"——所悟之道与师友相契合。"九年之后",由"从心""从口"至"横心"(纵心)、"横口"(纵口),而无是非利害的区别,并且,身体各官能如一,人、我如一,"内外进矣"——身体与意识无不契于道,由此,方得"乘风而归"了。至于尹章戴从列子求进,因"数月不省舍",而"间请蕲其术",遭"十反而十不告",便产生怨恨。"数月"后,"又往从之",列子斥责曰"今

---

① (唐)殷璠:《河岳英灵集序》,中华书局上海编辑所辑:《唐人选唐诗》,上海古籍出版社1958年版,第40页。

汝之鄙至于此乎?!"在向尹生讲述了自己从师从友的经过,列子曰:"今女居先生之门,曾未浃时(十天),而怼憾者再三,女之片体将气所不受,汝之一节将地不载,履虚乘风,其可几乎?"于是,"尹生甚怍,屏息良久,不敢复言。"我们所以不厌其烦地引述《列子》原文,意在说明《飘逸》中章、末章的真实出处,坐实《诗品·飘逸》的道家思想特征。列子从师学道告诉我们,老师的指导,并非什么口授秘诀,得一语而立地悟道成仙。从师修道,关键是自我潜心修炼,俗语说:老师领进门,修行在个人。

那么,具体而言,飘逸之境如何"期之",期待什么?《飘逸》没有直接告诉我们,只是寓言飘逸以《贲》卦之旨立义,内蕴《贲》卦之德。《贲》卦又告诉我们什么呢?

《序卦传》曰:"贲者,饰也。"《贲》"上九,白贲,无咎"。《象》曰:"'白贲无咎',上得志也。"它们的意思是说,"素白无华的文饰,必无咎害"。上九阳爻达到文饰的极致,返璞归真,是《贲》卦的最高准则与终极目标,所以《杂卦传》曰:"贲,无色也。"《诗品·飘逸》以《贲》卦旨义为内蕴体德,规定了飘逸的美学本质或美学价值为清真、自然。在司空图看来,达到《贲》卦文饰极致的清真、自然,就进入到创作的自由境界:飘逸。

通观《诗品·飘逸》,首章引用李白游仙诗论天文,中章化用《列子》,以"令色絪缊""秀外惠中"的"高人"——得道仙人的形象论人文,表达诗品即人品。末章指示、说明飘逸诗品的审美、创作要旨。通篇从作品至人品:容貌形象、精神气质,思想品格,都十分明确地指示出李白;并且,十分明确以李白这位被太子宾客贺知章一见而惊叹曰:"此天上谪仙人也!"为飘逸的典范,表达了"仰公之格,称公之文"。[1] 杜甫《饮中八仙歌》云:"李白一斗诗百篇,长安市上酒家眠;天子呼来不上船,自称臣是酒中仙。"[2]《寄李十二白二十韵》又云:"昔年有狂客,号尔谪仙人;笔落惊风雨,诗成泣鬼神……乞归优诏

---

[1] (唐)司空图:《李翰林写真赞》,(清)董诰等辑纂:《全唐文》(卷808),上海古籍出版社1990年版,第3766页。

[2] (清)仇兆鳌:《杜诗详注》(第一册),中华书局1979年版,第83页。

许，遇我宿心亲……剧谈怜野逸，嗜酒见天真。醉舞梁园夜，行歌泗水春。"①《春日忆李白》更云："白也诗无敌，飘然思不群。"②《诗品·飘逸》以"如不可执，如将有闻"，精辟地表达了"醉舞""行歌"，"一斗诗百篇"，"酒中仙"的思维极度敏捷、飘然，似乎不可自控又似可控；似乎闻知体悟到什么，又似乎飘忽不逮的精神状态。这种艺术鉴赏、创作的自由境界，既是"嗜酒见天真"，清真、自然，又是宏肆、奔放的境界。道家的返璞归真，融入了儒家"贲，无色"，这一最高的美学境界。司空图《诗赋赞》指示了"识者期之"的门径："研昏炼爽，戛魄凄肌。神而不知，知而难状。挥之八垠，捲之万象。"

二 《旷达》《流动》——境界论（下）

《诗品》末两品从人生观、宇宙观，论述易道诗学的境界。依次讨论如下。

（一）《旷达》：乐天知命

《诗品》第二十三品《旷达》依《周易》第二十三卦《剥》卦之旨立义。兹将《旷达》原文及《剥》卦相关资料，抄录如下。

> 生者百岁，相去几何。欢乐苦短，忧愁实多。如何尊酒，日往烟萝。花覆茅檐，疏雨相过。倒酒既尽，杖藜行歌。孰不有古，南山峨峨。
>
> 《旷达》

☷☶剥：不利有攸往。

[注] 剥卦，下坤（☷）上艮（☶），象征"剥落"。

《象》曰："剥"，剥也，柔变刚也。"不利有攸往"，小人长也。顺而止之，观象也；君子尚消息盈虚，天行也。

[释]《象传》论断剥卦卦义说：剥，是剥落的意思。剥卦一个阳

---

① （清）仇兆鳌：《杜诗详注》（第二册），中华书局1979年版，第660页。
② （清）仇兆鳌：《杜诗详注》（第一册），中华书局1979年版，第52页。

爻在上，将被在下的五个阴爻所剥落。不利于有所前往，那是由于小人正盛势增长。观察剥卦卦象，下坤为顺，上艮为止。因而，处于剥卦之时，应当"量时制变，随物而动"，顺势抑止小人之道，不可正面强力抗争。君子通达，贵尚消衰生息、盈盛亏虚的转化道理，顺应天地自然转化的规律而行动。

又，《象》曰：山附于地，剥；上以厚下安宅。

[释]《象传》说：高山崩塌，附在地上，象征剥落。居上位者，观此卦象，应当厚待下边，以安稳宅屋，充实加固基础。

《诗品·旷达》首章四句"生者百岁，相去几何。欢乐苦短，忧愁实多"，概述旷达的原因，既在人生短暂，又在乐短忧多，只有持旷达态度，才能安度人生。

中章四句"如何尊酒，日往烟萝。花覆茅檐，疏雨相过"，表述旷达人生：既须纵情山水——携酒天天到山中欣赏幽美景色；又须随遇而安——居在远离人境的茅屋，偶尔只有疏雨相访，怡然自乐。

末章四句"倒酒既尽，杖藜行歌。孰不有古，南山峨峨"，论述旷达的人生观：在于旷达终穷——无酒仍歌；在于达观作古——返归自然。

通观《诗品·旷达》，论述人生，贯彻了《周易·说卦传》"穷理尽性以至于命"，"将以顺性命之理"的易经宗旨，是对人生的终极安慰。通篇依据《剥》卦立义。剥卦五阴一阳，阳气剥落殆尽，象征人寿将终。因而，《旷达》首云"生者百岁，相去几何"，终云"孰不有古，南山峨峨"，以契合《剥·象》"山附于地，剥；上以厚下安宅"。剥卦下坤为地，坤厚载物；上艮为山，山以广厚的大地作为宅基。陶潜《杂诗十二首》云："家为逆旅舍，我如当去客。去去欲何之，南山有旧宅。"[1]《拟挽歌辞三首》云："亲戚或余悲，他人亦已歌。死去何所道，托体同山阿。"[2] 作古，离开人世，意味着回味南山"旧宅"，回归

---

[1] （晋）陶渊明：《杂诗十二首》（其七），逯钦立辑校：《先秦汉魏晋南北朝诗》（中册），中华书局1983年版，第1007页。

[2] （晋）陶渊明：《拟挽歌辞三首》（其三），逯钦立辑校：《先秦汉魏晋南北朝诗》（中册），中华书局1983年版，第1013页。

自然。旷达至此，安详自在，面对人生，可谓大彻大悟了。剥卦卦辞曰："剥，不利有攸往。"处于剥卦之时，不利于有所前往，即不宜于积极作为，不宜于"兼济"，而应当"独善"。因而，《旷达》云"如何尊酒，日往烟萝"，又云"花覆茅檐，疏雨相过"，更云"倒酒既尽，杖藜行歌"。这种独善自适，及时行乐，不是悲观厌世，消极人生，而是安度晚年，是"顺性命之理"的应有之义，亦即天道自然观的顺时而为。《剥·象》讲得很明确："君子尚消息盈虚，天行也。"孔颖达解释说：

> "君子尚消息盈虚，天行"者……君子通达物理，贵尚消息盈虚。道消之时，行消道也；道息之时，行盈道也；在虚之时，行虚道也……"天行"，谓逐时消息盈虚，乃天道之所行也。春夏始生之时，天气盛大；秋冬严杀之时，天气消灭，故云"天行也"。①

当人处"杖藜"之时，行动尚需拐杖，自然"不利有攸往"，而当独善行乐了。

《诗品·旷达》是陶渊明的人生观、生死观的写照。《诗品二十四则》多次涉及陶渊明及其作品，以上诸品虽或指出，均未作讨论。兹结合《旷达》顺便略作论述。《诗品》涉及陶诗或为引用，或语有相关。诸如《冲淡》"美曰载归"与陶诗《时运》"童冠齐业，闲咏以归；我爱其静，寤寐交挥"② 意境相关；《高古》"黄唐在独，落落玄宗"化用陶诗"黄唐莫逮，慨独在余"③；《绮丽》"金樽酒满，伴客弹琴；取之自足，良殚美襟"引用陶诗"清歌散新声，绿酒开芳颜；未知明日事，余襟良以殚"④；《自然》"幽人空山"出自"少无适俗韵，性本爱丘山……久在樊笼里，复得返自然"（陶渊明《归园田居》其一）。至于《疏野》《旷达》，更是以陶渊明为其代表。司空图《白菊三

---

① （唐）孔颖达：《周易正义》（卷三），（清）阮元校刻：《十三经注疏》（上册），中华书局1980年版，第38页。
② 逯钦立辑校：《先秦汉魏晋南北朝诗》（中册），中华书局1983年版，第968页。
③ 逯钦立辑校：《先秦汉魏晋南北朝诗》（中册），中华书局1983年版，第968页。
④ 逯钦立辑校：《先秦汉魏晋南北朝诗》（中册），中华书局1983年版，第993页。

首》其一云："不疑陶令是狂生，作赋其如有定情"①，如上所引"黄唐莫逮"云云。陶渊明的诸多诗文，诚如孟子答万章所问"何以谓之狂也"，而曰"其志嘐嘐（xiāo消）然，曰'古之人，古之人。'"（杨伯峻《孟子译注》曰："他们志大而言夸，嘴巴总是说，'古人呀，古人呀！'"）② 陶渊明率性天放，其人生观、生死观则为旷达。《自祭文》曰："陶子将辞逆旅之馆，永归于本宅……勤靡余荣，心有常闲。乐天委分，以至百年……识运知命，畴能罔眷。"③ 乐天知命，出自《系辞上》第四章："原始反终，故知死生之说……乐天知命，故不忧。"孔颖达《周易正义》解释"乐天知命"说："顺天道之常数，知性命之始终，任自然之理，故不忧也。"④ 曰天道常数，曰性命终始，皆为自然之理。无论陶渊明之疏野天放，或旷达乐天，都因其秉持自然观。司空图《诗品》之所以以屡屡涉及其人其诗，也因其自然观。然而，考察陶渊明之自然，应有两层意义。《归去来兮辞》自云"质性自然，非矫励所得"与《归园田居诗五首》"少无适俗韵，性本爱丘山……久在樊笼里，复得返自然"，自然之含义应是偏重于对官场，对社会政治的否定，尽管诗中有"人生似幻化，终当归空无"，但辞中的"世与我相遗，复驾言兮焉求"，则为其主导方面。《饮酒诗二十首》所表达的自然之义，就更多偏重于对人生观、生死观的态度。且以其中脍炙人口的第五首为例：

> 结庐在人境，而无车马喧。问君何能尔，心远地自偏。采菊东篱下，悠然见南山。山气日夕佳，飞鸟相与还。此中有真意，欲辨已忘言。

---

① （唐）司空图：《白菊三首》（其一），（清）曹寅、彭定求等编校：《全唐诗》（第十九册），中华书局1960年版，第7281页。
② 杨伯峻：《孟子译注》（下册），中华书局1960年版，第341—342页。
③ （清）严可均：《全上古三代秦汉三国六朝·全后汉文》（第二册），中华书局1958年版，第2103页。
④ （唐）孔颖达：《周易正义》（卷七），（清）阮元校刻：《十三经注疏》（上册），中华书局1980年版，第77页。

此诗经苏东坡《题渊明饮酒诗后》曰："'采菊东篱下，悠然见南山'因采菊而见山，境与意会，此句最有妙处。近岁俗本皆作'望南山'，则此一篇神气都索然矣。古人用意深微，而俗士率然妄以意改，此最可疾。"①"见"与"望"遂成为人们鉴赏此诗的热议话题。东坡之意为，陶氏"见"南山，"用意深微"，妙言其"境与意会"。那么，"采菊东篱下，悠然见南山"，"见"字表现了什么深微的意会？诗的结句云"此中有真意，欲辨已忘言"，越发显得迷离惝恍，"用意深微"了。这也并非是陶渊明故弄玄虚，原因大概出在后世的人渐渐越来越多不理解"采菊东篱"的行为，或者没有将陶诗合读。其实关于"飞鸟相与还"，陶集中还有《归鸟诗》四章，这且不论。如果读到《饮酒诗二十首》其七，也就大致了解其中的意义了。诗云："秋菊有佳色，裛露掇其英。泛此忘忧物，远我遗世情。一觞虽独尽，杯尽壶自倾。日入群动息，归鸟趋林鸣。啸傲东轩下，聊复得此生。"显然，采菊是酿菊花酒。酒可"忘忧"，而"远我遗世情"。"遗世"者，"心远"。"心远"故"结庐在人境，而无车马喧"。这种"遗世""心远"，已不只是对于官府，而是"人境"。司空图十分理解陶渊明采菊之举。《五十》诗云："漉酒有巾无黍酿，负他黄菊满东篱。"②查晋人葛洪《西京杂记》，其卷三曰：

> 九月九日，佩茱萸，食蓬饵，饮菊花酒，令人长寿。菊花舒时，并采茎叶，杂黍米酿之，至来年九月九日始熟，就饮焉。故谓之菊花酒。③

于是，可以明白陶渊明"采菊东篱"，意在酿菊花酒，饮菊花酒，"令人长寿"。此时，却"悠然见南山"——"家为逆旅舍，我如当去客。去去欲何之，南山有旧宅。"在"长寿"的趋动中，却于无意中见到人

---

① （宋）苏轼：《苏轼文集》（第五册），孔凡礼点校，中华书局1986年版，第2092页。
② （唐）司空图：《五十》，（清）曹寅、彭定求等编校：《全唐诗》（第十九册），中华书局1960年版，第7249—7250页。
③ （晋）葛洪：《西京杂志》，钱泳等编：《笔记小说大观》（第一册），江苏广陵古籍刻印社1983年版，第6页。

生归宿之地。情何以堪！然而，作者却处之泰然。"悠然见南山"，深刻表达出作者于生死之间的任其自然的人生态度。这种对生死任其自然的人生态度，根源于作者深知"天道之常数""性命之始终"的"自然之理"，即天道自然观。苏轼谓"'望南山'，则此一篇神气索然矣"，乃真知灼见。"望"乃主动、自主的行为，"见"则无意之中，不期而遇。以上只是就陶渊明的旷达人生观、生死观作一概括的讨论，并非对他的思想的全面论述。

《诗品·旷达》也是司空图的人生观、生死观的写照，《新唐书·司空图传》载其"豫为冢圹，遇胜日，引客坐圹中赋诗，酌酒裴回。客或难之，图曰：'君何不广邪？生死一致，吾宁暂游此中哉？'"较之陶渊明《自祭文》，自作《拟挽歌辞三首》，其旷达或在伯仲之间。

（二）《流动》：天道永恒

《诗品》第二十四品《流动》依《周易》第二十四卦《复》卦之旨立义。兹将《流动》全文及《复》卦相关资料，抄录如下。

若纳水輨，如转丸珠。夫岂可道，假体如愚。荒荒坤轴，悠悠天枢。载要其端，载闻其符。超超神明，返返冥无。来往千载，是之谓乎。

《流动》

☷☳复：亨。出入无疾，朋来无咎；反复其道，七日来复。利有攸往。
[注]复卦，下震（☳）上坤（☷），象征反复、归复。
《彖》曰："复，亨"，刚反；动而以顺行，是以"出入无疾，朋来无咎"。"反复其道，七日来复"，天行也。"利有攸往"，刚长也。复，其见天地之心乎！
[释]《彖传》论断复卦卦义说：卦辞"复，亨"，是说复卦卦义为循环往复，畅通无阻。因为阳刚由《剥》卦的上爻返回为《复》卦的初爻。就复卦上下二体而言，下震为动，上坤为顺，阳刚发动就能顺利上行，所以卦辞说："阳刚内返外长（出入）没有弊病，阳刚作为阴柔的朋友，由剥卦上九来至复卦的初九，阴阳交合没有过失。"卦辞说"反复

其道，七日来复"，是说天体运行的规律，回环往复，七日为一个阶段的期限（按，见下文说明）。卦辞说"利于有所前往"，是指阳刚处于增长的形势。复卦、循环往复，畅通无阻，体现了天地的初心、意旨吧。

又，《象》曰：雷在地中，复；先王以至日闭关，商旅不行，后不省方。

[释]《象传》说：复卦下震为雷，上坤为地，此卦象征雷在地中。先代君王在夏至、冬至之日关闭关塞，商人旅客不外出，君主也不省巡诸方之政。

《诗品·流动》首章四句"若纳水輨，如转丸珠。夫岂可道，假体如愚"，依据《易·复》回环往复的卦义，论述"流动"是指天地循回运行的常道，"终则有始""天地之道，恒久而不已也"（《恒·象》）《老子》曰"道可道，非常道"，常道是不可言传的，只能假借具体的事物作比喻，如同愚妄之言。在卷首《司空图〈诗品〉之秘再论》中已经论证《流动》既是一则诗品，又是一篇《诗品》序。作为《诗品》序，"夫岂可道，假体如愚"，旨在说明《诗品二十四则》的表达方式，即遵循《周易》的"立象以尽意"。而作为《诗品》之一则，首章四句，以"夫岂可道，假体如愚"，旨在强调、突出，所谓"流动"是指天地循环往复的常道，也就是《复·象》所讲的"反复其道，七日来复，天行也"。

《流动》中章四句"荒荒坤轴，悠悠天枢。载要其端，载闻其符"，依据《复·象》"复，其见天地之心乎"，论述《流动》作为一则诗品的思想内涵，以及作为《诗品》序的体制结构。"坤轴""天枢"，乃天地之心。"载要其端，载闻其符"，是说流动诗品蕴含着或内里承载着天地之德，道根源的源头，是天地之德的外在表象。若就《流动》作为《诗品》序而言，中章四句是在论述《诗品二十四则》的体例，旨在遵循《周易》效法天地："《易》与天地准，故能弥纶天地之道。"[1]"天尊地卑，乾坤定矣"[2]，"乾坤，其《易》之蕴邪？乾坤成列，而

---

[1] （唐）孔颖达：《周易正义》（卷七），（清）阮元校刻：《十三经注疏》（上册），中华书局1980年版，第77页。

[2] （唐）孔颖达：《周易正义》（卷七），（清）阮元校刻：《十三经注疏》（上册），中华书局1980年版，第75页。

《易》立乎其中矣"①。在这种思想主导下，"载要其端，载闻其符"，意思为，如同乾、坤两卦体现了《周易》的思想精蕴，是道根源的源头，因而将乾、坤两卦分列为首端一样，《诗品二十四则》也将内充乾卦之德的《雄浑》，与内充坤卦之德的《冲淡》，载于《诗品二十四则》的首端。即是说，"载要其端"，乃将最为重要的诗品《雄浑》《冲淡》载于《诗品》二十四品之首。"载闻其符"，符，即"德充符"之符。《庄子·德充符》，晋人郭象注曰："德充于内，物应于外，外内玄合，信若符命而遗形骸也。"所以，符为与内在之德相"玄合"，即相契合的表象，亦即为内在之德的外在符验。司空图用《庄子》"德充符"之义，是在说明《诗品二十四则》内充天地之德。例如，《雄浑》以《乾》为体德，而《乾》德的外在表象为雄浑；《冲淡》以《坤》为体德，《坤》德的外在表象为冲淡。所以，"载闻其符"，即是将所闻知的天地之德载于诗品之中，二十四诗品是天地之德的种种美学表象，亦即皎然《诗式·辩体有一十九字》所云："风律外彰，体德内蕴"之"文章德体风味"。②

《流动》末章四句"超超神明，返返冥无。来往千载，是之谓乎"，依据《复》卦卦辞"反复其道，七日来复"，论述《诗品二十四则》及其《流动》的旨义。就《诗品》序而言，"超超神明，返返冥无"，是论《诗品》的宗旨、意义。"超超神明"者，赞颂天地阴阳，化生万物极光明、极神奇之大德。《诗品》所以"载要其端，载闻其符"，乃在诗易会通。诗品所以内蕴易道体德，以为天地之德的种种美学表象，乃在《诗品》创作宗旨为"妙造自然"，并借以"为儒证道"，以"修中兴之教"。孔子曰："夫《易》何为者也？夫《易》开物成务，冒天下之道，如斯而已者也。"③《易传》曰："古者包牺氏之王天下也……于是始作八卦，以通神明之德，以类万物之情。"④又曰："乾，阳物也；

---

① （唐）孔颖达：《周易正义》（卷七），（清）阮元校刻：《十三经注疏》（上册），中华书局1980年版，第82页。
② （唐）皎然：《诗式·辩体有一十九字》，郭绍虞：《中国历代文论选》（第一册），上海古籍出版社1979年版，第77页。
③ （唐）孔颖达：《周易正义》（卷七），（清）阮元校刻：《十三经注疏》（上册），中华书局1980年版，第81页。
④ （唐）孔颖达：《周易正义》（卷八），（清）阮元校刻：《十三经注疏》（上册），中华书局1980年版，第86页。

坤，阴物也。阴阳合德而刚柔有体，以体天地之撰，以通神明之德。"①《诗品》既然标举"妙造自然"的创作宗旨，其最直接、最关键者，莫过于诗易会通；唯有诗易会通，"妙造自然"方能最直接、最有效、最准确地体现"天地之撰""神明之德"。所以《诗品》序以"超超神明"赞美"天地之撰""神明之德"，其意亦在申述、阐释《诗品》"妙造自然"的创作宗旨。"返返冥无"者，论述返而又返，为天地运行之常道。首章"夫岂可道，假体如愚"，视"流动"为天地运行的常道，"返返冥无"作了最终的说明。返归"冥无"，即返归太极混元——天地运行的根本法则，"反复其道"终在返本，而"终则有始"，"天地之道，恒久而不已也"故曰"返返冥无"。返返不已，天地资始资生万物，乃在"反复其道，七日来复"中完成的；"阴阳合德""天地之撰""神明之德"，是在"返返冥无"中成就、体现的。所以，《恒·象》曰："天地之道，恒久而不已也。'利有攸往'，终则有始也。日月得天而能久照，四时变化而能久成，圣人久于其道而天下化成。"②《易传》对"反复其道"讲得更为明确：

> 日往则月来，月往则日来，日月相推而明生焉；寒往则暑来，暑往则寒来，寒暑相推而岁成焉。往者屈也，来者信也，屈信相感而利生焉、尺蠖之屈，以求信也；龙蛇之蛰，以存身也。精义入神，以致用也。利用安身，以崇德也。过此以往，未之或知化，穷神知化，德之盛也。③

《易传》对阴阳往来相推，万物屈伸相感，事物对立而矛盾相互转化的论述，为"反复其道，七日来复，天行也"作了经典而权威的阐释。天地的功能，万物的生存、发展，均在"反复其道"中得以实现。不

---

① （唐）孔颖达：《周易正义》（卷八），（清）阮元校刻：《十三经注疏》（上册），中华书局1980年版，第89页。
② （唐）孔颖达：《周易正义》（卷四），（清）阮元校刻：《十三经注疏》（上册），中华书局1980年版，第47页。
③ （唐）孔颖达：《周易正义》（卷八），（清）阮元校刻：《十三经注疏》（上册），中华书局1980年版，第87—88页。

仅是物质的运动采取循环发展的形式，而且意识活动也是在一次次物质循环运动中，以及在自身的循环运动中，一步步发展、提高的。因而，对天地之道、宇宙奥秘的精心研究，在于"致用"。"原道"并非仅仅为了"明道"；原道、明道，旨在"适道"，即《诗品·自然》所谓的"俱道适往"。"俱道适往，著手成春"，司空图就是在这一思想指导下建立起《诗品》易道诗学美学观的。所谓"致用"，一在成就事业，一在安身立命，增进道德修养，"过此以往，未之或知也"。孔子于《易传》中，先说："夫《易》开物成务，冒天下之道，如斯而已者也。"原道而明道，旨在适道以"致用"，而致用在成己（自身修养）、成物（成就事业），"如斯而已"；后曰"过此以往，未之或知也"，"未之或知"乃"如斯而已"的委婉之辞。《易传》指出，研究精义的最高境界是"穷神知化"，穷尽天地万物的奥妙，透彻了解"反复其道"的变化，就必须探寻天地之道的根源，因而也就必须"返返冥无"。"冥无"即天地之本，道之根源。物质在"返返冥无"中，新陈代谢，由低级到高级发展；意识在"返返冥无"中，"原始反终，故知死生之说。"[1]"返返复无"包含事物运动的循环之义，与反终之义，也就是《易传》的"观其会通"之义。"返返冥无"，这是《流动》作为《诗品》序，所指示的原道的途径与至境，是建立《诗品》"俱道适往，著手成春"的诗学美学观的思想理论基础。《诗品》序以"来往千载，是之谓乎"而终结全文，点明天地运行，阴阳往来，对立转化的"反复其道"，恒久而不已，具有很强的启发意味；《诗品》易道诗学美学适道、遵循天地运行，阴阳转化的"反复其道"，也将亘古常新。

然而，《诗品·流动》的本体是一则诗品，《诗品》序，是其兼备之义。《流动》作为独立自足的美学品格，是关于《诗品》宇宙观之境界。末章所论述的《诗品》序的意义，在流动诗品中得到最直接、最集中、最充分的体现。《流动》"反复其道"的美学表象，是对天地运行，阴阳转化，万物生存发展的反映，是对事物内在规律的反映。流动

---

[1] （唐）孔颖达：《周易正义》（卷七），（清）阮元校刻：《十三经注疏》（上册），中华书局1980年版，第77页。

诗品的创作，必须遵循天道自然的基本法则。因而，必须原道而明道，明道而适道，"俱道适往，著手成春"。

通观《诗品·流动》，首章"假体"论断"流动"为不可言说的常道；中章以"天枢""坤轴""流动"的中心，论述流动诗品的思想内涵与《诗品》的体制；末章论《诗品》与流动诗品的宗旨、意义，在于遵循道之根源，赞明天地之德。司空图以《流动》对《诗品》易道诗学美学作了理论总结，表达了他对《易》学、诗学的卓越见解，今略述如下。

例如，《复》卦卦辞曰："反复其道，七日来复。"王弼注曰："以天之行，反复不过七日，复之不可远也。"孔颖达疏曰："七日来复者，欲速反之。"诸儒皆以"七日来复"为"转机迅速"。司空图更以复"速"，频频回复，而为天行之常道，故《流动》云："夫岂可道，假体如愚。"以"流动"为常道，此即《老子》所谓"道可道，非常道"之义。关于"七日来复"之"七日"，更是众说纷纭。孔颖达注疏引述褚、庄二氏曰："五月一阴生，至十月一阳生，凡七月。而云七日不云月者，欲见阳长须速，故变月言日。"又举郑玄之说："卦主六日七分，举其成数言之，而云七日来复。"① 司空图既以"七日来复"为常道，自然主日不主月。近人王国维先生有《生霸死霸考》，其中云："余览古器物铭……因悟古者盖分一月之日为四分：一曰初吉，谓自一日至七、八日也；二曰既生霸，谓自八、九日以降，至十四、五日也；三曰既望，谓十五、六日以后，至二十二、三日；四曰既死霸，谓自二十三日以后，至于晦也。"又曰："凡初吉、既生霸、既望、既死霸，各有七日或八日。"② 汉·许慎《说文解字》曰："霸，月始生魄然也。承大月二日承小月三日。"③ 我国农历，大月三十，小月二十九，四分一月，故以七日为限。司空图将"七日来复"作为常道，不但与《复·彖》"反复其道，七日来复，天行也"相应合，而且也与古代按月亮盈亏纪日法相契合，思辨十分缜密。

---

① （唐）孔颖达：《周易正义》（卷三），（清）阮元校刻：《十三经注疏》（上册），中华书局1980年版，第38—39页。
② 王国维：《王国维遗书》（第一册），上海书店出版社1983年版，第35—36页。
③ （清）段玉裁：《说文解字注》，上海古籍出版社1981年版，第313页。

再如，《复·彖》曰："复，其见天地之心乎！"王弼注曰："复者，反本之谓也。天地以本为心者也……寂然至无是其本矣。故，动息地中，乃天地之心见也。"孔颖达疏曰："天地以本为心者，本谓静也，言天地寂然不动，是以本为心者也。"并曰："天地养万物以静为心，不为而物自为，不生而物自生，寂然不动，此天地之心也。"① 王弼主静，而以无为天地之本；孔颖达主静，以静为本，为天地之心。对天地之心的解说，实际上表达了中国先民对宇宙的基本看法与观点。司空图以《流动》内蕴《复》卦之德，鲜明地表达了他的天道自然观。

其一，动为主导。《复》之名为回复，回复即是动，而非静。《复·彖》曰"复，亨，刚反"，又曰"利有攸往，刚长也"，刚长、刚反，皆为动。司空图以《流动》表达复卦卦义，完全与《复》卦旨义相符合。至于《复·象》"雷在地中"，并非如王弼所云"动息地中"，而是说阳气萌发于地中，阳气初萌，正是"刚反"之象。是动，而非静。王弼"动息地中"以致"寂然至无"之议，是"剥"，而非"复"，是阳刚剥落殆尽，而非"刚反"，更无"刚长"之发展。《复·象》曰："先王以至日闭关，商旅不行，后不省方。"是说，初萌阳气，还很微弱，经不起外界的惊扰，须为"刚反"提供一个安静的环境与氛围，以利于"刚反""刚长"。

其二，司空图以《流动》内蕴《复》卦之德，表达了以有为本的天道自然观。就思维逻辑而言，主动，必然以有为本。《流动》云："超超神明，返返冥无。"返归于"冥无"，"冥无"即是天地之本。前文说过，冥无乃太极之"混元"。混元者，"天地未分之前，元气混而为一，即是太初、太一也。故《老子》云'道生一'，即此太极是也，又谓混元。既分，即有天地，故曰'太极生两仪'，即《老子》云'一生二'也。"② 冥无既然是天地之本，"元气混而为一"，因此也就是"有"而非"无"了。谓之"冥无"，乃因"气形质具而未相离，谓之

---

① （唐）孔颖达：《周易正义》（卷三），（清）阮元校刻：《十三经注疏》（上册），中华书局1980年版，第39页。

② （唐）孔颖达：《周易正义》（卷七），（清）阮元校刻：《十三经注疏》（上册），中华书局1980年版，第82页。

浑沌。浑沌者，言万物相浑沌而未相离也。"① 所以，冥无，元气混而为一，有物质——元气，而无物体。在《周易》，在《老子》，"无"一般均指物体、形体而言，非指物质而言，这其实是中国古代哲学的逻辑起点。《周易》谓之"太极"。"无"既然是指物体之无，非指物质之无，因而《周易》《老子》都是唯物论者。《老子》曰："道之为物，唯恍唯惚。惚兮恍兮，其中有象；恍兮惚兮，其中有物；窈兮冥兮，其中有精，其精甚真；其中有信，自古及今。其名不去，以阅众甫。"（《老子》第二十一章）文中"窈兮冥兮，其中有精，其精甚真……其名不去，以阅众甫"，与《周易》太极、混元，同为司空图《流动》"返返冥无"之"冥无"的出处，都是指天地未分时"元气混而为一"，有物质——元气，而无相对独立的形体、物体的混沌状态。

其三，司空图天道自然观，天地无为而物自生说，有别于孔颖达的"天地养万物以静为心"说。孔颖达曰："天地养万物以静为心，不为而物自为，不生而物自生，寂然不动，此天地之心也。"司空图主天地无为而物自生说，却不取孔颖达"天地养万物以静为心"说。《诗品·流动》云："超超神明，返返冥无。"所谓"超超神明"者，即《易传》"一阴一阳之谓道""阴阳不测之谓神"之义。具体说，即"乾，阳物也；坤，阴物也。阴阳合德而刚柔有体，以体天地之撰，以通神明之德"之义——万物是因极光明，极神奇的阴阳变化莫测地交合中而生。或曰："天地絪缊，万物化醇；男女构精，万物化生。"其中，"男女构精"即"阴阳合德"。诚然，天地不生而万物自生，天地不为而万物自为；但是，一者，万物自生，而非妄生，万物自为，而非妄为。故《复》卦之后，接着的第二十五卦即是《无妄》。万物自生非妄生，万物自为非妄为者，"天命之谓性，率性之谓道"，万物之性乃天所赋，万物之为必循性而为。《乾·彖》曰："大哉乾元，万物资始，乃统天。"资者，赖也。万物所以"资始"者，赖乾元而始。《坤·彖》曰："至哉坤元，万物资生，乃顺承天。"万物所以"资生"者，赖坤元而生。赖乾元而始者，天赋其性；赖坤元而生者，"阴阳合德而刚柔有

---

① （唐）孔颖达：《周易正义》（卷首·第一论易之三名），（清）阮元校刻：《十三经注疏》（上册），中华书局1980年版，第8页。

体",从而成就相互独立之性命形体。然而,"夫乾,天下之之至健也,德行恒易以知险;夫坤,天下之至顺也,德行恒简以知阻。"① 乾元"乃统天",坤元"乃顺承天",天地养万物非以静为心者,可知矣。二者,"乾道变化,各正性命,保合太和,乃利贞。"② 万物既须循性而为,又须顺应"乾道变化",顺应天行、天时而为。所以,春生、夏长、秋熟、冬藏,万物"皆受天道变化之支配,适应天道变化而运动。各得其属性之正。"③ 且能扶正祛邪,"蒙以养正",而与天道运行的基本法则保持和谐,方能秉持端正各自的本性,安享天年。循性、循时,是司空图天道自然观的基本思想。他在《天用》中说:"唯用天之用,然后功虽约而济物博。"④ 在《题东汉传后》中说:"君子救时虽切,亦必相时度力,以致其用。"⑤ 司空图此论,显然受《庄子·刻意》与《庄子·缮性》的影响。在司空图看来,万物始以天赋之性,自性而非无缘之妄生;万物顺应"乾道变化"而"各正性命,保合太和",自为而非无故之妄为。天地无为,然则乾元"统天",坤元"顺承天",万物赖以始,赖以生。"天行健","乾道变化",引导万物各秉承其天性以与"乾道变化"相和谐。天无为,而万物则赖"乾道变化",而始、而生,而新陈代谢。所以,天地无为而无不为。万物与天地存在着内在的必然联系。这种内在的必然联系在中国先民们看来是切切实实的,它具体表现在"刚柔相摩",阴阳之交合,表现在"刚柔相推,变在其中",表现在"寒暑相推而岁成焉",表现在"屈信相感而利生焉"。天地万物,相推相感,"感而遂通"。天地万物存在着种种的矛盾对立,但是又是系统的和谐的整体。司空图的这一天道自然观,来源于《周易》的天道自然观。

综上所述,《诗品·流动》以"超超超神明,返返冥无"阐发《复·彖》"复,其见天地之心乎"。"天地之心"乃天地心灵、精蕴,天地之

---

① (唐)孔颖达:《周易正义》(卷八),(清)阮元校刻:《十三经注疏》(上册),中华书局1980年版,第90—91页。
② (唐)孔颖达:《周易正义》(卷一),(清)阮元校刻:《十三经注疏》(上册),中华书局1980年版,第14页。
③ 高亨:《周易大传今注》,齐鲁书社1979年版,第55页。
④ (清)董诰等辑纂:《全唐文》(卷808),上海古籍出版社1990年版,第3768页。
⑤ (清)董诰等辑纂:《全唐文》(卷808),上海古籍出版社1990年版,第3768页。

道的根源。其中一层意义为，"反复其道，七日来复"之"返返"，返而复返，是天地运行之常道，万物与此天地循环往复的运行相和谐，"俱道适往"以生存、发展。另一层意义为，"返返冥无"，返本而终；然而，剥穷而复，"终则有始"，刚反、刚长，"出入无疾"——万物新陈代谢，生生不已。故而，"超超神明，返返冥无"，赅综《复》卦所体现的"天地之心"的意义。天地通过返而又返的常道，返本归根，以成就万物的生存、发展，新陈代谢，以彰显"天地之撰""神明之德"。《复》卦所揭示的"返复其道""出入无疾"，刚反、刚长之阳刚亨通，昭示天地生生不息之大德。《诗品·流动》"超超神明，返返冥无"，表达了司空图尚动崇有，阳刚一统的天道自然观，对易道诗学美学作了理论的总结。

三 综论

《诗品二十四则》末四品论易道诗学美学创作之境界。首先，依据唐代的儒家为宗，融贯释、道的文化思想，分别设立《超诣》以论儒、释之融会贯通；设立《飘逸》以论儒、道之融会贯通。儒、释、道融会贯通，以儒家经典《周易》为基本、为宗旨，其关键在《周易》的"元、亨、利、贞"四德，提供了会通的理论基础。《子夏传》云："元，始也；亨，通也；利，和也；贞，正也。"[1]《乾·文言》曰："子曰：'龙德而正中者也。庸言之信，庸行之谨，闲邪存其诚'。"[2]《蒙·象》曰："蒙以养正，圣功也。"[3] 儒家的元始、亨通、和谐、贞正，养天地之正气，至诚之德，与佛禅的自性清净，道教的清真自然，在《易·同人》"君子以类族辨物"的思想指导下，可以达成互补相通。《超诣》论儒、释相通，取佛禅的妙悟，透彻的思辨力，助成意境创造的圆融、空灵、澄复，重在艺术思维、构思方面。《飘逸》论儒、道相通，取道家之清真自然，如同列子那样"御风蓬叶，泛彼无垠"，达到"横心之

---

[1] （唐）孔颖达：《周易正义》（卷一），（清）阮元校刻：《十三经注疏》（上册），中华书局1980年版，第13页。
[2] （唐）孔颖达：《周易正义》（卷一），（清）阮元校刻：《十三经注疏》（上册），中华书局1980年版，第15页。
[3] （唐）孔颖达：《周易正义》（卷一），（清）阮元校刻：《十三经注疏》（上册），中华书局1980年版，第20页。

所念，横口之所言"无不合宜的艺术创作纵横驰骋的自由境界。由唐代所奉行的三教并存的文化思想，而论述艺术创作的至境；艺术创作的至境之通达，亦即对人生境界的大彻大悟。所以，继《超诣》《飘逸》创作境界之后，其次，便是《旷达》，论达观之人生。通达物理，方能理解人生之来去自在、自由之真谛，而能安享晚年，获得人生终极安慰，也是诗品即人品的终极体现。对艺术创作之自由，对人生自在的透彻领悟，最终的基本依据是天道自然。所以，最后，境界论以《流动》告终。

末四品境界论是《诗品》易道诗学美学创作、表现境界的论述，表达易道诗学美学对创作、表现的指向性的要求。具体而言，由唐代文化思想而展开的《超诣》《飘逸》，乃是《委曲》《实境》《悲慨》《形容》所表达的"言曲而中""事肆而隐""赋象缘情"尽意尽言的表现论的至境。《超诣》《飘逸》对中卷表现论至境的论述，是针对创作观《缜密》及《精神》"妙造自然"之"意象欲出，造化已奇"之"妙造"："语不欲犯，思不欲痴"，"语"与"思"两个基本方面展开的。相对而言，《超诣》重在"思"的方面，即重在艺术构思、思维的透彻与圆融；《飘逸》虽然既要求"横心之所念"又要求"横口之所言"（按，参见《飘逸》)，但较之《超诣》，更偏重于"横口之所言"，要求创作的清真自然，进入自由挥洒之自由境界。其语言特色为"清水出芙蓉，天然去雕饰"，金人元好问谓之曰"一语天然万古新，豪华落尽见真淳"。[①] 《旷达》所论人生达观境界，是《诗品》易道诗学创作观"顺性命之理"，"穷理尽性以至于命"的应有之义，承接《精神》"欲返不尽，相期与来；明漪绝底，奇花初胎"，由《精神》的"生气远出"性命之始，至《旷达》"生者百岁""孰不有古"，而归于"南山"故宅，性命之终，对"顺性命之理"作了完整的论述，宣扬自然而来，归自然而去，乐天知命，顺应自然的人生观，作为人生的终极安慰。最终，《流动》以天道循环无穷，论创作乃具无限之境。《序卦》所云："物不可穷也，故受之以《未济》终焉。"《复·象》乃谓"复，其见天地之心乎！"以回应乾坤"《易》有太极，是生两仪"，而收束《诗品》全文。

[①]（宋金）元好问：《论诗三十首》，郭绍虞：《中国历代文论选》（第一册），上海古籍出版社1979年版，第449页。

诗品·易道诗学后述

诗品·易道诗学概述

一《易传》曰:"《易》有太极,是生两仪,两仪生四象。"又曰:"乾、坤,其《易》之缊耶!""乾、坤,其《易》之门邪!"故而,司空图撰《诗品》依据"两仪",设置《雄浑》《冲淡》体现乾元、坤元;又依据"四象"以四品为一大理论单元,即一卷。《诗品》二十四则,前十二品为上编,论述易道诗学观;后十二品为下编,论述易道诗学的创作观。上编首四品,即卷一,继承、创新发展刘勰《文心雕龙》原道、征圣、宗经的传统文学观。《雄浑》《冲淡》体现了"一阴一阳之谓道"的原道之义;并据汉魏刘邵《人物志》"观人察质,必先察其平淡,而后求其聪明""圣人淳耀,能兼二美。知微知章,耳目兼察,通幽达微",论述"与天地合其德"的圣人中和情性,变刘勰的"征圣立言"而为征圣养性,从而实现"圣人之情见乎辞"。《纤秾》《沉著》论述宗经。《纤秾》依据《易传》"《易》有圣人之道四焉,以言者尚其辞",阐发"尚辞"意义。以《人物志》"中和之质必平淡无味,唯淡也故五味得和焉。若苦则不能甘矣,若酸也则不能咸矣",因立《纤秾》以体现征圣、宗经之旨,即《与李生论诗书》中提出的"咸酸之外"的"醇美""味外之旨";更以"采采流水,蓬蓬远春",表述"近而不浮,远而不尽"的"韵外之致"。《纤秾》末章特以"如将不尽,与古为新",照应《文心雕龙·宗经》"辞约而旨丰,事近而喻远;是以往者虽旧,余味日新",点明宗经之义。《沉著》依《易·蒙》立义,内蕴"蒙以养正,圣功也"之旨,承绪《文心雕龙·宗经》"开学

· 307 ·

养正，昭明有融"。司空图设立《纤秾》《沉著》以明宗经之义，旨在建立《诗品》易道诗学宪章，或曰作诗论文的标准。其初衷在《擢英集述》中讲得十分明白："自昭明妙选，振起斯文……思格前规，用伸来者……题以擢英，庶能耸听有唐。"借鉴《昭明文选》"事出于沉思，义归乎翰藻"的"前规"，而"思格"之，推究《昭明文选》的论文标准，为"来者"建立起作诗论文的新规、新法度，以期振兴大唐文坛。因而，以《纤秾》对应"翰藻"，以《沉著》对应"沉思"。《沉著》依蒙卦立义，王弼注曰："夫明莫若圣，昧莫若蒙，蒙以养正，乃圣功也；然则养正以明，失其道矣。"故而"养正"旨在"闲邪存其诚"。如果只是以启蒙智力为目的，就有可能误入多智巧诈的歧途。"闲邪存其诚"，是对"《诗》三百，一言以蔽之曰'思无邪'"的正面表述。所以，司空图"思格前规，用伸来者"的新规，或曰宗经之义，实则即是《纤秾》《沉著》共同阐发的"修辞立其诚"，这一《乾·文言》的思想观念。

《诗品》首卷四品之首《雄浑》，开宗明义，以"大用""真体"之体用范畴论述诗品雄浑，不仅论证了传统原道文学观，而且赋予了原道文学观崭新的意义。首先，雄浑既为天文之美学气象，又为人文之美学品格，是天人合一，天道自然观在文学领域的引申发展，从而奠定了《诗品》天道自然观的思想理论基础。在《文心雕龙·原道》中，天文，是天地自然"无识之物"的"道之文"——"夫岂外饰，盖自然耳"；人文，乃为"鼓天下之动者存乎辞"的"道之文"——"有心之器，其无文欤？"于是，《文心雕龙·原道》有两种"道之文"，一者"无识"，一者"有心"。但是，在司空图的《诗品》中，以天人合一，人文，"鼓天下之动者存乎辞"的道之文，却同样为无心之文。或曰"夫岂外饰，盖自然耳"的自然之文。以《雄浑》《冲淡》论原道、征圣，阐发"圣人之情见乎辞"，至《纤秾》《沉著》论宗经，阐发"修辞立其诚"，全面系统地表达了"圣人之情见乎辞"，或曰"鼓天下之动者存乎辞"的道之文，乃为无心之文，自然之文——"修辞立其诚"，"诚者，不勉而中，不思而得，从容中道，圣人也。"(《礼记·中庸》)

其次，《诗品》首卷四品所建立的原道、征圣、宗经的文学观，其崭新之义更表现在文、道的关系上。"圣人之情见乎辞"，既然"不勉而中，不思而得，从容中道"，道，就不是诗文所执意或直接表现的对象，而是蕴含于"圣人之情见乎辞"之中了。司空图《诗品》以体用范畴论诗，诗备体、用，道蕴诗中，而"从容中道"。"从容中道"之"中道"者，乃自自然然合乎道、自自然然遵循道的意思。道所以内蕴文辞之中，根源在于循道为文。因而，司空图《诗品》诗易会通，依《周易》立义，诗品内蕴易卦之德，并非旨在标新立异，更非耸人听闻、哗众取宠，而是阐述"从容中道"之理。《诗品》之所以诗易会通，究其根源，乃在"《易》与天地准，故能弥纶天地之道"，"昔者圣人之作《易》也，将以顺性命之理。""与天地准""顺性命之理"都是讲效法、遵循天地之道。诗文遵循天地之道，用《诗品》之语而曰："俱道适往，著手成春。"适道为文，即遵道为文。适道说，出自《论语·子罕》："子曰：'可与共学，未可与适道；可与适道，未可与立；可与立，未可与权。'"《诗品·委曲》将适道为文表述得更加明确："道不自器，与之圆方。"这是司空图一贯的观点。《诗赋赞》曰："知道非诗，诗未为奇。""知道非诗"者，因为"道不自器"。奇妙的诗，是循道而作，是对"道"这一"圆方"规矩的巧妙运用。所以，司空图《诗品》的"原道"，旨在适道，而非刘勰的"明道"或后代文论家的"文以载道"。这或者是《诗品》成为千古之秘的原因之一吧：正统文论者不能理解、接受文以适道，或者说不愿承认而不予理睬文以适道。"明道""载道"说，其指向性，易于陷入只注重、停留于对道的宣传，而忽略了对道的遵循运用。文章固然要宣传道，但更重要的是对道的遵循运用，作为文学创作，尤其要以道为指导而创作，并且在创作实践中不断地提高对道的妙用。其实，适道说才真正是孔孟的正统观点。《孟子·公孙丑上》与《孟子·告子上》，引述孔子评《诗经·豳风·鸱鸮》与《诗经·大雅·烝民》说："为此诗者，其知道乎！"孔子所说作《鸱鸮》《烝民》之诗者为"知道"，是说二诗所云合乎道，亦即适道之义。在卷六的《流动》讨论中，已经说明司空图《诗品》的文备体用，适道为文，道蕴文中的适道说，是对刘勰《文心雕龙》"明道"说的创新发展。这里应当指出是，刘勰处于文的觉醒时代，提出"文之为德也大矣，与天地并生"，"道沿圣以垂文，圣因文而明道"的文学观，旨在将文从礼乐的附庸中解放出来，从理论上确立文学独立的品格、身份、地位。然而，随着文学的发展，特别是唐诗的高度繁荣，诗言志，吟咏情性，思想内容空前丰富，诗歌题材空前拓展，加之流派纷呈，一方面，道不必是诗歌直接、正面表述的对象与内容；另一方面，言志、缘情，又不可偏离天理人情，适道说应运而起。适道说正确地反映了古典文学的文与道的关系，是文章作为"经国之大业，不朽之盛事"独立身份地位，继"明道"说之后，以体用范畴进一步地也是最终地确立。它也为唐代的意象论，意境论提供了理论说明。对此，嗣后还将论及。

最后，《诗品》体用说，其原道、征圣、宗经的创新之义，还表现在"圣人之情见乎辞"的尽言、尽意上。汤用彤先生指出"自陆机之'课虚无以责有，叩寂寞而求音，至刘勰之'文外曲致''情在词外'，此实为魏晋南北朝文学理论所讨论之核心问题也，而刘彦和《隐秀》为此问题作一总结。""魏晋南北朝文学理论之重要问题实以'得意忘言'为基础。"[①] "言意之辨"盛行于汉魏，刘勰《文心雕龙·隐秀》在当时的历史条件下，依据王弼"得象而忘言""得意而忘象"，从修辞学的角度，对"通过文言以达天道，而非执着文言以为天道"[②]，作了总结性的论述。司空图《诗品》，通过诗易会通，对文与道的关系，对诗以尽言、尽意，均在易道诗学思想理论体系中逐层展开，作了分统的论证，提出并建立了"超以象外"的"象外"论，此层创新之义，将在另文讨论。

《诗品》创新的原道、征圣、宗经文学观，规定了诗歌的发展方向和道路，规定了诗歌的创作途径。上编中卷（卷三）四品论述诗道，诗歌发展方向与道路为：复古革新，宪章雅颂。这是征圣、宗经的应有之义，是对适道为文的落实。其中，《高古》论复古革新，既复黄唐世风，又复淳朴文风。复古须破除不合时宜的清规戒律，而"脱然畦封"。司空图对创作《诗品》的原因或动机，曾在诗中告白说："浮世荣枯总不知，且忧花阵被风欺。侬家自有麒麟阁，第一功名只赏诗。"诗中"且忧花阵被风欺"，实有所指，那便是"大朴久雕，迷风益扇，

---

① 汤用彤：《汤用彤全集》（第四卷），河北人民出版社 2000 年版，第 392 页。
② 汤用彤：《汤用彤全集》（第四卷），河北人民出版社 2000 年版，第 393 页。

浮音薄思，雅曲沉英"。① 世风浇薄，人心浮躁，酿成学风、文风的褊浅："噫！世之学者褊浅，片词只句不能自辨，已侧目相诋訾矣，痛哉！"②《高古》以"黄唐在独，落落玄宗"，明确表达了复古革新的意旨。《典雅》寓意"熔式经诰"，雅正清通的盛世之音。复兴雅颂，寄托了处于唐末战乱中的司空图，心系大唐中兴的政治意愿。《漫题》云："经乱年年厌别离，歌声喜似太平时。词臣更有中兴颂，磨取莲峰便作碑。"复兴大唐，就须实行社会改革。他认为"唐虞之风，三代非不敝也，赖圣人先其极而变之不滞耳。秦汉而下，时风益浇，视之而不知其弊，矫之而不知其变，文质莫辨，法制失中"。变革世风，需要正本清源，"为儒证道"。《疑经后述》曰："愚为诗为文一也，所务得诸己而已，未尝摭拾前贤之谬误；然为儒证道又不可皆无也。"证道的目的，"盖亟于时病"。《议华夷》曰："前古迂儒瞶耳，援据滋惑，不能中今之急病。"《诗品》既要改革文风，又要复兴大唐，二者互为表里，而"为儒证道"，是改革、复兴的思想理论基础。司空图以诗易会通，撰著《诗品》，即在"为儒证道"，以"修中兴之教"。"中兴颂""莲峰碑""麒麟阁"，都是对《诗品》创作之旨的不同角度的表述。"侬家自有麒麟阁，第一功名只赏诗"，并非仕途无望的自嘲，而是借鉴中唐永贞革新集团成员之一吕温的《凌烟阁勋臣颂》以明己志。《凌烟阁勋臣颂》序文曰："我二后受成命，抚兴运乾，坤轴撼乾枢，鼓元气而雷域中，腾百叶而雨天下，云收雨霁，如再开辟；荡荡焉，与太极同功。"又曰："感风云于畴昔，思所以摅之无穷，乃召有司，拟其形容，图画于凌烟阁者二十有四人，盖象乎二十四气之佐天生物，昭勋德也。"试将《诗品》首品《雄浑》与末品《流动》同吕温《凌烟阁勋臣颂》序文相对照，就会发现，它们的内容及其出处，乃至用语都有着惊人的相似。司空图"第一功名只赏诗"的麒麟阁，具有与吕温所云的唐太宗凌烟阁相同的思想内涵——将大唐开天辟地的建国精神，将"荡荡焉，

---

① （唐）司空图：《成均讽》，（清）董诰等辑纂：《全唐文》（卷808），上海古籍出版社1990年版，第3767页。

② （唐）司空图：《题柳柳州集后序》，郭绍虞：《诗品集解》，人民文学出版社1981年版，第53页。

与太极同功"的勋德伟业，发扬光大，"摅之无穷"。① 故《流动》云"荒荒坤轴，悠悠天枢""来往千载，是之谓乎"。以上的材料揭示了司空图创作《诗品》的意图，以及《高古》《典雅》复古革新，振兴雅颂的旨意。当然，《高古》《典雅》也是对陈子昂，特别是李白、杜甫以来唐代文坛复古革新运动的总结，是以诗品的形式将运动的成果固定了下来。

上编中卷四品，《高古》《典雅》从宏观的角度论征圣、宗经的诗歌发展方向与道路；而《洗炼》《劲健》则从微观角度论征圣、宗经的创作修养与门径。《洗炼》讲研炼功夫。一则修心养性，即《沉著》之"蒙以养正"，以致"体素储洁"——诗品即人品。故云"流水今日，明月前身"。一则文学创作修养，即《纤秾》之"尚辞"，而"绝爱缁磷"，如同杜甫所云"毫发无遗憾"。《洗炼》所谓"超心炼冶"，表达的是《诗赋赞》"研昏炼爽，戛魄凄肌"的同一思想。《劲健》承接《洗炼》论创作门径，在于醇而后肆。"行神如空，行气如虹""天地与立，神化攸同"，亦即《诗赋赞》"神而不知，知而难状。挥之八垠，捲之万象"，或即《与李生论诗书》"千变万状，不知所以神而自神"，如同杜甫"读书破万卷，下笔如有神"。由《洗炼》以至《劲健》，便是韩愈《答李翊书》所主张的"其皆醇也，然后肆焉"。所以，司空图《与王驾评诗书》评唐诗的发展曰："宏肆于李杜，极矣！"研炼，造就大才力，方能臻于"圣人之情见乎辞"，"鼓天下之动者存乎辞"，以成就"道之文"。

上编末卷（卷三）四品，承接首卷原道而论诗德，即《诗品》易道诗学所规定的诗体基本属性与诗歌美学特征。《文心雕龙·原道》曰："文之为德也大矣！"皎然《诗式》标举"诗有七德"。本卷四品之首《绮丽》据以立义的《小畜·象》曰："小畜，君子以懿文德。"故而，《绮丽》《自然》是对传统的"诗赋欲丽""诗缘情而绮靡"的规定与要求："至丽而自然"。"至丽而自然"，出自皎然《诗式》。"至丽"重在内质之美而非外饰。因而《绮丽》云，"神存富贵，始轻黄金""取之自足，良殚美襟"。《文心雕龙·原道》谓"无识之物，郁然有采""夫岂外饰，盖自然耳"。司空图认为，无论天文"道之文"，还

---

① 摅（shū），传播。

是人文"道之义",其文采都是内在气质的自然表现。而且,他还进一步指出:"浓尽必枯,淡者屡深。"堪称绮丽之美,浓淡辩证关系的经典之论。《自然》论述的是"悠悠天钧"的天道自然观。"俯拾即是"者,乃为物皆自然,"不取诸邻"者,乃为物各有性,取之于邻,即非自然。"俱道适往"者,因为道法自然,"著手成春"者,适道为文,诗歌便充溢无限生气。《自然》诗品由天道自然观,而提出"俱道适往,著手成春"的适道为文,是对文与道关系,从诗体的基本属性的层面与角度的确定。适道,即合乎道、遵循道,以道指导诗歌创作。《自然》诗品的重要意义、重大价值,在于,它具体指出了适道的内涵与要旨:循性,循时。适道所以须循性,循时,因为"真与不夺,强得易贫"。"真与不夺"者,"葵藿倾太阳,物性固莫夺";而"天命之谓性,率性之谓道"。故而《自然》云"幽人空山",那是由于"少无适俗韵,性本爱丘山"。《自然》又云"过雨采蘋",那是由于"谷雨一日,蘋始生"。谷雨之前蘋还未生,所以只能顺应天时,"过雨采蘋"。司空图《诗品》之原道,旨在适道,"俱道适往"。"悠悠天钧",其一曰:"乾道变化,各正性命,保合太和,乃利贞"(《乾·彖》),其二曰:天道循环,无往不复,皆在自然。自然为道之文的本质特征,也是《诗品》易道诗学的基本观念。自然之文,无心之文,并非真的不思、不为之文,而是循性、循时而思;循性、循时而为。否则,揠苗助长,必"强得易贫"。

《诗品》易道诗学所规定的诗体另一个重要的基本属性与美学特征,是关于思想内涵与诗体表现的特性:尽意、尽言。《易传》曰:"子曰:'书不尽言,言不尽意。'然则圣人之意其不可见乎?子曰:'圣人立象以尽意,设卦以尽情伪,系辞焉以尽其言。'"诗体须尽意、尽言,是"圣人之情见乎辞"的需要,是"鼓天下之动者存乎辞"的需要,是"道之文"的需要,总之,是易道诗学的规定与需要。中卷《洗炼》《劲健》从诗人与创作修养论述了这种需要,《含蓄》《豪放》则从诗体,从诗体有别于其他文体的基本属性与美学特征而论述这种需要。诚然,其他文体也有含蓄、豪放之作;但是,"不著一字,尽得风流",则非诗体莫属,"由道返气,处得以狂",亦以诗体为宜。"尽得风流"者,言以足志;"处得以狂"者,文以足言。《含蓄》以尽意,

《豪放》以尽言，是司空图对诗体固有特征的提炼。《文心雕龙·明诗》曰："自商暨周，雅颂圆备，四始彪炳，六义环深。"诗体六义的还相为体为用，兴寄因以深微。故司空图《与李生论诗书》曰："诗贯六义，则讽喻、抑扬、渟蓄、渊雅，皆在其中矣。"诗体六义为尽意提供了可能。《豪放》"处得以狂"，狂放之言，言无所忌，言无不尽。《孟子·万章》曰："故说诗者，不以文害辞，不以辞害志；以意逆志，是为得之。如以辞而已矣，《云汉》之诗曰：'周馀黎民，靡有孑遗。'信斯言也，是周无遗民也。"《诗品》以《含蓄》《豪放》共同表达了"情深而文明，气盛而化神；和顺积中，而英华发外"（《礼记·乐记》）的美学理念。

二《诗品》上编十二品，以体用范畴论述了易道诗学原道、征圣、宗经的创新之义，以及诗歌发展、创作的途径，诗体的基本特征，明确提出了"俱道适往，著手成春"的适道论，对刘勰《文心雕龙》的"道之文"的道与文的关系作了新的界定。

《诗品》下编十二品阐述易道诗学的创作观。大体而言，上编偏重于言"俱道适往"，即论"道之文"之道；下编偏重于言"著手成春"，即论"道之文"之文。下编首卷（卷四）四品，论创作观。《精神》《缜密》二品树立起"妙造自然"的易道诗学创作观。《精神》以"欲返不尽，相期与来"立论，提出创作"将以顺性命之理"。《说卦传》"顺性命之理"即《诗品·自然》"俱道适往"。《易传》曰"一阴一阳之谓道"，"生生之谓易"，"原始反终，故知死生之说；精气为物，游魂为变，是故知鬼神之情状。"（《系辞上》）《易学》以为，宇宙元气氤氲，充满无限生机、万物因阴阳精气聚合而生，分散而亡，所谓"天地絪缊，万物化醇；男女构精，万物化生。"（《系辞下》）分合聚散，新陈代谢，生生不息。精神，是自然界万物蓬勃生机的本质与表征，是生命的本质与表征，因为万物新陈代谢，生生不息，所以"欲返不尽，相期与来"。诗文创作对"生气远出"精神的表现，即是"顺性命之理""妙造自然"。"妙造自然"亦即"俱道适往，著手成春"之"著手成春"，妙造充满生命力的春意盎然的自然。所谓"妙造"，即"顺性命之理"而造，非凭主观意图而妄造，也就是所谓的无心之文，自然之文。《缜密》承接《精神》，阐述"妙造自然"之"妙造"。

"妙造"具体表现在"意象欲出,造化已奇"。意与象,主观与客观,情、景、理交融一体,"犹春于绿,明月雪时"。亦即司空图《与王驾评书》所谓的"思与境偕,乃诗家之所尚者"。《精神》《缜密》分别以易卦《同人》《大有》立义,蕴含"通天下之志""富有之谓大业"(《系辞上》)之义,是对"诗人总天下之心,四方风俗,以为己意"(孔颖达《毛诗正义》卷一)的风雅传统的继承,并寄寓"盖文章,经国之大业,不朽之盛事"(曹丕《典论·论文》)之旨。

首卷《疏野》《清奇》,秉持"诗言志""吟咏情性"论易道诗学创作观之"将以顺性命之理"。创作"顺性命之理",亦即天道自然观规定的创作循性之义。疏野、清奇,系狂放、狷介情性的美学品格。司空图于《诗品》创作观吟咏情性而标举狂狷,旨在与上编首卷征圣相照应,其寓意为"子曰:'不得中行而与之,必也狂狷乎。狂者进取,狷者有所不为也'"。《疏野》"唯性所宅,真取弗羁",率性天放。其"筑室松下,脱帽看诗",无视礼乐为"野","不辨何时""岂必有为"为"疏"。然而,崇尚质朴,志向高古,心怀坦诚。《清奇》"可人如玉""神出古异",于"晴雪满汀"乃"步屟寻幽",孤高清远,耿介自守,顺性而为,正是《豫》卦所曰"介于石"。《文心雕龙·明诗》谓之"唯嵇志清峻,阮旨遥深,故能标焉"。狂狷属于孔子所谓的"可与适道"而"未可与权"者。秉持道义而不能通权达变。所以,司空图于上编论诗学纲领,树立圣德,倡导中和,而于下编论创作观,则标举《疏野》《清奇》,以寄托砥砺圣德之义,即陆机《答贾长渊》"民之胥好,狂狷厉圣。"如此,《疏野》《清奇》表达司空图的征圣之义实为:征圣,必也狂狷。诗人气质,若非情性中和,则非狂即狷。

下编中卷(卷五)四品,系易道诗学创作观的表现论。《委曲》论委曲其言,《实境》曰"取语甚直",一曲言,一直语,二者共同从创作观表现论的层面阐述了书以尽言。《委曲》取《易传》"言曲而中",曲尽其意;《实境》取《易传》"事肆而隐",铺张其事,义生文外。两品论述表现论之尽言,遵循了天道自然的循性、循时之义。故而《委曲》曰:"力之于时,声之于羌。"《实境》曰"情性所至","遇之自天"。

中卷《悲慨》《形容》阐述创作"赋象缘情"(《擢英集述》)的表现论,取《易传》"圣人立象以尽意",即两品共同论述表现论之尽意,与《委曲》《实境》共同论述表现论之尽言相照应。《悲慨》着眼社会而言缘情,寓意作者须"达于事变""明乎得失之迹""吟咏情性","以风其上"(《毛诗序》)《形容》着眼自然而言赋象,遵循《易传》"拟诸其形容,象其物宜",表现事物的本质特征。中卷论述易道诗学表现论之尽意、尽言,其首品《委曲》提出"道不自器,与之圆方",其末品《形容》提出"俱似大道,妙契同尘",对体用论文学观,文以适道,道蕴体中,就从表现论的层面与角度进行了规定与落实;并且,以"离形得似",呼应《雄浑》"超以象外,得其环中",表达了诗学"拟诸其形容,象其物宜"的立象方法与原则。

　　下编末卷(卷六)四品,系易道诗学的境界论。《超诣》《飘逸》从文化思想的角度,论述文学创作的境界。《超诣》以王维为代表的澄复精致为至境,《飘逸》乃李白为代表的清真宏肆为至境。两品表达了唐代以儒为宗,融贯释、道的文化思想,以及这种文化思想对诗歌创作的积极影响。《旷达》《流动》从人生观、宇宙观的角度,论述文学创作的境界。《旷达》遵循《易传》"穷理尽性以至于命",论述人生达观。这种达观,不是人生短暂及时行乐的消极颓废,而是《旷达》据以立义的《剥》卦"君子通达物理,贵尚消息盈虚,道消之时,行消道"的卦旨,随遇而安,安度晚年的乐观人生态度,故而于"倒酒既尽"之时,仍能"杖藜行歌"。它与下编首品《精神》"欲返不尽,相期与来"相呼应,体现了《诗品》易道诗学对人生的终极安慰,是《诗品》"将以顺性命之理","穷理尽性以至于命",作为人文学说表达对人生归宿的应有之义。《流动》是对《诗品》易道诗学的总结性论述,说明"坤轴""天枢","天地之心","终则有始",循环往复运行为宇宙的常道,《诗品》运用"假体如愚"的方式,"立象以尽意"。《诗品》的体制,遵循《易经》"乾坤,其《易》之蕴邪""乾坤,其《易》之门耶",而将《雄浑》《冲淡》"载要其端",其他诗品依照据以立义易卦的卦序,而"载闻其符"。《流动》末章四句,以"超超神明,返返冥无",表达《诗品》遵循"《易》与天地准,故能弥纶天地之道","以体天地之撰,以通神明之德"与"以通神明之德,以类万

· 316 ·

物之情"的创作宗旨;以"来往千载,是之谓乎",点明"流动"体现"天地之心",宇宙常道,并且与蕴含乾、坤之德的《雄浑》《冲淡》首尾相应,论断"悠悠天钧",天道永无止境。

《诗品·流动》论述《诗品》蕴含、体现宇宙常道,天道无穷,就"流动"作为诗歌与艺术的美学品格而言,可视为谢朓所谓的"好诗圆美流转如弹丸"。唐人李延寿撰《南史》第二十二卷《王筠传》载谢朓此语为称誉王筠之作。王筠当时声誉甚高,沈约誉为"晚来名家,无先筠者",又曰"(王筠)文章之美,可谓后来独步"。①《流动》"如转丸珠"云云,显然是从李延寿《南史》所载谢朓"好诗圆美流转如弹丸"引用转化而来。司空图敏锐地发现"圆美流转"的哲学、美学意义,以"流动"概括、提升为易道诗学的重要范畴。《流动》这一易道诗学的重要范畴,对《诗品》易道诗学的总结性论述,不仅表达了《诗品》蕴含、体现了天道无穷,"恒久而不已",而且也表达了"文之为德也大矣,与天地并生",并与天地共存:"盖文章,经国之大业,不朽之盛事……年寿有时而尽,……未若文章之无穷。"《诗品》由《旷达》而终结于《流动》,其间的逻辑联系,不免令人有"年寿"与"文章"有限与无穷的遐想。而《文心雕龙·时序》其《赞》曰:"蔚映十代,辞采九变。枢中所动,环流无倦。质文沿时,崇替在选。终古虽远,暧焉如面。"《流动》又令人有文章无穷,发展变化,有其规律,虽终古长新,"恒久而不已",却又仿佛尽在眼前之感。《流动》集中体现,揭示了《诗品》易道诗学的本质、思想内涵。

三前文《通说·速览》曾云,司空图《诗品》易道诗学,大概是自古迄今唯一全然依托易卦立义的诗学理论体系。至此,著述提出了对《诗品》诗易会通进一步讨论的需求。《诗品二十四则》问世千有余年,历代读者,何尝见《易》?《易》未尝见,岂非《易传》所言"乾坤毁,则无以见《易》;《易》不可见,则乾坤或几乎见矣"吗?这种质疑诘问,虽近乎说笑,但却有可能引发对《诗品》据《易》立义是否必要的疑虑。

---

① (唐)李延寿:《南史·王筠传·二十五史》(第四册),上海古籍出版社1986年版,第2737页。

司空图《诗品》问世以来，历代人们未曾发现《诗品》据《易》立义，是客观事实。因而不免令现代人有种种真实的疑问：《诗品》果然依托易卦立义么？二十四诗品果然依次内蕴《周易》首二十四卦之体德么？《雄浑》就真的相当于《乾》卦吗？《冲淡》就真的相当于《坤》卦吗？《屯》卦象征"初生"，与《纤秾》有何干系？《蒙》卦象征"蒙稚"，与《沉著》有何干系？更有甚者，《需》卦之旨为"需待"，《讼》卦之旨为"争讼"，《师》卦之义为"兵众"，《比》卦之义为"亲辅"，它们分别与《高古》《典雅》《洗炼》《劲健》四品，形同马牛，南辕北辙，谈何会通？

当然，上述的质疑并不能否定《诗品正义》。我们会反问道，难道《诗品·雄浑》"具备万物，横绝太空。荒荒油云，寥寥长风"，不是从《乾·象》"大哉乾元！万物资始，乃统天。云行雨施，品物流行"化出的吗？《诗品·冲淡》首四句"素处以默，妙机其微。饮之太和，独鹤与飞"，不是对《坤·文言》"至静而德方"的形象表述吗？中四句"犹之惠风，荏苒在衣。阅音修篁，美曰载归"，不是对《坤·文言》"坤至柔而动也刚""含万物而化光"的形象表述吗？并且，我们也会解释说，《诗品·纤秾》"采采流水，蓬蓬远春"等种种景象，鲜明地描绘出"屯者，物之始生也"（《序卦》）的无限生机。《诗品·沉著》"绿林野屋，落日气清；脱巾独步，时闻鸟声"，展现出"能以蒙昧隐默自养正道，乃至圣之功"[①]的形象，因而扣合了《蒙·象》"蒙以养正，圣功也"之义。至于《需》《讼》《师》《比》诸卦，《需》的"需待"，则贴切地表达了《诗品·高古》"黄唐在独，落落玄宗"的复古之旨；《讼》的"争讼"，演义出"天与水违，讼"的清淡之士的一场论辩，论证了刘勰《文心雕龙·体性》"典雅者，熔式经诰，方轨儒门者也"，对典雅的界定。又据《文心雕龙·颂赞》："原夫颂惟典雅，辞必清铄。"故而，《诗品》以《高古》《典雅》共同论述了复古革新，宪章雅颂的诗歌运动的发展方向与道路；《诗品·洗炼》依据《师》卦卦辞的："师：贞"，《彖传》"贞，正也。"倡导研炼以醇。又取《师·

[①] （唐）孔颖达：《周易正义》（卷一），（清）阮元校刻：《十三经注疏》（上册），中华书局1980年版，第20页。

象》"地中有水，师"，于是有"空潭泻春，古镜照神"的引申发挥。引申发挥中，化用了《庄子·刻意》"水之性"，以论"纯素之道"，"能体纯素，谓之真人"，因而《洗炼》有"体素储洁，乘月返真"之语；《诗品·劲健》依据《比》卦卦主九五阳爻与《比·象》"地中有水"立义。九五阳爻居上卦中位，其余五阴爻皆与其亲辅，亲依；卦象"地上有水"，故《劲健》云"饮真茹强，蓄素守中；喻彼行健，是谓存雄"。而《比》卦互卦为艮，艮为山，水处山地，或如"飞湍瀑流争喧豗，砅崖转石万壑雷"（李白《蜀道难》），更如"江间波浪兼天涌，塞上风云接地阴"（杜甫《秋兴八首》其一）。据"亲比"，依附之义，因有"巫峡千寻，走云连风"之语，而劲健之义尽在其中。故而，《诗品》以《洗炼》《劲健》共同论述了醇而后肆的创作修养途径。

概言之，《诗品二十四则》依托易卦立义，上编，首四品论述原道、征圣、宗经的诗学观之纲领；中四品论述诗歌复古革新，宪章雅颂的文学运动方向、道路，与醇而后肆的创作修养途径；末四品论述至丽而自然，闳中而肆外的诗歌文体德性。下编，首四品论述"顺性命之理""妙造自然"的创作观；中四品论述"言曲而中，事肆而隐"，赋象缘情的表现论；末四品论述清真澄复，旷达流动的艺术境界，阐明以儒为宗，融贯佛老的文化观，乐天知命，天道永恒的人生观、世界观。毋庸置疑，《诗品二十四则》内蕴《周易》首24卦之体德，树立起完备缜密的易道诗学理论体系。

以上对《诗品正义》的重申，是著作进而拓展深化对《诗品》诗易会通讨论的基础与出发点。著述思维逻辑要求，对《诗品》思想内容之诗易会通，还应扩展至《诗品》的品题，以便综合《诗品》之思想内容乃至《诗品》之品题与易卦的会通，揭示司空图诗易会通的基本原则或依据，透视唐人对《易经》的某些基本观念。

读《诗品二十四则》之未尝见《易》，最为直观、最强感觉者，莫过于《诗品》之品题与《周易》之卦名殊难会通。上编之《雄浑》《冲淡》与《乾》《坤》未能会合，《纤秾》《沈著》与《屯》《蒙》不见变通。下编之《精神》《缜密》岂与《同人》《大有》和同？《疏野》《清奇》更同《谦》《豫》扞格难通。然而，"乾卦本以象天，天乃积诸阳气而成"，"夫乾，天下之至健也"，而《诗品》以"雄浑"对

"大哉乾元，万物资始，乃统天"之无穷混沦，宇宙原始阳气气象之概括，不亦宜乎！"《乾》刚《坤》柔"（《杂卦》）坤卦本以象地，地乃阴气凝聚而成，"夫坤，天下之至顺也"，而《诗品》以"冲淡"对"至哉坤元，万物资生，乃顺承天"之"德合无疆，含弘光大，品物咸亨"之冲和气象之概括，不亦宜乎！"纤秾"，精妙纤微之秾郁系从"屯者，盈也，屯者，物之始生也"（《序卦》），引申而来，"沉著"，深沈稳重而著实，是对"蒙昧隐默自养正道，乃至圣之功"，提炼而出。考察下编首两品《精神》《缜密》。确实与《同人》《大有》两卦之卦名，乃至《彖》《象》所述卦义没有多少直接关系；但是，"精神""缜密"之品题，的确是从《同人》《大有》两卦化出。☲同人，下离（☲）上乾（☰），离为日，乾为天，太阳落入天下，日落日出，循环不已，故《精神》云："欲返不尽，相期与来。"天道循环，乃万物新陈代谢，生生不息之至理，"精神"系万物生生不息之体征，由《同人》一卦演化为《诗品》之《精神》，可谓诗易契合如神。☰大有，下乾（☰）上离（☲），离为日，乾为天，太阳上升到天上。《同人》《大有》卦体上下相反，谓之综卦。太阳由《同人》之落入天下，又由《大有》之昇到天上，日落日出，"是有真迹，如不可知"。"是有真迹"者，天道确有东西循环真实之迹，"是"，乃确实；"如不可知"者，太阳落于西又升于东，却不见其往来之真迹；"如"，乃往、去。因而，太阳由西落至东昇，运行无迹，此《缜密》第一层意义。《大有》下乾，"乾元，万物资始"，阳气絪缊，乃意象浑成，此《缜密》第二层意义。由《大有》一卦演化而为《诗品》之《缜密》，亦可谓诗易契合无痕。至于《疏野》《清奇》之品题，则分别从《谦》卦"地中有山"，《豫》卦"雷出地奋"两卦卦象引伸而来。"地中有山"，世外桃源，"但知旦暮，不辨何时"，故有疏野之情性。"雷出地奋"，《礼记·月令》"仲春之月……是月也，日夜分，雷乃发声，始电，蛰虫咸动……天子乃鲜羔开冰"，早春二月之清寒，故谓之"清奇"。更有"可人如玉，步屧寻幽"，"神出古异，澹不可收"之奇人异事之铺张渲染，以昭明狷介清奇之性，自当以"清奇"而冠其题。

通观《诗品二十四则》，其品题皆从易卦"引而申之，触类而长之"，即引申、生发而出。概言之，由卦名而化出者，计有纤秾、沉著、高古、自然、含蓄、豪放、实境、形容、飘逸、旷达、流动等11品；由卦辞与《象传》而化出者，计有雄浑、冲淡、悲慨、超诣等4品；由《象传》而化出者，计有典雅、洗炼、劲健、绮丽、疏野、清奇等6品；由易卦卦象而直接化出者，计有精神、缜密、委曲等3品。因为品题系从易卦引申、生发而出，所以难以直接从易卦见到确凿的联系。诸如《高古》由《需》卦化去，"高古"与"需待""期待"之义并无直接联系。《需》卦辞曰"有孚，光亨，贞吉，利涉大川"，言卦主九五阳爻"位乎天位"，心怀诚信，光明通达，坚守纯正，可获吉祥，有利于涉过大河洪流。《高古》"黄唐在独，落落玄宗"。系依此而立义，倡导复古。复兴高古，即与《需》卦"需待"、期待之义契合。《洗炼》与《师》卦，品题与卦名了不相涉。"洗炼"系从《师·象》"地中有水"化出。地中之水，纯净，"体素储洁""空潭泻春"，故名之曰"洗炼"。《委曲》由《随》卦化出，"委曲"与《随》之卦名、卦辞、象传、彖传，概无直接联系，而是从《随》卦卦象下震（☳）上兑（☱）引申而来。震为龙，兑为泽，龙处泽中，故谓之为"委曲"。至于《委曲》与《随》卦如何会通，已详于《诗品正义·委曲》。《实境》由《蛊》卦化出，"蛊者，事也"（《序卦》），"《蛊》则饬也"（《杂卦》）。饬，整治，整治事物，引申为，即事即景会心领悟，即为"直致""直寻"。故而，所谓实境，是对事物的直致，由现象上升为对事物某种本质的心领神会。由对事物现象的认识而上升为某种真实本质的认识的境界，乃名之为"实境"。《悲慨》由《临》卦化出，"悲慨"与"临"，二者意义没有直接联系。《临》之卦辞有曰："至于八月有凶。"《象》曰："'至于八月有凶'，消不久也。"此为《悲慨》诗品立义之所在，亦为品题之由来。《超诣》由《噬嗑》化出。品题与卦名，殊不相关。《噬嗑》卦辞曰："噬嗑，亨，利用狱。""利用狱"与佛禅公案类同，而世人以老子清虚，释氏超诣，司空图以此"触类而长之"，将以《噬嗑》立义之诗品称之曰"超诣"。《超诣》所据《噬嗑》立义，乃在《象传》对卦辞"噬嗑，亨，利用狱"的阐释："颐中有物，曰噬嗑。噬嗑而亨，刚柔分动而明，雷电合而章。"《超诣》诗品，系指具有深刻的洞察力，透彻的思辨力，圆融无隔的艺术境界。《飘逸》由《贲》卦化出。品题与卦名难以相合。然而，"贲者，饰也。"(《序卦》)"《贲》无色也。"(《杂卦》)，且《贲》九五《象》曰："'白贲无咎'，上得志也。"故"贲"为文饰而尚清真。李白倡导清真。《古风》其一云"圣代复元古，垂衣贵清真"。世谓李白仙风道骨，以此由《贲》卦而化生出《飘逸》品题。《旷达》由《剥》卦化出，品题与卦名也无直接联系。剥卦下坤（☷）上艮（☶），为阳气剥落殆尽，《象传》曰："观象也：君子尚消息盈虚，天行也。"意谓，观察剥卦卦象，下坤为顺，上艮为止，因此处于剥卦之时，应当顺势抑止阴盛阳衰，不可正面强力抗争，以顺应天地自然转化的规律。《旷达》品题由此化出。旷达，即通达物理，顺应自然规律而动。由是观之，《诗品》之品题，与据以立义的易卦之卦名，大多难以见到意义上的直接联系，如何看待诗易会通的这种现象？其实，这正体现出诗易会通的本质意义。

会通者，孔颖达解释为：会合变通。今天看来，唐人为《周易》的会合变通，提供了两层意义。一层系从《系辞》的解释而来。《系辞上》曰："圣人有以见天下之动，而观其会通，以行其典礼。"《周易正义》孔疏曰："既知万物以此变动，观看其物之会合变通，当此会通之时，以施行其典法礼仪也。"这种会合变通，应是归纳概括天下万物的运动变化，抽象出运动变化的一般规律，作为人类社会行为的依据、规范。另一层从司空图《诗品》依托易卦立义之诗易会通体现出来。《诗品二十四则》据易卦立义，旨在以"道之文"的二十四诗品，构建起易道诗学理论体系。"道之文"的诗品，是将刘勰《文心雕龙》称为"体性"，实即文学艺术风格，与易卦会合变通，上升为美学范畴，即易道诗学之诗品。因而，诗易会通不是归纳概括，抽象的过程，而是以会合变通，而转化上升的过程，由文学艺术风格，上升为美学品格或美学范畴。《诗品》据易卦立义，既然是会合变通，转化上升的过程，《诗品》之品题，与据以立义的易卦之卦名，因而难以直接见其二者意义上的联系。难以直接见二者意义的联系，正是会合变通的结果。这种会合变通之义，亦从《周易》中来，拟在《诗品·易道诗学记述》中讨论。

四《诗品二十四则》依托易卦立义，必须遵循易卦的卦旨卦义，从而形成内蕴易卦体德，外彰文章风律的易道诗学之诗品。诗易会通，通过变通而实现诗易的契合。既须"变通"，又须遵循。那么，唐人司空图是如何看待与处理依据易卦立义与"变通"的关系的？《易传》曰"圣人立象以尽意，设卦以尽情伪"（《系辞上》第12章）"八卦以象告，爻象以情言"（八经卦以卦形之象征来表现事理，六十四别卦以卦爻之辞表述事物的情态）（《系辞下》第12章），"其称名也，杂而不越，於稽其类，其衰世之意邪？"（《周易》以事物而取的卦名，繁杂而有序，不越出卦象的义理，考察名称所表述的事类，大概是身处衰世的思想情感吧。）[①]（《系辞下》第六章），该章接着又曰："开而当名，辨物正言，断辞则备矣。其称名也小，其取类也大。"（《周易》开宗明义，所取的卦名无不恰当，卦爻辞以直言辨析物理，论断事物十分周备了。所用以称呼卦名的事物虽然细小，但是所象征包含的事类的义理却很广大。）司空图《诗品》诗易会通，正是遵循上述《易经》的原则而实现的。其一，就本末而论，"圣人立象以尽意"，象为《易》之本，卦爻之辞为末，亦即"八卦以象告"为本，"爻象以情言"为末。所以《系辞下》第三章曰："是故《易》者，象也。象也者，像也。"《左传·昭公二年》载"晋侯使韩宣子来聘，见《易象》与《鲁春秋》。""《易》者，象也"，《易》即象；"象也者，像也"，《易》以卦形之象来象征万物。就卦形之象（卦象），与所象征万物之象，卦形之卦象为本，卦形所象征的万物之象为末。故而，《诗品·精神》据《易·同人》立义，《同人》下离（☲）上乾（☰），《象》曰："天与火，同人。"《精神》则取此卦之象征为"日在天下"，乃有"欲返不尽，相期与来"之语，又据"乾元，万物资始"，离"为大腹"，乃有"明漪绝底，奇花初胎"之语，以明生命体征之精神。《诗品·委曲》据《易·随》立义，《随》下震（☳）上兑（☱），《象》曰："泽中有雷，随。"《委曲》则取此卦之象征为：龙处泽中，委曲。正合《系辞下》所云"其称名也也，其取类也大"。其二，就《周易》之一卦而言，"统论一卦之体"（王弼《周易略例·明象》）的象传与统论一卦上下之体，或曰"总象一卦，故谓之大象"的象传[②]，所取八卦卦形之卦象也各有不

[①]（唐）李鼎祚：《周易集解》引《九家易》曰："阴阳杂也，名谓卦名。"中华书局2016年版，第478页。

[②]（唐）孔颖达：《周易正义》卷一，《十三经注疏》上册，中华书局1980年版，第14页。

同。如《蒙》卦下坎（☵）上艮（☶），《彖》曰："蒙，山下有险。"《象》则曰："山下出泉，蒙。"《诗品·精神》依《同人》立义，《同人》下离（☲）上乾（☰）既取"日在天下"，而云"欲返不尽，相期与来"，又取"乾元，万物资始"，离"为大腹"，而论万物生灭，新陈代谢，性命运动之生生不息。故而孔颖达解读《小畜》《象》曰："风行天下，小畜；君子以懿文德"曰：

> 凡大象，君子所取之义，或即二卦之象而法之者：若"地中有水，师；君子容民畜众"，取卦象包容之义；若履卦象云"上天下泽，履；君子以辩上下"，取上下尊卑之义。如此之类，皆取二象，君子法以为行也。或直取卦名，因其卦义所有，君子法之，须合卦义行事者：若讼卦云"君子以作事谋始"，防其所讼之源，不取"天与水违行"之象；若小畜"君子以懿文德"，不取"风行天上"之象。余皆仿此。①

孔颖达论《履》且曰：

> 此履卦名曰二义。若以爻言之，则在上履践于下，六三履九二也。若以二卦上下之象言之，则履礼也，在下以礼承事于上。此《象》之所言，取上下二卦卑承尊之义，故云"上天下泽，履。"但《易》合万象，反复取义，下可定为一体故也。②

"《易》合万象，反复取义，不可定为一体故也"，为司空图《诗品》据易卦立义，诗易会通，提供了广泛的选择与便利。其三，司空图对易象的解读，遵循了《周易》"引而伸之，触类而长之，天下之能事毕矣"（《系辞上》第九章）。例如，《履》卦，象征"践行"。卦形上兑（☱）上乾（☰），"上天下泽，履"，象征循礼，遵礼而行。《诗

---

① （唐）孔颖达：《周易正义》（卷二），（清）阮元校刻：《十三经注疏》（上册），中华书局1980年版，第27页。
② （唐）孔颖达：《周易正义》（卷二），（清）阮元校刻：《十三经注疏》（上册），中华书局1980年版，第27页。

品·自然》引申"履",践行,在道上行走,《老子》曰"道法自然",故而依托《履》卦立义,而名此诗品为"自然"。其四,司空图或遵"《易》合万象,反复取义",或遵《周易》"引而伸之,触类而长",引申发挥易象之义,但又十分注重对据以立义的《周易》卦爻之辞以诗家语而引述,或以据以立义的卦爻之象而构造诗品意境,从而实现诗易会通。以卦爻而构建诗品意境,《诗品正义》已有详细说明,以诗家语而对据以立义的卦爻之辞的引述,如《诗品·自然》"薄言情悟,悠悠天钧",是对《履》"上九,视履考祥,其旋元吉"的表述。《雄浑》"具备万物,横绝太空。荒荒油云,寥寥长风",是对《乾·彖》"大哉乾元!万物资始,乃统天。云行雨施,品物流行"的表述。《豪放》"吞吐大荒"系从《泰》"九二,包荒"化出;"后引凤凰",系从"六五,帝乙归妹"化出。《绮丽》"金尊酒满,伴客弹琴;取之自足,良殚美襟",也是从《小畜》"九五,有孚挛如,富以其邻;《象》曰:'有孚挛如',不独富也",触类引申而来。

  司空图《诗品》诗易会通,秉持以卦象为本,卦爻系辞为末;卦象以卦形(符号)为本,象征之象为末;卦义的论断,以上下卦体之八卦所构成的关系为依据,因而,在《诗品》依托易卦立义时,不谨守卦爻系辞之结论,不拘泥于易卦所举八卦的某一象征之象。这种不谨守卦爻系辞的具体结论,不拘泥于八卦某一象征之象,或许以为背离了易卦,或曰是为了诗易会通,而对易卦强为之变通,其实不然。不谨守易卦对具体事物的具体结论,不拘泥于八卦某一象征之象,恰恰是对《易经》反映的天地之道的遵循,恰恰是对《易经》对天地之道反映的遵循。《易经》之所以"冒天下之道"(《系辞上》第十一章)"弥纶天地之道"(《系辞上》第四章),之所以"广大悉备,有天道焉,有人道焉,有地道焉"(《系辞下》第十章),乃在于"八卦成列,象在其中矣;因而重之,爻在其中矣;刚柔相推,变在其中矣;系辞焉而命之,动在其中矣"。(八卦创作,排列有序,天地万事万物之象都包含于其中了;八卦两两重迭成六十四卦,效法天地万事万物变化的三百八十四爻就都在其中了;阳刚与阴柔相互推移、转化,万事万物的变化都在其中了;卦爻之下系以文辞,论断其变化,天地万事万物运动的规律都包含在其中了。)(《系辞下》第一章)"八卦成列",之所以天地万事万物之象皆在其中，今天看来，实即八卦以符号形式而对宇宙万物的理性抽象。八卦两两重迭而成六十四卦，三百八十四爻，是以图像符号构成形式化和形式化系统，将由八卦对宇宙万物的理性抽象，上升至理性的具体，完成对"六爻相杂，唯其时物"（具体事物）的完整再现（详见下边《易道诗学记述》）。"《易》之为书也……为道也屡迁，变动不居，周流六虚"，"而揆其方，既有典常"，然而"不可为典要，唯变所适"（《系辞下》第八章）。六爻所揭示的事物的整体运动变化，既符合"典常"，遵循事物运动的一般规律，又不可将具体事物的运动变化奉为教条，视为"典要"，视为经典要义，不可作为一成不变之规。每一具体事物虽然都遵循道，遵循一般的运动规律，但是又都循性而动，对运动规律的遵循，又都有自己的特点。司空图《诗品》诗易会通，体现了"《易》合万象，反复取义，不可定为一体"的原则，遵循了"既有典常"又"不可为典要，唯变所适"的《易》道准则。所以说，司空图《诗品》诗易会通之诗学易学的会合变通，正是对他自己所倡导的"为儒证道"的重大的理论实践。

　　司空图以《诗品》诗易会通作为"为儒证道"的理论实践，不仅诗品据易卦立义，也不仅诗品之品题由易卦会合变通而来，而是诗学与易学的会通。它表现为，诗学的理论体系与易学的理论体系的会通；诗学的思想理论与易学的思想理论的会通。《诗品》诗易会通的实质，是以《周易》的思想理论为指导，创建"鼓天下之动者存乎辞"的诗学理论体系，成就其"经国之大业，不朽之盛事"，从而为大唐盛世树碑立传，实现唐末司空图的"中兴"之梦。

　　就《诗品》理论体系而言，自"《易》有太极"之混元，"是生两仪"之乾元、坤元，《雄浑》《冲淡》得以载于《诗品二十四则》其端，《易经》第二十三卦《剥》，第二十四卦《复》，《诗品二十四则》即以《旷达》《流动》而告终。然则，"复，其见天地之心"："终则有始，天行也"（《蛊·彖》）"天地之道，恒久而不已也……终则有始……圣人久於其道而天下化成"（《恒·彖》）《诗品二十四则》体现了天地运行的完整周期，构建起系统完备的易道诗学思想理论体系。在此体系中，司空图在"为儒证道"的指导下，变《易经》第十一卦《泰》为《否》，第十二卦《否》为《泰》，《诗品二十四则》体现了"否极泰来""剥穷而复",以"修中兴之教"的理念与宗旨,丰富、完善了《易经》所表达的圣人秉持、遵循天地"经则有始","恒久而不已"的天道,以化成天下的思想。也使《易经》首二十四卦的"泰极否来""剥穷而复"的系统之层次性增添了新意。

《诗品》所构建的思想理论体系,是大一统的观念。这种大一统的观念,基于"《易》之为书也,广大悉备,有天道焉,有人道焉,有地道焉"(《系辞下》第十章)《汉书·艺文志》曰:

> 六艺之文,《乐》以和神,仁之表也;《诗》以正言,义之用也;《礼》以明体,明者著见,故无训也;《书》以广听,知之术也;《春秋》以断事,信之符也。五者,盖五常之道,相须而备,而《易》为之原。故曰:"《易》不可见,则乾坤或几乎息矣",言与天地为终始也。

《乐》《诗》等五经艺文,言仁、义、礼、智、信"五常之道",皆以《易》为本原、为基本,故而,六艺之文,"《易》为之原",亦即文化之大一统。司空图《诗品》之诗易会通,以二十四诗品逐一依据《周易》首二十四卦立义的形式,真正实现了以诗为代表的文学之"《易》为之原",即以《易》道为其本原或基本的思想理论体系。

《诗品》易道诗学理论体系的构建,遵循、模拟了《周易》的理论模式,《周易》六十四卦皆独立自足,又"二二相耦,非覆即变",易卦以模块键构成言天道、论人事的完整理论体系。这一理论模式,体现了中华先民"《易》与天地准,故能弥纶天地之道"的思想观念,即宇宙中之个体既各自独立又相互联系,以构成和谐有序的整体系统。《诗品二十四则》,亦品品独立自足,亦"二二相耦",共明一理。诸如《纤秾》《沉著》言"修辞立其诚",《高古》《典雅》言复兴雅颂,《洗炼》《劲健》言醇而后肆,《绮丽》《自然》言"至丽而自然",《含蓄》《豪放》言闳中肆外,等等。又,四品为一理论单元,前三单元,论诗学观,后三单元论创作观。《诗品》遵循《周易》的组织结构的理论模式,形成了中华文化的鲜明特征。

就《诗品》的思想理论而言，诗易会通，是以易学对传统文学理论的变革创新。《诗品》的前十二品论诗学观，将传统"原道"的儒家礼乐之道，提升、扩展至"一阴一阳之谓道"的天地之道；将传统的"征圣"，规定为"与天地合其德，与日月合其明"的中和情性，以实现"圣人之情见乎辞"；将传统的"宗经"，以"开学养正"，"《易》有圣人之道……以言者尚其辞"，规定为"修辞立其诚"。对传统原道、征圣、宗经文学观的变革，使诗学理论进入了新境界。司空图以《诗品》总结唐代复古革新运动，与诗歌创作的经验，通过诗易会通，倡导宪章雅颂，醇而后肆诗歌发展方向与创作修养途径。依照易道诗学的宪章雅颂要求，复兴大唐盛世之风，对诗歌的文体特征归纳为"至丽而自然"；归纳为"不著一字，尽得风流"之"含蓄"，"由道返气，处得以狂"之"豪放"。后十二品论创作观，依据易学"穷理尽性以至于命"，"顺性命之理"，提出了"妙造自然"的创作观。司空图《诗品》由"《易》与天地准，故能弥纶天地之道"，进而提出"妙造自然"，是《诗品》依据易学的创新发展，提升了传统的文学自然观。《疏野》《清奇》将诗学观的"征圣"，发展为创作观的"厉圣"，以利于"征圣"落实到创作的具体实践中。遵循"夫《易》……其言曲而中，其事肆而隐"（《系辞下》第六章），《诗品》设立了《委曲》《实境》；遵循"圣人立象以尽意"，"拟诸其形容，象其物宜"（《系辞上》第十二章），《诗品》设立了《悲慨》《形容》。此四品之表现论，从尽意、尽言的角度而确立了易道诗学之"道之文"。而尽意、尽言是"道之文"基本之义。《诗品》第六卷四品为境界论。《超诣》论"至精"之境界：透彻、圆融；《飘逸》论"至变""至神"之境界。亦即"从心所欲不逾矩"之自由境界。《旷达》《流动》论人生之乐天知命，天道之永恒，"终则有始"，"恒久而不已"。通观《诗品二十四则》，无论诗学观，还是创作观，都是以易学为思想理论基础。诗学与易学，既契合如神，又特意留下种种蛛丝马迹，以引导人们寻幽探胜。

然而，司空图"为儒证道"之《诗品》诗易会通，不为当世所接受，以致苏轼"恨当时不识其妙"，并且"三复其言而悲之"。不过，自以为"识其妙"的苏轼，也未能觉察到《诗品》据易卦而立义。即使《四库全书》总裁纪昀，依然只是说"其持论非晚唐所及，故是书亦深解诗理"，丝毫没有发现《诗品》与《周易》有何关系。甚而至于今天，人们对于诗易会通仍旧难以接受。《诗品》易道诗学为何成为千古之秘，需有志于此者作专门研究，这里仅提几点相关的看法。就《诗品》当初问世的晚唐而言，是司空图竭力挽救的日渐衰败的唐代封建专制制度窒息的结果，与司空图痛恨的"褊浅"之风至为相关。"当时不识其妙"，促成了司空图《诗品》逐渐趋向边缘化，淡化，悄无声息，而不被人注意。尤为有力的佐证者，就在苏轼"三复其言而悲之"之时，连苏门学士黄庭坚也无动于衷①。就司空图本人而言，他错误地估计了历史发展的大势，过高地估计了诗歌理论的社会功能，以为"道之文"的《诗品》一旦创立，就一扫文坛"褊浅"之风，而复兴雅颂，就成为"中兴颂""磨取莲峰便作碑"，而振兴大唐。然而，事有大谬而不然者，以至于有"绝麟"，"吾道穷矣"的浩然之愤，弥天之哀②。在封建社会的历史条件下，我们不必过分地指责司空图对理论的传播与接受的忽视，不必过分地指责其对理论的社会实践，理论与创作实践的结合的忽视。只有广泛为社会接受并形成社会实践，才会产生社会效益，这些都不是一位封建社会的文人所能深切领悟并且即使觉悟也不能做到的。同时，在此还必须指出，《周易》的污名化，被当作占卜之书，则更为严重地妨碍了对《诗品》诗易会通的理解、接受与传播。《周易》被污名化，由来已久，而不为国人觉悟，乃渊源有自。易卦确有文献记载曾被用作占卜，而且《易传》也论及占卜。历代王朝乃至易学家，从未认为，《周易》作为占卜之书是污名。相反地，历代王朝乃至易学家，一直将《周易》视为五经之首。但是，《周易》虽被用作占卜，却决非占卜之书，而是一部"人更三圣，世历三古"，中华民族博大精深的哲学、人文社会科学著作。笔者将另撰专文为《周易》正名。历代人们既然视《周易》为占卜之书，其孰能接受乃至想象《诗品》可能与占卜之易卦会通？《诗品》诗易会通之成千古之秘，不是必然的么？

---

① 参见本书卷首《千古之秘》。
② 参见本书卷首《麒麟阁构建始末》。

《诗品》诗易会通，作为司空图"为儒证道"的重大理论实践，在构建"侬家自有麒麟阁，第一功名只赏诗"，即构建易道诗学理论体系上，可谓业绩斐然，成就卓著，在中外古代文化史上独树一帜，成为中华文明的瑰宝。《诗品》诗易会通，遵循中华文明"《易》为之原"，彰显出司空图超越常人的锐气、胆识。过人的锐气，胆识，来自深厚的理论修养的实力、底气。高度的理论自觉，表现出中华先民科学的思想观念与勇于坚持真理，科学求是的精神，这与将《周易》八卦作为占卜之书，将卦爻系辞视为神秘的谶语，判然有别。《诗品》诗易会通，不仅焕发出绚烂的艺术之光，而且焕发出先进文明，科学智慧之光。她为社会文化建设提供了正、反两方面的诸多启迪。

司空图《诗品》易道诗学的成功创立，必将引发对诗、《易》等中华传统文化的广泛思考并深入的研究，对促进中华文明走向世界，对人类文明的发展，具有积极的意义。

诗品·易道诗学记述

——"《易》为之原"中华文明的独特发展道路

（一）

这是一本未能按计划完成的著述。不仅册中提到的一些讨论的问题，还未能展开；而且有些计划中的内容，也还未曾提及。适逢祖国七十华诞，作为祖国悉心呵护培养的儿女，特别想表达一点微薄的心意。然而，以这一未完成的册子向祖国致敬，又内心怀着不安与歉意。

这一著述未能按照预想完成，但已耗费了我四十年的心血与时光。这与写作方案不断地改变有关。起初只想写一本《诗品》注疏；完成后，又想写几篇《司空图〈诗品〉之秘》的论文；写到八论后，又改为《易道诗学》，并想在此基础上，对中华民族国学作一些探索。《司空图〈诗品〉正义》基本完成，即是现在这本册子，但对国学的探索还未能展开。

想来，最初萌生学习研究国学的念头，应追溯到二十世纪六十年代中期，我在开封师范学院（今河南大学）中文系学习时，学习毛主席著作与毛主席诗词在全国蔚然成风。学院副院长钱天启先生数次为我们63年级讲授古典文学的治学方法。李嘉言系主任、高文教授主持全唐诗整理在国内外产生较大影响。时任文学概论课的何望贤副系主任组织文学评论组，我有幸侧身于其间。出于对毛主席诗词的崇敬与热爱，对学习古典诗词鉴赏理论与方法产生了浓厚的兴趣。1978年，全国举行了首届研究生招考，我考取了以高文、华钟彦、王梦隐、李春祥为导师小组的研究生。一年后，我被分到高文导师名下，导师为我制订了以司空图《诗品》为主导研究方向的培养计划。1980年参加了上海师范大学徐中玉校长，受教育部委托举办的"全国古典文学理论讲师培训班"，聆听了程千帆、朱东润、钱仲联等先生的专题报告，先生们的治学、为人，使我终生难忘，也增添了学习研究传统文化的底气。然而，让我始料未及的是，一脚踏进去，竟四十余年未能见底！

（二）

四十余年，博大精深的中华文化，时时感动着我激励着我，催我努力上进，使我欲罢不能。也不断地萌发了对传统文化的一些想法，虽很幼稚、浅薄，毕竟算是一虑之得。当读到爱因斯坦先生1953年给斯威策的信后，加深了我对中华文明与西方文明"天下同归而殊途"，这一《易传》两千年前表述的观念论断的信念。爱因斯坦先生信中说：

> 西方科学的发展是以两个伟大的成就为基础，那就是：希腊哲学家发明形式逻辑体系（在欧几里得几何学中），以及通过系统的实验发现有可能找出因果关系（在文艺复兴时期）。在我看来，中国的贤哲没有走上这两步，那是用不着惊奇的。令人惊奇的倒是这些发展［在中国］全都做出来了。（《爱因斯坦文集》第一卷第574页）

爱因斯坦的惊奇，印证了《易传》"天下同归而殊途"的论断，表明了西方文明的发展与中国"同归而殊途"。博大精深的中华文明具有自己的特色——中国特色的发展道路。同时，爱因斯坦的惊奇，也告诉国人，国学研究，不仅要说明国学其然，还要说明何以其然，所以其然。

弄清了中华文明是什么样，为什么是这样，怎样成为这样，才能真正透彻地了解中华文明，才能有理论的自觉与理论的自信、文化的自信，才能坚定地走自己的路，独立自主的路。

毛泽东主席早在1940年的《新民主主义论》中就已经明确指出：

> 中国的长期封建社会中，创造了灿烂的古代文化。清理古代文化的发展过程，剔除其封建性的糟粕，吸取其民主性的精华，是发展民族新文化提高民族自信的必要条件；但是决不能无批判地兼收并蓄。①

这是革命的导师，以其伟大的战略家的眼光，高瞻远瞩的教导。中华文明，为什么如此，是怎样发展起来的，答案就存在于发展过程之中。只有"清理古代文化的发展过程"，剔除糟粕，汲取精华，才能在弄清中华文明来龙去脉的基础上，正本清源，以指示未来的发展。

事实上，中华先民们，不但"创造了灿烂的古代文化"，而且，在其经典文献中，不断地总结，说明了"古代文化的发展过程"。例如，《汉书·艺文志》曰：

> 《易》曰："伏牺氏仰观象于天，俯观法于地，观鸟兽之文，与地之宜，近取诸身，远取诸物，于是始作八卦，以通神明之德，以类万物之情"。至于殷、周之际，纣在上位，逆天暴物，文王以诸侯顺命而行道，天人之占可得而效。于是重《易》六爻，作上下篇。孔氏为之《彖》《象》《系辞》《文言》《序卦》之属十篇。故曰：《易》道深矣，人更三圣，世历三古。

又曰：

> 六艺之文，《乐》以和神，仁之表也；《诗》以正言，义之用

---

① 毛泽东：《新民主主义论》，中共中央毛泽东选集出版委员会、中共中央文献编辑委员会：《毛泽东选集》（第二卷），人民出版社1991年版，第707页。

也；《礼》以明体，明者著见，故无训也；《书》以广听，知之术也；《春秋》以断事，信之符也。五者，盖五常之道，相须而备，而《易》为之原。故曰"《易》不可见，则乾坤或几乎息矣"，言与天地为终始也。

《汉书·艺文志》"《易》道深矣，人更三圣，世历三古"，道出了《易经》作为中华文明的源头，与《易经》之所以成为中华文明的源头。"《易》为之原"，发展派生为五经以至诸子百家，汪洋恣肆，中华文明源远流长。其所以如此，在于"人更三圣，世历三古"；在于"《易》与天地准，故能弥纶天地之道……与天地相似，故不违；知周乎万物而道济天下，故不过；旁行而不流"——《易经》以天地为准则，所以能包蕴尽涵天地间的道理，效法天地万物的运动变化，所以不会违背客观自然的规律，知识博及万事万物，其道足以遍济天下，而无过失，广泛推行《易》的道理，而无流弊——那么，中华先民们是怎样具体做到了"《易》与天地准""知周乎万物而道济天下"的？当伏牺氏"始作八卦"，如何"以通神明之德，以类万物之情"？当周文王"重《易》六爻，作上下篇"①，如何做到"天人之占可得而效"，其间蕴含着先民们什么一脉相承的观念？长期以来，《易经》被视为占卜之书，影响广远，何以有此魔力？如何"剔除其封建性的糟粕，吸收其民主性的精华"？如何对一度作为宣扬封建迷信之书，以科学的评价，并从这一中华文化的源头，清理出中华文明创造发展的途径？

（三）

司空图《诗品》遵循了"《易》为之原"，构建起"第一功名只赏诗"的麒麟阁。当然，就文学理论而言，晋人挚虞《文章流别论》即已提出"文章者，所以宣上下之象，明人伦之叙，穷理尽性，以究万物之宜者也。"齐梁时，刘勰《文心雕龙》更大量地引述了《周易》经传，《原道》且曰"人文之元，肇自太极，幽赞神明，易象惟先。"其《赞》曰："龙图献体，龟书呈貌。天文斯观，民胥以效。"然而，没有

---

① 关于周文王"重《易》六爻"，易学家们看法不一，今不作讨论。

哪一文学理论著作，能如司空图《诗品》这样提供易道诗学的成功范例——《诗品二十四则》依次与《周易》首二十四卦逐一会通，诸品内蕴易道体德，外彰文章风韵，建立起以儒为宗，融贯释、道，集古典诗学、美学之大成的完备，精致的诗学美学理体系，完美地实现了"以儒证道""修中兴之教"的思想宗旨，以期"鼓天下之功"，"鼓之舞之以尽神"。但是，自赵宋以至明清，人们想都未曾想到司空氏的用心！何谈"中兴之教"？何谈"鼓之舞之以尽神"？其中原因，可以列举多种，最重要者应是对《易经》作为中华文明源头，或曰"《易》为之原"，没有弄明白，对《易传》所谓的"精义入神以致用"，没有弄明白。尽管赵宋以至明清，人们对《诗品》未能真正理解。但是，应该说，司空图的《诗品》为国人提供了深入探讨中华文明的重要的、有益的启示。

平心而论，易卦与诗品，简直是风马牛不相及，难怪历代人们不将它们联系在一起。更何况二十四品依次与《周易》首二十四卦逐一会通，建立诗学理论体系，更何况还要"为儒证道"，"修中兴之教"，无异于天方夜谭，痴人说梦！依首四品论述诗学纲领：原道、征圣、宗经；以《需》《讼》为《高古》《典雅》内蕴之体德，而倡导复古革新，宪章雅颂，依《师》《比》为《洗炼》《劲健》内蕴之体德，而宣扬醇而后肆的创作门径；依《小畜》《履》为《绮丽》《自然》内蕴之体德，而说明"至丽而自然"的诗体特征，以《否》《泰》为《含蓄》《豪放》内蕴之体德，而阐述"情深而文明，气盛而化神""闳其中而肆于其外"的诗体特征……凡此种种，似乎都超出常理，不可思议。然而，司空图却做到了。诗易会通，珠联璧合，自然天成。"非天下之至精，其孰能与于此！""非天下之至变，其孰能与于此！""非天下之至神，其孰能与于此！"

《易传》曰："精义入神，以致用也。"《易经》"精义"何在？何谓"入神"？窃以为，"入神"者，方可"至变"，且缘自"至变"，千变万化，"从心所欲，不逾矩"；故而"子曰：'知变化之道者，其知神之所为乎！'"(《系辞上》第九章)；"至变"，必"至精"而后通其变。故而，"至变"始于"至精"，"至变"可谓"入神"。"至精"，则须"研昏炼爽，夐魄凄肌"(《诗赋赞》)，或曰"超心炼冶，绝爱缁磷"(《诗品·洗炼》）。"入神"之义既明，而"致用"乃以"精义"为本。然而，"《易》之为书也，广大悉备，有天道焉，有人道焉，有地道焉"，加之精华、糟粕混杂，所以《易经》精义至为难晓。因而，司空图《诗品》所提供的"精义入神以致用"的范例，对探讨《易经》精义，功莫大焉！

《诗品》之为易道诗学，其思想理论内核是"道之文"。道与文的关系，是古代诗论家首先关注的基本议题，是最重要的议题。古代中国，基本上都以儒家为正宗地位，文与道的关系，一般是指文与儒道，与儒家的仁义礼智信的"五常之道"的关系。孔子删定编辑"诗三百"，后世以为《诗经》，即以"五常之道"的礼乐为本。司空图《诗品》既为易道诗学，其道自然是"一阴一阳之谓道"的易道。易道固为儒道；"五常之道"，"而《易》为之原"。但直接将易道作为文、道关系之道者，司空图应是古代实际上的第一人，或唯一之人。上文提到的挚虞乃至刘勰，虽都言及易道，但大体上都是空泛之论，装点门面而已。刘勰《文心雕龙》《原道篇》将文区分为天文、人文，而曰"道沿圣以垂文，圣因文而明道"，其所谓"'鼓天下之动者存乎辞'，辞之所以能鼓天下者，乃道之文也"，是指"圣因文而明道"，儒家圣人之文所明之道，究其实，即是"五常之道"。诚然，天文、人文之分，见诸《易·贲》。《彖传》曰"（刚柔交错），天文也；文明以止，人文也"。《易传》曰："《易》之为书也，广大悉备，有天道焉，有人道焉，有地道焉。"然而，"子不语怪、力、乱、神"（《论语·述而》），"夫子之文章，可得而闻也；夫子之言性与天道，不可得而闻也"（《论语·公冶长》），儒家圣人之"人文"，所明之道，固为"人道"，儒家的仁、义、礼、智、信"五常之道"。

司空图《诗品》以易道树立起原道、征圣、宗经的诗学观，构建了易道诗学思想理论体系，其思想理论的核心"道之文"，是在天道自然观指导下的道之文。司空图对《易经》有自己的深刻理解。在《诗品·自然》中，将传统的"践礼"，提升为"践道"，并进而提出"践道"，必循性、循时；在《诗品·精神》中论证了"顺性命之理"的创作观，而循性、循时，其本质即"顺性命之理"而"妙造自然"。司空图准确地把握了《易经》"一阴一阳之谓道"的精义之所在，在于"性命之理"，即《易传》所谓"阴阳不测之谓神"，就是讲，性命运动变化的神妙莫测。

依据孔子所曰："知变化之道者，其知神之所为乎！"(《系辞上》第九章) 可知"精义入神以致用"者，在知万物性命运动之变化规律。

或问，这样说来，不是又回到了《周易》是一种占卜之书，算命之书，而宣扬封建迷信了吗？这真如《礼记·经解》所曰："《易》曰：君子慎始，差若毫氂，缪以千里，此之谓也。"①

《易经》"一阴一阳之谓道"的精义"性命之理"，或曰"性命之理"其"一阴一阳之道"，成为中华古代文化科学与迷信，精华与糟粕的分界点。将"一阴一阳"所表达的"性命之理"，看作对宇宙万物运动变化规律的论断，体现了朴素的唯物辩证观。若将"一阴一阳"所表达的"性命之理"，看作神秘的宗教教条，是一种包医百病的灵丹圣药，不讲条件地生搬硬套在个体事物上，不对具体事物作具体分析，这正如毛泽东主席批评的"蒙昧无知"②。蓍草，可作为数学运算的筹策，却作为占卜吉凶的神物。卜筮者随意将49根蓍草一分为二，经过"挂一""揲四""扐奇"，"三变"得一爻，"十八变"成卦等程序（《系辞上》第九章），实际上与卜筮者所问之事，了无干系，没有任何必然的内在联系，是十足的封建迷信。不过，对其演算所涉及的天文历法，应另作探讨。

《周易》经传对"性命之理"这一精义的论述，班班可考，历历在目，却往往在研读与引述中，"日用而不知"，熟视无睹。《乾·彖》曰："大哉乾元，万物资始，乃统天。"《坤·彖》曰："至哉坤元，万物资生，乃顺承天。"《系辞下》曰："天地絪缊，万物化醇；男女构精，万物化生。"

《周易》关于"性命之理"探讨、论述的目的、动因与宗旨，是对人类命运的关注。关注人类命运，是《周易》的出发点与落脚点：

> 子曰："夫《易》何为者也？夫《易》开物成务，冒天下之道，如斯而已者也。"是故，圣人以通天下之志，以定天下之业，

---

① (唐) 孔颖达：《礼记正义·经解》，(清) 阮元校刻：《十三经注疏》(下册)，中华书局 1980年版，第1611页。
② 毛泽东：《整顿党的作风》，中共中央毛泽东选集出版委员会、中共中央文献编辑委员会：《毛泽东选集》(第三卷)，人民出版社 1991年版，第820页。

以断天下之疑。(《系辞上》第十一章)

《周易》所论之道，乃"天下之道"；所通之志，乃"天下之志"；所定之业，乃"天下之业"；所断之疑，乃"天下之疑"，一句话，《周易》所关注的是人类共同的命运，而非只关注某一个别人的命运。个别命运的总和固然为天下人类共同的命运，但人类共同的命运，并不就是或等于个别的命运。混淆个别与一般、局部与整体、特殊与普遍的关系，就必然由真理滑向谬误，由科学陷入迷信[①]。

(四)

中华民族先民，"仰则观象于天，俯则观法于地，观鸟兽之文，与地之宜，近取诸身，远取诸物"创作《周易》。如何看待这一过程？这不是一般意义的观察，而是一种伟大的，广阔的社会历史实践活动，是一种有组织，有专门分工，有系统而翔实文献记载的社会实践活动。《史记·历书》曰：

> 太史公曰，神农以前尚矣，盖黄帝考定星历，建立五行，起消息，正闰余，于是有天地神祇物类之官，是谓五官。
> 少皞氏之衰也……颛顼受之，乃命南正重，司天以属神；命火正黎，司地以属民。
> 尧复遂重、黎之后，不忘旧者，使复典之，而立羲、和之官……年耆禅舜，申戒文祖云："天之历数在尔躬。"舜亦以命禹。由是观之，王者所重也。

《尚书·尧典》曰：

> 乃命羲、和，钦若昊天，历象日月星辰，敬授人时……帝曰："咨！

[①] (明)顾炎武:《日知录集释·卜筮》(上册，卷一)，上海古籍出版社1985年版，第137页。"子之必孝，臣之必忠，此不待卜而可知也……故曰：'欲从灵氛之吉占兮，心犹豫而狐疑。'……龟策诚不能知此事之善哉！屈子之言，其圣人之徒欤！"

汝羲既和，其三百有六旬有六日，以闰月定四时，成岁。"

帝尧还分别任命羲仲，住在东方的旸谷，确定仲春时节；任命羲叔，住在南方的交趾，确定仲夏时节；任命和仲，住在西方的昧谷，确定仲秋时节；任命和叔，住在北方的幽都，确立仲冬的时节。这就是二十四节气的二至二分。

学术界认为，收于《大戴礼记》卷二中的《夏小正》，是现存最早的记录天象、物候的专著。四百多字，按照正月至十二月，逐月记载了天象与物候。《诗经·豳风·七月》也有天象、物候的记载。中华民族对天象、物候的观察，对古代天象、物候关系的记载，在全世界不仅是最为悠久，也是最为系统，最为翔实的。在《尚书·禹贡》与另一部古典奇书《山海经》中，特别是其中的《山经》中，保存着学术界认为有丰富的地理知识与重要的地学价值的记载。这都在说明，中华先民们"仰则观象于天，俯则观法于地，观鸟兽之文，与地之宜，近取诸身，远取诸物"而创作《周易》，决非神话传说，无稽之言，而是切切实实的社会历史实践，是中华民族古代伟大、广阔、悠久的认识实践、科学实践。在这一伟大、广阔、悠久的社会历史实践，逐步建立起中华民族的天文学、历法学、地理学、农学、医学、数学，乃至社会学、伦理学。《周易》正是对这些学科知识、思想理论资料的系统总结。这一系统的总结，是不断地持续进行着，由始祖伏牺氏，至周文王，以至孔子，终于秦汉之间，才真正完成了《周易》集经学，十翼之《易传》为一体的，庞大系统的哲学巨著。这一哲学巨著，在对各学科知识、思想理论资料系统总结的不断丰富，完善中，逐渐形成了象、数、理三位一体的思想理论模式：以"拟诸其形容，象其物宜"之象，"拟之而后言"之系辞。"议之而后动"——议论易卦六爻：乘、承、比、应的关系，而后，爻象的变动就显现了出来〔"爻象动乎内，吉凶见乎外"（《系辞下》一章）〕。通过这样"拟、议，以成其变化"①，阐述阴阳相推、相摩的变化，从而揭示出事物运动的内在辩证逻辑与变

---

① （唐）孔颖达：《周易正义·系辞上》（第八章），（清）阮元校刻：《十三经注疏》（上册），中华书局1980年版，第79页。

化规律。

中华民族所经历"三圣""三古"的仰观、府察——有组织，有专门氏族分工，对天象、地理、物候、风情的观测、考察，有系统翔实的文献记载与描写反映的社会历史实践，开启了先民们的智慧；先民们在社会历史实践中，领悟到天地之道，性命之理。悠久、广阔的社会历史实践，为《周易》这一源头的源远流长，积蓄了无尽的浩瀚之源。

（五）

《周易》经传对人类命运的关切为宗旨的性命之理，有如下特点。

其一，自伏牺氏"始作八卦"，就从哲学的高度，将人类的命运，与天地之道，万物性命之理紧密地联系在一起，作整体的考察。

从哲学对社会，自然作整体考察的特点，贯串于《周易》经传，尤其表现在对天地万物形成、发展的过程上。《周易》以"《易》有太极，是生两仪"的象征天地的乾、坤为逻辑起点，上篇三十卦至象征日月的坎、离（离为日，坎为月）言天道，"有天地然后万物生焉"（《序卦》）的发生、发展过程；下篇三十四卦承接上篇，自咸、恒"夫妇之道"，言人道，至既济、未济而示人类社会事业之无穷。《周易》六十四卦，采取模块链的逻辑形式，论述宇宙自然、人类社会的循环曲折、转化发展过程，表达了中华先民们"君子尚消息盈虚，天行也"（《剥·彖》），遵循客观规律，坚忍不拔、勇往而前探索真理的精神；同时，六十四卦也沈积、凝聚、蕴含着中华先民们关于宇宙自然、人类社会对立统一唯物辩证的思想逻辑。这一唯物辩证思想逻辑，开启了中华文明的源头。

六十四卦，每一卦都推原事物的初始，归结于事物的结局，共同体现了"一阴一阳之谓道"，体现了阴阳对立统一，相互制约，相互转化的辩证逻辑。整部《周易》六十四卦对这辩证逻辑，对"一阴一阳之谓道"，对天地之道的持之以恒的展示，寄托了中华先民们对客观真理，对客观规律的认识永远没有终结的信念。"道"，作为事物的"典常"，作为事物的普遍规律，却"不可为典要"，不可作为固守的、一成不变的教条。每一事物的发展变化虽然都共同遵循"道"这一普遍规律，但是，各个事物对"道"这一普遍规律的遵循又有各自的特点。

对"道"的领悟，不能代替对具体事物的认识；领悟了"道"，不是认识的终结，而是理性认识的开启。在对事物的不断认识中，才会加深、丰富对"道"的理解。这一过程永远不会完结，这就是《周易》作为中华文明的源头的意义，它开辟了中华文明的源远流长。

其二，《周易》以关注人类命运为宗旨的性命之理的学说，另一重要特点是高度的社会性。对人类生存的天地自然环境的高度关切，自然更对人类生存的社会人文环境的至为关切并全力营造。《周易》性命之理的社会性，突出表现为崇德、立业、通天下之志，特别是崇德。

> 子曰："《易》其至矣乎！夫《易》圣人所以崇德而广业也。"
> （《系辞上》第七章）
> 夫《易》，圣人之所以极深而研几也，唯深也，故能通天下之志；唯几也，故能成天下之务。
> （《系辞上》第十章）
> 盛德大业至矣哉！
> （《系辞上》第五章）

在社会性的崇德、立业、通天下之志中。崇德为本。《乾·文言》对卦辞的解释说：

> 九二曰"见龙在田，利见大人"何谓也？子曰："龙德而正中者也，庸言之信，庸行之谨；闲邪存其诚，善世而不伐，德博而化。"
> 九三曰"君子终日乾乾，夕惕若厉，无咎"，何谓也？子曰："君子进德修业。忠信，所以进德也；修辞立其诚，所以居业也。"

崇德，就须立身中正，日常的言行诚信、谨慎，不自夸其善行，而以广博的道德感化天下。进德修业，须昼夜振作努力，忠诚信实，方能增进美德，注重对言辞修饰，旨在准确地表达真诚的情感，以利于思想的交流，所以，《文言》曰："君子以成德为行，日可见之行也。"

从易卦的排序，更能看出中华先民对道德修养的崇尚。易卦《乾》以象天，《坤》以象地。"有天地然后万物生焉。盈天地之间者唯万物，故受之以《屯》。屯者，盈也，屯者，物之始生也。物生必蒙，故受之以《蒙》。蒙者，蒙也，物之稚也。物稚不可不养也，故受之以《需》。需者，饮食之道也。""物之始生"，不是以"饮食之道"来"养"，而是施以"蒙以养正，圣功也"之"教"。教在养先。故"物之始生"的《屯》卦之后，便是"养正"之《蒙》；《蒙》之后，方为"饮食之道"的《需》。这样的先后卦序排列，正是《孟子·告子上》所谓的"生亦我所欲也，义亦我所欲也；二者不可得兼，舍生而取义者也。生亦我所欲，所欲有甚於生者，故不为苟得也……如使人之所欲莫甚於生，则凡可以得生者，何不用也……由是则生而有不用也……是故所欲有甚於生者……非独贤者有是心也，人皆有之，贤者能勿丧耳。"故而，《困》卦《象传》曰："泽无水，困；君子以致命遂志。"（泽上无水，象征"困穷"，君子处困穷之时，宁可牺牲生命也要实现崇高志向。）《蒙》卦排在《需》之前，旨在"蒙以养正"，"勿丧"仁义德性。

"物之始生"，便即开学养正，培养道德诚信，是为了奠定维护人类社会性的基础与根基，营造人类生存发展的良好的人文环境。唯其如此，"君子以饮食宴乐"（《需·象》），才"有孚，光亨，贞吉"（《需》）——心怀诚信，光明亨通，保持正固而吉祥。然而，"饮食必有讼，故受之以《讼》。讼必有众起，故受之以《师》；师者，众也。众必有所比，故受之以《比》。"（《序卦》）《周易》《需》卦之后继之以《讼》，以《师》，以《比》——由饮食而引起争讼，由争讼而发生战争，由战争而产生依附、联合，易卦这一卦序，揭示了古代社会历史的发展逻辑。这正是唐人柳宗元《封建论》，所依据的社会历史逻辑。由此可见，《周易》将《蒙》卦置于《屯》卦"物之始生"之后，《需》卦"饮食之道"之前，昭示了中华先民对这一社会历史发展逻辑的深刻体悟与理解，并对由生存食物而产生的争讼、战争，以及氏族、部落的联合、结盟与融合，提供了道德的原则与依据。例如，《讼》卦指出："讼：有孚窒惕，中吉；终凶，利见大人。"——争讼是诚信窒塞，心怀惕惧而造成的，必须保持中正，方可吉祥。一直争讼不止，最终会有凶险。公正有德的"大人"出来主持争讼，方为有利。《师》卦阐述统兵、用兵的原则、规律，说明"师：贞，丈人吉，无咎。"——守持正固，以道德严明的才德之人统帅兵众，方吉祥而无咎害。《比》卦阐述亲比，依附之理："比：吉，原筮，元永贞，无咎。不宁方来，后夫凶"，意谓，选择依附、联合的对象须慎重考察，与有德的君长联合，结盟。一旦有了正确的选择，应当机立断，不要犹豫不决。总之，在面对社会历史的发展逻辑时，中华先民们以高度的智慧，倡导德治、德政，以道德治理天下，解决各种矛盾、利益纷争，为人类的命运营造一个良好的环境。《周易》上经三十卦论天道，以上诸卦讲的是人道，是以人道而论天道，人道是对天地之道的效法。天道远，人道近，以人道论天道，深切而著明。

还应指出的是，《周易》关于社会性，不仅强调了思想道德，社会公理、公德的建设，也强调了社会组织的建设。例如，在"物之始生"的《屯》卦，就及时提出"天造草昧，宜建侯而不宁"（《屯·彖》），《屯·象》曰："屯，君子以经纶。""建侯"，旨在以社会组织机构的建立，实施经略天下的大业。经略天下，当然须有社会典章制度的制定，这种制定，是"圣人有以见天下之动，而观其会通，以行其典礼"，而确立的。

其三，《周易》经传对经略天下，成就事业，造福人类社会，从社会历史实践中总结并阐发了变通之道。变通之义，可从《泰》《否》两卦谈起。

泰（☷☰），《彖》曰："……则是天地交而万物通也，上下交而其志同也。"泰卦下乾（☰）上坤（☷），象征阳气自下而上升，阴气自上而下沈，故而阴阳相交，万物生养通畅；上下相交，意志和同，于是国泰民安。否（☰☷），《彖》曰："……则是天地不交而万物不通也，上下不交而天下无邦也。"否卦下坤（☷）上乾（☰），象征阴气自下而下沉，阳气自上而上升，故而阴阳不能相交，万物生养不通畅；上下不交，天下离散不成邦国。两卦相较，说明：相交，则聚合、畅通，乃强国之道；否闭，则离散、滞塞，乃败国之道。因而，变通乃昌；否闭，必衰。

《易传》从哲学的高度，以道器范畴阐释了变通之道：

> 是故形而上者谓之道，形而下者谓之器。化而裁之谓之变，推而行之谓之通，举而措之天下之民谓之事业。
>
> （《系辞上》第12章）

《易传》的意思为，超越具体事物，其运动的普遍规律，称之为"道"；具有形质之体的，称之为"器"。器物（或事物）内在阴阳相互转化又相互制约的运动，叫作"变"（按，亦即《系辞上》第十一章："是故阖户谓之坤，辟户谓之乾，一阖一辟谓之变。"故而，"一阴一阳之谓道"者，道乃变，或曰道乃运动变化之普遍原则与规律。）循其变化，推而旁行，叫作"通"（按，亦即《系辞上》第十一章："一阖一辟谓之变，往来不穷谓之通。"）将此变通之理，指导天下百姓共同施行，就称为经纶天下的大业。《易传》的意思很明确，变通，不是人类主观意愿的强行做为，而是遵循事物规律的顺势而为。

《易传》对伏牺氏至后世圣人的变革创造作了简明、系统的论述，兹将该章全文抄录如下：

> 古者伏牺氏之王天下也，仰则观象于天，俯则观法于地，观鸟兽之文与地之宜，近取诸身，远取诸物，于是始作八卦，以通神明之德，以类万物之情。作结绳而为网罟，以佃以渔，盖取诸《离》。伏牺氏没，神农氏作，斫木为耜，揉木为耒，耒耨之利，以教天下，盖取诸《益》。日中为市，致天下之民，聚天下之货，交易而退，各得其所，盖取诸《噬嗑》。神农氏没，黄帝、尧、舜氏作，通其变，使民不倦；神而化之，使民宜之。《易》穷则变，变则通，通则久。是以"自天佑之，吉无不利"。黄帝、尧、舜垂衣裳而天下治，盖取诸《乾》《坤》。刳木为舟，剡木为楫，舟楫之利以济不通，致远以利天下，盖取诸《涣》。服牛乘马，引重致远，以利天下，盖取诸《随》。重门击柝，以待暴客，盖取诸《豫》。断木为杵，掘地为臼，臼杵之利，万民以济，盖取诸《小过》。弦木为弧，剡木为矢，弧矢之利，以威天下，盖取诸《睽》。上古穴居而野处，后世圣人易之以宫室，上栋下宇，以待风雨，盖取诸《大壮》。古之葬者，厚衣之以薪，藏之中野，不封不树，丧期无数，后世圣人易之以棺椁，盖取诸《大过》。上古结绳而治，后世圣人易之以书契，百官以治，万民以察，盖取诸《夬》。
>
> （《系辞下》第二章）

《易传》论述自始祖伏牺氏为代表的上古中华先民，通过仰观、俯察、近取、远取，即开始了八卦的创作，旨在"以通神明之德，以类万物之情"——"以类族辨物"（《同人·象》）归纳、类比万物的情形（拟诸其形容，象其物宜），融会贯通，揭示天地化育万物神妙光明的德性（"天地之大德曰生"《系辞下·第一章》）。而且，从上古伏牺氏的渔猎时代，就已经"以制器者尚其象"（《系辞上》第十章），依据易卦而编绳结网，制造捕鱼围猎的工具。社会发展到神农氏的农业时代，又依据易卦制作耕耘田地的耒耜，并且筹建起了集市贸易。黄帝、尧、舜之际，社会进一步跨进文明时代，"《易》穷则变，变则通，通则久"的道理，深入人心，故而"以动者尚其变"（《系辞上》第十章），举凡社会政治，民生衣食，交通运输、社会治安、军事，都进行大规模的变革创新。垂衣而治，表达了民众对宽简政治，宽松社会环境的要求与愿望，衣食、交通运输等的变革创新，符合民众对人类命运的关切，对改善民生的期待，故而"自天佑之，吉无不利"。黄帝、尧、舜之后，"后世圣人"又由"上古穴居而处"而"易之以宫室"。变革了丧葬之礼。并以"书契"的行政方式，取代"上古结绳而治"。

诚然，《易传》论述的准确性，以至于真实性，有进一步讨论之处。而且，《易传》以"盖取诸"为言，"盖"者，大概、或许之意，用语讲究，有分寸。然而，《易传》上述之论，确有毋庸置疑的历史真实性。首先，它说明易卦的创作是通过"仰则观象于天，俯则观法于地"，"近取诸身，远取于物"而进行的。远取，则天地、万物自然（上篇论天道），近取，则男女、家庭社会（下篇论人道），即易卦是依据天地自然，社会历史实践而创立的，是对客观现实的反映。其次，"《易》与天地准，故能弥纶天地之道"，不只是为"弥纶天地之道"，而创作《易》的。"夫《易》何为者也？夫《易》开物成务，冒天下之道，如斯而已者也。"《易》的创作，是"开物成务"，"以定天下之业"而"冒天下之道"，即总结、尽括天下之道的。最后，因为易卦是"开物成务"而"冒天下之道"，故而《易》的创作，"人更三圣，世历三古"，是一个如上述《易传》所讲的，自上古渔猎，直至"后世圣人"，不断用以指导社会历史实践，社会不断进步、进化的过程；同时在对社会历史实践指导的过程中，又"人更三圣"，《易》得到不断充实、不断丰富完善，从而最终完成、定型。《易传》的作者们，以他们当时的语言与表达方式，讲出了我们现代人对《易》的理解。

博大精深的中华文明，源自中华民族的社会历史实践；社会历史实践产生并推动了人们对真理的认识与检验。中华先民们对变通之理，对以变通之理推行社会变革、科技文化等社会事业的创造发展，有着十分明确的认识。对此，《易传》从不同的角度，有种种论述。诸如，《易传》曰："变通者，趋时者也"（《系辞下》第一章），变革旨在趋向时宜，合乎时代发展的需要，顺应历史潮流；又曰："变而通之以尽利"（《系辞上》第十二章），变通旨在尽力发挥其功利作用；又曰："通变之谓事"（《系辞上》第五章），天下之事，穷则须变，变通以成就天下事业；又曰"《易》穷则变，变则通，通则久"，变通，才能使人类社会及其事业的发展，长久不衰。总之，《周易》经传表达了中华先民对变通道理的深刻理解，这种理解来自社会历史实践，是对社会历史实践的总结，并且，又在社会历史实践中成功地进行了运用。正如毛泽东主席所讲："真正的理论在世界上只有一种，就是从客观实际抽出来，又在客观实际中得到了证明的理论，没有任何别的东西可以称得起我们所讲的理论。"[①]《周易》作为博大精深中华文明的源头，大概也正因为它堪称"真正的理论"吧。"阖户谓之坤，辟户谓之乾，一阖一辟谓之变，往来不穷谓之通"（《系辞上》第十一章），"变通者，趋时者也"，"变而通之以尽利"，"通变之谓事"，是《周易》变革求是的基本精神品格。这也正是司空图《诗品》诗易会通，"为儒证道"以"修中兴之教"，复兴大唐的理论依据吧。

其四，《周易》天道自然观以元、亨、利、贞四德，维系、构建起宇宙万物原始要终的性命之理，宇宙整体和谐的秩序，与永恒不已的运行规律。

> 《彖》曰：大哉乾元！万物资始，乃统天。云行雨施，品物流行。大明终始，六位时成，时成六龙以御天。乾道变化，各正性

---

① 毛泽东：《整顿党的作风》，中共中央毛泽东选集出版委员会、中共中央文献编辑委员会：《毛泽东选集》（第三卷），人民出版社1991年版，第817页。

命，保合太和，乃利贞。首出庶物，万国咸宁。

《象》曰：至哉坤元！万物资生，乃顺承天。坤厚载物，德合无疆；含弘光大，品物咸亨。牝马地类，行地无疆，柔顺利贞。

《乾·象》与《坤·象》的解释，已见于卷一《雄浑》与《冲淡》。这里对《乾·象》的"乾道变化，各正性命，保合太和，乃利贞。首出庶物，万国咸宁"的意义略加说明。

《象传》的意思为，天道运动，伟大的乾元阳气"资始"万物以德性及天年，在乾元统领的天道运动中，万物各自端正其天赋之性，循性而动，以与天道整体和谐的运行相契合，方才各得其宜，祥和有利，稳固天赋纯正的性命。所以，天地众物，是以乾元为首阴阳聚合而"资始""资生"，万国也由天道而皆得安宁。《周易》论天道自然，始于元、亨，终于利、贞。以元、亨、利、贞四德，阐释天地万物运动规律与辩证逻辑。始于元、亨，终于利、贞，且又贞下启元，昭示天道"终则有始"，"恒久而不已也"之天道永恒。《象传》对《乾》卦利、贞之德的阐述，又寄托了中华民族对建设和谐的世界秩序，"万国咸宁"的美好愿望。万物既各自循性而动，又与天道、与世界的整体运行保持和谐一致。万物各自天赋物性的充分发展，维护了天道运行与世界的整体秩序；天道运行，世界的整体秩序，又保证了万物天赋纯正物性的充分发展，这就是"保合太和，乃利贞""万国咸宁"的完整意义。

（六）

由以上的简略分析，对中华文明，科技文化的发展道路与发展基础，有两点看法。

一中华文明，其科技文化发展的过程，是中国古代社会历史实践的过程。中国古代社会历史实践，具有鲜明的特色。中国特色的社会历史实践，是中华文明，科技文化发展的不竭源泉。

二《周易》是中华先民们"人更三圣，世历三古"，在其伟大、广阔、悠久的中国特色的社会历史实践中创作的，是先民对其社会历史实践的理论总结，又指导了社会历史实践，在社会历史实践中得到了证明。《周易》奠定了中华文明，科技文化创造发展的深厚的思想理论基础，这就是唯物、辩证的天道自然观与方法论。

为了比较清楚地表述这两点看法，兹对上述分析，作一粗略的综合梳理与申述阐释。

（七）

《汉书·艺文志》曰，"六艺之文"（《乐》《诗》《礼》《书》《春秋》），"盖五常之道，相须而备，而《易》为之原"，指出了《周易》作为古代中华文化的思想理论基础。《周易》的唯物、辩证的天道自然观与方法论，不但贯通于易卦之中，而且由经传明确地表达了出来。《周易》经传曰："大哉乾元，万物资始，乃统天。"又曰："至哉坤元，万物资生，乃顺承天。"因而，《周易》经传认为，天地万物，由阴阳精气聚合而生，离散而亡（精气为物，遊魂为变，是故知鬼神之情状）。天，由阳气聚积而成；地，由阴气凝聚而成。《周易》的逻辑起点，即在"《易》有太极，是生两仪"（《系辞上》第十一章），所以《周易》是唯物论者。"一阴一阳之谓道"，"阴阳不测之谓神"，阴阳对立统一，相互制约与转化，事物的本身及其运动变化，又是辩证的。天地万物运动变化，乾元"乃统天"，坤元"乃顺承天"，天道统领自然界的运动，周而复始，新陈代谢，生生不息。在天道的统领下，万物赖乾元而自始（大哉乾元，万物资始），万物赖坤元而自生（至哉坤元，万物资生），万物以自始、自生，故谓之天道自然。

《周易》之为中华文明的源头，古代科技文化创造发展的思想理论基础，它的创作，是通过"仰观""俯察"，"近取诸身，远取诸物"，"立象以尽意，设卦以尽情伪，系辞焉以尽其言"，以立象、设卦、系辞的表现方式，以象、数、理三位一体的理论模式而实现的。这种表现方式与理论模式，铸就了中华文化的基本特征，并且集中地体现在形、音、义三位一体的中国文字，与诗歌赋、比、兴的表现方法上，成为中国文字与诗经赋、比、兴的源头。中华先民以这种理论模式，表现方式，反映世界，表述天地之道，性命之理。这就是《易传》所谓的：

> 八卦成列，象在其中矣；因而重之，爻在其中矣；刚柔相推，变在其中矣；系辞焉而命之，动在其中矣……爻也者，效此者也；

>象也者，像此者也。爻象动乎内，吉凶见乎外；功业见乎变，圣人之情见乎辞。
>
> 《系辞下》第一章

八卦创作，乾、兑、离、震、巽、坎、艮、坤，排列有序，天地万物之象就都包含于八经卦其中了；两经卦重迭而成六十四别卦，三百八十四爻就都在其中了；阳刚之爻与阴柔之爻相互推移、转化，天地万物的运动变化就都在其中了；卦爻之下系以文辞，告明论断运动变化，天地之道、性命之理都包含在其中了……爻，就是仿效天地万物这种变化的；象，就是模拟这一天地万物情态的。爻与象仿效、模拟事物的变化情态于卦内，而反映的则是卦外客观事物的吉凶变化。（孔颖达《周易正义》："爻之与象，发动于卦之内也"，"其爻象吉凶，见于卦外，在事物之上也"。）功业的兴盛，见之于变通，圣人的旨意，见之于系辞。——以上，可视为《易传》对伏牺氏"始作八卦，以通神明之德，以类万物之情"的阐释。"以通神明之德，以类万物之情"，或曰"以体天地之撰，以通神明之德"，是以伏牺氏为代表的中华先民创作《易》的宗旨、初心。所谓"以体天地之撰，以通神明之德"或"以通神明之德，以类万物之情"，即通过对"万物之情"的归类、模拟，而体现天地对万物的"资始""资生"，表达所领悟的天地化育万物神妙光明的德性。实践印证了中华先民的确实现其"开物成务，冒天下之道"的创作宗旨。

《易传》还具体地论述了易卦这一理论模式，是如何对天地之道，性命之理变化规律的反映与表现：

>《易》之为书也，原始要终以为质也。六爻相杂，唯其时物也。其初难知，其上易知，本末也。初辞拟之，卒成之终。若夫杂物撰德，辩是与非，则非其中爻不备。噫！亦要存亡吉凶，则居可知矣……二与四同功而异位，其善不同：二多誉，四多惧……三与五同功而异位：三多凶，五多功。
>
> 《系辞下》第九章

《易传》说：《周易》这部书，推究事物的初始，归结事物的终局，构成象征事物由始至终的完整发展变化过程的一卦之体。卦中六爻阴阳刚柔相杂，反映的只是一定时势背景下的具体事物。初爻表示事态的起始，意义较难理解。上爻表示事物的终结，意义容易理解。初、上两爻虽然反映了事物的终始，但是，如果判断阴阳刚柔交杂所撰述的德性，辨别是非，那么，不考察中间四爻就不完备。噫，了解中间四爻的意义，也就大体把握了存亡吉凶的规律了！即使身处家中，也能知晓天下之理……卦中第二爻与第四爻，都是阴位，都具阴柔的功用，但两爻象征的利、害不同，第二爻多获美誉，第四爻多有惕惧……第三爻与第五爻，都是阳位，都具阳刚功用，但三爻多凶险，第五爻多功绩。

上述《易传》表达了易卦两层重要意义，一易卦"唯其时物"之"原始要终以为质"的终始、本末之义（易卦所反映的只是一定时势背景下具体事物由始至终完整的发展变化，以其终始变化为卦体）；二易卦"杂物撰德，辩是与非，则非其中爻不备"，了解易卦中间四爻的意义，也就大体上把握了存亡吉凶的规律了。因而，易卦有两个关键处：一是整体的发展变化，初爻、上爻是其本末之义；二是易卦中间四爻大体上反映了事物存亡吉凶的规律。或问，中间四爻是如何反映事物存亡吉凶的规律？《易传》曰："二多誉，四多惧""三多凶，五多功"。如何理解这一规律，是正确理解与评价《周易》的关节。《周易》六十四别卦是由两经卦重迭而成。故而，第三爻，即下卦的上爻；第四爻，即上卦的初爻。第三爻与第四爻处于上下两卦交接处，表达的是事物发展变化的转型期。下卦上爻（第三爻）象征事物转型时，发展到顶端，处于穷尽的状态，故而"三多凶"；"《易》穷则变"，须由下卦转化至上卦。上卦初爻（第四爻）"其初难知"，由下卦转化至上卦，前途不明，故而"四多惧"；"《易》穷则变，变则通"，第四爻的"四多惧"，发展至第五爻，"五多功""变则通"的效果就显示出来了。与第五爻处于上卦中位相同者，第二爻则处于下卦中位，由下卦初爻"其初难知"，而兴起发展，乃有"二多誉"之称。《周易》重迭两经卦而为别卦，深刻反映了中华先民们对事物发展变化的透彻认识与精辟见解。两卦重迭为新的一卦，揭示出转型发展是事物发展的必然，所有事物的发展都有转型的阶段；转型的阶段，是事物持续发展的关键。事物的运动是曲折发展的，由一个阶段走向另一个阶段。或由低潮到高潮，或由高潮到低潮，终而复始。转型，维持着事物的运动持续，与推动事物运动的升级。在六十四别卦中，八纯卦为八经卦自相重迭而成。例如，☰乾，虽卦体为下乾（☰）上乾（☰），然而上乾三爻，以由下乾之初九、九二、九三，升级为九四、九五、上九；而且，上下乾相应之爻，其爻位的阴阳也发生相反的转化。至于其他五十六别卦，上下卦象本就不同，从而构成事物发展的转型。《易传》所谓"八卦成列，象在其中矣；因而重之，爻在其中矣；刚柔相推，变在其中矣""爻象动乎内，吉凶见乎外"（《系辞下》第一章）转型发展，充满艰难，"存亡吉凶"，往往出现在转型时期。明断事理，正确决策，坚持转型，才能取得由"三多凶"至"五多功"的功效。

《周易》六十四卦的上下或内外两体的结构，也体现了终始之义，即于一卦之内体现了"终则有始，天行也"，天道循环往复的变通之义。至于《易传》所谓的"原始要终以为质"，初、上本末之终始，则表述的是一卦之体，包含由始至终，"时物"整个发展过程。其终始之义是推究"时物"之初始，归结"时物"之终局。这一反映"时物"由始至终的一卦之体，其"终则有始"的意义，则表现于相邻两卦之间的逻辑联系。试以"《易》之缊"或"《易》之门"的《乾》《坤》两卦为例略作说明。《乾》"初九，潜龙勿用。"《象》曰："阳在下也。"象征乾阳的龙潜藏在水下，故而"其初难知"。"上九，亢龙有悔"，《象》曰"盈不可久也"，意义十分明确，故而"其上易知"。然而，"亢龙有悔，盈不可久也"，上九发展到顶端，处于穷尽的状态，"《易》穷则变"，于是阳极转阴，故有《坤》卦第二。《坤》"初六，履霜，坚冰至。"《象》曰："履霜坚冰，阴始凝也；顺致其道，至坚冰也。"——踩着微霜，阴气开始凝聚，继续凝聚，必将变成坚冰——阴气刚刚开始凝聚，故而"其初难知"。"上六，龙战于野，其血玄黄。"《象》曰："龙战于野，其道穷也。"意义也十分明确。故而"其上易知"。《乾》上九"亢龙有悔，盈不可久也"，《坤》上六"龙战于野，其道穷也"，两卦上爻都处于穷尽状态。"《易》穷则变"，纯阳之《乾》卦，转化为纯阴之《坤》卦；纯阴之《坤》卦，则转化为阴阳相杂之《屯》卦，表达了"有天地然后万物生焉"，"屯者物之始生也"

的天地万物的形成过程。由六爻构成的易卦模型，作为"原始要终以为质"的独立自足的"时物"模型，模块与模块之间，以天道之"终则有始"，而"二二相耦，非覆即变"，形成模块链，揭示"《易》穷则变，变则通，通则久"的变通之理，表达"物不可穷也"，天道永恒，"一阴一阳之谓道"的唯物、辩证天道自然观。

　　《周易》经传所表达与体现的唯物、辩证天道自然观，鲜明地呈现"人更三圣，世历三古"，中华先民们自觉运用辩证逻辑的科研思维特征。"《易》之为书也，原始要终以为质也。六爻相杂，唯其时物也"，正是将"时物"这一具体对象看作一个整体，通过"六爻相杂""杂物撰德"，即从内在阴阳刚柔的矛盾运动、变化，及六爻阴阳，乘、承、应、比各方面的相互联系中，系统、完整地表述、论断（"开而当名，辨物正言，断辞则备矣"《系辞下》第六章）事物的本质德性与吉凶。易卦的构建，表达了先民们对"一阴一阳之谓道"，这一对宇宙物质及其运动的本质规定，由抽象而上升为具体，即由对世界万物抽象的理性认识，上升为对"时物"各个方面的本质规定的完整反映。其逻辑起点、逻辑中介、逻辑顺序、逻辑终点等辩证逻辑的基本环节甚为分明。易卦六爻，"其初难知，其上易知，本末也。初辞拟之，卒成之终"（初爻的意义难以理解，上爻的意义易于理解，因为初爻象征的是"时物"的本始，上爻象征的是"时物"的终末。初爻的爻辞拟议"时物"初始端绪，上爻表达"时物"终了的意义。）易卦以六爻"杂物撰德"，鲜明地呈现认识、表述的过程与事物运动、变化过程的一致，亦即辩证逻辑的逻辑与历史的统一。通部《周易》实行了包括分析与综合的统一，归纳与演绎的统一等辩证逻辑基本方法的运用，这是由《易学》创立的宗旨、目的及其理论体制、体例所决定的，并从其体制、体例反映了出来。"古者伏牺氏之王天下也，仰则观象于天，俯则观法于地，观鸟兽之文，与地之宜，近取诸身，远取诸物，于是始作八卦，以通神明之德，以类万物之情。"从伏牺氏"始作八卦"，旨在"以通神明之德，以类万物之情"，即是要以八卦通晓天地化育万物神明的德性，揭示万物性命之理，反映"三极之道"，从而"开物成务"。基于这一宗旨、目的，通过仰观、俯察的社会实践，"圣人有以见天下之赜，而拟诸其形容，象其物宜，是故谓之象。圣人有以见天下之动，而观其会通，以行其典礼，系辞焉以断其吉凶，是故谓之爻"。于是，"八卦成列，象在其中矣；因而重之，爻在其中矣；刚柔相推，变在其中矣；系辞焉而命之，动在其中矣"；于是，"八卦以象告，爻彖以情言"（八卦用卦、爻之象来象征、表现哲理；并用卦、爻之辞说明卦、爻之象的意义）。因此，八卦的创立过程，也就是中华先民们运用分析与综合的统一，归纳与演绎的统一的辩证逻辑的过程。"圣人有以见天下之赜，而拟诸其形容，象其物宜"，"圣人有以见天下之动，而观其会通"，即是"归纳"，是认识的由个别到一般，对经验事实的概括。这指的是阴、阳之爻，以及八经卦。中华先民以阳爻与阴爻，尽括天地万物阴阳刚柔之性与运动变化。以爻为基础，以象征天、地、人"三才"，三爻为八经卦。"八卦成列，象在其中矣"，八经卦象征天下万象；再以象征万象的八经卦为基本卦形，"因而重之"为六十四别卦，于是，"原始要终以为质也；六爻相杂，唯其时物也"，完成易卦的最终创立，实现了认识由个别到一般，再由一般到个别（时物）的辩证统一，即归纳与演绎的统一。六十四别卦，将"时物"分解为六个时位或曰六个部分，以阴阳相杂的爻象与爻辞作分析考察，揭示"时物"的本质与内在联系，即突出"时物"内在的主要矛盾：众爻与卦主（主爻）的乘、承、比、应，并突出主要矛盾的主要方面，卦主的作用。而"原始要终以为质"，即将各部分的分析考察联结为一个整体，以卦象与卦辞作综合的考察、论断。所谓"爻彖以情言"，"彖"者，断也，这里指卦辞，即论断一卦之义。因而实现了分析与综合的统一。

学术界认为，辩证逻辑是关于辩证思维的形式、规律和方法的科学。它的基本特征是把对象看作一个整体，从内在矛盾的运动、变化及其各方面相互作用的关系中考察事物。辩证逻辑的方法为，归纳与演绎的统一，分析与综合的统一，逻辑与历史的统一，从抽象上升到具体。由上述讨论可知，《周易》唯物、辩证天道自然观，体现了中华先民对辩证逻辑的自觉运用。

《周易》所体现的辩证逻辑，反映了中华先民们在社会历史实践中，对客观世界、社会人生的完整的认识过程。辩证逻辑的方法，是客观现实中的辩证关系在思维中的反映与表现。天地万物，社会人生存在的辩证关系，反映到人们的头脑中，便以思维抽象形式固定下来，形成思维特有的逻辑方法，从而自觉地对客观的辩证运动进行反映，从理论上把事物具体而完整地再现出来。《周易》的辩证逻辑思维，还体现在《易学》的理论体制、体例上。《易学》由《经》《传》构成经传体制。《经》是《易》之本；《传》是《易》之末，是对《经》的阐释与论证。《易传》由"十翼"的《彖传》上、下，《象传》上、下，《文言》，《系辞》上、下，《说卦》《序卦》《杂卦》构成。《彖传》解说卦义，统论一卦之体。《象传》小象具体解释爻象、爻辞；大象由卦象，引申卦的象征意义，从修身、齐家、治国、平天下，对卦象作出积极的、正面的论断。诸如，《临·象》曰："泽上有地，临；君子以教思无穷，容保民无疆。"《益·象》曰："风雷，益；君子以见善思迁，有过则改。"《革·象》曰："泽中有火，革；君子以治历明时。"《旅·象》曰："山上有火，旅；君子以明慎用刑，而不留狱。"旨在端正政风，营造优良的世风。《文言》对乾坤两卦，所谓"乾坤，其《易》之缊邪"，作详尽的说明。《系辞》由《彖传》《象传》《文言》对易卦的分析论断，而为《周易》的通论、概论，对"夫《易》，圣人之所以极深而研几也"，作了至精、至深的论述，奠定了《周易》作为中华文明源头的基础。《说卦》论"八卦成列，象在其中"之义。《序卦》以六十四卦的排序，将六十四卦作为一个整体，上篇论天道，下篇论人道。《杂卦》则将六十四卦，相反的两卦为一组，点明卦意，体现"杂物撰德"的错杂之义。总之，十篇《易传》作为《易经》的辅翼，各负其职，从各个角度，各个方面，以具体而完整的分析、综述，归纳演绎相与统一地阐释，共同论证了《周易》的辩证逻辑所反映的广大悉备的哲理。

《周易》这部伟大的哲学著作，这部以卦、爻之图像符号，与符号之下系以文辞的体例，将哲学、性命之理形式化，构成完备的形式化系统。这一伟大创举，其创始，较之德国数学家、逻辑学家希尔伯特，在20世纪20年代初提出的形式化和形式化系统，以我国出土文物具备音律的骨笛推算，要先于近万年！《周易》在世界文明史上，理应有重要的地位，这是中华先民的荣耀，是中华民族的荣耀。

（八）

中华文明，"《易》为之原"。《周易》既非人们头脑中固有的，更非从天上掉下来的。《周易》产生于中国古代社会历史实践，又应用于中国古代社会历史实践。产生具有鲜明特色的中华文明，中国古代社会历史实践必然是具有鲜明特色的社会历史实践。中国特色的社会历史实践，是中国特色文明，科技文化创造发展的不竭源泉。具有高度社会性的自觉，先民们自觉地将自身的利益，自身的价值，自身的命运，寄托于社会、与社会中的人们共为一体，是形成中国特色社会历史实践的基本原因。

"夫《易》，圣人所以崇德而广业也"，"夫《易》，开物成务，冒天下之道……是故圣人以通天下之志，以定天下之业，以断天下之疑"。《周易》极尽文辞所表达的崇德、立业、通天下之志、断天下之疑，昭示了中华先民们高度自觉的社会观念。正是这种高度的社会观念，才得以组织发动起在世界古代史上极为罕见的伟大、广阔、悠久的社会历史实践，才得以集中民族集体的力量、集体的智慧，实现博大精深文明，科技文化的创造。毛泽东主席说："中国的长期封建社会中，创造了灿烂的古代文化。"[①] 是对伟大、广阔、悠久社会历史实践的经典论断。诚然，在中国古代社会中，社会的统治思想是统治阶级的思想。统治阶级的思想是为统治阶级服务的；但是，劳动人民是社会历史的真正创造者，在长期社会历史实践中，统治者强烈地感受到了民众强大的力量，在和平时期是如此，在改朝换代、社会斗争激烈的时代更是如此。故而《革·彖》曰："天地革而四时成；汤武革命，顺乎天而应乎人；革之时，大矣哉！"（天地变革而四季形成；商汤、周武王革夏桀、商纣王的命，是顺从天意应合民心。变革、革命，顺应天时民心，是多么重要啊！）《周易》对变革，对"汤武革命"的论述，透露出古代先民思想观念难能可贵的民主色彩。社会历史实践中，民众作为社会发展的动力，越来越引起统治者的注意，滋生出"民为邦本""敬天保民"的意识。应该说，这种社会思想意识，这类充满正能量的呼声，这类正义的社会舆论，在中国社会历史中，一直持续不断，对维系社会相对的安定、缓和阶级矛盾，起到了相当重要的作用，因而有利于民族的创造力

---

① 毛泽东：《新民主主义论》，中共中央毛泽东选集出版委员会、中共中央文献编辑委员会：《毛泽东选集》（第二卷），人民出版社1991年版，第707页。

与潜能的释放。中华先民这种具有某些民主色彩的社会意识，社会性，赋予了中国特色的社会历史实践，较之一般意义的社会实践，具有更强的能动性、创造性。社会发展动力更为强劲、活跃、通畅。

中国先民高度自觉的社会性，来自对人类共同命运的强烈关切；对人类共同命运的强烈关切，直接根源于古代现实。原始社会流传下来的神话传说，表达了中华先民所面临的严重现实。

> 往古之时，四极废，九州裂，天不兼覆，地不周载，火爁焱而不灭，水浩洋而不息，猛兽食颛民，鸷鸟攫老弱。于是，女娲炼五色石以补苍天，断鳌足以立四极，杀黑龙以济冀州，积芦灰以止淫水。苍天补，四极正，淫水涸，冀州平，狡虫死，颛民生。
>
> （《淮南子·览冥训》）

这是一则经常被有关著作、文章引述的女娲补天的故事。大概是说五帝的颛顼时代，冀州发生了一场大地震"四极废，九州裂"，引发了不息的洪水，漫天的大火，又有猛兽、鸷鸟侵害百姓。女娲炼石补天，最终"冀州平""颛民生"。《淮南子·本经训》还讲述另一则人们所熟悉的神话故事：

> 逮至尧之时，十日并出，焦禾稼，杀草木，而民无所食。猰貐、凿齿、九婴、大风、封豨、修蛇皆为民害。尧乃使羿诛凿齿于畴华之野，杀九婴于凶水之上，缴大风于青丘之泽，上射十日而下杀猰貐，断修蛇于洞庭，禽封豨于桑林。万民皆喜，置尧以为天子。

这则神话传说，是讲"尧之时"，天大旱，"焦禾稼""民无所食"，也讲了各种凶猛的鸟兽"皆为民害"，尧命羿一一除害，"万民皆喜，置尧以为天子"。至于鲧、禹父子两代人治水的传说，则在多种古籍中都有记载。

古籍中记述的种种神话传说背后，往往透露出中华先民生活的自然环境极为恶劣。他们的生存、性命安全，共同面临着严重的威胁。在生产力极为低下的原始时代，强大的自然力，难以抵御的灾害，迫使他们必须共同面对，必须结为一体，以全氏族、全民族之力，进行改善他们共同生存环境的斗争。首先，需要统一思想，"以通天下之志"；打消各种疑虑，"以断天下之疑"，于是就产生形成了先民们的社会意识、社会性。接着需要组织起来，分工、合作、统一行动，于是就有了社会实践，全民族的争取生存的社会实践。因而，"子曰：'夫《易》何为者也？夫《易》开物成务，冒天下之道，如斯而已者也。'是故圣人以通天下之志，以定天下之业，以断天下之疑。"由此可知，"古者伏牺氏之王天下"，之所以要"仰则观象于天，俯则观法于地"（《系辞下》第二章），是因为"仰以观于天文，俯以察于地理，是故知幽明之故"（《系辞上》第四章），是因为"天垂象，见吉凶"，故而"圣人象之"（《系辞上》第十一章）。易象而称之易卦，卦者，挂也，即效仿"天垂象，见吉凶"。所以说，仰观、俯察，不是一般意义的观察，而是中华先民们争取生存的社会实践活动，这才是历史的真实。这才是对《周易》的科学评价应有的基本立场。

根系于中华先民生存的"仰观""俯察"之作为社会实践，萌发了以历法和天象观测为主要内容的中国古代天文学。阴阳合历，构成了中国历法的重要特色，被称作"农历"，其二十四节气，指导了农事活动，解决的是民以食为天的生存问题。顾炎武《日知录》曰："三代以上人人皆知天文。'七月流火'，农夫之辞也；'三星在天'，妇人之语也；'月离于毕'，戍卒之作也；'龙尾伏辰'儿童之谣也。后世文人学士，有问之，而茫然不知者矣。"[①] 后世文人学士之不如"三代以上人人皆知天文"，正在于后世人类之生存，不像三代以上那样对天的至为紧要的依赖。天文历法，天象观察在《周易》中频频出现，反映了"仰观""俯察"而创作的《周易》与天文历法的不解之缘，《周易》象、数、理三位一体之数，应主要是指天文历法之历数，此层意思容当另文讨论。其"仰观"之天文，引发了数学的发展，中国历法长于对日月运行的计算。"俯察"之地理，在《山海经》的《山经》中，学术界认为，其中有关于药物记载，是后世本草著作的开端。天文学，农

---

① （明）顾炎武：《日知录集释·天文》（中册，卷三十），上海古籍出版社1985年版，第2203页。

学、医学与数学，成为中国古代最发达的四门自然科学。

动员组织全民族广大民众谋取人类生存的社会实践，建立"以通天下之志"的人际关系，至为关键。中华先民以其博大的胸怀、光明的德性、高超的智慧，倡导和同于人，并在悠久的社会历史实践中铸就了中华民族和为贵的民族性。《周易》特别设立了《同人》一卦。而且，第十三卦的《同人》处于象征"否闭"，"天地不交而万物不通也，上下不交而天下无邦也"的《否》卦之后，而在象征"大获所有""元亨"——至为亨通的《大有》卦之前，足见其用心之深，和同于人的意义重大。《同人》卦辞曰："同人于野，亨，利涉大川，利君子贞。"——在广阔的原野，和同于人，亨通，有利于涉越大河，有利于保持君子中正的品德。"同人于野"，不但如易学家们所说的"喻其广远"，广泛和同于人，而且也应寓意和同于人以战天斗地，或和同于人以赴战事，即在社会实践中和同于人。和同于人，贵在民众响应，故而《彖》曰："乾行也。文明以健，中正而应，君子正也。"只有中正光明的人，民众才会响应。《同人》还指出，和同于人，必须有正确的思想方法，那就是《象》曰："天与火，同人；君子以类族辨物。"所谓"类族辨物"，即"审异而致同"，分辨不同事物而找到相通的共同点。以这种方法，才尽可能地团结大多数，在双方对立的斗争中，才能将自己的力量搞得多多的，将对方的力量搞得少少的。还应指出，对求同存异，乃至化消极为积极，中华先民有十分深刻的辩证思维，这突出地表现在《睽》卦中。睽，隔离的意思。《睽》卦象征乖违、背离。《象》曰："上火下泽，睽；君子以同而异。"火性炎上，泽性润下，两相背离。由这种卦象，先民领悟到"君子以同而异"，谋求大同又存小异。《彖》曰："天地睽而其事同也，男女睽而其志通也，万物睽，而其事类也，睽之时用大矣哉！"——天上地下，天尊地卑，而化育万物都相通；男女阴阳向背，但相互结合的心愿相通；万物各有其性，性各不同，但都由阴阳聚合而生是类似的，相互对立而统一的意义是多么重大啊！——中华先民们的这种辩证观，化对立为统一，积极争取对立面，最大限度地动员组织民众参与改天换地的社会实践。"洪水滔天"，大禹治水以十年，商汤又有七年大旱，可以想见，当时先民们求生存斗争是如何之艰苦卓绝，而又如何之气壮山河！

所以说，将中华民族命运凝聚为一体的，中国特色社会历史实践，培育了中华民族"君子以自强不息"的，充塞于天地间的浩然正气，与"君子以厚德载物""含弘光大"的磊落胸怀，成就了博大精深中华文明的创造主体，伟大的中华民族。同时，在中华先民为民族共同的生存而战天斗地的中国特色的社会历史实践中，"人更三圣，世历三古"，也形成了先民的唯物，辩证的天道自然观与方法论，创作了《周易》，奠定了中华古代科学文化创造的思想理论基础，开创了中国特色的科学文化的发展道路。《易传》论述作为中华文明"《易》为之原"《周易》的功能曰：

> 夫乾，天下之至健也，德行恒易以知险；夫坤，天下之至顺也，德行恒简以知阻。能说诸心，能研诸（侯之）虑，定天下之吉凶，成天下之亹亹者。是故变化云为，吉事有祥；象事知器，占事知来。
>
> （《系辞下》第十二章）

《易传》的意思为：乾，是天下至为刚健的象征，它的德性恒久平易；坤，是天下至为柔顺的象征，它的德性恒久简约。乾、坤恒久平易、简约的德性，知晓天下之艰难险阻。《周易》能使人明白天下之理而心情舒畅，能解除疑难忧虑，判定天下万物的吉凶得失，而使人勤勉、奋发而前。故而，通过变革而有所作为（以动者尚其变），凡为吉祥的事，就会有吉祥的征兆，当见几而作（子曰："知几其神乎……几者，动之微，吉之先见者也。君子见几而作，不俟终日。"《系辞下》第五章）；观察卦象就会知道制作器物的方法、道理（以制器者尚其象）；依据易卦占卜推测就会知道未来的情况（以卜筮者尚其占）。先民之将《周易》作为科技文化创作，作为创立事业的思想理论基础，言之至为明白。

（九）

司空图《诗品》之易道诗学，启示了对中华文明"《易》为之原"的理解与认同。《诗品》遵循《周易》唯物、辩证天道自然观"一阴一阳之谓道"，"穷理尽性以至于命"，"将以顺性命之理"，成功构建起

"为儒证道""修中兴之教"的"第一功名只赏诗"之"麒麟阁",完满实现了《易传》所谓的"通其变,遂成天地之文"(《系辞上》第十章)。所以,将以顺"一阴一阳之谓道"之"性命之理",而"通其变",是司空图《诗品》诗易会通"精义入神以致用"的成功之秘吧!其创作观举狂狷励圣,亦寓意通权达变之理。"通其变"而成的"天地之文",即"道之文",是司空图《诗品》之为易道诗学的思想理论内核。倘若不然,如上所述,诗品与易卦相会通,二十四诗品依次逐一据《周易》首二十四卦而立义,在常人看来,是绝无可能的;更不要说构建"第一功名只赏诗"的"麒麟阁"之易道诗学理论体系了;也不要说"为儒证道",建造"中兴颂"之"莲峰碑"了。故而司空图的成功之秘,固在"顺性命之理"而"通其变";非如此,则无从功成,无以愿随。

然而,"通其变"必以《易》之"精义"为本、为准、为依据,并且必须"精义入神",方能成其功。关于《周易》"精义入神以致用"及"通变"之理,本书各卷已从不同角度进行了讨论。在此,有必要做一概述。《易传》曰:

> 乾、坤,其《易》之缊邪!乾、坤成列,而《易》立乎其中矣;乾、坤毁,则无以见《易》;《易》不可见,则乾坤或几乎息矣。是故形而上者谓之道,形而下者谓之器,化而裁之谓之变,推而行之谓之通,举而错之天下之民谓之事业。

这是《系辞》上传最后一章的第二部分。本章共三个部分,第一部分由"《易》曰'自天佑之,吉无不利'"引出圣人作《易》以"尽意""尽言";第二部分论证圣人作《易》"尽意""尽言","开物成务,冒天下之道";第三部分为申述、结论。上文所录第二部分,也可以看作对《周易》"精义入神以致用"的理论说明。内容也分三层。其一,论"乾、坤,其《易》之缊邪",说明乾、坤二卦,何以为《易》之精蕴。孔颖达《周易正义》卷一,论《文言传》曰:"文言者,是夫子第七翼也。以乾、坤,其《易》之门邪,其余诸卦及爻,皆从乾、坤而出,义理深奥,故特作文言以开释之。"或问,乾、坤究蕴什么深奥义理,为什么说"其余诸卦及爻,皆从乾、坤而出"?《乾·象》曰:"大哉乾元，万物资始，乃统天。"《坤·彖》曰："至哉坤元，万物资生，乃顺承天。"乾、坤乃"万物资始""万物资生"之本原，万物资以始生本原之理，即"性命之理"。《说卦》因曰："昔者圣人之作《易》也，将以顺性命之理。"《易》之"精义"，固在"性命之理"。其二，从理论上说明乾、坤与《易》的关系："是故形而上者谓之道，形而下者谓之器。"乾、坤与《易》是器与道的关系。所以"乾、坤成列，而《易》立乎其中矣；乾、坤毁，则无以见《易》。"《系辞》下传第六章说得更明白："乾、坤，其《易》之门邪！乾，阳物也；坤，阴物也。阴阳合德而刚柔有体，以体天地之撰，以通神明之德。"阳物的乾与阴物的坤，乃"形而下者谓之器"，《易》乃"形而上者谓之道"，"故神无方而《易》无体"（《系辞上》第四章）《易》既为"道"，又为何谓之"易"？且"易"何以有三名？答曰，《易》之为"道"，即"一阴一阳之谓道"，"性命之理"，或曰天地万物运动变化的基本规律。故而，"易"的本义为"变易"。《周易正义卷首》："正义曰，夫易者，变化之总名……然变化运行在阴阳二气。""变易"为天地万物运动规律，"终则有始"，"恒久而不已"，乃不变之理，故又名之曰"不易"。天地万物"恒久而不已"的运动变化之至境、大道、常道，为"易简"："易简，而天下之理得矣。"（《系辞上》第一章）故又名之曰："易简。"唐·李鼎祚《周易集解》引述唐人崔憬以体用范畴来阐释"形而上者谓之道，形而下者谓之器"（已见本书前文），甚合《易传》之旨。《易传》所云之"体用"，体，指形质，形质之象，主要的或特指本体之象，（参见本章下文）。应当指出，《易传》以道器范畴说明乾、坤与《易》的关系，与第一层论"乾、坤，其《易》之缊邪"，有紧密的逻辑关系，即《易》"冒天下之道"，能够包容天下的道理，故而"立象以尽意"。故《系辞下》曰："乾，阳物也；坤，阴物也。阴阳合德而刚柔有体，以体天地之撰，以通神明之德。"阳物的乾与阴物的坤，只有"阴阳合德"，才能生成万物"性命"之形体，易卦以此体现天地"资始""资生"，资以始生万物的创作营为，从而与天地光明神妙之生生大德相通，所以说，"昔者圣人之作《易》也，将以顺性命之理"；所以说，"《易》与天地准，故能弥纶天地之道"。其三，论述"变通"致用之理。万物既由乾、坤"阴阳合德"而生，或曰"天地絪缊，万物化醇；男女构精，万物化生"（《系辞下》第五章），"精气为物，游魂为变"（《系辞上》第四章），那么，《易》如何变化，阴阳怎样"合德"？《易传》曰：

化而裁之谓之变，推而行之谓之通，举而措之天下之民谓之事业。

所谓"化而裁之谓之变"，王弼注曰："因而致其会通，适变之道也。""适变之道"，即《易传》"刚柔相易，不可为典要，唯变所适"。孔颖达疏曰："'化而裁之谓之变'者，阴阳变化而相裁节之，谓之变也。是得以理之变化……得理之变化，阴阳之化，自然相裁，圣人亦法此而裁节也。"

所谓"推而行之谓之通"，王弼注曰："乘变而往者，无不通也。"孔颖达疏曰："因推此以可变而施行之谓之通也……物得开通，圣人亦当然也。"

今案，王注、孔疏，他们以当时的语言与表达方式，道出了现代对《周易》变通之道的理解。王注"变"为"会通"，"适变之道"，孔疏为"得理之变化"。《周易》之变易，是阴阳相推的结果，故云"刚柔相推，变在其中矣"（《系辞下》第一章）。阴阳相推、相易、融合、转化，必"化而裁之""推而行之"——融合、转化，是通过阴阳相推，刚柔相摩之裁节的方式与过程而实现的。"化而裁之""推而行之"，形象地说明了性命运动的内在矛盾过程。内在矛盾推动了相互转化、融合，达到"会通"——会合变通的新的统一。就思维活动而言，变通的过程，即是对客观事物的认识在实践的基础上，由感性的具体上升为理性的抽象，所谓"适变之道""得理之变化"。由感性的具体，通过"化而裁之""推而行之"之"会通"，才能上升为理性的抽象。以这一理性的抽象之事物运动的一般规律，或曰天地之道，而指导天下百姓的实践，便是《易传》所谓的"圣人以通天下之志，以定天下之业"——"举而措之天下之民谓之事业"。故而，孔疏曰："得理之变化，阴阳之化，自然相裁，圣人亦法此而裁节也。"又曰："物得开通，圣人亦当然也。"

为书面讨论与存阅的方便，姑将本章第三部分也照录如下：

是故，夫象，圣人有以见天下之赜。而拟诸其形容，象其物宜。是故谓之象。圣人有以见天下之动，而观其会通，以行其典礼，系辞焉以断其吉凶，是故谓之爻。极天下之赜者存乎卦，鼓天下之动者存乎辞；化而裁之存乎变，推而行之存乎通；神而明之存乎其人，默而成之、不言而信存乎德行。

此部分有两层内容，一层为申述圣人立象、设卦（爻）、系辞。所立之象为象征"天下之赜"的本体之象，即符号形式化的抽象；所设之爻（卦），所会通之理，是"以行其典礼"的天地万物运动变化的规律；所系之辞，是论断运动变化的吉凶。称之为"爻"，是效法天下的运动变化的意思。另一层为在申述基础上，对本章的结论。"极天下之赜者存乎卦，极天下之动者存乎卦"，旨在论断第一部分的"尽言""尽意"。应当指出的是，刘勰《文心雕龙·原道》曰："《易》曰：'鼓天下之动者存乎辞。'辞之所以能鼓天下者，乃道之文也。"刘勰此语是对《易传》"鼓天下之动者而存乎辞"的中肯诠释，也是对"道之文"的经典界定。《易传》此语，乃呼应《系辞上》第五章"一阴一阳之谓道""显诸仁，藏诸用，鼓万物而不与圣人同忧"而来，故谓之"道之文"。至于"化而裁之存乎变，推而行之存乎通"，则是对第二部分论证第一部分"变而通之以尽利"的结论。其"神而明之存乎其人"，回应第一部分"圣人之意不可见乎"，论断"鼓之舞之以尽神"，"精义入神以致用"，必须是修德立诚如圣人德行的人。

《易传》对卦象之"极天下之赜"，系辞之"鼓天下之动"与变通之道的论断，最终归之于"神而明之存乎其人"，即有圣人"德行"之人。表达了对《易》精义的认知，对变通之道的领悟，并非最难，最难的是具体的实施；知之不易，行之尤难。能够实践《易道》，知行合一，需是修德敬业，诚信之人。"诚之者，择善而固执之者也……人一能之，己百之；人十能之，己千之"（《礼记·中庸》）诚者，成己、成物，不仅具有巨大的行动力，而且具有巨大的感召力，"鼓之舞之以尽神"。《易》之所以具备"精义入神以致用"，"通其变，遂成天地之文"，正是由于"夫《易》，圣人之所以极深而研几也。唯深也，故能通天下之志；唯几也，故能成天下之务。"（《系辞上》第十章）而"知变化之道者，其知神之所为乎"(《系辞上》第九章)。所以说，司空图遵循、效法"昔者圣人之作《易》也，将以顺性命之理"，而"通其变"，是《诗品》诗易会通"精义入神以致用"的成功之秘。司空图将《诗品二十四则》顺次依托《周易》首二十四卦而立义，成功实现诗品与易卦的会合变通，体现了"夫《易》，圣人之所以极深而研几也"，是通晓"变化之道"的结果。"极深而研几""知变化之道"遂使诗品与易卦相与会通，"化而裁之""推而行之"，珠联璧合、自然天成。《诗品正义》其品品均为明证。

诚然，司空图《诗品二十四则》依托《周易》首二十四卦立义，并非仅仅对《周易》首二十四卦"极深而研几"，而是，并且必须是对整部《周易》"极深而研几"；否则，《诗品》不可能建立起完备、精致的思想理论体系。就《系辞传》而言，只研治上传也是不够的，必须系统、完整地研究上下传。通观《系辞传》，既非如孔颖达所谓"分为上下，更无异义，有以简编重大，是以分之"[①]；也不是宋人朱熹所云"以其通论一经之大体凡例，故无经可附，自分上下云"[②]。今案，"自分上下"，其通论之思想内容就可笼而统之无须安排？其实，《系辞传》作为《周易》之通论，上下两传有整体、系统的安排。

《系辞》上传，以"天尊地卑，乾坤定矣"而论述《易》的创作宗旨"开物成务，冒天下之道"；创作准则"《易》与天地准"；圣人之创作易卦的方法（演天地之数）"此所以成变化而行鬼神也"。揭示乾、坤为《易》之精蕴，《易》之变通之道"阖户谓之坤，辟户谓之乾，一阖一辟谓之变，往来不穷谓之通"(《系辞上》第十一章)。所以，纵观上传，论述的中心主体是八经卦，核心思想是"八卦成列，象在其中矣"（按，上传除第八章举七爻论述"拟议以成其变化"外，再未言具体及别卦）。通过阐述拟象、设卦，将观物的感性的具体，上升为"有以见天下之赜，而拟诸其形容，象其物宜"，从而实现"极天下之赜者存乎卦"的理性的抽象。然而，《易》的创作，并不能止于八经卦、止于

---

① （唐）孔颖达：《周易正义》（卷七），（清）阮元校刻：《十三经注疏》（上册），中华书局1980年版，第75页。
② （明）朱熹：《周易本义》（卷三），《四书五经》（上册），中国书店1985年版，第56页。

对客观世界的由感性具体上升到理性的抽象。"开物成务，冒天下之道"，开通物理，启迪民智，成就天下事物，尽括天下的道理，要求对客观事物的认识必须进一步提升。因而，《系辞》下传开宗名义曰："八卦成列，象在其中矣；因而重之，爻在其中矣。"前一句"八卦成列，象在其中矣"，是对上传的总结；后一句"因而重之，爻在其中矣"，是开启下传由上传对八经卦的论述，由八经卦对天地万物的理性之抽象，转入六十四别卦的论述；由八经卦对天地万物的理性之抽象，转入六十四别卦"原始要终以为质也；六爻相杂，唯其时物也"（《系辞下》第九章），对"时物"，即对一定时势背景下的具体事物运动变化的完整再现。于是，中华先民们，由八经卦对天地万物的理性之抽象，进而把各种抽象的规定，经过"人更三圣，世历三古"的深刻思维，终于由理性的抽象，上升为理性的具体。故而下传末章曰："八卦以象告，爻象以情言。""八卦以象告"者，是对上传"八卦成列，象在其中矣"的回应与论断；"爻象以情言"，是对下传"因而重之，爻在其中矣"的回应与论断，也是对下传"《易》之为书也……为道也屡迁，变动不居，周流六虚……苟非其人，道不虚行"（《系辞下》第八章），乃至"六爻相杂，唯其时物也，其初难知，其上易知，本末也"，（《系辞下》第九章）等卦爻系辞职能的概括。由上传的"八卦以象告"至下传的"爻象以情言"，《系辞传》系统、完整地论述了中华文明"《易》为之原"这一古代伟大哲学理论体系的创立。《系辞》上下传的这种安排，充分显示了中华先民对客观现实辩证关系的理论自觉。对于《周易》的辩证逻辑，本书上述已作了比较详细的讨论。

通过"八卦以象告"，对客观事物由感性具体上升为理性的抽象；又"因而重之，爻在其中矣"，而"爻象以情言"，"设卦以尽情伪"，六十四别卦，遂将八卦对客观事物的理性的抽象，上升为理性的具体，完成了"一阴一阳之谓道""通变之谓事，阴阳不测之谓神"（《系辞上》第五章）的"既有典常"，又"不可为典要，唯变所适"的易卦的创建。六十四卦从哲学的高度实现了事物的个性与共性的统一，将共性寓之于个性的独立自足。因而，卦与卦存在着普遍的内在联系。易卦的排列，于错综交织的联系中，体现出事物的变通之道。这就是本书所谓《易》的模块结构。易卦的不同排列，表达了事物千万变化的不同的变通之道，谓之"阴阳不测之为神"。而《序卦传》与《杂卦传》则提示了易卦的不同排列。因而，《周易》特别注重"位"，"位"不仅指爻位，也包含卦位、卦序。《系辞上》第一章曰："天尊地卑，乾坤定矣。卑高以陈，贵贱位矣。"第二章曰："是故君子所居而安者，《易》之序也；所乐而玩者爻之辞也。"也正因如此，《系辞下》第七章曰："《易》之兴也，其于中古乎？作《易》者，其有忧患乎？"第十一章更为明确而具体地说："《易》之兴也，其当殷之末世，周之盛德邪？当文王与纣之事邪？是故其辞危。危者使平，易者使倾；其道甚大，万物不废。惧以终始，其要无咎，此之谓《易》之道也。"《系辞传》的这种推测，并非没有道理，其基本依据是《周易》的卦序，对此，将另文讨论。

《周易》将八经卦"象在其中矣"，包罗万物的理论抽象，上升为六十四别卦理性具体的"原始要终以为质也""唯其时物"，从哲学的高度实现了易卦寓共性于个性，达到个性与共性统一的独立自足的模块结构，成为唐代人们所谓的体用之道器的范畴。司空图对《易》"极深而研几"，不仅成功实现了诗易会通，珠联璧合，自然天成；而且，将易卦由抽象上升为理性的具体，进一步上升为诗品的感性的具体，遂为鲜明生动的艺术形象。将作为哲学范畴的易卦，"化而裁之""推而行之"，变通为美学范畴，独立自足的诗品。司空图对《易》，对诗学"极深而研几"，还表现为《诗品》创作的诸多方面。概言之，第一，他确定了以《周易》的首二十四卦，为天地循环的一大完整的周期，并确立前、后十二卦为周期系统的两个阶段或层次，从而建立起易道诗学的文学观与创作观，实现了对以唐诗为主的古代诗歌创作的理论总结，与对唐代文学复古革新运动的理论总结；第二，他利用易卦模块结构，卦与卦存在普遍的内在联系，不同的排列表达不同的变化之道，而变更、互换泰、否二卦的序位，表现了"为儒证道"的"锐气"，实现了《诗品》"修中兴之教"的宗旨；第三，对易学、诗学之"极深而研几"，子曰："知几其神乎！"（《系辞下》第五章）司空图遵循"《易》合万象，反复取义，不可定为一体"[①]，"引而申之，触类而长之，天下

---

① （唐）孔颖达：《周易正义》（卷七），（清）阮元校刻：《十三经注疏》（上册），中华书局1980年版，第27页。

之能事毕矣"(《系辞上》第九章)通权达变，遂使《诗品》之诗易会通，实现了对传统原道、征圣、宗经文学观创新发展的大突破。这里须再次特别指出的是，司空图将"明道"论，发展为"适道"论。"适道"论，不是"明道"论在文与道的关系的反对，而是进一步的发展和完善：文章（包括诗歌在内）不仅须"明道"，文章创作的本身还要"适道"，遵循道。唯其如此，文与道的关系才能更臻完满，成为文道一体的"道之文"。"适道"论，是对"《易》与天地准，故能弥伦天地之道"的遵循，是对"昔者圣人之作《易》也，将以顺性命之理"的遵循，更是对"鼓天下之动者存乎辞"的遵循。总之，司空图《诗品》诗易会通的适道论，为创作提供了指导思想与创作方法的理论基础。《诗品》之诗易会通，树立起"妙造自然""狂狷厉圣"的创作观，这一创作观包含了创作与创作主体的修养，紧扣文学观之原道、征圣、宗经，是文学观对创作实践的具体思想理论指导。钱锺书先生评"妙造自然"之"生气远出"说："谢赫以'生动'诠'气韵'，尚未达意尽蕴，仅道'气'而未申'韵'也；司空图《诗品·精神》'生气远出'，庶可移释，'气'者'生气'，'韵'者'远出'。赫草创为之先，图润色为之后，立说由粗而渐精也。"[①] 第四，司空图打通了诗学与易学的联系，将诗学哲理化，将哲学诗化、审美化。《诗品》创造了诸多的情、景、理混融的意境，并为意境论提供了理论基础。《诗品》提炼出一系列的美学范畴，并通过美学范畴构建起易道诗学理论体系。《诗品》提出了大量的真知灼见的命题，诸如："超以象外，得其环中"（《雄浑》）"神存富贵，始轻黄金""浓尽必枯，淡者屡深"（《绮丽》）"俱道适往，著手成春""真与不夺，强得易贫"（《自然》）"不著一字，尽得风流""浅深聚散，万取一收"（《含蓄》）"妙造自然，伊谁与裁"（《精神》）"道不自器，与之圆方"（《委曲》）"离形得似，庶几斯人"（《形容》）等等。《诗品》自唐末问世以至于今，虽隐没其易道诗学的真实身份，却仍赢得人们深情赞许为：诗的哲学，哲学的诗。

继"人更三圣，世历三古"，中华先民在社会历史实践中，以所产生、形成的唯物、辩证天道自然观，创作出六十四卦，即形式化系统的

---

① 钱钟书：《管锥篇》（第四册），中华书局1979年版，第1365页。

符号，对天地万物辩证运动，具体而完整地反映与再现，唐代司空图则以"诗者其文章之蕴邪"[①]的诗品，将"一阴一阳之谓道"之"性命之理"，将六十四卦之精蕴，具体而微地，以鲜明生动的艺术形象再现了出来。司空图成功地现实了诗易会通，"通其变，遂成天地之文"，完满地构建起易道诗学完备而精致的思想理论体系，是中华文明"《易》为之原"，"顺性命之理"而"通其变"，"精义入神以致用"的辉煌硕果，千载之下熠熠生辉！

司空图《诗品》以诗易会通构建其诗学理论体系，不但遵循了"《易》为之原"，而且"通其变"，对易学理论在先儒的基础上又有所创新发展，此所以说《诗品正义》是一部未完成的著述。倘若天假以年，尽管自知识见粗浅，也希望将《诗品》对易学的创新，以至对国学的讨论继续下去。

四十余年，我的课题研究所以坚持不断，首先应感谢我的祖国，伟大的新中国，感谢伟大的时代，不仅给了我一个不愁生计、安定的学习、工作的环境，而且还给我以参加社会活动的机会，向社会学习，使我获益甚深，学习了在书房里学不到的极为有益的知识，懂得了做人。其次，我还要感谢我学习和工作的母校河南大学，感谢母校的领导与教师，同学与同事，特别是我的研究生导师高文先生，是他不断地鼓励我，给我讲述他的老师胡小石先生、黄侃先生的治学的感人事迹。黄侃先生在世读前四史数过，去世时又读完了《汉书》的最后一句才肯瞑目。出于对黄侃先生的崇敬，二十世纪八十年代，适值《黄侃手批白文十三经》出版发行之际，我即毫不犹豫花 9.8 元买了一本，如获至宝。我当时的工资也只有几十元。最后，我应该感谢我的家人，我的两个女儿，特别是我相濡以沫、相依为命的老伴。她们都有自己繁重的工作，却几十年如一日，担负起家里家外的所有事务，让我一心一意从事研究工作。谢谢了！

2019 年国庆日，于开封上河

[①] （唐）刘禹锡：《刘禹锡集·董氏武陵集纪》，上海人民出版社 1975 年版，第 173 页。

附 录

一 表圣诗文

力疾山下吴村看杏花十九首（其六）[①]
浮世荣枯总不知，且忧花阵被风欺。
侬家自有麒麟阁，第一功名只赏诗。

漫题[②]
经乱年年厌别离，歌声喜似太平时。
词臣更有中兴颂，磨取莲峰便作碑。

雨中[③]
维摩居士陶居士，尽说高情未足夸。
檐外莲峰阶下菊，碧莲黄菊是吾家。

诗赋赞[④]
知道非诗，诗未为奇；研昏炼爽，戛魄凄肌。神而不知，知而难状；挥之八垠，捲之万象。河浑沇清，放恣纵横；涛怒霆蹴，掀鳌倒

[①] （唐）司空图：《力疾山下吴村看杏花十九首》（其六），《全唐诗》（卷634，第19册），中华书局1960年版，第7276页。
[②] （唐）司空图：《漫题·全唐诗》（卷634，第19册），中华书局1960年版，第7260页。
[③] （唐）司空图：《雨中·全唐诗》（卷634，第19册），中华书局1960年版，第7262页。
[④] （唐）司空图：《诗赋赞》，郭绍虞：《诗品集解》，人民文学出版社1963年版，第54页。

鲸。鑱空擢壁，琤冰掷戟；鼓煦呵春，霞溶露滴。邻女有嬉，补袖而舞；色丝屡空，续以麻絇。鼠革丁丁，燉之则穴；蚁聚汲汲，积而成垤。上有日星，下有风雅；历诋自是，非吾心也。

疑经后述①

愚为诗为文一也，所务得诸己而已，未尝摭拾前贤之谬误。然为儒证道，又不可皆无也。尝得柳子厚《封建论》，以为三王树置，盖势使之然。又有苌宏之辨，意甚多於救时。今夏县谷邰自淮南缄所著新文而至愚，雅以孙文不尚辞，待之颇易。及见其《卜年论》，又耸然加敬。锺陵秀士陈用拙出其宗人岳所作《春秋折衷论》数十篇，赡博精致，足以下视两汉迂儒矣。因激刚肠，有诋经之说，亦疑经文误耳。盖亟於时病，言或不得其中，亦欲鼓陈君之锐气，当有以复於我耳。时光化中兴二年。

绝麟集述②

驾在石门，年，秋八月，愚自关畿窜浙上，所著歌诗累年，首题于屋壁，且入前集。壬戌春，复自擅山至此，目败痁作，火土二曜叶力攻凌，可知矣。冒没已多，幸无大愧。固非赍恨而有作也。尚虑道魁释酋见之慊然于我者，盖自此集杂言，实病于负气，亦犹小星将坠，则光焰骤作，且有声曳其后而可骇者，撑霆裂月，挟之而共肆其愤，固不能自戢耳。今之云云，况恃白首无复顾藉，然后知贤英能客出肺肝，以示千载，亦当不免斯累，岂遽呫呫耶！知非子述。

擢英集述（摘句）③

自昭明妙选，振起斯文……思格前规，用伸来者……夫著言纪事，在演致于全篇，赋象缘情，或标工于偶句……诚欲兼搜于笔海，亦当间

---

① （唐）司空图：《疑经后述·全唐文》（卷809，第四册），上海古籍出版社1990年版，第3768—3769页。

② （唐）司空图：《绝麟集述·全唐文》（卷809，第四册），上海古籍出版社1990年版，第3769页。

③ （唐）司空图：《擢英集述·全唐文》（卷809，第四册），上海古籍出版社1990年版，第3769页。

掇于兰丛，人不陋今，才惟振滞，韵笙簧于骚雅，资粉泽于风流。事窃推公，盖止交游之内。僭将罪我，益知褒採之难。题以擢英，遮能耸听有唐，仪曹外吏、司空图。

二 《新唐书·司空图传》[①]

（宋）欧阳修、宋祁

司空图字表圣，河中虞乡人。父舆，有风干。当大中时，卢弘止管盐铁，表为安邑两池榷盐使。先是，法疏阔，吏轻触禁，舆为立约数十条，莫不以为宜。以劳再迁户部郎中。

图，咸通末擢进士，礼部侍郎王凝特所奖待，俄而凝坐法贬商州，图感知己，往从之。凝起拜宣歙观察使，乃辟置幕府。召为殿中侍御史，不忍去凝府，台劾，左迁光禄寺主簿，分司东都。卢携以故宰相居洛，嘉图节，常与游。携还朝，过陕虢，属于观察使卢渥曰："司空御史，高士也。"渥即表为僚佐。会携复执政，召拜礼部员外郎，寻迁郎中。

黄巢陷长安，将奔，不得前。图弟有奴段章者，陷贼，执图手曰："我所主张将军喜下士，可往见之，无虚死沟中。"图不肯往，章泣下。遂奔咸阳，间关至河中。僖宗次凤翔，即行在拜知制诰，迁中书舍人。后狩宝鸡，不获从，又还河中。龙纪初，复拜旧官，以疾解。景福中，拜谏议大夫，不赴。后再以户部侍郎召，身谢阙下，数日即引去。昭宗在华，召拜兵部侍郎，以足疾固自乞。会迁洛阳，柳璨希贼臣意，诛天下才望，助丧王室；诏图入朝，图阳堕笏，趣意野耄。璨知无意于世，乃听还。

图本居中条山王官谷，有先人田，遂隐不出。作亭观素室，悉图唐兴节士文人，名亭曰休休，作文以见志曰："休，美也，既休而美具。故量才，一宜休；揣分，二宜休；耄而聩，三宜休；又少也惰，长也率，老也迂，三者非济时用，则又宜休。"因自目为耐辱居士。其言诡激不常，以免当时祸灾云。豫为冢棺，遇胜日，引客坐圹中赋诗，酌酒裴回。客或难之，图曰："君何不广邪？生死一致，吾宁暂游此中哉！"

[①]（宋）欧阳修、宋祁：《新唐书》（卷191—205，第十八册），孔凡礼点校，中华书局1975年版，第5573—5574页。

每岁时，祠祷鼓舞，图与间里耆老相乐。王重荣父子雅重之，数馈遗，弗受。当为作碑，赠绢数千，图置虞乡市，人得取之，一日尽。时寇盗所过残暴，独不入王官谷，世人依以避难。

朱全忠已篡，召为礼部尚书，不起。哀帝弑，图闻，不食而卒，年七十二。图无子，以甥为嗣，尝为御史所劾，诏宗不责也。

赞曰："节谊为天下大闲，士不可不勉。观皋、济不汙贼，据忠自完，而乱臣为沮计。天下士知大分所在，故倾朝复支。不有君子，果能国乎？德秀以德，城以鲵鲖，图知命，其志凛凛与秋霜争严，真丈夫哉！"

三 《四库全书总目提要》[①]

诗品一卷，唐司空图撰。图有文集，已著录。唐人诗格传于世者，王昌龄、杜甫、贾岛诸书，率皆依托，即皎然、杼山《诗式》，亦在疑似之间；惟此一编，真出图手。其一鸣集中有《与李秀才论诗书》谓："诗贯六义，讽喻、抑扬、渟蓄、渊雅，皆在其中，惟近而不浮，远而不尽，然后可言意外之致。"又谓："梅止于酸，盐止于咸，而味在酸咸之外。"其持论非晚唐所及。故是书亦深解诗理，凡分二十四品：曰雄浑，曰冲淡，曰纤秾，曰沉著，高古，曰典雅，曰洗炼，曰劲健，曰绮丽，曰自然，曰含蓄，曰豪放，曰精神，曰缜密，曰疏野，曰清奇，曰委曲，曰实境，曰悲慨，曰形容，曰超诣，曰飘逸，曰旷达，曰流动，各以韵语十二句体貌之。所列诸体毕备，不主一格。王士禛但取其"采采流水，蓬蓬远春"二语，又取其"不著一字，尽得风流"二语，以为诗家之极则，其实非图意也。

四 苏轼题跋

《书黄子思诗集后》[②]

予尝论书，以谓钟、王之迹，萧散简远，妙在笔画之外。至唐颜、

[①] （清）永瑢、纪昀等撰：《四库全书总目》（下册），中华书局1965年版，第1780页。
[②] 郭绍虞主编，王文生副主编：《中国历代文论选》（第二册），上海古籍出版社1979年版，第300页。

柳，始集古今笔法而尽发之，极书之变，天下翕然以为宗师。而钟、王之法益微。

至于诗亦然。苏、李之天成，曹、刘之自得，陶、谢之超然，盖亦至矣。而李太白、杜子美以英玮绝世之姿，凌跨百代，古今诗人尽废；然魏晋以来，高风绝尘，亦少衰矣。李、杜之后，诗人继作，虽间有远韵，而才不逮意。独韦应物、柳宗元发纤秾于简古，寄至味于澹泊，非余子所及也。唐末司空图崎岖兵乱之间，而诗文高雅，犹有承平之遗风，其论诗曰："梅止于酸，盐止于咸，饮食不可无盐梅，而其美常在咸酸之外。"又，"盖自列其诗之有得於文字之表者二十四韵"，恨当时不识其妙，予三复其言而悲之。

闽人黄子思，庆历、皇祐间号能文者。予尝闻前辈诵其诗，每得佳句妙语，反复数四，乃识其所谓。信乎表圣之言，美在咸酸之外，可以一唱而三叹也。予既与其子几道、其孙师是游，得窥其家集。而子思笃行高志，为吏有异材，见于墓志详矣，予不复论，独评其诗如此。

文学古籍刊行社版《经进东坡文集事略》卷六十

《书司空图诗》[①]

司空图表圣自论其诗，以为得味于味外。"绿树连村暗，黄花入麦稀。"此句最善。又云："棋声花院静，幡影石坛高。"吾尝游五老峰，入白鹤院，松荫满庭，不见一人，惟闻棋声，然后知此句之工也，但恨其寒俭有僧态。若杜子美云："暗飞萤自照，水宿鸟相呼。四更山吐月，残夜水明楼。"则才力富健，去表圣之流远矣。

[①]（宋）苏轼：《苏轼文集》（第五册），孔凡礼点校，中华书局1986年版，第2119页。